本著作系2018年度教育部人文社会科学研究一般项目《战后日本文义的认知研究》(项目编号:18YJA752020)的最终成果。

战后日本文学对近代日本国家主义的认知研究

杨 华 著

吉林大学出版社

·长春·

图书在版编目（CIP）数据

战后日本文学对近代日本国家主义的认知研究 / 杨华著. -- 长春：吉林大学出版社，2023.12
　　ISBN 978-7-5768-2894-8

　　Ⅰ.①战… Ⅱ.①杨… Ⅲ.①日本文学-现代文学-文学研究 Ⅳ.①I313.065

中国国家版本馆 CIP 数据核字（2023）第 244951 号

书　　名	战后日本文学对近代日本国家主义的认知研究
	ZHANHOU RIBEN WENXUE DUI JINDAI RIBEN GUOJIA ZHUYI DE RENZHI YANJIU
作　　者	杨　华　著
策划编辑	黄忠杰
责任编辑	蔡玉奎
责任校对	陈　曦
装帧设计	周香菊
出版发行	吉林大学出版社
社　　址	长春市人民大街 4059 号
邮政编码	130021
发行电话	0431-89580036/58
网　　址	http：//www.jlup.com.cn
电子邮箱	jldxcbs@sina.com
印　　刷	天津鑫恒彩印刷有限公司
开　　本	787mm×1092mm　1/16
印　　张	16.25
字　　数	370 千字
版　　次	2025 年 1 月　第 1 版
印　　次	2025 年 1 月　第 1 次
书　　号	ISBN 978-7-5768-2894-8
定　　价	86.00 元

版权所有　翻印必究

前言 Preface

"国家主义（nationalism）"是伴随着近现代意义上国家的诞生而兴起的一种社会思潮。国家主义的发源地在欧洲，是在资本主义发展过程中形成的。"nationalism"在日语和汉语的翻译中，都存在"民族主义""国家主义"这两种说法。丸山真男在《现代政治的思想与行动》中指出："民族主义本来是极具弹性的概念，要下一个抽象的定义实为困难之事。正如它被翻译为民族主义、国民主义或国家主义一样，各自反映了某种程度的正确性或某一个层面。"从狭义的角度看，国家主义与民族主义可以视为同义语。

1868年明治新政府成立后，随着《大日本帝国宪法》《教育敕语》《军人敕谕》的颁布，近代日本天皇制得以确立，也就标志着近代日本国家主义的形成。近代日本国家主义以天皇崇拜、国家至上为核心，渗透入政治、军事、经济、教育、文化等各个领域。明治时期的国家主义带有"强国主义"的色彩，明治政府所确立的天皇制国家体制虽然对日本近代化起到了一定促进作用，但是很快就严重偏离方向，对内压制民主，对外扩张侵略，走向了极端国家主义的道路。大正时期政局动荡、社会矛盾激化，民主运动风起云涌。随着民主运动的衰落，其所争取的政党政治逐渐被军部法西斯独裁所取代，昭和前期军国主义泛滥并最终导致对外发动侵略战争。战争期间，整个日本陷入国家主义主导的意识形态中。日本战败后，军国主义专制被摧毁，在美国的主导下，大力推动了日本的民主主义改革。

战后，虽然绝对天皇制已经覆灭，但是天皇制以及天皇制所带来的伦理及文化等因素，却长期渗透于日本这个国家以及国民心中。随着中曾根康弘的"战后政治总决算"、小泽一郎的"普通国家"、安倍晋三的"美丽国家"等主张的提出，国家主义重新抬头，和平宪法受到严重挑战。

目前为止学界对日本国家主义的研究主要体现在政治学、历史学等领域，把文学与国家主义结合在一起进行研究的主要成果集中在近代日本文学上，代表性学者有周异夫、王向远、许金龙、曾婷婷等，鲜少涉及战后文学这一领域。而随着日本政治整体右倾化加剧，研究战后文学对国家主义的认知就显得尤为迫切与重要。

本著作在承接对日本战后文学的既有研究基础上，运用文学、政治学、历史学等相关原理，研究了战后七十余年来日本文学对近代日本国家主义的认知，弥补学界对文学中所体现的国家主义观研究的不足，为战后日本文学的研究提供新视角与建议。

本著作共分为七章。第一章对近代日本国家主义形成以前的日本社会进行了说明与分析。公元 7 世纪中期，日本经过大化改新之后，由奴隶社会过渡到封建社会。701 年，日本模仿中国唐朝律令，制定了第一部律令法典"大宝律令"，标志着日本封建制度的确立。日本的封建制度，一直延续至明治维新。

第二章明晰了近代日本国家主义的形成与嬗变。首先，明确了"国家主义"的概念，其次分析了近代日本国家主义的萌芽、形成和发展，探究了国家主义形成的理论基础。最后，阐释了近代国家主义发展至极端国家主义的原因、过程及严重危害。

第三章研究了战后初期文学对近代国家主义的反思及局限性。首先，以宫本百合子的《播州平原》为中心，肯定了民主主义文学批判战争及天皇制的积极作用。其次，对无赖派的代表作家太宰治、坂口安吾的作品进行分析，揭露了太宰治在《惜别》中表现出的国家主义，明确了坂口安吾对天皇制、日本精神及战争的批判。最后，以野间宏、梅崎春生的作品分析为中心，详细论述了战后派文学对战争的反思及其局限性。

第四章探讨了战后其他文学对近代国家主义的回避性认知及其原因。主要包括重新活跃的战前文坛大家，以吉行淳之介为代表的第三新人，以开高健、松本清张为代表的社会派作家等。指出这些战后作家虽然不同程度地揭露了日本战后社会的一些问题，但是却没有触及带来这些社会问题的根本原因——国家主义。

第五章揭示了战后文学对近代国家主义的肯定性认知。首先，对三岛由纪夫的《忧国》等作品进行文本分析，批判了三岛的国家主义思想，指出其"文化概念上的天皇"观、"文武两道"的谬误性。其次，在对昭和天皇的《终战诏书》带来的影响进行分析的基础上，以《大东亚战争肯定论》为重点，批判了林房雄的天皇观、战争观，指出其带来的恶劣影响。

第六章以大江健三郎为中心，深入探究了战后文学对近代国家主义的批判性认知。首先，以《人羊》为例，分析了大江对战后监禁状态的批判。其次，以《饲育》《揪芽打仔》为中心，分析了大江对打破"监禁状态"的尝试与对战争的批判。最后，以《水死》为重点，论证了大江对天皇制及国家主义的批判，明晰了作者清算战前精神、与绝对天皇制对决的决心。

第七章以司马辽太郎为中心，说明了其对近代国家主义的多重性认知。首先，在战争观方面，指出司马对于甲午、日俄战争是"祖国防卫战"的认识是完全错误的，肯定司马承认十五年战争是侵略战争的正确认知。其次，对司马盛赞明治时代、贬斥昭和前期的断代史观进行分析，指出其片面性及不客观性。最后，对司马的天皇观加以了批判。

由于本人水平有限，书中必定存在不少缺点和不足，敬请学界各位前辈同仁予以批评指正。

杨　华

目录

第一章　近代日本国家主义形成以前的日本 ... 1
第一节　日本封建制度的确立 ... 1
第二节　摄关政治的出现 ... 3
第三节　幕末危机 ... 5
一、"内忧"——封建统治的危机 ... 5
二、各地起义抗争不断 ... 6
三、"外患"——民族危机 ... 7

第二章　近代日本国家主义的形成与嬗变 ... 9
第一节　近代日本国家主义的萌芽 ... 10
一、幕末的思想学说 ... 10
二、尊王攘夷思想的提出 ... 11
三、国学的发展 ... 12
第二节　近代日本国家主义的形成与发展 ... 15
一、明治国家的成立 ... 15
二、明治维新 ... 15
三、文明开化 ... 16
第三节　近代日本国家主义的嬗变——极端国家主义 ... 18
一、明治初期的对外扩张侵略 ... 18
二、自由民权运动及其评价 ... 18
三、《大日本帝国宪法》 ... 20
四、"明治维新"的不彻底性 ... 21
五、《军人敕谕》与《教育敕语》 ... 25
第四节　极端国家主义下的对外扩张 ... 28
一、甲午战争 ... 28
二、日俄战争 ... 30
三、日俄战争后的对外扩张 ... 31
四、侵华战争及太平洋战争 ... 31

五、军国主义的发展及惨败 ……………………………………………………… 33
第三章　战后初期文学对近代国家主义的反思及局限性 ……………………………… 40
　第一节　民主主义文学 ………………………………………………………………… 41
　　一、民主主义文学运动的开展 …………………………………………………… 41
　　二、代表作家——宫本百合子 …………………………………………………… 43
　　三、民主主义文学对近代国家主义的认知 ……………………………………… 47
　第二节　无赖派文学 …………………………………………………………………… 48
　　一、太宰治作品中的国家主义——以《惜别》为中心 ………………………… 49
　　二、坂口安吾对国家主义的认知 ………………………………………………… 55
　第三节　战后派文学 …………………………………………………………………… 68
　　一、战后派文学的登场 …………………………………………………………… 68
　　二、代表作家——野间宏 ………………………………………………………… 69
　　三、代表作家——梅崎春生 ……………………………………………………… 87
　　四、战后派文学对近代国家主义的认知 ………………………………………… 96
第四章　战后其他文学对近代国家主义的回避性认知 ………………………………… 98
　第一节　重新活跃的战前文坛大家 …………………………………………………… 98
　第二节　第三新人——吉行淳之介 …………………………………………………… 99
　　一、作为素材的吉行的实际体验 ………………………………………………… 100
　　二、吉行文学的特征 ……………………………………………………………… 101
　第三节　社会派作家 …………………………………………………………………… 103
　　一、代表作家——开高健 ………………………………………………………… 103
　　二、代表作家——松本清张 ……………………………………………………… 109
第五章　战后文学对近代国家主义的肯定性认知 ……………………………………… 118
　第一节　代表作家——三岛由纪夫 …………………………………………………… 118
　　一、三岛由纪夫的《忧国》……………………………………………………… 120
　　二、三岛由纪夫的《金阁寺》及《午后曳航》 ………………………………… 131
　　三、三岛由纪夫的前后期文学 …………………………………………………… 136
　　四、三岛由纪夫的国家主义思想 ………………………………………………… 138
　第二节　代表作家——林房雄 ………………………………………………………… 161
　　一、《大东亚战争肯定论》出台的历史背景 …………………………………… 162
　　二、《大东亚战争肯定论》中体现的林房雄的战争观 ………………………… 164
第六章　战后文学对近代国家主义的批判性认知——以大江健三郎为中心 ………… 170
　第一节　对战后"监禁状态"的批判 ………………………………………………… 172
　　一、大江健三郎对西方存在主义的吸收与超越 ………………………………… 172
　　二、大江健三郎对日本传统文化、文学的继承与突破 ………………………… 174
　　三、"监禁状态"下的日本战后社会——以《人羊》为中心 ………………… 176
　第二节　打破"监禁状态"与对战争的批判 ………………………………………… 183

        一、《饲育》中儿童的"成人礼" ………………………………………… 184
        二、《揪芽打仔》里对"监禁状态"的打破 ………………………………… 186
        三、大江对战争及国家主义的控诉 ………………………………………… 189
    第三节　对天皇制的批判 ……………………………………………………………… 193
        一、《十七岁》及《政治少年之死》(1961) ………………………………… 193
        二、《亲自为我拭去泪水之日》(1971) ……………………………………… 198
        三、《水死》(2009) …………………………………………………………… 208

第七章　战后文学对近代国家主义的多重性认知——以司马辽太郎为中心 ……… 216
    第一节　司马的战争观 ………………………………………………………………… 217
        一、《坂上之云》中的甲午战争 …………………………………………………… 218
        二、《坂上之云》中的日俄战争 …………………………………………………… 222
        三、司马的甲午、日俄战争观的形成原因 ……………………………………… 226
        四、司马的"十五年战争"观 ……………………………………………………… 229
    第二节　司马的天皇观 ………………………………………………………………… 233
    第三节　司马的"国家"观 ……………………………………………………………… 237
        一、日俄战争——国民战争 ……………………………………………………… 237
        二、"光辉的"明治国家 …………………………………………………………… 238
        三、"黑暗的"昭和国家(昭和前期) ……………………………………………… 241

参考文献 ……………………………………………………………………………………… 244
    一、中外文著作及译著 ………………………………………………………………… 244
    二、网络资料 …………………………………………………………………………… 247
    三、期刊论文 …………………………………………………………………………… 247
    四、文集或著作中析出的论文 ………………………………………………………… 250
    五、博士论文 …………………………………………………………………………… 251
    六、词典及其他类型文献 ……………………………………………………………… 251

后　记 ………………………………………………………………………………………… 252

第一章　近代日本国家主义形成以前的日本

第一节　日本封建制度的确立

在历史长河中，距今 10 000 至 8 000 年前，日本进入绳纹文化时期，这是以绳纹陶器而得名的。通过考古发掘出的这一时期的陶器表面带有各种各样的草绳花纹。这一时期，人们的主要生产活动是狩猎、捕鱼、采集等。人们使用弓箭、石枪及石镞等或设置陷阱来捕获动物。在海边捡拾贝类，乘独木舟出海，用鹿角或野猪骨制成的鱼钩鱼叉来捕鱼。用石锄挖掘植物的根块，采集野果如橡子、核桃等并用石制工具将之磨碎。

绳纹时期是日本的母系氏族时期，人们群居在竖穴式房屋中，进行共同劳动和平等分配，没有贫富差异。从出土的土偶来看，大多是模仿的女性形象，带有明显的乳房、妊娠等女性特征，由此可以看出当时妇女的地位较高。

公元前 3 世纪，日本进入弥生时代。弥生陶器较绳纹陶器更为坚固实用，纹饰朴素，呈红褐色。随着中国和日本、朝鲜和日本的交流，铁器、青铜器的制造技术及水稻栽培技术等传入了日本。弥生文化就是以水稻耕作及金属器的使用为特征的。

由中国传入日本的水稻耕作在弥生时代得以推广，大大促进了生产力的发展，水稻栽培成为农耕社会的基础。由于男性在获取生活资料方面的能力愈发强大，女性逐渐退居次要地位，日本过渡到父系氏族社会。随着私有制的进一步发展，出现了贫富不均和阶级分化。为了争夺剩余的生产资料，各个部落之间频繁引发战争，获胜的部落首领趁机霸占别人的财产，奴役穷人及战俘，成为一方霸主，建立了带有政治意义的"小国"。这些"小国"之间又连年征战，逐渐结成联盟，形成规模稍大一些的"国"（真正意义上的"国家"尚未成立）。日本当时还没出现文字，但这些"小国"，在中国的历史书中有明确记载。据《汉书·地理志》记载："乐浪海中有倭人，分为百余国，以岁时来献见云。"由此可见当时日本大致有 100 个这样的"小国"。据《后汉书·东夷传》记载："倭奴国奉贡朝贺，使人自称大夫，倭国之极南界也。光武赐以印绶。"东汉光武帝于公元 57 年接见来自日本的使臣并授以金印。1784 年，在日本九州博多湾志贺岛，出土了一枚刻有"汉委奴国王"五个字的金印。金印为纯金铸成，印体方形，长宽各 2.3 厘米，高 2 厘米，蛇纽，阴刻篆体字。此金印一直保存于日本福冈市博物馆中。

弥生时代后期，日本出现了一个"邪马台国"。其首领为一名叫卑弥呼的女性。据《三国志·魏志·倭人传》记载："其国本亦以男子为王，住七八十年，倭国乱，相攻伐历年，乃共立一女子为王，名曰卑弥呼。"另据《后汉书卷八十五·东夷列传第七十五·倭》记载："桓、灵间，倭国大乱，更相攻伐，历年无主。有一女子名曰卑弥呼，年长不嫁，事鬼神道，能以妖惑众，于是共立为王。侍婢千人，少有见者，唯有男子一人给饮食，传辞语。居处宫室、楼观城栅，皆持兵守卫。法俗严峻。"卑弥呼女王于公元239年向中国派遣使臣，被魏明帝授予"亲魏倭王"称号，赐予黄金、铜镜、纺织品等。相传卑弥呼擅长巫术，以宗教的权威来治理"邪马台国"，等级森严，人们被划分为"大人、下户、生口、奴婢"四个等级，卑弥呼为最高统治者，其下设有各级官员，拥有军队，向平民征收赋税。从这些因素可以看出，卑弥呼统治的"邪马台国"已初具"国家"的雏形。

从3世纪后半期到7世纪被称为日本的古坟时代。公元3世纪末在大和地区（今奈良县），有势力的豪族们联合起来建立了以"大王"为中心的大和政权，史称大和国。从各地的古坟来看，大和国于4世纪末5世纪初基本统一了日本。在部民制的基础上大和政权建立了氏姓制度，氏的首领被称为"氏上"，在氏族内部，根据政治地位不同，被授予"臣、连、君、直"等姓氏，有势力的臣、连还被委任为"大臣、大连"，处理朝政，成为政权的中枢。大和国为了加强对地方的支配，任命拥立朝廷的地方豪族为"国造"或"县主"，处理地方政务，向朝廷纳贡。大和国的大王多次向中国派遣使臣朝贡，并借助中国皇帝的权威加强在朝鲜的势力。大陆文化源源不断地传入日本。除了科学技术外，文学、儒学、佛教等也在这一时期传入日本。

进入6世纪，随着生产力的发展，出现了一些反抗朝廷的地方豪族。为了打压反抗者，加强对地方的统治，朝廷和豪族之间围绕土地和农民的支配权问题引发了激烈的争斗，最后苏我氏打败物部氏掌握了朝政。592年推古天皇（日本第一位女皇）即位，圣德太子被任命为摄政大臣，与苏我马子一起实行了一系列的政治改革。设定"冠位十二阶"，不论出身只以才能高低为标准录用人才，目的是摆脱氏姓制，加强中央集权；制定"宪法十七条"，大量吸收了中国的儒家、法家、道家等诸子百家的思想及佛教思想，尤其是儒家的三纲五常，"宪法十七条"的重点在于"和为贵""崇君""公正"与"尊三宝"之上。"其目的在于提高皇权，压制氏姓贵族的势力，建立中国式的君主制王朝。"① 圣德太子还大力提倡佛教，派遣遣隋使学习中国文化，恢复中日两国邦交。"圣德太子的改革，在某种程度上压制了氏姓贵族的势力，在贵族中间打下了皇权思想的烙印，为后来建立中央集权制奠定了思想基础，……所以说圣德太子的改革是大化改新的准备和先声。但圣德太子的改革是极不彻底的。"② 这十七条宪法没有强制性，没有涉及当时社会问题的根本，因此也没能挽救当时的日本国内社会危机，阶级矛盾日益激化。

618年，中国的隋朝灭亡，唐朝取而代之。唐朝实行均田制、租庸调制，加强并完

---

① 吴廷璆. 日本史 [M]. 天津：南开大学出版社，1994：46.
② 吴廷璆. 日本史 [M]. 天津：南开大学出版社，1994：47.

善了基于律令制的中央集权的国家体制发展。遣隋使、遣唐使回到日本以后，积极传授当时先进的中国文化及中央集权制等，给一些贵族的思想带来极大冲击，他们试图改革拥有私有田地、世袭朝廷官职的现状，仿照中国建立官僚制的中央集权国家体制。645年，中大兄皇子和中臣镰足（即后来的藤原镰足）等打败苏我氏，开始实行政治改革，史称"大化改新"。大化改新废除了贵族私有土地制度和部民制，实行"公地公民"制度，土地和人民全部归国家所有，由国家直接支配；设立地方行政区划，建立中央集权的政治体制；建造户籍、记账，实施班田收授法与租庸调制；分割由"国造"治理的地方，设立"评"（相当于之后的"郡"），废除世袭的"品部"，推动新的官职与位阶制度改革。大化改新之后，日本由奴隶社会过渡到封建社会。

701年，日本模仿中国唐朝律令，制定了第一部律令法典"大宝律令"。对国家行政制度和户籍、土地制度、赋税制、兵制及司法制度等加以详细规定。如中央设二官八省，全国划分行政区"畿内""七道"，下设国、郡、里，分别由国司、郡司、里长治理；建立户籍制度，实行班田法，征收赋税；国民划分为良民和贱民等。"天皇的地位和权限，法律上没有明文规定，因为天皇拥有至高无上的神权，所以他是立于法律之上的国家最高统治者。……天皇通过律令所规定的中央到地方的各级机构和官吏，实现对全国的统治。由此看来，律令制的国家统治体制是以天皇为首的中央集权的封建专制主义。综上所述，改新后建立起来的封建制生产关系和中央集权的专制主义国家体制以及阶级关系，这时已用法律形式肯定了下来，这意味着日本封建制度的确立。"①

日本的封建制度，一直延续至明治维新。在千余年的时间里，日本经历了奈良时代（710—794）、平安时代（794—1192）、镰仓时代（1192—1333）、室町时代（1333—1573）、安土·桃山时代（1573—1603）、德川时代（1603—1867）。以下就与本著作研究对象相关的重要历史事件加以概述。

第二节　摄关政治的出现

封建制度确立后，日本的社会经济在奈良时代有了很大的发展。但是到了8世纪以后，班田制开始动摇，公地公民制遭到破坏，朝廷内部的斗争亦愈演愈烈。9世纪初，藤原氏的势力不断强大，通过不断将女儿送入宫中再拥立其子为天皇的手段打压其他贵族，从而攫取了政治上的实权。天皇幼时，由摄政代理朝政，天皇成年亲政后，摄政又改称关白，替天皇总揽政事，这就被称为"摄关政治"。摄关家的势力在藤原道长及其长男赖通两代迎来全盛时期。在这种政体下，藤原氏把持朝政，掌握官员的任免权，因此政治腐败，卖官鬻爵风行，贵族阶层穷尽奢侈而农民阶层却穷困不堪。这个时期的地方政治由国司掌权，国司向朝廷缴纳定额的租税，而国司为了中饱私囊疯狂掠夺。9世纪后半期起，农民们不断组织起来斗争，武士阶层也开始登上历史舞台。在地方上，一

---

① 吴廷璆. 日本史［M］. 天津：南开大学出版社，1994：68.

些有势力的贵族为了守住甚而扩大自己的土地及财产就开始蓄养武装力量，这些手持弓箭骑马打仗的人就成为新兴的武士阶层。这些武士又不断联合起来，成为武士团，发展迅猛，地方武士团也逐渐得到朝廷的承认。在这些武士集团中，最为强大的就是源氏和平氏。源平合战后，源氏灭掉平氏，源赖朝开始致力于在镰仓创建自己的政权。1192年，源赖朝被朝廷任命为"征夷大将军"，镰仓幕府正式成立，日本开始进入由武士阶层专政的幕府统治时期。朝廷虽然在形式上依然任命国司来统辖行政，而幕府却通过"守护""地头"掌握了维持全国治安的实权。日本就这样处于公武两重政权统治之下。不甘于权力的旁落，以后鸟羽上皇为首的皇室贵族虽发动了倒幕战争也即"承久之乱"但终究归于失败。承久之乱后，幕府在京都新设"六波罗探题"以监视朝廷的动向，担当京都内外的警备并统辖西日本。另外，还没收了站在上皇一方的贵族、武士的领地3 000多处，任命有战功的御家人担任这些领地的地头。由此，朝廷的力量被大大削弱，而幕府的力量得以扩充，在朝廷与幕府的二元支配中，幕府占据了绝对优势。1232年，在北条泰时执政期间，制定了《御成败式目》（《贞永式目》）来裁定纷争，强化将军与御家人之间的主从关系，巩固幕府统治。《御成败式目》作为武家政权的第一部成体系的法典，对后来的武家政治产生了很大影响。镰仓幕府在经历了抗元战争后走向衰落，1333年，足利高氏（后获天皇赐名"尊"）在征讨后醍醐天皇途中背叛幕府，攻破设立在京都的"六波罗探题"，同时，新田义贞在关东举兵攻陷镰仓，镰仓幕府灭亡。

1338年，足利尊氏获得征夷大将军称号，在京都建立了足利幕府。之后足利尊氏的孙子足利义满将幕府移到京都的室町，因此改称室町幕府。长年持续的南北朝战乱，在足利义满时期逐渐平息，1392年，足利义满与南朝交涉实现了南北朝合一，终止了内乱，室町幕府成为支配全国的统一政权。室町幕府不仅从朝廷吸收了大量职权，足利义满甚至取得太政大臣职位，出家为僧后依然是公武两家的最高权力者。对外，足利义满对中国频频朝贡，同时受明朝封赏，明朝赐足利义满"日本国王"金印一枚，国书中称之为"日本国王源道义"，足利义满自称"日本国王臣源"，这足以证明足利义满在政治中的地位。幕府在政治中取得绝对优势，镰仓幕府以来出现的公武两家政治体制，也在此时逐渐消亡。此后的将军与守护大名的势力均衡，政治上也处于比较安定的时期。但是到了第6代将军义教时，其意图强化将军权力，推行专制政治，引发了政治上的动摇。幕府最终发布了德政令，将军的权力被弱化，幕府政治的权力移到有实力的守护大名手中。在应仁之乱（1467—1477）后，日本进入了举国混战的战国时代。1573年，第15代将军足利义昭被尾张国大名织田信长驱逐出京师，室町时代结束。

1543年，载有葡萄牙人的船只因暴风雨漂流到日本九州种子岛，岛主购买了其步枪并让家臣学习了使用方法和制造方法。以此为契机，葡萄牙人每年都到九州，开始了和日本的贸易往来。这被称为"南蛮贸易"。与此同时，天主教也传播到了日本。

织田信长、丰臣秀吉统治的时代被称为安土·桃山时代。他们凭借经济和军事的优势，征服战国时代诸大名，镇压农民起义，逐步实现了全日本的统一。织田信长的接班人丰臣秀吉没有设立幕府，而是以大坂城为据点，通过担任关白、太政大臣来统治全国。实施太阁检地、刀狩令、人扫令（身份统治令）等，实现了兵农分离，以武士为统治阶级，农、工、商为被统治阶级的"四民"封建等级制度确立了。丰臣秀吉在初期承认天主教布教，后来逐渐认为天主教势力会危及自己的统治，于是驱逐传教士，禁止天主教的传播，但是仍允许贸易通商。

统一日本全国的丰臣秀吉野心不断膨胀，随着中国明朝的衰落，其想要侵略中国以及朝鲜等，继而塑造以日本为中心的东亚国际秩序。在长达 7 年之久的侵略朝鲜的过程中遭到了当地人民及明朝援军的强烈反抗，丰臣秀吉病死以后，日军陆续撤回日本。

作为丰臣秀吉政权五大老之一的德川家康势力最为强大，在关原之战后，德川家康夺取了霸权，迫使朝廷封他为右大臣和征夷大将军，在江户开设了幕府，开启了江户时代。江户幕府实行幕藩体制，大名的领地及行政机构称为藩，将军与大名是君臣、主从关系。幕府既统辖各藩，又允许各藩有相对的自治性，拥有财政、军事、司法和行政权力。为强化对大名的控制，实行"参勤交代"制度，各藩藩主（大名）都必须隔年到江户参谒将军，一年住在自己领地，一年住在江户，家人作为人质留守江户。幕府形式上尊奉皇室，而实际上是把天皇当作傀儡，为了限制天皇在政治上的权力，颁布了《禁中并公家诸法度》，规定天皇只能致力于学问，不得过问政治。

在幕藩体制下，将军掌握最高权力，由少数的武士阶层统治占大多数的民众，武士与农工商之间，有严格的身份差别。到了 18 世纪，士农工商的四民等级逐渐固定下来，身份等级由世袭决定，不能超越自己所处的等级。

在外交上，德川幕府意识到天主教对自身统治的威胁，于 1612 年发布禁教令，1613 年宣布全国禁教，对传教士及信徒判处刑罚或流放海外等。受到岛原农民起义的刺激，幕府越来越忌惮外来宗教及对外贸易对幕藩统治的威胁，开始实施闭关锁国。1639 年德川幕府发布第五次锁国令，全面禁止海外的船只停靠日本，只保留了四个窗口，即长崎、对马藩、萨摩藩、松前藩，幕府与中国、荷兰的贸易往来只被限定在了长崎一处。锁国政策持续了 200 多年时间，一直到 1853 年"黑船来袭"才被打破。

第三节 幕末危机

到了德川幕府统治末期，日本面临着"内忧外患"的威胁。

一、"内忧"——封建统治的危机

德川家康在夺取霸权后，建立了幕藩体制，该体制一直延续到德川幕府的覆灭，到明治维新前一共统治了日本 260 多年的时间。"幕藩体制"，简单来说就是"幕（幕府、将军）—藩（藩国、大名）"的一种统治秩序。全国共有二百多个藩国，这些藩国在政治、经济上都具有相对的独立性甚至拥有自己的独立武装力量，"在经济上，他们是领地的所有者，并因此而有权向领地内的农民征收封建年贡。同时在许多藩内，他们还通过实行藩营专卖制度和国产统制，对工农业生产和商品活动进行控制，并因而获得巨额财富。在政治上，大名虽然对上要服从幕府的统治及其所颁布的各项法令，但在藩内他们却称得上是专制独裁'君主',在行政、军事、司法、税收等方面拥有广泛的权利。"① 因此,幕藩体制在先天上就带有明显不足,从根本上来说,幕府的集权统治是相对的,有限的。德川时代,幕府与各个地方的矛盾冲突此起彼伏,从政治体制的角度上来说,这就为幕末时期的倒幕运动的兴起埋下了种子。

德川幕府统治中、后期,随着商品经济的进一步发展,固有的自然经济封建生产方式已经不适应社会发展的需求。原本等级森严的"士农工商"也遭遇极大挑战,阶级分化严重。"町人(工商业从业者)"崛起,一些地主、特权商人、高利贷者手里积聚了大量财富,形成新兴的利益集团。在经济上他们剥削其他人民,而在政治上他们同样处于被统治的地位,在四民中也处于中下等级,因此他们也想在政治上取得更大收益,与幕府统治的对立亦日趋明显。

在士农工商等级秩序中,武士阶层本来是处于"食物链"的顶端。他们的收入来自向农民征收的年贡米。但是到了幕府统治末期,天灾人祸频发,农民根本入不敷出,直接寄生于农民的武士特别是下级武士们同样无法维持生活,经济贫困,他们对幕府统治者的不满情绪也达到了顶峰。

二、各地起义抗争不断

德川幕府统治前期和中期,社会比较安定。随着商品经济的发展,农村自然经济也逐步瓦解,从江户时代中期开始,农村中的阶级逐渐开始分化,到了江户末期,阶级分化进一步恶化,矛盾不断激化。占全国人口80%的农民手里却没有土地,只能世袭租赁来耕种,还得向领主缴纳一半收成以上的年贡米,再加上各种名目的苛捐杂税、劳役、高利贷盘剥,自然灾害带来的歉收,不断发生大灾荒,农民们挣扎在生死线上。因此农民起义频繁发生。1764—1765年,甚至发生了多达20万人的农民打进江户,虽然最后被幕府军队残酷镇压,但这也成为岛原起义以来规模最大的农民起义。在幕末的1861年至1867年的几年期间,就爆发了190多次农民起义,这些起义都动摇了德川幕府的封建统治。

在城市中,幕藩领主们通过随意发行货币、实行行业垄断、强制捐款等来压迫位居最下层的贫民们,再加上粮食歉收而奸商们趁机囤积抬高粮价,使得城市贫民处于水深火热之中,生活难以为继。因此在城市中也不断发生暴动,其中最为著名的反抗斗争就是大盐平八郎所领导的大阪起义。

1836年,日本发生大饥荒,而幕府非但不采取相关赈灾措施,反而勾结奸商趁着天灾大肆搜刮百姓,当时担任"与力"一职的阳明学家大盐平八郎上表请求赈灾却未被采纳,又寄希望于富豪们也以失败告终,失望之余,大盐意识到只有用武力才能打倒地方的官僚、铲除奸商、解救饥民,因此大盐愤而发动起义。他在1836年底写了起义的檄文,揭发幕府的苛政、官员的腐败。他写下"四海穷困,天禄将终,小人治国,灾害并至",把斗争的矛头直指向幕府的腐败统治,并提出自己的主张"为天下计,我辈甘冒灭族之祸,结集有志,诛殃民之官吏,戮骄奢之富商,发其窝藏之金银粮米,散

---

① 伊文成等. 明治维新史 [M]. 沈阳:辽宁教育出版社,1987:68.

于无田少田之人"。大盐在 1837 年 2 月率队进行起义，烧毁欺行霸市的官吏及富商的住宅等，将获得的钱财粮食分发给贫民。虽然这次起义历时甚短，大盐平八郎也兵败自杀，但是影响巨大。论及大盐平八郎起义失败的原因，从主观上来说，他出身于下级武士，没有广泛获取广大农民阶级的支持，没能提出明确的打倒幕府统治的纲领，也没有提出解决土地问题的办法，参与起义的主要是他的弟子及追随者。从客观上来说，叛徒的告密、起义策略的不周全等等也都是其失败的原因。大盐起义发生在重镇大阪，一定程度上打击了幕府的统治，引起封建统治者的极大恐慌，他的影响力也迅速扩展到全国。大盐起义后，多处反抗者包括农民阶层都打着大盐的旗号，与幕府官吏及特权商人作斗争。可以说，大盐领导的这次起义是"一次下级武士领导的农民和城市贫民联合的反封建斗争"[①]。

由各地风起云涌的起义活动可以看出，幕府的封建统治已经不能适应社会的发展，时代急需新的社会变革。但是另一方面幕府又不甘心自己的没落，为了维系自己的统治而"力挽狂澜"，实行了一系列改革，如享保、宽政、天保年间的三大改革，但是都没能取得成效。

三、"外患"——民族危机

18 世纪中后期，随着产业革命的发展，西欧列强越来越致力于在亚洲获得海外市场、原材料来源以及开拓殖民地。最早是沙俄、英国的船只企图打开闭关锁国的日本的门户但是遭到幕府的拒绝。1840 年，中国清王朝在鸦片战争中的惨败消息传到日本，引起了幕府的恐慌，于 1842 年放宽了"击退外船令"，供给遇难外国船只的饮食燃料。即便如此，幕府依然维持闭关锁国方针，不打算开国。

在 19 世纪初，美国的资本主义迅猛发展，企图横断太平洋开辟与中国的贸易，因此急于在日本获得港口。1846 年，美国派遣东印度舰队司令官比得（James Biddle）到浦贺要求通商遭到幕府拒绝。1853 年，东印度舰队司令官佩里（Matthew Calbraith Perry）率 4 艘军舰强行驶入浦贺，以武力胁迫幕府接受国书并开国，幕府慑于美国军舰的威力，答应次年予以答复。幕府深感事态严重，老中首座阿部正弘打破 200 多年来将军独断专政的惯例，把相关情况汇报给了朝廷，也征询诸大名及幕僚等的意见。1854 年佩里率领 7 艘军舰驶入江户湾内，到达横滨附近才停船。幕府在武力的威逼下，与美国签订《日美亲善条约》，条约规定：向美国船只提供燃料粮食等；救助遇难船只及船员；美国在下田、函馆两港口设立领事；给予美国最惠国待遇等。接着，英国、沙俄、荷兰也效仿美国，与日本签订了类似条约，持续 200 多年的锁国体制也土崩瓦解了。

1856 年，美国到日本就任下田总领事的哈里斯要求缔结通商条约。与哈里斯进行交涉的老中首座堀田正睦奏报给了朝廷但并没得到天皇批准。当时的幕府中主要分为改革派和保守派，保守派无视朝廷与美国签订了《日美修好通商条约》，引燃了改革派的怒火。紧接着，幕府与荷兰、沙俄、英国、法国也签订了相似条约，被称为"安政五国条约"。

---

① 吴廷璆. 日本史 [M]. 天津：南开大学出版社，1994：301.

在内忧外患的夹击下，幕府统治摇摇欲坠。围绕《日美修好通商条约》及将军的继嗣问题，大老井伊直弼发动"安政大狱"，对尊王攘夷派进行镇压，受株连者达到一百人以上，吉田松阴、桥本左内等被处以死刑。这些都成为倒幕运动开始的导火索。属于倒幕派的长州藩高杉晋作夺取了藩的领导权，萨摩藩的西乡隆盛、大久保利通等人也控制了藩政权。随后，这两方结成同盟，形成全国倒幕运动的核心，与幕府军队斗争。1867年睦仁亲王（即明治天皇）即位，倒幕派争取到了天皇的支持。11月8日，天皇下达讨幕密诏，9日将军德川庆喜奏请"大政奉还"。1868年1月3日，天皇发布《王政复古大号令》，废除幕府。德川庆喜集结兵力伺机反扑，最后在鸟羽伏见之战中，倒幕军队取得决定性胜利，德川幕府就此灭亡。1869年，明治天皇由京都迁都于东京，并开始了一系列政治、经济等方面的改革，即明治维新，建立了以天皇为中心的中央集权国家。

第二章　近代日本国家主义的形成与嬗变

"国家主义（nationalism）"是一种社会思潮，是伴随着近现代意义上国家的诞生而兴起的。国家主义的发源地在欧洲，是在资本主义发展过程中形成的。对于国家主义，国内外学界在政治学、哲学、社会心理学等众多领域皆有所建树。本书所重点探讨的是日本的国家主义，因此在这里不对这些成果一一赘述。"nationalism"在日语和汉语的翻译中，都存在"民族主义""国家主义"这两种说法。丸山真男指出："民族主义本来是极具弹性的概念，要下一个抽象的定义实为困难之事。正如它被翻译为民族主义、国民主义或国家主义一样，各自反映了某种程度的正确性或某一个层面。"[1] 从狭义的角度看，国家主义与民族主义可以视为同义语，孙政在其专著中解读得较为全面，这里引用她的说法。国家主义"具体表现为与自由主义相对应的一种政治思潮，主要是指在界定国家与个人关系的问题上所持有的相互对立的态度。在个人与国家的关系中，个人优于国家而存在，社会各个层面的规范，其指定的出发点和中心以个人为主，即为自由主义的国家学说；与此相反，在个人与国家关系中，国家优于个人而存在，社会的相关规范以国家为中心，个人利益纳入国家利益体系中才能得到保障，就是国家主义的政治理论。"[2] 近代日本国家主义以天皇崇拜、国家至上为核心，渗透入政治、军事、经济、教育、文化等各个领域。

明治政府成立后，1871年12月派遣了以岩仓具视为首，包括大久保利通、木户孝允、伊藤博文等重要官员的使节团先后考察了欧美12个国家。成员们对欧洲各国进行分析比较后认为，普鲁士（德国）的君主立宪制政体是最适合日本的，因此决心效仿德国建立近代国家，也就是近代天皇制国家，国体的建立就标志着近代日本国家主义的形成。客观来说，这种国家主义是适合日本这个残留了浓厚封建色彩的土壤的，并且也在日本近代国家建立的初期，为统合国民思想、促进资本主义经济发展、提高日本在世界上的外交地位起到了一定的积极作用。但是，日本国家主义的极端性和危险性也是显而易见的。为了限制王权、争取民主自由而兴起的自由民权运动以失败告终，《大日本帝国宪法》《教育敕语》《军人敕谕》的颁布，标志着近代日本天皇制的确立，天皇成为国家大权的绝对统治者，国民皆为天皇的"臣民"。明治时期的国家主义带有"强国主义"的色彩，明治政府所确立的天皇制国家体制虽然对近代化起到了一定促进作用，但是很快就严重偏离方向，对内压制民主，对外扩张侵略，走向了极端国家主义的道

---

[1] ［日］丸山真男. 现代政治的思想与行动 [M]，陈力卫译. 北京：商务印书馆，2018：294.
[2] 孙政. 战后日本新国家主义研究 [M]. 北京：人民出版社，2005：3.

路。大正时期政局动荡、社会矛盾激化,民主运动风起云涌。随着民主运动的衰落,其所争取的政党政治逐渐被军部法西斯独裁所取代,昭和前期军国主义泛滥并最终导致发动侵略战争,整个日本国家走上法西斯对外扩张的道路。

第一节　近代日本国家主义的萌芽

一、幕末的思想学说

到了江户中后期,原本稳固的幕藩体制产生了很大的动摇。18世纪末,在农村阶级分化加剧,特权商人财富不断增长,在城市中百姓生活困苦,武士阶层穷困潦倒、生活悲惨。德川幕府为了解决重重危机,实行了宽政改革,然而这并不能解决幕藩体制所存在的根本矛盾,最后只能以失败告终。这期间,幕府为了维系自己的封建统治,在思想上定朱子学为"正学",其他学说为"异学",禁止朱子学以外的"异学"的讲授及传播,处分、镇压反对朱子学者。这在历史上称之为"宽政异学之禁"。

在江户幕府成立以后,朱子学居于统治地位,被奉为"官学"。随着工商业的发展,城市中"町人"集中了大量财富,本来在"士农工商"中处于最高地位的武士却日益贫困、生活悲惨。町人阶层不甘心于自己的社会地位,逐渐开始追求人性解放、自由、四民平等等。在这种社会背景下,处于统治地位的朱子学也出现了分化。与之对立的,主要有古学派、阳明学派等。

古学派的代表人物有山鹿素行、伊藤仁斋、荻生徂徕等。古学派主张批判朱子学,不依赖五经的注疏,直接从孔孟的原著中探究儒学的真谛。

荻生徂徕创立了"徂徕学派",他认为,孔子讲的"道"是"先王之道","先王"指的是尧、舜、禹、汤、文、武、周公这7个圣人,"先王之道"是他们创造出来的,所以"先王之道"又叫作"圣人之道"。"先王之道"也就是安天下的"道"。为了安天下,必须修炼自己,而这种道德修养必须出于安天下的心愿,这就是仁。徂徕提出的"'四民'皆'役人'论"认为,构成日本社会的"士农工商"即"四民"各自承担着各自的职责。各阶层之人各司其职相辅相成,士农工商缺一不可。"四民"不是对立存在的阶级,而都是辅佐君主的有用人才。荻生徂徕的学说对日本近代思想产生起到了重要影响。

日本的阳明学派,一般认为其鼻祖为中江藤树,起初信奉朱子学,后来接触到阳明学,成为日本阳明学的创始人。受到"宽政异学之禁"的影响,阳明学一度衰落,19世纪末又再次兴起,其中以佐藤一斋、大盐中斋、吉田松阴为主要代表,对幕末产生了很大影响。

大盐中斋,即前面提及的大盐平八郎,是江户末期的阳明学家,大盐在青年时代就阅读了中国的心学家吕坤所著的《呻吟语》,开始对阳明学产生了浓厚的兴趣,他在家中开设私塾"洗心洞"授教,"洗心"即洗涤心中尘垢之意。在其著述《洗心洞札记》

里，集中体现了大盐的核心思想，即"一曰太虚；二曰致良知；三曰变化气质；四曰以死生；五曰去虚伪"①。这就是大盐的核心思想。在天明饥荒爆发以后，大盐屡次上书请求救济百姓，这反映了他的"忠君"思想，他洞察了当时幕府的腐败及百姓的疾苦，在建议未被采纳之后，就毅然揭竿而起。最后他的兵败自杀，也可以说是阳明学中的基本理念"知行合一"的最好体现。

另外，经世学家本多利明、佐藤信渊，主张农本主义的二宫尊德，也是幕末时期具有代表性的人物，无论是从经济上、海防上，还是政治上，这些知识分子在西方列强"外忧"的威胁下，为了解决"内患"而提出了自己的主张以巩固封建统治。

二、尊王攘夷思想的提出

尊王攘夷思想，可以追溯到中国南宋朱熹的思想学说。朱熹在给《论语》注解时，写道"攘夷狄以尊周室"，对照朱熹所处的时代背景，也就是要保卫南宋皇室，对抗以金为首的北方外民族。随着江户时代把朱子学奉为"官学"，这种思想也逐渐传开。

1657 年，在水户藩第二代藩主德川光国的主持下开始编撰《大日本史》记录神武天皇即位以后的历史，以此为契机而兴起盛行的学派就称之为"水户学"。前期水户学主要提倡朱子学的大义名分论，后期水户学的核心是尊王攘夷论。

后期水户学以水户藩第九代藩主德川齐昭设立"弘道馆"而形成，其代表人物有德川齐昭、藤田幽谷、藤田东湖、会泽正至斋等。藤田幽谷在其著作《正名论》中写道："幕府若尊皇室，诸侯即崇幕府；诸侯若崇幕府，卿大夫即敬诸侯。夫然后上下相保，万邦协和。"他强调尊崇天皇，必须恪守君臣上下的关系，不得有僭越。藤田幽谷的门人会泽正至斋著有《新论》，所谓"新论"，也就是在遭遇国家危机时对有关政治改革的言论，《新论》的开篇即写道，"神州乃日出之地，元气肇始之所，是天日之嗣，世御辰极，终古不易。因为大地之元首，万国之纲纪也。"可以看出，水户学主张万世一系的天皇权威不可侵犯，"天无二日，士无二王"，天皇应是日本的最高且唯一的统治者。从这种"尊王"思想也能看出明治维新后国家主义政策，特别是国民教化政策的雏形，这些理论对近代国家主义的形成产生了很大的影响。

在"尊王"思想确立的同时，"攘夷"思想也被提了出来。1806 年沙俄人在虾夷犯下暴行，1808 年英国船只非法入港，1822 年、1824 年英国船只停靠登陆向日本索要燃料和饮用水，为了应对危机，幕府提出了"击退外船令"。但是幕府的这种强势态度只是流于表面，实际上是想方设法避免和外国冲突。

闻听此消息的藤田幽谷非常愤怒，认为幕府对英国来航的不作为是对"神国"日本的侮辱，应该对外实行强硬措施，打出了"攘夷"的旗号。在 1825 年"击退外船令"发布后，直面外国渔船入侵日本近海而幕府却毫无防守对策的民族危机，会泽正至斋立即写了《新论》，提出不能将那些外国船只仅仅看作是"蛮夷、商船、渔船"，而是把此事件上升到国家层面，强调必须把抵御外敌作为国家的一项长久之计。他认为天皇掌管神道祭祀，要使民众"敬畏天威"，要防止佛教、基督教等对民众的诱惑，民

---

① [日] 大盐中斋. 佐藤一斋 大盐中斋 [M] //日本思想大系：第 46 卷. 东京：岩波书店，1983. 606.

众要统一起来，实现国家的富强。

"尊王"及"攘夷"，本身是在幕末时期面临民族危机为了加强幕府统治而提出来的，是为了应对国家内外忧患的局面而提出来的一种解决方式，尊王攘夷思想从根本上说是要建立以天皇为中心的统一国家，为了维持封建统治秩序。"但这种'尊皇''神国''国体'等带有浓烈色彩的'尊王攘夷'论本身就表现出一种特殊的'国家主权'理论，其实质就是国家主义，因此日本的开国为国家主义的出现提供了前提条件。"[1]吉田松阴在所著的《幽囚录》中提出"收满洲逼俄国，并朝鲜窥清国，取南洋袭印度，宜择三者之中易为者而先为之"，实际上成为日本20世纪上半叶的"大陆政策"的蓝本，体现出强烈的国家主义性质。

尊王攘夷思想是由处于等级制度的上层人物提出，为了防止封建统治颠覆的一些改革现状的理论。随着民族危机的高涨，幕府与朝廷的矛盾进一步加深，"尊王攘夷思想"发展到后期又成为倒幕的指导思想，在提高民族意识中起到了积极作用。面对幕府的腐败无能，吉田松阴提出"草莽崛起论"，直接指摘"今日幕府已无扶持之术"，而"草莽"就是"与尊王攘夷的绝对价值相连、意欲提高朝廷权威的、带有反幕府性格的在野人士"，他所创办的松下村塾培养了如高杉晋作、伊藤博文、山县有朋等不少倒幕维新志士。

在草莽志士们意识到外国的强大、攘夷的不可行之后，在思想上就发生了由"尊王攘夷"到"尊王倒幕"的变化。以下级武士为主体，地主、富农、工商业者也参与进来形成的全国性倒幕斗争轰轰烈烈地开展起来。我们必须看到的是，在明治维新后成立的中央集权制统一国家，这种"尊王"思想依然保持着生命力，这可以从明治政府采用的神道国教化政策、《教育敕语》中体现的国民道德思想原型中看出。"一直到太平洋战争结束之前的忠君爱国及军国主义的理念就是尊王攘夷的近代化变形。"[2]

三、国学的发展

日本的近代国家主义的思想基础直接来源于江户末期的"国学"发展。

在日本上代时期存在过诸多神话。《古事记》中就记载了日本国土的生成经过。在天地形成以后，伊邪那岐神及伊邪那美神二神奉天御中主神的命令修复漂浮在海上的国土，然后创造了淡路岛、四国、本州、九州等岛屿及八百万神，这就是神创日本国土的故事。天照大神即太阳神为伊邪那岐之女，统治天国，对古代日本人来说，天照大神是诸神中最大的神格，也是天皇的祖先神。在《日本书纪》中，记载了皇室先祖自高天原降临，遵照天照大神的"神敕"永远地统治国土。也就指明了天皇是"现人神"，是接受天神的指派来管理日本的，神统即皇统。象征皇权的三大神器"剑、玉、镜"自神武天皇以后代代相传。2019年平成天皇的退位仪式及令和天皇的继位仪式中，"三大神器"通过卫星转播再次出现在全世界人民的面前（其实看到的是内装"剑、玉"的装饰盒）。"皇权神授"等近代国家主义中关于天皇权威的解读根源就来自日本的古代

---

[1] 梁中美. 近代日本国家主义的建构之路 [J]. 贵州师范学院学报，2011（05）：15.
[2] [日] 尾藤正英. 日本の国家主義——「国体」思想の形成 [M]. 東京：岩波書店，2014：242.

神话。家永三郎在其研究中指出"记纪物语①反映了日本先祖的尊皇精神的源泉"②。

进入江户时代，德川幕府确立了幕藩体制、发布了锁国令，阻隔了日本与海外无论是经济还是政治、文化等的一系列往来。锁国的客观环境使得民众只把视野局限于自己的藩国，作为统一的"国家"意识不断弱化。

到了江户时代中期，"国学"兴起。这种国学，是以摆脱中国儒家等外来学说的影响，复兴"大和心"为目的的。"是以《古事记》、《万叶集》等古典为学说的依据，接受荻生徂徕古文辞学方法的影响，研究古语的意思及形态，并从古语、传说及和歌中找到日本自古以来为政的理想。"③ 也就是力图追求儒佛传到日本之前，没有受到外来学说影响的日本古代的民族精神，因此，这里说的"大和心"，就是指日本古代以天皇制为中心的所谓日本精神。这个时期的国学也就成了近代国家主义思潮的源头。荷田春满、贺茂真渊、本居宣长、平田笃胤被称为"国学四大家"。

18世纪初僧人契冲受德川光国委托撰写了《万叶代匠记》，奠定了国学的基础。在契冲之后登上国学舞台的是荷田春满。荷田春满出生于神官之家，这样的家庭氛围从小就开始影响他，使他对于古典研究有着浓厚的兴趣。著有《万叶集童蒙抄》《创学校启》等，他反对用中国的阴阳五行之说来解读日本的神道，主张用古语来阐明日本固有的精神，复兴"古道"，主张设立国学学校。

荷田春满的门人贺茂真渊继承了他的思想，提倡"通古语以明古义"，致力于古语的研究，著有《万叶考》，把对《万叶集》的研究提升到一个新的高度，认为要明古道必先读《万叶集》，"尊古者必习古歌，习古歌者必先读《万叶》，能通《万叶》而得其解，则知古世代之事以明矣。"在《国意考》中，他批判儒学佛教，认为正是这些外来文化扰乱了日本，书名中的"国意"，就是指"皇国精神"。"贺茂真渊的复古国学为日后的王政复古准备了一剂强心剂，为高唱'皇道'之军国主义夯实了哲学根基。"④

本居宣长是国学的集大成者。他前期受契冲及荻生徂徕的影响很深，后来师从贺茂真渊，在多个学问领域都有建树。他著有《源氏物语玉小栉》，把古典文学《源氏物语》美的本质归结于"物哀"，这也成为日本民族所特有的审美意识。"物哀"是对天地万物的感受，是主观的，在哲学上被称为"主情主义"，这是与中国传统文学中的理性、劝善惩恶等所异质的。本居宣长批判儒教的"汉意（からごころ）"，主张应该推崇日本所独有的"大和心（やまとごころ）""神之道（神の道）"。

他花费三十余年时间完成对《古事记》的所谓考证，撰写了《古事记传》，认为《古事记》中的神话记载具有真实性，主张回归日本自古就有（古来）的精神，提出"首先在皇国，天地始分，至国土日月万物之始，其事详传，天照大御神御生之御国，胜于万国"。主张日本是天照大神的本国，天照大神就是太阳，万世一系的天皇历代都是日本的君主，并由此认为日本是"万国之原本大宗之御国"，日本是优越于其他异国

---

① 指《古事记》和《日本书纪》。（笔者注）
② ［日］家永三郎. 日本文化史［M］. 东京：岩波书店，1995：39.
③ ［日］佐藤正英. 日本伦理思想史［M］. 东京：东京大学出版会，2003：147.
④ 冯天瑜. 日本江户时期的国学流派探研［J］. 中原工学院学报，2017（05）：3.

民族的。而实际上《古事记》中关于伊邪那岐神及伊邪那美神二神创建日本国土，天照大神是天皇的祖先神等内容本身就是神话，而神话只是文学创作的一种形式，绝非历史。从历史唯物主义的角度来看神话是虚构的、人为想象创造的，因此本居宣长的这种考证放到今天来看就更为可笑。不仅仅是日本，在其他国家也有类似的创世神话，这源于古代人民对自然的不可知，源于对神灵的盲目崇拜，比如在中国，就有盘古开天辟地、女娲补天的神话，三国时期吴国的徐整所著《三五历纪》中有如下记载："天地浑（混）沌如鸡子，盘古生其中。万八千岁，天地开辟，阳清为天，阴浊为地。盘古在其中，一日九变，神于天，圣于地。"盘古被认为是中华民族的创世纪始祖。中国又是一个统一的多民族国家，少数民族也多有关于自己祖先的神话传说。在西方，《圣经》中记载上帝创造了亚当，又用亚当的一根肋骨创造了夏娃，此后才有了人类。因此，从这一点上看，本居宣长的《古事记传》本身就是对历史的歪曲，那么他在此基础上衍生出来的理论也就完全立不住脚。

平田笃胤主张尊崇日本古来纯粹信仰的复古神道，强调日本是神国，强调天皇的神性，他的国体思想在"我皇国乃万国之支柱，卓越于万物万事、万国之天国"的论述中得以充分体现，这一思想对之后的尊王攘夷运动产生了很大影响。

平田笃胤在研究《古事记》《日本书纪》的基础上，撰写《古史成文》提出自己的见解，"古天地未生之时。於天御虚空成坐神之御名。天之御中主神，次之高皇产灵神，次之神皇产灵神，此三柱神者"，肯定了神创世界的说法，这也成为平田笃胤的"神国论"及"日本中心主义"的理论基础。平田笃胤继承了本居宣长的"日本中心论"，完善了本居宣长的"神之道"学说。他在1803年所著的《呵妄书》中，强烈抨击儒家思想，提出应该废除污秽的儒学圣人之道，学习皇国古道，鼓吹尊王复古。这些都带有强烈的国粹主义色彩。

平田笃胤把世界分为"显明界"和"幽冥界"，与本居宣长的黄泉说不同，认为世人死后灵魂的归处是由大国主神所支配的"幽冥界"，而天皇则统治"显明界"即现世。在《灵能真柱》中，他提到现世的民众都是天皇的子民，必须恪守君臣、父子、夫妇、兄弟的秩序，做到上下尊卑有别。而天皇不仅仅是统管天下的政治领袖，还包括对人们日常行为、伦理道德等的统治。他认为世人只有在知晓天地生成、神的功德之后，才能充分理解"皇大御国"优越于"万国"的原因；只有在明确死后灵魂的去处之后，才能加强民众的团结，牢固"大和心"。可以看出，他的"死后安心说"是为了提高天皇的统治权而提出的。

平田笃胤认为天御中主神是主宰一切宇宙万物的唯一主宰神，肯定日本上代的神话传说，强调日本是神国，日本天皇即神，天皇万世一系，他把自己所撰写的《古史传》等有关古史的相关书籍进献给天皇以表自己的忠心。他的理论学说触犯了幕府的利益，有关皇室中心论的著作如《天朝无穷历》等被禁止出版，他也被迫告老还乡，在两年后的1843年郁郁而终。

从以上可以看出，近世的国学者们主张的共同点就在于，批判、排斥儒教佛教等外来学说，提倡回归日本古道，恢复日本民族的固有精神，宣扬日本是"神国"，优于其他一切民族，天皇作为天照大神的子孙是日本的最高统治者。这种思潮虽然在幕末时期对于提高民族意识，把民众的思想从儒学佛学等封建道德的束缚中解放出来，解决内外忧患的危机，推动倒幕运动及明治维新，走向近代化起到了积极的作用，但是也为明治维新后日本近代国家主义的产生、发展，对内压制民主、对外侵略扩张，乃至于第二次世界大战的军国主义等提供了理论上的基础，埋下了祸根。

第二节　近代日本国家主义的形成与发展

前面提到，明治维新实现了日本由封建社会到近代资本主义国家的转变，近代国家主义也随之形成。从历史上看，这种国家主义是适合当时日本的国情的。并且也在日本近代国家建立的初期，为统合国民思想、促进资本主义经济发展、提高日本在世界上的外交地位起到了一定积极的作用。

一、明治国家的成立

1866 年，在坂本龙马、中冈慎太郎的斡旋下，萨摩藩与长州藩结为军事同盟，坚定了倒幕的决心。而第二次征讨长州藩的战况对于幕府军来说非常不利，于是就借德川家茂的病死停止了战争。在这个时期，一方面由于开国所带来的经济混乱，另一方面由于政局动荡、内战不断，因此日本国内群众起义不断，大家都希望建立新的政权实行社会变革。在幕府的节节败退局势下，第 15 代将军德川庆喜在 1867 年 10 月向朝廷上表"大政奉还"。但是与此同时，萨长两藩联合朝廷方的岩仓具视却也获取了天皇发出的讨幕密诏，所以本来可以名正言顺地进行武装倒幕的行动被幕府占得了先机。德川庆喜虽在表面上还政于天皇，而自己实际上却仍然想继续幕府的统治。11 月中旬坂本龙马和中冈慎太郎被幕府暗杀，空气骤然紧张。12 月 9 日，倒幕派决定发动政变，发布了王政复古的大号令，成立了以天皇为中心的临时新政府。新政府命令德川庆喜辞官纳地，废除幕府及朝廷的摄政、关白，设立总裁、议定、参与三职，在参与里吸纳萨摩藩等雄藩的代表人才。

德川庆喜并不甘于自己的失败，组织军队誓与新政府军决一死战。在 1868 年 1 月的伏见、鸟羽之战中，幕府军大败，新政府军又在同年武装占领了江户。这次全国性的内战持续了近一年半时间，史称"戊辰战争"，新政府取得了最终胜利，彻底推翻了德川幕府的封建统治，建立起统一的中央集权国家。

二、明治维新

幕府灭亡，天皇掌握了最高权力。在明治天皇的主政下，日本在政治、经济、军事、教育、文化等各个领域开展了一系列资产阶级改革，也就是明治维新，使日本走上了资本主义的发展道路。

1868 年 3 月，明治天皇率领文武百官向神起誓，公布了《五条誓文》，强调了天皇亲政，表明了要广开言路、与外国交好学习先进知识技术以发展日本的政府的方针策略。同一天，明治天皇发表了《宸翰》，提道："朕安抚尔等亿兆，终欲开拓万里波涛，布国威于四方，置天下于富岳之安。"可以看出，从明治伊始，日本就具有对外扩张并使之臣服成为自己殖民地的野心。这一想法也在后来进行的一系列改革及甲午战争、日俄战争中得以实践，成为日本近代国家主义形成的源头。

对于民众，明治政府所采取的措施仍然保留了浓烈的封建色彩，如要求遵守儒教的"君为臣纲、父为子纲、夫为妇纲"等封建伦理，禁止民众结党上诉，禁基督教，等等，这实际上很大程度地延续了幕府以前的政策。

1868年4月政府公布《政体书》，同时模仿美国宪法采取三权分立的形式。9月改元明治，翌年迁都东京（原江户）。在德川幕府时代，实行幕藩体制，各藩藩主具有很大的自治权，藩民也以藩主马首是瞻。因此明治政府为了加强中央集权、促进国家的统一，在1871年实施"废藩置县"，由中央政府任命各县知事，结束了长期以来封建割据的局面，把整个国家都置于政府的直接管辖之下。"废藩置县的成功，标志推翻封建制度的日本资产阶级革命基本完成，为建立一个中央集权国家和发展资本主义经济奠定基础。"①

废藩置县后，一系列资产阶级改革陆续开始。

在政治上，实行了行政机构的改革，明确规定政教一致、天皇亲政；委任江藤新平进行法治改革；废除封建等级身份制度，旧四民中的"农工商"皆统称为"平民"，允许平民拥有姓氏、可与华族士族通婚、可以自由选择职业等，这被称为"四民平等"。

在经济上，提出"殖产兴业"。实施土地改革和地租改革；1870年设立工部省，兴办"官营"即国营企业，包括矿山、军工厂、机械工厂等。短短十几年时间，日本就完成了资本的原始积累，大大改变了以前工业落后于其他强国的局面。

在教育上，1871年设置文部省主管教育，1872年公布"学制"，普及小学教育。1877年东京大学成立，聘请了很多外国教师传授知识，其他如师范学校、女子学校、工业学校等也纷纷建立。福泽谕吉、新岛襄创办了私立的庆应义塾和同志社。

明治政府从一开始就提出了"富国强兵"的口号，想要建立一支近代化的军队。在废藩的同时，解散了藩兵，设立兵部省，山县有朋任陆军大辅、胜海舟任海军大辅。1873年发布全民皆兵的"征兵令"，要求年满20岁的男子无论身份高低都必须服兵役。政府还派人专门研究并学习德国、法国等的先进军事制度，还设立军校以培养高级军官。在明治初期，军事力量得以迅速扩充，这些为之后日本的对外扩张在军备上打下了坚实的基础。

三、文明开化

明治初期，随着政府在近代化进程中采取的一系列政策措施的开展，西方的近代思想以及社会文化等给日本带来很大影响，这股风潮被称为"文明开化"。在思想领域，儒教、神道以及一些旧的风俗习惯变得不合时宜，自由主义思想、天赋人权思想等传入

---

① 吴廷璆. 日本史[M]. 天津：南开大学出版社，1994.375.

日本。福泽谕吉就是西方启蒙思想的先驱者，著名的思想家、教育家。在其《劝学篇》中，他从卢梭的天赋人权出发，指出"天不生人上之人，也不生人下之人，凡天生的人一律平等，不是生来就有贵贱上下之分的"。他的这部著作到 1880 年卖出约 70 万册，成为当时的一大畅销书。在《文明论概略》中，他提出为了国家的独立首先应该树立个人的自主、自立精神，阐释了日本必须学习西方文明的原因及重要性。1873 年（明治六年）福泽谕吉等人还组织了日本第一个学术结社"明六社"，宣传西方自由民主科学思想。福泽谕吉的一系列著作对日本国民特别是青年人带来很大影响，对日本的近代化起到了功不可没的思想启蒙作用。但是，我们更应该看到的是，福泽谕吉虽然在传播西方资本主义文明、自由主义思想、主张创办学校等方面起到了积极的推动作用，但是他的很多思想特别是在他人生的后二十多年间发表的一系列文章中带有浓厚的国家主义色彩、侵略色彩，这集中体现在他的有关国家独立的言论、脱亚论、征韩论、对甲午战争等的言论上。

在教育方面，1871 年 7 月，明治政府成立了文部省，1872 年仿效法国的学区制颁布了教育改革法令《学制》（1879 年《教育令》废除学区制），致力于普及小学教育，并逐渐实现了义务教育。1872 年开始设立师范学校、女子学校、产业学校等专门学校，1877 年东京大学成立，设法、理、文、医等学院，招募外国学者任教，进行教育改革。福泽谕吉的庆应义塾、新岛襄的同志社等私立大学也在此期间成立。另外，明治政府还重视向国外派遣留学生，"1869 年至 1870 年，派出留学生 174 名，1873 年增至 373 人。经费 25 万日元，占文部省预算的 18%"①。

在报纸与杂志方面，以东京为中心发行了多种报纸杂志，除介绍西方资本主义文明、报道时事新闻之外，还刊载对时事问题的评论。在人们的生活习惯上，也发生了诸多变化。旧式的武士发髻被剪掉，穿着西式服装逐渐从军人、官吏阶层扩大至民众之间，西式砖瓦房、煤油灯、人力车等也逐渐多了起来。还有诸如仿效西方采用太阳历（阳历），划定一天为 24 小时，把周日作为休息日，等等。

但是，明治政府在推行文明开化的同时，也出现了一些倒行逆施的政策。如在宗教方面，1868 年政府为倡导"祭政一致"（政教一致）颁布了《神佛分离令》，在全国掀起废佛毁释运动。从此日本便以神道为国家唯一宗教，一直到 1945 年日本战败才被废除。1870 年明治政府发布《大教宣布诏》，将神道正式定为日本国教，制定了神社制度，"神道的国教化是用'大教'的名义，把重新体系化了的以崇拜天皇为核心的神道教义，自上而下的、有组织的加以传布，以达到统一全体国民宗教的目的"②。另外，还废除了传统的上巳节、端午节、七夕节、重阳节等，重新制定天皇崇拜及宣扬神道的节日。如天长节（庆祝天皇诞生日的节日，明治时期为 11 月 3 日，大正时期为 10 月 31 日，昭和时期为 4 月 29 日。"天长节"于战败后废止，改为天皇诞生日）、纪元节（《日本书纪》中记载的神武天皇即位之日，战败后废止，1966 年改名为"建国纪念日"而重新设立）、神武天皇祭、神尝祭、天尝祭等。

---

① 吴廷璆. 日本史 [M]. 天津：南开大学出版社，1994：401.
② [日] 村上重良. 国家神道 [M]. 聂长铎译. 北京：商务印书馆，1990：82.

第三节　近代日本国家主义的嬗变——极端国家主义

明治初期的国家主义虽有一定积极作用，但是其极端性和危险性也是显而易见的。以天皇为中心的明治政府，对内压制民主，对外扩张侵略，日本的近代国家主义在明治国家建立之后很快就严重偏离方向，走上了极端国家主义的道路。

一、明治初期的对外扩张侵略

幕府末期，在西方列强的威胁下，日本与西方国家签订了一系列不平等条约。明治政府成立后，1871年政府派遣由岩仓具视带队的使节团远赴欧美访问考察，并谋求修改之前签订的条约。面对西方列强，日本采取的是妥协、谈判的态度与手段，以修改条约、争取在国际上的地位。而面对亚洲近邻国家，日本却自诩"神国"，推行对外扩张，奉行明治天皇在新政府成立伊始就表达的"欲开拓万里波涛，布国威于四方，置天下于富岳之安"的狼子野心。

在历史上，丰臣秀吉曾经两次攻打朝鲜均以失败告终，可以说朝鲜这块"肥肉"一直是日本所垂涎的，历代日本掌权者总是想把它收入囊中。在幕末的吉田松阴勾画的蓝图中，是如此描写的："责难朝鲜，使之纳币进贡，一如古时强盛之时。北则割据中国东北的领土，南则掠取中国台湾及菲律宾群岛。"被称为"明治维新三杰之一"的木户孝允在1869年初就向岩仓具视建议征韩，之后同为"维新三杰"之一的西乡隆盛也鼓吹"征韩论"，他们皆以朝鲜的所谓"无礼"为口实，主张武力侵略朝鲜。征韩派受到大久保利通、岩仓具视等的反对与压制，但是大久保等人并不是反对武力，而是在考察西方各国之后，得出先治理内政的结论，其本质是等待国力强大之后再实施侵略。

事实上，明治政府也逐渐将这一梦想付诸实施。1875年，日本军舰入侵江华岛制造了"江华岛事件"并迫使朝鲜签订了不平等条约。

明治政府在谋划侵朝的同时还准备着入侵中国。1871年琉球船民因遇暴风雨漂到台湾，一部分人被高山族人误杀，日本借机插手中国与琉球事务，并为武力侵台做了充分的外交与舆论上的准备，目的就是掩盖自己实质上的对外侵略行径。1874年日本武力攻台遭到奋勇抗击，清廷软弱无能签订《北京专约》赔款给日本，这无疑更助长了日本的对外侵略野心。

二、自由民权运动及其评价

随着政府内部高层关于征韩论争的结束，征韩派的西乡隆盛、板垣退助、江藤新平等都集体下台。下台的官员们又分裂为两派，西乡隆盛等主张通过武力反抗政府，板垣退助等主张开设国会、制定宪法。"西南战争"后，西乡战败自杀。

从当时的日本社会情况来看，经济上的资产阶级改革，没有使士族攫取好处，反而生活越来越贫困；知识分子阶层受自由民主思想的影响强烈要求改革专制政府；农民们深受地租、征兵令之苦，不断发动起义。他们对政府的不满之声日益高涨。自由民权运动就是在这种社会背景下产生的。1874年，板垣退助、后藤象二郎等向政府提交《民选议院建白书》，批判政府的专制，主张建立民选议院等。此次事件被新闻报道后引起极大争论，成了"自由民权运动"开始的导火索。1875年，以"立志社"为中心，板垣退助在大阪成立"爱国社"，把自由民权论推向全国。

明治政府深恐自由民权运动的发展威胁自己的专制统治，于是采取了一系列措施对其进行压制。板垣退助再次被招入朝为官，随后爱国社被解散。在这个时期，人们又充分利用报纸等作为斗争武器宣传天赋人权、自由平等等观点，而政府则采取高压措施，出台禁令管控言论，这些代表自由民权思想的报纸杂志被强制取缔。1878年，重建爱国社的大会在大阪召开，此后自由民权运动也扩展到上层农民及城市工商业者之间。1880年，以爱国社为中心结成"国会期成同盟"，向天皇递交了开设国会的请愿书，政府却未予采纳，甚而制定集会条例，严厉取缔自由民权派的言论、集会、结社。

但是，面对日益高涨的自由民权运动，明治政府也不得不考虑立宪问题。而此时政府内部却起了纷争。大隈重信主张立即开设国会，而伊藤博文则坚决反对。民众对政府的反对之声一浪高过一浪。1881年（明治十四年），政府罢免大隈重信，决定了"钦定宪法"（即由天皇制定宪法）的方针，承诺在十年以内开设国会。此时以伊藤博文为中心的政权得以确立，这个政权把日本引上极端君权的立宪君主制的道路。

开设国会的时间定下来之后，这个时期结成了各个党派。以板垣退助为中心成立了自由党，以大隈重信为党首成立了立宪改进党。自由党以农村为基础，改进党则受到城市实业家及知识分子阶层的支持。政府一方结成了立宪帝政党。自由党成立以后，得到了迅速发展，其中激进派甚至主张以革命来对抗政府，并逐渐发展成一些起义，自由民权运动进入高潮期。福岛事件、秩父事件都是其代表。1884年秩父地区（今埼玉县）因为经济的不景气，受高利贷的无情盘剥且无力偿还，数万农民发起暴动，袭击高利贷债主家，占据官邸警察署等，政府大为震怒甚至出动了军队才最终把这次起义给镇压下去。

明治政府对自由党采取了怀柔和打压两手政策，还挑唆自由党和改进党之间互相攻击，自由党内发生分化，很多人脱党并最终解散。立宪改进党在大隈重信退出后也偃旗息鼓。如此，在政府的不断打压下，自由民权运动逐渐走向衰退。

在后期，随着政府提出的国会开设时间的逼近，自由民权派又谋求再次集结，1886年前自由党的星亨、中江兆民等倡导"大同团结"；片冈健吉提出减轻地租、拥有言论集会自由、签订对等条约等三大建白（请求），群众积极响应，三大建白运动很快扩展到全国。针对这次运动，政府颁布《保安条例》予以镇压，驱逐了500多名自由民权运动者。

19世纪七八十年代兴起的自由民权运动提出开设国会、制定宪法、减免地税、修订不平等条约等，虽然由于政府的镇压及内部的分裂而导致最终失败，但是也取得了不少成果。迫使明治政府答应制定宪法，在经济、外交方面也争取到一些权益。参加此次运动的不仅有士族、豪农、小地主、资产阶级，还有农民群众，群众基础广泛，自由民主意识也得到传播，推动了近代日本国民国家的建设，为大正民主运动打下了基础，自由民权运动在这些方面都是具有很大的积极意义的。但是，民权派们的政治诉求都是主张君主立宪，并没有否定天皇，这也是此次运动的局限性。

还有最重要的一点就是，我们必须看到民权派虽然在日本国家内部主张民主自由，但是在对外问题上却是另一副嘴脸。板垣退助等都主张对外扩张，支持政府侵略中国及朝鲜。在1884年朝鲜的甲申事变时，板垣退助、片冈健吉招募所谓的义勇军在行动上支持明治政府的对外侵略；一些民权派如植木枝盛还亲自参加"征讨清朝"的示威游行；福泽谕吉发表"脱亚论"等极力贬低中国，鼓吹武力侵略中国和朝鲜，这在他后期撰写的一些文章中得以强烈体现。因此，从这一角度上来说，自由民权运动从一开始就夹杂着国家主义的因素。

三、《大日本帝国宪法》

自由民权运动促使日本政府不得不着手准备制定宪法。1889年2月11日，《大日本帝国宪法》发布，《大日本帝国宪法》也被称为《明治宪法》，这是日本近代的首部宪法，是一部"钦定宪法"，日本也成为亚洲第一个君主立宪制国家。随着《大日本帝国宪法》《军人敕谕》《教育敕语》的出台，近代天皇制国家得以成立。

《大日本帝国宪法》以宪法的形式确立了天皇是日本最高统帅的地位。宪法第一章即是关于天皇权力的各项规定，列举如下：

第一条　大日本帝国，由万世一系之天皇统治之。

第二条　皇位，依皇宗典范之规定，由皇族男系子孙继承之。

第三条　天皇神圣不可侵犯。

第四条　天皇为国家元首，总揽统治权，依本宪法规定实行之。

第五条　天皇依帝国议会之协赞，行使立法权。

第六条　天皇批准法律，命其公布及执行。

第七条　天皇召集帝国议会，命其开会、闭会、停会及解散众议院。

第八条　天皇为保持公共之安全或避免灾厄，依紧急之需要，于帝国议会闭会期间，可发布代法律之敕令。此敕令应于下次会期提交帝国议会，若议会不承诺时，政府应公布其将失去效力。

第九条　天皇为执行法律或保持公共安宁秩序及增进臣民之幸福，得发布或使令政府发布必要之命令，但不得以命令改变法律。

第十条　天皇规定行政部门之官制及文武官员之俸给，任免文武官员，但本宪法及其他法律有特殊规定者，须各依其规定。

第十一条　天皇统率陆海军。

第十二条　天皇规定陆海军之编制及常备兵额。

第十三条　天皇宣战媾和及缔结各项条约。

第十四条　天皇宣告戒严。戒严要件及效力，由法律规定之。

第十五条　天皇授与爵位、勋章及其他荣典。

第十六条　天皇命令大赦、特赦、减刑及复权。

第十七条　置摄政依皇室典范之规定。摄政以天皇名义行使大权。

从以上条文可以看出，天皇的专制通过法律得以明确下来。国家主权属于天皇，"大日本帝国由万世一系之天皇统治之"，"君权神授"，天皇在立法、军事、财政、外交等各个方面都拥有最高统治权，国民都是天皇的"臣民"。随着《大日本帝国宪法》《军人敕谕》《教育敕语》的颁布，日本国内在政体、军事、教育领域统一了天皇专制的思想，"忠君爱国"得以彻底灌输。

四、"明治维新"的不彻底性

对于近代日本天皇制的形成过程，本人在以前曾经就此做过研究，发表了《从天皇制的发展管窥"明治维新"的不彻底性》，现摘录如下：

天皇制是日本政治制度中重要的一环，也是日本不同于其他国家而独有的一个政治形态。以下从日本天皇制的发展、保留来探讨明治维新的不彻底性。

（一）古代天皇制的起源及发展

"天皇"这一称谓并非起源于日本，据《史记·秦始皇本纪第六》记载："古有天皇，有地皇，有泰皇，泰皇最贵"，"王曰：去'泰'著'皇'。采上古'帝'位号，号曰'皇帝'"。蒋立峰在其《日本天皇列传》中提到，"天皇"一词本是中国道教的用语，在汉魏时已很流行。随着日本同大陆文化交流的加深，中国的道教经典和其他汉籍一起传入了日本，"天皇"一词对于编造了"天孙降临""神武肇国"神话的人来说自然具有很强的吸引力。他们于是借用"天皇"这两个汉字来表示日本的最高统治者，但"天皇"这个称呼的读音仍使用古日语的训读。使用"天皇"不仅代表了天皇在日本统治阶级中的至高无上的"神圣"地位，而且在与中国皇帝的交往中也体现了平等的精神。那么日本又是从何时开始正式使用"天皇"这一称谓的呢？日本古代并无文字，大约在公元5世纪时中国的汉字传入日本，而日本开始使用汉字记事则要到公元6世纪左右，所以关于古代日本的一些情况，只能从中国的一些古籍中去寻找，一般要追溯到班固的《汉书·地理志》："乐浪海中有倭人，分为百余国，以岁时来献见云。"这是中国古籍中关于日本的最早记录，此时的日本以北九州为中心散布在各地的小国多达上百个，正值日本开始由原始公社向奴隶社会过渡的时期。公元2世纪末出现的邪马台国是日本奴隶社会的雏形，此时称呼日本的最高统治者是"王"而非"天皇"。但关于邪马台国的具体位置至今在学术界尚无定论。公元3世纪末在畿内的大和地区兴起了一个国家，因其地理位置而史称"大和国家"。到公元4世纪末5世纪初时基本统一了日本，直到7世纪中叶，其统治长达三四百年。这一时期也是天皇被确立为日本最高统治者的开始，但其称谓也经历了由王到大王最后被称为天皇的过程。"608年推古朝派出的第三次遣隋使携国书中有'东天皇致白西皇帝'一句，倭王对外使用'天皇'作为自己的称号。在这前一年推古朝派出的遣隋使所携国书中有'日出处天子致书日没处天子，无恙'……日本学者本宫泰彦认为这一记载可依国书原文可能是'天皇'，而被

《隋书》编者改为'天子'了。"① 可见"天皇"这一称谓在推古朝才开始出现。

592年，推古天皇即位后任命厩户皇子为摄政（即圣德太子）。圣德太子在看到了隋朝建立的封建统一国家和朝鲜半岛上新罗的强大之后，也开始致力于日本国内的改革，即影响深远的"圣德太子改革"。改革通过指定"冠位十二阶"、颁布《十七条宪法》等措施建立以天皇为中心的中央集权国家，"儒家的'三纲''五常'可说是《宪法》的核心思想。《宪法》提出'承诏必谨，君则天之，臣则地之'；'国靡二君，民无两主；率土兆民。以王为主。'其目的在于提高皇权，压制氏姓贵族的势力，建立中国式的君主专制王朝。"② 圣德太子的改革也被视为古代天皇制开始的标志。古代天皇制的最终确立则是在645年大化革新。

圣德太子改革之后由于不满足权力被削弱的大姓氏族发动宫廷政变，直至645年以孝德天皇和中大兄皇子为核心建立了新的统一政府，改年号为"大化"并立即着手改革。改革主要仿唐制，废除部民制实行班田收授法与租庸调制，并且建立了中央集权的政治制度，重新确立了天皇的权威，使天皇成为最高的统治者，大化改新也标志着日本由奴隶社会开始向封建社会转变。697年文武天皇登基，并于701年颁布《大宝律令》，标志着以法律的形式确立了天皇至高无上的地位，认定了大化改新以来逐步建立起来的以天皇为中心的中央集权官僚制度，标志着日本古代天皇制的正式确立。

大化改新虽然确立了天皇的统治地位，但是统治者并不满足于此，为了巩固天皇的统治，天皇被逐渐神化为"现人神"，并且通过一些神话故事使天皇更添神秘色彩，以此来迷惑日本人民。《古事记》与《日本书纪》就是最好的证明，这两部文献"描绘了一幅日本民族神话式起源的生动图景。诸如日本国土'大八洲'的生成、天神的陆续降生、天照大神在高天原上至高无上的统治等神话传说方面的内容……由于《日本书纪》是一部国家正史性质的著作，这就使得关于国家和民族起源的神话传说正统化、神圣化。从此，高高在上的天照大神被视为日本的皇祖，后来的历代天皇均被看作是天照大神的御子御孙。"③ 古代天皇制就是在经历了圣德太子改革、大化改新，以及文武天皇时期制定的《大宝律令》等逐步确立的，并且统治者通过编纂历史文献来阐述日本的产生以及进一步将天皇身份神圣化并且使天皇的地位合理化。

宋成有在《新编日本近代史》中指出："自1192年源赖朝创建镰仓幕府（1192—1333）后，武士阶级在天皇朝廷的律令体制之外，另立军人专政的武家政权。经过室町幕府（1336—1573）统治时期的进一步发展和安土桃山时代（1573—1598）丰臣秀吉的强化，至江户幕府时期（1603—1868），武家政权形成组织严密的幕藩体制。"④ 朝廷与幕府这种并存的政治现象一直延续到明治维新，这种双重政权的存在也极大地削弱了天皇的权力，从而使大权旁落，直到明治维新后近代天皇制的建立才使天皇又重新回到了统治的中心位置。

---

① 王蕴杰. 日本天皇和天皇制产生和发展历史探讨 [J]. 郑州航空工业管理学院学报（社会科学版），2004（01）：30.
② 吴廷璆. 日本史 [M]. 天津：南开大学出版社，1994：46.
③ 孙立祥. 日本民族的天皇崇拜思想论略 [J]. 外国问题研究，1994（03）：45.
④ 宋成有. 新编日本近代史 [M]. 北京：北京大学出版社，2009. 1.

(二)"西力东侵"与倒幕维新对近代天皇制的影响

1840年，对东西方世界的国家来说注定是不平凡的一个年份。1840年，英国通过发动鸦片战争并于1842年获胜后打开了中国的大门，这一缺口一经打开，西方国家纷至沓来。西方国家企图在亚洲推行殖民政策。将亚洲作为他们的原料产地和商品市场。日本从"宽永十、十一年（1633—1634），幕府发布第一、二次锁国令，实行'奉书船'制度"；"宽永十二年（1635）发布第三次锁国令"；"宽永十三年（1636）发布第四次锁国令"直到"宽永十六年（1639）幕府发布第五次也是最后一次锁国令。全面禁止外船来日，命各藩检查航行船只，提高密告外船走私入境者以3倍的奖金，并禁绝国外教会对日本教民的一切联系与影响。"① 日本虽然实行了二百多年的锁国政策，但此时正值西方列强对外侵略扩张之际，其国际国内的形势也被迫发生了改变。最先行动的是一直试图垄断对日贸易的荷兰，1844年荷兰向幕府率先递交了敦促日本开国的国书，但却遭到日本首席老中阿部正弘的拒绝。直至1853年，美国东印度舰队司令、海军准将佩里携美国总统国书前来要求日本开国，1854年双方签署了《日美亲善条约》，从此日本由锁国走向了开国的道路。

在这过程中，随着佩里的到来再加上"锁国"这一祖训的存在，幕府也是左右为难，各大名此时也是各执己见难以形成统一定论。无奈之下，幕府只能到京都去请示天皇，这一举动，无疑在无形之中将天皇的地位抬高了，也为后来建立以天皇为中心的新政权埋下了伏笔。幕府顺应了历史潮流而选择被迫开国，但在其内部却也蕴含着终将走向灭亡的因素，当强硬派的井伊直弼就任幕府最后一任大老开始，也加速了德川幕府最终退出历史舞台的步伐。

在条约"敕许"和将军继嗣问题的余波还未平复之际，独断专行的井伊直弼又对反对派实行了一系列报复，最终酿成了"安政大狱"。此时的中下级武士再也无法容忍井伊的所作所为，用刺杀的方法结束了井伊的生命，史称"樱田门外事件"。在这一系列过程中明治维新的志士们从"尊王攘夷"逐渐走向了"尊王倒幕"。所谓"尊王攘夷"，这一口号的提出是在日本被迫开国后，一部分外样大名认为日本之所以走到如此田地是因为幕府的独裁统治导致的后果，紧接着加入这一队伍的是中下级武士，而使他们走到一起的是他们唯一共同信仰的精神支柱——天皇。尊王是为了维护旧的封建道德思想，而攘夷则带有了强烈的主观排外色彩，目的是维护闭关锁国这一政策。但当他们在一系列攘夷活动失败之后发现，攘夷并不是明智之举，阻碍日本社会发展的反倒是幕府的封建统治，于是他们及时地转变了观念，以西南藩为中心的攘夷派开始走向了倒幕。他们必须打出天皇的旗号来维护他们行动的正统性来对抗攘夷派，也转变了一部分攘夷派人的思想，将矛头指向了幕府。

虽然幕府此时已无力回天但仍然不屈地做垂死挣扎。在幕府极力主导的"公武合体"运动失败后，最后一代将军德川庆喜也不得不"大政奉还"，庆喜向朝廷提出大政奉还上表，"当今与外国之交往日盛，如朝权不出于一途，则纲纪难立，兹将政权奉还

---

① 吴廷璆. 日本史 [M]. 天津：南开大学出版社，1994：237-240.

于朝廷，而使天下得以广行公议，仰承圣断，同心协力保护皇国，则皇国必将与海外万国并列"。至此，延续了二百六十多年的德川幕府统治时代也遂告终结。于是以"富国强兵""殖产兴业""文明开化"为三大口号的明治维新轰轰烈烈展开。

(三)《大日本帝国宪法》的颁布及明治维新的不彻底性

明治维新是日本历史上一个重要的转折点，扭转了日本民族的命运，是日本历史发展过程中具有重大意义的一次事件。它的发生有其历史的必然也有历史的偶然。明治维新是在日本社会经济和阶级关系的发展已经为社会形态的更替做好了初步准备的情况下发生的一场变革，同时，由于受到西方资本主义国家的外部压力，为避免沦为半殖民地的命运而提早发生的资产阶级革命。可以说，明治维新从一开始就肩负起了对内要求推翻落后的封建幕府的统治，结束分裂割据的状态，完成日本的统一，对外则要求摆脱西方资本主义国家的压迫与侵略，避免沦为半殖民地的命运，维护民族独立的双重历史任务。

从结果上来看明治维新是成功的，因为其实现了日本社会形态的转变——由封建社会向资本主义社会的转变；同时，它使日本摆脱了沦为西方列强半殖民地的命运，跻身世界强国之列而成为亚洲唯一能够保持民族独立的国家。但在肯定明治维新给日本带来的积极影响的同时也应该看到其不彻底性。经过明治维新后日本虽然走上了发展资本主义的道路，却保留了大量封建残余，比如，明治维新是由正在资产阶级化的下级武士领导的，他们虽是封建社会的产物与典型代表，但是当他们面对此时极有可能沦半殖民地的严重威胁的日本时，也发生了重大转变。然而，因为他们的人数还不是很多，同时，在他们的观念里难免保留着许多封建的意识，所以由他们领导的运动势必会受到无法抹去的封建思想的影响，而使改革不会变为彻底的资产阶级革命。再如典型代表即天皇制的保留，将日本人民又置于天皇制专制主义的压迫下；另一方面，日本虽然摆脱了沦为半殖民地的民族危机，但同时作为新兴的帝国主义国家也迅速走上了侵略亚洲他国的道路，给亚洲各国人民带来了灾难。可见，日本明治维新的不彻底性不仅对其本国人民是一种压迫，也给其他民族带来了痛苦。

近代天皇制的产生及发展是明治维新的结果，也是日本天皇制发展的顶峰。随着古代天皇制的逐渐衰落，天皇的地位又是怎样被推向了历史的舞台？而近代天皇制又是在什么样的背景下建立的？这一系列问题的答案都离不开对日本历史产生重大影响的明治维新，下面就明治维新与近代天皇制的建立之间的关系进行论述。

1867年12月9日，明治政府宣告成立。在发布的第一份文告《王政复古大号令》中，宣布批准德川庆喜"大政奉还"以及辞去将军一职，断然废除了幕府，另设由总裁、议定、参与组成的三职政府。随后1868年明治政府又先后颁布了《五条誓文》作为新政府施政纲领及《政体书》，由天皇亲政，辅相辅佐天皇，并制定出立法、司法和行政等各种管制和从一等到九等的官吏等级及其任用法等。随着"王政复古"的开始以及新政府的最终确立，标志着日本进入了一个崭新的时代。"王政复古"口号的提出，标志着天皇的地位又重新回到了统治权力的中心，随后新政府颁布了诸多措施来巩固这一结果。

为了巩固中央集权实现对地方的实际统治，明治政府首先实行了"版籍奉还"，将权力集中到了天皇手中，迈出了向近代政治统一转变的第一步。随后天皇颁布了《废藩置县诏书》，在东京、大阪、京都设立3府以及302县，结束了长期以来地方割据的局面，也彻底结束了260多年的封建幕藩体制，又进一步巩固了中央集权的政治体制。接着，新政府又从封建身份制度着手，废除封建武士特权。此时的武士阶层已经成了寄生阶层，严重阻碍了社会的发展，这一举措不但消除了对寄生阶层的长期负担，也为后来的"殖产兴业"提供了大量的劳动力，同时，军队私有这一现象也得到了解决，为近代化国家军队的建立创造了有利条件。无论政府实行何种政策其目的只有一个，就是巩固以天皇为中心的新政权，直至1889年《大日本帝国宪法》的颁布，才以法律的形式正式确立了近代天皇制。

《大日本帝国宪法》共七章七十六条，其中第一章就是对天皇规定的种种，在前面已做了列举。

《大日本帝国宪法》的颁布，将天皇的地位推向了一个至高无上的位置，不仅规定了天皇神圣不可侵犯的正统性，并且天皇的权力也是集立法、行政等统治权于一身，天皇掌握着无限的绝对的统治权力。明治维新前，由于大权旁落，天皇并没有实际权力，但通过明治维新，以及1889年《大日本帝国宪法》的颁布，不仅开创了近代天皇制，并且使天皇又重新回到了权力的中心地位，成为名副其实的掌握国家大权的实际统治者，也是基于此，标志着近代天皇制的建立。

从尊王攘夷、倒幕运动、公武合体、大政奉还、王政复古以及版籍奉还、废藩置县、改革封建身份制度直至最后《大日本帝国宪法》的颁布，近代天皇制一步步被建立了起来。正是因为它是发生在明治维新这一历史背景之下，而明治维新也是标志着日本社会由封建社会向资本主义社会转型的时期，天皇制的确立却又是有着与这个时代不相符的特点。这一带有封建特色的制度的保留并且推动它的向前发展，无疑是明治维新不彻底性的最显著的一个特点。

五、《军人敕谕》与《教育敕语》

丸山真男在评价明治维新后日本近代天皇制国家时指出："国家主义无处不将自己的统治依据强加于某种内容价值的实体之上……这个国家是建立在精神上的君主——天皇和政治上的实权派——将军这一双重统治之下，明治维新后的主权国家成功地将后者及其他封建势力的多元统治归纳到前者的一元化统治之中。"[①] 为了强化这种一元化统治，灌输忠君爱国的思想，明治政府先后颁布了《军人敕谕》与《教育敕语》。

（一）《军人敕谕》

1877年2月，西南战争爆发，9月以西乡隆盛的自杀而告终。紧接着在第二年即1878年8月又发生了竹桥事件。近卫兵炮兵大队的士兵杀害长官后拉着大炮离开竹桥军营，随后又向皇居逼近。近卫兵本是天皇的亲兵，是军中的精锐部队，但是在西南战

[①] [日] 丸山真男. 现代政治的思想与行动 [M]. 陈力卫译. 北京：商务印书馆，2008：6.

争后近卫兵特别是近卫炮兵却没有得到应有的待遇,因此不满情绪日益高涨并发动叛乱。虽然最后被近卫兵步兵所镇压,但是军纪混乱、无视命令等一系列问题都赤裸裸地暴露了出来。因此为了给士兵灌输"忠实、勇敢、服从"的思想,不到两个月的时间内就以陆军卿山县有朋的名义发布了由西周执笔的《军人训诫》,明确了树立军人精神的意义及内容。在《军人训诫》中,提到"我国古来武士之忠勇为主,自不待言。……我日本帝国之人民,以忠良骁勇之名光耀于四邻……",以此将武士的精神置换为日本人的荣耀,将原来封建武士对藩主的侍奉,转变为军人对天皇效忠的一元化。《军人训诫》的颁布为三年后的《军人敕谕》奠定了基础。

为了防止自由民权运动对军队造成影响,明治政府采取军政分离,禁止军队干预政治,规定军队统帅权直属于天皇。为了彻底贯彻"军人精神",1882年由山县有朋提议、西周等执笔撰写、以天皇的名义发布了《军人敕谕》。

《军人敕谕》开篇就讲述了所谓日本军队的历史及天皇的统率地位。"我国军队世代为天皇所亲御。"意即自神武天皇以后世世代代日本的军队都由天皇统率。虽然中间经历武家政治,但最终将军大政奉还、诸大名版籍奉还,日本得以"回归古制"。《军人敕谕》中明确规定天皇享有陆军和海军的统率权,《大日本帝国宪法》第十一条规定天皇统率陆海军,因此,小森阳一指出:"所以明治、大正、昭和三代天皇都负有发动所有战争的最高责任,这是不争的事实。"[①]

《军人敕谕》中包含五条精神:军人当以尽忠尽节为本分;军人须以礼仪为重;军人当尚武勇;军人当以信义为重;军人应以质素为旨。这篇敕谕以"日文"形式发布(天皇的敕谕一般由"汉文"撰写),就是为了让没有太高文化程度的普通士兵也能够理解其内容。政府为了达到"洗脑"的目的,甚至严令士兵们必须背诵这篇文章,这与《教育敕语》对国民的渗透如出一辙。"《军人敕谕》和《军人训诫》基本上具有同一思想和内容,只不过后者是以陆军卿的名义发布的,通过军人武士化来割裂军人与市民的关系并确立军人的特殊地位,将军人精神建立在军人武士化基础上,因而缺乏普遍性。而《军人敕谕》将军人精神建立在天皇权威基础上,不再强调军人与士兵相比所具有的特殊地位,使军人精神更具普遍性,从而为建立全民皆兵性的军国主义体制奠定了理论基础。"[②]

《军人敕谕》说到底,就是为了贯彻天皇至上、忠君爱国、绝对服从的思想。这种带有浓厚的封建武士道德精神的内容又通过《军人敕谕》在日本近代军队中得以复活,成为军国主义煽动士兵及民众的精神武器,所树立的所谓"军人精神"在之后日本发动的中日甲午战争(日方称日清战争)、日俄战争,对华侵略战争等中淋漓尽致地体现了出来。

(二)《教育敕语》

随着自由民权运动的发展,为了清除资产阶级民主自由思想,进一步强化天皇制统

---

① [日]小森阳一. 天皇的玉音放送[M]. 陈多友译. 上海:生活·读书·新知 三联书店,2004:3.
② 王志. 试论日本近代武士道的确立[J]. 南昌航空大学学报(社会科学版),2013(01):31.

治，明治政府的教育法令也逐渐向国家主义偏重。"日本政府利用制定宪法的机会，决定以教育作为'国家主义'教化的先导，以天皇制的意识形态系统教化国民，以防止民权思想的普及和渗透。"① 1879 年天皇命令元田永孚起草《教学圣旨》，1882 年以敕谕的形式发布《幼学纲要》，将儒学的人伦道德纳入教学纲要之中。

1880 年，明治政府颁布《修正教育令》，修改了 1879 年制定的《教育令》，强调国家对教育的控制，1881 年制定《小学校教育规则纲领》，把"修身"提到了第一位。1885 年，森有礼就任新政府第一任文部大臣，森有礼宣扬国家主义，他的教育思想核心精神是"国体教育主义"，就是要培养绝对忠诚和服从于国家的人才。"森有礼在 1884 年完成的《学政要领》是有关教育行政基本方针的文书，集中体现了'国家主义教育'或'国体主义教育'的思想。"② 1886 年发布了一系列教育法令，即《帝国大学令》《小学校令》《师范学校令》《中学校令》《诸学校通则》等，随着从小学到大学阶段的近代日本教育体制日趋完善，国家主义思想也渗透入教育的各个阶段。

在这些背景下，1890 年 10 月，明治政府以明治天皇的名义颁布了《教育敕语》。其内容有"朕惟我皇宗，肇国宏远，树德深厚。吾臣民克忠克孝，亿兆一心，世济厥美。此乃吾国体之精华，而教育之渊源实存在于此。尔臣民应孝父母……一旦缓急，则义勇奉公，以扶翼天壤无穷之皇运……"等等，可见，《教育敕语》的根本就是向天皇的"臣民"灌输"忠君爱国"的思想。而其中的"孝"，就是指对天皇这个"大家长"的忠诚与服从。随后与《教育敕语》相关的训令等也传达给全国各级学校，以贯彻"圣意"。"从 1890 年 11 月 3 日的天长节到第二年 2 月 11 日的纪元节，教育敕语被发放到全国 3 万所学校，在重要节日被诵读，师生每天都需要向它做礼拜，而且学校的修身课以教育敕语为中心。"③ 1891 年文部省还制定了《小学祝日大祭日仪式有关规程》，规定纪元节、天长节、元始祭、神尝祭、新尝祭之时，全体师生集合举行仪式，合唱《君之代》、向"御真影"（天皇及皇后画像）行最高礼、校长奉读《教育敕语》、校长阐述敕语的宗旨、大合唱等。除此以外，政府还对教科书加强审查，1910 年以后所有教科书都实行国定化，重视"忠君爱国""家族伦理"等国家主义内容的教化。

1941 年 3 月 1 日发布了国民学校令，小学被改称为"国民学校"，3 月 14 日颁布的国民学校令实施规则中明确指出：奉戴《教育敕语》的宗旨，所有教育都要修炼皇国之道特别是应该加深对国体的信念。1943 年文部省出台《学校防空指南》，其顺序为：①保护"御真影"、《教育敕语》影印件及诏书译本；②保护学生及儿童；③保护贵重文献、研究资料及重要研究设施。可见，比起守护孩子们的生命，那些所谓神的复印件竟然被摆在了最优先的地位。

通过《教育敕语》，日本国民从小学开始就被强制灌输了"忠君爱国"的国家主义思想，这种思想又随着日本对外侵略战争的实施而不断得以强化。它给日本及日本国民带来的消极影响是巨大而深远的，这种教育一直持续到二战日本战败为止。刘炳范指

---

① 武心波."一元"与"二元"的历史变奏——对日本"国家主义"的再认识 [M]. 上海：三联书店，2008：184.
② 陈秀武. 近代日本国家意识的形成 [M]. 北京：商务印书馆，2008：262.
③ 周颂伦，张东. 天皇制与近代日本政治 [M]. 北京：世界图书出版公司，2016：53.

出："从日本国家教育体制形成的过程来看，日本是把教育作为实现'富国强兵'和维护专制统治的重要手段。日本的教育指导思想——天皇制国家主义的教育思想，也是在经过了明治初期和中期的西洋化与日本化的斗争后逐步形成的。这种教育指导思想伴随着日本法西斯走上侵略扩张道路后，又成为了军国主义、法西斯主义教化臣民的精神工具，不仅给日本人民自身，更给亚洲和世界人民带来了极大的灾难。"①

第四节 极端国家主义下的对外扩张

周异夫指出：

近代日本自明治维新起，就致力于取代幕府封建王朝的新兴资本主义国家建构。从1889年的《大日本宪法》、1890年的《教育敕语》到中日甲午战争，日本通过法律、教育、军事等手段逐渐确立了天皇制国家体制，日本普通民众也完成了从"客分意识"到"国民意识"的转换，实现了自下而上的民众对国家、天皇的归属感和一体感，日本国家主义思潮日渐高涨，极大地限制了日本知识分子的个人意识和发展。②

以天皇为中心的明治政府，对内压制民主，对外扩张侵略，日本的近代国家主义在明治国家建立之后很快就严重偏离方向，走向了极端国家主义的道路。

明治天皇一开始就确立了"终欲开拓万里波涛，布国威于四方"的方针，在明治初年就入侵朝鲜与中国台湾，迫使对方国签订不平等条约。在那之后，随着《大日本帝国宪法》《军人敕谕》《教育敕语》的发布，效忠天皇、为天皇开疆夺土的思想渗透到民众之中，日本对外扩张的气焰越来越浓烈。最有代表性的即为甲午战争与日俄战争。"从甲午战争到第二次世界大战，日本为实践极端国家主义而将战争的残酷性展露无，由此也充分展现了极端国家主义反和平的暴戾秉性。"③

一、甲午战争

明治初期，日本相继侵略中国台湾、制造江华岛事件并迫使朝鲜签订了不平等条约，在那之后日本就在谋求一切机会对中国及朝鲜实施侵略。从经济方面来说，中国和朝鲜无论是作为原料的重要来源还是商品输出的市场，对日本资本主义的发展来说都是极为重要的；从外交方面来说，日本并没有完全摆脱欧美列强的压迫，欧美列强又想把日本作为奴役东方的工具，因而明里暗里不同程度地支持了日本对朝鲜、对中国的侵略战争。

随着1876年《日朝修好条约》的签订，朝鲜国内的亲日势力日渐抬头。1882年大院君为了反对亲日的闵氏一族发动了壬午事变，民众响应军队包围并烧毁了日本公使

---

① 刘炳范．战后日本文化与战争认知研究［M］．北京：中国社会科学出版社，2003：61.
② 周异夫．战后初期日本文坛的战争反思［J］．社会科学战线，2015（05）：134.
③ 王发臣．近代日本国家主义研究［M］．长春：吉林人民出版社，2012：206.

馆。日本以此为借口迫使朝鲜又签订了不平等条约，取得了所谓保护公使馆的驻兵权，扩大了在朝鲜的权利。1884年，以金玉均为首的亲日势力借中法战争的时机，勾结日本发动了宫廷政变，劫持了朝鲜国王，史称"甲申事变"。结果由于清廷出兵而失败，日本想要进一步控制朝鲜的意图也没能实现。

由于当时日本的军事力量不足与清朝军队抗衡，因此日本政府决定暂时维持和局，先扩充军备再伺机侵略。1885年明治政府派遣伊藤博文到天津与李鸿章会面，双方就朝鲜问题签订了《中日天津条约》。条约中规定："中日同时从朝鲜撤兵；将来朝鲜国若有变乱重大事件，中、日两国或一国要派兵，应先互行文知照，及其事定，仍即撤回，不再留防。"这一条约就为日本之后出兵朝鲜提供了依据。1887年，日本草拟了一份《征伐清国策》，1890年，内阁总理大臣山县有朋发表了演说，吴廷璆指出："言下之意，就是要把其所称的'利益线'之焦点的朝鲜纳入日本的统治之下。至此，标志着近代日本的'大陆政策'最终形成了。"① 这个"大陆政策"，昭示了日本想把邻国朝鲜和中国纳入自己势力范围的狼子野心。同时，日本也一直在扩充军备，为发动侵略战争积极做准备。

1894年春，朝鲜爆发"东学党"农民起义，朝鲜政府无力镇压，于是请求清廷派兵"代为征讨"。根据《中日天津条约》规定，知会了日本。早就蓄谋发动侵略战争的日本政府，借机出兵朝鲜。面对中日两国的出兵，朝鲜政府与农民起义军紧急达成《全州和约》宣布停战，这样清军和日军都没有滞留朝鲜的理由了。但是日本岂肯善罢甘休，为了掀起与中国的战事而绞尽脑汁地谋划。7月23日，日军攻占朝鲜王宫，成立以大院君为首的傀儡政府，25日迫使大院君宣布废除中朝两国间的一切商约，并"授权"日军驱逐清朝军队，这就是日本企图开战而寻求的借口。当天，日本联合舰队发动丰岛海战，在丰岛附近海域对中国运兵船及护航舰只发动突然袭击，28日，日本陆军第5师之混成旅在牙山成欢一带袭击清军营地，全面拉开中日甲午战争的帷幕。8月1日，清廷被迫对日宣战。同一天，明治天皇也发布了宣战诏书。整场战争持续近9个月，大致分为三个阶段。第一阶段，清军陆军自平壤败退鸭绿江，日海军夺得黄海制海权；第二阶段，日军突破清军鸭绿江防线，并在花园口登陆，日军在旅顺进行了大屠杀，杀害居民2万多人；第三阶段，北洋海军全军覆没，清军在山东半岛和辽东两个战场全面溃败。

清廷府派出李鸿章作为全权代表，前往日本马关议和，1895年4月签订了丧权辱国的《马关条约》。条约的主要内容有：中国承认朝鲜独立；中国将辽东半岛、台湾全岛及其附属岛屿、澎湖列岛割让给日本；中国向日本支付库平银2亿两，作为赔偿军费；中国向日本增加开放沙市、重庆、苏州、杭州四个口岸；扩大日本客货轮航线；日本臣民可在中国各开放商埠从事制造业等。

小森阳一指出："日清战争是一场身为大元帅的天皇首次以与欧美列强平起平坐的立场宣布开战的战争。"② 甲午战争的失败、《马关条约》的签订，使中国半殖民地化的

---

① 吴廷璆. 日本史 [M]. 天津：南开大学出版社，1994.472.
② [日] 小森阳一. 天皇的玉音放送 [M]. 陈多友译. 上海：生活·读书·新知 三联书店，2004.51.

程度进一步加深，民族危机愈发深重。当时的清廷年财政收入为8千万两白银，却要赔给日本所谓的"军费赔偿"2亿两（还要加上"三国干涉还辽"之后的3千万两），这些赔款使日本发了战争横财，毫不费力地完成了资本的原始积累，为扩充军备并进行下一步的侵略活动做了经济上的准备。

二、日俄战争

日本对中国、朝鲜的侵略，与不断向东扩张的沙皇俄国产生了尖锐的矛盾。《马关条约》签订当天，俄国马上联合德国、法国提出对日本进行干涉，日本被迫放弃辽东半岛。在甲午战争后帝国主义列强掀起的瓜分中国的狂潮中，沙俄强占了旅顺和大连，还派遣军队入侵中国东北。同样，日俄两国围绕朝鲜也展开了争夺。1902年日本与英国结成同盟欲共同对付俄国。但是1903年俄国决定在中国东北实行"新方针"，停止撤军并派遣增援部队。日本政府一边与俄国进行交涉一边在积极备战。1904年2月，日本联合舰队对旅顺口发动攻击，日俄战争爆发。日本海军将俄国太平洋舰队主力围困在旅顺港内，8月双方展开激烈的黄海海战，俄军太平洋舰队四处溃逃，日军占领了旅顺。日本陆军方面，在5月渡过鸭绿江后先后占领了金州、岫岩、辽阳。1905年初，双方陆军进行了奉天会战，3月日军占领奉天。5月，沙俄第二太平洋舰队抵达对马海峡，日俄双方在朝鲜海峡展开了海战，结果第二太平洋舰队全军覆没，俄国的惨败已成定局。

虽然沙俄也进行了作战准备，但是日本经过甲午战争后的十年扩军备战，拥有了庞大且先进的陆军与海军，利用沙俄军队弱点抓住战机，大大打击了俄国。到了1905年上半年，由于战争的巨大消耗，日俄双方都没有继续战斗下去的能力。9月，在美国斡旋下，双方签署了《朴次茅斯和约》，条约的主要内容有：俄国承认朝鲜为日本的保护国；承认将俄国从中国攫取的旅大租借地及其附属的一切权益、公产均转让给日本；承认将从长春至旅顺之间的铁路和支线及其所属的一切权利、财产，包括煤矿，均转给日本；取消在中国东北的一切有违机会均等原则的权益；将库页岛南部割让给日本等。

日俄战争的实质是日俄两国为争夺中国东北和朝鲜而在中国领土上进行的帝国主义强盗战争。在日俄会谈前，清廷曾经发出声明："倘若牵涉中国事件，凡此次未经与中国商定者，一概不能承认。"但是，帝国主义列强根本无视中国主权，直接缔结和约瓜分了中国东北。这场战争不仅是对中国领土和主权的粗暴践踏，而且使中国人民的生命财产在战争中遭受巨大损失。"日俄战争的胜利，大大刺激了日本极端国家主义的民族自负，'日本至上'与'日本优越'似乎有了更加可炫的胜利的'诠释'，以武力扩张'皇国'权益的自信进一步膨胀。"[①] 这场战争，充分暴露了日本对外侵略扩张的企图，使得日本的对外侵略野心进一步膨胀，并最终走上军国主义道路，为日后日本帝国主义的侵华战争埋下了祸根。

甲午战争与日俄战争的胜利，大大刺激了日本国民，使整个国家陷入兴奋狂热之中。在《军人敕谕》里宣布自己为"大元帅"的天皇，在甲午战争中开始登场，并在

---

① 王发臣. 近代日本国家主义研究 [M]. 长春：吉林人民出版社，2012：208-209.

以后的一系列侵略战争中都担任了最高指挥者的角色。《教育敕语》《大日本帝国宪法》发布后的数年间，效忠天皇、为天皇开疆夺土的思想已深入人心。随着战争的爆发及胜利，日本民众空前"团结"起来，"尽忠报国"笼罩着整个日本。从这时起，"国家主义意识便不可动摇地成了推动日本前进的意识形态"①。

三、日俄战争后的对外扩张

在日俄战争期间，日本就迫使朝鲜签订了不平等条约，进而于1910年与朝鲜国王签订《日韩合并条约》，吞并了朝鲜。从俄国手中接管辽东半岛后，将其改名为"关东州"，成立"满铁"（即"南满洲铁道株式会社"），"满铁"是一个从政治、经济、文化等多方面对中国东北实行侵略的殖民机构。

1912年大正天皇即位。1914年第一次世界大战爆发，英国向德国宣战，日本以日英同盟为借口向德国宣战，出兵山东半岛，攫取了德国在山东的权益，占领了青岛及赤道以北的原德属南洋诸岛的一部分。1915年，日本向当时的袁世凯政府提出妄图灭亡中国的"二十一条"，后签订《中日民四条约》。之后日本一直不断谋划扩大在中国的权益。1919年一战的各战胜国在法国凡尔赛宫召开巴黎和会，同意将德国在山东的所有权益转让给日本，消息传开，引起了中国人民的强烈愤慨，5月4日在北京爆发了著名的五四运动，成为中国新民主主义革命的开端。1921年底至1922年初召开的华盛顿会议是巴黎和会的继续。2月4日中日双方签署了《关于解决山东悬案的条约》，条约规定日本应将胶州德国旧租借地交还中国、日本应撤退军队与宪兵、将铁路及附属产业归还中国等。如是，日本被迫放弃从中国攫取的一部分权益，而美、英等国则坐收渔翁之利，暂时打破了日本在中国独大的局面。但是，日本岂会甘心于此，"大陆政策"是明治维新以后，日本一直以来的"梦想"，而中国又是"大陆政策"的重中之重。因此，华盛顿会议之后，日本一直在谋求卷土重来。1924年5月，当时的内阁制定了《对华政策纲领》，"杜绝列国势力的渗透，……开发其无尽的资源，以谋我国经济势力的发展"②，可见，日本已加紧了侵华的野心和节奏。

四、侵华战争及太平洋战争

1926年裕仁天皇登基，改年号为"昭和"。昭和期间，日本穷兵黩武，国家主义进一步表现为军国主义。"从进入昭和到第二次世界大战战败这一期间，一般称为军国主义时代。"③"国家主义是军国主义最直接的理论源泉和精神基础。"④ 军国主义，是指崇尚武力和军事扩张，将穷兵黩武和侵略扩张作为立国之本，将国家完全置于军事控制之下，使政治、经济、文教等各个方面均服务于扩军备战及对外战争的思想和政治制度。

---

① 孙政. 战后日本新国家主义研究 [M]. 北京：人民出版社，2005：52-53.
② （转引自）吴廷璆. 日本史 [M]. 天津：南开大学出版社，1994：651.
③ [日] 梅田正己. 日本ナショナリズムの歴史Ⅲ [M]. 東京：高文研，2017：113.
④ 赵亚夫. 1868-1945日本的军国民教育 [D]. 首都师范大学，2002.12.

第一次世界大战期间，日本代替西方列强，向亚洲市场输出棉织品，向美国市场输送生丝等，另外，海运、造船、钢铁、化工、电力等也得到了迅猛发展。但是随着一战结束，西方各国产品重新进入亚洲市场，日本经济遭受严重打击，直至1927年引发了全国性的金融恐慌。20世纪30年代初，由美国开始的经济危机席卷整个资本主义国家，日本也大受影响，陷入极端困难的境地。另一方面，日本统治阶级虽然一直在实施残酷镇压，但是日本国内的工农运动此起彼伏、蓬勃发展，直接威胁到政府的统治。

　　日本政府为了摆脱困境，缓和阶级矛盾，把危机从国内转向国外，加紧准备武力侵华。1927年田中义一上台成立内阁，开始直接出兵中国，侵占中国领土，6月底至7月初在东京召开东方会议，讨论了如何侵略中国的重要问题，是一次决定侵华"国策"的重要会议。田中在给天皇的密折里称"欲征服中国，必先征服满蒙；欲征服世界，必先征服中国"，充分暴露了日本帝国主义准备夺取中国东北、实施武力侵华的野心和决心。会后，一系列行动开始实施。1928年5月，日本再次出兵山东，制造了济南惨案，6月制造了"皇姑屯事件"。

　　中国东北地区是日本的重要原料供应地及商品输出地，侵略东北是日本帝国主义早就确立的重要方针，是全面侵华的开端。1931年9月18日，在关东军参谋石原莞尔的密谋下，日军炸毁奉天（今沈阳）郊外柳条湖附近的"南满铁路"并嫁祸于中国军队，随后关东军以此为借口，向驻扎在北大营等地的中国军队发起突然攻击，并于次日侵占整个沈阳，这就是"九一八事变"。1932年2月，东北全境沦陷，日本扶植以溥仪为首的傀儡政权"伪满洲国"，直至1945年8月战败，日本在中国东北进行了长达14年的奴役和殖民统治。

　　日本的大陆政策是要鲸吞整个中国，它当然不会仅仅满足于占领中国东北。在侵占东北后，马上就把战火烧到了关内。1932年1月28日，爆发了上海"一•二八事变"（又称"淞沪会战"）。1933年日军进犯华北地区，南京国民政府与日军签订了《塘沽协定》，1935年又签订《何梅协定》，等于把河北省的主权出让给了日本，"张北事件"中签订的《秦土协定》又将察哈尔省的主权断送给了日本侵略者。如此种种，日本侵略军的铁蹄从中国东北到关内，逼近平津地区，发动全面侵华的时机也越来越成熟。

　　1937年7月7日夜，驻扎在北平卢沟桥附近的日军擅自举行军事演习，谎称一名士兵失踪并要求进入宛平城搜查，被中国驻军严词拒绝，日军随即向卢沟桥和宛平城发动进攻，史称"七七事变"（又称"卢沟桥事变"），日本全面侵华战争开始，中华民族的抗日战争全面爆发。1937年12月13日，日军攻占南京，进行了长达六周的惨绝人寰的"南京大屠杀"。到1945年日本战败投降，我国除西藏、新疆、青海外，大部分地区皆遭受到日军铁蹄的蹂躏。

　　1936年8月广田内阁的"五相会议"上，通过了"国策基准"，提出除了全面侵略中国外，还要向南方海洋扩张的战略方案。在侵华战争陷入泥沼，1938年武汉会战结束后，日本被迫结束攻势，中日两国进入战略相持阶段，日本对外扩张战略重点逐步由大陆政策由海洋政策转变，将南方改为侵略主要方向，意图切断美、英等国对国民政府的外援交通路线，攻击中国抗日战场的西南大后方以迫使国民政府屈服。从国际关系上来说，日本"北上"入侵苏联的计划失败，就把重点放在"南下"，这必然侵犯到在南洋拥有殖民地的美、英、荷兰等国的利益。1939年7月美国宣布废除1911年制定的《美日通商航海条约》，1940年又宣布对一些军用物资实行出口许可制，使得日本战争经济大受打击，迫切需要夺取南洋富饶的自然资源。1940年9月，德国、意大利、日本签订军事同盟，日美矛盾进一步激化。1941年美国全面中止对日本的石油出口，战争一触即发。1941年9月6日日本召开的"御前会议"决定，在10月上旬之前日美谈判达不成协议的话就对美开战。12月8日，日军登陆英属的马来半岛，偷袭美国海军太平洋舰队的夏威夷基地珍珠港，向美、英宣战，太平洋战争爆发。日军陆续占领了整个东南亚、西南太平洋的大片地区，一直扩张到印度洋。日军的侵略遭到中国及其他亚洲地区的英勇的反抗。1942年6月中途岛战役之后，美军士气高涨，日军则节节败退。1945年3月，美军占领硫黄岛，3月下旬开始攻打冲绳岛，迫近日本本土。5月德国法西斯无条件投降，日本仍负隅顽抗，进行战争大动员，叫嚣"本土决战"。

1945年7月，美国、英国、苏联三国首脑在柏林郊外的波茨坦举行了会议，7月26日发表了《波茨坦公告》，敦促日本投降，制定了战后日本的处理方式。8月6日、9日，美国分别在日本广岛和长崎投掷了原子弹，8日苏联宣布对日作战。9日，毛泽东发表《对日寇的最后一战》，指出对日战争已处在最后阶段，最后地战胜日本侵略者及其一切走狗的时间已经到来了，中国人民的一切抗日力量应举行全国规模的反攻，密切而有效力地配合苏联及其他同盟国作战。8月15日，裕仁天皇通过广播宣读《终战诏书》，宣布日本投降，第二次世界大战结束。

五、军国主义的发展及惨败

在侵华期间及太平洋战争期间，日本法西斯军国主义在政治、经济、思想、文化等各个领域占据了支配地位。

（一）政治方面

在政治方面，军部势力越来越强大，成为对外扩张的中心，对内实行军部独裁，对外进行侵略战争。

早在1919年，北一辉、大川周明等就成立了"犹存社"，"犹存社"是一个法西斯组织。由北一辉撰写的《日本改造法案大纲》，得到日本政府、军部的高度赞扬，为扩大对华侵略提供了直接的理论依据。在"国民的天皇"部分，北一辉宣称，在日本国内，必须由天皇"维护国体"，发动天皇大权，在全国实行戒严令，停止宪法的实施，解散国会，授予军人改造国家的权力；在"国家的权利"部分，他认为"国家除了防卫以外，有为被不义之强力压迫的其他国家和民族开战的权利，当前为了印度独立和保全中国而开战是国家的权利。……通过战争，建立以日本为中心的亚洲帝国，进而废除国界，实现世界和平。"可以看出，北一辉的对外主张即通过侵略战争占领中国及其他亚洲国家，实现日本的霸主地位。北一辉的思想给日本带来很大影响，导致在军队内及社会上出现了各种法西斯团体。1930年9月，少壮派军官桥本欣五郎、长勇等发起"樱会"，鼓吹为推进国家改造和建立军部政权的宗旨，应不惜使用武力，叫嚣"战争乃创造之父，文化之母"，主张以武力解决所谓的"满蒙"问题。之后发生的一系列法西斯政变，几乎都与"樱会"有关。1930年，滨口内阁向美国、英国妥协，签署了限制海军舰艇的《伦敦公约》，激起军部和社会法西斯势力的严重不满，11月，滨口雄幸被刺杀。1931年4月成立的第二次若槻内阁通过外交谈判没能解决所谓的"满蒙问题"，陆军特别是关东军谋求以武力将中国东北置于日本势力范围之内。1931年9月18日，在关东军参谋石原莞尔的策划下发动了"九一八事变"。之后关东军更无视内阁的意见一味扩展在中国的势力。日本国内军部的青年将校及右翼分子为了建立法西斯军事独裁政权，先后制造了"三月事件""十月事件""五一五事件"，时任内阁总理大臣犬养毅被枪杀，政党内阁时期结束。随后海军大将斋藤实担任首相，由军部指导的"举国一致内阁"成立。1932年关东军几乎占据了整个中国东北，扶植溥仪建立"伪满洲国"。当时的国际联盟根据调查不承认日本对中国东北的占领，日本随后宣布退出国联。"独占中国东北，是日本帝国主义和殖民主义自19世纪末以来处心积虑地长期进行政治、经济、军事和文化渗透的结果，这一过程反映了日本极端国家主义对外扩张'国权'实践的战略性与系统性，因而也折射出日本贯彻其极端国家主义意志的执著性。"①

　　随着军国主义的高涨，给日本共产党也带来非常恶劣的影响。1933年日本共产党最高领导人在监狱中发表转向声明，否定既往的打倒天皇制的口号，认为有必要在天皇领导下进行社会主义革命。在这个转向声明的影响下，大批共产党员宣布转向，共产主义者的活动陷于停滞。政府对思想、言论等加强管制，疯狂镇压共产主义、自由·民主主义等的思想学说、活动。

　　1934年，陆军省发布《国防的本意及其强化的主张》，表达了陆军对政治、经济方面的参与意向。1935年掀起"国体明征"运动，强烈打击"天皇机关说"（美浓部达吉提出"天皇机关说"，主张统治权归属于国家这个法人，天皇只是国家的最高统治机构，依据宪法实施统治权），明确天皇是统治权的主体。8月，当时的冈田内阁发布了《国体明征声明》，声明中称日本国体是天孙降临时所赐，由天皇统治国家，而统治权不在天皇、天皇是行使统治权的机关的说法是与国体所不相符合的，政府期望国体明征发挥作用等。但此声明并不能使右翼团体、军部等满意，10月政府又再次发表声明更为激烈地反对天皇机关说，强调天皇乃"国体之本义"。"通过排斥天皇机关说、国体明征运动，国内的思想进一步统一，天皇绝对的思想一直到战败时都发挥了巨大威力，可以说，这是思想动员最为可怕的地方。"②"'军国主义'从一开始就和神权天皇制有着紧密的联系。'军国主义'的扩大化过程同时就是'天皇的神格化·绝对化'的过程。"③

　　随着在政治上声音的逐渐提高，陆军内部也以各自后面所依仗的财阀势力不同而分裂为"皇道派"及"统制派"，但对内实行军事独裁、对外侵略扩张却都是两派共同的目标。1936年2月26日，皇道派的一部分青年军官率领1 400余士兵发动武装政变，

---

① 王发臣. 近代日本国家主义研究 [M]. 长春：吉林人民出版社，2012：213.
② [日] 堀幸雄. 战前日本国家主义运动史 [M]. 熊达云译. 北京：社会科学文献出版社，2010：239.
③ [日] 梅田正己. 日本ナショナリズムの歴史Ⅲ [M]. 東京：高文研，2017. 62.

袭击了首相官邸、警视厅等，杀死多名高官，最终政变被镇压下去，这就是"二二六事件"。在军部的直接扶植下，"二二六事件"后组建了广田弘毅内阁。广田内阁也成了以后军部控制内阁的发端。广田内阁应军部要求采取了一系列加速法西斯化的措施。如恢复军部大臣现役武官制，内阁的大政方针要由军部决定，设置由"首相、外相、藏相、陆相、海相"组成的"五相会议"等。8月，五相会议通过了"国策基准"，"鉴于帝国内外形势，帝国应当确立之国策乃在于外交国防相互携手，确立帝国在东亚大陆之地位，同时向南方海洋扩张发展。"① 这个国策基准除了规定全面侵略中国之外，首次提出了南进政策。为了实现这一企图，日本同时还实行了大规模的扩军备战。

1937年3月，文部省向全国发行了《国体之本义》，分为"大日本帝国"及"国体在历史中的显现"两部分，实际上是在即将发动全面侵华战争背景下对年轻一代灌输"忠君爱国"思想。在《国体之本义》中，明确提出："忠"就是对天皇的绝对服从，效忠天皇是国民的唯一生存之道，是所有力量的源泉，效忠天皇就是爱国，是国民道德的基本。

1937年6月，近卫文麿组阁。近卫文麿历任日本第34、38、39任首相，是法西斯军国主义独裁政治的推行者，是侵华战争的罪魁祸首之一，甲级战犯。"七七事变"以后，日本发动全面侵华战争，为了保证战争继续的庞大兵力及物资等，近卫内阁加强了日本国内的法西斯统治，9月公布了所谓的旨在实现举国一致、尽忠报国、坚忍持久的国民精神总动员实施纲领。向国民灌输"尽忠报国"等思想，加强思想统治，限制言论、集会、结社等自由，打压共产主义者。1938年1月，通过国家总动员法，把政治、经济、文化、教育等各个方面都纳入军国主义统治之下。在中国战场上，日本并没有达成速战速决的愿望，陷入长期战争的泥沼中。为了摆脱这种困境，近卫内阁改变了对华政策，实行"以华制华"的侵略方针。11月3日，近卫文麿发表所谓的"建设东亚新秩序"的声明。但是，近卫内阁的一系列措施并没有使日本摆脱困境，1939年1月，近卫文麿辞职。1940年7月第二次组阁，制定了《基本国策纲要》，提出要建设以"日本皇国"为中心，以日、中、"满"的牢固结合为主干的"大东亚新秩序"；在国防、政治、经济等方面建设国家"新体制"，向国民灌输以效忠国家为第一要务的道德标准，建立一元化的统治机构；在对外关系上，推行南进政策，进一步提出建设"大东亚共荣圈"，强化与德意的联盟等等。为达到"基本国策"的要求，近卫文麿发起"新体制运动"，取消各种政党，提出"一君万民"，建立日本式的法西斯天皇制，成立"大政翼赞会"。近卫在翼赞会的成立仪式上致辞说："大政翼赞会的纲领完全包括在翼赞大政、实践臣道一句话之中。"也就是由这个组织来实现法西斯天皇制的统治。"所谓近卫新体制，就是典型的日本式法西斯统治体制，新体制运动的出现，标志着日本式的法西斯独裁体制的建立。"②

1941年10月，随着日美矛盾的激化，主张继续谈判的近卫文麿与主张开战的陆相东条英机产生矛盾，近卫辞职，由东条英机组阁。东条英机是日本军国主义的代表人

---

① ［日］堀幸雄. 战前日本国家主义运动史［M］. 熊达云译. 北京：社会科学文献出版社，2010：330.
② 吴廷璆. 日本史［M］. 天津：南开大学出版社，1994：722.

物，侵略中国和亚洲他国的主要罪魁祸首之一，甲级战犯。在就职声明中，东条就宣布要把全面侵华战争进行到底，确立"大东亚共荣圈"，叫嚣要在"皇威之下，举国一致，为完成圣业而迈进"。随着日本向美国宣战，太平洋战争爆发，根据"三国同盟"的协定，德国、意大利也向美国宣战，战争扩展到了全世界范围。太平洋战争期间，日本的法西斯军国主义统治达到了巅峰，近代日本国家主义在对外扩张方面，也达到了最大的规模。对内，东条内阁实行法西斯军国主义独裁统治，取缔和检举共产主义者，镇压群众，禁止言论、集会、结社等自由，推行产业报国运动，等等。为了补充兵源，又接连出台《国民征用令》《女子挺身勤劳令》《学生勤劳令》等，劳动人民要么被强制劳动要么被拉去前线当炮灰，苦不堪言。同时，为了加强大政翼赞体制，1942年1月成立"大日本翼赞壮年团"，4月实行翼赞选举，选举结果可想而知，由政府推荐的当选人占了绝大部分，都是军国主义的奉行者。5月成立东条英机控制的翼赞政治会，吸收了大多数议员，是当时日本唯一的政治团体。如此，议会就沦落为只能给政府、军部的议案投赞成票的机构组织。东条内阁还把产业报国会、农业报国会、商业报国会等都纳入大政翼赞会领导，在其中安插亲信，层层把控。随着中国战场的反攻、太平洋战场的溃败，东条英机还在垂死挣扎，于1944年2月兼任陆军参谋长，妄想进行反扑。7月9日，美军占领塞班岛，B-29轰炸机开始空袭日本本土，在强烈的倒阁呼声中，7月18日，东条递交了首相辞职书。接任的小矶内阁继续推行战争政策，打算与美国决一死战。1945年3月美国开始攻打冲绳岛。冲绳岛战役是太平洋战争中伤亡最多的战役，平民也被卷入战争，甚至被迫集体自杀，这在大江健三郎的《冲绳札记》中也有所表述。5月德国法西斯无条件投降，日本军部仍负隅顽抗，叫嚣"本土决战"。随着两颗原子弹的爆炸，8月15日日本宣布投降。

战后，美国占领日本，8月28日成立了盟国驻日占领军总司令部（General Headquarter，简称GHQ），麦克阿瑟担任最高司令官。接着，GHQ在军事、政治、经济、教育等领域进行了一系列铲除法西斯军国主义的改革。在军事上，解除日军武装、解散军事机构、制裁战犯等；在经济上，解散财阀、实行农地改革；在教育上，GHQ发布了《关于日本教育政策》，规定"禁止普及军国主义的极端的国家主义思想，废除军事教育和军事训练"；在社会思想上，GHQ宣布神道与国家分离，把神道改为一般普通宗教。

绝对天皇制是日本国家主义的核心，是法西斯军国主义的精神支柱。1889年明治维新以后制定的《大日本帝国宪法》规定"大日本帝国，由万世一系之天皇统治之"，"天皇神圣不可侵犯"，"天皇为国家元首，总揽统治权"，"天皇统率陆海军"，等等，这种绝对天皇制一直统治到日本战败为止。1946年元旦，裕仁天皇发布《人间宣言》，否定了天皇的神圣地位，宣布自己与平民百姓一样也是人，而不是神，天皇从"神格"降为"人格"。1946年11月《日本国宪法》公布，主要内容有：天皇是日本国和日本国民整体的象征，其地位以所属的全体国民的意志为依据；实行以立法权、司法权和行政权三权分立为基础的议会内阁制；永远放弃作为国家主权发动战争、武力威胁或行使武力作为解决国际争端的手段，为达此目的，不保持陆、海、空军及其他战争力量，不承认国家的交战权（宪法第九条），等等。

（二）经济方面

在经济方面，1929年美国爆发的经济危机很快席卷了整个资本主义世界，日本在20世纪30年代初也遭遇了严重的经济危机。为摆脱经济危机，发动侵略战争，统治阶级不断加强垄断资本对经济的统制，优先发展军工产业。大约经过三年，日本经济基本恢复到经济危机前的水平。特别是军需产业及受政策保护的重化学工业迅猛发展，产生了一些新兴财阀。"二二六事件"以后日本开始了更大规模的扩军备战，陆军、海军都提出了各自的扩军计划。扩军又大大促进了军工产业的发展，日本经济逐步全面军事化。扩军备战的结果，使得军费逐年增长，这些沉重的经济负担又被转嫁到日本国内劳动人民身上，使人民的生活愈加困苦。中国东北是日本的重要原料供应地及商品、资本的输出地，侵略中国是日本早就拟定的对外方针。1931年日本发动"九一八事变"，侵占中国东北地区，"据不完全统计，仅抚顺煤矿一处，日帝在1906至1945年霸占的40年里，就掠去优质煤2亿吨"[①]。在全面侵华战争和太平洋战争爆发以后，日本军国主义对占领区进行了残酷统治和肆意掠夺。"据不完全统计，在八年抗日战争中，中国人民所受的直接财产损失达620亿美元，间接损失达5 000亿美元，伤亡人数2 000多万（不包括军队伤亡）。"[②]

1938年日本政府颁布了《国家总动员法》，对经济和国民生活整体实行统制，同年，达成物资动员计划目标，以确保军需品的优先地位。1939年根据《国民征用令》，普通国民都被要求去从事军需产业的劳作。各大财阀积极地进行军需品生产，财阀代表同时又加入内阁里去，加强协力政府的"国策"。随着军需产品被置于优先地位，另一方面民用产品的生产及进口就被严厉地限制及打击，中小企业纷纷倒闭或被并入军工产业。面向日本民众的棉制品的生产及销售被禁止，1940年宣布火柴、白糖、木炭等生活用品凭票供应，1941年大米实行供给制……。如此种种，导致军需生产和基础物资生产的比例关系遭到严重破坏，到1945年，日本的战时经济已全面崩溃，人民生活处于极端穷困之中。

1945年日本战败后，在GHQ的敦促下，日本通过解散财阀、实施农地改革，在经济领域进行了一系列消除法西斯军国主义的改革。

（三）思想文化方面

日本军国主义对所侵略国家及地区，推行"奴化教育"，就是要把殖民地人民改造成"天皇的子民"，为此推行了一系列殖民和强制同化的政策。普及推广日语教育，要求学生必须讲日语，增设"国语讲习所"，全面禁止报纸的汉文版，等等。为了大力宣传所谓"日本精神"及"大和魂"，甚至要求当地人民信仰日本的国教神道教，要求学校每天升日本国旗，学生每天都要向天皇肖像行礼。

在日本国内，为了强化军国主义，排斥外来文化，对日本传统文化进行"再评价"

---

① 吴廷璆. 日本史[M]. 天津：南开大学出版社，1994：686.
② 吴廷璆. 日本史[M]. 天津：南开大学出版社，1994：781-782.

亦愈演愈烈，鼓吹大和民族优秀论，宣扬"国家神道"。"九一八事变"爆发后，日本政府进一步加强对日本国内的思想统治，国家神道成为军国主义的"国教"。国家神道是为侵略战争服务的，日本的对外扩张都是建立在天皇的绝对权威基础上的。通过"神道教"和"皇国民教育"，以天皇为中心的统治阶级对日本国民强行灌输"忠君爱国"的思想，国民在不断的驯化中，也逐渐被洗脑，认为效忠天皇是理所当然的事情，这就为日本的侵略战争打下了民众的思想基础。二战中，无论是前线的士兵还是后方的国民，举国上下都在"为天皇而战"，成了天皇法西斯主义的实行者。武心波指出："日本主义文化在日本兴起，它鼓吹'大和民族优秀'，宣扬'国家神道'，打击基督教和个人主义，把极端国家主义和民族主义推上了高峰，使一切价值全部都从属于以天皇名义发动的大东亚圣战。"[1]

1932年日本成立了"国民精神文化研究所"，"从1933年到1935年新潮社推出十二卷本的日本精神讲座，以期在皇道意识下重建日本学，并试图通过重新吟味和认识久被冷落的日本精神与日本文化，根治国家的'癌症'。1937年，文部省发布《国体之本义》，认为外来文化是产生各种问题的根源，要把'纯化'外来文化作为主要任务。"[2]1935年掀起"国体明征"，强烈打击美浓部达吉的"天皇机关说"，明确天皇是统治权的主体。除了美浓部的学说之外，自由主义的言论也被认为是反国体而遭受压制。日本侵华期间，日本军国主义实施"文坛总动员"，大多数文学者都"协力"了侵略战争，大搞所谓的"战争文学"，为日本军国主义摇旗呐喊，这期间的日本文学也全面军国主义化。保田与重郎、武者小路实笃就是其中的代表。保田与重郎宣扬日本文学的根本精神就是"皇国文学"，鼓吹所谓"战争美学"；武者小路实笃通过《大东亚战争私感》，宣扬日本民族和国家的优越性，对所谓的"大东亚战争"的合理性进行狡辩。直接参与了前线侵华作战的火野苇平发表了"士兵三部曲"，其中的《麦与士兵》在当时就发行了120多万册，成为罕见的畅销书，还被翻拍成电影，极大地煽动了日本国民的战争狂热，火野苇平甚至被奉为"国民英雄"。1938年8月，日本军部和政府组织了"笔部队"派往中国，通过他们的嘴和手，炮制侵华文学，为侵略战争做宣传。王向远对此评价道："'笔部队'制作的侵华文学，完全是日本军国主义'国策'的产物。一方面，侵华的'国策'造就了'笔部队'，另一方面，'笔部队'制作的有关作品又在相当程度上为日本的武力侵华推波助澜，从而形成了'枪杆子'和'笔杆子'一哄而上、武力侵略和文化（文学）进攻双管齐下的侵华战争格局。"[3]

在教育方面，在日本国内，1941年3月1日将小学更改为"国民学校"，在《国民学校令》第一条指出，国民学校的目就是遵循皇国之道实施初等普通教育，达成国民的基础训练也就是要疯狂推进国家主义教育，企图把日本国民从小就培养成为天皇效忠的"皇国民"。3月31日文部省教学局发行了《臣民之道》，旨在加深对《国体之本

---

[1] 武心波. "一元"与"二元"的历史变奏——对日本"国家主义"的再认识 [M]. 上海：上海三联书店，2008：209.

[2] 武心波. "一元"与"二元"的历史变奏——对日本"国家主义"的再认识 [M]. 上海：上海三联书店，2008：209.

[3] 王向远. "笔部队"和侵华战争：对日本侵华文学的研究与批判 [M]. 北京：昆仑出版社，2015：105.

义》中提到的作为皇国臣民的理解，并且进一步说明应该如何进行实践。共由三章构成，分别是"世界新秩序的建设""国体及臣民之道""臣民之道的实践"。大江健三郎屡次在文章中提到的一个场景就是他在国民学校上学时，就有一尊天皇御像被放置在奉安殿，当时学校老师每天都会询问学生："如果天皇陛下让你们去死，你们要怎么做?"正确回答是："我会去死，我会为天皇陛下欣然赴死!"但是作者有一次只不过是对于这种反复唱的老调有些迟疑，就被老师殴打了。从这里就可以充分看出国家主义对少年一代的精神荼毒。

日本战败后，为了铲除军国主义在文化教育领域的危害，GHQ发布了神道与国家分离的指令，将之改为一般宗教，政府颁布法令保障宗教信仰自由。在《关于日本教育政策》中，明确指出禁止普及军国主义的极端的国家主义思想，废除军事教育和军事训练等。

第三章　战后初期文学对近代国家主义的反思及局限性

　　侵华战争期间，整个日本陷入国家主义主导的意识形态中。战败后，军国主义专制被摧毁，民主主义改革得以进行，日本社会处在重要的转型期。战后初期，日本出现了无赖派文学、民主主义文学、战后派文学等，他们中的部分作品揭露了军国主义专制统治及战争的残酷、战争给日本造成的深重灾难，对战前的国家主义进行了一些反思与批判。

　　战后初期十年的日本文坛围绕近代国家主义内容之一的战争观进行了思索，在一定程度上揭露了战争的残酷性。国内学界对这一问题的研究较为深入且成果显著。刘炳范在《战后日本文学的战争与和平观研究》中指出，目前中国国内存在着两种认识：一是认为战后日本文学对战争进行了揭露和批判，二是认为战后日本文学对侵略战争缺乏反省和忏悔。这两种情况在战后日本文学中都是客观存在的。

　　二十世纪80、90年代，学界对战后日本文学给予了很高的评价，认为其深刻揭露并批判了侵略战争，持这种观点的学者基本承袭了日本学界对战后文学的评价。王述坤指出战后派作家的作品"凝聚着作家的亲身感受，真实地再现了生活，有力地戳穿了军国主义编造的关于日军的种种神话"。尚侠、徐冰指出，战后文学始终如一地直面现实，考察和思索具体的人的存在及其价值。李德纯指出日本战后派文学"从人性的角度来处理这场战争造成的大悲剧，并采用西方现代派手法，探讨战争中人的价值，揭示战争给人类带来的灾难"。叶渭渠、唐月梅在所著的《日本文学史》中认为战后日本文学中有大量的反战文学，"不仅限于军事题材，还包括描写战争给人们心理上留下的创伤、战争的残酷等广泛的内容，具有浓厚的反战色彩"，指出民主主义文学"多角度、多方位、多层次地反映了战后反对绝对主义天皇制、控诉军国主义的侵略战争等等人民的生活和斗争"。朱维之在《外国文学史》中提到，战后日本文学存在反战反军国主义作品，还特别提到了具有代表性的宫本百合子和野间宏。黎跃进指出，反思战争对于人性、人类的摧残是日本"战后派"文学的基本主题。何建军指出，战后派小说多从个人的角度和个人的经验出发，通过描写个人或普通人在战争中的命运，揭露战争对人性的扭曲和摧残，宣泄自己在战争期间郁积的苦闷情绪。周异夫分析："战后初期的这些作家通过自己的战争体验的描写，对日本军国主义政治及其主导的战争的反人类性进行了无情揭露。"另外，刘炳范、周异夫、雷慧英、沙仲辉等还指出，战后日本文学的战争观既有积极意义，也存在局限性，题材主要来源于作家的创伤体验和"受害者意识"。

　　随着日本战后文学研究的发展，学界对战后文学的战争认识有了更深层次的理解。

王向远认为日本战后文学作品"不是反对侵略战争，而是反对'战败'"。刘炳范认为，战后日本文学的战争与和平观既有积极意义，也存在需要清醒认识和给予批判的思想因素。何建军认为，无论是"反战"论还是"反对战败"论，两者都从不同的侧面承认了战后派战争文学中的"反战"因素。

其他相关研究还有李均洋《日本战后文学的走向》、王琢、卢丽（1999）《日本"战后派"文学的社会性与实验性》、雷慧英《日本战后派文学兴衰原因之剖析》、沙仲辉《论日本战后文学的发展及当前现状》、黎跃进（2009）《简论日本战后民族主义文学》等等。

在微观研究上，众多学者对揭露侵略战争的代表作家及作品进行了细致彻底的分析，如宫本百合子的《知风草》《播州平原》、德永直的《妻啊，安息吧》、中野重治的《五勺酒》等；还有野间宏的《阴暗的图画》《真空地带》、椎名麟三的《深夜的酒宴》、大冈升平的《俘虏记》、崛田善卫的《在上海》等等。

在日本学界，1946年3月，"新日本文学会"在小田切秀雄提案的基础上，通过了"追究文学上的战争责任"决议。小田切秀雄指出，侵略战争中日本文学的整体堕落和每一个文学者都有关系，因此每一个文学者都有必要反省自己的战争责任问题。在"座谈会 文学者的责任"中，本多秋五、佐佐木基一等都力图挖掘日本国家主义的根源，明确指出日本应该真正反省战争责任。

对战后初期十年的文坛进行研究的代表性著作有：吉本隆明的『文学者の戦争責任』、小田切秀雄的『民主主義文学論』、津田孝的『民主主義文学論』、古林尚的『戦後派作家は語る』、中野重治的『小林多喜二と宫本百合子』、佐藤静夫的『宫本百合子と同時代の文学』、平林たいこ的『林芙美子・宫本百合子』、小笠原克的『野間宏論—《日本への螺階》』、龟井秀雄的『中野重治論』、木村幸雄的『中野重治論—思想と文学の行方』、鹤见俊辅的『埴谷雄高』、柄谷行人的『坂口安吾論』等等。

第一节 民主主义文学

战后日本新文学是从民主主义文学运动开始的。1945年11月，以宫本百合子、中野重治、德永直、藏原惟人等为中心成立了新日本文学会，被称为"民主主义文学"，民主主义文学在创作方面涌现出很多有影响的作品。

一、民主主义文学运动的开展

日本战败后，美军占领日本，成立了盟国驻日占领军总司令部（GHQ）实施单独占领，麦克阿瑟担任最高司令官。美国占领军在军事、政治、经济等领域开展了一系列根除法西斯军国主义的措施，大力推动日本的民主主义改革。

战后初期，日本的右翼势力仍然较为强大，东久迩内阁（1945.8.17—1945.10.5）虽然在解除日军武装方面较为配合，但是却力图维护旧有天皇制、抵制民主化。当日国内要求废除《治安维持法》和特高科警察时，东久迩内阁甚至声称对主张废除天皇制的共产主义者要予以逮捕。美国占领军很快扫清了这些阻碍民主化进程的障碍，东久迩内阁解散。接下来成立的是币原内阁（1945.10.9—1946.4.22）。币原内阁一成立就释放了包括共产党领导人德田球一在内的 3 000 多名政治犯。在 GHQ 的督促下，日本政府实施了一系列民主化改革，如制定新选举法、制定工会法、废除《治安维持法》等法西斯军国主义的法令等等。在教育方面，GHQ 发布《关于日本教育政策》的指令，禁止普及军国主义的极端的国家主义思想，废除军事教育和军事训练。GHQ 还发布了神道教与国家分离的指令。"币原内阁具有两重性质。它既是官僚内阁又是带有民主色彩的内阁。"①

币原内阁同解散的东久迩内阁一样，还是想极力维护日本近代以来的天皇体制，其草拟的新宪法草案并没动摇天皇的统治地位，从而遭到 GHQ 的驳斥。实际上，废除明治时代以来的《大日本帝国宪法》，制定战后新宪法的一大焦点问题就是如何对待"天皇制"，根据美国政府的意见，1946 年 11 月日本政府颁布了《日本国宪法》，在宪法中明确规定天皇是日本的象征，是日本国民整体的象征，彻底剥夺天皇大权。《日本国宪法》第九条还规定日本"永远放弃作为国家主权发动的战争，武力威胁或使用武力作为解决国际争端的手段。为达到前项目的，不保持陆海空军及其他战争力量，不承认国家的交战权"。因此，这部宪法又被称为"和平宪法"。

战后日本新文学是从民主主义文学运动开始的。民主主义文学运动的开展又与战后日本共产党的斗争密不可分。当时的日共领导德田球一等在出狱后，发表了《告人民书》，提出打倒天皇制，建立人民共和国的革命目标。但是日共对美国占领军的认识不足，只片面看到其消除军国主义的一面，甚至称美国占领军是解放者。而从美国的根本利益上来说，是绝对不允许共产主义在日本发展扩大的。在 GHQ 的策动下，吉田内阁炮制了下山事件、三鹰事件、松川事件等，并将其嫁祸给日共，以此镇压日本共产主义运动。另一方面，国际形势也在发生急剧变化。美苏冷战开始，美国为了在全球称霸，改变了占领政策，企图把日本变成遏制共产主义运动的"桥头堡"和"远东工厂"。为了推进单独媾和，扫清以日共为代表的进步势力，1950 年麦克阿瑟发表反共演说，指令日本政府整肃日共中央委员，查封日共领导的《赤旗报》以及其他进步期刊。在美国占领军及日本政府的镇压下，日本共产党的活动不得不转入地下。

1945 年 12 月，以宫本百合子、中野重治、德永直、藏原惟人等为中心成立了新日本文学会，被称为"民主主义文学"，民主主义文学在战后初期创作了很多优秀作品，主要的代表作有宫本百合子的《播州平原》《路标》、德永直的《妻啊！安息吧》《静静的群山》、中野重治的《五勺酒》等，在文学评论方面活跃的主要有小田切秀雄、藏原惟人、中野重治、洼川鹤次郎等。

新日本文学会的发起人共九人，分别是宫本百合子、中野重治、德永直、藏原惟人、秋田雨雀、江口涣、壶井繁治、藤森成吉、洼川鹤次郎等，其机关杂志为《新日本文学》。在 1945 年 12 月 30 日召开的新日本文学会的创立大会上，提出了该文学团体

---

① 吴廷璆. 日本史 [M]. 天津：南开大学出版社，1994. 802.

的五条纲领，即：①民主主义的创造及普及；②集中和发扬人民大众的创造性文学力量；③同反动文学和文化进行斗争；④争取进步文学活动的完全自由；（5）同国内外进步文学和文化运动联系与合作。① 在1946年1月的《新日本文学》创刊准备号上，宫本百合子发表了评论《歌声哟，响起来吧》，宣告战后民主主义文学的开始。

战后民主主义文学继承了过往的无产阶级文学的优良传统，除了无产阶级作家之外，《新日本文学》还吸收了很多其他阶级、阶层的文学者成立广泛的民主主义文学统一战线。民主主义文学运动初期呈现良好的发展态势。但是，从1946年开始，随着"政治与文学"论争的不断白热化以及日本共产党的内部纷争，使得新日本文学会发生了分裂，民主主义文学处于混乱状态。在这种背景下，《近代文学》逐渐成为战后初期文坛的主流。

二、代表作家——宫本百合子

宫本百合子（1899—1951），日本无产阶级革命文学的代表，日本民主主义文学的代表，小说家，评论家，被称为战后民主主义文学的旗手。1899年出生于东京，父亲是著名建筑家中条精一郎。17岁时以中条百合子之名发表了带有人道主义思想的《贫穷的人们》，被誉为天才少女。1918年随父亲到美国游学，第二年做了哥伦比亚大学的旁听生。在那里与年长15岁的语言学家荒木茂结婚，12月回国，1924年两人离婚。这段失败的婚姻生活，被她写进了小说《伸子》。1927年与汤浅芳子共赴苏联，深深受到共产主义的影响，1930年加入日本无产阶级作家同盟，1931年加入日本共产党。1932年，与文艺评论家、共产党员宫本显治结婚，后改为夫姓。1933年在小林多喜二被毒打致死，多数共产党员发表转向声明的情况下，宫本百合子与宫本显治坚持不转向，受到残酷打压。宫本显治被逮捕入狱长达12年，宫本百合子也屡屡被捕，并被禁止写作。在此期间夫妻两人的通信多达900封。战后，宫本百合子又全身心投入社会运动及文学创作中，发表了《播州平原》《知风草》《路标》等作品。1951年宫本百合子因病去世。

《播州平原》1946年开始在《新日本文学》上连载，1947年由河出书房发行了单行本，荣获第一届每日出版文化奖。千头刚指出这部作品"是为了所有日本人都无法忘却的、因为治安维持法及战争而牺牲的理性与善意而创作的"②。伊豆利彦评价道："《播州平原》是一部通过宏子在战后不安定时期的经历，鲜明地反映出日本历史缩影的一部里程碑式的作品。同时通过不断移动的视点，把延伸到日本全国的战争灾难放置在宏大的空间里描绘出来这一点也是具有里程碑意义的。"③

在《播州平原》里，1945年夏天，女作家宏子想要去网走看望作为思想犯而被下狱的丈夫重吉，因为船一时不通，就暂住在东北福岛的疏散地，8月15日，宏子在这

---

① [日] 三好行雄. 日本の近代文学 [M]. 東京：はなわ新書，2000. 130.
② [日] 千头刚. 战后文学的作家们 [M]. 大阪：关西书院，1995. 87.
③ [日] 伊豆利彦.《播州平原》与《知风草》——学习战后的原点 [J]. 日本民主主义文学会. 民主文学，1996（362）：166.

里迎来了日本战败的消息。当宏子听了广播后，小说里写道：

  它仿佛是象征着：曾给宏子个人的生活也带来痛苦的残酷的历史正在咽它最后一口气——宏子兴奋得心弦颤动，一时简直压抑不住。①

  造成她个人生活痛苦的原因，一方面是指丈夫因为违反"治安维持法"而被判无期徒刑，与丈夫刚新婚两个月就被迫分开，丈夫在监狱里遭到非人待遇，甚至得了肠结核也不让就医差点死掉；另一方面是指宏子自身作为作家也被禁止写作发表。

  不过，只有一点理由，使宏子的小说无论如何也得遭受到禁止。……那是因为，宏子对于号称是为了天皇和爱国心和幸福的建设而进行的战争，抱着怀疑的心情的关系。是因为她是一个反对侵略战争和强加于民众生活的破坏力的思想犯的妻子的缘故。②

  主人公宏子就是作者宫本百合子的化身，她自身在战争期间就被2次禁止写作发表，还5次被捕入狱，最后一次甚至因为酷热中暑濒临死亡，严重损害了她的身体健康。即便如此，宫本百合子和丈夫宫本显治一直坚守自己的信仰，坚定地致力于反对绝对天皇制、批判侵略战争的活动。

  接下来对造成他们牢狱生活的《治安维持法》进行说明。

  《治安维持法》制定于1925年4月，目的是镇压无政府主义者及共产主义者。在第一条就规定：以变革国体、政体或者以否认私有财产制度为目的而组织结社或者知情而加入者，处以10年以下徒刑或监禁。这里的"国体"就是指奉戴万世一系的天皇的日本帝国国体；"政体"即日本帝国实行的立宪君主政体；"否认私有财产"就是指的是共产主义。1928年3月15日，日本政府以所谓违反《治安维持法》之名逮捕了日本共产党员及进步人士近1600人，造成大规模白色恐怖，这就是"三一五"事件。此次事件之后，日本政府1929年对《治安维持法》进一步修订，消除了第一条中的"政体"一词，把"变革国体"和"否认私有财产制度"分开处理，规定对变革国体者处以死刑或无期徒刑，企图以此来震慑日本国民。

  治安维持法的修改，意味着国家权力在对待无产阶级解放运动这一问题上发生了质的变化。增加最高刑罚——死刑这一条文，意味着国家权力不仅掌握了剥夺活动家人身自由之权力，还赋予国家权力左右其生命之大权。③

  《播州平原》里的宏子丈夫重吉，即现实生活中的宫本百合子丈夫宫本显治，就是受《治安维持法》之害，1933年被特高警察逮捕入狱并被判处无期徒刑，一直到战争结束，《治安维持法》得以废除的1945年10月才出狱。宫本百合子指出：

  在这十四年的岁月里，日本在治安维持法的原基础上，还加进了由纳粹德国搬来的预防拘留所制度，压得人民喘不过气来。④

---

① [日]宫本百合子. 播州平原[M]//宫本百合子选集第三卷. 叔昌，张梦麟译. 北京：人民文学出版社，1959：7.
② [日]宫本百合子. 播州平原[M]//宫本百合子选集第三卷. 叔昌，张梦麟译. 北京：人民文学出版社，1959：117-118.
③ [日]岛村辉. 临界的近代日本文学[M]. 神奈川：世织书房，1999：259.
④ [日]宫本百合子. 播州平原[M]//宫本百合子选集第三卷. 叔昌，张梦麟译. 北京：人民文学出版社，1959：9.

相对于宫本显治和宫本百合子的坚决不转向，当时的日本共产党领导人佐野学、锅山贞亲1933年在狱中发表"转向声明"（1933年），背弃了共产主义信仰，给日本共产主义运动带来毁灭性打击，在此影响下，大批共产党员宣告转向，改为拥护天皇制，支持日本帝国主义发动的侵略战争。

随着日本以建设"大东亚共荣圈"为目的大肆进行军事扩张，在太平洋战争爆发前的1941年3月，日本军国主义继续以铁腕加强对思想领域的控制，第三次修订了《治安维持法》，扩大了镇压范围及程度。丧心病狂地规定对支持结社为目的而进行的结社、尚达不到称为结社程度的"集团"、以散布否定国体或亵渎神宫、皇室尊严为目的的结社或集团，处以死刑以下的重罚。《治安维持法》一直到日本战败后的1945年10月才被废止。

再把视线挪回到《播州平原》。

宏子本来想返回东京做些迎接丈夫归来的准备，却在这时收到了来自婆婆的信，得知丈夫的弟弟直次在广岛大爆炸中下落不明，于是决定去位于山口县的婆婆家看望。在开往山口县的火车上，一系列人物也登场了。具有代表性的是"教·总"和伤兵。"教·总"担任陆军教育总监一类的职务，是旧统治阶级及国家主义的代表者，他还直接参与了在中国东北的侵华战争。

"教·总"过了一会儿就取出一本《日本皇太子史论》的小册子，……显现出象假面具一样的凝固的表情。……在那假面具似的表情里，一丝一毫也找不出未来的光芒。①

彼时日本已战败，"教·总"所代表的统治阶级也随之瓦解，但是国家主义对民众的思想渗透依然残存并深刻影响着下一代。在东北疏散地，当宏子的侄子伸一以一副受了惊的表情向宏子打听战败的事时，

宏子看到少年的纯净无垢的面孔上带着把这事当作事关本身荣辱的表情，她不由得感到孩子很可怜，同时也感到漠然的恐惧。②

侄子在战时受军国主义教育，对日本一定能打胜仗一事深信不疑，因此宏子非常同情这一代人，也表明了宫本百和子对军国主义及军国主义实施的教育的批判。虽然战败，这位"教·总"依然顽固地死守旧的秩序，甚至可能为了"天皇"自尽而完成所谓的"效忠"。

在宏子隔壁坐着的是一位断腿的伤兵，刚开始还看起来乐观地不断和周围的乘客讲着话，但是当火车越接近他的目的地，他就消沉起来，不知道如何面对家人，不知道如何融入这个社会。当他郑重地询问"教·总"的意见时，"教·总"却给出要好好学习之类的不痛不痒、不合时宜的话。当伤兵又问如何处置《国体论》之类的书时，"教·总"这回直截了当地说："我们自始至终维护国体！"这里所说的"国体"就是指绝对天皇制。即便是战败，以"教·总"为代表的旧统治者们仍然不愿意退出历史舞台，

---

① ［日］宫本百合子. 播州平原［M］//宫本百合子选集第三卷. 叔昌，张梦麟译. 北京：人民文学出版社，1959：44-45.
② ［日］宫本百合子. 播州平原［M］//宫本百合子选集第三卷. 叔昌，张梦麟译. 北京：人民文学出版社，1959：7.

还想把以前的绝对天皇制持续下去。这显然也不是伤兵等老百姓期待安定生活的答案，"教·总"与伤兵的谈话也进行不下去了。日本战败，在美国的主导下进行民主改革，但是旧的统治阶级真的就能被彻底消灭吗？宫本百合子对此表示怀疑，她在小说里写道：

  根据不久前所发表的波茨坦会议的决定：压在弹九之地的日本头上的这块大石，必须马上除去，把它粉碎掉。可是日本的统治者们会怎么做呢？他们吃了这么厉害的败仗，现在还采取一种使劳动人民不易立刻辨明真象的形式来说明它。从这些做法里，很可以看得出，他们是仍然在转着鬼念头，想尽办法死不肯撒手那根原来拴在人民身上的绳子。①

果然如宫本百合子所担心的那样，战后天皇制得以保留、对战犯清算不彻底等等，都严重阻碍了民主主义在日本的推进。对于"天皇制"，在《创造明天的力量》中，宫本百合子写道，在被修订的宪法中，赋予了所有人在法律面前平等的权利，但是其中却有特殊的一项是关于天皇的，就像在体内的细胞发生异常增殖一样，并且被取名为"癌"。也就是说，宫本百合子把"天皇"比喻为不断异常增殖的"癌"。这里不禁联想起大江健三郎的作品《亲自为我拭去泪水之日》，在这部作品里，主人公"他"把癌细胞比作是"黄色的风信子或是菊花"，在想象出的幻境中感受到了癌细胞的存在和增殖，这里的癌细胞也是象征着天皇。

《播州平原》中的主人公宏子到了婆婆家，家里只剩下婆婆和弟媳以及两个年幼的孩子。亲人的离去、生活的压迫使得原来天真的弟媳也变得尖酸刻薄、咄咄逼人起来。宏子还没来得及出发去打探在广岛原子弹大爆炸中下落不明的弟弟的消息，婆婆家所在地就遭遇了史无前例的大洪水，大家苦不堪言。洪水退去后，宏子也加入重建家园的队伍中。造成洪水的直接原因就是紧挨着婆婆家的军用公路。为了这条公路，日本当局不顾当地百姓的生活，直接拆毁别人的家园，"按照军人在地图上画的那条线，笔直地、毫无通融地修筑起来"，破坏了原来梯田、庄稼地等起到的天然水土作用，在下雨天直接造成了洪灾。小说中还多次提到为了供应战时军需而建造起来的工厂，宏子婆婆家也从原来的庄稼地和菜园子变身为"军事都市"，由于战争男性都被充军，这个城镇又成了一个名副其实的"寡妇村"。小说最后，宏子某日在堂妹家看到释放政治犯的新闻，于是决定返回东京与丈夫会合。这部小说在宏子坐在马车上穿越播州平原中落下帷幕。

虽然战争期间大多数文坛作家都不同程度地协力了日本对外侵略战争，但是宫本百合子却始终坚持对共产主义的信仰，一直顽强不屈地与日本军国主义及天皇制进行斗争。她在《战争和女性作家》里写道：

  迄今为止的日本已经习惯了一直以来的、由政府决定的战争，在天皇制的封建性、绝对性的教育之下，人们把战争当做是"比思想更严重的灾难"，毫无批判性地服从下来，并且导致了今天的悲惨境地。②

---

  ① [日]宫本百合子. 播州平原[M]//宫本百合子选集第三卷. 叔昌，张梦麟译. 北京：人民文学出版社，1959：9.
  ② （转引自）于海鹏. 论宫本百合子的反战思想——以《那一年》和《播州平原》为中心[J]. 浙江工商大学学报，2015（03）：27.

由此可见，宫本百合子看出了战争的实质，并且一针见血地指出绝对天皇制对民众思想的控制。

三、民主主义文学对近代国家主义的认知

(一) 反思与批判

新日本文学会的发起人共九人，分别是宫本百合子、中野重治、德永直、藏原惟人、秋田雨雀、江口涣、壶井繁治、藤森成吉、洼川鹤次郎等，其机关杂志为《新日本文学》。战后民主主义文学在继承过往的无产阶级文学的优良传统上，主张创作和普及民主主义文学、发扬和集结人民大众的创造性的文学性的力量、与反动文学和文化作斗争等。除了无产阶级作家之外，《新日本文学》还吸收了很多其他阶级、阶层的文学者成立广泛的民主主义文学统一战线。主要的代表作有宫本百合子的《播州平原》《路标》、德永直的《妻啊！安息吧》《静静的群山》、中野重治的《五勺酒》等，在文学评论方面活跃的主要有小田切秀雄、藏原惟人、中野重治、洼川鹤次郎等。

战后日本民主主义文学运动是对战前无产阶级文学运动的继承和发展，是对近代国家主义持批判态度的。日本战败后，美国占领军承认日本共产党的合法地位，释放了德田球一等日共领导人。德田球一在出狱后发表《告人民书》，号召日本人民打倒天皇制，建立人民共和国。日本共产党制定的《行动纲领》等也成为民主主义文学运动的指导性文件。

1945年12月新日本文学会成立。藏原惟人、中野重治、德永直等九位发起人在宗旨书里写道：

十几年来，领导日本帝国发动侵略战争的我国军国主义者们，为了强化其反动的、反文化的统治，对一切进步的文学工作者施加暴力，从根本上破坏了日本文学的民主主义传统。我们的作家被剥夺了自主活动的自由，我国文学面临着最严峻的危机。但是这些军、官、财阀在联合国军队的攻击下失败了，这就给自由文学创作带来了外在社会条件。作为我国人民大众生活现实和文化需求的真实表现者，当前日本文学工作者必须站在日本文学中早已存在的民主主义传统之上，继承日本文学遗产中有价值的东西，向各先进的民主主义国家学习，为创建真正民主的、真正艺术的文学，为推动日本文学向高尚、纯正的方向发展而团结起来贡献所有力量。为此我们发起创立新日本文学会，热切期望日本所有的进步文学工作者对这一伟大事业予以大力协助。[①]

宫本百合子在1946年1月的《新日本文学》创刊准备号上发表了评论文章《歌声哟，响起来吧》，宣告战后民主主义文学的开始。宫本百合子写道：

所谓民主文学，就是意味着我们每个人都要为社会和自己合乎历史逻辑的发展而献身，就是要唱起毫不含糊地反映世界历史必然趋势的歌声。这种歌起初或许很微弱，数量也不多；但不久便会引起更多的、全新的社会各界人士的共鸣，磨炼他们的声音，使

---

① [日]松原新一等. 战后日本文学史：年表 [M]. 罗传开等译. 上海：上海译文出版社，1983：12-13.

之字正腔圆，并能披沥思绪，从而构成新日本丰富而雄壮的人民大合唱。①

可见，民主主义文学的初心是建立广泛的民主主义文学统一战线，战后初期很多文学者都参加了这一文学运动，包括以近代文学为主体的战后派作家们、战前已经成名的文坛大家们等等。民主主义文学运动为推动战后日本民主主义的发展、日本文学的正常发展起到了正面的、积极的影响作用。

(二) 局限性

战后初期文坛的民主主义文学，虽然对军国主义发动的侵略战争进行了揭露与批判，但是在其发展过程中，团体内部不团结，文学派别之间、作家之间充斥着脱离时代和现实的论争、辩论，导致了民主主义文学的发展偏离了方向。新日本文学会成立不久就很快陷入了与近代文学的论争之中，从这一点上来说，在一定程度上阻碍了战后的民主主义发展。

从1946年开始，在探讨作家的战争责任、政治与文学、近代主义批判等问题的过程中，中野重治与《近代文学》的平野谦、荒正人之间就政治与文学的主体性问题爆发了激烈的论争。平野谦、荒正人等主张作家的战争责任是与过往的无产阶级文学运动及转向问题是分不开的，应该纠正过去无产阶级运动中出现的政治优越性，主张文学的主体性。中野重治发表一系列《批评的人性》评论来反驳，认为他们阻碍了民主主义文学运动的发展，囿于当时日本共产党的一些极左思想及政治主义的影响，中野的一些观点比较偏激。之后论争的范围越来越狭窄，焦点逐渐聚集到战前无产阶级文学家小林多喜二《党生活者》作品中所塑造的笠原这一女性像的解读上。平野谦认为小林多喜二是政治运动的牺牲品，小林笔下的笠原是为了达到目的而不择手段的，并且作者借革命运动的名义对此持肯定态度。对于小林多喜二的女性观，荒正人认为作者没有摆脱那种非人性的、功利主义的轻视女性的认识。

民主主义文学的初心是建立广泛的民主主义文学统一战线，但是随着论争的深入，逐渐偏离了这一轨道，日本共产党的内部纷争也进一步带来新日本文学会的分裂，1950年新日本文学会分裂成"新日本文学派"及"人民文学派"，双方论战达到白热化，民主主义文学处于混乱状态。在这种背景下，《近代文学》逐渐成为战后初期文坛的主流。

因此，战后初期的民主主义文学对天皇制、对战争的反思虽有积极意义，但是随着民主主义文学运动的衰退，并没有对近代国家主义进行更深层次的探讨，存在局限性。

第二节　无赖派文学

战后初期的日本社会处于一片混乱之中，旧的秩序被摧毁，在战争的废墟上，人们

---

① (转引自) 何乃英. 日本当代文学研究 [M]. 北京：北京师范大学出版社，1997. 41.

在物质上精神上空前贫瘠。在这样的社会背景之下产生了"无赖派"文学。无赖派文学的代表作家们对文学采取游戏的态度，近似于江户时代后半期的一些文学，因此又被称为"新戏作派"文学。无赖派的文学家们试图通过作品打破旧的条条框框，否定权威，反映了战败后的悲哀与绝望。代表作家有坂口安吾、太宰治、石川淳、织田作之助等。

一、太宰治作品中的国家主义——以《惜别》为中心

太宰治（1909—1948）本名津岛修治，出身于日本东北地区的地主富豪之家，1930年进入东京帝国大学（现东京大学）法文科，1948年投水自杀身亡。太宰治曾是"日本浪漫派"的同人，日本浪漫派是战时的产物。侵华战争开始后，日本文坛也被卷入国家主义的旋涡，日本浪漫派应运而生，代表人物是保田与重郎、龟井胜一郎等。他们宣称反抗近代"低俗"的文学，崇尚"复古"，鼓吹皇国文学、国粹主义，具有强烈的极端国家主义倾向。

1938年时任内阁总理大臣近卫文麿抛出"东亚新秩序"的说法，1940年外相提出建立"日、中、满一体的大东亚共荣圈"，把"亚细亚主义"（或称"大东亚主义"）即以日本为中心的亚洲统治秩序思想作为战争宣传的核心。东条英机上台后，宣布要把全面侵华战争进行到底，确立"大东亚共荣圈"。在东条的组织下，"大东亚会议"通过了《大东亚共同宣言》，将战争的原因及目标引向英美、声称日本的侵略战争为"自存自卫"、要求大东亚各国"协同一致"。日本文坛积极响应政府号召，"日本文学报国会"决定以《大东亚共同宣言》中的五条原则为主题，推举作家创作小说来宣传"国策"。最后选出来包括太宰治在内的六名作家，并确定了分工。具体为"'共同宣言'整体内容：大江贤次；'共存共荣'的原则：高见顺；'独立亲和'的原则：太宰治；'文化高扬'的原则：丰田三郎；'经济繁荣'的原则：北町一郎；'世界进步贡献'的原则：大下宇陀儿"[①]。在这六名作家中，战败前只有太宰治写出了《惜别》并于战后1945年9月出版，其他人均无产出。

在《惜别》中，太宰治虚构了一位鲁迅（在作品中称为"周君"）在仙台医专留学时的同学田中卓，此人在接受记者以"东亚民族亲善"之名的采访后，开始回忆起有关青年时代鲁迅的往事。太宰治借田中之口强调："我并没有什么社会政治目的，我只想尽可能忠实地还原他们的面貌。"[②] 但是小说里呈现出来的内容果真不是出于"社会政治目的"吗？我们仔细阅读这篇文本，可以发现很多贬低中国抬高日本的描写，这里就以太宰治笔下周君的"日俄战争"认识为例加以说明。

鲁迅于1902—1909年留学日本，1904年8月进入仙台医专并在一年后退学，太宰治主要塑造的就是仙台医专时期的鲁迅形象。日俄战争爆发于1904—1905年，在本书第二章已进行了详细说明，简单说来就是沙皇俄国和日本为了争夺朝鲜和中国东北而在中国领土上进行的战争。这场战争完全无视我国领土主权，是赤裸裸的帝国主义强盗战

[①] 王向远. "笔部队"和侵华战争：对日本侵华文学的研究与批判[M]. 北京：昆仑出版社，2015. 249.
[②] [日] 太宰治. 惜别[M]. 何青鹏译. 北京：现代出版社，2019. 7.

争，使中国东北遭受了巨大损失。侵略者烧杀淫掠、无恶不作，百姓家园被毁、流离失所、亲人离散，据中国共产党新闻网数据为"中国东北惨遭兵燹之灾，2万中国人死于战火，财产损失折银6900万两"①。可是，在《惜别》中，太宰治塑造的周君对此战争是如何评价的呢？

今年二月，日本堂堂正正地向北方的强国俄国宣战、日本的青年们踊跃奔赴战场，议会会场一致通过了庞大的军费预算。国民们则忍耐着一切牺牲，每天听到号外的铃声便心潮澎湃。我认为这场战争没什么，日本一定会取得胜利。国内群情如此激奋，这场战争又怎么可能输呢？——我的直觉便是如此。②

日本进行的这场战争，看上去简直就像是在保全中国的独立。如此想来，对于中国而言，这难道不是一场不体面的战争吗？日本的青年们在中国的国土上英勇作战，抛头颅洒热血。可我们的同胞却无动于衷，仿佛隔岸观火。这种心理状态我十分难以理解。③

日俄两国进行的瓜分中国的战争，怎么可能是"保全中国的独立"呢？这种"对华有功论"代表了太宰治以及当时大多数日本人的认识。在日俄战争前的备战及战争期间，在"皇国史观"的渗透下，日本国民上上下下陷入对外扩张侵略的热潮，几乎全民皆兵。政府大肆鼓吹"忠君爱国""灭己奉公"，将这场战争歪曲为"黄种人"对"白种人"的"对抗"，是日本的"自卫自存"战争。这种战争观不仅影响了太宰治，其他文学家如林房雄、司马辽太郎等都持此观点，在当代还被右翼所利用，企图为近代以来日本的侵略战争洗刷罪名。在《惜别》中，日军攻陷旅顺之后，整个仙台一片沸腾庆贺"胜利"，学生们组成了灯笼队，一边喊着万岁，一边游行，"外国的周君也被津田拉了出来。他一边笑着，一边提着灯笼，同津田并排走着"④。这完全对鲁迅先生的污蔑。

鲁迅在日本的同学沈瓞民回忆到，日俄战争开始后确实有一些留学生被蛊惑，但鲁迅已认清沙俄和日本都是帝国主义，都是侵略中国的敌人。……鲁迅说："日本军阀野心勃勃，包藏祸心，而且日本和我国邻接，若沙俄失败后，日本独霸东亚，中国人受殃更毒。"⑤

鲁迅在《"民族主义文学"的任务和运命》中写道：

拔都死了；在亚细亚的黄人中，现在可以拟为那时的蒙古的只有一个日本。日本的勇士们虽然也痛恨苏俄，但也不爱抚中华的勇士，大唱"日支亲善"虽然也和主张"友谊"一致，但事实又和口头不符，……就像拔都那时的结局一样，朝鲜人乱杀中国人，日本人"张大吃人的血口"，吞了东三省了。莫非他们因为未受傅彦长先生的熏陶，不知"团结的力量"之重要，竟将中国的"勇士们"也看成菲洲的阿剌伯人

---

① 受辱的"中立"——日俄战争中清政府的荒诞角色［EB/OL］. http://dangshi.people.com.cn/n/2014/0603/c85037-25096520-4.html. 2014-06-03/2023-11-27
② ［日］太宰治. 惜别［M］. 何青鹏译. 北京：现代出版社，2019.49.
③ ［日］太宰治. 惜别［M］. 何青鹏译. 北京：现代出版社，2019.50.
④ ［日］太宰治. 惜别［M］. 何青鹏译. 北京：现代出版社，2019.86.
⑤ 柳亚子等. 高山仰止——社会名流忆鲁迅［M］. 石家庄：河北教育出版社，2000.55.

了吗?!

由此可见,鲁迅早就看透日本帝国主义的野心,就是要侵略中国、独霸亚洲。鲁迅以笔为枪,"日本人'张大吃人的血口',吞了东三省了",将日俄战争的实质揭露得淋漓尽致。但是在《惜别》里,太宰治描写的周君却成为日俄战争的支持者,甚至还"笑着"庆贺日本的"胜利"!这完全是颠倒了事实黑白!

前面说过太宰治是奉宣传《大东亚共同宣言》中的"独立亲和"之命而进行创作的,这个"独立亲和"又是如何表现的呢?

在鲁迅的《呐喊·自序》《藤野先生》《鲁迅自传》等里都提及"弃医从文"的直接导火索就是"幻灯片事件",在《藤野先生》中,是如下描写的:

第二年添教霉菌学,细菌的形状是全用电影来显示的,一段落已完而还没有到下课的时候,便影几片时事的片子,自然都是日本战胜俄国的情形。但偏有中国人夹在里边:给俄国人做侦探,被日本军捕获,要枪毙了,围着看的也是一群中国人;在讲堂里的还有一个我。

"万岁!"他们都拍掌欢呼起来。

这种欢呼,是每看一片都有的,但在我,这一声却特别听得刺耳。此后回到中国来,我看见那些闲看枪毙犯人的人们,他们也何尝不酒醉似的喝采,——呜呼,无法可想!但在那时那地,我的意见却变化了。

这是鲁迅在仙台医专上课时的一个场景。周围的日本学生都在高呼"万岁",但是这个声音对于鲁迅来说却特别刺耳。对于为俄军充当"间谍"而被捕即将被枪杀的中国人以及那些围在左右充当"看客"的中国人,鲁迅心痛于他们精神上的麻木,深感医学虽然能够救治国人的肉体,却不能解救他们的思想。在《呐喊·自序》里,鲁迅写道:

这一学年没有完毕,我已经到了东京了,因为从那一回①以后,我便觉得医学并非一件紧要事,凡是愚弱的国民,即使体格如何健全,如何茁壮,也只能做毫无意义的示众的材料和看客,病死多少是不必以为不幸的。所以我们的第一要著,是在改变他们的精神,而善于改变精神的是,我那时以为当然要推文艺,于是想提倡文艺运动了。

但是到了《惜别》这里,太宰治却弱化了"幻灯片事件"给鲁迅带来的屈辱,将鲁迅之所以选择"文艺救国"的原因,归因于去东京时接触到的文学浪潮,因而陷入医学、文艺、革命的混沌旋涡,太宰治强调周君领会到了日本的忠义一元论,认为明治维新的成功并非由科学推动,而是在于精神上的教化,因此周君打算用日本的忠义一元论来改造中国的国民性。

这个"忠义一元论",是太宰治国家主义思想的集中表现,他借小说中的周君、藤野先生以及田中、津田等,来达到他配合"国策",宣扬"独立亲和""文化高扬"的目的。

在太宰治的笔下,周君认为中国的天子因为不是"万世一系",各朝代围绕皇位都展开了强取豪夺,因此没有"忠"的观念。又借一小姑娘为从军伯父写的信来大力赞

---

① 指"幻灯片事件"。(笔者注)

美日本的天皇制国体、《军人敕谕》：

为天皇陛下鞠躬尽瘁，这句话就这样冷静地说了出来，毫不犹豫，明白晓畅，简直就是 naturlich①。日本人的全部思想，都 einen② 在忠这个观念上了。③

不仅如此，周君还要在东京的留日学生里宣扬"神国"的忠义一元哲学，以此来"启发"同胞，结果却在东京遭到革命党"排挤"，被视为"汉奸"，跑回仙台后情绪低落跟田中长篇大论解释他的想法，由此田中也即作者太宰治的化身，得出结论周君是因此而走上作家之路的。

据田中所说，在日本攻陷旅顺之后，周君的日本观发生了改变。日本取得"胜利"是"日本有其国体之实力"，周君认为：

明治维新并不是由兰学者推动的。维新思想的源头，还是国学。兰学不过是路边盛开的奇葩而已。日本的国体，其实力确实让人畏惧。④

太宰治借周君之口重新阐释了日本的近代史，认为明治维新不是由"兰学"而是由"国学"推动的，以此颂扬日本近代的绝对主义天皇制，力赞所谓"日本精神"，从这个角度来说，也可以把它看作是太宰治的"近代的超克"论。

那位反复劝说周君搬进自己寓所的干事津田，实际上一直监视着周君，防止这些中国留学生追随革命而举起反清旗号。在他眼中，当时的日本与俄国交战正酣，如果清廷改变"友善中立"态度与日本交恶的话，就大事不妙了。他还叮嘱田中对这些留学生要留下"所有日本人都友善亲切"的印象，要以一种"领先者"的态度，一面加以"亲和"，一面加以"指导"。这就是日本政府对中国态度的反映，要充当"领先者""指导者"的角色，要成为东亚的"霸主"。而对于这样一个丑恶面目的津田，作家笔下周君的评价竟然是"他人虽然有点啰唆，可还是有正直的一面的，我也并不是那么讨厌他"⑤。

对于如何处理"独立亲和"，在藤野先生对田中的谈话中体现得淋漓尽致。在太宰治的描写中，藤野先生张口闭口都是"国家之光""国体之盛德""东洋本道"的话，还特意提到了《教育敕语》："教育敕语是怎么说的？相信朋友，交朋友就是互相信任。除此之外，别无他法。"鲁迅视藤野先生为良师益友、藤野先生也对留学生鲁迅关爱有加，这本来是中日两国人民友好的一种体现，可是太宰治却将自己的国家主义思想强加给藤野先生，借藤野先生之口来宣扬"独立亲和"。在他笔下，藤野先生用一家人来做比喻，兄弟之间时而吵架时而友好，虽然各自有想开的花，但是整个家才是最大的花。这个"家"，其实就是太宰心中的"东洋""大东亚新秩序"。

所谓的东洋本道，其潜流在任何时间、任何地点都是源源不断的。而在这条本道之上，我们所有的东洋人都是联系在一起的。可以说，我们正肩负着相同的命运。就像我

---

① 原文为德语，表"自然而然"之意。（笔者注）
② 原文为德语，表"集中、统一"之意。（笔者注）
③ [日] 太宰治. 惜别 [M]. 何青鹏译. 北京：现代出版社，2019. 92.
④ [日] 太宰治. 惜别 [M]. 何青鹏译. 北京：现代出版社，2019. 90.
⑤ [日] 太宰治. 惜别 [M]. 何青鹏译. 北京：现代出版社，2019. 77.

刚才提到的那家人，尽管各自开的小花多种多样，可聚拢起来还是一朵大花。①

这种"东洋本道"，就是日本近代以来想要建立的亚洲统治秩序，到了太平洋战争时期，又演变成"大东亚共荣圈"，所谓的"独立"，在太宰眼中就是"各自开的小花"，最终目的还是要成为"一朵大花"，并且日本一定要在这个家庭里充当"家长""霸主"的角色。

在"漏题事件"中，明明是日本人瞧不起中国人，将中国视为劣等民族，认为这样的"低能儿"是不可能考试及格的。可是太宰治却安排炮制这起事件的矢岛痛哭流涕地反省检讨自己的错误，周君也不怪他，还觉得矢岛是一个颇为正直的人。王向远指出："太宰治有意地把这个事件的性质给颠倒了，把一个日本学生的民族歧视事件写成了'日中亲善'的佳话。"② 在周君的欢送会上，这几个人都成了亲密的朋友，津田背过身去流泪，田中甚至觉得矢岛"绝不是为了侮辱中国人，或把中国看作劣等民族，才给周君写那样恶劣的信的。毋宁说，他的信中，包含着对中国秀才的敬畏"③。作者将对中国人赤裸裸的侮辱强行洗白为"敬畏"，这就是太宰治的"亲善"逻辑吗？

太宰治在提交给文学报国会的《〈惜别〉之意图》中，说到他创作如此形象的周树人先生时：

我的意图，只是希望现代中国的年轻知识分子们，在读过这篇小说之后，能够心生感慨：原来在日本亦有理解他们的人。我只是希望，能在炮火的轰鸣之中，为日中的全面和平贡献自己的一份微薄之力④。⑤

太宰创作这篇小说时，日本几乎侵略了中国全境，犯下了南京大屠杀等滔天罪行，他却无视日本给中国带来的巨大战争罪恶，居然声称为了"日中的全面和平"，和平在哪里？侵略他国领土、屠杀他国军民，就是所谓的"和平"吗？这完全是美化日本的侵略战争、图谋东亚霸主的强盗逻辑！在《惜别》的"后记"中，太宰治写道，自己虽然是响应"内阁情报局"与"文学报国会"的号召而动笔写的这篇小说，但是他也说明即便没有这两方面的号召他也会写这样一部小说，并且还强调这两方面没有施加给他任何限制，这就说明太宰治撰写这篇小说完全是自愿的，并没有受到强迫，那作品里描写的内容也就是他自己思想的真实表达。在《惜别》里，太宰治所"忠实地还原"的也不是真正的鲁迅，而是他自己虚构、主观臆测出来的，严重歪曲了事实真相的鲁迅形象。因此，太宰治文中的"周君"并不是"鲁迅"，而是他自己根据当时"独立亲和"的指导思想所杜撰出来的形象，代表了他自己对于日俄战争、中国人、东亚秩序的认知，是太宰治本身国家主义、亚细亚主义的表现。从这个意义上来说，这篇小说不妨看作是太宰治关于近代天皇制国体、"日本精神"思考的一部小说。

《惜别》出版后，因太宰治塑造的"周君"对日本"万世一系"国体及对日俄战争中日本军民的赞美等，严重歪曲了鲁迅先生的形象，受到日本鲁迅研究专家竹内好以

---

① [日] 太宰治. 惜别 [M]. 何青鹏译. 北京：现代出版社，2019：73.
② 王向远. "笔部队"和侵华战争：对日本侵华文学的研究与批判 [M]. 北京：昆仑出版社，2015：258.
③ [日] 太宰治. 惜别 [M]. 何青鹏译. 北京：现代出版社，2019：136.
④ 按照日语原文直译过来应该是"在日本与支那和平方面发挥百发子弹以上的效果"。（笔者注）
⑤ [日] 太宰治. 惜别 [M]. 何青鹏译. 北京：现代出版社，2019：152.

及中国国内学者的批判。竹内好在《花鸟风月》一文中,指出太宰治混淆事实,以"风花雪月"的方式处理鲁迅,《惜别》中的"周君"是作者主观塑造出来的鲁迅形象;川村凑说道:"《惜别》中的鲁迅终究不外乎太宰治的'自我'。这正与'大东亚'最终不过是'日本'自身的同义语这一历史事实相对应"[①];曾婷婷、周异夫将太宰治称为"隐匿的国家主义者","太宰治的战争'缺位'只是一种表层的形式,这种表层形式掩盖了他作为一名国家主义者支持战争的深层心理"[②];徐利评价道:"在日本与美英开战的冲击之下,太宰治以弃医从文叙事呼应《大东亚共同宣言》的'独立亲和'与'文化昂扬'原则,既反映出日本知识人卷入战时体制、为国效力的普遍事态,也体现了太宰治个人对战时天皇制国家的认同。"[③]徐利通过考证,发现除了《惜别》之外,在太宰治的1936年、1944年等其他随笔中也体现出作者宣扬皇国传统、民族主义的文学观。

1945年8月15日,日本宣布战败,绝对主义天皇制土崩瓦解。战后初期,面对战前信仰及价值体系的全面崩塌,民众思想混乱,生活低迷。太宰治在战后发表的作品表现了他对战后没落的一种悲观情绪,他以无赖、堕落的姿态反抗战后的日本社会。

《惜别》完成于1945年2月左右,在战败后的9月才得以发表。战后,太宰治相继创作了《维庸之妻》《斜阳》《人间失格》等名作,1948年投河自尽。短篇小说《维庸之妻》发表于1947年,采用了女性独白体的创作手法,主人公大谷的妻子对于丈夫的不顾家庭、嗜酒颓废的状态毫无办法,有一天丈夫偷了小酒馆的钱被店主追讨上门,妻子主动去小酒馆干活替丈夫还债,还经常与客人打情骂俏,后来,她轻易地被一个青年奸污了,然而她却有了摆脱道德束缚的轻松感。在小说的最后,大谷妻子对丈夫说道:"人面兽心的人也不要紧,我们只要活着就行啦。"这也反映了作者太宰治对传统道德的蔑视态度,表明了无赖派的观点,那就是"人活着就要堕落,除了堕落外别无他法"。同年发表的中篇小说《斜阳》描述了日本战败后没落贵族如同斜阳般的生活,这部小说最重要的关键词就是"破灭",母亲是最后的贵妇人,作为旧时代的代表人物,她的结局就是灭亡;姐姐和子恋上有妇之夫上原并且怀孕,她想"一边和旧道德战斗一边像太阳那样活下去",决定把孩子生下来;出身平民的上原是一个悲观厌世、嗜酒成性的人,对未来不抱任何希望,认为活着就是悲哀;弟弟直治从战场复员归来,生活放荡堕落,他想要摆脱贵族身份融入民众中,却又缺乏坚强的生命力,最终在矛盾中自杀身亡。这部作品通篇都充斥着悲凉的基调,反映了在革命前夜,所有过往的华美都必须要破灭的主题。

无赖派作品所反映出的颓废、叛逆、堕落的文风,也是和这些作家自身体验所分不开的。太宰治虽出身于大地主之家,但是因不是长子而并不受到家中重视,再加上他从

---

① [日]川村凑.《惜别》论——"大东亚之和睦"的幻影[J].董炳月译.鲁迅研究月刊,2004(07):65.
② 曾婷婷,周异夫.隐匿的国家主义者:太宰治的战争"缺位"与"天皇崇拜"[J].东北师大学报(哲学社会科学版),2018(06):51.
③ 徐利."近代的超克"与"大东亚亲和"的幻灭——太宰治《惜别》中的"弃医从文"叙事再探[J].中国比较文学,2022(04):195.

小由乳母抚养长大,长期缺乏母爱。林少华曾评论道:"这使他怀有贵族意识的同时逐渐萌生了边缘人意识和逆反心理。"[①] 他曾参加共产主义运动,后又脱离,参加新闻记者考试又被淘汰,身边的亲人渐渐远离他而去,再加上共同赴死的女招待溺死,情人小山初代的背叛,等等,在太宰治文学生涯初期,这一系列的打击使他陷入对人生与社会的绝望之中,这些"罪"意识及厌世情绪反映到了初期作品集《晚年》及他的晚年作品《斜阳》《人间失格》等之中。虽然太宰治在结婚以后度过了一段相对平稳的生活,但究其一生而言,主要交织着酗酒、吸毒、和女性的纠葛、自杀这些堕落、腐朽的生活状态,最终太宰治的人生也以第五次自杀成功而落下帷幕。

二、坂口安吾对国家主义的认知

无赖派的另一代表作家坂口安吾,1906年出生于新潟县,1955年因脑出血去世,本名炳吾,在家排行第五,其父从政,精通汉诗。坂口安吾从幼时开始就不喜欢刻板的学校生活,经常旷课逃学,中学时因考试交白卷而被开除,他曾因此写下"余将成为伟大的落伍者,有朝一日重现于历史上"的话。这也成为他放荡不羁、敢于反叛旧秩序的一生的写照。坂口十八岁时父亲病逝,他开始热衷于阅读宗教、文学等相关方面的书籍。为了进一步修行,在1926年二十一岁时辞去代课教师工作,进入东洋大学印度哲学系学习佛教,为了悟道,他一天只睡四小时,结果患上了神经衰弱症,后来通过学习梵语、法语等得以克服。1930年大学毕业后,坂口安吾于1931年发表了《风博士》和《黑谷村》,开始在文坛上崭露头角。1942年发表了随笔《日本文化之我见》,明确对日本的传统美、传统文化开炮。1942年发表描写日军偷袭珍珠港的小说《珍珠》,遭到查禁。战后1946年,发表了著名的评论《堕落论》,在战败后日本混沌的社会上引起极大反响,坂口安吾也因此一跃成为流行作家,之后又发表了《续堕落论》。1947年是他高产的一年,发表了《道镜》《教祖的文学》《盛开的樱花林下》《替青鬼洗兜裆布的女人》《不连续杀人事件》等。此后,还发表了《安吾巷谈》《安吾新日本地理》《安吾史谭》《夜长姬和耳男》等作品。1955年,坂口安吾因突发脑出血而去世。

(一)对天皇制的批判

1946年4月,《新潮》杂志上发表了坂口安吾著名的评论《堕落论》,尖锐地批判了日本一直以来形成的政治观、道德观,主张废除虚伪的传统美、伦理道德,在战后的废墟上进行重建。坂口安吾在作品里呐喊道:"活着吧,堕落吧",振聋发聩。给在战后传统信仰坍塌,精神上处于混乱的人们指出了一条出路。

对于天皇制,在这篇评论中,坂口安吾指出:

我认为天皇制就是极富日本特征(或者说是顺从性或独创性)的一个政治产物。天皇制并不是天皇创造出来的,虽然天皇也曾有过阴谋策划,但是总的来说什么也没做。……其存在的政治理由也就是来自于政治家们的嗅觉;他们洞察日本人的秉性,并且在这一秉性当中发明了天皇制。这不仅限于天皇,如果可以替代的话,儒教、佛教,

---

① 林少华. 太宰治:"无赖"中的真诚 [J]. 中国图书评论, 2015 (07): 80.

……都不成问题，只不过它们都无法替代而已。①

在《续堕落论》中，坂口安吾认为天皇制不过是政治家们维护自己权益和地位的手段，他写道：

当今的国会议员们仍然愚蠢地认为天皇制是对皇室的尊敬，为此喧闹一时。天皇制虽然是自古就有的一个制度，但是天皇的尊严向来就被用来作为道具，从来就没有实际存在过。②

通过这些文章，坂口安吾把矛头直指天皇制，一针见血地指出日本天皇制的实质就是政治家维系统治的工具。在这基础上，安吾从正面提出废除天皇制的号召：

只要天皇制存在，历史性的精心策划就会一直留存在日本观念中，日本就不可能盛开真实的人类和人性之花。人类的真实之光将永远被封闭，日本也许不会有人间的真正幸福和苦恼等人类所有的真实。……必须撕去天皇制、武士道、忍受艰苦、锱铢必较等"美德"的伪善外衣，回归真实的人性，重新起航。否则，不是又倒退到昔日欺诈的时代了吗？③

可以想象的是，在战后初期，坂口安吾提出的这些关于天皇制的理论是如何惊世骇俗且振聋发聩的。

对于天皇制，坂口安吾在其他作品中也有所涉及。如《天皇小论》（1946）、《进言天皇陛下》（1948）等，在《安吾新日本地理》（1951）中，作者以随笔的形式，通过对各地景观的考察，对所谓绝对权威的"记纪神话"提出了质疑。他认为造成日本国民对天皇制盲信盲从的根源之一，就在于宣扬"万世一系"的神话。在作者看来，如果统治者借以宣传的地理符号本身是虚假的话，那么天皇制也就失去了存在的根基。

虽然坂口安吾对天皇制进行了深刻批判，但是必须明确的是，他所批判的对象是"天皇制"而非"天皇"。无论是战前"神格"的天皇，抑或是战后"人格"的天皇，在他的评论中鲜少对其描述。在《天皇小论》里，坂口安吾从去除封建性的残留这一角度出发，主张必须使天皇成为普通人，去除其神格。另外，坂口还为"天皇"的战争责任开脱。

在《续堕落论》中，坂口安吾写道：

……大家看看，这场战争又何尝不是这样，实际上天皇并不知情，只是出于军人的意志。据说"满洲"事变，狼烟四起，华北息战，甚至连总理大臣都不知情，都是军部的独断专行。④

坂口安吾笔下的"这场战争"，就是指的侵华战争及太平洋战争，对于天皇的责任，本书在第一章、第二章也进行了明确的分析，日本天皇历来被日本人看作是神的后裔，明治维新后，确立了近代绝对天皇制，在1889年的《大日本帝国宪法》中，明确规定日本由"万世一系"的天皇统治，天皇统率陆海军等。全面侵华战争开始后，东

---

① ［日］坂口安吾.堕落论［M］//白痴.吴伟丽译.长春：吉林出版集团责任有限公司，2011：35-36.
② ［日］坂口安吾.堕落论·续［M］//白痴.吴伟丽译.长春：吉林出版集团责任有限公司，2011：48.
③ ［日］坂口安吾.堕落论·续［M］//白痴.吴伟丽译.长春：吉林出版集团责任有限公司，2011：50.
④ ［日］坂口安吾.堕落论·续［M］//白痴.吴伟丽译.长春：吉林出版集团责任有限公司，2011：48.

京的皇宫中还设立了大本营，作为指挥战争的中枢，裕仁天皇以军装的形象出现在世人面前直到战败。因此在对外侵略战争中，天皇负有不可推卸的责任。但是，坂口安吾却说天皇对此毫不知情，将战争责任完全归咎于军部，这是与史实不符的。

也就是说，坂口安吾的这种天皇制批判流于表面形式，并没有深入挖掘对日本人民思想长期占有统治地位的天皇制及天皇本身的影响进行探讨，这也导致坂口安吾对发动侵略战争的天皇缺乏追责，狡黠地避开了天皇本身，对在侵略战争中天皇所应负的责任进行了开脱。对于这一点，何乃英认为："不过，他们（指无赖派）对天皇制的批判又常常与他们否定一切权威和秩序的思想联系在一起，因而导致了无政府主义的结论"。①叶渭渠曾一针见血地指出："无赖派作家囿于对天皇的传统的遵从，对天皇和天皇制的关系缺乏阶级的分析，未能抓住天皇制国体的实质；对天皇制军国主义的阶级实质，以及对作为权力机关一部分的具有独立统帅权的天皇应付的战争责任，也未能正确把握。"②

（二）《白痴》

坂口安吾创作的小说《白痴》被学界普遍认为是《堕落论》的"小说化"，通过主人公伊泽和白痴女，反映了坂口安吾对世俗伦理道德、对旧有秩序的反抗，他认为，颓废和堕落是人的本性，人只要活着就要堕落。

主人公伊泽大学毕业后先是做了报社记者，后来又做了电影导演。作者坂口安吾对此职业的设定是有深意的。伊泽他本来相信艺术的独创性，重视个体的独立性，但是他的思想与当时的社会环境却格格不入。在战时，日本政府实行严酷的思想管制及审查制度，只要有悖于侵略扩张的主旨，就会受到处罚甚至收监判刑。1941年12月，当局提出镇压群众的七项基本措施，包括取缔和检举共产主义者、指导舆论、侦察民心动向等；紧接着又制定了《对言论、出版、集会、结社的临时取缔法》，完全扼杀了言论和出版自由，严禁报纸刊登违反国策、妨碍战争的消息，只许刊登大本营公报；1943年1月，制定了《治安对策纲要》，进一步实施高压统治。在这种背景下，即便是对自己事业有追求的伊泽也不得不放弃幻想，但他又不想违背自己的良心为政府卖命，所以只能在小巷里苟延残喘。从这一点上来说，反映出作者坂口安吾的内心道德坚守，作者也借此讽刺了那些屈膝迎合军国主义战争的文化界人士。

在政治高压以及日复一日军国主义的洗脑之下，日本民众大多表现为对战争的狂热支持。但是主人公伊泽却是个异类，他依然抱有做人的良知及做新闻工作的初心，他向部长提出自己的质疑：

有必要花费三分钟之久的时间拍摄一位师长训话的场面吗？有必要从头到尾拍摄职工们每天早晨唱祈祷词一般奇怪的歌曲的场面吗？③

在这里，被伊泽认为是"祈祷词一般奇怪的歌曲"，毫无疑问就是被强制每天集体

---

① 何乃英. 日本当代文学研究 [M]. 北京：北京师范大学出版社，1997：61.
② 叶渭渠. 略论无赖派的本质 [J]. 日本问题，1988（03）：49.
③ [日] 坂口安吾. 白痴 [M] //白痴. 叶琳，杨波译. 上海：华东师范大学出版社，2015.10.

合唱歌颂天皇、歌颂"圣战"的歌曲。可是部长听了他的话后非常生气，大声训斥道：

哼，在这动荡的时代，美为何物？艺术是无能为力的！只有新闻才是真实的。①

而部长和他的下属们创作的所谓"新闻"，就是一面高呼"啊，令人感动的太阳旗！""谢谢你们，日本军人！"一面大量制作煽动民众国家主义情绪的影片。小说中提到了计划拍摄的《保卫拉包尔》《监视飞往拉包尔的飞机》等宣传片，但是可笑的是，

在《塞班岛决战！》规划会议还没结束时，塞班岛就失守了，美军飞机开始从塞班岛起飞，飞到了日本人的头上。②

坂口安吾在这里以极其讽刺的口吻写出了这些"艺术家们"不顾物资的短缺倾注极大热情制作《不应让一架敌机生还！》《神风特工队》《本土决战》等影片，这些都是为了配合军国主义而进行大力煽动、宣传的内容，可是伊泽也可以说是坂口安吾认为，他们制作的片子就像发白的纸张一样无聊透顶，讽刺了这种行为的无用性、虚伪性，暗示了日本必然失败的结局。

有着自己的个性、追求艺术独创性的伊泽，与当时"一亿总玉碎"的大环境格格不入，自然而然受到了上司以及拉帮结派的同僚的排斥，因此他也完全失去了工作的热情。在伊泽居住的巷子里，绝大部分都是最底层的穷人，在小说开篇，安吾写道：

在那座房屋里居住着人和猪、狗、鸡、鸭子。他们不仅居住在同一座房屋里，就连各自的食物几乎都没有什么差别。③

这里立刻展现在读者眼前的是一个混乱肮脏的世界。人和动物同住同食，显示在战争环境下，人不再具有高等动物的"优越性"，沦为和动物等同的境地。而在这里居住的几乎都是违背社会伦理道德的人，有怀有身孕却不知道父亲是谁的少女，也有和街道居委会十来个同事乱搞的姑娘，还有前后赶走七八个情夫的老婆子，甚至还有哥哥和妹妹乱伦结成夫妻关系的……。总之，就是一个与道德伦理相悖的、无序的混乱世界。作品中"小巷"里的人物群像，可以说就是当时日本社会最黑暗一面的真实写照。作者赋予"白痴女"的特征是漂亮但没有感情，而男主人公伊泽只有与这个没有思想的、不受道德伦理束缚的白痴在一起时，才能感受到作为"人"的充实。这么来看，这个白痴女更像是一个符号，是对传统秩序反抗的反讽，这大概也是作者将其作为小说题目的用意吧。从这个角度来看，对于李德纯提出的小说存在严重的性别歧视，反映了"男性中心观的永久性"④的观点，笔者认为是比较牵强的。

对于小巷中的这种状况，伊泽问他的房东裁缝店主：

是不是战争爆发以来，人心就变得颓废了呢？

作者坂口安吾借用裁缝店主的回答，提出了他的一贯主张：

不是的。怎么说呢？这一带一直以来都是如此啊！

这句话就印证了坂口安吾在《堕落论》中提出的人性问题。在《堕落论》的开篇，作者写道：

---

① [日] 坂口安吾. 白痴 [M] //白痴. 叶琳，杨波译. 上海：华东师范大学出版社，2015：10-11.
② [日] 坂口安吾. 白痴 [M] //白痴. 叶琳，杨波译. 上海：华东师范大学出版社，2015.12.
③ [日] 坂口安吾. 白痴 [M] //白痴. 叶琳，杨波译. 上海：华东师范大学出版社，2015.2.
④ 李德纯. 战后日本文学史论 [M]. 南京：译林出版社，2010：132.

半年之间，世事变幻。自诩为天皇卫士的我辈，为了天皇赴汤蹈火、死而无悔。年轻的生命如樱花般凋零，苟且保命地在黑市中残喘生息。曾经许诺愿将生命奉献给天皇，之后又违背誓约。当年毅然送夫赴战场的女人们，半年之后叩拜亡夫的灵位就变成象征性的行为，没过多久心里就另有心仪之人。并不是人善变，本来就是如此，变的只是世态的表面。①

日本政府认为随着战争结束，国民的道义也随之衰退，而坂口安吾认为不管是战前、战后，还是其他什么时候，人性都是不变的，所谓的"国民道义"不过是封建遗留的诡计，作者对此大力抨击，呼吁人们舍弃延续至今的"健全道义"，回归到真实的人间。这里所说的"健全道义"，就是指过去军国主义煽动民众为天皇制国家献身的道德和秩序。在《续堕落论》中，坂口安吾指出：

我呼喊着日本要堕落下去，实际上意思是相反的，现在的日本以及日本式的思考方式正在沉沦，我们必须遗弃延续至今的封建"健全道义"，回归真实赤裸的大地，并通过这种遗弃，回归到真实的人间。②

可以看出，坂口安吾并不是为了堕落而堕落，而是通过堕落来追求真实的人性。他认为只有在去掉那些强加于人身上的所谓秩序、道义等枷锁后，才能复归人的本性。

对于"小巷"的设定，林淑美指出其具有战时"邻组"的特征。战时，大政翼赞会推出《部落会町内等整备要领》，国家主义思潮泛滥，整个日本陷入一种癫狂的拥护战争热潮之中，这里的"小巷"，实际就是对这一政策的真实写照。"邻组是法西斯体制的细胞组织，按居住区域设置，以十户为一组，实行连环保。政府一切法令和措施，诸如物资配给、居住登记、摊牌公债、金属回收、防空演习、征收苛捐杂税等，都通过邻组实施。"③ 国家主义就是利用这种最基层的组织来控制民众的思想及生活全部，向民众强制灌输为天皇制国家"灭私奉公"的观念，如有不服从者就会被扣上"国贼"的帽子而受到处罚。

在小说中出现的街道居委会、配给所、防空洞、女子敢死队、海军少尉等等，都显示出"小巷"是符合战时体制的一个标准化空间存在，可是处于这个空间里的民众的精神世界呢？是否真正就达到了"灭私奉公"呢？答案显然是否定的。在战争末期，物资匮乏，粮食实行配给制，国民生活水平急剧下降。在巷子里生活的底层人物为了果腹而出卖肉体是最稀松平常的事，甚至哥哥与妹妹之间都可以乱伦。人们连活着都如此艰难，哪还有心思去真正关心所谓的"圣战"呢。在这种背景下，人的社会属性逐渐消失，残留在身上的不过是自然属性而已。另一方面，伊泽所供职的公司里，却都是为了迎合军国主义、宣传战争而使劲谄媚的一帮人。在他们心中早已忘记艺术是何物，早已沦为宣传军国主义的一枚棋子。所以面对伊泽的质疑，部长的回应是："哼，在这动荡的时代，美为何物？艺术是无能为力的！只有新闻才是真实的！"而他们所制造出来的"新闻"，不过全都是用来宣传法西斯军国主义的，和文坛的"笔部队""国策文

---

① [日] 坂口安吾. 堕落论 [M]//白痴. 吴伟丽译. 长春：吉林出版集团责任有限公司, 2011：33.
② [日] 坂口安吾. 堕落论·续 [M]//白痴. 吴伟丽译. 长春：吉林出版集团责任有限公司, 2011：50.
③ 吴廷璆. 日本史 [M]. 天津：南开大学出版社, 1994：759.

学"如出一辙。他们通过拍摄影片来获取工资，通过拉帮结派来得到升迁，这在本质上和妓女们没有什么太大的不同，如果说妓女出卖的是肉体，那他们出卖的就是自己的精神和灵魂了。

在这一群人中，伊泽是个异类。他相信艺术的独创性，坚持个性中的独特性，自然受到同僚们的排挤。在他浑浑噩噩度日之中，白痴女闯入了他的生活。正是因为白痴女有精神上的缺陷，才使得她保留了作为人的纯真和本性。面对她的古怪丈夫和厉害婆婆，她总是表现出战战兢兢，甚至"被吓得身体直打哆嗦，连站都站不稳"。而白痴女被伊泽发现躲到壁橱里时，刚开始表现出的是不安，后来逐渐安心，并和伊泽亲近起来。由此可见，白痴女是能够完全感知别人的善恶的。另一方面，伊泽在遇到白痴女后，发现自己如此疲惫不堪也是因为自己的价值观与社会完全不符，因此觉得自己"最需要的就是如同白痴一样简单而率真的心灵"。知识分子伊泽和白痴女，双方的相遇及发展，也是一个互相安慰、治愈的过程。对于伊泽不顾白痴女是人妻的这一伦理道德，收留她并与她发生肉体关系，王净华认为："显然，这一冲动的道德救助行为是对束缚个性的国家体制的本能反抗和挑战。"[1]

小说的结尾部分，在东京空袭中，伊泽经过一系列的思想斗争，还是决定带着白痴女一起逃亡。在逃难途中，作者坂口安吾对于伊泽与难民走向完全相反的路线的设定也是具有深意的。前面分析过，伊泽主张艺术的独创性，与当时的主流思想是背道而驰的，因此受到协力、鼓吹军国主义的公司上司以及同僚的排挤，在这条"逆行"路上，伊泽走得异常艰难，并且看不到希望。在结尾部分，

所有的人都向着一个方向移动，那个方向所在的地方距离火场最远。[2]

看起来这似乎是一条逃难的正确方向，但是

伊泽很清楚那个方向既没有空地也没有田地，一旦美军飞机接下来在那个街区投下燃烧弹堵住了去路，这条路就成了一条不归之路。[3]

对于这个情节，可以这样理解：民众在军国主义的裹挟下，朝着一个貌似正确的方向前进，而伊泽由于保持了自我的思考能力，清醒地看出这只能是一条把民众拖向万劫不复的不归之路，因此他带着白痴女走向了与难民完全相反的方向，走向了生的希望。但是，就伊泽而言，他最多能救赎的也只限于他自己。面对民众，他既没有勇气说出事实，也没有能力或者是没有想过去号召大家追寻正确的道路，这一点毫无疑问是主人公伊泽的局限性，同时也是作者坂口安吾甚至于无赖派的局限性。最后即便伊泽死里逃生，但从他对于白痴女是"人"是"猪"的内心纠葛，我们也可以读出他的结局，那就是他依然是茫然的，无力改变任何现状的。这也深刻反映了坂口安吾的"人只要活着就要堕落"这一主张。

对这部作品的评价，如奥野健男、小田切秀雄、中上健次等都高度肯定了其文学价值及思想意义，奥野健男指出这部作品对战后处于混沌之中的日本人特别是年轻人而

---

[1] 王净华. 战争语境下坂口安吾小说主题研究 [D]. 华中师范大学，2020：81.
[2] [日] 坂口安吾. 白痴 [M] //白痴. 叶琳，杨波译. 上海：华东师范大学出版社，2015：34.
[3] [日] 坂口安吾. 白痴 [M] //白痴. 叶琳，杨波译. 上海：华东师范大学出版社，2015：34.

言，就如当头棒喝。当然也有将其归为"肉体文学"，从负面进行评价的。比如李德纯就没有给出高的评价，他指出：

作品中出现的人物，不是同十几个有妇之夫乱搞而大了肚皮的区公所女办事员，就是同自己亲兄弟乱伦的豪门望族遗孀。既失去了正常的理智，又缺乏真挚的情感；只求肉欲，不解情意。相比之下，小说中女性形象的塑造显得比较薄弱，甚至在整体观照和具体描绘上，存在较为严重的性别歧视；其通过男女情爱描绘的是一个浮躁纵欲的纷繁社会，尤其在女性生活与命运的展现上则明显地带有干瘪浅白的理念。[①]

笔者并不能赞同这一观点。诚然，在这篇小说中出现的大多是违背"传统伦理道德"的人物，但是作者坂口安吾就是通过特意选取的穷人、妓女等群居的"小巷"这个最底层空间，来表现当时战后社会人们思想上的迷失及虚无，是具有积极意义的。

(三) 坂口安吾的战争认识

1941年12月8日，日本偷袭珍珠港，太平洋战争爆发。日本政府极力加强军国主义的宣传，各大媒体积极响应政府号召，对在珍珠港事件中战死的九名士兵进行了报道，甚至将其神话，夸大为"九军神"，塑造为贯穿武士道精神的战时为天皇卖命的"皇民"形象。在日本文坛，大多数文学者也在为军国主义摇旗呐喊，极少数有良知的知识分子也不敢明里进行反抗，只能把对战争的控诉埋于心中，蛰伏下来。1942年6月，坂口安吾发表了有关这场战争的小说《珍珠》。

这部小说有两条主线，一条是士兵的行动，一条是第一人称"我"的日常生活。但是两条主线又不是完全平行的，时而交叉在一起。

十二月八日下午四时三十一分。我正在二宫的鱼店喝烧酒，此时正是夏威夷时间的晚上九点零一分。你们从白天开始，正冷静地等待日落。[②]

在小说中，作者如此叙述道。也就是通过"我"来讲述了同一时间处于不同空间的"你们"的境遇，一是形成强烈对比，以这些士兵为代表的日本人在为军国主义效忠卖命，而"我"与朋友却依然过着自己散漫的生活；二是通过这种描写，把"个体"融入"战争"这一语境中，暗示了"个人"在"战争"这一大环境下，也不得不受到其影响，受战争裹挟的结局。小说中写道，在"我"收听到天皇的开战诏书后，产生了"如果必要的话，我也必须奉献出自己的生命。即使是个小兵，也绝不让敌人进入我们的国土"[③]的想法。在小说中原本对社会问题、对战争不甚关心的"我"，最后也不得不卷入战争，被改造成为战争服务的机器，国家主义再一次对民众起到了蛊惑、洗脑的作用。

从当时的社会背景来看，太平洋战争爆发后，日本国家主义达到巅峰，政府严厉加强对言论的控制。因此，从文本来看，并没有直接反映出对战争的批判，但是通过这种描写，却可以读出是作者对反对政府鼓吹"军神"、宣扬战争的一种暗喻。《珍珠》发

---

① 李德纯. 战后日本文学史论 [M]. 南京：译林出版社，2010：132-133.
② [日] 坂口安吾. 坂口安吾全集3 [M]. 东京：筑摩書房，1990：448.
③ [日] 坂口安吾. 坂口安吾全集3 [M]. 东京：筑摩書房，1990.444.

表后不久，就被当局禁止出版，直到战后才重新收录进《坂口安吾全集》中。

在《战争论》中，坂口安吾说道：

战争给人类带来了许多益处。……战争带来的益处和各个历史时期人们所受的危害，两者哪个更大呢？在历史这一无情的世界里，或许应该说益处大于危害吧。[①]

这并不是说作者是支持战争的，在作者眼中，战争具有"伟大的破坏力"，正是因为这种破坏力，旧有的秩序才能被摧毁、固有的伦理道德才可能被打破，也就有了建立新秩序的希望。在这篇评论里，坂口安吾还将核武器称为"恶魔的武器"，对其提出明确的批判。战后不久，美苏关系日渐紧张，新的战争一触即发。日本作为朝鲜战争美军的补给站，开始谋划重建武装。对此，坂口安吾敏锐地指出：

现在的日本比战争前，不，应该是日中事变刚刚爆发时更加好战。……时至今日，人们一边脱去军装，放下武器，平民的本性却并未得到回归，倒是残留了许多军人的习性，在民主主义形态上充满了军国主义和好战情绪。[②]

果然，在美国扶植下，日本以防卫为名组建了武装力量，1954年正式成立了防卫厅及自卫队，直至今日，日本右翼还一直在围绕修宪问题争论不休。《日本国宪法》颁布以后，坂口安吾通过《已经无需军备》表达了自己对宪法第九条即永远放弃战争、不保持军备的高度赞成态度。

纵观坂口安吾有关战争的作品，可以看出他对战争进行了一定程度的反思，也承认日本"侵略他国，蹂躏自由"，但是不能将其简单地定位为"反战作家"。一是因为和大多数战后派作家一样，坂口安吾是站在"受害者"的立场来看待侵略战争，而没有对日本作为"加害者"进行反省和批判；第二，他虽然对天皇制进行了批判，但是却非常明显地在为"天皇"进行开脱，没有揭露出近代以来日本绝对天皇制的实质。在《堕落论》中，坂口安吾写道：

日本战争史与其说是武士道的历史，倒不如说是争权夺势的历史，与其让历史来证明，还不如通过正视内心的本来面目，可能更能知晓历史的阴谋。就像当今的军人政治家们禁止让写寡妇恋爱题材一样，古代武士通过武士道来克服自己以及部下的弱点。[③]

第三，坂口安吾认为民众是被军部利用、胁迫参加战争的，而不是自愿的。

日中事变刚爆发时，许多民众并不好战，只是军部以及一部分好战者们在声嘶力竭地叫嚷。反战的平民百姓们被迫穿上军装，被送往战场，但还是无法完全成为士兵，灵魂无法摆脱平民的本性。[④]

但是，从历史史实可知，在近代国家主义的全方位渗透下，从"九一八事变"到太平洋战争，日本几乎举国狂热地支持战争。除了前线的士兵以外，处于后方的妇女、儿童也以捐款、捐物、劳军等各种形式表达着对战争的支持。因此，从客观上来说，日本民众也是战争的协力者，这是不可否认的。第四，我们还需要注意一点，就是坂口安吾对特攻队员的态度。虽然不同于政府打造的"军神"，作者笔下描写的特攻队员更侧

---

① ［日］坂口安吾. 战争论［M］//白痴. 吴伟丽译. 长春：吉林出版集团责任有限公司，2011：111.
② ［日］坂口安吾. 战争论［M］//白痴. 吴伟丽译. 长春：吉林出版集团责任有限公司，2011：115.
③ ［日］坂口安吾. 堕落论［M］//白痴. 吴伟丽译. 长春：吉林出版集团责任有限公司，2011：34-35.
④ ［日］坂口安吾. 战争论［M］//白痴. 吴伟丽译. 长春：吉林出版集团责任有限公司，2011：115.

重于是留恋生命的普通人，但是他对他们却是持赞赏态度的。虽然坂口安吾认为战争应该被诅咒、该被憎恶，但是特攻队这种战法却是战争中的"美丽花朵"，甚至写了一篇《献给特攻队员》来纪念。众所周知，"神风特攻队"是日本军国主义、武士道精神的产物，"神风"的起名来源于元朝对日本的两次东征。这两次战争都因为海上突如其来的台风，导致元朝舰队损失惨重而失败。日本人认为这是神武天皇的保佑，因此将这种采取自杀式袭击的敢死队取名为"神风特攻队"。神风特攻队是日本对外侵略战争不可或缺的一部分，我们必须认识到其本质。所谓的特攻队员"为国捐躯"，不过就是为了日本军国主义服务而采取的极端手段。因此，对坂口安吾在这一方面所体现出的错误认知，我们是必须加以批判的。

总体来说，坂口安吾的战争认识，鲜少去讨论战争本身及实质，更多是站在对日本固有的传统秩序、伦理道德进行批判的基础上进行的。在《堕落论》中，他提出：

是谁发动了这场战争，东条英机还是军部？表面似乎是这样，但是毫无疑问应该是贯穿整个日本的巨大生物、历史进退两难的意志。日本人在历史面前只不过是顺从命运的孩子。①

也就是说，坂口安吾更多想要批判的，是产生战争、天皇制等背后的文化土壤，即"日本精神"。

（四）对"日本精神"的批判

1947年，坂口安吾发表了《盛开的樱花林下》这部小说。一个性情残暴的山贼总是对樱花林感到恐惧。有一次他打劫了一对夫妇，被女人的美貌所迷惑就杀掉男人让女人做了他的第八个妻子。山贼对任性的女人百般迁就，并随着女人放弃山中生活，来到繁华的京城。女人在京城的生活如鱼得水，甚至沉迷于人头游戏，山贼却日渐厌倦，最终决心回到山里去。在踏进樱花林后，山贼感觉到背上的女人是魔鬼，就发狂地扼住了她的咽喉，但是最终他发现扼死的不过是那女人，一直以来的恐惧和不安没有了，女人的身体也逐渐消失不见。

坂口安吾的这部作品创作于日本战后社会动荡时期，表现出了传统精神信仰崩塌之后，人们在无尽的虚无之中追寻自我存在价值的挣扎与虚无的人生观。结合日本战后的时代背景，可以看出坂口安吾通过这篇小说想要传达的是自己致力于打破固有的日本传统、日本文化，反抗旧的道德和秩序，尤其是在战时被大力宣传的所谓的"日本精神"。这种"日本精神"，在近代以来，也就是维护绝对天皇制、对外侵略扩张、主张日本民族日本文化的优越性的集中表现。

在小说中，"樱花林"的意象为恐怖与死亡，这就彻底颠覆了传统意义上樱花的象征意义。坂口安吾认为聚集在樱花下赏樱是从江户时代开始的，而"很久以前，人们只觉得樱花林中很恐怖，没有人认为那里有绝美的景色"②。并且，作者通过自己加以修改的能剧故事来说明。一位母亲因为儿子被人拐走而神经错乱，在樱花盛开的树林中

---

① ［日］坂口安吾. 堕落论·续［M］//白痴. 吴伟丽译. 长春：吉林出版集团责任有限公司，2011：35.
② ［日］坂口安吾. 盛开的樱花林下［M］//白痴. 叶琳，杨波译. 上海：华东师范大学出版社，2015：138.

发狂而死，因此樱花林下要是没有人影就会让人感到恐怖。樱花在近代以后被大量种植，其花期短暂，满开时绚丽繁茂，之后迅速凋落，日本人认为生命就应该像樱花一样，虽然短暂但是壮烈光辉，樱花这就被认为体现了"日本精神"，被打造成了武士道及军国主义的象征并被加以利用。秦刚指出："所以在樱花中，实际上依附着主导过多次对外战争的日本近代国家主义和天皇制的庞大的意识形态的幻象。"① 在小说中出现的能剧来源于《樱川》，其结局是母亲在樱花林下偶遇到儿子因此母子得以团聚，坂口安吾对此特意进行了改编，他自己称之为"此乃鄙人画蛇添足之处"，也就是完全改变了在日本国民心中固有的樱花意象，母亲进入樱花林后就发狂而死，并且被埋在了花瓣儿里。作者完全颠覆了樱花作为日本精神象征的这一特性，用反讽的笔调暗示了应该被抛弃的时代精神。

山贼虽然极为残暴，杀人如麻，但是在遇到女人之前，在精神上是简单的、不成熟的。面对传说中恐怖的樱花林，他缺乏与之抗衡的勇气与精神力量，因此来到樱花林下，也会感到害怕，变得魂不守舍。樱花林对于山贼来说，成了一个绕不过去的梦魇。在作品中，多次出现山贼对樱花林表示恐惧的描写。

第一次：在这座山里住下来的山贼，

但就算是这样的恶棍来到樱花林下，也会感到害怕，变得魂不守舍。……这种情况搞得山贼更加疯癫了。②

第二次：在杀掉以前的老婆们把美丽女人纳为己有后，春天到来，

当走近樱花林的深处时，他感到一种叫人受不了的阴森恐怖感。③

第三次：在去京城之前，山贼拒绝了女人一起去的要求，独自一人去了樱花林。

山贼一脚踏进樱花林时，想起了那女人苦笑的表情。……仅仅这样，就足以让他头脑混乱了。……他奔跑了起来，他感到心虚。这是何等的空虚啊。他懊丧，祈祷，挣扎，只想逃出这片树林。当知道自己已经逃出了那片樱花林时，山贼感到仿佛刚从梦中苏醒一样。不过，和做梦不同的是，他此刻真的感到自己已经奄奄一息，内心痛苦万分。④

这种对樱花林的恐惧感一直伴随着山贼，且演变得愈来愈剧烈，直到最后从京城返回时，背着女人进了樱花林并杀死女人后，才消除了对樱花林的恐惧，而回归"孤独"。

在遇到女人之后，山贼为之意乱情迷，一切以女人马首是瞻。因此与女人的关系发生了颠覆性的改变，由支配变为了被支配。在女人的指使下，男人杀掉了原来七个老婆中的六个，只留下一个最丑又瘸腿的当女佣使唤。坂口安吾对杀完后扔下刀的山贼做了如下描述：

山贼扔下了血淋淋的砍刀，一屁股坐在了地上，疲惫感一下子油然而生。山贼感到

---

① 秦刚. 樱花林下的孤独与虚无——读坂口安吾的小说《盛开的樱花林下》[J]. 外国文学，2004（05）：34.

② [日] 坂口安吾. 盛开的樱花林下 [M] //白痴. 叶琳，杨波译. 上海：华东师范大学出版社，2015：140.

③ [日] 坂口安吾. 盛开的樱花林下 [M] //白痴. 叶琳，杨波译. 上海：华东师范大学出版社，2015：146.

④ [日] 坂口安吾. 盛开的樱花林下 [M] //白痴. 叶琳，杨波译. 上海：华东师范大学出版社，2015：153.

一阵头昏目眩，屁股沉重得连从地上挪都挪不起来了。忽然，他发觉周围一片寂静，阵阵恐惧袭上心头。山贼惊恐地回过头一看，只见那女人俏立在一旁，一副百无聊赖，郁郁寡欢的样子。山贼像是噩梦初醒一般，眼睛、灵魂立刻被女人的美色吸引过去了，身体变得几乎不听使唤。然而，他对自己的这种情形深感不安。这到底是一种怎样的不安？为什么感到不安？山贼自己并不明白，因为这女人太美了，他的身心完全被其吸引住了，所以也就顾不上在意心中的忐忑不安。

山贼想了想后，又觉得这种不安有些似曾相识。他继续思忖了一下，记起自己以前曾在哪里感受过这种不安。啊，想起来了。是在那里！当山贼意识到后，不由得倒吸了一口冷气。

是在盛开的樱花林下。这女人给自己的感觉同穿过樱花林时的感觉很相似。……①

女人带给山贼和樱花林相似的感觉，从这一角度上来说，女人与樱花林有共通之处，也就象征了"日本精神"抑或是日本传统文化。对于这种文化，作者坂口安吾通过山贼的视角进行了描述，进而表达了作者自身对传统文化的意见。这个女人来自京城，也就把京城的价值观即传统文化观带给了山贼。这种文化，这种价值观，是山贼所不能理解的。对于女人珍爱的梳子、长髻、头饰、胭脂和和服上的装饰物等，都让山贼瞠目结舌，

在山贼看来，一个个没有意义、不完整且很费解的零碎聚集在一起，就会构成一个完美的物体，如果将这个完美的物体分解开来，就会变成一堆毫无意义的零碎。他依照自己的思维，把这一切当作是一个绝妙的魔术来理解。②

也就是说，在山贼看来，这所谓的"美"，只不过是一堆毫无意义的东西的堆砌，是一种魔术而已，实际上并不具备真正的美或文化的内涵。从这儿，我们就可以看出作者对日本传统文化所持的批判态度，这也承继了他在《日本文化之我见》（1943年）中表达的观点。

1943年，坂口安吾发表了《日本文化之我见》（「日本文化私観」）。这篇作品是以德国建筑家布鲁诺·陶德的《日本文化之我见》（*Japans Kunst*）为前文本撰写的同名随笔。1933年陶德到了日本，1936年发表了《日本文化之我见》，黄芳指出："围绕'日本精神'展开，暗含日本当时的'国粹主义'风靡一时"③，陶德对日本的传统美大加赞赏，这是符合当时日本军国主义的主流思想的，有给日本政府捧臭脚之嫌。

在《日本文化之我见》的开头，坂口安吾就故意以反讽的口吻针锋相对地写道：

我对日本古代文化一向知之甚少，从没去过让布鲁诺·陶德绝口称赞的桂离宫，也不了解玉泉、大雅堂、竹田、铁斋这些人物，至于秦藏六、竹源斋师等名字更是闻所未闻。主要是因为我不常去旅行，对祖国这个村那个镇的风俗啦大好河山啦都不了解。我出生在新潟市，在陶德看来那里是日本最恶俗的城市。他非常鄙视嫌弃上野到银座一带的街道，我却很爱那里的霓虹。我对茶道等一无所知，却唯独深解尽情买醉的滋味，孤

---

① ［日］坂口安吾. 盛开的樱花林下［M］//白痴. 叶琳，杨波译. 上海：华东师范大学出版社，2015：145.
② ［日］坂口安吾. 盛开的樱花林下［M］//白痴. 叶琳，杨波译. 上海：华东师范大学出版社，2015：148.
③ 黄芳. 逆反"秩序"的"无赖"——坂口安吾战后文学研究［D］. 上海外国语大学，2016. 114.

独地呆在家中，对日式壁龛等物看都不看一眼。①

对于武士道，作者认为对现在来说已是如梦往事，和服也并没有什么新的发明创造，身材魁梧的外国男子穿和服比日本人更有风度，

即使舞伎的和服压倒了舞场，力士的仪礼镇住了国技馆，但舞伎或力士却无法仅凭传统的威严来维系其永恒的生命力。如果没有足以维系其威严的实质性因素，那么除了灭亡之外别无他途。问题的关键不在传统或威严，而是实质。②

坂口安吾在这篇评论中对所谓日本传统之美进行了彻底批判，他提出与形式相比，"实用性"才是更重要的。回过头来再看《盛开的樱花林下》，代表日本传统文化的女人恰恰就是最为重视那些形式上的东西的。和服上的细带要打结成奇特的形状，还要再别上一些装饰物，驱使山贼把折叠式马扎拿到屋外以便坐在上面闭目养神，在房间里又会靠在扶手椅上沉思，就连梳头用的水都是从很远的山涧清泉中汲取来的……。这些花里胡哨的东西使山贼迷恋，"山贼清楚它们所具有的魔力。魔力是物体的生命，物体也有生命"③。女人对山贼，樱花林或者说"日本精神"对日本国民，就是这种魔力一样的存在，具有很大的诱惑性。但是于现实中又有什么实际用处呢？正如上述那些东西虽然使山贼感到惊叹，却是"可远观而不可亵玩焉"，就连摸一下女人的头发都被女人大声斥责，也就是没有一点实际用处。

比起传统之美啦日本本来的样子这些来，更为便利的生活才是必需的。即使京都的寺庙和奈良的佛像全部被毁也不会觉得困扰，但如果电车动不了可就麻烦了。于我等而言，只有"生活所需"才最为重要，哪怕古代文化完全消失，只要生活还在，只要生活本身没有毁灭，那么我们的独立性就是健全的。④

这就是坂口安吾提到的"实质"，也鲜明地表现了坂口对待传统文化的明确态度。

山贼惧怕樱花林，被美丽女人所迷惑，其实正代表了日本普通国民对天皇专制及传统文化价值的态度。山贼为了讨得女人欢心，在她的命令下不断取人首级供她玩乐，而他自己却从这一行为中体会不到丝毫快乐和价值。女人是属于京城的，京城是一个王权统治、等级森严的社会。而山贼引以为傲的山脉、树木、山谷、云朵等却是女人不屑一顾的。女人对人头不可遏制的需求，象征着在这种体制中无休止的欲望。在京城这个场域里的山贼，即便改头换面，和城里人穿着一样的衣服，还是不能像在山里那样随心所欲。城里所有人都戏弄他、呵斥他，也就说明来自山里的山贼始终融入不进京城所代表的秩序里。因此，山贼感到在京城的生活非常痛苦，并且理解不了人们那种"偏执、嫉恨、乖戾"的人性，他渐渐对夜晚出去取人首级一事感到了厌倦，认为只有回到山里才能摆脱这些烦恼。本来女人还在奚落他，说他不再出去为她杀人是胆小鬼的行径，但这也没有动摇山贼回到山里的决心。女人意识到自己已经无法支配山贼，离开他自己也无法生存下去的事实后，只能选择跟随山贼一起回到山里。并且她觉得自己的顺从只

---

① ［日］坂口安吾.日本文化之我见［M］//堕落论.郭晓丽译.杭州：浙江文艺出版社，2019：57-58.
② ［日］坂口安吾.日本文化之我见［M］//堕落论.郭晓丽译.杭州：浙江文艺出版社，2019：69-70.
③ ［日］坂口安吾.盛开的樱花林下［M］//白痴.叶琳，杨波译.上海：华东师范大学出版社，2015：149.
④ ［日］坂口安吾.日本文化之我见［M］//堕落论.郭晓丽译.杭州：浙江文艺出版社，2019：63.

是一时的，她依然会找机会夺回自己的支配权，所以在离开京城前，悄悄对瘸腿女佣说他们很快会回来的。山贼背着女人打算从樱花林下穿过，感觉非常高兴，并回忆起第一次见到女人时的情形，此时他并没有为即将要穿过樱花林而感到害怕。但是在他进入樱花林后，突然发觉身上背着的是一个魔鬼，于是他就死命掐住了女人的脖颈。当女人断气后，山贼才发现所谓的魔鬼其实还是女人的肉身，他杀死了自己所迷恋的、支配差遣自己的对象，自己本身也就接受了成长的洗礼。只有在故事的结尾，山贼才不再惧怕樱花林，

也许樱花林带给人的那种感觉就是所谓的"孤独"。这男人现在再也不必害怕孤独了，因为他自己本身就是孤独。①

这就点出了这篇小说的主题之一"虚无及孤独"，也反映出作者坂口安吾的观点，日本国民要获得新生，就必须抛弃旧有的传统秩序，抛弃所谓的"日本精神"。

王净华认为："坂口安吾的文化主题明显带有否定战争、颠覆战争期间大肆宣扬的所谓日本精神、天皇体制的意味，极具战后'无赖派'的批判意识。"② 在明治维新以后，日本一直在谋求对外侵略扩张，甲午战争、日俄战争、一战、侵华战争、太平洋战争，一刻也未停歇直至战败。坂口安吾在多个作品中也暗示出当局之所以能够煽动民众为军国主义卖命，也是所谓"日本精神"的洗脑。

东京站与二重桥之间，人头攒动，蚂蚁般黑压压一片。称之为"草民"再贴切不过。……看看这些草民的力量吧。他们从如深夜般死寂的街角，蜂拥来到皇宫前的大平原。快了，日本又快要发疯了，……日本没救了。③

这是坂口安吾对民众得知战败消息后蜂拥至皇宫前的景象的描写。作者用了"草民"一词，形容当时深受国家主义影响的日本民众就如杂草一般，对法西斯政府盲信盲从，毫无自我意识，任人摆布。"坂口安吾笔下的既美丽又阴森可怕的樱花林显然是一种象征。基于法西斯军国主义侵略战争失败和天皇制国家政体崩溃的社会现实，可以看出，樱花林就是日本国家和民族的象征，是国家体制和民族精神——'大和魂'的象征。"④

日本战败，战后绝对天皇制被象征天皇制所取代，日本在美国的主导下开始推行民主主义改革。任江辉指出这篇作品"将战后初期日本社会生态反衬到文学艺术中，并通过对日本民间文化意识的思考和探索，来表达对日本传统和权威的犀利批判，以及对自由和民主的追求。"⑤ 小说中山贼最后做出了选择，回归山林，虽然结局是"孤独"的，但是却重新获得了自由，暗喻着日本国民抛却让人迷惑的所谓的传统文明，不再受天皇专制及传统文明价值观的束缚的愿景。这也呼应了坂口安吾及无赖派作家所一直主张的观点，那就是打破旧有的道德秩序。

---

① ［日］坂口安吾. 盛开的樱花林下［M］//白痴. 叶琳，杨波译. 上海：华东师范大学出版社，2015：168.
② 王净华. 战争语境下坂口安吾小说主题研究［D］. 华中师范大学，2020. 97.
③ ［日］坂口安吾. 坂口安吾全集：18［M］. 东京：筑摩书房，1991：297.
④ 林进. 冷风从盛开的樱花林里吹来——坂口安吾《盛开的樱花林下》的象征意义［J］. 长春大学学报，2009（01）：61.
⑤ 任江辉. 日本无赖派作家坂口安吾的狂欢叙事——以《盛开的樱花林下》为例［J］. 江南大学学报，2019（02）：91.

第三节　战后派文学

一、战后派文学的登场

在战后初期，最能体现日本战后文学特点的当属"战后派"文学。战后派作家超越了私小说的题材，对日本军国主义及其主导的战争的反人类性进行了无情揭露。否定了极端国家主义时期的"国策文学"，使战后日本文学走上健康发展道路。

在前面第二章中，详细论述了日本近代国家主义的产生与发展，明治维新以后，日本不断加快对外扩张侵略的步伐，在全面侵华及太平洋战争期间，日本实施了"文坛总动员"，国家政权直接插手文学界，而绝大多数作家都不同程度地"协力"了这场战争，用文字为日本军国主义摇旗呐喊。在"七七事变"后的第二年，日本军部和政府就先后派遣了两次"笔部队"，直接开赴中国战场，代表性文学家有菊池宽、吉川英治、林芙美子、久米正雄、片冈铁兵、佐藤春夫、中村武罗夫等等。另外，不得不提的还有火野苇平，他一方面作为军人直接参与了前线的侵华战争，手上沾满中国人的鲜血，另一方面又淋漓尽致地发挥了"笔杆子"的作用，炮制出他的《士兵三部曲》，即《麦与士兵》《土与士兵》与《花与士兵》。在这些作品中，火野苇平极力美化侵华战争，吹嘘为了"祖国"而献身的日本士兵，完全是歪曲事实、颠倒黑白的。这些内容正好迎合了日本军国主义的侵略国策，深受日本当局的重视，还获得一系列奖项，甚至成为当时的畅销书，更加煽动了当时日本国内处于战争狂热状态中的民众的好战情绪，影响是非常恶劣且深远的。

1946年1月由本多秋五、平野谦、山室静、埴谷雄高、荒正人、佐佐木基一、小田切秀雄等七人创办了《近代文学》，成员们早在日本侵华期间就通过《批评》《构想》《现代文学》等杂志进行过思想上的交流。在《近代文学》创刊时，他们基本都是30多岁的文学家，在其青年时代曾经接受过马克思主义的洗礼，目睹了无产阶级革命运动遭遇的挫折，体验了日本发动侵略战争时期的苦痛，这些要素都决定了《近代文学》的性质与特征。

但是，《近代文学》与民主主义文学的《新日本文学》并没有形成合力，反而围绕政治和文学、战争责任论、世代论、主体性论、战前无产阶级文学运动等展开了激烈的论战。民主主义文学运动内部发生分裂，其影响力逐渐式微；《近代文学》成为战后派文学的主要阵地。

李德纯指出："他们[1]借鉴西方的现代主义手法，通过普通士兵和青年知识分子的视角，呈现战争的荒诞和残酷，引起对往事、生命、真实、死亡等人生永恒主题的思考；在创作思维、主题选择、人物形象、情节设置、艺术手段甚至语言特点等诸多方

---

[1] 指战后派。（笔者注）

面，都有所创新与深化，具有鲜明的战后特色，故称战后派。"①

按照登上文坛的前后时间顺序，战后派可划分为"第一次战后派""第二次战后派"。第一次战后派代表作家有野间宏、椎名麟三、梅崎春生、武田泰淳等，第二次战后派代表作家有大冈升平、三岛由纪夫、堀田善卫、安部公房等。相对来说，第一次战后派受《近代文学》的影响至深，大都接受过马克思主义的熏陶且有"转向"经历。在本书中如无特别说明，将第一次与第二次皆统称为"战后派"。战后派作家的创作风格多种多样，"总的来说有两大共同点，一是体验型小说的色彩浓烈，二是在主题上对存在的关注及形式上对方法的追求"②。战后派文学运动在1947、1948年达到顶峰，之后主要作家的个性发展加速了运动的解体；另一方面，1950年朝鲜战争爆发，美国改变了对日本的占领政策，把防止共产主义运动作为主要任务，在这种社会背景下，战后派文学走向衰退，"第三新人"逐渐在文坛上活跃起来。

二、代表作家——野间宏

野间宏（1915—1991）出生于神户市，1932年考入京都第三高中，结识了象征派诗人竹内胜太郎，自己也逐渐倾倒于象征主义世界，大量阅读了普鲁斯特、乔伊斯等作家的作品，还涉猎了陀思妥耶夫斯基等人的俄国现实主义批判作品。1935年考入京都帝国大学（现京都大学）法语专业，开始接触马克思主义，积极参加学生运动。1941年应征入伍进入步兵炮中队，随侵略部队开赴中国上海战场，1942年转赴菲律宾，后因患疟疾回到日本。次年被判因违反《治安维持法》而被捕，出狱后回到军队，后又被派到军需工厂接受改造。日本战败后，野间宏发表了《阴暗的图画》，被本多秋五高度评价为"战后派作家的第一声"。除此以外，其代表作还有《两个肉体》《脸上的红月亮》《崩溃的感觉》《真空地带》以及历时23年创作的《青年之环》等。

（一）《阴暗的图画》

《阴暗的图画》这个题目中的"图画"，指的是尼德兰③画家勃鲁盖尔的画作，这些画作是勃鲁盖尔用来讽刺与抗议西班牙国王的专制政治的，揭露了西班牙军队及宗教对人民的残酷压迫。作者野间宏借勃鲁盖尔的画作来暗喻主人公深见进介所处的时代背景。此故事发生在日本开始全面侵华的"卢沟桥事变"之际，日本帝国主义在国外加快侵略的脚步，在国内疯狂镇压无产阶级革命运动，学生运动也处于如何继续发展下去的十字路口。是妥协保全还是硬碰硬地英勇斗争，学生组织出现了分裂。在这种情况下，主人公走出了与这两条道路所不同的"第三条道路"。

这部作品的开篇非常有名也非常令人震撼。

没有草、没有树、没有果实，狂风夹杂着雪片呼啸地吹过这片荒凉的土地。远处高

---

① 李德纯. 战后日本文学史论 [M]. 南京：译林出版社，2010：111.
② [日] 三好行雄. 日本の近代文学 [M]. 東京：はなわ新書，2000：128.
③ 尼德兰：在荷兰语中为"低地"之意，相当于今天的荷兰、比利时、卢森堡和法国东北部的一部分。1516年后成为西班牙的属地。北部地区1795年成为法国统治下的荷兰王国，1830年南部成立比利时王国。（笔者注）

耸的山丘一带，被隐藏在云层中的黑色太阳烤焦，地平线一片昏暗，大地各处都豁然张开着一个个黑色漏斗形的洞穴。洞穴口周围闪耀的光泽犹如充满旺盛生命力的嘴唇似的，鼓起的坟包正中间咧开的洞穴，等待着钝重而淫荡的反复摩擦，就像软体动物一样在大地上张着大嘴巴。它使人觉得那里埋藏着好多层没有大腿的、只有性器官的奇异女人的身体。①

《阴暗的图画》这篇小说日语原文非常冗长黏稠，读起来让人压抑沉闷。但是这种黏稠的文体正代表着作者野间宏所受到的萨特存在主义的影响。萨特认为，人在与黏稠物接触时不如与固体或液体接触时那样随心所欲，人在黏滞物体中，会在不知不觉中从自为之物变为自在物的附庸，失去自己。小说中这段黏稠沉闷的开头，还与这篇作品的主题非常贴切。这段对勃鲁盖尔画册的印象描写，象征着战争期间日本军国主义肆虐所导致的整个社会破败荒凉、阴暗的现实，也隐喻了作品中主人公深见的灰暗青春时代，那种想要寻求自我又找不到出路的迷茫、矛盾、痛苦的心理。这个象征主义开头为整篇作品从一开始就定下了阴暗、沉闷的基调。知识青年们在此黑暗社会中找不到出路，十分苦闷、彷徨。这种带有存在主义的探索在野间宏之后的《濡湿的肉体》(1947)、《崩溃感觉》(1948) 等作品中表现得更为显著。萨特是存在主义的集大成者，日本的战后初期文学大多都受到过萨特存在主义的影响。叶渭渠、唐月梅指出："日本存在主义文学的基本内容，首先是探讨战争对人性的扭曲、人的存在的荒谬性和反省人的存在价值；其次是探讨人的自由问题。"② 在这篇作品中，主人公深见试图通过"第三条道路"来完成自我确立，这个"第三条道路"也代表了作者对革命道路的一种探索。在开篇中出现的"洞穴"一词，野间宏在给读者的信中就曾说明过，象征"性"，也象征着"生"，也就是说既暗喻了阴暗的现实，也隐喻着生命力的希望，作者把这种希望寄托在他所主张的"第三条道路"上。

在开篇这段极具象征意义的描述之后，《阴暗的图画》的故事情节以主人公深见进介回忆的形式展开，描述了主人公战前在京都大学度过的阴暗的青年时代。那天早上，他接到了来自父亲的信件，父亲在信中告诫他在金钱上要特别注意节约，并且还提醒他注意思想问题，不要随意加入党派活动。深见对于父亲的要求非常不满，认为作为一个小官吏的父亲眼里只认得钱，但是同时又困窘于自己经济上的拮据。在食堂向大鼻子老板提出赊账遭到拒绝后，他的自尊心深深受到伤害，因而怨恨起这位大鼻子老板来，认为他和自己父亲一样都是金钱的奴隶。作者野间宏通过对深见的心理描写，刻画出在当时的社会背景下，那些想要摆脱金钱束缚去实现更高理想而又在现实中受困于金钱的知识分子形象。

在食堂，深见还受到来自当时所谓"合法主义者"小泉等人的嘲弄。小泉想让深见加入他们的阵营，并且大肆诽谤永杉等人，引来深见的极大厌恶。小泉一流主张放弃斗争、与统治阶级妥协，实际上就是背叛了革命，深见唾弃小泉所代表的机会主义道路，因此远离了他们。

---

① [日] 野间宏. 阴暗的图画 [M]. 东京：新潮文库，1978：8.
② 叶渭渠，唐月梅. 日本文学简史 [M]. 上海：上海外语教育出版社，2006：236.

第三章 战后初期文学对近代国家主义的反思及局限性

之后，深见来到永杉的公寓和他们一起欣赏勃鲁盖尔的画册，大家各抒己见。永杉认为"日中两国的冲突"① 是日本统治者最后的危机，两年内一定会发生向无产阶级革命转化的资产阶级民主主义革命，必须竭尽全力进行斗争。虽然深见对永杉他们抱有好感，但是他又不能完全认同永杉他们为了革命理想而不惜牺牲生命的主张。他想要保存自己，想要寻求一条"基于个人利己主义之上的保存自我和固执己见的道路"。离开永杉的公寓，深见与木山在回家路上的分手也标志着他们各自选择了不同的道路。究竟应该如何在保存自我的前提下去实现革命理想，深见在思想上陷入苦闷与矛盾。由日本的共产主义运动历程可知，真正拼出性命捍卫理想的人可以说是少之又少，大部分都经历了"转向"，所以主人公深见的这种在灰暗生活中的迷茫与彷徨、在道路选择上的矛盾与纠结，其实是那个时代大部分日本知识青年的真实写照。

最后，形势并没有按照永杉等推测的那样进行，永杉、羽山、木山他们都由于坚持走自己的道路而死于狱中。深见在经历了三年多的军队生活回国后才得知朋友们的死讯。他认为他们的结局是"无可奈何的正确"（「しかたのない正しさ」）。不久深见也被捕入狱，不过他通过"转向"被放了出来，之后迫于生计在一家军需工厂里工作。深见由此开辟了自己的所谓"既不叛教也不殉教"的第三条道路。在深见看来，永杉他们所坚持的道路没有错，并且永杉他们的行为深深地震撼了自己的身心，不过同时，深见也不认为自己的选择是错误的。

在大阪的空袭中，在 B29 飞机的狂轰滥炸下，深见所居住的宿舍成了一片火海，当初他们一起观看的勃鲁盖尔画集也随之化为灰烬。深见眼看着大火，觉得画中的人物都站立起来，自己的朋友永杉英作他们也在其中，他仿佛听到了他们的悲鸣。关于这一段，野间宏也大量运用了象征主义手法。"承受着油脂烧夷弹的喷火，装订起来的每一张画在流动的、黑色液体般的火焰中烧焦、脱落、燃烧"，与此同时，画中那些人"已经被回旋于纸下的小小火苗处于灸刑、污秽、令人生厌的难以直视的肉体烧焦了，痉挛地蜷曲着。……又似乎在火焰的某处，也能听到（画面上的）长住着奇妙洞穴的人们的呻吟。"

从遥望火海中的画册，开始回忆学生时代的那个难忘的夜晚，从傍晚离开自己的宿舍，到深夜回到自己的住处，作品围绕这一晚上所发生的事情展开，但是中间又不断穿插了回忆，现实和回忆交织在一起，深刻地描绘出主人公深见苦恼于思想、金钱、恋爱等问题的内心世界。"在这部作品中，作家以痛切的战争体验通过主人公的经历表现了战时日本青年知识分子想确立自我而不可能实现的现实及一代知识分子的坎坷命运。"② 当时的学生运动还是"阴暗处盛开的花"，深见对所谓的"合法"和"非法"组织，都保持着一定的距离。他与永杉等人在一起时感到亲切，能充分理解他们的行动，但是又做不到像他们那样为信念而牺牲；另一方面他又鄙视小泉等人代表的所谓"合法团体"的机会主义，不想与他们同流合污，因此最后在追求自我的过程中开辟了一条

---

① 原文中作者野间宏借用永杉英作的口吻将日本侵华战争称之为"日中两国的冲突"，侧面说明野间宏更关注的是将日本置于受害者的立场，而选择性忽略了日本同时是加害者的事实。（笔者注）
② 刘炳范．简论日本战后派文学［J］. 日本研究，1997（01）：71.

"既不叛教也不殉教"的第三条道路。这条道路也是作者野间宏的主张,虽然这条道路在战后得到了宫本百合子、本多秋五等的认同,但是不可否认的是这依然是以利己主义为前提的。在作品中,深见也赤裸裸地表达:"我要是被捕将会怎样呢?我害怕暴力,我一定忍受不了,也许会死的呢。"从这个意义上来说,也就是为"转向"者们进行了开脱。

在这里笔者不从道路选择上过多地加以评价,从追求自我这一层来说,深见这个形象是具有积极意义的。明治维新之后,日本确立了近代绝对天皇制,加快了对外扩张侵略的步伐。甲午战争、日俄战争,到侵华战争、太平洋战争,国家主义成为绝对权威,在本书的第二章已经详细论述过国家主义在近代日本政治、军事、经济、教育、文化等领域的渗透,在这种白色恐怖下,近代知识分子一直在追求的"自我"是难以实现的。直到战后,绝对天皇制被摧毁,随着民主主义的逐渐开展,人们才得以审视过去裹挟在国家主义、战争等阴影之下的自我。因此在作品中,在国家主义肆虐的大环境下,主人公深见依然能够明确提出并追求"自我",是具有积极意义的,这是思想上被管制的知识分子想要冲破藩篱所发出的呐喊,也是对国家主义专制统治的批判与反抗。

另一方面,从创作手法上来说,野间宏也做出了大胆尝试。井上靖曾经说道:"《阴暗的图画》作为第一篇试图摆脱日本文学传统的作品,我读它时的感受至今历历在脑。"井上靖提到的"日本文学传统",就是指"私小说"。

19世纪末,自然主义文学以法国为中心产生发展起来,这一文学思潮是由左拉所命名并定义的。在达尔文的进化论及贝尔纳的《实验医学研究导论》等的影响下,追求纯粹的客观性与真实性,从解剖学、遗传学、自然规律等角度解读人类及人类社会。日本明治维新以后,在绝对天皇制的统治下,文学渐渐远离了政治,由西方传入的自然主义文学偏离了本身的社会性与科学性,演变为描写局限于作者个人或身边琐事的"私小说"。对于私小说,笔者也曾做过粗浅的研究,现将部分内容摘录如下。

"私小说"这个概念在日本文坛上成为定论是在大正中后期,它是以追求自我确立为目标的自然主义文学,是从封建压制中寻求自我解放的文学。并且这种自我解放,是以不惧羞耻的自我暴露、去掉家庭元素为前提的。其源流可以追溯到田山花袋的《棉被》。……田山花袋很早就受到莫泊桑、福楼拜等的西欧文学作品吸引。他一面批评砚友社的表面写实,一面主张大胆抒写自然事实本身,主张无技巧和重视事实。明治四十年田山花袋发表了《棉被》,一跃成为自然主义的中心人物。这部作品以大胆告白对女弟子的爱慕、自己抹杀自己的社会体面这些现实为支撑,作品内容及作者的创作手法受到了当时文坛的极大关注。

日本自然主义文学家很多都是从浪漫主义转移过来的。但是明治时期的浪漫主义运动并没有达到充分的自我确立。到了自然主义进入成熟期的明治四十年代,所撷取的素材几乎都局限于作家的个人私生活,描写手法也逐渐从纯客观转为带有印象色彩了。之所以有这样的变化,还得归因于浪漫主义没有完成的充分的自我确立及感情解放等。……这样,自然主义的发展就沿着自我确立这条线被推进。但是因为所采用的素材是人性阴暗面的兽性,并且还是把它按照事实原样描写出来,所以自然主义作家们逐渐就对于自己现实中的丑恶产生了厌倦,其结果就导致自然主义陷入黑暗的绝望。这就与作家们最初的自我确立的目的相反,不得不走向自我否定。致力于解放蕴藏于人类自身的自然的自然主义,反而在自然力的面前变得束手无策。在这之后,日本自然主义经历了绝望—命运—虚无—颓废的历程。……私小说在那以后的开展主要有四个阶段。第一是岩野泡鸣的所谓一元描写论;第二是扫除自然主义怀疑的白桦派作家们,把自我的丑恶上升到了天性的美质;第三是广津和郎等奇迹派作家,通过浓密的心理描写,把作家的自我当作实际感受来捕捉,起到了证明作家的私生活也是一种实体的存在的作用;第四可以举出《新思潮》系的作家们。比如说芥川龙之介,他在大正作家中可以说是最厌恶私小说的。但是到了晚年,艺术和实际生活产生矛盾招致失败时,他也写出了以第一人称"我"为主人公的作品。

自然主义作家岛崎藤村、田山花袋等在后来都改变了创作方法,以前他们所提倡的无理想、无解决的主张逐渐走入死路,最终,在白桦派等标榜个人主义式的理想主义旗帜下,"私小说"开始潜入被限定的个体之中。与其说寻求解放,还不如说日本的"私小说"走向了自我封闭的方向。就这样,私小说就逐渐发展成心境小说。……到了战后,日本文坛在理论上也开展了对私小说的更深入的本质上的批判。伊藤整在《小说的方法》中提出了作家自我的"破灭型"和"调和型"这一独到见解,平野谦也对这一提法表示同意。提出了"私小说的二律背反"的理论并总结到《艺术和实际生活》一卷中,实现了私小说论的巨大前进。

在战争期间日本出现了"国策文学",文学进一步沦为军国主义的帮凶。战前的无产阶级文学过于体现政治目的,提出了"革命的文学"的口号,虽然有一些具有影响力的作品,但是随着统治阶级的镇压,共产主义者们的转向,无产阶级文学也很快走向没落。在个人的主体意识长期受到压制后,到了战后,摆脱私小说的藩篱,追求自我也成了一个时代命题,战后的许多作家都做了不同的尝试,野间宏就是其中具有代表性的一位。野间宏在《关于自己的作品》中提到,自然主义文学作品不具备把人类作为客观存在而固定下来的手法,因此他认为无论如何也应把外国的长篇小说的结构法移植到日本文学中来。在《阴暗的图画》中,深见的入伍参战、被捕、转向以及在大学时代的学生生活,很多素材取自于作者野间宏自身,并且是以深见的心理为中心,再辐射到他身边的人和事。但是这里的"自我"却超越了作家自己的私生活,是将自我与社会、革命、国家联系起来的,具有社会意义的"自我"。所以说这篇作品是野间宏的一大尝试,是在承继私小说手法之上的超越与创新。另外,还有一个重要特点就是,野间宏受到象征主义、意识流等西方现代主义手法影响,将其融入自己的创作之中,在心理描写方面尤为深刻。在《关于自己的作品Ⅱ》中,野间宏谈道:"我之所以不得不采用乔伊斯和普鲁斯特的方法,是因为我认为他们的文学所具有的精密的意识追求方法能够将因时代和肉体的压抑而导致的封闭于自己内心深处的意识内容解放出来。"[①]《阴暗的图画》这篇小说的叙事是按照主人公深见的回忆而流动的,小说的题目、勃鲁盖尔的画作、洞穴、火焰中的人像等等都是极富象征意义的,这些都是野间宏将西方现代主义写

---

① (转引自)李先瑞. 象征主义与意识流手法的完美结合——评野间宏的短篇小说《脸上的红月亮》[J]. 日语学习与研究, 2005 (01): 68.

作手法实践于作品中的表现。

(二)《脸上的红月亮》

野间宏的另一部代表作品《脸上的红月亮》最明显的特征就是作者运用了意识流的写作手法。"意识流"这一概念是由美国哲学家和心理学家威廉·詹姆斯率先提出来的,用来表示意识的流动特性,主张个体的经验意识是一个统一的整体,但是意识的内容是不断变化的,从来不会静止不动。"意识流作为一种叙事手法,具有叙事人不介入,致力于再现人物似水流淌不息的意识过程,以感知觉交合意识、潜意识、思想、回忆、期待、情绪,以及忽东忽西自由联想等特征。"[1]《脸上的红月亮》打破了时空的限制以及逻辑顺序,忽而是战后东京街头,忽而是太平洋战争中的菲律宾战场,忽而是对堀川仓子的描写,忽而又转为北山年夫对在军需工厂时的情人的回忆……。空间变化不定,战前、战时、战后,时间上过去与现在叠加在一起,表面看起来次序杂乱,但是可以发现这一切都是按照主人公北山的心理变化来进行描绘的,现实、回忆、联想等交织在一起。根据这些意识流动,我们可以建构起故事本身的发展顺序。

主人公北山年夫是一个从东南亚战场死里逃生的士兵,日本战败后在朋友经营的一家公司里谋职。某天偶遇在同一栋大厦上班的堀川仓子,

> 堀川仓子的脸上,总有一丝凄苦的神色。……的确,她的脸似曾在生命的蓬勃发展过程中,竟横遭摧折,因而总象什么地方留下了伤痕,这反而给她的脸平添了风韵无限的美。并且,她脸上的凄苦表情,似乎从她那白皙而宽阔的前额、乖巧而消瘦的嘴角流露了出来。[2]

北山立时被仓子所散发出来的凄苦表情所吸引。小说继而从仓子的外貌描写引出了北山的心理描写,他觉得仓子那凄苦的神情勾起并唤醒了他往日的痛苦记忆片段。有在国内驻防时期遭受的虐待,有把一切献给自己的情人,有在菲律宾战场上的残酷行军,有对战友中川的见死不救。然后作者又把镜头拉回到战后的现实中,北山与仓子进一步交往并了解到她丧夫的遭遇。小说的最后,在电车上北山发现仓子脸上有一颗小小的斑点,北山又联想到南洋战场上的又红又大的圆月,他的内心始终不能摆脱战争带给他的噩梦,特别是他为了自己活命而对战友濒死前的求救置若罔闻的这个场景一直煎熬着他。虽然他和仓子彼此有意,但他最终还是选择与她分手。

就《脸上的红月亮》这篇小说来说,目前为止先行研究主要是围绕人物形象、人性、利己主义、象征主义等方面展开的。王晶通过文本中三位女性的分析,指出战争带给日本普通民众的伤害;李先瑞、刘晓艺等解读了象征主义在作品中的运用;刘炳范、莫琼莎等分析了战争对主人公人性的摧残。接下来本部分从利己主义、战争创伤、战争对人性的摧残这几个方面对这篇小说进行解读。

1. 主人公的利己主义

在《阴暗的图画》中,主人公深见没有勇气冒着生命危险走永杉的那一条路,不

---

[1] 朱立元. 当代西方文艺理论 [M]. 上海:华东师范大学出版社,2014:66.
[2] [日] 野间宏. 脸上的红月亮 [M] //脸上的红月亮. 于雷译. 沈阳:春风文艺出版社,1991:3.

可否认这里是有利己主义因素存在的。野间宏在《脸上的红月亮》中，将"利己主义"明晰化，进一步进行了探讨和思索。北山明明心里中意仓子，可为什么最后却主动选择与她分手呢？

首先，在战前，北山作为一名普通人，他性格中的自私性已经在作品中得以表现。尽管是被初恋爱人抛弃，但是北山自己也无法抵御来自家庭的压力，同时还担心自己的生活能力，他自己是无法捍卫这份爱情到底的，这也表现出北山性格中懦弱、自私的一面。第二个情人热烈地爱慕着她，把一切都奉献给了他，可是北山却对她十分冷淡，只不过把她当作初恋情人的替身。第二个情人是北山所在军需厂的职员，这个姑娘与从前那位恋人相反，对北山一往情深，将一切都奉献给他。但是北山却因为初恋挫折受到了伤害之故，从没有真心接受过这位姑娘。即便不喜欢这个姑娘，北山因为耐不住身体的寂寞，也因为有爱慕自己的姑娘从而产生的男人的虚荣心作祟，北山总是把她当作一个替代品而虚与委蛇，将这位姑娘当作情侣的替身来排遣孤寂。他打心里看不起这位姑娘，甚至觉得姑娘的爱对于他来说是个沉重的负担。这进一步证明了北山的自私，但这是作为一个普通人人性之中所带的自私。

在从军后，北山的利己主义得以充分暴露，或者说，在战争这一特殊语境下使得北山的极端利己主义最终形成。

北山入伍成为新兵，不得不忍受严酷的军训和体罚；在前线，不得不拼尽全力去保全自己的性命。在军队中，人人都是自私的，是没有人性可言的。正是在这种强烈的对比之下，才使得北山体会到以前姑娘无私地给予自己的爱是多么伟大，只可惜斯人已逝，他也只能凭借对姑娘的思念，熬过了战争岁月。虽然小说中写到北山此时开始对姑娘怀有歉疚之心，但那不过是北山精神上的"自慰"罢了。在硝烟弥漫的战场，姑娘只不过充当了支撑北山熬过残酷日子的精神支柱的替代品。北山性格中的"自私"并没有因为对姑娘的歉意而有所改变，在残酷的战争环境下，"利己主义"被无限放大，甚至泯灭了人性。

他知道自己身上至今还清晰地残留着在战场上被战友咬过的残酷的牙印，可想而知，自己也一定在战友们的肌体中留下了同样凶暴的齿痕。战场上生命遭到威胁的人们所扮演的利己主义丑相，使他不寒而栗。①

这段文字中的"人们"，当然也包括北山自己，可以看出他对自己在战场上的利己主义是有清晰认知的。为了给自己的利己主义找一些借口，他甚至怀疑起来母亲的爱。

假如战场上真的有人肯把口粮分给别人，那除了母亲还能有谁呢？谁肯这么做？不，就连母亲这样做，也是令人大惑不解的。②

战争扭曲了北山的价值观，使他的利己主义彻底地暴露出来，试想就连母亲的爱都怀疑的人，又怎么可能再牺牲自己的利益而去成全别人？

野间宏塑造的北山这一主人公，正如他在战前的表现，本身性格之中就带有自私的因素。但是人性是复杂的，这种程度的自私是我们完全可以理解和接受的。但是人一旦

---

① [日] 野间宏. 脸上的红月亮 [M] //脸上的红月亮. 于雷译. 沈阳：春风文艺出版社，1991.5.
② [日] 野间宏. 脸上的红月亮 [M] //脸上的红月亮. 于雷译. 沈阳：春风文艺出版社，1991.16.

被裹挟到战争中,就被异化成了战争的工具,人性的恶在战争中就会无限放大,为了活命,身边的战友都成为绊脚石,大家会为了争夺一点儿口粮而拼得你死我活。北山也在这种残酷的环境下形成了极端的利己主义。所以在菲律宾行军中,面对垂死的战友中川时,同样力竭的北山为了保存自己的性命而选择了见死不救。日本评论家福田恒存曾指出,在那种场合下无论是谁都会那么做的,而主人公在战后进行的自我指责就显得可笑。但是福田恰恰没有看到的是"那种场合"即战争这一特殊语境,是战争造成了主人公的极端利己主义,这也是作者野间宏想要从人性这一角度对战争进行批判的主旨所在。试想在和平年代,物资充裕的情况下,对于濒死的人求救,大多数人都会基于人道主义给予同情及帮助吧。

在战争的洪流中,对于战友,北山即便心怀同情与怜悯,却无法施救,因为稍加援手带来的直接后果就是自己付出生命代价。北山的利己主义同样带到了战后。仓子在战争中失去了丈夫,失去了精神支柱以及经济支柱。战后虽然她暂时有一份差事,但是根本不足以维持生计,靠着变卖家里的东西才能吃上饭。虽然她一直怀念着深爱的丈夫,不愿意改嫁,但是在生活的重压下也不得不低头。她想把希望寄托于有好感的北山身上,可是最后北山却选择了与之分手。在战后萧条的经济环境中,与仓子结婚,帮助仓子,对北山来说,也就意味着自己生活的无以为继。

北山看得出,在这败战的人世,仓子终究是活不下去的。"不久就要没有吃的啦……虽然本月工资能多一点,可是都用做饭费了……仓子那个公司也不会例外吧!"[①]

只要危及自己的一点利益,哪怕是自己心爱之人,主人公也会马上选择抛弃对方,保全自己。

在《阴暗的图画》中,主人公深见的出于保存自我的"利己主义",可以说是一种自主选择,是主人公及作者深思熟虑后的选择;而《脸上的红月亮》中更多的是一种被动性选择,是主人公北山处于战争的洪流中,所不得不做出的一种动物性的本能选择,也是利己主义与人道主义的撕扯与割裂。对于战友,即便有同情与怜悯,却无法施救,因为稍加援手带来的直接后果就是自己的生命代价。这种由战争而产生的对死的恐惧和对生的渴望的动物性本能也带到了战后。只要危及自己的一点利益,哪怕是自己心爱之人,主人公也会马上选择抛弃对方,保全自己。而造成这种极端利己主义的直接产床就是战争。野间宏在这部作品中没有直接描写硝烟弥漫、血肉横飞的战场,而是从战争造成的极端利己主义、战争对人性的摧残来审视战争、批判战争。

2. 创伤理论与文本中的战争创伤表现

国内学界运用创伤理论进行文学研究主要集中在英美文学领域,在日本文学研究上还比较少见。由日本军国主义发动的侵略战争不仅给中国及东南亚国家人民带来深重的灾难,同时也给日本本国的士兵及国民带来难以修复的伤害。小说主人公北山年夫遭受过怎样的创伤?为何在和仓子交往之后最终选择分手?他的精神创伤是否可以复原?接下来笔者结合创伤的相关理论,从这一角度对《脸上的红月亮》这篇作品进行解读。

[①] [日]野间宏.脸上的红月亮[M]//脸上的红月亮.于雷译.沈阳:春风文艺出版社,1991.28.

(1) 战时主人公的原始创伤经历

"创伤（trauma）"一词，源自希腊语，原意是指外力对身体造成的损伤，在 19 世纪后半期开始运用于心理学领域，特别是西格蒙德·弗洛伊德奠定了精神创伤的理论基础。在弗洛伊德时代，他指出："一种经验如果在一个很短暂的时期内，使心灵受一种最高度的刺激，以致不能用正常的方法谋求适应，从而使心灵的有效能力的分配受到永久的扰乱，我们便称这种经验为创伤的。"[①] 在当时，还没有直接提出关于"创伤"的明确定义，主要是与之相关的如"创伤的（traumatic）""创伤性（traumaticism）""创伤化（traumatize）""创伤神经病（traumatic neuroses）"等这类说法。第一次世界大战后，弗洛伊德又加深了对创伤的研究与认识，开始关注战争所造成的心理创伤。从 20 世纪 70 年代开始兴起的反越战浪潮，促使美国政府开始面对越战老兵的心理创伤问题。1980 年美国精神病学协会颁布的《精神障碍诊断与统计手册》中，"创伤后应激障碍"（Post-traumatic stress disorder；简称 PTSD）被第一次正式列入。PTSD 是在经历异乎寻常的威胁性或灾难性应激事件而导致延迟出现和长期存在的精神障碍，表现为创伤性体验反复出现，回避任何可能引起创伤记忆的场景及持续的高度警觉。[②]

20 世纪 90 年代，创伤研究在西方学术界进入了一个黄金阶段，由弗洛伊德开创的精神分析学超越心理学的范畴，逐渐渗透到文学、艺术、哲学、历史学、人类学等多个领域并产生了深远影响，最具有代表性的人物有朱迪斯·赫尔曼（Judith Herman）、卡西·卡鲁思（Cathy Caruth）[③] 等。卡西·卡鲁思吸收了弗洛伊德关于创伤的理论，将创伤与文学批评结合起来，她指出创伤是人们对于突如其来的、灾难性事件的一种无法回避的经历，人们的反应往往是延宕的、无法控制的、反复出现的。

在《脸上的红月亮》中，野间宏运用意识流的写作手法，打破了时空的限制以及逻辑顺序，忽而是战后东京街头，忽而是太平洋战争中的菲律宾战场，忽而是对寡妇堀川仓子的描写，忽而又转为北山对情人的回忆……。空间变化不定，战前、战时、战后，时间上过去与现在叠加在一起，表面看起来次序杂乱，但是可以发现这一切都是按照主人公北山的心理变化来进行描绘的，现实、回忆、联想等交织在一起。随着北山年夫的意识流动，我们可以梳理出战争带给他的原始创伤经历。

北山还在日本国内驻防时，就遭受到上级的暴虐对待，他的脸曾经被长官的高筒靴底踩得青紫发肿，北山也正是从那时开始才明白母亲和已故情人对自己的深厚爱意。在军队还未开赴战场之前，新兵之间还能稍微互相同情、安慰，可是在血战面前，大家就只能依靠自己保全性命。在严酷的战争环境中，北山也明白了在军队中的生存规则，

人人都像军壶里的水，必须将自己的生命贮存于自己的皮囊。谁都不肯将自己壶里的水施舍与人，也绝不肯为了援救他人而动用寓于自己皮囊中的生命。假如自己的体力略逊于他人，会立刻成为战斗中的落伍者，死神必将向他扑来。当部队全体挨饿时，如果把自己的口粮送给别人，那就意味着自己的死亡。而且，战友们隔着一点食物在怒目

---

① [奥]弗洛伊德. 精神分析引论 [M]. 高觉敷译. 北京：商务印书馆，2017：218.
② （转引自）王敬, 马丽雅. 叙事护理对创伤后应激障碍康复期患者的影响 [J]. 天津护理, 2022（01）：74
③ Cathy Caruth：美国康奈尔大学教授，也译作"凯茜·凯鲁斯""凯西·卡鲁斯"等。（笔者注）

以待。①

日本军国主义大肆宣扬建立"大东亚共荣圈",煽动士兵们为天皇而战。具有讽刺意味的是,野间宏笔下的士兵们为了争夺一口水一口食,其"死敌"恰恰是身边的战友、老兵和军官们。人一旦被裹挟到战争中,就被异化成了战争的工具,人性的恶在战争中被无限放大,大家会为了活命而拼得你死我活。

到了菲律宾战场,北山及其他新兵们每天睡眠的时间只有两个小时,拉炮车、照料战马、修理战炮、催讨军粮,稍有延迟,军龄四五年的上等兵,就会给当牛做马的新兵一顿棒子。在日本军队内部,等级制度森严,上级拥有绝对权威,军官可以肆意虐待士兵。在野间宏的另一部作品《真空地带》中,这种军队里的黑暗、无人性被暴露得更为淋漓尽致。"兵营里没有空气,空气被强权者抽走了。这里与其说是真空管,不如说是造真空管的地方,是真空地带。"②军队秩序的枷锁、战场的残酷、战友间的抢夺,都使北山的精神和肉体遭受了极大的双重折磨。在这样日复一日的生死挣扎中,终于迎来了让他遭受一辈子严重精神创伤的事件。

"在那里,一轮热带的硕大、血红的月亮正冉冉升起。"③月光下,换班后的北山与中川二等兵走在一起,精疲力竭的北山大口喘着粗气、精神恍惚、心脏像要蹦出胸膛。他们的绑腿十几天都没有解开过,小腿早已失去了知觉,一上坡就好像要涌出大量鲜血。在肉体折磨已达到极限的状态下,代理分队长还向他们抽起了鞭子,"……你们死了有人补缺,战马死了拿什么顶替……?"④在长官眼里,这些士兵们的生命价值甚至连一匹马都不如。终于,体力消耗殆尽的中川再也走不动了,他向北山发出求救的声音,但是同样力竭的北山却继续默默前行,没有对战友的呼救做出任何回应。

北山年夫已经没有力气为战友做任何事情,哪怕只是拍拍肩膀、鼓励几句之类的区区小事。从另一个角度来说,如果真的那样做,北山就会失去支撑自己的力量,只有灭亡。⑤

中川最终倒在了行军路上,北山为了自己活命,对中川选择了见死不救。这个选择,带给北山的是一辈子都挥之不去的梦魇。

（2）战后主人公的创伤表现

根据创伤理论可知,在灾难发生的瞬间,人的意识开启了本能防御系统,出于保护本能而将创伤经历压制到潜意识里,受创者并不能充分地体验或吸收,只能延迟性地表现在它的持续的、侵入式的返回上。这个时间长短是不定的,也许是几个月,也许是几年、几十年。在残酷的南洋战场上,北山目睹了中川的死亡,并且认为是因为自己没有施以援手而造成的。这种强烈的刺激并没有使处于战时环境下的北山立即真正地体验到精神上的伤害,他的创伤记忆停滞于受创时刻。卡西·卡鲁思的研究认为正是创伤的延宕性决定了创伤者历史体验的特殊时间结构。因此到了战后这个相对和平的环境,战争

---

① [日] 野间宏. 脸上的红月亮 [M] //脸上的红月亮. 于雷译. 沈阳:春风文艺出版社,1991:7.
② [日] 野间宏. 真空地带 [M]. 東京:新潮文庫,1978:57.
③ [日] 野间宏. 脸上的红月亮 [M] //脸上的红月亮. 于雷译. 沈阳:春风文艺出版社,1991:9.
④ [日] 野间宏. 脸上的红月亮 [M] //脸上的红月亮. 于雷译. 沈阳:春风文艺出版社,1991:10.
⑤ [日] 野间宏. 脸上的红月亮 [M] //脸上的红月亮. 于雷译. 沈阳:春风文艺出版社,1991:11.

危机已经解除，曾经被压制在北山潜意识中的那些创伤记忆就在一些特殊条件下被唤醒过来。

小说的一开始就描述了北山眼中的堀川仓子。仓子脸上流露出来的凄苦神情揪住了北山的内心，正好契合了北山在战后的悲苦心境，使他从直观上就能感觉到仓子应该是和他同病相怜的、心灵受到过创伤的人。这份精神上的创伤，使得北山对仓子产生了亲近感，并想进一步与她交往。因此，仓子的存在对于他来说是一种精神上的慰藉。但是同时，这份凄苦神情，又唤醒了他的原初创伤经历，使得他不得不回忆起往日的悲惨遭遇，去重新体验当时的痛苦。在小说文本中，北山的创伤经历是以闪回（flashback）的形式，向读者展现了出来。"'闪回'是创伤主要症状之一，指个体不由自主地反复回忆创伤事件，并伴随强烈的情绪和生理反应。"[①]

看到仓子的容颜，北山内心痛楚，在战场厮杀中接触过的那些异于常人的妖魔鬼怪，又在他的记忆中复苏。

他知道自己身上至今还清晰地残留着在战场上被战友咬过的残酷的牙印，可想而知，自己也一定在战友们的肌体中留下了同样凶暴的齿痕。战场上生命遭到威胁的人们所扮演的利己主义丑相，使他不寒而栗。[②]

同时，北山受到仓子吸引的另一个原因是仓子的形象与他的第二个情人交叠了起来。对第二个情人的思念，又把北山的记忆带回使他遭受重创的红月亮映照下的菲律宾战场。

仓子是野间宏笔下日本普通国民的代表，战争不仅仅是给参战士兵，同时还给日本民众带来了严重的精神创伤。随着北山与仓子交往的深入，他了解到仓子的不幸遭遇。仓子与丈夫恋爱结婚，婚后三年，丈夫就在战场上病死，战争让她变为寡妇，直接毁掉了她的幸福。她内心的悲苦通过脸上的表情传达给了北山，使北山感觉到在这世上还有与他同样痛苦的人，他希望通过和仓子交往来获得精神慰藉。不仅仅是精神创伤，在物质层面，战争带来的损害也是巨大的。战时日本经济遭到空前的破坏，战后粮荒、物资奇缺、物价飞涨、黑市买卖猖獗，工厂不是停工就是倒闭，经济极为萧条。"资本家趁机大量解雇工人，仅在战败后的两个月中被解雇的竟达413万人，占工人总数的三分之一。流浪在街头的失业大军竟达1300万人之多。"[③]资料显示，1946年1月的日本大米黑市价格竟然比公定价格高40倍，民众食不果腹，挣扎在生死边缘。战争结束，从海外战场返回日本的士兵达到350万人，主人公北山也是复员大军中的一员。从某种程度上来说，他还算幸运的，至少在朋友的公司里谋到了差事，暂且可以填饱肚子，但是很快也难以为继。小说中还提到和北山一样从南洋战场归来的战友的境况。片冈三郎曾读过大学，是一名知识分子，但是在战后也是依靠自己的老同学才在一家小公司里供职，即便这样微薄的工资也让自己快要吃不上饭，因此谋划着跑黑市来贴补生计；山仲在乡下东串西走地卖巧克力糖等等。这篇小说在一方面控诉了战争所带来的精神上的伤害

[①] 彭倩. 闪回与重复——论普里莫·莱维大屠杀回忆录的创伤叙事[J]. 河南科技大学学报（社会科学版），2018（04）：62.

[②] [日]野间宏. 脸上的红月亮[M]/脸上的红月亮. 于雷译. 沈阳：春风文艺出版社，1991：5.

[③] 吴廷璆. 日本史[M]. 天津：南开大学出版社，1994：833.

外，另一方面也反映了战争对经济的巨大破坏力，直接导致了战后经济的萧条，民不聊生。

那么那些没有工作的复员军人的生活又如何呢。小说中有这样一个场景，北山看到一个年轻人在饭馆门前专心致志地舔盘子，从那个人的装束可以推测也是位复员军人。看到复员军人舔盘子的油光光的嘴，北山的记忆马上又闪回到战场上，联想起在战场上打死的猪那噘起的嘴，从而引起了他强烈的厌恶感。在战场上人不再为人，而是退化为猪一样的畜生，动物本性显现无遗，"人嘴"也就等同于"猪嘴"。

他脑海里闪现出猪嘴乱嚼的影像。想起在林格延湾，五年军龄的村泽上等兵，抢走了他的水壶。那个混蛋……还有自己争夺口粮的那颗心。①

朱迪斯·赫尔曼认为创伤症状有三种主要表现形式，即过度警觉、记忆侵扰、禁闭畏缩。和前面看到仓子凄苦的神情就联想起南洋战场一样，看到年轻人的油嘴北山的脑海中马上就浮现出互相夺食的画面。可以看出，北山的精神始终处于高度警觉中，周遭的人和事很容易就触发他的联想，战场上所曾经历过的苦痛就一次次不断地侵入他的大脑之中。

小说的最后，北山在电车上发现仓子脸上有一个小小的斑点，"作品通过仓子脸上的'斑点'引出北山心中的'斑点'。亦即北山内心的痛苦和灰暗的记忆"②。在闪回的画面中，最引人注目的就是"红月亮"这个意象了。那斑点逐渐扩大，在北山的眼中变成一颗"又红又大"的热带圆月，马上就把他的记忆又带回那酷热的南洋战场。在描写月亮时，作者为什么突出"红"这一色彩呢？一方面从地理条件上来说，菲律宾地处热带，红色的月亮更能衬托出炎热环境下行军的残酷性；另一方面更重要的是，人在战场上会处于一种高度紧张的状态，这种紧张状态就使得认知异常敏感且奇异，因此映入主人公眼帘的就是，

在那里，一轮热带的硕大、血红的月亮正冉冉升起。③

红色最容易让人联想到的就是"鲜血"，作者也借此暗喻战争是与流血、死亡所密不可分的，揭示了战争的残酷性。

"斑点"这一场景虽然出现在小说的最后部分，却是作者的画龙点睛之笔，是对主题的呼应。仓子脸上的斑点在北山眼里逐渐扩大，变成了又红又大的热带圆月。月光下士兵们一张张发黄的脸庞以及拖拖拉拉的队伍，中村濒死的哀号以及自己的见死不救，这些南洋战场上的记忆又浮现了出来。从小说一开始仓子脸上的凄苦神情，到小说最后仓子脸上的一颗小小斑点，这些仓子身上的特征都能勾起北山内心的沉重往事，促使他进一步意识到自己并不能从仓子那里得到救赎。战争创伤使得北山再难以信任他人，面对仓子的爱，他畏缩不前，最终选择与之分手，将自己重新封闭了起来。由此可见，"脸上的红月亮"这个题目表面是指仓子脸上的斑点，实际上象征的是北山心中永远无法抹去的战争创伤。

---

① ［日］野间宏. 脸上的红月亮［M］//脸上的红月亮. 于雷译. 沈阳：春风文艺出版社，1991：15.
② 李先瑞. 象征主义与意识流的完美结合——评野间宏的短篇小说《脸上的红月亮》［J］. 日语学习与研究，2005（01）：67.
③ ［日］野间宏. 脸上的红月亮［M］//脸上的红月亮. 于雷译. 沈阳：春风文艺出版社，1991：9.

(3) 主人公创伤复原的可能性

北山虽然在战争中侥幸活命，但是战争带来的精神上的伤害却在战后如梦魇一样缠绕着他。那么，设想一下，遭受战争创伤的北山是否有可能得到治愈呢？

对于遭受过精神创伤的患者来说，目前为止在心理治疗领域，最为普遍的方式为"谈话治疗"。1896年左右，弗洛伊德在治疗精神病人的过程中发现了"心理疏导"这一方法，"让病人在清醒的状态下回忆和寻找导致某种特殊病症的经历，让病人自动说出精神方面的原因，却能使病人摆脱以往经历的阴影，排除病因，恢复正常的生活"①。这种方法虽然弗洛伊德在一百多年前就提了出来，但是想要达到理想效果却较为困难。朱迪斯·赫尔曼将心理创伤的复原分为三个阶段，即建立安全感、纪念和哀悼、重建联系感。下面就以这一理论为基础来探讨北山精神创伤治愈的可能性。

首先需要建立内心的安全感。弗洛伊德认为，

在遭受到无法接受的意外事件后，创伤主体会表现出一系列的创伤症状，具体表现为不良的心理反应、信任危机、自我封闭、扭曲消极的行为等。②

北山遭受到战争创伤，显而易见心理上是没有安全感和信任感的。从理论上来讲，如果这时建立一个安全的避难所，让他可以把可怕的经历讲述出来，给予他精神上的支持，那么是有助于他与别人重建联系的。但是实际情况如何呢？对于北山来说，他最信任及最信赖的对象无非是他的母亲。他在跟仓子的谈话中曾经提到他的母亲，母亲不仅是在战场上支撑他度过艰难岁月的精神支柱，在他的大学时期及毕业后，也为他操碎了心，可以说母亲为他牺牲了自己的一生。但是就是这样一位他最信赖的至亲，却早在他复员回家之前就去世了。小说中只用了一句话说明母亲的死。由仓子的凄苦神情引出的战争回忆的最后：

他③的一生就这样在萨马特山坡上结束了。而北山年夫却只顾自己活命，对战友见死不救。④

回忆到此停顿，作者笔锋一转，直接用一个段落一句话写道：

他复员时，老母亲早已离开人世。⑤

这种情节上的安排，让人感觉到冥冥之中的一种因果轮回。战场上同伴因自己而死去，仿佛作为报应，自己的精神支柱母亲也失去了生命。母亲的去世，使北山失去了自己完全信任的、可以倾吐自己可怕经历的对象，他在心灵上已无家可归，这就丧失了他的精神创伤可以复原的最基础条件。

第二个阶段是回顾与哀悼。在北山与仓子交往的初期，可以说在一定程度上他与仓子建立起了互信关系，北山也能够对仓子叙述自己的一些伤痛。如果他们之间能够一直保持互信关系，回顾伤痛并加以慰藉，那么相信北川的受创心灵是有可能得到缓解的。但是这里我们不可忽略的一个前提是，这时候的北山与仓子处在互生好感的阶段，北山

---

① 朱立元. 当代西方文艺理论 [M]. 上海：华东师范大学出版社，2014：44.
② [奥] 弗洛伊德. 精神分析引论 [M]. 高觉敷译. 北京：商务印书馆，1984：64.
③ 指北山的同伴中川。（笔者注）
④ [日] 野间宏. 脸上的红月亮 [M] // 脸上的红月亮. 于雷译. 沈阳：春风文艺出版社，1991：11.
⑤ [日] 野间宏. 脸上的红月亮 [M] // 脸上的红月亮. 于雷译. 沈阳：春风文艺出版社，1991：11.

从未产生过结婚之类的念头，也就是说，他能对仓子进行倾诉，只不过是想自己不堪重负的心灵得到一丝喘息。到这个阶段为止，因为还没有发生对他目前的生活产生重大威胁的事件，所以这个环境对他来说是相对安全的。仓子因为战争而丧夫的创伤经历与他有共鸣之处，所以北山才能够与仓子约会并回顾自己以前的痛苦。但是随着交往的不断深入，当结婚这个话题摆到面前时，北山马上敏锐地捕捉到自己生活将受到巨大威胁的危险信号，于是他放弃了与仓子的交往，其实也就主动切断了自己精神创伤得以治愈的可能性。那么不难想象的是，北山今后的人生中再也难遇到仓子这样的知己，即便能遇到也会因为他自身的原因而不能持续到最后，他的这种精神创伤将终生无法治愈，无法自渡更无法渡人。

第三个阶段是重建联系，重建安全基地。由于战争创伤所带来的过度警觉性，周遭的人或事都很容易勾起北山的痛苦回忆。从他的交际圈子来看，无论是同事由子抑或是仓子，还是战友片冈等等，都是遭受到战争创伤的人，这就证明他一直把自己关在以战争创伤为焦点的闭环之中，不去接触其他人，不想迈出新的一步。因此他也不可能去发展新的人际关系，继而重建联系。就连好不容易与仓子建立起来的一些互信，也被他自己亲手斩断。小说的结尾写道，

  北山意识到：一张透明的玻璃，以无比的高速，从两个人的生活当中飞掠而去。①

这块"透明的玻璃"把北山与仓子之间的联系完全割断，标志着北山再次回到自己的封闭状态。另一方面，从日本战后的现实情况来说，即便北山想突破自己的心理障碍去寻找能够倾听并指引他正确道路的人，也是不可能实现的。之所以这么说，还是因为这场战争的性质。由日本军国主义发动的侵略战争，除了给中国及东南亚人民带来罄竹难书的罪恶及深重灾难以外，也同时祸及日本本国人民。北山是侵略者的一员，手上浸染了他国人民的鲜血，同时他自己也没能摆脱饱受战争创伤折磨的噩梦。战争中失去亲朋好友、战后萧条导致生活无以为继，可以说日本所有国民都受到了战争的影响，在这种情况下，试问谁还有余力去关心他人的事呢。最后，北山主动选择与仓子分手，也就切断了与社会的再度联系，重新回到自己塑造的封闭的壳子里。他的肉身虽然得以暂时生存延续，但与仓子的分手无疑只会进一步加深他的精神创伤，他将终生都无法走出这一阴影。从战后整个社会环境来看，原有的精神信仰垮塌，新的秩序尚未建立起来，民众在思想上处于混乱迷茫之中，在经济上又爆发大萧条，日本也没有从根本上对侵略战争进行深刻的反省、道歉，这就导致在根源上无法提供给北山精神得以疗愈的安定、安全的社会大环境。

因此，主人公北山的悲剧结局是必然的，他的精神创伤也是无法复原的。

野间宏通过《脸上的红月亮》主要揭示了战争给日本士兵及国民带来的伤害，我们必须看到的是，这里的"伤害"仅仅局限于日本人内部，对于被侵略国家及地区人民的精神创伤乃至被无情剥夺的生命，作者都选择了无视。

以上结合创伤理论，分析了《脸上的红月亮》中主人公北山年夫遭受的创伤以及表现，探讨了北山的精神创伤不可能复原的原因。创伤的延宕性特点使得北山的战争记

---

① [日] 野间宏. 脸上的红月亮 [M] //脸上的红月亮. 于雷译. 沈阳：春风文艺出版社，1991：30.

忆在战后这一语境下被唤起，北山虽然被仓子脸上的凄苦神情所吸引并与之交往，但是战争所带来的创伤不断在干扰、侵袭北山战后的生活，使他畏缩不前，不敢回应仓子的爱，最后只能选择与仓子分手回到禁闭状态之中。

3. 战争对人性的摧残

前面从利己主义、精神创伤的角度对主人公北山年夫进行了解读。归根结底，是战争的原因，是战争导致了北山极端利己主义的形成，从而对战友见死不救，同时带给他无法治愈的严重精神创伤。这一部分从人性的角度结合战后派其他作家的作品来探讨战争对人性的摧残。

在军队里、在战场上，北山懂得了只有依靠"利己主义"才能保全自己的生命，

人人都像军壶里的水，必须将自己的生命贮存于自己的皮囊。谁都不肯将自己壶里的水施舍于人，也绝不肯为了援救他人而动用寓于自己皮囊中的生命。①

在南洋战场上，对于这些底层士兵来说，不是去和"敌人"作战，而是和本国的日军战斗。在恶劣的环境下，人的生命如草芥一般被肆意践踏，甚至抵不上一匹战马，因为在长官眼中，人死了有其他人补缺，马死了却没有可顶替之物。在战友体力耗尽，实在走不动并向北山求救时，极端利己主义在北山心中占据了主要地位，为了自己活命，因此选择对战友见死不救。这也许就是一种动物的生存本能，一种在极限状态中的保存性命的方式。在这种环境下，人不再是一种社会的人，而退步成了动物的人，一切道德、伦理都不复存在。对于战争极限状态下的人性丧失，在大冈升平的《野火》中得到更为淋漓尽致的体现。

大冈升平（1909—1988），毕业于京都大学法国文学专业，1944年3月应征入伍，7月到达菲律宾战场，1945年被美军俘虏，在莱特岛的俘虏医院迎来战败的消息。和战争相关的代表作有《俘虏记》（1948）、《野火》（1951）和《莱特战记》（1969）等。

《野火》的故事背景是太平洋战争末期，日军节节败退的菲律宾战场上。主人公"我"（田村一等兵）因为罹患肺病前往野战医院寻求救治，但是却被告知粮食不够，只短暂收留后就将田村赶了出去，田村像皮球一样在医院和中队之间被踢来踢去，最后班长大骂了他一顿，说整个部队都出去搜寻食物了，没有多余的粮食来养活他这样的废物，要是医院再不收留，就让他在那里静坐不走。

如果无论如何也不收留你，那就只有死路一条。别白白领了那颗手榴弹。眼下，你只能这样为国效力了。②

田村明白自己已经被所有人抛弃了，他先是在医院附近和几个战友度过了几天，后来由于美军的炮弹轰击，只能独自一人进入热带森林。在森林里徘徊的田村，为了抢夺食盐而打死一名菲律宾女人。当他流浪了一个多月之后，食物消耗殆尽，意识逐渐涣散，就开始出现吃人肉的想法。

在小说的后半段，田村遇到一名发疯的濒死的军官，出于生存本能的驱使想要动手切他的肉吃时，感觉到有谁在盯着并阻止自己的行动。说明到此时为止，田村的心中还

---

① ［日］野间宏. 脸上的红月亮［M］//脸上的红月亮. 于雷译. 沈阳：春风文艺出版社，1991：7.
② ［日］大冈升平. 野火［M］. 王杞元，金强译. 北京：昆仑出版社，1987：1.

残存着人性，人性暂且战胜了兽性，因此没有打破吃人肉这个伦理禁忌。之后，田村经过反复思想斗争，得出的结论是军官的灵魂已经脱离了他的肉体，他不再是个"人"，和植物、动物没什么区别，其实这就是为自己吃人肉找到了借口。但是当田村自己的内心里兽性战胜了人性时，客观条件却不允许他实施行动了，因为当他再回到军官身边时，军官的尸体已经腐烂不能吃了。

后来田村又遇到旧友永松，永松给了他一块肉，田村默默吃了下去，心底下明白这其实就是人肉。饱食之后，

我的左右半身又圆满地合在一起。①

在这篇作品中，作者大冈升平将主人公的思想和行为分成左半身和右半身两个部分，很明显，左半身代表着本能即人的动物本性，右半身代表着伦理道德。左半身与右半身合到一起，说明田村心里是知道永松递过来的肉是人肉这个事实的，但为了生存下去，他不再抗拒吃人肉。如果说之前田村的心里还残留着人性，但是随着左右两半身子的"圆满"结合，他已经从"人"完全退化为动物，在这种极限状态下，动物本能压倒了一切伦理道德占据了上风。

永松带着田村和安田汇合，三个人之间都为了自己的利益而互相提防。身边的人肉干已经吃完，永松提议一起干掉安田当作粮食，已沦为"动物"的田村意识到下一个被吃的就是自己，于是把枪口瞄准永松扣动了扳机，为了说服自己的内心，还自欺欺人地美其名曰代行上帝的职责。……主人公田村的记忆到此断片，被美军俘虏后在精神病医院发疯了。

从《野火》的故事情节可以看出，战争把人逼迫到极限状态。在这种极限状态下，人性消失殆尽，为了自己活命，疯狂地把"人"当作"猴子"来猎食。伦理与本能的冲突也就成了这篇作品所揭示的尖锐的主题。

除了探讨极限状态下人性的丧失，战后派中有过从军经历的作家还将目光聚焦于军队这个组织，从这一角度揭示了法西斯军队对士兵人性的压榨。

根据《脸上的红月亮》中的描述，主人公北山还在日本国内驻防时，就每天遭受着残酷的训练及体罚，他的脸还曾经被长官的高筒靴底踩得青紫。在南洋战场上，每天睡眠的时间不过两个小时，行军之外还要照料战马、修理战炮等，在濒死的边缘上挣扎。稍有延迟，就会挨老兵的打。

后来，新兵好不容易才从老兵的鞭打下保全了自己的性命。新兵的死敌并不是面前的外国军队，而是近在身旁的本国老兵、下级军官和将校。②

被派遣开赴战场的这些士兵，他们的性命一钱不值，可笑的是，打着为天皇效忠旗号的士兵们，在战场上没有被"敌人"杀死，威胁他们生命的反而是自己人。

在野间宏的另一部作品《真空地带》（1952）中，这种军队里的黑暗被暴露得更为淋漓尽致。作品借主人公木谷利一郎之眼，描写了日本帝国主义军队中的重重黑幕，揭示了军国主义专制国家的本质。

---

① ［日］大冈升平. 野火［M］. 王杞元，金强译. 北京：昆仑出版社，1987：112.
② ［日］野间宏. 脸上的红月亮［M］//脸上的红月亮. 于雷译. 沈阳：春风文艺出版社，1991：8.

木谷是军队中的一等兵，他在偶然捡到林中尉的钱包后，被判盗窃罪，甚至被扣上了"反军"的帽子，在监狱里度过了两年多时间。当他回到原来的部队后，周围的士兵都瞧不起他，只有知识分子出身的曾田原二一直在关照他。前方战况突变，开始抽调士兵开往前线，人人自危。这时木谷再次遇到了自己的仇人林中尉，从他口中木谷才明白自己不过是充当了军队中上司之间争权夺利、贪污腐败的牺牲品而已。故事的结局是木谷被押上兵船开往战争前线。

知识分子出身的曾田毕业于京都大学，他在一定程度上能够认识到这个军队的本质，他曾愤怒地说道：

兵营里没有空气，空气被强权者抽走了。这里与其说是真空管，不如说是造真空管的地方，是真空地带。①

在这个地方，人的自然属性与社会属性皆被剥夺，士兵全天受到严厉管制，与外界完全隔绝。这个内务班所代表的军队，正是日本帝国主义所建造起来的，从兵营到军事法庭，再到监狱，木谷不过就是上层官僚之间争权夺利的棋子。

木谷只是一名微不足道的下层士兵，在国家主义泛滥的洪流之中，他只能服从，可是他的服从也并未给他带来优待，反而使他在军队这一组织之中反复被利用被碾压。即便他知道了自己蒙冤的真相想要复仇，但仅凭一己之力是不可能对抗国家主义的。果不其然，在小说的最后，逃跑的他还是被抓回了部队并且顶替别人之名被送上战场充当炮灰。

作者野间宏还身在军队时就曾表示自己哪怕受到惩罚也要写出揭露日本军队灭绝人性的作品。刘炳范指出："在这部作品中，野间宏对天皇专制主义下法西斯军队的内务班进行剖析，使读者认清了日本军国主义的黑暗及其社会结构的残忍本质。"② 军队就是日本军国主义发动战争的直接武装组织，从这个意义上来说，野间宏对军队的批判，也就把矛头指向了天皇专制的国家主义。

在军队里，等级制度严苛，士兵的个性被完全剥夺，法西斯政权需要的是完全为天皇效忠、只懂得服从命令的战争机器，纵观日本近代史，我们可以通过几项政令的颁布看出这种"忠君爱国"的思想是如何一步步加强并渗透到军队里的。

明治维新以后，明治政府确立了"富国强兵"的路线，并且认为"强兵"是"富国之本"，因此积极谋求强化军队，建立一支强大的近代日本军队。明治政府虽然废除了封建等级身份制度，宣布"四民平等"使得武士阶级消亡，但是武士及武士道却没有真正退出历史舞台。"幕府直属的家臣、各藩的藩士及一般武士改称'士族'，宫廷内的下层也划入'士族'"③，维新以前的武士改头换面成士族又参与到政治军事中来，日本长达700多年的武家政治所培育的武士道精神也渗透到近代军队里来，这种精神枷锁一直禁锢着日本士兵并一直持续到日本战败投降。"正是凭借这支由武士道、近代化的武器和制度武装起来的军队，日本军国主义才能在亚洲横行肆虐，给亚洲各国人民带

---

① ［日］野间宏.真空地带［M］.东京：新潮文库，1978：57.
② 刘炳范.简论日本战后派文学［J］.日本研究，1997（01）：72.
③ 吴廷璆.日本史［M］.天津：南开大学出版社，1994：381.

来了巨大灾难。"①

1871年时任兵部大辅的山县有朋发布了《军人"读法"七条》，以武士道的忠节、信义、勇敢、质素、服从作为"军人精神"的根本。1878年担任陆军卿的山县有朋发布《军人训诫》，规定维持军人精神的三大元行就是"忠实""勇敢""服从"。1873年日本政府发布征兵令，强征人民服兵役，建立起常备军。但是征兵令的实施遭到农民和武士的反抗，1877年西南战争爆发。虽然政府军取得胜利，但是也暴露出军队的秩序、教育、训练等方面的不足，加之自由民权运动逐渐扩展到全国，并波及军队，为此明治政府极度恐慌。为了"教化"士兵使其完全为自己所控制并利用，在《军人训诫》之后，1882年明治天皇颁布了《军人敕谕》，规定军队大权由天皇亲自掌握，"我国军队世代为天皇所亲御。"军人必须遵守以下五条准则，即"尽忠节、正礼仪、尚武勇、重信义、崇俭朴"，贯穿这五条准则的就是对天皇的忠诚，"《军人敕谕》的颁布，使封建武士道以近代的方式完全转化为近代军人精神。"② 为了达到强行洗脑的目的，对于这份带有浓厚封建武士道思想的训令，政府要求所有军人倒背如流，并且在重要场合还要当众宣读。"《军人敕谕》针对的对象一般是正在服役的军人。所有军人都要对其倒背如流，每个清晨都要有十分钟的默想时间。每每遇到重要的祭祀日、新兵入伍、期满复员以及别的相似的情况，都需要把圣典在军人面前庄严地宣读出来。另外，《军人敕谕》也是中学和青年学校的学生必须要学习的。"③ 明治维新以前的武士效忠各自的主君，通过《军人敕谕》，日本政府将军队上下统一起来，明确天皇是军队唯一效忠的对象，加强了军纪，战斗力同时也得以提升。甲午战争、日俄战争的胜利，使得日本国内国家主义迅速膨胀，军部的地位得以进一步提高，带有浓烈封建色彩的军事帝国主义逐渐形成。侵华战争全面爆发以后，日本法西斯军国主义到了登峰造极的地步，《叶隐闻书》中的武士道为军人所狂热推崇。简单来说，《叶隐闻书》中的武士道就是宣扬"死狂"，没有理性，不要命，不怕死。这深深影响了日本军人的价值观、生死观，士兵们都以为天皇赴死为荣，自觉地充当了军国主义的炮灰。在侵华战争中，日军制造了许多惨绝人寰的无差别屠杀，所到之处血流成河，军队完全异化为侵略战争的工具。1941年1月，在太平洋战争爆发前夕，当时的陆相东条英机颁发了《战阵训》，借军规将武士道融入军人精神中，疯狂鼓吹向天皇效忠、献身奉公，其真实目的就是为日军南进、企图构建"大东亚新秩序"而做的思想动员，使士兵能够心甘情愿赴死。直至战争末期撞击美军舰艇的"神风特攻队""玉碎"的塞班岛守军，都深受这种思想荼毒。

在日本军队内部，等级制度森严，士兵的人性被践踏，上级拥有绝对的权威，军官可以肆意虐待士兵，"即使在士兵之间，上等兵对一等兵，一等兵对二等兵，老兵对新兵，也是层层以等级观念施加暴力。"④ 起草了《军人训诫》与《军人敕谕》的哲学家西周在他的《兵家德行》中，主张军队与社会不同，在军队里是没有平等权的，必须

---

① 王志. 试论日本近代武士道的确立 [J]. 南昌航空大学学报, 2013 (01): 26.
② 赵岩. 近代日本军队的武士道教育与对外侵略战争 [J]. 外国问题研究, 2018 (04): 94.
③ [美] 鲁思·本尼迪克特. 菊与刀 [M]. 陈数译. 北京: 台海出版社, 2018: 156.
④ 吴廷璆. 日本史 [M]. 天津: 南开大学出版社, 1994: 532.

有严格的等级之分,"上至大将下至士卒有官阶等级之差,自不待言,同官阶同等级之间也有资历新旧之区别。对长官应服从命法,虽为同列,对资高者也不得不服从。"这种"命令—服从"的纵向结构,可以追溯到武家社会中的主从关系。武士尽忠的对象是各自从属的主君大名以及位于大名之上的将军,在近代军队中,这种效忠对象转为天皇,并得以延续一直到战败。因此,在战后派小说中屡屡出现的军队里上级对下级士兵的欺压可以说是一种日本特有的"传统"。

综上所述,无论是《脸上的红月亮》,还是《野火》《真空地带》,作者都批判了战争以及军队对人性的摧残,在一定程度上反思了战争。当然,我们必须注意的是,日本战后派作家所揭示的战争对人性的摧残仅仅局限于日本人内部,并没有涉及被侵略国家及地区人民。即便有所触及,也不是以正确的历史观来看待的。比如《脸上的红月亮》多次描写到东南亚战场的酷热带给士兵的痛苦,却完全没有意识到这是在被日军侵略的菲律宾的领土上。在《野火》中,主人公田村开枪打死了一名菲律宾当地女人,他却将之辩称为只不过是一个偶然事故,自己没必要悲伤。甚至在小说结尾,作者大冈升平还安排这个菲律宾女人和日本士兵安田、永松都在一起笑的情节,何建军认为这"无疑抹杀了加害者和受害者的界限"[①] 等等。

三、代表作家——梅崎春生

梅崎春生(1915—1965)在战后发表了 27 部以战争为素材的作品,是战后派的代表作家之一。

梅崎春生出生于福冈县,家里共 6 个孩子,他的哥哥和弟弟都曾应征入伍。1936 年梅崎考入东京大学文学部国文学科,毕业后在东京市教育局教育研究所就职,1942 年应征入伍却因病很快被遣送回家休养。1944 年为了逃避当兵,辞去教育局工作入职川崎的芝浦电气通讯公司,但很快又被招入佐世保的海军团,成为一名密码通讯员。战争结束之前他都辗转于九州的陆上基地,直至在鹿儿岛迎来战败。1945 年 12 月,梅崎春生以自己的军队体验为蓝本创作了短篇小说《樱岛》并一举成名。

《樱岛》主要描写了 1945 年 7 月至 8 月 15 日日本投降前这一个半月的时间里,主人公"我"即村上兵曹的经历。作品虽借用了私小说的形式,但是其中有多处虚构的人物及情节。主人公村上作为一名密码员受命调任樱岛特攻基地,在途中某小镇与一名没有右耳的妓女度过了一晚。到达樱岛后,这里与外界隔绝,战壕内又潮湿又闷热,环境恶劣,士兵们除了饱受死亡的威胁与煎熬,还要不时忍受来自长官的暴行。最后当村上知道天皇宣布投降的消息后,眼眶里流出了热泪。作品中采用了大量的插叙以及内心独白,通过深入描写村上的心路历程来控诉战争,批判灭绝人性的法西斯军队,在思想上、社会意义等方面大大超越了传统意义上的私小说。

主人公村上是作为补充兵入伍的,与其他普通士兵所不同的是,作为知识分子的村上始终拥有自己独立的想法,不赞同军队里的等级制度,对他人怀有同情心,对这场战

[①] 何建军. 战争中的人性堕落——论大冈升平《野火》的主题[J]. 解放军外国语学院学报,2012(02):124.

争以及生与死都进行了较为深刻的思考。曹志明指出这篇作品"在终战前那个令人绝望的环境里通过对主人公村上的复杂心理描写，反映了他向往生和厌恶死亡的自然心理。"①

（一）村上对"美丽地死去"的追求

村上刚开始在坊津驻防，这里的日子仿佛世外桃源，真正的工作很少，每天就是下山捕鱼、去山里采杨梅，还和早晚上山来的邮电局女员工成为好友。但是，

即便在这样的生活中，我依然开始痛感某种肉眼看不见的东西犹如枷锁逐渐在勒紧我的身体。我咬牙切齿地连日沉醉于声色欢娱。②

结合当时的战况来看，1945年6月下旬美军已经占领冲绳岛，在海上包围了日本，准备对日本本土发起登陆决战。坊津虽然驻有特攻队的基地，但是离真正的战场还比较偏远，也就不是完全意义上的封闭状态，是能够得到一些外部信息的。因此村上预测到了即将到来的结局，这种"肉眼看不见的东西"指的就是日军的败局。虽然表面上看起来在坊津的生活无忧无虑，但是战败的死亡气息却不断迫近，村上以"沉醉于声色欢娱"来麻痹自己，一方面想因此消解对死亡的恐惧，另一方面也想趁死之前报复性地及时行乐以祭奠自己的青春。

村上心里最早产生对死亡的想法，是在坊津期间遇到特攻队员之后。这一部分在小说中是以倒叙的形式出现的。村上在樱岛看到飞过鹿儿岛湾上空的陈旧练习机，就想象着练习机上的年轻飞行员，继而回忆起自己曾经在坊津基地见到的水上特攻队员。那几个喝酒的特攻队员打扮土气、表情颓废、猥琐地唱着歌，甚至对村上发出怒吼，言语粗鄙。在村上看来，他们与当时日本政府大力宣扬的"英雄"式特攻队员的形象大相径庭：

尽管我能想象，慷慨赴死这件事并非只有在透亮的心情和环境下才能为之，但在我亲眼看见的这一场景中，充满了让我厌恶的体臭。③

此时的村上，尚在坊津基地过着无忧无虑的生活，还没有认真考虑过死亡问题。在接触了现实中的特攻队员后，引起了他生理上的极度不适，因此产生出"想要美丽地活着，不留遗憾地去死"④的想法。对照特攻队员那粗鄙的、丑陋的行径，村上想要的是"美丽地活着"，正如他在坊津基地每天钓鱼、采摘那样附庸风雅地生活。那么，贯穿小说全文的"美丽地死去"，又是指的什么呢？石珊珊在其硕士论文中，认为"'美丽的死亡'这种思想的背后隐藏的其实是天皇制。对'美丽的死亡'的否定，流露出了梅崎春生对天皇制的怀疑和否定。"⑤笔者不认同这种观点。最直接的证据就是谷中尉以及吉良兵曹长用自身经历的血肉横飞的战场对村上的驳斥。从坊津去往樱岛途中的

---

① 曹志明. 日本战后文学史 [M]. 北京：人民出版社，2010：45.
② [日]梅崎春生. 樱岛 [M] //幻化. 赵仲明，朱江译. 南京：南京大学出版社，2019：3.
③ [日]梅崎春生. 樱岛 [M] //幻化. 赵仲明，朱江译. 南京：南京大学出版社，2019：23.
④ [日]梅崎春生. 樱岛 [M] //幻化. 赵仲明，朱江译. 南京：南京大学出版社，2019：23.
⑤ 石珊珊. 梅崎春生の戦争文学における死生観の考察 [D]. 上海外国语大学，2012：16.

小镇上，谷中尉对村上说道："美丽地死去。我想美丽地死去，这太伤感了吧？"① 既然是谷中尉对村上的质疑，那么可以想象之前村上对谷中尉所描述的"美丽地死去"，应该是指一种干净的、体面的死法。在樱岛上，吉良兵曹长更是长篇大论地以血淋淋的实际战场对村上的这种不切实际的想法加以讥讽嘲笑。仅针对"美丽地死去"的理解来说，笔者认为作者尚未达到批判天皇制的高度。在这一点上，笔者赞同何建军的意见："但是从小说内容看，'优雅地死去'② 并没有为天皇和'大日本帝国'英勇作战、壮烈牺牲的意味，更多的是指死亡的场面不要太血腥、死相不要太难看。"③

村上在接到由坊津调任樱岛的命令后，明白此去已无归途，在出发之前喝得酩酊大醉，又在烂醉后的断断续续的意识中，感觉自己在"拼死追赶着荒野中的什么东西"④。在追赶着什么呢？这句话出现于小说的开头部分，作者并没有给出明确的答案。结合小说全文来看，我们可以发现村上所拼死追赶的其实就是关于生与死的问题。在坊津时想要"美丽地活着"，而接到调令之后，明白毫无生还的可能，因此一直到得知战败消息之前，村上只能去追寻"死"以及"如何去死"。但是真正知道天皇宣布战败之后，客观条件使得"活下去"成为可能，因此村上又转为了对"生"的追求。这种"生—死—生"的思想转换，完全受制于当时客观的战争环境，可以说，在村上的潜意识里，其实一直追求的都是"生"，一直在努力探索自我存在的价值。

在小说文本中，第一次出现"美丽地死去"字眼，是在调任途中的小镇上与谷中尉的谈话中，由此开始了村上对死亡的不断思考。夜晚和村上同宿的是一个没有右耳的妓女，这个残疾暗喻了村上残缺不全的人生境遇。这个妓女因为身患残疾从小就被人欺负，哪怕是卖身，也只能是在这位于穷乡僻壤的小镇妓院里。妓女在肉体上是残疾的，而村上因为战争的缘故自己的人生经历也是残缺不全的。妓女因为残疾不得不出卖肉体才能生存，而村上因为被迫入伍参加战争，那本应该丰富多彩、实现自我价值的青春也随之被毁掉。"我这一辈子，还未感受到女人的温柔爱情便已埋葬了青春，最终不得不客死异乡。"⑤ 投宿的这个小镇，对村上来说是第一次也是最后一次造访，虽然他对这样的人生非常不甘却又无可奈何。因为战争，村上的哥哥和弟弟都死于战场，老家博多遭到空袭时，他也不能及时赶到亲人身边，只能通过谷中尉的描述了解当时状况的一二。妓女因为身体上的缺陷而受人歧视，村上在到达樱岛后也遭受过不公正的对待。这些都能看出作者梅崎春生将妓女设定为残疾人的特殊寓意。从空间上来看，"小镇"位于从坊津到樱岛的中间地带，起着从"坊津——日常生活"到"樱岛——非日常生活"转变的过渡作用。虽然村上明知到达樱岛后只有死路一条，但在小镇上还没有完全摆脱坊津时的心境。所以面对妓女的再三追问，村上认为不到真正死亡的那一刻，就无从想

---

① ［日］梅崎春生. 樱岛 [M] // 幻化. 赵仲明，朱江译. 南京：南京大学出版社，2019：5. 此处译文有待商榷。原文是"「美しく死ぬ、美しく死にたい、これは感傷に過ぎんね」と「私」に話している。"应该翻译为"美丽地死去。你想美丽地死去，这太伤感了吧？"更为准确。（笔者注）
② "优雅地死去"即"美丽地死去"，翻译版本不同。笔者注。
③ 何建军. 青春的挽歌——论梅崎春生《樱岛》的主题 [J]. 解放军外国语学院学报，2018（04）：140.
④ ［日］梅崎春生. 樱岛 [M] // 幻化. 赵仲明，朱江译. 南京：南京大学出版社，2019：4.
⑤ ［日］梅崎春生. 樱岛 [M] // 幻化. 赵仲明，朱江译. 南京：南京大学出版社，2019：7.

◎ 战后日本文学对近代日本国家主义的认知研究

象会怎么死。因此制止妓女再说那些"不痛快的事"。

在到达樱岛基地后，初次见到吉良兵曹长就知道他这种人不好对付，但是村上也不清楚樱岛的生活会持续到何时，因此在死亡那一瞬间到来之前，村上还不得不将他尊奉为上司。之后在与吉良兵曹长打交道的过程中，虽然明白他的残暴无理，但是缘于村上自身的怯懦，大多数情况下都选择躲避，至多就是以沉默表达自己的不满。这种怯懦，一方面是作为知识分子的软弱，但更多的是因为过往有太多屈辱的记忆，村上明白在军队里不服从只会遭到更大的报复与打击。

某一日村上遇到了一位瞭望哨兵。瞭望哨兵已经做好了就死的准备，甚至已经为自己找好了一块洼地作为棺柩。在村上与瞭望哨兵的谈话中提到秋蝉，哨兵说他最讨厌秋蝉，因为他认为秋蝉一叫就会发生不好的事情。瞭望哨兵于1944年6月入伍，在秋蝉第一次出现的时候塞班岛刚刚"沦陷"，他的长官称他们是南方的敢死队，也就是命令他们赴死。结合历史来看，战争末期，日军在太平洋战场上节节败退，1944年6月15日，美军以强大兵力在塞班岛登陆，与日军展开激烈的争夺战，到7月7日，日军被全部歼灭，非战斗人员也集体跳海自杀，军、民都在此战役中"玉碎"，骇人听闻。小说中两人谈到今年的秋蝉要在8月10号之后才出现，这带给瞭望哨兵一丝不安。按照他自己的经验，秋蝉会招致不祥，所以这里的"8月10号"其实就预告了日本战败的日期，也暗示了瞭望哨兵的死期。

美军登陆日本本土迫在眉睫，事态变得十分紧迫。村上认为"我必须清楚自己会以什么方法、什么形式死去"①。8月1日深夜，当收到敌船三千艘直指东京方向的特急作战电报时，村上先是对即将遭受厄运的人们表示同情，但是紧接着想到的是自己可以借此逃过一劫，他潜意识里对"生"的渴望这时就表现了出来。等到得知情报有误，不是敌船而是夜光虫后，"生"的希望被掐灭，村上的内心又回复到之前，只能继续追寻如何"美丽地死去"。在这一过程中，村上因晚送一封无关紧要的电报而遭受到不公正对待，迫使他对"死"进行了进一步深度思考。"我对将我逼到如此绝境的什么东西感到怒火万丈"②，这个把村上逼到绝境的"什么东西"就是指代的战争。村上被迫来到樱岛坐以待毙，除此以外别无他法。对于村上来说，"樱岛"这个南方岛屿之前虽然在小学的地理课本上见过，却从未想过自己会来到这里。战争，是战争将他卷了进来，让他在军队里遭受种种屈辱，迫使他必须死在这个岛上。村上想到无论自己经历了什么，不管青春、人生价值是否得以实现，最后的结局也只能是即将死在这里，所以又极度悲伤，感觉所有的一切都不过是徒劳。

与瞭望哨兵重逢的时候，秋蝉尚未出来，他说到了自己思考的死亡美学。"在烈焰熊熊的大自然中，人像飞蛾一样，脆弱地走向灭亡。美得不可思议。"③瞭望哨兵希望自己能够美丽地、体面地死去，在这一点上是和村上的想法不谋而合的。何建军认为："小说通过这个哨兵的感悟，揭示了'我'的苦恼，描写了不得不面临死亡的下层士兵

---

① ［日］梅崎春生. 樱岛［M］//幻化. 赵仲明，朱江译. 南京：南京大学出版社，2019：27.
② ［日］梅崎春生. 樱岛［M］//幻化. 赵仲明，朱江译. 南京：南京大学出版社，2019：33.
③ ［日］梅崎春生. 樱岛［M］//幻化. 赵仲明，朱江译. 南京：南京大学出版社，2019：37.

的抑郁和哀伤。"① 瞭望哨兵接下来给村上讲了从望远镜里看到的故事。一户农家爷爷被家里人所嫌弃，没有活下去的盼头于是企图上吊自杀，结果在挂上绳子后的最后关头发现了自己的小孙子，于是他放弃了自杀，选择了生存。这个故事表面上引起村上的厌恶，因为其结果和他所追求的"美丽地死去"的设想不符，但是在实际上这个故事却揭示了人的本性。人的本能是恐惧死亡的，哪怕是一线生机也会千方百计地活下来。同时这个故事还暗示了这篇作品的结局。除了瞭望哨兵以外，登场人物皆因为天皇的停战诏书而活了下来。

（二）村上对"美丽地死去"的质疑与否定

广岛被原子弹轰炸、苏联出兵东北，日军的败局已经显而易见。在每日的心理煎熬中，村上对发动战争的日本以及自我的价值有了更深刻的认识。

村上自责到樱岛之后还没给家里写过信，母亲甚至不知道自己身在何处；哥哥是陆军，随军队在菲律宾作战，估计已不在人世；弟弟已战死在蒙古。

付出如此大的牺牲，究竟能让日本这个国家达到什么目的？徒劳的牺牲——如果说这真是徒劳的牺牲，我该向谁发出怒吼？②

自己的家人丢掉性命，广岛被夷为平地，本土遭受空袭，日本国民遭受如此深重的灾难，借村上之口，作者梅崎春生站在日本人的立场上对这场战争提出了强烈的质疑。虽然文本中是以"我该向谁发出怒吼"这种疑问句的形式提出的，但是通过对吉良兵曹长以及其代表的利益集团的刻画，可以看出是向发动这场惨绝人寰的战争的军国主义政府发出的怒吼。

吉良兵曹长以挑衅的语气再三追问村上是否怕死，就是想得到他怕死的回答从而蔑视他。

村上认为只要是人都是怕死的，但是如果非死不可的话，他又不想和吉良兵曹长这样的一帮人一起犹如被抛弃的野猫那样死在这个小岛上，仍然想要"美丽地死去"。对于村上这种知识分子式的、近乎天真的想法，吉良兵曹长以自己在各地打仗的亲身体验予以讽刺。成群的乌鸦叼啄死人肉、蛆虫啃噬尸体、冰冷的雨洗刷着人骨、尸首模糊不清，"村上兵曹，你想死得很美吗？美丽地，死去吗？"③ 吉良兵曹长和在小镇上遇到的谷中尉都对"美丽地死去"这种想法表示了否定，然而村上感觉他们并不能真正理解自己的想法。吉良兵曹长的话使得他进一步开始思索"我是谁？我为什么活着"这一命题。这展示了近代以来知识分子的自我审视与对自我价值的追求。在非人性的战争面前，是没有自我可言的。战争剥夺了生命，压制了个性，完全否定自我的追求与个人价值的实现，这种战争需要的仅仅就是能够无条件服从命令、能够用血肉之躯达成军国主义政府侵略目的的士兵。虽然村上一直在思索自我存在的价值，但是却没有得到明确的答案；在死亡迫近的时候，也还是不清楚自己到底是会逃跑抑或是战斗。在这种生与死

---

① 何建军. 青春的挽歌——论梅崎春生《樱岛》的主题 [J]. 解放军外国语学院学报, 2018 (04): 138.
② [日] 梅崎春生. 樱岛 [M] //幻化. 赵仲明, 朱江译. 南京: 南京大学出版社, 2019: 41.
③ [日] 梅崎春生. 樱岛 [M] //幻化. 赵仲明, 朱江译. 南京: 南京大学出版社, 2019: 45.

的徘徊、迷茫中，村上只能将其拖延到死亡真正降临的那一瞬间。

苏联参战，村上本打算写下遗书，却又觉得无从下笔。当战斗机机枪扫射过来时，他本能地匍匐在地，心脏剧烈跳动，喉咙口似乎被什么东西堵住了，自嘲本来打算写遗书的人，却胆小如同蜥蜴，为了活命而抱头鼠窜。也正是这时，发生了彻底打破村上"美丽地死去"想法的事件。

村上发现了瞭望哨兵的尸体。

那位和村上一样有着"美丽地死去"想法的人，在秋蝉刚刚出现后死于战斗机的机枪扫射。他并没有死在他所预计好的棺柩里，"子弹击穿了他的额头，血流到太阳穴，成了一条线"①。他的惨烈死状与"美丽"毫不相干，这给了村上极大的冲击，使得村上对自己之前"美丽地死去"的想法产生了怀疑。"他所说的美丽的死，无非也在为自己不得不死在此地寻找能够接受的理由吧。他必定惶惶不安于不祥的预感，一次次地告诉自己会死得多么美丽。他一定煞费心思，苦苦思索并让自己相信这一支撑自己死亡语感的理由。"② 这段话实际上分析了村上和瞭望哨兵都执着于"美丽地死去"的原因，那不过就是给自己找寻的一个理由而已，因为只有这样，才能在每日俱增的死亡恐惧中支撑自己到死亡的最后一刻。村上将瞭望哨兵的死通过电话机报告，对方毫不理会，只关心战斗机是否已经飞走。在战场上，根本没人关心普通士兵的死活，而自己还一直在苦苦思索应该如何"美丽地死去"。瞭望哨兵的惨死让村上明白，哪有什么美丽的死亡，那不过是给自己编织的一场虚幻的梦，自己骗自己罢了。

从这一刻起，村上不再纠结于如何去死，哪怕是听到了要进行本土决战的消息，明白所在军队毫无退路时，也能够处变不惊、心情平静。死后一切皆空，自己的尸体只能埋在土里化作无机物，日本会发生什么跟自己已毫无关系，只有活着才是最重要的。所以村上的想法发生了很大转变，决定"从容、沉着地活到死的那一天"。村上掐死秋蝉并在之后把它干枯的尸体扔进火堆，说明他完全否定了之前和瞭望哨兵共同的关于"美丽地死去"的想法。

(三) 极端国家主义的代表——吉良兵曹长

瞭望哨兵在谈到军队时，对村上说道：

我刚入伍参加海军时，发现有人毫无感情真的大吃一惊。没有感情。他们自以为是人，其实不是。人内心应该有的感情，在海军的生活中完全丧失了。变成蚂蚁那样既没有思想也没有感情的动物。③

瞭望哨兵是军队中一部分底层士兵的代表。他四十岁左右，具有人道主义精神，他和那些被战争折磨得完全麻木的普通士兵有所不同，具有一定的思考能力。应征入伍一年多，在军队里受到了非人待遇，对日本军队有着较为清醒的认识。作者梅崎春生借用瞭望哨兵之口赤裸裸地揭示了日本军队的非人性。对于军队里的等级秩序，瞭望哨兵认

---

① [日]梅崎春生. 樱岛 [M] //幻化. 赵仲明, 朱江译. 南京：南京大学出版社, 2019：50.
② [日]梅崎春生. 樱岛 [M] //幻化. 赵仲明, 朱江译. 南京：南京大学出版社, 2019：51.
③ [日]梅崎春生. 樱岛 [M] //幻化. 赵仲明, 朱江译. 南京：南京大学出版社, 2019：19-20.

为是失去人性、感情这些宝贵的东西才实现了从底层士兵到下士官、兵曹长、少尉、中尉等一级级的升迁，在他看来，在军队里生存，只有两条路。一是像那些长官一样，通过压榨别人来换取生活、获得升迁；一是像他自己那样不齿丧失人性的做法而直到最后被别人榨干。

对于瞭望哨兵非此即彼的二元论，村上是有不同见解的，他认为吉良兵曹长代表了完全不同的另外一种类型。为什么村上会有如此看法呢？

村上第一次见到吉良兵曹长，吉良的一只手就撑在为陆军士官配备的军刀上。之后作品中多次出现了对"军刀"的描写，这里的军刀，就是日本军国主义的一种象征。吉良兵曹长对村上说道，"大家迟早要死在这里。死之前，别做让人背后嗤笑的事。"①前面提到，明治维新以后，《军人敕谕》的颁布标志着封建武士道转化为近代武士道，也即近代的所谓日本"军人精神"，以此来统一所有人的思想。1941年东条英机颁发《战阵训》，更加疯狂地用武士道精神煽动士兵舍身赴死、效忠天皇。《战阵训》中有一条写道："生不受虏囚之辱，死勿留罪过之污名"②，吉良兵曹长所说的话与此如出一辙："死之前，别做让人背后嗤笑的事"，指的就是活着就不能投降、不能成为俘虏。可见小说中吉良兵曹长这个人物就是深受极端国家主义思想荼毒的代表，是法西斯军国主义的狂热追随者，是一个战争狂。

在小说中，好几处写到了吉良兵曹长的眼神。在初次见面后，

（那双眼睛）为什么有那么瘆人的眼神？除了军人，绝对见不到那样的眼神。从瞳孔深处散发出偏执的光芒。那不是常人的眼神，是变态的眼神。③

这里的眼神，代表着吉良兵曹长的性格，是偏执的、变态的，是侵略扩张时期日本军人所特有的。在小说后半段，在打破村上关于"美丽地死去"的想法时，他说到了自己的从军经历。他在各地打过仗，既参加了侵华战争也参加了太平洋战争，他用亲身体验描述了残酷的战场，乌鸦、蛆虫、白骨、尸首，是长期的血雨腥风的杀戮造就了他的眼神。对于军国主义的追随者来说，信奉的是被称为"圣典"的《军人敕谕》以及后来的《战阵训》，在用武士道精神打造出来的近代日本军队这个"真空地带"里，要求对上级绝对的、无条件的服从，不允许自由和个性存在。而主人公村上与普通士兵不同，是一名知识分子，善于思考与质疑，这对于统治阶级来说，是深恶痛绝的。因此和吉良兵曹长初次见面的村上，马上就意识到他一定会对自己恨之入骨，有着和吉良兵曹长同样眼神的人都会对自己这类人恨之入骨。

对于吉良兵曹长所代表的这一类人，小说文本中有这样一段描述：

他们终究是生活在与我完全不同世界里的人。为了弄懂盘踞在吉良兵曹长内心的魔鬼，我筋疲力尽。④

吉良兵曹长"内心的魔鬼"是什么？一言以蔽之就是他所信奉的极端国家主义。国家主义如同顽疾占据了吉良兵曹长的心灵，驱使着他的行动，造就了他的狂暴与偏

---

① ［日］梅崎春生. 樱岛［M］//幻化. 赵仲明，朱江译. 南京：南京大学出版社，2019：12.
② （转引自）赵岩. 近代日本军队的武士道教育与对外侵略战争［J］. 外国问题研究，2018（04）：97.
③ ［日］梅崎春生. 樱岛［M］//幻化. 赵仲明，朱江译. 南京：南京大学出版社，2019：13.
④ ［日］梅崎春生. 樱岛［M］//幻化. 赵仲明，朱江译. 南京：南京大学出版社，2019：26.

执。以吉良兵曹长为代表的这类人也是从底层士兵做起，经历了军队里精神上、肉体上的拷打，但是他们却没有抗争，而是选择在棍棒下"磨炼"自己无情的意志。在他们看来，在军队受到的非人待遇是正常的、是磨炼自己意志实现为天皇效忠的必要途径。他们正是纯粹的国家主义培养起来的战争机器，没有人性，认为自己活着的唯一价值就是为天皇效忠，为天皇而死也是理所应当的。这一类人与瞭望哨兵提出的靠欺压别人来换取生活的流氓兵痞是不同的，他们深受国家主义荼毒，满脑子都充斥着"忠君爱国"，将《军人敕谕》奉为圣典，狂热地充当侵略扩张的爪牙。当他们上位以后，对不遵守军队秩序的人，会运用自己手中的权力加以残酷压制。

在吃梨事件、脱岗事件中，吉良兵曹长用权力暴惩了士兵，他自己的感受如何呢。按照瞭望哨兵的理解，在军队中只有欺压别人或被别人欺压，那么可以推理，这些丧失了人性的上位者通过惩罚下级士兵，就能彰显自己的权威并且在这一过程中得到快感。但是小说中是这样描写的：

> 微弱的光线中，吉良兵曹长苍白的脸色不禁令我心头一紧。貌似强压着痛苦的匪夷所思的表情，让他的脸看上去扭曲了。只有闪着偏执光芒的眼神，在俯卧在地面的士兵们的后背上扫射。瞳孔仿佛在燃烧。[①]

这里再次描写了吉良兵曹长的"闪着偏执光芒的眼神"，和前面一样，正是由于深受国家主义影响，对于天皇所代表的国家发动的侵略战争一味狂热地盲听盲从，从来没有去思考过是否正义、是否合理、是否违背人性，所以带来他性格上的偏执，眼神中透露出来的也是偏执。那吉良兵曹长的表情为什么又是"痛苦"的呢？

吉良兵曹长和其他的下士官们不同，将自己曾经遭遇过的痛苦再发泄到士兵们身上，他并不是以体罚士兵取乐的。他的"痛苦"在于"恨铁不成钢"，这些士兵不能像他一样成为坚定的军国主义分子，热衷于报效国家。这些士兵表现出来的只有对战争的麻木、不作为，尽干些违背军纪的事而不对战争有什么积极贡献。作为向天皇效忠的必要途径，吉良经受了重重磨难，但是当他成为兵曹长也能够"磨炼"别人时，却发现早已时过境迁，军国主义已成强弩之末，他手下的士兵们早已不是只知道"灭己奉公"、满脑子国家主义的人了。所以吉良兵曹长会感到"痛苦"，他的暴行也只能是虚张声势而已。此时小说的背景时间已经来到战败前的最后一个月，绝大多数的士兵已经不再相信还能够取得战争胜利的神话，有的只是经历长期战争的疲惫、对即将到来的死亡的恐惧。在收到发现敌船三千艘的特急作战情报后，士兵们本来自暴自弃的心情都变得亢奋起来，因为敌船所指方向是东京方向，自己所在的樱岛可以暂时逃过一劫。可以看出士兵们与吉良兵曹长相反，根本不再热衷于战争，美军只要不在樱岛登陆而能够暂且保命对于他们来说就是值得高兴的，甚至开始畅想起战争结束后的将来。但是吉良兵曹长却连日本会输的玩笑话也不允许旁人说起，甚至和对方大打出手。当得知情报有误后，村上去报告给吉良兵曹长，发现他一动不动，和士兵们的亢奋完全不同，吉良兵曹长一直处于准备战斗的紧张状态。

广岛被炸、苏联出兵东北，虽然吉良兵曹长执拗地阻止村上发表日本可能战败的言论，逼他说出怕死的话来，但这不过是他假以强硬的姿态来掩盖内心对于战况的恐惧而

[①] [日]梅崎春生. 樱岛[M]//幻化. 赵仲明，朱江译. 南京：南京大学出版社，2019：25.

已,他手中脱落的军刀其实出卖了他当时的心情。天皇发布诏敕那天,樱岛信号不好,听不清楚广播内容,吉良兵曹长自以为是地认为是开始本土决战的命令。在他看来,美军登陆后,全体都要投入战斗,哪怕是没有受过训练的年老的补充兵也要开展肉搏战,并且扬言对于那些"胆小退缩"的,要用自己的军刀一个个砍掉他们的脑袋。这就呼应了村上在第一次见到吉良兵曹长时,他提出的"死之前,别做让人背后嗤笑的事"这一警告。也就是说,哪怕是士兵心里不愿意,他也会用自己的军刀去"成全"所有人为天皇"效忠"。如此狂热地追随军国主义,从未想过日本会投降的他,惨遭现实打脸。当得知真实的广播内容是结束战争时,有泪珠从他眼中滴落,他所效忠的价值体系完全崩塌。他拔出军刀,将脸贴近刀身,

吉良兵曹长中邪似的凝视着刀身,全身笼罩着可怕的杀气。我从他微曲的身体、饿狼般的眼神中,看到了不属于人类的凶残的意志。①

吉良兵曹长那偏执变态的眼神,至此已转化为"饿狼般"的穷凶极恶的状态。按照这种表情推测,吉良兵曹长很可能大开杀戒,杀掉自己的士兵再自杀以"殉国",可是结果呢?他将拔出的军刀收回了刀鞘,不得不接受了现实,意味着他也选择了活下去。前面出现的多次"军刀"场景,要么是他用手撑着,要么举着,只有在作品的最后,才有吉良兵曹长痛苦地将军刀收回刀鞘的描写,象征着他所信奉的极端国家主义的彻底失败。

在《樱岛》中,作者除了着重描写吉良兵曹长这个典型人物之外,还塑造了一个受到国家主义思想毒害的青少年代表、一个15岁的少年密码员。士兵们挖通风口,本来是为了通风和引入冷风功能,但是村上通过计算认为根本没有必要挖,因为工程结束也到了冬天,冷风反而会刮进坑道。对此村上很生气,叫来这个少年密码员问话。可是对于这个少年兵来说,因为挖通风口的命令是由吉良兵曹长这个上级下达的,所以无论合理与否都必须严格执行。在村上问他是否能打赢这场战争时,"'我觉得,能打赢!'他的表情没有任何疑惑,仿佛沉浸在童话世界里"②。这个少年兵的年龄是15岁,从时间上推算,他应该在"国民学校"③里接受过国家主义教育。在学校里,要向"御真影"(天皇及皇后画像)行最高礼、校长要奉读《教育敕语》及阐述敕语的宗旨、要合唱《君之代》等等,如此这般,孩子们从小就被灌输"忠君爱国"的思想,并且随着侵华战争的爆发,这种教育愈演愈烈。小说里的这个少年兵就是受到国家主义思想荼毒的青少年代表,故而年纪轻轻开赴战场还能心甘情愿地充当炮灰。前面说过,村上是一名知识分子,是有自己独立思想的,虽然被迫参军打仗,但是内心对战争是排斥的,因此对于这个思想顽固的少年兵,村上感到不愉快,不能认同他"能打赢"的看法。

综上所述,瞭望哨兵看到了军队的黑暗,这是他思想上积极的地方,但是他却不能找出造成这种黑暗的原因所在,只是把它归结于命运。对于这种命运,他逆来顺受,没有做过任何的抗争,这就造成他思想上存在很大的局限性。他虽然不满于军队的黑暗,却又对这种秩序无能为力,由此产生了他的宿命论。而村上作为知识分子的代表,是比

---

① [日] 梅崎春生. 樱岛 [M] //幻化. 赵仲明, 朱江译. 南京: 南京大学出版社, 2019: 60.
② [日] 梅崎春生. 樱岛 [M] //幻化. 赵仲明, 朱江译. 南京: 南京大学出版社, 2019: 15.
③ 1941年3月1日, 国民学校令发布, 小学被改称为"国民学校"。(笔者注)

瞭望哨兵有着更深刻认识的，他看清了以吉良兵曹长为代表的这一类人，并且对于他们也不是完全的逆来顺受。在前期，村上多以沉默表达对吉良兵曹长的不满，后来随着村上对于死亡想法的改变，他对吉良兵曹长的态度也发生了变化。如果说"秋蝉"是瞭望哨兵的象征，村上捏死秋蝉，后来还把它扔到了火堆里，就代表着村上与瞭望哨兵划清了界限，他对于吉良兵曹长的反抗不再仅限于内心，而是能够付诸行动了。比如吉良兵曹长提出要进行肉搏战，村上则直接反驳他与其命令士兵挖无谓的山洞不如去训练他们；吉良兵曹长气势汹汹强硬地要求村上不能反驳他的命令时，村上也能够挺直身子直视他的目光说出日本的真实战况且可能会战败的事实。

瞭望哨兵把一切的不幸都归结于宿命，逆来顺受，认为死于战场也是理所当然的事情。但是村上对于死亡，却从来不是主动接受的。前期因为明白毫无生还可能，所以想要"美丽地死去"，后来瞭望哨兵的死又直接打破了他的这种想法，直到知晓天皇宣布战败得以生还时，他情不自禁地流下热泪。这里的"泪水"，一方面是因为终于摆脱了战争、能够活下去的劫后余生的喜悦；另一方面也是对逝去的青春的一种悲鸣，因为这场战争，村上失去了家人朋友、失去了自己应该拥有的人生，过去的岁月皆成为虚空。同时，这种悲鸣还带有对日本战败后未来生活的迷茫与不确定，种种复杂思绪使得村上泪流不断。

张晓莉指出："作者出身于军官家庭却反对战争，但他又认识不到战争的根源和制止战争的力量，因而只能用人道主义的标准去抨击战争中一切反人道的行为。"① 诚然，和大多数战后派作家一样，梅崎春生通过《樱岛》揭露了战争对人性的压制，但是真的是只用了"人道主义的标准"吗？据笔者看来，在作品中，吉良兵曹长被作为"欺压与被欺压"二元论之外的完全不同类型的人提出来，在战后派的诸多作品中是一个很大的进步。前面已经详细论述过，吉良兵曹长就是极端国家主义的代表，作者通过这个人物以及自我觉醒的描写，已经在一定程度上触及了对战争根源的探讨。对于天皇制，梅崎春生在1953年的随笔中曾提道：

我很早就失去了对天皇的信仰与爱戴。我当然认为天皇就是人，他如果不是天皇的话就不过是一名路人。……对我来说，从天皇一家受到了极大的损害。被拽进战争，牺牲了青春，在物质与精神两方面都受到了打击。但是我等也许还算程度轻的，还有很多失去生命、遭受无妄之灾的人们。②

《樱岛》写于1945年，从其内容来看，作者应该当时就有自己对天皇制的思考了。当然，和其他战后派作家一样，作者也有着自身的局限性。虽然揭露了法西斯军队的黑暗以及对人性的扼杀，但是没有深入对发动侵略战争的军国主义政府进行深层次的挖掘；作者是站在受害者立场上进行探讨的，完全没有对被侵略国家和地区所遭受的深重灾难有所触及。

四、战后派文学对近代国家主义的认知

战后初期日本文坛的主流是对战前极端国家主义的反思与批判，但是这种反思带有

---

① 张晓莉. 鲜明的形象 独特的构思——《樱岛》读后随想[J]. 外语与外语教学, 1986（02）：73.
② [日]梅崎春生. 关于天皇制[M]//梅崎春生全集：第七卷. 东京：冲积社, 1984：114.

局限性与不彻底性,没有对战争的非正义性及战争责任等进行探讨。作品中出现的个人,都是以"受害者"的形象出现的。通过受害者受到的精神、肉体上的伤害来对战争进行批判与反思,那就从根源上模糊了这场战争的性质。

  总的来说,造成野间宏、大冈升平等战后派的思想局限性的原因,笔者首先从战后的历史背景来探讨。本来,在日本投降之前,1945年5月提出的计划是由美国、苏联、英国、中国共同占领日本,以体现盟国协调的精神。但是随着美苏之间的矛盾进一步扩大,美国将共同占领转变为单独占领,因此除了苏联占领的北方四岛(南千岛群岛)外,日本本土几乎全由美国占领。日本新组建的东久迩内阁请求美国不要实行军政,美国考虑到可以利用日本人长久以来的精神支柱——天皇,以及现有的政府机构,因此成立了盟国驻日占领军总司令部(GHQ)来实行间接统治。美国虽然在军事、政治、经济、教育等领域采取了消除法西斯军国主义的一系列措施,但是美国出于自己欲推行全球战略的小算盘,对日本的军国主义势力并没有进行彻底的清算。首先保留了天皇制。在本书第二章中已经详细论述了明治维新后建立起来的绝对天皇制国家,《大日本帝国宪法》第一条规定日本由"万世一系"的天皇统治,天皇拥有最高权力,总揽统治权。战后,颁布了《日本国宪法》,天皇从神格降为人格,变成了象征性的天皇。对于裕仁天皇,并没有进行战争追责,旧政权的一部分人又重新得到任用,许多重要战犯陆续被释放出狱,等等,造成日本从上至下都没有对发动的侵略战争有正确的认识,也就不能进行真正的、彻底的反思与自我批判。在战争中,无论是前线的士兵,还是后方的老人妇孺,在国家主义的洗脑下,都不同程度地直接或间接参与了所谓的为天皇效忠的"圣战"。也就是说,我们批判的对象不应仅仅局限于制定侵略战争路线的军国主义头头脑脑,而应该清楚地认识到几乎所有的日本国民也是应该负有相应责任的。可是,在日本人眼中,既然天皇都没有被追责,那么自己也是应该无罪的,自己也是战争的受害者。特别是在遭受广岛、长崎原子弹爆炸以后,忽视自己加害者的身份,持这种纯粹的战争受害者论调的人占绝大多数。

  其次,从作者自身的体验来看,以野间宏、大冈升平为代表的战后派作家在战前都接受的是国家主义教育,毫无疑问受到《教育敕语》《军人敕谕》等的深刻影响。虽然野间宏也曾接触马克思主义、参加过学生运动,但是当时的学生运动目标主要是在日本国内反对当权者对共产主义运动的镇压,并没有把视角扩展到日本所发动的侵略战争上,再加上后来野间宏的"转向",更无法清楚地去认识这场战争的本质。在战时,野间宏、大冈升平等作为士兵直接参加了日本侵略其他国家的战争,他们手上是直接沾有被侵略人民的鲜血的。侵略中国的滔天罪行自不必说,野间宏、大冈升平所在的菲律宾战场也发生了巴丹死亡行军、马尼拉大屠杀等事件。日军在菲律宾大肆杀戮,烧杀淫掠,无恶不作。在巴丹半岛投降的美菲战俘在6天的行军中,遭到日军肆意殴打与屠杀,据统计,约有1万5千名士兵倒毙在行军途中,到达战俘营后,又有2万多名战俘被虐待致死。在马尼拉,日军对士兵和平民实行无差别的疯狂屠杀,约十余万菲律宾老百姓死于非命。以上种种罪行对于参战士兵来说不可能是不知道的。可是,野间宏、大冈升平却选择对日军的暴行视而不见,回避这一点,仅仅从战争对个体带来的伤害,即仅从受害者这一角度进行了描述,所以说,他们的这种反思是非常带有局限性的。

第四章 战后其他文学对近代国家主义的回避性认知

战争期间，受国策文学的影响，发表出版的都是为军国主义歌功颂德的作品，在此大环境下，一部分文学大家蛰伏下来。日本战败后，随着众多文艺期刊得以复刊及创立，他们又重新回归并活跃在文坛上。

20世纪60、70年代，是日本国民经济恢复和高速发展时期。在这一时期登场的大多数作家们，不再把眼光聚焦于战争，而是回避政治，将创作的重点投入描写战后个人内心的不安以及日常生活中的矛盾之中，被称为战后文学的"集体失忆"。最具有代表性的就是"第三新人"及"内向一代"。还有一部分作家将矛头直接指向战后GHQ的占领及当代日本政治的黑暗，比如开高健、松本清张等。这里所说的"集体失忆"，特指对战争反思、对国家主义批判的"失忆"。

第一节 重新活跃的战前文坛大家

代表人物是永井荷风、谷崎润一郎、志贺直哉、川端康成等。这些战前作家的文学理念并未过多地受到战乱的影响，他们的作品也没有直接反映出战时、战后日本人的精神世界和动荡的社会现实，他们对国家主义采取了回避性态度。

战争一结束，众多文艺期刊得以复刊及创立，如1945年10月复刊的《文艺》《文学》、11月复刊的《新潮》《文艺春秋》等。从1946年起，更多的刊物就像雨后春笋般发展起来，包括前面提到的《新日本文学》《近代文学》，还有《中央公论》《世界》《展望》《群像》等。虽然由于当时物质还很贫乏，出版物质量也较为粗糙，但是这些发表的文学作品却在一定程度上慰藉了遭受战争创伤的日本民众的心灵。

随着民主化的进程和众多文艺刊物的创立、复刊，为战前主张艺术创作的文坛大家们提供了精神和物质上的基础。战争期间保持沉默的这些文坛大家，一直压抑在心底的创作欲望在战后终于迸发了出来，一系列作品得以面世。具有代表性的有永井荷风的《沉浮》《舞女》、川端康成的《哀愁》、谷崎润一郎的《细雪》、志贺直哉的《灰色的月亮》等。

作为唯美派代表作家的永井荷风，在战时创作了《墨东绮谭》（1936），生动地描绘了庶民的生活，讽刺、嘲笑了战时日本的黑暗局势和社会风气。战争期间的永井荷风拒绝迎合"国策"，生活费用全部来源于以前积攒的版税及父亲留下的遗产。永井荷风的七卷本日记《断肠亭日乘》（1917-1959）跨越了大正、昭和，战争结束后他也笔耕不辍，一直到 1959 年去世前才停止。在这部日记中，作者对于日本的时代巨变、风俗民情等展开了不同层面的批判，王升远指出永井荷风在战时以无为、缄默的姿态拒绝主动与军国主义政治权力合作，以相对圆融的方式艰难地捍卫了知识人的良知底线。

另一位唯美派代表作家谷崎润一郎的长篇小说《细雪》1943 年在《中央公论》上连载三期之后，就被日本军部认为是不符合政治时局（1943 年正值太平洋战争爆发）的闲情小说为由查禁，一直到战后才被正式出版。

《细雪》围绕家道中落的望族莳冈家四姐妹的婚姻问题，生动地展现了当时日本关西地区的社会生活与风土人情。大姐鹤子是旧时代的人物代表，因循守旧；二姐幸子善良温婉，集合了日本传统美与西洋美，为三妹的相亲及小妹惹的麻烦操碎了心；三妹雪子"最富日本趣味"，是日本传统美的代表，她外表虽端庄美丽但性格却优柔寡断，始终不能摆脱门第观念的影响，她不断的相亲历程是该小说的主线；与雪子相对应，小妹妙子"最有西洋趣味"，她有自己的独立思想和行动力，虽在结婚对象的选择上敢于冲破藩篱，但是也屡遭挫折。小说以雪子最终得以举行结婚仪式而结束。

这些战前文坛大家在战争期间虽没有直接充当法西斯军国主义的吹鼓手，但是基本都缄口不言保持沉默。他们战后发表的作品给当时的日本民众带来一些精神上的安定与慰藉。战后在 GHQ 的占领下日本实行了一系列经济上的改革，使得以前的中产阶级迅速没落，正如《细雪》里所展现的风情画卷一样，那些都只能是他们用于怀念而不会再拥有的梦境了，所以《细雪》在发表后，很快成为畅销书，受到大众欢迎。

战后重新活跃在文坛上的大家们的作品大体是对作家自己文学理念及风格的延续，在主题上也没有深入涉及到战争、战前国家体制等问题的探讨，即便是志贺直哉的《灰色的月亮》（1946）、永井荷风的《罹难日记》（1947）等，虽然在内容上有涉及战争带来的悲惨遭遇，但是却没有触及对战争的本质、对日本军国主义的反省与思考，因此只是流于对现状的一种描写。

如上所述，这些作品虽然在艺术造诣上很高，但是却未能代表时代需要进行的战争反省、加快民主化进程等呼声，没能给日本民众指明前进的正确方向。因此从这一角度上来说，他们对国家主义采取了回避性态度。

第二节　第三新人——吉行淳之介

日本战后文学的最大特征就是对自己与他人或自己与事物之间关系的凝视、确认与反抗，也就是"关系性"的文学化。20 世纪 50 年代初，在第一次战后派、第二次战后派之后登上文坛的一批作家，将视线投向日常生活，将西方文学的一些技巧揉合到传统私小说中，被称为战后文坛的"第三新人"。李德纯指出："第三批新人受私小说的叙事角度的影响较大，他们作品中的市井生活，看似散乱，其实在对人民生活变化诸多细节的描摹，揭示世道人心两方面，既有对于不合理的世道抗争和未来新生活的期盼，同时也有对人心即国民精神自身的批判和期待。"[①]

"第三新人"的代表作家有吉行淳之介和安冈章太郎、远藤周作、小岛信夫等。安冈章太郎的《海边光景》主要是写主人公陪护自己的母亲在精神病院的九天,触景生情回忆起战后初期度过的饥寒交迫的窘迫日子。李德纯评价道:"小说以一个生活在当今和平环境中的人的角度,用历史与现实的时空串联起一个社会和一群人的变迁,造成一种对比和反差,其中春秋笔意,微言宏旨,不了解这段历史的人难得感悟。"[②] 宋婷指出:"一言以蔽之,安冈并未在作品中直接对战争进行控诉,而是利用描写'日常'中的现实,来揭发战争给自己、周边人,乃至一代人带来的创伤。"[③] 其他第三新人作品如远藤周作的《海和毒药》中,揭露了九州帝国大学(现九州大学)在太平洋战争期间用美军俘虏做活体解剖实验的罪行。小岛信夫的《美国学校》里,通过对参观驻日美军子弟学校时的日本教师表现出的阿谀逢迎、深恶痛绝两种截然相反态度的描写,反映了美国占领时期的社会问题等。第三新人的作品与战后派不同,虽然或多或少涉及了战争,但是更多是关注日常生活问题。

第三新人的代表作家吉行淳之介凭借小说《骤雨》等获得第三十一届芥川奖。其代表作有《原色的街》《暗室》《黄昏以前》等。他的作品的共通点是主人公都被设定为作家自身及身边的人,讲述的是主人公和女人们的性交涉。并且,吉行在写这些小说时,在细节部分都采用了实际体验,来保证小说的现实性。因此,有些人称他的小说为"体验式私小说"。

吉行淳之介把实际的生活体验用于了文学创作中。但是,以自己的体验作为素材的一部分就判断其为"私小说",这是一种误解。关于这一点,吉行自己曾这样说道:"有好多次,我通过'我'这个主人公的描写来呈现一个抽象主题的作品,仅仅被当作'我'(那些作品的作者)的日常生活报告所阅读。"(吉行淳之介《我的文学放浪》)可以看出,吉行淳之介是没有打算以"私小说"的手法来创作自己的作品的,只不过他的系列作品中包含了一些"私小说"的要素。

一、作为素材的吉行的实际体验

吉行淳之介在《骤雨》《原色的街》《砂岩上的植物群》《暗室》等代表作里,都把主人公设定为作家自身及身边的人,讲述的是主人公和女人们的性关系。

属于吉行初期作品的《火山脚下》,虽说是只有 2 页的小品文,却也是根据作者自身体验所创作出来的。在三年后的作品《夏季的休假》中,作者把这段体验更加精密化,以简明的语气叙述了和年轻的父亲进行暑假旅游的少年的体验。1957 年发表的回忆吉行祖母的《黑暗的房间》,1960 年发表的描写同父亲关系不和的小说《电话和短刀》,以及后期所发表的一系列关于妓女的作品,确实在细节描写上吉行淳之介都是基于事实来描述的。但是因为素材中用到自身的体验就判断其为"私小说",也过于简单

[①] 李德纯. 战后日本文学史论 [M]. 江苏:译林出版社,2010:139.
[②] 李德纯. 战后日本文学史论 [M]. 江苏:译林出版社,2010:140.
[③] 宋婷. 论安冈章太郎文学中的"战争"——围绕战争的表现形式而展开 [J]. 安徽文学,2014(06):85.

化和符号化。

就如吉行自己在《我的文学放浪》里所说的那样，作者本人并不是按照"私小说"来进行创作的。即便是前面提到的吉行和主人公几乎没有差别的《夏季的休假》这篇作品，在现实生活中，吉行却并不是被父亲和他的情人带去而是由父母带去旅游的。只不过当年旅游时的情节借用在了这篇作品中。另外，以空袭为题材的小说《火焰中》写道，主人公在空袭中从燃烧的家里抢出德彪西的钢琴唱片，而实际上吉行淳之介从自己家中拿跑的是"记录了50余篇诗歌的笔记"。在其代表作之一的《砂岩上的植物群》中，虽然暗示了作者和他父亲的关系，但是和吉行淳之介的真实情况还是有所不同的。我们不能简单地把吉行的作品认定为"私小说"。应该说是通过作者吉行淳之介之手，创作出了一个虚实交错的独特的世界比较恰当。当然，采用的素材多是根据现实生活而来的。但是，随着作者的描述，这种客观描写通过作者的艺术加工，浸透于主人公的思想、行动之中，最后，融于一种虚构的情景之中。"私小说"的要素也隐隐约约地呈现在作品中。也就是说，吉行借助于细节，有意识地进行甄别、采用，来表达自己的思想和主题。

二、吉行文学的特征

吉行淳之介作为作家自出道，就一直在进行"性"的描写。从初期作品中虚无青年对女性的新鲜感情的恢复的描写，到提出分离爱和生殖欲望、只为快乐的"性"是否可能这一课题的一系列作品群，都是围绕"性"的。因此谈到吉行文学，就绝不能脱离"性"的问题。吉行淳之介正是通过这个视角来观察、剖析人类社会。

（一）吉行的家庭

吉行淳之介的父亲吉行荣助是"新兴艺术派俱乐部"的代表作家之一，在吉行中学五年级时因为心绞痛而突然病逝。其父作为流行作家而活跃在吉行的幼年时期，他对父亲的记忆的大部分都是"被骂、被打"，或者"很少回家，老是在打麻将"等等。虽然吉行说自己几乎没看过父亲的作品，但是从他的表现手法来看，还是多少存在父亲的影子。通过《砂岩上的植物群》及其他作品就可以看出，对吉行来说，父亲是一个多么重要的存在。这种年少时期的体验造就的类似于孤儿的情感，一直深藏在吉行的心底。吉行的母亲可以说是他从事文学的领路人。作为美容师的母亲理解并支持自己儿子的行为。一边经营美容院，一边鼓励吉行，并且容许了高中时期吉行的任性的休学，在儿子生病时，也从背后支持他。可以说，这也是支撑吉行文学的一个重要条件。

受家庭的影响，虽然吉行在作品中采用了一些私小说的要素，但是他的作品却从来没有涉及传统"私小说"所着眼的家庭问题。

（二）吉行文学的"性"

学生时代的吉行淳之介非常爱读荻原朔太郎的诗，托马斯·曼，特别是梶井基次郎的小说。对于战争时期的军国主义风潮、战后左翼思想及文学的再次兴起，吉行既不参与也不抵抗，采取了旁观的态度。在高中二年级时他装病休学一年，与吉行很亲密的两名朋友就比他高了一年级，为了逃避应征入伍考入长崎医科大学学习，结果在长崎原子弹爆炸中殒命。可以说吉行因为"装病休学"反而捡了一条命。1944年吉行接受征兵检查甲类合格应征入伍，不久却由于患气管哮喘而复员了。但是到第二年征兵体检的通知再次到达，结果又是甲类合格（只不过这次没有入伍）。1945年5月东京遭空袭，吉行的住宅被烧毁。这一连串事件给他的创作带来了很大影响。因此，他固执地坚守个人主义的自由，对政治毫不关心，在创作上着眼于与政治毫无关系的"性"。但是就是他的这种固执，恰恰反映了他对时代及流行观念的违和感。

1. 单纯的肉体关系

在吉行作品的主人公设定上，有一个共通点就是男女之间保持着"距离"。从初期的娼妇文学作品中对"女体"观念的追求开始，到《砂岩上的植物群》《星月刺破天空》中中年男性与少女的性关系，再到《暗室》等作品中对于性本身的描写，这种"距离"贯穿始终。也就是说，无论身体如何紧密接触，主人公都不会投入"心"或"爱"，只是简单地用金钱来买女性的身体。主人公认为喜欢女人的时候是最幸福的，一旦陷入爱情就变为了不幸。照这样说的话，世俗的结婚没有任何意义，男女之间就仅仅是维持肉体关系，也就是男人和妓女的关系是最理想的。因此，吉行文学作品中的主人公们都逃避社会上令人厌烦的人际关系，而追求所谓"精神上的卫生"。战后，日本政府先后颁布了《风俗营业取缔法》（1948年）、《卖春防止法》（1956年），吉行的作品就是在这样的社会背景下完成的。在战后，旧的价值观崩塌、新的价值观尚未完全建立，过往的家庭观、婚姻观、道德观等遭遇到冲击，吉行在作品中直面战后新出现的社会问题，通过描写年轻人的这种放浪、无拘无束的生活方式来反抗旧的道德观念。

2. 小说中的空白部分

吉行文学中还有一点非常显著，就是围绕主人公的社会关系，详细来说就是男女的性格、职业、经济状况、家庭、人际关系等在一般小说中占据重要地位的内容几乎没有，呈现空白状态。关于这一点，吉行在其短篇小说《蓝色的花》中借助作品中人物的口吻这样说道："男人和女人的想法从根源到结构完全不同，最后就残留着男女之间所不能互相理解的空白部分。因此，男人就试图通过身体与身体的接触来填埋这个空白部分，并且产生通过性交空白部分被填满的错觉。对持续一辈子这种错觉的男人来说，可以说是幸福的吧。"

吉行淳之介认为周围的一切都是令人麻烦的，因此他在创作时就完全舍弃这些，只费心于裸体的男与女这一点。当然，很多批评说其"缺乏思想"，但是这还是与吉行淳之介自身的家庭、战争体验等有紧密联系的。作品中的男主人公们无一例外都是孤独的、懦弱的，因为对家庭、对社会不信任，才转而隐藏于女人身体中，相信单纯的通过金钱的性交易。

但是，真的就能无视这个空白部分即主人公身处的社会关系吗？

从《骤雨》可以看出，最后主人公连单纯的肉体关系也难以为继，开始了精神上的动摇，陷入逃避不了琐碎世俗的境地。《骤雨》这个题目正是暗示着主人公想拼命维系的精神上的平衡已经开始瓦解。在另一部作品《暗室》里所描写的关在密室中的兄妹二人，要是暴露在社会上会怎么样呢？其"出口"也就是死路一条吧。

3. 吉行文学的抽象主题

前面提到吉行在《我的文学放浪》中说到，是要通过主人公日常生活的描写来呈现一个抽象主题。那么，这个抽象的主题到底是什么呢？

从前期作品《火焰中》就可以看出，男主人公在对"女体"的执着的背后，实际上是对思想，更进一步说是对日常生活中的人际关系理论的不信任。并且，这一点从最初的娼妇文学一直贯穿吉行作品的始终。万田务在《关于吉行淳之介"性"的笔记》中提到，对吉行来说，"性"只不过是用于追求人类存在的一个手段，是缘于复杂的人际关系所形成的生理和心理的纠葛。吉行文学的主人公都厌倦世俗的人际关系，想从和女性的肉体关系中找到解放。在他们看来，世俗的"爱"总是充斥着欺骗，是令人烦恼的俗物。他们对人际关系不信任，又找不到解决的办法，只能把自己隐藏在女人的世界里。这样看来，并不能说主人公内心没有"爱"，而是为了守护深藏于自己内心深处的纯洁的"爱"，而对谁都不展示自己的"心"。吉行文学虽然着力于"性"的描写，但并没有拘泥于"性"本身，而是通过"性"来明确人自身存在的意义。因此，可以看出，探求人存在的本质是吉行文学的固有主题。

综上所述，吉行文学的特征可以概括为在细节部分采用实际体验，通过"性"来探求人自身存在的意义。相对于日本的近代小说，也就是从自然主义到私小说都是着眼于"家庭"来说，吉行作为其反命题，把创作的焦点放在了性关系上。可以说，他的作品是一种有别于传统"私小说"的，经过人工加工的，是从"私（我）"的世界升华而至的小说。

第三节 社会派作家

20世纪50年代后半期，日本经济进入高速成长期，但是却没有产生与生产社会化及生活社会化所相符合的体系、政策。因此，社会矛盾激化，在经济高速成长期间，出现了一切以金钱和权力为中心的扭曲的社会构造。另一方面，民众对政治的不满、不信任也日趋显著，也就是对腐败的现代官僚体制的反感越来越强烈。其中，宪法维护、基地反战、禁核等代表民众心声的革新势力在积极地活跃着。这一系列斗争，正是知识分子及民众对政治权力反抗的体现。以开高健、松本清张等为代表的社会派作家对这样的战后社会显示出了积极抵抗的姿态。

一、代表作家——开高健

开高健是日本战后文坛的著名作家之一。1957年在《新日本文学》上发表的中篇小说《恐慌》，使他声名鹊起，受到日本文坛的瞩目。紧接着同年又发表了《巨人与玩具》《皇帝的新装》，并且凭借后者击败了大江健三郎的《死者的奢华》获得第三十八届芥川奖。对于这部作品，开高健本人曾在《页之背后·7》中论述道："在读了萨特的《呕吐》之后，我确信探求人的内在的文学已经终止了，因此必须创作不下沉到个人'心理'的作品"。这里所说的"探求人的内在的文学",就是指的是日本传统的"私小说"。纵观开高健的作品,可以看出他走出了一条与私小说所完全不同的道路,他放眼于社会,针砭时弊,给世人以深思及启迪。受到萨特《呕吐》的冲击,开高健以"集团中的个人"为主题,创作了《恐慌》,揭露了官僚体制的腐败。这部小说受到朝日新闻科学栏目中的报道的启发,既具有现实意义,同时又展现了虚幻的侧面,具有独特的魅力。

从迄今为止的先行研究来看,主要是围绕对"组织和个人"论的反驳、作家的文体特色及《恐慌》的主题分析等来进行的。对小说中的出场人物,特别是主人公的性格的研究尚不够详细和深入。而这部分恰恰对作品的内容及主题的理解起着关键作用,所以以下通过文本分析,研究主人公俊介的积极、妥协、抗争、精明等方面的性格因素,从而更深入地探讨作品的主题即集团中的个人和官僚体制的腐败。

(一)开高健对战后日本社会的抵抗

《恐慌》中的鼠群,暗喻了经济高速成长期的日本。经历过战败的开高健,直观认识到集团行动背后所隐藏的盲目性。肆掠整个城镇的鼠群最终跟从盲目的惯性而自取灭亡,正是这种时代的象征。

《恐慌》所发表的1957年,正值日本经济高速成长(1955年—1973年)开始的前夕,日本终于摆脱战后的生活贫乏,国内生产总值也在1955年超过战前最好水平,全国上下掀起一股"重建战后日本社会"的热潮,一切以"经济""金钱"为重。开高健敏锐地捕捉到了这一点。加贺乙彦曾说道:"开高健写出了当时日本作家所写不出的世界。"[①] 这个"写不出的世界"就是指为了发展经济,政府采取集团行动的当时日本社会的真实形态。在日本近代文坛上,描写战后状况的作家举不胜举。被称为第一次战后派和第二次战后派的作家的作品群中,出现了不再执着于个人内心世界的创作手法的萌芽,但是这种萌芽也仅限于把自己的内心世界给放大了。也就是说,这些作品主要是描写自己如何看待战争、如何与战争对峙等这些个人的烦恼的。在那之后出现的第三新人也多数是在温暾的日常生活中,谨慎地进行着不超过个人幅度的探索。类似于这样的战后文学可以说并没有彻底打破持续了五六十年的日本私小说的传统,仅是私小说的一种变形。因此,处于大的动荡时期的日本社会需要能够从正面直视并描写社会实态的作家。开高健在当时发表的小说《恐慌》正好回应了这一时代要求。

开高健通过俊介这一年轻官吏预测—灭鼠—徒劳的经历,揭示了在官僚机构中,上层人物掌握着权力,和工商业界等相勾结,为了维护自己的利益而穷尽所有阴险手段的集团力量的巨大性。在这个集团中,个人的正义、良知都是被排除在游戏规则之外的,是渺小而无助的。事实上,由课长的"口臭"所象征的腐败的官僚机构对应着超越人力的巨大的动物集团。从开高健笔下描写的鼠群的巨大破坏力量就可以切身体会到当时日本的腐败官僚机构的集团行动所带来的盲目性、破坏性以及集团对个人生命力的压制

---

① [日]加贺乙彦. 開高健と躁鬱・開高健その人と文学[M]. 東京:株式会社ティビーエス・ブリタニカ. 1999:179.

这一社会实况。开高健曾说:"之所以写这部作品,就是盼望未来能出现一个个人的正义呼声能够顺利传达的体制。"① 在《恐慌》发表后,这种以文学作品来探讨社会问题的形式立刻受到人们的关注。在当时,伊藤整的"组织和个人"观点形成了一股风潮,其论点主要强调了处于强大组织中的个人的悲惨性。但是,开高健认为个人即使是集团这个庞大机器中的一个齿轮,其中仍然有人保持了自己的鲜明个性。"集团中的个人"因此也便成了开高健文学的一个重要内容。集团化、秩序化的现代社会体系要求人们服从既定的规则制度,不允许任何人打破常规,打破现有秩序。那些不墨守成规,有着强烈个性的人就像安装在这个体系中的一个个不定时炸弹一样危险,所以现代社会体制就必须对他们进行压制和排斥。但是,压制是抹杀不了其个性的,他们会对现实中的黑暗进行反抗,要求改革。开高健就是敏锐地捕捉到当时日本社会的这种动向,通过俊介表现了出来。

开高健在青年时期就受到法国哲学,特别是萨特存在主义的影响。萨特的哲学被称为自由的哲学。其思想可大致概括为前期的以个人自由为中心和后期的以社会自由问题为中心这两个阶段。但无论是在哪个时期,他最关心的还是"自由"。"萨特的存在主义批判了观念论的、分析性的近代思想,阐明了作为整体的人的构造,并把它作为自由来把握,作为参与社会现实的基础。"② 萨特的这一特征在开高健自身及其文学作品上得以充分体现。早在《恐慌》之前,开高健就通过《卫生城市》《无名街道》等作品,反映当时的学生运动和政治运动。此外,在1958年的"反对新警察职务执行法的文艺演讲会"和1959年的"反对修订安保条约之夜"的集会上进行演讲也是很好的例证,显示出开高健关注社会现实问题的积极态度。但是需要注意的是,开高健并不是一位政治作家。他揭露官僚体制、反对越南战争、反对核试验,并不是因为某种特定的政治意识形态所驱使。他既不是进步派也不是保守派,而是一位"自由主义者"。在越南战争中,开高健从一开始就"既不拥护美国,也不拥护越共,首要从事实出发",坚持诚实坦率的态度直面越南战争问题。但是,他的《越南战记》在当时获得的却不完全是好评。吉本隆明曾说这是开高健思想上的"国外流亡",甚至于还有类似"被美军的人道主义所吸引,没有看到帝国主义本质"的评论。对于这些评价,开高健明确表示一定要基于客观事实来进行文学创作。他揭露加害者同时也是受害者的矛盾就是战争的本质。这是和开高健本人渴望自由,敢于直面现实的个性所紧密相连的。

(二)俊介的积极工作态度和对官僚机构的抗争

《恐慌》开篇是从描写动物饲养室所到处散发的臭味开始的。这个臭味不仅仅飘荡在"县厅",也笼罩着整部作品。随着开篇场面的导入,清楚地预示了作品的主题。俊介带领课长去参观黄鼠狼的饲养箱,不同于那些早已被驯服的狐狸,这只黄鼠狼一听到人的脚步声就躲藏起来不肯露面。无奈之下,饲养员只好将事先准备好的老鼠放入饲养

---

① [日]浅见渊. 評伝的解説『開高健』[M]//現代日本の文学48 石原慎太郎·開高健集. 東京:学習研究社,1977:454.
② [日]下中報彦. 哲学事典[Z]. 東京:平凡社,1975:605.

箱中并关掉电灯引诱其出来。黄鼠狼以惊人的速度咬死了四只老鼠，只留下一缕黄色的烟雾。这里的黄鼠狼是没有被人类驯服的野性的象征，也是对处于官僚集团中特立独行的主人公俊介的比喻。俊介被这种新鲜感、紧张感所触动，当他离开饲养室，面对自己周围的人，面对自己所生存的现实环境时，突然感到"一种日常熟悉的，令人疲倦的轻微的尸臭味又扑面而来"。

正如作品开篇所暗示的那样，俊介从一开始就清楚地知道官僚机构的腐败，虽然如此，作者开高健所设定的这个主人公却是一位有着自己的良知，不随波逐流，敢于向权威挑战的具有积极工作态度的青年。因此在预测到将会发生鼠害后，他越级直接向局长提交了预防鼠害的计划书。虽然鼠害的话题早在一年前就被提了出来，但是根本没有受到任何人的重视，俊介所在的山林课的职员们也正如那些被驯服的狐狸一样每天只是麻木地、盲目地混日子。如果按照县厅这一行政机构的垂直体系来递交的话，那自己的计划书还不知道何年何月才能到达局长的手中，并且很可能在中间的某一级被截留，俊介正是因为清楚官僚机构的特征，才故意无视垂直体系中的课长和部长，越级直接提交给了局长。然而，正如预料中一样，花了俊介三个星期才完成的计划书被局长拒绝了。局长根本就没有看其内容，而是只在意俊介无视秩序，越级向自己提交的这件事，因此直接把计划书返回给了课长。理所当然，课长对俊介的越级行为非常不满，把计划书扔进了抽屉里。

即便如此，俊介仍然对鼠害的防治抱有积极态度。一年后，新的课长因为受贿问题而调任到俊介所属的山林课。俊介虽然知道腐败越来越严重，但是也对新来的课长抱有希望，一有机会就与之谈起鼠害的恐慌问题。可以看出，俊介是一位对工作抱有积极态度，想把民众从恐慌中拯救出来的具有强烈社会责任感的青年。除了在县厅里的努力，俊介还亲自到各村去调查，并向人们发出警告，可是仍然遭遇了无视。春天来临、积雪融化，鼠害如俊介预测那样如期爆发，像潮水般凶猛而来，席卷了整个城市。因为俊介是预测鼠灾的第一人，所以理所当然地被委以治鼠任务。虽然明知这是一个在别人眼中"费力不讨好的差事"，但俊介为了和鼠群作战，还是积极地采取了各种各样的应对措施。虽然明白凭自己个人的力量是无法战胜的，但他依然如同与"希腊神话中的九头蛇"作斗争一样埋头于繁重的治鼠任务中。九头蛇在希腊神话中是恶的象征，可以说，表面上俊介是在与鼠害作斗争，但是内里却反映出他对腐败官僚体制的抗争。

但是，俊介的所有努力与行动却在巨大的老鼠集团面前无济于事。单只的老鼠活动半径也就10米左右，一旦超过30米，就会连自己的巢穴都找不到。但是，即便是一只只胆小而又敏感的老鼠，如果一旦被编入受惯性力量支配的集团中，它的性质就会完全改变。单个的老鼠会被集体的惯性所同化，最终受到集体惯性的驱使而丧失正常的味觉和嗅觉，直至本能的完全丧失，甚至对"死亡的气息"也无法做出正确的判断。这里就出现了个体和群体也就是个人和集团的关系的问题。关于这一点，矶田光一做了如下评述："当个体被编入集团时，那就不单单是量的变化而是引起了质的变化，这是与集团心理学所相符的。《恐慌》的精彩之处就在于鼠群所拥有的超乎人们预测的力量。"① 鼠害引发的后果是惨重的，可是无论俊介和民众采取何种手段，都无法将之扑灭。最后随着鼠群的集体跳湖自杀，鼠害事件才得以暂时解决。

相对于鼠群，开高健在作品中设定了县厅这么一个代表官僚体制的集团。在这个官僚机构中，处于金字塔上层的人物控制着全部，压制着底层人物。但是其中仍然有保持着自己个性、靠自己意志而不断努力的小人物，那就是俊介。不畏官场的黑暗和腐败，为了防治鼠害可谓不遗余力。但是他最终还是摆脱不了被集团化、秩序化的现代官僚体制所压制的命运，甚至掉入了课长和局长布好的陷阱中。最后鼠群奔向湖畔而自取灭亡，也意味着俊介的所有努力都以徒劳告终，他只有发出"人最终还是只能回归人类社会"的感叹②。鼠害过去，一切社会秩序又恢复原貌。"人们忘记了细菌和革命，地主们开始抢夺林木补偿金，课长又在谋划新的贪污，村镇像围绕的圆周一样又恢复到平静的生活。随着这次恐慌的原动力消失在水中，引发的政治和心理的恐慌又深深地潜入到人们的意识底下。"③ 集团的力量如此之巨大，处于集团中的个人又是如此软弱，所有努力的结果都归于徒劳，对于这些问题，开高健都洞察于心。但是，在作品中，开高健仍然为俊介赋予积极性、抗争性，可以说，这与作家敢于直面当时日本社会的性格有着深刻渊源。

（三）俊介的复杂性格及集团中俊介的妥协

开高健所设定的俊介这一主人公，并不能把他单一地定位于正义派或英雄式人物。他是一个以"最小·最大（mini max）"即以"最小代价换取最大利益"为处事原则的人。一边为实现自己的主张而积极抗争，一边在意识到权力面前自己的渺小时又在某种程度上采取了妥协。佐伯彰一曾评论道："虽然抓住了上司的弱点，但是作为勇敢的斗士却没有贯穿始终这一点令人遗憾。"④ 但是，正是因为"没有贯穿始终"，才使得这一人物的刻画更具有现实意义。俊介在现代官僚体制的重压面前如果不妥协的话，恐怕是难以生存下去的。并且，对于官僚体制时常表现出反抗性格的俊介，也绝不是要摧毁这个集团。相反，他希望这个机构能够更好地运作，并为自己能够在其中发挥作用而煞费苦心。同时正因为俊介非常清楚官僚体制的游戏规则，才产生了他所谓的处事方法，即"最小·最大"战术。在俊介看来，这场与官僚体制的抗争，如果赢了，他就可以出人头地；万一输了，自己在县厅中的地位也不会改变，可以把自己的积极行为轻松地解释成了摆脱无聊的生活而敷衍过去。只是他千算万算，最后还是掉入了陷阱，被现行官僚体制所排斥和抛弃。

开高健自小生活在大阪，大阪人所特有的潇洒、叛逆、顽强、尊重独创性等给开高健带来很大的影响。奥野健男指出："既不是褒义也不是贬义，在开高文学里，存在着

---

① ［日］磯田光一. 集団としての人間——『パニック』の動物界［J］. 国文学解釈と教材の研究, 1982 (11): 59.
② ［日］開高健. 裸の王様・パニック［M］. 東京: 文藝春秋新社, 1958. 161.
③ ［日］開高健. 裸の王様・パニック［M］. 東京: 文藝春秋新社, 1958. 159.
④ ［日］佐伯彰一. 可能性の芽——文芸時評［J］. 文学界, 1957 (09): 164.

大阪商人的倔强与精明。"① 在《恐慌》这部作品里，开高健通过俊介为自己打分、制定各种各样的计划等描写，刻画出俊介这个人物具有的计划性、精明的一面。

纵观全文，俊介的"满足感""快感"等词语反复出现，从文体上来看，可以说是一种饶舌，但是从文本内容上加以考量，却是作者为了强调与黄鼠狼的野性相似的俊介的性格而特意为之的。只不过，黄鼠狼是出于本能的驱使，是自然界生存竞争的结果。"捕食"="生存"这个真理使动物能爆发出惊人的能量。与黄鼠狼的本能比较，俊介是有意识地采取抗争的行动才被官僚机构所排斥。由此可见，俊介是一个有着积极性、妥协性、抗争性、计划性等复杂性格的精明的人，可以说，在集团化、秩序化的社会体制重压下，这样复杂性格的形成也是一种必然。俊介为了防治鼠害，积极地实地考察、制定计划书。结果局长把计划书返回给了课长，课长骂俊介"爱出风头"，同事们也出于嫉妒心理，疏远排挤他。前面提到，在官僚机构中存在着严格的"秩序"，身处其中的人们必须遵守这个秩序。像俊介这样的做法，受到排挤也是不难想象的。他的同事们就是"秩序"的忠实拥护者，是当时官僚机构底层绝大多数职员的真实写照。他们在这个集团中，整天浑浑噩噩，按部就班，对现实中出现的问题漠不关心，却对打破这种"秩序"的俊介斤斤计较、冷嘲热讽。虽然处于金字塔底层的俊介为了鼠害很积极地努力了，但是正因为他不按常理出牌，没有遵守这个秩序，结果非但没对鼠害的防治起到任何作用，还遭受了巨大的挫折。这个时候，俊介选择了一定程度上的妥协。

首先，在被课长返还给计划书的时候，俊介选择了沉默。之所以没有一如既往地积极抗争而是沉默，是因为他清楚地知道以自己的力量对抗因为受贿事件而调任过来的课长无异于以卵击石，并且为了不引起对方的警惕，还主动为课长开门并接受了课长的走私香烟。"无论怎么反抗也是没用的，索性我就退一步。"在发现课长和"野田动物"的人进行勾结后，也仅对课长进行了警告。从前面的描述来看，俊介是一个富有正义感、积极的青年，按照正常的逻辑，他应该用所掌握的证据去告发课长。可是结果俊介只是以一种轻松的口吻警告了一下，而未作出其他举动。这里可以看出，俊介的性格不光是"积极"那么简单，他其实是一个各个方面都考虑周详、十分谨慎的人。他明白自己手里虽然握有证据，但是对手绝不仅仅是课长一个人，在课长背后还有强大的官僚机构的能量支撑，如果决裂，结果只能是自己被踢出局，因此他选择妥协，只是警告了一下课长。在课长的秘密被暴露后，俊介以为自己取得了胜利，因此接受了课长的邀请，没想到却掉入局长和课长布好的陷阱中，以"高升"的形式被完全排斥在这个体制之外了，所以说取得最后胜利的还是腐败的现代官僚体制。

在严重的鼠害面前，庞大的官僚体系也无能为力，处于集团中的人们所费尽心思的就是明哲保身、逃避责任及如何互相勾结赚钱等。现代官僚体制的特征就是纵向的"命令—服从"，横向的"权限"。各级官员对上司的命令必须无条件服从，对于自己权限以外的事情绝不能染指。由于这种官僚体制的秩序性、规则性的限制，个人本身的自由和创造性就受到了强烈压制。这种超越了具体肉体的集团行动，压制、迫害着肉体的个人行动。也就是说，在官僚体制的巨大能量面前，个体的行为是无比渺小的。在

---

① [日]奥野健男. 开高健[M]//昭和文学全集：第29卷. 东京：角川书店，1963：219.

《恐慌》里，如同在鼠群面前束手无策的人们一样，有着自己想法并付诸实施的俊介虽然进行了各种各样的努力，但是在庞大的官僚体制前，也只有采取妥协。开高健通过俊介性格中妥协这一方面，更加彻底地暴露了现代官僚机构的腐败。

关于《恐慌》的主题，开高健在《页之背后·7》里曾这样说道："鼠群作为不可抗力发生，达到极限，于是在某日就突然奔向自我毁灭。让我感觉到可以写出集团中的自我的能量。个人既是主角又是配角"。作者的这一"个人既是主角又是配角"的看法，正是对"个人究竟是什么"这一古老又新鲜的命题的问答。开高健把他定义为"集团中的个人"，并通过那些一只只胆小的动物集聚成的群体所释放的无目的的巨大能量描写了出来。

综上所述，开高健因为受到萨特《呕吐》的冲击，放弃了对人的内在问题的探求，在《恐慌》中论述了对"集团中的个人"这一问题的认识，其中在充满了对集团潜在能量的期待的同时，也表现出了对这种能量的浪费的惋惜。以《恐慌》为代表，《巨人与玩具》《皇帝的新衣》，以及其后所发表的《流亡记》《日本低级歌剧》《鲁滨逊的后裔》等一系列作品，都是作者的"外向性文学"，反映出开高健将创作的视点置于身边社会的这一特色。这可以说是对传统的私小说的强烈否定。他以寓言的形式比喻了在社会体制中遭排斥的个人，力图描写处于集团中的人们的那种原始的力量。这也是对当时流行的"组织和个人"理论的反驳。

集团的力量是异常强大的，处于其中的个人看起来无比的渺小，但是仍然有拥有自己的个性，有着积极态度反抗官僚体制的个人的存在。但是，就如《恐慌》中的俊介反抗金字塔上层人物的结果所显示的一样，由于官僚体制的阴暗、强大，人们的努力最后也都归于徒劳。开高健的一些初期作品如《无名的城市》《忧郁的学生》等，描写了青年一代的无奈、虚无的精神世界，一定程度上批判了战争给日本国民带来的心理创伤。在《流亡记》中，开高健以一名平民的视角叙述了中国秦始皇时期修建长城的故事，通过该作品，主要反映出日本经济高速增长时期日本国民的生存状态，除此以外，胡建军还认为："开高健从历史时间的维度上，透过'我'的眼睛，呈现了精神上和价值观念被'天皇思想'完全支配的二战前日本人民形象，和二战后面对精神与物质双重打击不知何去何从的、无可奈何的日本民众的形象。"[①] 但是，无论是战后派，还是第三新人，包括开高健等作家，都亲身经历过战争及战败，战争带来的心理创伤以及战后精神层面的迷茫带有普遍意义，或多或少都会表现在作家创作的作品中。因此从批判战争及天皇制这个角度来说，开高健的作品不具备典型性。开高健关于战争的题材以及思考主要反映在越南战争上，他前后三次亲赴越南战场实地考察，创作了《越南战记》《闪光的黑暗》《夏天的阴翳》等作品，从作为太平洋战争受害者一员的经历出发，揭露了战争的残酷性。

二、代表作家——松本清张

松本清张被评价为二十世纪日本文坛的社会派作家。在他的作品中常常能够看到对

[①] 胡建军. 日本战后"废墟一代"的空虚与悲哀——开高健文学研究 [D]. 吉林大学，2014. 83.

社会问题的揭露与批判。他关心政治、经济、文化、日美关系等社会各方面，并对其黑暗面加以揭露。松本清张（1909—1992）生于北九州小仓市，因家境贫寒而被迫年少辍学谋生，先后从事过多种社会底层工作。1943年应征入伍被派往朝鲜当卫生兵，日本战败后回国。1951年文坛处女作《西乡钞票》成为第二十五届直木奖候选作品。1952年发表《某〈小仓日记〉传》获得第二十八届芥川奖。1957年推理小说《点与线》《隔墙有眼》的发表，在日本迅速引起一股"清张热"，奠定了松本清张作为社会派推理小说家的地位。正如文坛常用的"清张以后"这个词语所表达的那样，在松本清张登上文坛之后，日本推理小说的创作风格产生了很大变化。以前的侦探小说一味倾向打造骗术的设计，而松本清张更重视犯罪的动机及围绕犯罪的社会问题。除松本清张以外，水上勉、森村诚一、黑岩重吾、有马赖义等作家也发表了"社会派推理小说"。从1950年步入文坛到1992年因病去世，松本清张在四十余年的写作生涯中，在推理小说、写实小说、传记、现代史、古代史等领域创作出众多佳作。

　　松本清张的初期代表作《点与线》发表于1957年（昭和三十二年）。昭和三十年代初是日本高速经济成长时期的开始，组织的力量日益强大，个人逐渐演化为集团这个巨大齿轮上的一个齿的存在。松本清张把权力之恶这一社会问题体现到自己的作品中。在《点与线》里，作者设置了一位小官员形象——课长助理佐山，围绕他的死亡展开了故事情节。除《点与线》之外，围绕日本战后组织中官员形象的作品还有《小官僚之死》《危险的斜面》《三峡之章》《现代官僚论》《中央流沙》等。《点与线》历来被高度评价为社会派推理小说中的里程碑式作品，但是就揭露权力之恶的程度来说，尚有不足之处。从不彻底到彻底揭露，《小官僚之死》在这一过程中起到了重要作用。《点与线》与《小官僚之死》这两部作品的内容都是与因卷入贪污事件旋涡中而死的小官员有关，但是各自小说中所表现出来的对权力之恶的追究程度却有所不同。

　　关于松本清张的先行研究较多，在此就其作品的"社会性"加以概述。

　　平野谦在《点与线》的"解说"中指出："我之所以私下里认为松本清张比克劳夫兹[①]更新颖，是因为克劳夫兹往往把犯罪动机限定在个人之恶上，而松本清张将之扩大到个人之恶与组织之恶的混合体里。"中岛河太郎在《松本清张全集11》的"解说"里提出："……在动机里加上社会性，增加了作品的广度与深度。"浅井清在《松本清张的魅力》中这样论述道："松本清张文学里潜藏着对社会状况的敏锐感知与深深的洞察力。无论他的现代小说还是传奇小说，或者是推理小说、记录文学，皆贯穿了此特点。"川本三郎在《社会派作家的诞生及轨迹Ⅰ》中曾经这样评价道："相对于以前那种重视骗术的游戏类推理小说，松本清张推理小说的魅力在于聚焦于动机的重要性以及犯罪的社会性，创造出一个大格局的世界。"成田龙一在《松本清张与对历史的欲望》里说道："对于松本清张的粗略印象就是，写出了权力之恶及组织之恶，着眼于在其中蠢蠢欲动的人们的欲望，描绘出了日本社会的本来面目。"辻井乔在《我的松本清张论——挑战禁忌的国民作家》中强调："松本清张的'社会派'这一称呼，并不是因为他把社会性事件作为题材或作品的舞台，而是因为他是一位能够充分地站在被歧视方的立

[①] 克劳夫兹（Freeman Wills Crofts 1879—1957）：英国推理作家，因写实派侦探小说而闻名。（笔者注）

场去描绘人性的作家。"

就国内的松本清张研究来说，较早的有如李德纯的《论松本清张的创作与艺术》《松本清张论》等等，肯定了松本清张在日本战后文学史上的地位。另外具有代表性的论文有秦刚的《松本清张的〈砂器〉与战后日本社会》、王志松的《从倒叙侦探小说到社会派推理小说——论松本清张〈点与线〉》、冯莉的《从〈砂器〉看战后日本人的伦理选择》等。

另外，由日本"松本清张纪念馆"发起的松本清张研究奖励项目，南京师范大学的张雷及北京师范大学的王成曾获得第一届、第六届资助。两位学者的研究成果为王成的「松本清張の推理小説と改革開放後の中国」、张雷的「松本清張の小説世界と今の中国社会の類似性について」。

从以上可以看出，围绕松本清张文学的"社会性"创作的论文并不少见。但是大多是围绕清张文学的全貌或是社会问题色彩浓厚的《砂器》《零之焦点》《隔壁有眼》等作品进行的，其研究还有不深入之处。对于在松本清张的初期作品中，作者对社会问题的关心是如何表现并进一步发展起来的，还不明晰。因此本部分围绕清张文学初期的《点与线》与《小官僚之死》两部作品，来探讨松本清张对权力之恶的揭露与批判。

（一）从《点与线》到《小官僚之死》的发展

松本清张作品的题目都很巧妙。如《点与线》《砂器》《零之焦点》《隔壁有眼》等，乍一看都很抽象，不明其意。以下就对《点与线》及《小官僚之死》这两部作品的题目进行解读，结合小说情节的构成，分析从《点与线》到《小官僚之死》，作者松本清张揭露权力之恶的发展过程。

1. 关于《点与线》

1957年2月至1958年1月《点与线》连载于旅行杂志《旅》，引起很大反响。战后昭和三十年代，日本社会进入"神武景气"[①]。然而在经济不断发展、社会较为安定的另一面，从1948年因昭电疑狱事件导致的芦田内阁总辞职开始，渎职、贪污事件被频频爆出。松本清张从中受到启示，创作了《点与线》。关于这个题目，松本清张进行了如下解释："人不就像是一个点吗。连接点与点的线，或许是朋友，恋人，前辈后辈的关系。不过，或许有没有可能是旁人在一边观察设定出关系线，再把他们连接起来的呢？实际上虽并非如此，但我想也可能存在由他人随意牵的线。"此外，也能从内容上探究到题目的由来。作品写道："佐山和阿时是两个零碎的点。当我们看到这一点变得并驾齐驱的时候，我们画了一条错误的线，把它连在了一起。"也就是说，原本毫无关系的男女两点，若在同一场所喝了同一种药一同死去的话，通常会被认为是殉情，而事实上这是一条被错误地联结在一起的线。故事就这样根据这条误接的线发展了。

《点与线》的叙事几乎都是按照事件发生的时间顺序展开的，最初登场的是机械工具商贩安田辰郎。安田和两位饭店的女招待在东京站13号站台"偶然"地看到了在15

---

① 神武景气：指的是1955年至1957年出现的日本战后第一次经济发展高潮。"神武"是日本神话中第一位人间天皇的名号，以此命名来比喻此次经济发展是日本有史以来的经济大繁荣。（笔者注）

号站台的女招待阿时和一个年轻的男人佐山。然而一周后，这对年轻男女的尸体在靠近博多的香椎海岸被发现。福冈警局的鸟饲刑警对"情死"抱有疑问，与调查贪污事件的东京警察局的警部副官三原一起，为瓦解安田的不在场证据而奔走，即为了将线还原到点，苦心追查真相。调查结果表明，这是安田夫妇为了不让贪污事件波及上层，毒死了两人，并利用时刻表，通过火车、飞机巧妙地制造了不在场证据的犯罪行为。另外，《点与线》最早在《旅》这本杂志上连载，从地理上看，清张运用了高超的想象力和推理能力，从博多到东京再到札幌，将零散的地名和站名等"点"，一点一点地组合起来，再通过国铁以及当时刚刚运行的航线，连成了贯穿日本列岛的许多"线"。作者想让读者在图上旅行的意图可见一斑。

平野谦指出："《点和线》的主要目标在于挑战不可能的'不在场证明失败'的有趣之处。"① 另外，在《推理最高杰作就是这个！一图说摘要》中，关于《点与线》的论述如下：

作品的内容反映了当时的社会状况。作品书写时的当时还未开通新干线，飞机的使用也不普遍，所以在日本国内的旅行和移动中，即使距离相当远也是使用铁路（主要是快车）等。②

松本鹤雄在《〈点与线〉论》中主张道："作品的世界沿着不在场证明失败的顺序展开。也就是说，我国最初的不在场证明失败的推理小说的经典，就是这部《点与线》。"③

2. 《点与线》的不足

自《点与线》发表以来，大受好评。它的新，在于导入了至今为止战前的侦探小说没能指出来的贪污渎职这一点。

松本清张通过《点与线》，打破了日本传统侦探小说只专注解谜和骗术设置的局面，重视犯罪动机，更是将犯罪动机从个人转向社会层面。此外，与当时日本文坛现状联系起来看的话，就更能理解了。明治以后的日本文学被政府和思想警察严格地审查，不允许书写社会矛盾。自然主义进入日本后，纯文学"私小说"占领了文坛的主流。因此，将当时的贪污问题公之于众的《点与线》对于读者来说是极具新鲜感的，甚至被赋予了"社会派推理小说里程碑式的作品"的地位。

但是，到了现在这个时代，再重读这篇作品，还是让人觉得缺乏对社会问题的深刻追究。具体而言，在文章中几乎没有写到在贪污事件中，政治、行政（官僚）、业者（企业）是如何相互交织的，处于组织上层的当权者是如何结成利益同盟的，课长助理佐山最后的"情死"，都有怎样的经过等。当然，也没有触及将小官僚逼到"死"的资本主义的本质。

关于这一点，藤井淑祯论述道：

我认为《点与线》的不足之处是漩涡中小官僚到死为止的内心变化，……到了

---

① [日] 平野谦. 『点と線』解説 [M]. 東京：新潮社，1971：258.
② [日] 中川右介. ミステリー最高傑作はこれだ！一図説ダイジェスト [M]. 東京：青春出版社，2004：83.
③ [日] 松本鶴雄. 『点と線』論 [J]. 国文学 解釈と鑑賞，1995（60卷2号）：63.

《小官僚之死》，……重要的"悲剧"的内侧部分的相关内容依然没有得到充分描写。[①]

另一方面，细谷正充这么分析道：

清张本人拒绝这种到自杀地步的下级官僚的心理。这一点可以从被暗示去自杀的仓桥课长助理[②]明确拒绝的场面看出来。进一步说，在《中央流沙》、《小官僚之死》或者《点与线》中，不都是把官僚的死当作是假装自杀的他杀吗？通过故事来否定官僚的自杀，从中我们可以感受到清张的强烈的想法表现。[③]

藤井淑祯和细谷正充可谓持着正反意见。藤井主张小官僚心理变化的描写有所欠缺，而细谷则认为作者自身拒绝心理描写。但是，从松本清张的各个系列的作品看，确实详细描写心理的部分并不多。这并不是藤井指出的"不足部分"，而是松本清张独有的创作特征。另外，笔者也不赞成细谷的作者通过心理排斥来否定官僚自杀的观点。笔者认为松本清张为了通过事件的发展、人物的移动等，把隐藏在背后的真相客观地展现在读者面前，才选择不把重点放在剧中人物的心理描写上。

总而言之，虽说《点与线》是松本清张关注官府贪污事件的开端之作，但还未切入贪污的实质。不如说，擅长推理的作者只是借用了"科长助理"的头衔，就算设定成其他职业，也不会破坏《点与线》这部推理小说的趣味吧。在这里贪污事件也退后成为作品的背景。从这个意义上来说，作品表现出来的社会性十分稀薄。相对于《点与线》，翌年，即1958发表的《小官僚之死》的题目乃至内容就较为彻底地展现了"权力之恶"这一主题。

（二）向《小官僚之死》的发展

《小官僚之死》发表于《点和线》连载结束后的第二个月。以下从两个方面，探讨先前分析的《点与线》的不足点是如何变化发展的。

1. 揭露社会问题方面

正如前文所述，《点与线》虽然有揭露贪污问题，但却不彻底。清张更注重的是设计在东京站站台上的那四分钟骗局，以及制造将铁路和飞机组合在一起的安田不在场证明。因此，《点与线》表现出来的社会性很淡薄。清张自己可能意识到了这一点。可以认为，作为其补充，才有了《小官僚之死》的创作。为什么这么说呢，首先，从发表顺序来看，《点和线》在《旅》上连载是从1957年2月到1958年1月，而《小官僚之死》在《别册文艺春秋》上刊登是1958年2月。可以想象，清张在创作《点与线》时，脑子里已经建立起了《小官僚之死》的构图。另外，从内容上来看，两部作品都是叙述处在贪污事件漩涡中的小官僚因为权力之恶而牺牲的故事，而且，文章中具体的描写上也有很多相似之处。

《小官僚之死》更直接、清晰地刻画了漩涡中的小官僚至死的经过。围绕砂糖进口配额问题，行业高管向政客行贿，身为下级官员的唐津课长从中斡旋。掌握这次砂糖事

[①] ［日］藤井淑祯. 清張闘う作家—「文学」を超えて［M］. 京都：ミネルヴァ書房，2007：148.

[②] 指《中央流沙》中的登场人物。（笔者注）

[③] ［日］細谷正充. 松本清張を読む［M］. 東京：ベスト新書，2005：167.

件关键的唐津，却在去京都出差的途中在热海的旅馆自杀了。虽然警方在原因不明的情况下采取视为他杀的措施，但由于没有证据立案，因此对贪污行为的揭发也以失败告终。外界认为，这位小官员的自杀原因是"不给上级添麻烦"。然而，清张却对这一点抱有疑问，并打算深入官僚机构内部的黑雾。在作品中，探索通过清张的分身"我"的行动表现了出来。"我"实地检查后，推理出唐津课长的死是伪装成自杀的他杀。也就是说，官僚机构的高层为了维护自己的地位、利益，为了不让贪污真相暴露，不惜牺牲下层课长级的人，让他们"自杀"。作者在作品的最后评价道："他们是，总是被风吹动的柔弱的小草。"之后结束了整部作品。总而言之，《小官僚之死》中关于贪污事件的描写，比《点与线》要详细得多。事件的全貌以及唐津对此的参与，都通过各种证言进行了详细的说明。

2. 两作品的体裁方面

《小官僚之死》的题目不同于抽象的《点与线》，非常清晰。小官僚在某事件中被谋杀、消灭，故事的主题一目了然。不仅是题目，从剧情构成上看，《小官僚之死》也与《点与线》也有着很大不同。

《小官僚之死》共分为八章。前半部分的第一章到第五章，以非虚构的内容，讲述了以告密电话为契机，调查贪污事件的过程。后三章将时间设定在那之后的数年，让可以说是清张分身的"我"登场，收集这起事件的数据，让他走访现场的旅馆，并推理出唐津科长并非自杀。为何松本清张在创作了《点与线》之后紧接着创作了体裁完全不同的《小官僚之死》呢？

清张主张："内容会受到时代的反映和思想的照射而发生变化。"① 也就是说，作者根据主题来决定形式，思考表达的方法。平野谦曾经指出："只是这个题目有点太直接了，甚至可能有分裂材料的危险。不过或许作者并没有把《小官僚之死》当成推理小说来写。"② 此外，藤井淑祯还分析道："《小官僚之死》这部作品仍然是小说性和纪实性相结合，或者说是向两个方向撕裂的作品。"③ 对此，松本清张这样表示：

我的小说里有一本叫《小官僚之死》。这是以实际发生的事件为动机写的，内容只是加入了一些虚构，基本都是根据当时的记录书写的。昭和二十八年春天，多米尼加进口砂糖的配额问题引起了贪污事件，当时的农林省粮食厅业务第二部食品课长泽武先生（当时42岁）自杀了。④

根据松本清张的自话，可知文章内容是在记录（非虚构）的基础上，加入了空想（虚构）。根据藤井的分析可以看出，前半部分和后半部分的构成是"非虚构"和"小说"的分裂。但仔细想想，如果整部作品都采取"非虚构"的形式来写，会因数据不足，导致无论是"自杀说"还是"他杀说"都缺乏说服力。最后就像这起砂糖事件本身一样，无法真相大白的风险很高。这对一部作品而言可以说是不完整的。另一方面，后半部分（第六章到第八章）通过"我"的调查和分析（虚构），教唆者筱田的意图

---

① ［日］松本清張記念館図録［Z］.文藝春秋，1998（8）：5.
② ［日］平野謙.『駅路松本清張短編集（六）』解説［M］.東京：新潮社，1965：465.
③ ［日］藤井淑禎.清張闘う作家—「文学」を超えて［M］.京都：ミネルヴァ書房，2007：163-164.
④ ［日］松本清張.汚職の中の女［M］//松本清張社会評論集.東京：講談社，1979：5.

和行动逐渐明了。此外，旅馆门上的"钥匙"的发现，进一步提高了"他杀"的可能性。因此，作品的后半部分不是"分裂"，而是一种"补充"的内容，是结构上不可或缺的部分。进一步说，可以认为这是作者之后的《日本的黑雾》《现代官僚论》等非虚构系列创作的前奏和一种尝试。

（三）"社会之恶"的揭露

关于社会性，松本清张自己在《推理小说的读者》中说："我主张在动机上增添更多的社会性。这样一来，推理小说是不是就宽度大了，深度也增加了，有时还能提出问题来呢。"① 作者关注社会事件、社会问题的创作态度，与近代以来占据日本文坛的作家个人的生活经历、吐露其心境与感慨的私小说家们完全不同。松本清张以战后的日本社会为背景，尖锐地揭露了看似富裕的社会所隐藏的个人欲望、整个社会的不安以及国家的扭曲，将人性与社会的黑暗展现在读者眼前，揭露了当时日本社会的诸多问题。

小林慎也在《点和线 铁路骗术的先驱作品》中这样说道：

战后，造船界等贪污、收受贿赂案接连不断。在政界、官场、业界三界勾结被不断议论纷纷的同时，巨恶却逃之夭夭。牺牲的是中间的管理人员。就这样，卷入这种复杂的社会机构制造的结构性犯罪里，导致了个人的悲剧。……作家此后还写了《小官僚之死》，致力于纪实文学的《日本的黑雾》。②

松本清张曾说过"文学即揭露"，其对"权力之恶"的批判，已经在虚构的作品中表现出来了。这一点，从1957年的推理小说《点与线》中可以清晰地解读出来。此后，清张陆续发表了《小官僚之死》《危险的斜坡》《三峡之章》《中央流沙》等作品，书写了一群小官僚在组织中被玩弄的命运。接着，把目光转向官僚问题的清张，不久便向世人推出了以文部、农林、检察、产业、警察、内阁调查室这六个中央官厅为切入点的纪实文学《现代官僚论》。至于为什么要用非虚构的手法，通过松本清张的这段话就能明了："如果用小说来写，这里面就必须加入一些虚构的东西。但是，这样的话，读者就分不清真实数据和虚构的区别了。也就是说，不完全地加些虚构的东西会混淆客观事实，削弱真相。"③ 因此，作者大量地收集资料，通过周密的实地调查、冷静的数据分析等，将其整理成了《现代官僚论》，提出了在这些事件背后权力是如何参与的，其目的是什么，对日本社会发展会产生什么样的影响等时代问题，令人深思。

在这一点上，《小官僚之死》《现代官僚论》的主题有着共通之处，可以看到清张不断寻求人类存在的身影。也就是说，权力的力量越来越大，而个人、团体则逐渐齿轮化。"这里讲述了只要扼杀一个小官僚，贪污事件就不成立这种犯罪动机中的无情的组织性因素。"④ 为什么小官僚们会牺牲？《小官僚之死》中这样写道：

---

① ［日］松本清張. 松本清張全集［M］. 東京：文藝春秋，1973（21）：44.
② ［日］小林慎也. 点と線 鉄道トリックの先駆の作品［M］//松本清張 昭和と生きた、最後の文豪. 東京：平凡社，2006：46.
③ ［日］松本清張. なぜ『日本の黒い霧』を書いたか［M］//日本の黒い霧（下）. 東京：文藝春秋，2004.388.
④ ［日］平野謙.『駅路松本清張短編集（六）』解説［M］. 東京：新潮社，1965.465.

因为在至今为止的疑案中，已经有好几例掌握真相的课长级自杀的例子了。……他们都是业务熟练者，事件中关键的人。他们的死，导致事件调查没有进展就息事宁人了。①

就这样，下层小官僚的死使得事件并没能解决，上层人员也逃脱了追责。

（四）追究"社会之恶"的原因

松本清张作品中的这些小官僚，其实占官吏中的大多数，他们几乎担任着全部事务。但是，他们却因为没有学历，或者因为没有好的学历，被称为"当兵的"或"无资格者"，被排除在仕途晋升名单之外。在这些小官僚身上，作者映照着自己的人生经历。

松本清张由于家境贫寒，只上了小学，成年后，一人担起了养家的重任。高等小学毕业后，他在川北电气株式会社小仓办事处当起了服务员，三年后失业，憧憬着成为新闻记者的他因为学历低被报社拒绝，为了养活大家庭，他还做过批发笤帚等兼职。与日本近现代文坛精英出身的作家们相比，他的履历可以说过于寒酸。松本清张成名之前在社会的最底层挣扎，同时也在为了维持生计而奔波着。因此，他深切地感受到底层的悲欢，在自己的作品中加入了不得志的人物一角。

在《点与线》中，有这样一段关于学历的描述：

课长助理多年负责实际工作，对于行政事务很有了解。唔，就像一个有经验的工匠。可是，他的仕途已经到头了。只能眼睁睁地看着大学毕业的有资格者后辈超过自己。他本人也已经放弃了。虽然内心愤懑，但如果把这些事一一表现出来的话，就不能在政府机关工作了。②

此外，在《小官僚之死》当中，也写了相似的内容：

说到底，那些在政府部门做课长助理的，大多不是什么了不起的学校出来的，工龄较长，40岁以上肯做实事，业务熟练的人。这些人一般都是乐于勤勤恳恳工作到退休，然后计算退休金和养老金的老实人。换句话说，他们是已经断了出人头地念头的人。③

另外，在《学历的克服》这篇随笔中，清张还写了因学历而受到歧视的经历：

社长也在，听到我的学历后忍不住笑了。之后他告诉我，要想成为一名新闻记者，必须要有大学毕业并且优秀才行。当时我二十一岁。我对大学毕业生的自卑感已经根深了。④

学历不高的松本清张，经常受到歧视。因此，他对社会下层的人们、怀才不遇的人们十分关心，不断揭露社会之恶。这种对社会权威的揭露和愤慨，在清张文学中随处可见。那是作家多年来在艰苦环境中挣扎，对社会不公的不满和愤慨的表现。尾崎秀树曾经指出：

---

① ［日］松本清張．ある小官僚の抹殺［M］//駅路松本清張短編集（六）．東京：新潮社，1965：118．
② ［日］松本清張．点と線［M］．東京：新潮社，1971：199．
③ ［日］松本清張．ある小官僚の抹殺［M］//駅路松本清張短編集（六）．東京：新潮社，1965：133．
④ ［日］松本清張．半生の記・ハノイで見たこと エッセイより［M］//松本清張全集．東京：文藝春秋，1972（34）：216．

与贫穷和被挤压的平民的共鸣,对反权力的观点和推动社会的各种力量的黑暗部分的旺盛好奇心,以及拒绝日本传统私小说、强调虚构趣味的小说观,对追究当时隐藏真相的非虚构文学的强烈关注,这些松本清张文学的特征,都是从他残酷的人生经历中产生的。①

松本清张开始写小说时已年过四十。他作为一个作家能独立生活的时候已经快50岁了,仍然还因学历低被当时的主流文坛所孤立。这种艰苦的人生经历,成为他的文学修炼,也磨炼了他看待社会和人类的眼光。松本清张在作品中真实地刻画了社会底层苦于生活的人物形象和社会现实,并通过这些形象揭露了从个人到整个社会的欲望、不安、歧视、不公等阴暗面。

松本清张自1951年登上文坛开始至1992年去世这40年间的作家生涯里,留下了超过1 000部的作品。他敏锐的目光迅速地发现了战后日本各种各样的社会问题,并通过自己的作品将其揭露出来。在初期作品《点与线》《小官僚之死》中,松本清张从追究贪污过程中产生的小官僚自杀者这一独特角度,直击官僚主义的弊端。他经常挑战权力结构的禁忌,推理扣人心弦,揭露了战后日本社会的黑暗,但是和开高健一样,松本清张也没有对产生这种官僚制度的根源进行深究,因此,在揭露社会之恶的方面还不够彻底。

---

① [日]尾崎秀樹,権田萬治. 松本清張[M]//新潮日本アルバム. 東京:新潮社,1994:4.

第五章 战后文学对近代国家主义的肯定性认知

战后改革使得日本自近代以来推行的极端国家主义体制得以瓦解,"废除原有的政治及军事化机构,以摧毁极端国家主义的政治基础;解散财阀与农地改革,实行经济体制的民主化,以摧毁极端国家主义的经济基础;变革战前的社会宗教思想,以摧毁极端国家主义的思想基础;改革旧有的家族制度,以摧毁日本极端国家主义的社会基础"[①]。但是,战后初期的日本政府右翼势力依然强大,他们怀念过去"大日本帝国"的"辉煌",采取种种手段阻碍战后民主改革的进行。如东久迩内阁曾声称对主张废除天皇制的共产主义者予以逮捕;币原内阁也是想极力维护日本近代以来的天皇体制,其草拟的新宪法草案只对《明治宪法》做了部分修改,并没动摇天皇的统治地位,结果遭到GHQ的驳斥。虽然在之后的新宪法中天皇得以保留,成为日本国的象征,但却没有受到任何战争追责;其后的吉田茂内阁加强对工人运动的限制,镇压民主进步势力,签订《旧金山和约》,恢复军备;岸信介曾是侵华战争的甲级战犯,竟还担任过两届内阁总理大臣,他始终怀揣建立"大东亚共荣圈"的旧梦,企图使日本再次成为亚洲的领导者,还扩充军备、妄图修改宪法第九条等等。

由此可见,以天皇为首的近代国家主义体制虽然在战后覆灭,但是战后的政治环境、对战争追责与反思的不彻底、对国家主义思想的清算不彻底等等,这些都为国家主义思想的残留及复活提供了温床。大佛次郎在《战败日记》中写道:"陛下亲自广播诏书……更是浴血奋战的日本人,特别是军中那些坚定的少壮者能否忍受这种屈辱的问题。"这种表述代表了视战败为莫大耻辱、依然幻想日本统治亚洲、称雄世界的军国主义分子和深受其毒害的一部分日本人的心情。

战后日本文学的主流是和平主义,是对近代国家主义的揭露与反思。但是与此相反,文坛上仍存在着视日本为最优秀民族、对战后民主主义持抵抗态度的作家,以下以三岛由纪夫、林房雄为代表进行分析。

第一节 代表作家——三岛由纪夫

三岛由纪夫本名平冈公威,大正十四年(1925年)出生于东京,其祖父、父亲都

---

① 孙政. 战后日本新国家主义研究 [M]. 北京:人民出版社,2005:68.

曾入读东京帝国大学（现东京大学）并从政。三岛从小在祖母身边长大，并在祖母的坚持下进入学习院初等科学习。在学习院中等科时，由恩师清水文雄推荐在《文艺文化》上发表了《百花怒放的森林》，由此开始使用"三岛由纪夫"这一笔名。1944年三岛以第一名成绩从学习院高等科毕业后升入东京帝国大学法学部，第二年二十岁时迎来日本战败。大学毕业后三岛由纪夫通过高等文官考试入职大藏省，之后为了专心于文学创作，不到一年就辞职了。三岛由纪夫一生创作了很多文学作品，其文笔细腻、优雅隽永，代表作有《假面的告白》《禁色》《潮骚》《金阁寺》《午后曳航》《丰饶之海》等。除小说之外，三岛由纪夫还创作了戏曲《近代能乐集》《鹿鸣馆》《萨德侯爵夫人》等，还有评论《我经历的时代》《太阳与铁》《文化防卫论》等，显示出其文学创作风格的多样性，曾三度入围诺贝尔文学奖。1970年11月25日，三岛由纪夫在自卫队发表演说后，高呼"天皇陛下万岁"，剖腹自尽。

　　三岛在战时走上文学创作之路，受到了保田与重郎的皇国美学思想影响。他怀念以武士道精神为依托的古典主义，仇视战后日本的和平与民主，企图修改和平宪法，构筑"文化概念上的天皇"。三岛由纪夫组织"盾会"，宗旨是维护天皇神格，恢复天皇制。事实证明，这种违反历史规律的国家主义道路是完全走不通的，三岛最后的自杀也印证了这一点。三岛的文学生涯以1960年发表的《忧国》为分水岭，可以分为前后两个阶段，前期三岛文学主要体现了他所追求的古典美学、死亡美学，后期三岛文学主要反映了他的国家主义意识，包括他的天皇观、文武两道等思想。

　　目前为止，学界对三岛由纪夫的研究概况如下：

　　在国内，三岛文学研究的代表学者有：叶渭渠、唐月梅、李德纯、许金龙、于荣胜等。唐月梅在《怪异鬼才三岛由纪夫传》中指出，三岛的后期小说隐藏着国家主义、复古主义意识，血与死成为三岛后期小说的重要艺术表现之一，并进一步膨胀他的"文化概念的天皇"观和"文武两道"论，其审美价值的判断带有国家主义色彩。叶琳在《"死亡"、"自然"与美的统——三岛由纪夫美学观刍议》中认为死亡、自然和美合而为一是三岛努力探寻的理想美学观，而这一美学观又是基于追求王朝文学、武道文化之风的基础上的，三岛的"理想世界"是恢复天皇权威的"皇国传统"和"皇道文化"。许金龙在《三岛由纪夫美学观的形成和变异》中从病迹学的角度解释了三岛美学观的形成和变异。李德纯在《抱残守缺的"武士道"说教》中指出三岛后期的几部代表作以政治狂热和愚忠的政治气节为特征，宣扬血淋淋的美，血脉源于武士道精神。高兴兰在《三岛由纪夫的死亡美学》中认为除了其他因素外，以《叶隐》为代表的武士道精神更是给他一生带来了致命影响。胡春毅在《恶之花：三岛由纪夫〈牡丹〉的大屠杀记事》指出，《牡丹》具有强烈的反人道和反历史倾向，为南京大屠杀进行辩护。冯攀在《三岛由纪夫的死亡冲动探究》中通过四个方面阐释了三岛走上自杀这条不归路的原因，指出在《忧国》中，三岛的武士道情怀体现得淋漓尽致。

　　在日本，与三岛由纪夫的国家主义、天皇观等相关的代表性著作有：矶田光一的『殉教の美学』、山崎正夫的『三島由紀夫における男色と天皇制』、佐伯彰一的『評伝三島由紀夫』、村松刚的『三島由紀夫の世界』、猪濑直树的『ペルソナ三島由紀夫伝』、田坂昂的『三島由紀夫論』、山内由纪人的『三島由紀夫VS司馬遼太郎　戦後精

神と近代』、北影雄幸的『三島由紀夫と葉隠武士道』、井上隆史等（2016）『混沌と抗戦—三島由紀夫と日本、そして世界』等。

一、三岛由纪夫的《忧国》

《忧国》是三岛由纪夫创作生涯的重要转折作品，在《忧国》之后，三岛在文学上逐步地实践了他的国家主义思想，其核心就是复活天皇制和武士道精神。《忧国》的创作完成于1960年12月，发表于1961年，描写了1936年"二二六事件"中发生在一对青年军官夫妇身上的故事。以下围绕作品中的两位主人公武山信二中尉、新婚夫人丽子来分析他们身上体现的国家主义思想及三岛由纪夫的美学观。

（一）武山信二中尉

武山的身份是任职于近卫步兵第一联队的一名中尉。对于武山在事件突发后的第三天选择自杀的原因，三岛由纪夫在小说开头写道：

自事件发生以来，深为挚友参加叛军而懊恼不已，并对皇军互残之情势必至无限愤懑，……以军刀剖腹自戕，夫人丽子亦自刃殉夫。[1]

也就是说，作者将武山的死归结为两点：一是埋怨朋友参加了兵变；二是担心"皇道派"与"统制派"即将自相残杀而无法自处，最后采取武士道的手法剖腹自杀以表明自己对天皇的忠诚。

1. 武山信二的"大义"

在小说中，提到武山夫妇结婚后因为是"非常时期"，所以就没有去新婚旅行。进入20世纪30年代，日本法西斯政权逐渐形成，五一五事件中首相犬养毅被杀，政党政治分崩离析，军部内部的斗争愈演愈烈。小说中的"非常时期"就是指"皇道派"与"统制派"的夺权斗争进入一触即发的白热化时期。"皇道派"主要由下级军官组成，受国家主义者北一辉及其《日本改造法案大纲》的影响，打着"昭和维新""尊皇讨奸"的旗号，主张取消政党政治，以武力推翻现行内阁。"统制派"由校级军官组成，主张通过自上而下的合法手段改造国家，建立军部控制的法西斯政权。两派的出身不同、利益不同、背后所仰仗的势力虽各有不同，但是在总体目标上是一致的，那就是实行天皇制法西斯军事独裁以及侵略中国。在这两派中，"皇道派"对实际控制政府的"统制派"的怀柔、缓发措施极度不满，企图推翻"统制派"，于是实行了一系列暗杀和政变等激进活动，如滨口雄幸遇刺事件、三月事件、十月事件、五一五事件等，直至二二六事件达到顶峰。

1936年2月26日，"皇道派"青年军官20余人率领近卫步兵发动法西斯武装兵变，袭击了首相官邸，杀死了内大臣、大藏大臣、教育总监等政府高官，重伤侍从长，封锁陆军省、参谋本部，包围警视厅等，提出实行"昭和维新"，企图建立皇道派掌权的独裁政府。三天后此次兵变被"统制派"以"天皇敕命"为名镇压了下去。讽刺的

---

[1] [日] 三岛由纪夫. 忧国 [M] 许金龙译//忧国·仲夏之死——短篇小说集. 北京: 作家出版社, 1995: 276-277.

是，当初皇道派发动兵变时所极力追求的目标，例如军部独裁、国家政权法西斯化等，在"二二六事件"后反而由统制派得以实现。这也是因为两派的终极目标是一致的缘故，殊途同归，最后确立了军部对内阁的领导。"二二六事件"后组建了广田弘毅内阁，广田内阁也成了以后军部控制内阁的发端。广田内阁应军部要求采取了一系列加速法西斯化的措施。1937年3月，文部省向全国发行了《国体之本义》，明确提出："忠"就是对天皇的绝对服从，效忠天皇就是爱国，是国民的唯一生存之道。1937年6月，第一次近卫文麿组阁，"七七事变"以后，日本开启了全面侵华战争。

以上是该小说的故事背景。兵变发生于2月26日，小说开头就说明了故事结局，然后以倒叙的形式描绘了武山及夫人丽子走到最后自戕的行动及心路历程。

武山的军衔是中尉，在军队中属于下层军官。朋友体谅他新婚，所以没有叫上他一起参加兵变。作者三岛如此设计可以说是非常巧妙的。如果武山同朋友们一起参加武装政变，那么毫无疑问他的结局也必定和那些青年军官相同，被冠上"叛军"之名，被天皇下敕命镇压。他的妻子丽子也会沾上"叛军之妻"的污名，在这种情况下丽子自杀殉夫的话，不但不会受到人们的赞美，只会惹人耻笑甚至侮辱。因此从这个角度来说，整个故事前提是经过三岛由纪夫精心设计的。表面上看武山因为新婚侥幸逃脱参与军变，实际上也为武山及丽子的"大义"找到了合理的借口。如此这般武山就得以光明正大地以为了天皇之名而自戕，所谓的"忠""义"就得以两全。

武山的"大义"就是"忠君"，是对绝对主义天皇制的完全"愚忠"。在武山心中，认为军人就必须完全服从并效忠于"天皇"这唯一的最高统帅。哪怕最后是由天皇下达命令对这一事件进行镇压，也丝毫动摇不了天皇在他心里的地位。他只是不能接受自己亲自去血洗昔日的战友与朋友，在"忠"与"义"的两难之间，选择剖腹自尽。在小说中有一个细节写道，壁龛里的挂轴上是媒人尾关中将的手书"至诚"两字，正因为这两个字表达了武山的精神信仰，所以他最后到死放置遗书时也没有挪动挂轴。这个场景还被搬到了三岛自编自导自演的同名电影里，舞台中央就是写着"至诚"两个大字的挂轴，这也深刻反映了作家三岛自身的"忠君"思想。

对于武山受到的国家主义影响，作者三岛由纪夫毫不隐讳地在作品中有多次描写。

在两人的新婚之夜，武山在入睡前对妻子进行了"军人式"的训诫，即说明自己作为军人随时可能"为国捐躯"，因此来询问妻子是否做好了一个军人之妻应有的觉悟。在武山家的神龛里，供奉着伊势神宫的牌位及天皇、皇后的"御照"。每天早上，武山夫妇都要在神龛处祈拜。在他们看来，所有的一切都拜天皇的"神威"所赐。这些都带有浓厚的神道教色彩。在明治维新以后到二战战败之前，神道教被奉为日本的"国家神道"，竭力鼓吹"效忠天皇""灭私奉公"的大义名分，通过《教育敕语》的颁布与实施，这些思想渗透入每一个日本国民心中。在《军人训诫》《军人敕谕》中，强制要求军人将天皇奉为"神"，并与武士道思想结合，把武士效忠主君演变为军人对天皇的尽忠。因此，武山最后的剖腹自杀就是对天皇尽忠的表现。

这篇小说的题目为"忧国"，与其说忧虑的是"国家"，还不如说主人公忧虑的是军队内的内耗对天皇制带来的不利影响，无法尽快实现天皇对外侵略扩张的目标。武山自己非常清楚，他的自戕，在巨大的国家机器面前，根本不值一提，起不到任何作用。

而这种"以死相谏"的形式却可以成全自己的名声，可以在死去的军人纪念碑上留下一笔，而不是像自己的朋友那样沦为"叛军"，不会成为《英灵之声》中那些"枉死"的冤魂。

武山没有看到的是，虽然两派的斗争如火如荼，其终极目标却是一致的。不是东风压倒西风就是西风压倒东风，无论是"皇道派"还是"统制派"何方胜利，最后日本的历史走向都是相同的。事实也证明，二二六兵变被镇压下去后，军部掌握实权，不久就发动了"七七事变"，开始了对中国的全面侵略。作者三岛由纪夫是在战后20世纪60年代发表的这篇小说，距离兵变已过去二十多年，三岛对这一事件的思考已愈发成熟。三岛由纪夫通过对"二二六事件"中青年军官的赞美，反映了他对战前、战时天皇制的怀念，并进一步表达了他对战败后象征天皇制的不满，他极力赞美武士道精神，企图恢复天皇的绝对权威。

2. 《忧国》中的"死亡美学"

武山对死亡的态度，直接反映了作者三岛由纪夫的"死亡美学"。在小说中有多处这样的描写。

今天晚上我要剖腹……这么说过以后，两人的内心油然涌起一股猛然间获得解脱似的喜悦。

喜悦之情极其自然地涌上彼此的心头，相互对视着的面庞也在自然地微笑着。……眼前似乎没有痛苦，也没有死亡，只有一片自由、无垠的原野在扩展开去。

虽然面临着死亡，却觉得充满了喜悦的期待。……两人对视着，相互从对方眼里看到正当的死意时，再度感觉到，他们处在任何人都无法打破的铜墙铁壁之中，披挂着其他人无法染指的美和正义的铠甲。

看着妻子这般洁白、柔弱的模样，面对着死亡的中尉体味到一阵不可思议的陶醉。现在自己就要去做的，是未曾让妻子见过的军人的那种献身行为。这需要有和战场上的决战相同的决心，这样的死与战场上的死完全相同。现在就要让妻子看一看自己在战场上的英姿。这种想法把中尉引进了短暂、奇异的幻境之中。……这境况体现出原本不可能出现的两种共存，在自己就要去死的这种感觉之下，蕴存着一种难以言喻的甘美。中尉认为，这不正是那种极致的幸福吗？能被妻子美丽的眼睛看到自己死去的每一个瞬间，宛如散发出浓烈芳香的微风拂过，自己将在这阵微风中死去。……透过妻子那美丽的身姿，中尉觉得仿佛看到了自己所热爱的、并为之而献身的皇室、国家、军旗，以及所有这一切的辉煌的幻象。①

在武山心中，军人本应该是壮烈地战死沙场，而妻子是没有机会看到自己在战场上的英姿的。在他的幻境中，战场上孤独的死与眼前美丽的妻子，这原本是不可能出现的两种共存，却因他的剖腹能够得以实现。因此武山认为这正是"极致的幸福"。武山希望妻子将他的剖腹过程看到最后，想要让丽子见证他"为国而死"的决心，将这种死法等同于战死，而妻子也确实如他所思将血腥暴力的场面目睹到最后，甚至在最后帮武

---

① [日] 三岛由纪夫. 忧国 [M] 许金龙译//忧国·仲夏之死——短篇小说集. 许金龙译. 北京：作家出版社，1995：283-286+295.

山拉开了衣领，间接地充当了介错人这一职责。

　　主人公武山在自杀前陶醉于死亡的"甘美"幻象之中，但在实际剖腹的过程中却又充满了血腥痛苦的生理感受。古代日本认为腹部是魂灵集中之处，所以武士道中采用剖腹自杀来表达谢罪、忠诚、谏言等；另外，据现代解剖学可知，人的腹部充满各种脏器，是痛觉集中的地方，可想而知剖腹是非常痛苦的。在山本常朝的《叶隐》及新渡户稻造的《武士道》中，对武士切腹都进行了详细的讲解，将之认为是一种美学，是武士所必备的"美德"。武士道正是借用剖腹这种痛苦而残忍的方式来展现自身意志的强大，试图以意志战胜人的本能。在《忧国》中，三岛由纪夫详细描写了武山的整个剖腹过程。武山用军刀划开腹部后，其带来的巨大痛苦使武山感觉天旋地转，不由得呻吟出来，

　　这种感觉使得剖腹前显得那样坚定的自己的意志和勇气，现在竟变得细若游丝，而自己却只能凭依着它一个劲儿地往前走去。①

　　也就是说，这种生理上的痛苦甚至动摇了武山之前想通过剖腹完成自己"大义"的决心，而走到这一步已然无法回头，只能继续完成这个"悲壮"的仪式。之前的武山想要成为"神"的追随者，不惜为之献身，而真正实施起来，作为"人"的肉身却也是他那貌似钢铁一样的意志所不能控制的。所以，在武山切腹后到真正死亡之前的这一瞬间，他是否还如之前所想，这是"极致的幸福"呢？从作者三岛自身来看也与武山的经历相似，据死后解剖可知，在介错人挥刀完全斩断他的头颅之前，三岛痛苦地试图咬舌自尽。

　　武山的剖腹过程充满着血淋淋的场面，这在三岛眼中也是一种美的表现。从伤口渗出的细细血流，到兜裆布被染成一片鲜红，直至浸透身下的铺席，肠子也从腹腔里露了出来，整个房间充斥着血腥的气味，在三岛极尽渲染的血腥氛围中，还不时穿插进一些俏皮的比喻，作者试图通过这些美化来消解生理的恐怖。

　　一滴鲜血如同一只小鸟从远处飞来，落在白衣素裹的丽子的膝头上。……肠子仿佛根本不知道主人的痛苦，一副令人不快活的活泼和健康的模样，高高兴兴地滑溜出伤口，堆溢在胯股之间。②

　　如上所述，"血+死=美"，这三者就紧密地连接起来混合成为一个整体，构成三岛美学的一部分。三岛在《关于残酷美》中，对切腹做了进一步美学上的解释。以古典文学中的红叶、樱花来比喻"血"与"死"，说明"这种深深渗透到民族深层意识的暗喻，对生理的恐怖赋予美的形式的训练，已连续了数百年。人心倾于红叶、樱花，用传统的美的形象来消化直接生理的恐怖，所以今天的文艺作品给血与死本身以观念性的美的形象，是理所当然的。"③

　　除了对"死亡美学"的描述外，《忧国》这篇作品中还有很多关于肉体的赞美以及

---

①　[日] 三岛由纪夫. 忧国 [M] 许金龙译//忧国·仲夏之死——短篇小说集. 许金龙译. 北京：作家出版社，1995：297.
②　[日] 三岛由纪夫. 忧国 [M] 许金龙译//忧国·仲夏之死——短篇小说集. 许金龙译. 北京：作家出版社，1995：299.
③　唐月梅. 怪异鬼才三岛由纪夫传 [M]. 北京：作家出版社，1994：182-183.

男女欢爱的描写，反映出三岛由纪夫受到的希腊古典主义以及巴塔耶①的影响。

与三岛其他作品中塑造的理想型男性肉体相似，主人公武山中尉也拥有健康而年轻的身体，威风凛凛，短发，有着浓密的眉毛以及挺括的鼻子，文中还借妻子丽子之眼特意描写了武山的腋窝：

胸肌发达的两肋处，落下浓浓阴影的腋窝里，密密的腋毛散发出郁暗的气味，在这种气味的甘甜之中，溢满了青年的死的真实感。②

少年时期的三岛在看了意大利画家圭多·雷尼（Guido Reni）创作的油画《塞巴斯蒂昂·圣殉教图》后，有了第一次性觉醒，其带来的震撼影响了他的一生。对男性肉体美、死的残酷美的憧憬，始终伴随着三岛的人生及其文学世界。1966 年，他还特意模仿油画中的塞巴斯蒂昂的形象拍摄了一张照片，双手被捆绑而高高举起，其中一支箭头扎进了浓密的左腋窝里。在《假面的告白》里，在"我"与男性同学近江的交往中，也着意描写了"腋毛"。近江粗野、体格健壮且已长出了不少腋毛，这在"我"的心目中，就是"男人"的理想形象，"我"对近江产生了特别好感。当"我"发现自己腋窝里也长出了浓密的腋毛，似乎就找到了与近江的相似之处。可见，"腋毛"在三岛眼中是极具性吸引力的一种意象。

三岛由纪夫在 1962 年发表的小文中说道：

青铜时代男性的平均寿命是十八岁，古罗马时代的男性寿命则是二十二岁。天堂里必定拥挤着美丽的青年。……当一个男人达到四十岁，他就再也没有机会死得美丽了。不管他怎么努力，都将以丑陋的方式死去。他不得不强迫自己活下去。③

在三岛的作品中，诸多形象都是在风华正茂的青春时代死去，打上了深深的三岛美学烙印。《爱的饥渴》中的园丁三郎、《禁色》中的悠一、《忧国》中的武山中尉、《午后曳航》中的龙二、《春雪》中的清显、《奔马》中的勋……，与这些青春男性相对应的就是老朽且丑陋的老男人形象。《爱的饥渴》中的弥吉、《禁色》中的俊辅、《忧国》中的重臣，以及贯穿《丰饶之海》四部曲中逐渐老去的本多等等。三岛在《二二六事件三部曲》（《忧国》《十日菊》《英灵之声》）的附言中写道：

在我所有的不可根治的罪孽中，有一种信仰。老年就是永恒的丑陋，年轻就是永恒的美。老年人的智慧永远是那么黑暗，年轻人的行动却永远那么明澈。人们活得越长久，就会变得越恶劣。换言之，所谓人类的生命，就是朝向堕落的颠乱之路。④

对于青年与老年的理解，在三岛心中，老年是永远丑陋的，青年则是永远美丽的，老年的智慧永远是迷蒙的，而青年的行动则永远是透彻的，他通过作品所竭力赞美的就是这些年轻、健康的男性肉体。

---

① 巴塔耶：全名乔治·巴塔耶（Georges Bataille，1897 年—1962 年），法国思想家、评论家、小说家，有"黄色尼采"之称。代表作有《色情》《内在体验》《文学与恶》等。（笔者注）
② [日] 三岛由纪夫. 忧国 [M] 许金龙译//忧国·仲夏之死——短篇小说集. 北京：作家出版社，1995：290.
③ [英] 亨利.斯各特.斯托克斯. 美与暴烈：三岛由纪夫的生与死 [M]. 于是译. 上海：上海书店出版社，2007：168.
④ 同上。

《忧国》中,在武山切腹自尽前,他与妻子享受了极致的性爱。性爱的癫狂与死的悲壮结合在一起,在武山夫妇及三岛眼中,是"至福"的时刻,是肉体与精神的统一。作者三岛将生与死这一矛盾推至最激烈最紧张的状态,以建构起他所谓的"残酷美"的美学世界。

在自己肉体的欲望与忧国的至情之间,不仅没有任何矛盾和冲突,中尉甚至把它们看作一个整体。①

裸裎相对的两人,妻子的美丽让武山联想到娇美的遗容;在丽子眼中,丈夫的气味充满着"青年的死的真实感"。正是因为面临死亡,这最后一次性爱对他们来说才是极致的欢悦,如果苟活于世,此生也不可能达到那样的境地。三岛在《二·二六事件与我》中写道:

《忧国》中的夫妻在悲境中自觉地捕捉生的最高瞬间,追求至福的死,将他们至上的肉体愉悦和至上的肉体痛苦,概括在同一原则之下,并以此招致至福的到来。②

矶田光一在其著作《殉教的美学》中指出,在三岛的作品中,将"政治"与"情欲"连接得最好的就是《忧国》。对于作品中性爱的描写,一些学者也从巴塔耶对三岛的影响来进行了论证,这里不展开分析。

(二) 丽子的女性形象

1. 作为军人之妻的丽子

漂亮的丽子由尾关中将做媒嫁给了武山中尉。

在新婚之夜,武山对妻子进行了军人式的训诫,并询问丽子是否做好了丈夫随时战死的思想准备。丽子将自己的嫁妆——一把短剑放在膝前,以此给出了自己最完美的答案。这把短剑,丽子是从母亲那里继承而来,表明她是武士家庭的后代,他们家是世代恪守武士道精神的,丽子也将这把短剑视为自己"最珍贵的嫁妆"。新渡户稻造在《武士道》一书中提到道:

女孩子一达到成年,便授给她短刀(怀剑),用它来刺进袭击自己的人的胸膛,或者根据情况得以刺进自己的胸膛。③

丽子的家庭环境决定了她所受的教育,武士道思想中的"夫为妻纲"、《教育敕语》中的"夫妇相睦",这些都是丽子的精神信仰。

她们作为女儿为了父亲,作为妻子为了丈夫,作为母亲为了儿女而牺牲自己。这样,从幼年时起,她们就被教导要否定自己。她的一生并不是独立的一生,而是从属的奉献的一生。④

丽子从小就是受到的这种教育,当她知晓自己的夫君是一位军人时,就做好了丈夫可能随时赴死,而自己也将追随丈夫而去的思想准备。因此,相对于武山只留下了一句

---

① [日]三岛由纪夫. 忧国 [M] 许金龙译//忧国·仲夏之死——短篇小说集. 北京:作家出版社,1995:286.
② [日]三岛由纪夫. 二·二六事件と私 [M] //三岛由纪夫全集 32. 东京:新潮社,1975:111.
③ [日]新渡户稻造. 武士道 [M]. 张俊彦译. 北京:商务印书馆,2004:80.
④ [日]新渡户稻造. 武士道 [M]. 张俊彦译. 北京:商务印书馆,2004:82.

"皇军万岁"的遗书，丽子在自己的遗书中对她自己先于双亲而死的不孝行为表达了谢罪，然后又说明了自己的身份首先是军人之妻，因此追随丈夫殉死是摆在第一位的。

在新婚妻子丽子眼中，丈夫武山对她来说，就是"太阳"一般的存在，自己就如同月亮，笼罩于太阳的光芒之下，这就是"夫为妻纲"的典型表现。小说中，多处出现"太阳"这一字眼，使得整篇作品呈现出浓厚的太阳神信仰的氛围。"太阳"是三岛文学中的一个重要意象，这与日本固有的太阳神崇拜密不可分。太阳神即天照大神被视为天皇的皇祖神，据《古事记》《日本书纪》的记载，男神伊邪那岐清洗左眼而生成管理太阳的天照大神，其统管高天原（天上诸神的居所），天照大神后派天孙从天降于地管理苇原中国（即地上的日本国土），其后裔神武天皇东征建国成为第一代天皇，"神代"就与"人代"连接了起来。明治维新以后，政府又打造了近代现人神天皇信仰，借以进一步统合日本国民的"忠君""奉公"精神，通过《教育敕语》《军人敕谕》等国家主义手段强行渗透到国民脑中，为侵略扩张做好思想上的准备。

三岛由纪夫在《太阳与铁》中写道：

我第一次无意识地与太阳邂逅，是在一九四五年战败的夏天。苛烈的太阳照在战时和战后分界线的茂盛夏草上……，我在那太阳的光辉沐浴下行走，这意味着什么呢？我不太明白。①

战前与战时的三岛，更多的时间是幽闭在自己的"夜"里，做着古典主义的梦，写着唯美主义的文字，几乎与外界隔绝。因此三岛说自己在少年时代"敌视太阳"是他自己唯一的反时代精神。随着战败，三岛对战争期间确信的"夜"失去了自信，对与太阳为敌产生了怀疑。1952年，三岛开始第一次海外旅行，当他在海外的船上邂逅太阳时，高呼"太阳！太阳！完美的太阳啊！"与太阳再次做了和解的握手，并且开始思考太阳与肉体的关系，这就是三岛与太阳的第二次邂逅。从此，太阳就与三岛密不可分了。从海外游历回到日本之后，三岛就开始了肉体的改造，将他自己从"观察者"进而改变为"行动者"。他认为要实现自己的天皇观，首先就要具备"行动者"所需的健壮的体魄，而"铁"就是这样一种介质，通过"铁"来达到精神与肉体上的统一。

虽然我深深地怀抱着对死的浪漫冲动，但作为容器来说，它严格地要求有古典式的肉体，从不可思议的命运观来看，我相信我之所以没有实现对死的浪漫的冲动的机会，原因很简单，就是肉体的条件不完备的缘故。为了浪漫主义悲壮的死，必须有坚强的雕塑般的肌肉。②

因此，对三岛由纪夫来说，为了完成他的古典主义教养，就必须要进行肉体锻炼。

在丽子心中，丈夫武山的行为是如同太阳般的"大义"。如果不是她自己充分受到"国家主义"的洗脑并也将其视为自己的精神信仰，是不能从心底完全崇拜丈夫的。在丈夫匆忙跑出门之时，丽子已经从丈夫脸上读出了死的决意，她表现得非常从容平静，践行了新婚之夜作为"军人之妻"的决心。她不惧怕死亡，并且为能够追随丈夫而去感到自豪、幸福。

---

① [日]三岛由纪夫. 太阳与铁[M]. 唐月梅译. 上海：上海译文出版社，2012：13.
② [日]三岛由纪夫. 太阳与铁[M]. 唐月梅译. 上海：上海译文出版社，2012：19.

第五章 战后文学对近代国家主义的肯定性认知 ◎

她仰视着丈夫所体现出来的如同太阳般的大义，自己就要愉快地被那驾辉煌的太阳车拉去，并将成为死亡之身。①

因此，当武山对妻子提出自己要剖腹时，丽子没有丝毫畏惧，并说自己早就下定决心追随丈夫而去。对于丽子的决定，武山认为是教育的巨大成果。这种"教育"，从宏观上来说，是近代国家主义对日本国民渗透的结果，从微观上来说，是武山自新婚之夜以后专门对丽子的引导与影响，同时，这种思想还充满着"夫为妻纲"的男性凝视。

在三岛由纪夫最后的作品《奔马》中，他明确指出太阳就是天皇的象征。

在他们的上方，好像有一只看不见的巨手正指挥着操练。阿勋在想，那一定是太阳的巨手。……其力量来源于头上的太阳，那充分蕴含着死亡的、光芒四射的太阳。这样的太阳，就是天皇。②

2. 丽子自我意识的觉醒

一直以来，丽子所受到的教育都是以丈夫为中心。在武山将军刀刺入腹部后，剧烈的疼痛使得他脸色惨白，面目扭曲，

在丽子的眼前，丈夫的痛苦恍若夏天的太阳一般辉耀着，与那好像撕裂着她身体的悲叹全然没有关联。③

也就是说，丽子始终作为丈夫的影子存在着，虽然表面上每天与丈夫一起祈拜天皇"御照"，向丈夫表达作为军人之妻的决心，但是她的内心并不能完全理解丈夫的"殉国"，只是为了所谓的"夫为妻纲"这一道德伦理而选择"殉夫"。因此在极度痛苦的丈夫面前，丽子却感受不到痛苦，"抓不到任何证据来表明自己的存在"④。在武山与丽子之间貌似有一堵"玻璃墙壁"将他俩隔开起来。三岛特意选用了"玻璃墙壁"这个词汇，贴切地表现了丽子能够看到丈夫的痛苦却不能与之感同身受的隔阂。

丈夫武山的鲜血流了满地，他把刀尖对准喉咙想以此来结束生命，可是因为没有了力气，军服的领子成了障碍，使得他好几次落空。终于在最后时刻，丽子采取了行动，她拉开了武山的衣领，武山的刀尖也终于接触到了咽喉。丽子在武山的剖腹过程中，实际上充当了"介错人"的职责，也正是通过这种行动，丽子理解了丈夫的"大义"，并且她的自我意识开始觉醒，从内心充分体会并实践了自己的"国家主义"。虽说丽子的这种转变在小说中稍显突兀，但也正好印证了三岛自身一直所推崇的"行动的哲学"。

作者三岛由纪夫在小说最后，用了专门一个章节来描述武山剖腹而死后的丽子。通过分析可知，这时的丽子和之前那个只为丈夫的存在而存在的妻子形象有了很大转变。在武山死后，丽子从容不迫地做着自己自尽的准备。她在化妆上花费了很长时间，但是不再是为了丈夫而梳妆，为的是自己能留给世人美丽优雅的遗容。另外，家里的门锁本来是被丈夫锁上了，显然是为了赴死不为外界所打扰而准备的。在丈夫活着时，丽子只

---

① [日] 三岛由纪夫. 忧国 [M] 许金龙译//忧国·仲夏之死——短篇小说集. 许金龙译. 北京：作家出版社，1995：280.

② [日] 三岛由纪夫. 奔马 [M]. 许金龙译. 北京：九州出版社，2014：178.

③ [日] 三岛由纪夫. 忧国 [M] 许金龙译//忧国·仲夏之死——短篇小说集. 北京：作家出版社，1995：298.

④ [日] 三岛由纪夫. 忧国·仲夏之死 [M] //短篇小说集. 许金龙译. 北京：作家出版社，1995：298.

是顺从丈夫的意见，并没有向他提及自己的想法。作为一个女性，并且还是一个漂亮的女性，她是难以容忍别人看到自己死后腐烂的丑态的。因此在她的自我意识觉醒之后，从不忤逆丈夫的丽子打开了门锁，拉开了玻璃门。在这些做完以后，丽子吻别了丈夫，抽出短刀对准了自己的咽喉。至此，之前与丈夫之间隔绝的"玻璃墙壁"消失了，丽子自己也真正理解了丈夫所信奉的"大义"并且为自己能够进入这一世界而感到高兴。

丽子感到，丈夫所信奉的大义之中的真正的甘甜和苦涩，自己眼看也要品味了。以往通过丈夫才能勉强品尝到的东西，这次的的确确就要用自己的舌头来品尝了。①

因此，丽子最后的死，与其说是殉夫，还不如说是她的自我意识觉醒后为了实现自己的"国家主义"而自尽的。

（三）"二二六事件"三部曲

《忧国》的故事虽然发生在1936年"二二六事件"之后的第三天，但是三岛由纪夫创作完成及发表这篇作品却是在1961年。在二十多年的时间里，三岛的文学作品并没有直接涉及"二二六事件"的内容。经过战争、战败、美军占领，三岛由纪夫自身的国家主义思想也趋于成熟，因此在60年代陆续发表了《忧国》《十日菊》《英灵之声》这一系列带有浓厚政治色彩的作品，从中可以明确看出三岛由纪夫对20世纪30年代武装政变的看法及他自身的主张。三岛在《二·二六事件与我》中写道："二·二六事件之后在我体内堆积着无目的的愤恨和悲哀，所以我与青年军官的激烈嘶喊声结合在一起，只是时间问题。因为这三十年间，二·二六事件不断往返于我的意识与潜意识之间，一直与我在一起……我感到我好像逐渐地理解了这悲剧的本质。"三岛毫不讳言自己对这起事件是持肯定态度的，他认为自由主义者、社会民主主义者、社会主义者，甚至国家主义者都会把否定"二二六事件"当作自己的"免罪符"，因为"二二六事件"开辟了军部法西斯道路这一认知基本已成定论。三岛尤其欣赏那些青年军官们，认为他们是为了"国家的正义"而英勇献身的，并试图通过自己的文字去慰藉那些"真正的英雄们"的灵魂。所谓"悲剧的本质"，在三岛看来，就是昭和天皇舍弃了自己的"神性"。青年军官们"舍生取义"换来的却是自己效忠的天皇的背叛，天皇亲自下达敕命将他们定性为叛军予以镇压。

三岛把对天皇的不满与愤怒都写在了《英灵之声》里。《英灵之声》分为两场六段，其中借用了传统能剧"修罗物"的表演形式。这里的"英灵"，是指"二二六事件"中被镇压的青年军官以及太平洋战争中神风特攻队队员的亡灵，他们通过巫师川崎重男发出呐喊。青年军官们哭诉自己的行动是为净化腐败、老朽和充满欺骗的国家，实施"清君侧"以效忠天皇，却没想到天皇亲自下令将他们定为叛军并加以镇压；神风特攻队员呼喊自己是为作为"神"的天皇而献身，没想到战后天皇却发表了《人间宣言》，宣布自己非"神"而是"人"。这部作品赤裸裸地表现了三岛由纪夫对作为"人"的天皇的愤怒与责难，以此来表达他自己的天皇观。

----

① ［日］三岛由纪夫. 忧国 [M] 许金龙译//忧国·仲夏之死——短篇小说集. 北京：作家出版社，1995. 302.

关于创作《英灵之声》的契机，三岛在《二·二六事件与我》中写道：

昭和历史因战败被分为前期和后期，经历过两个时期的我，就生出无论如何也要找寻出自我连续性的根据、伦理的一贯性的根据的欲求。这无关是否为文人，而是生来的自然欲求。这时必须涉及到的，与其说是规定作为"象征"天皇的新宪法，还不如说是由天皇自己所发表的《人间宣言》。这个疑问自然而然地就将影子投向二二六事件，逼使我不得不追寻这条影子而写出《英灵之声》的地步。①

三岛将矛头直接指向失去神性的天皇，如果天皇不再是神而是人，那么三岛觉得"二二六事件"中的青年军官、神风特工队的队员的"牺牲"也就失去了价值和荣光。铃木贞美对此评价道：

1964年10月，东京举办奥林匹克运动会，为了完善国内的基础设施，调动激活了民间资本，促成了国家的高度经济成长，民族主义意识亦空前高涨。在这种氛围之中，1966年三岛由纪夫发表了《英灵之声》。作品《天皇为何变成了人？》则诅咒了战败之后天皇的《人间宣言》，同时以异动人的力度在现代日本呼唤战时的观念亡灵——尊天皇为现人神的万邦无比之国度。②

三岛认为，天皇必须是作为神的存在，他将战后日本人思想的空虚、传统文化道德的丧失等归结为天皇的人格化。在战后民主化不断深入的推进过程中，想要复活绝对主义天皇制已经失去了政治、民众等基础，于是三岛提出了他的"文化概念上的天皇"。关于这一点，将在后面的内容加以详述。

"二二六事件"三部曲中的《忧国》是站在"皇道派"青年将校的立场，来描述及赞美他们的"大义"，与之相对应，在戏剧《十日菊》中，塑造的是青年军官们的对立面——高官森重臣的形象。"重臣"这个名字就明确了这个人物的身份地位，这部戏剧的题目也颇具隐喻。天皇的徽印是三十二瓣菊，菊花就是日本皇室、天皇的象征符号。"日本平安时代，有君子美德象征的中国菊花符合受到中国儒家'德治'思想影响的日本天皇的政治要求，传说的菊花具有能使人长生不老的神奇力量，又符合日本天皇所需要的固有的神权信仰。菊花在日本首先得到了天皇贵族的认可，菊花被作为皇室的符号象征。公元910年，菊花作为日本的国花，传统的菊花设计图案成为皇室高贵的象征。因此，菊花在日本象征皇室的高贵与尊严。1868年，刻有菊纹的饰章成为皇室的徽章。"③ 九月九日重阳节也由中国传到日本，成为"五节句"④之一。在这一天，皇室贵族之间流行赏菊饮酒，这个风俗到了江户时代也逐渐传入民间。但是过了九月九日的第二天十日，用于欣赏的菊花也就没了用处，摆脱不了被抛弃的命运。《十日菊》这一题目是直译，就是"明日黄花"⑤之意。

---

① ［日］三岛由纪夫. 二·二六事件と私［M］//三岛由纪夫全集32. 東京：新潮社，1975.116.
② ［日］铃木贞美. 日本的文化民族主义［M］. 魏大海译. 武汉：武汉大学出版社，2008.179.
③ 徐习文. 论日本对中国菊文化的接受［J］. 东疆学刊，2010（01）：15.
④ "五节句"是起源于中国，结合了日本风土人情的传统节日，分别是一月七日"人日"、三月三日"女儿节"、五月五日"端午节"、七月七日"七夕节"以及九月九日"重阳节"。（笔者注）
⑤ "明日黄花"出自苏轼诗词《九日次韵王巩》中"相逢不用忙归去，明日黄花蝶也愁。""黄花"即指菊花，"明日"就是九日的次日即十日，诗歌里的原意是指重阳节过后，菊花也就凋谢了，便不再具有欣赏价值。后来常用"明日黄花"来比喻过时的事物。（笔者注）

《十日菊》的故事开始于"十·一三事件"发生的十六年后，女佣奥山菊重返森重臣家"复仇"。"十·一三事件"就是指代的"二二六事件"。为了剧中人物的年龄与实际相符合，所以三岛将剧中场景时间设定为1952年；另外日美安保条约生效是在1952年，那么十六年前对应的就是"二二六事件"发生的1936年。在当年的事件中，奥山菊提前从儿子那里得到青年军官将要发动兵变的消息，于是利用自己的身体蒙蔽叛军，使主人森重臣得以逃脱，她的儿子羞愤自杀。此次事件之后，重臣断绝了和奥山菊的联系，退出政界隐居起来，但据他自己所说，每年到10月13日这天，在家中都要举办纪念活动。重臣坦言，"十·一三事件"是个了不起的事件。比起自己被任命为大藏大臣、位列当时内阁来说，还是在"十·一三事件"里被选为了目标的时候，更像是立于荣光的绝顶。最后奥山菊再一次被重臣的花言巧语所说服，服从了命运。

三岛由纪夫在《十日菊》中，站在被袭击对象的立场上进行了阐释。森重臣的形象，代表了当时的政界高官，也就是"皇道派"青年军官的刺杀对象。在《奔马》中，右翼激进青年饭沼勋将罪恶之源归于金融界巨头藏原武介，认为只有杀掉他日本才能重振雄风。在这一点上，两部作品具有相通之处，一位是身处政界高位，一位是金融巨头，也就是说三岛认为造成社会腐败、道德沦丧就在于政治家的不作为以及官商勾结。两位被刺杀对象所不同的是，森重臣因为女佣的掩护而得以苟活下来，而藏原武介则轻易就被刺杀成功，最后饭沼勋剖腹自尽。

除了由文本表面可知森重臣是作为高官的形象出现外，从更深层次的意义上挖掘，还可以发现森重臣也可以是"天皇"的象征。《十日菊》这部戏曲正式上演是在1961年，往前回溯十六年就正好是1945年，日本战败，天皇发表"人间宣言"。森重臣从兵变中逃脱从而得以苟延残喘，天皇在战败后由于"象征天皇制"而残留了下来。这就更好理解奥山菊的"忠诚"以及森重臣对"背叛"的辩解。在三岛看来，战后的象征天皇制使天皇失去了绝对的精神权威，美式的民主只会破坏日本传统、日本文化的连续性、整体性，最终成为森重臣培植的"仙人掌"一般。

战后，天皇逃脱了罪责，以象征天皇的形式留存了下来。森重臣远离朝政种植仙人掌，也就暗喻着失去神格、失去权威的天皇只是作为一个象征符号而被幽闭于皇宫中。三岛由纪夫曾说："我就是想要将如此苟活下来的人的喜剧性悲惨与记忆中反复出现的那个至高荣光的瞬间进行对比描写。"① "喜剧性悲惨"就是指天皇的肉身得以苟活，算是一个"喜剧"，但实质上却是非常"悲惨"的，因为失去了"神"的绝对权威。"对比描写"的就是"二二六事件"中采取"至高荣光"行为的青年军官与背叛他们的天皇。

在森重臣看来，他和青年将校们"做着同一个血潮涌动的梦"，这个梦就是指在皇国思想指导下加强军事独裁统治和对外扩张。从历史上看，无论"皇道派"和"统制派"的主张有多少不同，他们的终极目标都是一致的。所以森重臣说："做着同一个血潮涌动的梦，老人和年轻人还从未离得像那样近过。"这就可以理解为什么政府对于20世纪30年代爆发的这一系列法西斯政变和暗杀活动都未加以重罚。在"二二六事件"

---

① [日] 三岛由纪夫. 二·二六事件と私 [M] //三岛由纪夫全集32. 东京：新潮社，1975：109.

之前爆发的"五一五事件"① 后，陆相荒木贞夫表示："这些纯真的青年做出这些举措，念起心情，不能不落泪，不是为名誉为私欲又不是卖国行为，而是坚信为皇国之利而干的。所以在处理本案时，不能单纯以小乘的观念来做事务处理。"② 海相大角岑生也表达了类似想法。但是到了"二二六事件"，军部考虑到如果按照"皇道派"的要求诛杀政府高官，会影响到绝对主义天皇制的统治秩序，进而打乱对外扩张的进程，因此，与之前的轻罚不同，对此次事件中的 17 名青年军官处以了极刑，北一辉在次年也被判处死刑。"二二六事件"以后，军部开始彻底肃清，镇压自下而上的激进法西斯暴动，从此，自上而下的法西斯化得以迅速扩展。

对于奥山菊的形象，三岛自己曾加以说明，

奥山菊是善意民众的代表，即便自身体验了悲剧，也无法把这种体验真正提升为一次性的形而上学的体验。奥山菊，也就是经历第二次世界大战依旧愚昧的善意的民众，……即便她的内心充满怨念，也绝对无法理解悲剧的本质。③

三岛将这名女佣命名为"菊"，象征着对主君的忠诚，但是这种愚忠就如"明日黄花"一样，没有了利用价值后就无法摆脱被抛弃的命运。

十六年前对于在兵变中自己为何要舍身护主，奥山菊并不十分明确，含着一口怨气十六年后又为何要找森重臣复仇，她自己内心仍然十分模糊，所以才能在重臣的花言巧语下又一次被蒙蔽。这部戏剧到了最后一幕，奥山菊才总结了自己的性格，那就是"既然帮助了一次，那就会帮到底，这就是我的气性"。充分说明奥山菊对重臣的愚忠，也就是日本国民的愚忠。哪怕是被天皇所欺瞒、背叛，依然如"菊花"的品性一样，效忠到底。

三岛由纪夫的右翼思想在"二二六事件"三部曲得以充分体现。在《英灵之声》发表四年后即 1970 年 11 月 25 日，三岛带领自己组织的"盾会"成员在陆上自卫队总监部发表演讲后剖腹自杀，企图唤醒旧传统道德日渐"丧失"的民众，构建所谓"文化概念上的天皇制"，恢复天皇的神性权威。

二、三岛由纪夫的《金阁寺》及《午后曳航》

三岛幼时与外界的"隔离"生活，其祖母对他注入的畸形的爱，学习院期间对王朝文学的陶醉，战争期间接受的军国主义教育，等等，都造成三岛对理想世界的追求与对现实的拒绝。战败后的虚无、废墟、混乱，击溃了三岛由纪夫在战争期间构筑的"毁灭之美"的世界，他不愿意接受战后的现实，于是在古典中去追寻自己的美的世界。

（一）《金阁寺》里所投射的"杀王"

在《金阁寺》里，三岛塑造的主人公沟口外貌丑陋还有口吃的缺陷，这使得他一

---

① 日本"皇道派"在 20 世纪 30 年代发动的法西斯政变和暗杀活动之一。1932 年 5 月 15 日，一部分少壮派青年军官打着"清君侧"的旗号在东京发动了武装政变，首相犬养毅被杀，政党内阁时代结束。（笔者注）
② ［日］丸山真男. 现代政治的思想与行动 [M]. 陈力卫译. 北京：商务印书馆，2008：62-63.
③ 汪艺. 三岛由纪夫"文化概念上的天皇"思想的文学实践 [J]. 佳木斯职业学院学报，2021（08）：73.

直都有深深的自卑心理，被现实世界所排斥。

在沟口还没见到现实中的金阁之前，通过父亲不断的口述，构筑了自己心中美轮美奂的金阁寺形象。当他成为金阁寺的僧徒，亲眼见到金阁在现实中的模样时，却因为与幻想中的美的存在不同而失望。战争末期，日本遭受大规模空袭，沟口期望自己与金阁寺一起毁灭于战火，金阁在他眼里就充满了悲剧性的美，他幻想中的金阁就与现实中的金阁重合在一起。战争结束，金阁却依然屹立不倒，沟口感觉与金阁之间的关系断绝，自己的梦想也破灭了。当他想在现实生活中付诸行动即与女人亲热时，金阁的幻象就出现在他眼前，隔绝了他的人生，因此他憎恨起金阁来。新年的某日，沟口偶然发现了主持嫖妓，主持察觉后宣布取消沟口作为继承人的决定。至此沟口心中的美与丑、爱与憎已完全失衡，他决心对美进行复仇，就像南泉斩猫一样，放火将金阁寺付之一炬。在故事的结局，三岛并没有安排主人公与金阁寺共同毁灭，而是描写了沟口将准备自尽用的小刀和安眠药扔到谷底，一边抽烟一边想还是活下去的这一场景。但是，即便如此，沟口就能顺利地从"美"的桎梏中解脱出来，在战后的现实社会中生存下去吗？关于这一点，可以看看作品的最后关于"究竟顶"的描写。当沟口下决心要烧掉金阁时，就意味着他选择了现实的人生，但他真的放火之后，却突然产生要和燃烧着的金阁一起烧死的想法。他拼命地拍打着金色小屋的门，门却不开。"拼命"表明沟口一直在执着地追求着"美"，但是和过往一样，他再一次被"美"所拒绝了。因此，他最后是不得已选择了"活下去"。可以猜想的是沟口即便这次得以苟活，但一旦有机会，他还是会义无反顾地为"美"而殉死。

对于主人公及作者三岛由纪夫而言，金阁寺就是日本传统美的象征。日本战败，原有的价值体系崩塌，对于混乱的现实他们感到悲哀与压抑，也给他们带来了危机感。为了应对这种危机，必须做出某种努力。主人公沟口试图通过与女人身体接触来走进现实，而作者三岛由纪夫也采用"肉体改造"的方式与现实对话。三岛从海外游历回来之后，撰写《金阁寺》时，就已经开始健美、拳击，甚至于剑道的训练。按三岛自己的说法，这就是"行动"，也就是现实的人生，但是说到底，三岛是不需要像真正的拳击手那样担负生活重压的，他只是在为自己"文武两道"理想的"武"而做准备，哪怕他达到了剑道五段，也充其量不过是一种艺能，离真正的现实世界相去甚远。

奥野健男指出，金阁除了象征纯粹的、绝对的"美"之外，三岛也将天皇的象征投射其中。伊藤胜彦也指出，"金阁寺（美）"和"我"的关系，可以置换为"天皇和我"的关系来认识。结合三岛后来提出的"文化概念上的天皇"理论来理解，"金阁寺"就充当了三岛一直追寻的传统文化的承担者即"天皇"的位置。在战时沟口眼中的金阁寺是美轮美奂的，并幻想与之共同毁灭于战火之中，这时的金阁寺就是三岛心目中理想天皇的象征；战后，金阁寺依然存在，但是已经不再是沟口心目中的美的存在，于是他放火烧了它。三岛不满于战后现实，主张修改宪法，对"人间天皇"抱有很大的敌意，可以说，战后的"金阁寺"就是"人间天皇"的象征，三岛通过沟口将之付之一炬的行动，来完成内心"杀王"的愿景。从这个角度来看，"金阁寺"不仅是三岛由纪夫美学的代表，也是他后来提出的"文化概念上的天皇"的雏形及抽象表现。而主人公沟口相貌丑陋、口吃的设定，也就可以解释为肉体与精神的不对称。正是因为肉体上的缺陷，使得沟口在现实中无法与金阁寺联系在一起，所以三岛在欧洲之旅结束后，受希腊古典主义的影响，开始积极进行肉体的改造。

（二）《午后曳航》里所表现出的"弑父"与"杀王"

《午后曳航》发表于1963年，这个时期三岛的国家主义思想已趋于成熟。《午后曳航》里也就反映了三岛美学以及政治思想等多重元素。整篇小说由"夏"及"冬"两大部分构成，包括"夏"八章、"冬"七章的内容。

龙二是一名海员，常年生活在大海上，一个夏日，当轮船靠岸时他偶然结识了洋货商店的老板娘房子，两人陷入热恋。房子的儿子阿登少时丧父与母亲相依为命，在他眼中，大海就是世界上最美的事物。龙二长期与大海打交道，拥有健康魁梧的身体，很快得到阿登的喜欢与崇拜。在少年阿登眼中，龙二就是大海的象征，是他心目中英雄般的存在。夏去冬来，随着与房子的感情加深，龙二决定离开大海回归到陆地与房子一起生活，并且成为阿登的继父。阿登对于龙二的转变极为失望，认为他放弃大海就是对美的背叛，为了维护美的纯粹，为了龙二再度成为英雄，阿登和他的伙伴们策划毒死了龙二。

阿登对龙二的崇拜始于窥视到他与自己母亲交合时那充满阳刚的躯体，这使得少年阿登萌发了原始情欲。在阿登眼中，龙二就是男性的力与美的代表，是大海的象征，这种对男性美的崇拜与三岛自身的体验是相通的。三岛从出生后就被迫与母亲分开，与年老且性格乖戾的祖母生活在一个房间里。根据弗洛伊德的精神分析学说，力比多（libido）的发展过程分为口腔期、肛门期、性器期、潜伏期与生殖期这五个阶段。口腔期（oral stage）大约是从出生到一岁半，婴儿的性力集中在口部，主要通过靠吮吸、吞咽、咀嚼等来获得快感与满足。这一时期的口腔活动如果受到过分限制，就会对以后的成长留下负面影响。从这一角度来看，幼儿期及少年时期的三岛尤其偏爱那些童话中穿着紧身裤、凄惨地死去的王子们，在现实世界里憧憬有着健壮身躯的挑粪工、散发汗臭味的士兵们，十三岁那年在看到《塞巴斯蒂昂·圣殉教图》后，有了人生第一次性觉醒，等等，这些经历都受到婴儿期母爱缺失的影响，也是造成三岛性倒错的原因之一。另外，结合三岛自身经历，将主人公阿登的年龄设置在十三岁，除了免于刑罚的考量之外，还有一个因素就是三岛是在十三岁脱离祖母的掌控、回到父母身边的，"十三岁"对于三岛来说，是一个特别敏感的少年时期。接下来说明《塞巴斯蒂昂·圣殉教图》对三岛的影响。

三岛由纪夫在十三岁那年在父亲的书房里，偶然目睹了油画《塞巴斯蒂昂·圣殉教图》，给他带来感官上极大的冲击力，带给他对男性肉体美、血与死的残酷美的憧憬，这些影响始终伴随着三岛的一生及其文学世界。在《假面的告白》中，三岛由纪夫详细描述了他眼中的这幅油画。"假面"意味着虚构，因此与日本传统的"私小说"有所区别，但是从故事情节来看，又与作者三岛自身经历在很大程度上是相似的，所以对三岛以及三岛文学的研究很多都脱胎于这部自传体式小说。

生于三世纪的塞巴斯蒂昂在幼时接受了基督教的洗礼，他在长大参军后虽然得到了皇帝的青睐，但他还是为了维护自己的信仰殉教而死。在欧洲文艺复兴时期，艺术家们创作了许多与之相关的作品。三岛由纪夫看到的这幅油画,是由意大利画家雷尼创作的。近乎赤裸的英俊青年塞巴斯蒂昂双手高高交叉着被捆绑在大树上,两支箭头深深扎进他结实的肉体里。少年三岛由纪夫完全被这幅画所震撼,那种男性的肉体美、青春、力量、残酷的死,都深深刺激着他,为此他有了性觉醒。甚至到了1966年,三岛由纪夫还特意模仿油画中的塞巴斯蒂昂的形象拍摄了一张照片,照片上三岛袒露胸膛,下身只围一块白布,双手被捆绑而高高举起,三支箭分别扎在左腋窝、右侧腹与左股沟处,箭头上淌着鲜血。通过这张照片,我们可以看出三岛对"血+死=美"的向往与执着。

在《午后曳航》作品中虽然没有对阿登幼儿阶段的直接描写,但是可以看出父亲的过早离世、与母亲沟通的缺乏,都直接影响了阿登对世界的认知,阿登才会拥有异于常人的思维。八岁时丧父,对阿登来说反而是一件值得高兴、夸耀的事情。他认为生殖是虚构的,因而社会也是虚构的,"父亲或老师"犯下了弥天大罪。这是少年阿登对于大人世界秩序的否定。当龙二放弃大海回归陆地,并要承担"父亲"这一角色时,阿登才会认为龙二背叛了"美",背叛了他心目中"英雄"应该具有的特征,堕落到俗世的秩序里去了。在阿登心中,"他与妈妈,妈妈与男人,男人与大海,大海与登"形成了一个神圣的完美的闭环。龙二—大海—阿登,大海连接着龙二与他自己,阿登不能容忍抛却掉"大海"这一介质而直接与龙二相连,龙二就是大海的象征,他绝不允许这种联系遭到破坏。

这一切决不允许遭到毁坏!如果这一切被毁坏了,世界的末日也就降临了。为了阻止这一天的来临,做任何残忍的事我都会在所不辞!①

这就为之后阿登的"弑父"埋下了伏笔。对于"父亲"这一形象,文本中借由"头领"②之口加以诠释。头领认为父亲的存在本身就是一种毒害,集合了人类所有的丑恶。

这些家伙在我们人生的前方设置障碍,拿着架势要把他们的劣等感啦、无法实现的希望啦、怨恨啦、理想啦、自己一辈子都始终无法对人说出的自卑啦、罪恶啦、过分甘美的梦幻啦、自己没有勇气遵从的戒律啦……他们打算把一切无聊、愚蠢的东西全都强加到孩子身上。……父亲就是这个世界上的苍蝇。……为了腐蚀我们的绝对自由和绝对能力,这些家伙什么都干得出来。目的就是为了守住他们构筑的肮脏城堡。③

《午后曳航》中的头领与《金阁寺》里的柏木起的作用相当,都是"恶"的代表,其思想影响、指导着主人公。阿登由于幼年丧父,刚开始对于伙伴们的仇父心理尚不甚理解,并且为自己没有受到"父亲"这种"毒素"的侵蚀而感到幸运。但是,当他看到龙二为了熟悉陆地上的生活而苦读书籍、学习英语及店铺经营、穿上定制的西装,甚至为了成为他的"继父"而竭力地讨好他时,龙二作为英雄的幻象已轰然倒塌,沦为俗不可耐的"父亲"。所以,最后阿登选择"弑父",使龙二再次成为"英雄",来维护他心目中的美。作品结尾写道,龙二喝下被下了毒的红茶以后,觉得苦不堪言。对

---

① [日] 三岛由纪夫. 午后曳航 [M]. 帅松生译. 上海: 上海译文出版社, 2011: 11.
② 作品中阿登及其他少年组成的六人小团队中的一员,大家称其为"头领"。(笔者注)
③ [日] 三岛由纪夫. 午后曳航 [M]. 帅松生译. 上海: 上海译文出版社, 2011: 118-119.

此，三岛写道：

> 正如众所周知的那样，荣耀的味道是苦的。①

这里也呼应了这篇作品的题目。"曳航"的日语读音是「えいこう」，它的当用汉字还可以写作「栄光」，就是光荣、荣耀之意。登上陆地的龙二不再是美的象征，为了保持美以及英雄的存在，阿登认为只有死亡这一条路可走。虽然是"苦涩"的，但是只有在痛苦中、在毁灭中，才能实现美的纯粹性。

在作品中，还有"杀猫"的情节。阿登及他的小伙伴们虐猫、杀猫，并且冷静地将其解剖，从中获取了莫大的快感，这也是"血+死=美"这个方程式在作品中的一个体现。至于为什么要杀猫，文中是这样说明的：

> 头领一直主张，为了填充世界的空洞，这种行为必不可少。用其他任何东西都无法填满的空洞，只有通过杀戮，才能充填完美，正如镜子被满面的龟裂所充填一样，他们对存在握有实权。②

阿登及他的小伙伴们认为只有杀戮才能填充世界的空洞，去揭开被贴上"不可能"的世界的封条，来对抗这世间令人厌恶的秩序。阿登对于"死亡"的想法是：

> 死亡自人降生那一刻就牢牢扎下了根基，人只能为它浇水、培育，其他乏术。③

这就是少年阿登对于死亡的认知，并且他还笃信自己是一个天才。龙二只有死亡，才能保证美的永久，才能维持住阿登理想中的英雄形象。也就是说，"死=美"的同时，"美=死"，这充分体现了三岛由纪夫的"死亡之美"这一美意识。说句题外话，为了把解剖猫的细节准确地描写出来，三岛由纪夫还专门找到安部公房（安部公房毕业于东京大学医学系）一起用手术刀解剖了一只猫。想来不禁毛骨悚然！

《午后曳航》发表于1963年，1961年三岛由纪夫创作了《忧国》，成为他的文学生涯的一个重大分水岭，在他此后的作品中都投射进了很强的意识形态。三岛在《欢喜琴》的前言里曾提到，在安保斗争以后思想界重组的形势下，他对于青年阶层变革的绝望，必须有一件事要说，这一件事，反映到评论中就是《林房雄论》，小说就是《午后曳航》《剑》，戏曲就是《欢喜琴》。

从社会背景上来说，20世纪60年代，日本国内以青年学生为首的反对日美安保条约斗争进行得轰轰烈烈。三岛由纪夫不同于以前蛰伏于书斋，也开始积极参与到社会活动中。在左翼学生占据安田讲堂之后，三岛与学生代表谈话，说如果学生们高呼"天皇陛下万岁"，他自己也将跟学生一起在安田讲堂待下去。他主张"文化概念上的天皇"，然而应和者寥寥，已经受到民主化影响的民众更不会随他而喊出"天皇陛下万岁"。在三岛看来，青年们并没有抓住问题的关键所在，也就是"天皇"的价值及作用。后来警察对青年学生实施了镇压，并没有动用自卫队，这促使三岛开始思考自己组建的"盾会"将如何与自卫队采取"共同行动"等等。1966年三岛在与右翼分子林房雄的对谈中说道，明治维新完成了日本社会99%的西化，剩下的1%就是对天皇的定

---

① ［日］三岛由纪夫. 午后曳航［M］. 帅松生译. 上海：上海译文出版社，2011：158.
② ［日］三岛由纪夫. 午后曳航［M］. 帅松生译. 上海：上海译文出版社，2011：48.
③ ［日］三岛由纪夫. 午后曳航［M］. 帅松生译. 上海：上海译文出版社，2011：7.

义，因为那是"神圣"不可触及的，也正是对抗西化的壁垒。对三岛来说，"天皇、艺术和神风连"便是纯洁的象征，他想让"神"来认可他的思想及文学作品。可以说，三岛的后期作品始终围绕的就是天皇以及天皇制的问题，因此，从这一点上来看，《午后曳航》也自然而然地投射出了三岛由纪夫的天皇观。

龙二从大海回归陆地，对于阿登及作者三岛来说，其实就是从"英雄"到"背叛者"的形象转变。相对于阿登对于大海的憧憬，龙二并不是自己主动选择大海的。在龙二对于过往陆地的记忆中只有贫穷、疾病、死亡，以及遭到空袭后的荒芜。这使得他讨厌陆地生活而当上了船员。但是当他经历过长期的航海之后，他对大海又产生了厌倦，放弃了自己"光荣、死亡和女人总是三位一体"的想法，决定回到陆地生活。

因此，阿登并不了解龙二的精神世界，他只是以龙二壮实的肉体以及常年的航海经历这些表象来构建了自己心目中的"英雄"形象。如果说陆地代表着现实生活，那么大海就象征着三岛心目中的理想世界。龙二只有存在于大海，才能成为英雄。当龙二返回陆地并进一步要成为阿登的"父亲"时，他就失去了作为英雄存在所必需的环境条件，对阿登及其小伙伴来说是这就是对大海的背叛，也就暗喻了天皇对绝对权威与神性的背叛。对于"背叛者"，阿登采取了死刑，"弑父"与"杀王"也就联系了起来。为了成为世俗眼中合格"父亲"而努力的龙二，在作者三岛眼中，是不是就与那个发表了《人间宣言》、身着燕尾服、在麦克阿瑟面前矮了好几个头的昭和天皇形象重叠起来了呢？如果说《午后曳航》还只是一种隐喻，那在《英灵之声》中，三岛就赤裸裸地提出了对现实中失去"神性"的"人间天皇"的责难与怨恨。关于三岛的天皇观，在下面还会详述。

三、三岛由纪夫的前后期文学

三岛文学以 1961 年的《忧国》为分界线，可以划分为前期、后期两个阶段。前期三岛文学以唯美、古典主义见长；后期文学则渗透了浓厚的意识形态色彩。

三岛将日本的古典主义与希腊的古典主义结合起来，形成自己独特的美学观，叶渭渠指出其美学的主要倾向是：

在美学伦理上，在其天皇观的基础上构筑其美学空间，在文学创作上以赞美生和男性肉体为典范，在中世纪日本武道的善的意义上以死相赌的悲壮精神，与古希腊艺术基调的享受生、崇拜生的乐天精神两者紧张的对立中，形成其内面两种极端相反的概念，即生与死、活力与颓废、健康与腐败这些对立的东西的交织和循环，完成他的古典主义的美的方程式。即血+死=美，生+青春=美学，并且以这两个极端对立的方程式构筑其文学结构。[①]

战争期间，三岛由纪夫还处于学生年代，从 6 岁（1931 年）到 19 岁（1944 年），三岛就读于学习院，特别是在中等科（初中）时，遇到了恩师清水文雄，带领他进入了日本古典文学的世界。16 岁时他的处女作《鲜花盛开的森林》经清水文雄的推荐，发表于日本浪漫派的刊物《文艺文化》之上。虽然三岛后来也曾批判过浪漫派的功利

---

① 叶渭渠. 代总序："三岛由纪夫现象"辨析 [M] // [日] 三岛由纪夫. 忧国·仲夏之死—短篇小说集. 许金龙等译. 北京：作家出版社，1995.12-13.

目的,但是不可否认的是,浪漫派特别是其重要人物保田与重郎、莲田善明等所提倡的"皇国美学思想"、"国粹主义"给他带来的深远影响。"三岛由纪夫的'文化概念上的天皇',可以说就是从保田与重郎的文化主义革命思想中抽出亚细亚主义后,在战后的环境下想要将其实现的思想。"①

三岛的学生时代,正是日本发动侵略战争的时期,幼年祖母的教育、学习院的经历、日本浪漫派的影响、自身对古典主义的偏好等等,再加上"国家总动员"的洗脑,三岛由纪夫内心对效忠天皇、对战争的思考、末世观等日趋成熟。一方面,他狂热地吹捧"圣战",1942年写下了诗歌《大诏》:"阳光普照天子国,流泪之剑永不落",在应征入伍前夕,也写下"遗书",反复叮嘱弟弟继承其遗志"报皇恩于万一";另一方面,他又与当时那些狂热地走向战场的青年不同,想方设法逃避征兵。战争末期,日本本土遭到美军空袭,三岛的末世观愈发严重,整日陶醉于自己的文学世界,沉浸在"毁灭之美"中。

虽然三岛躲过了应征入伍,还是免不了参加战争期间的劳动。他一边在飞机场工厂劳动一边利用闲暇创作了《中世》。三岛在《我经历的时代》里说道,这段时间对他来说是幸福的,既不用担心就职,也不用担心考试,自己一个人待在自己的"坚固的城堡"里,文学上既没有批评者,也没有竞争者,可以一味沉浸在文学世界中。

日本战败,给三岛由纪夫带来了很大冲击。从个人生活上来说,莲田善明的自杀、妹妹美津子的病故等一系列变故,令他度过了一段极其灰暗的时光。日本战败直接带来的就是旧秩序的崩塌和经济上的贫困。废墟、黑市、无序,广大民众挣扎在生死线上。从文学上来说,战后的很多作家都在作品中反映了这些问题。可是三岛由纪夫的家境殷实,他几乎体会不到底层人物的生存悲哀,战后初期直至60年代,他仍然封闭在自己的唯美主义世界里:"自己发现自己虽然只有二十岁,但竟早早地完全成为时代的落伍者。对此,我也束手无策。我向来所爱的拉迪盖、王尔德、叶芝、日本古典,所有的一切都与时代的好尚背道而驰。"② 从战后初期文坛来看,占主流的民主主义文学及战后派文学,都是在积极反思战争以及追求自我价值,而三岛的古典主义与当时的社会风潮格格不入,因此他感觉被时代所抛弃。曾经在战时还被浪漫派文学团体认为是天才少年,战后初期却无人问津。面对战后文学的各派别,三岛抱有亲近感的是"诗歌朗诵会",因为他们的价值观跟三岛由纪夫存在相通之处,他们"战争期间珍重地捍卫过来的美的教养,由于战败而落空"③。后来三岛由纪夫拜访了川端康成,得到川端康成的提携,陆续在杂志上刊登自己的作品,逐渐名声大噪。

在这一时期三岛主要发表了《盗贼》《假面的告白》《爱的饥渴》《禁色》《阿波罗之杯》《仲夏之死》《潮骚》《金阁寺》《镜子之家》等。《忧国》这部带有浓重国家主义色彩的作品问世以后,三岛文学的右翼政治倾向也越来越明显。《忧国》在前面已经论述过,描写了1936年"二二六事件"中一对青年军官夫妇殉死的故事。三岛由纪夫

---

① [日] 铃木贞美. 現代日本文学の思想 [M]. 東京: 五月書房, 1992: 167.
② [日] 三岛由纪夫. 我经历的时代 [M] //太阳与铁. 唐月梅译. 上海: 上海译文出版社, 2012: 95-96.
③ [日] 三岛由纪夫. 我经历的时代 [M] //太阳与铁. 唐月梅译. 上海: 上海译文出版社, 2012: 111.

经过二十多年的思考，他的天皇观、文化观等国家主义思想日趋成熟，陆续发表了"二二六事件三部曲"，即《忧国》《十日菊》《英灵之声》这一系列带有浓厚政治色彩的作品。

1946年新年，昭和天皇发表《人间宣言》，"朕ト尔等国民トノ间ノ纽带ハ、终始相互ノ信頼ト敬爱トニ依リテ结バレ、单ナル神话ト传说トニ依リテ生ゼルモノニ非ズ。天皇ヲ以テ现御神（アキツミカミ）トシ、且日本国民ヲ以テ他ノ民族ニ优越セル民族ニシテ、延テ世界ヲ支配スベキ运命ヲ有ストノ架空ナル观念ニ基クモノニモ非ズ。（朕与尔等国民之间的纽带，始终依靠互相信赖和敬爱结成，并非单靠神话与传说产生。并非基于以天皇为现御神、且日本民族优越于其他民族、进而负有统治世界的使命这一架空的观念。）"以此否定了天皇与国民的纽带建立在神话传说之上的说法，承认把天皇当作现人神且日本民族优越于其他民族、能够统治世界的说法是架空事实的观念。《人间宣言》的发布，对于消解日本民众对天皇的愚忠思想、更好地推进民主化进程是有着很大积极意义的。但是对于三岛由纪夫来说，他对于从神格降为人格的天皇，感到无比忧虑，他认为受西方文明影响，战后日本社会失去了对悠久历史与传统的尊重，日本传统文化出现大的断层。战后初期日本文坛出现繁荣景象，民主主义文学、战后派文学都不同程度地谴责、反思了战争，揭露了战争对人性的泯灭。但是三岛由纪夫却成了其中的异类，成了"时代的落伍者"。在日本文学史上，按照登场时间的前后顺序，一般都将三岛由纪夫归于第二战后派，三岛也曾作为同人参加了《近代文学》第二期，但是从三岛文学的主旨来看，他与战后派文学其实是格格不入的。战后派文学主要是以批判绝对天皇制、反思战争、确立近代自我为宗旨的，但是三岛由纪夫却是狂热的天皇拥趸，他曾说："战后民主主义时代是无比厌倦的时代，我的文学最基本的思想方法之一，就是在美的空间中造型战后失去的过去的辉煌。"① 这个"过去的辉煌"，换言之，就是他心目中拥有那个拥有绝对权威和神性的"天皇"所统治的时期。自1961年的《忧国》之后，他的文学大多都围绕着天皇、传统文化、武士道精神展开，到1970年三岛切腹自尽为止，后期代表作主要有《忧国》《十日菊》《林房雄论》《午后曳航》《欢喜琴》《萨德侯爵夫人》《英灵之声》《叶隐入门》《文化防卫论》《太阳与铁》《丰饶之海》四部曲等。

四、三岛由纪夫的国家主义思想

丸山真男指出：

现代世界的右翼国家主义大致共通的思想意识或者说精神倾向能举出哪些，我将在此试作一罗列：（1）对国家的忠诚优先于任何其他形式的忠诚；（2）对平等和强调国际连带的思想及宗教的憎恶；（3）对反战和平运动的抵抗情绪和对"武德"的赞美；（4）对国家"使命"的讴歌；（5）呼吁保护国民的传统和文化免遭外部势力的邪恶影响；（6）一般重视义务胜于权利，强调秩序超过自由；（7）重视作为社会结合基本纽

---

① 叶渭渠．代总序："三岛由纪夫现象"辨析 [M] //唐月梅．怪异鬼才三岛由纪夫传．北京：作家出版社，1994：91．

带的家族和乡土；(8) 把一切人际关系用权威主义来编成的倾向；(9) "正统"国民宗教以及道德的确立；(10) 对知识分子或自由职业者抱有警戒心和猜疑心的倾向，其理由是这些人容易变成破坏性思想倾向的普及者。①

丸山真男以此为标尺考察了从明治初期到日本战败时的日本人的精神状况，得出的结论是"除了极少数异端者以外都是（国家主义者）"！对照三岛由纪夫特别是他后期的文学及思想、行动，可以看出三岛几乎都包含了丸山提出的这十项特征。也就是说，自《忧国》开始，三岛在文学上逐步地实践了他的国家主义思想，以下就其核心内容即复活天皇制、反共和主张文武两道这几个方面加以分析。

（一）三岛由纪夫的天皇观

1. 作为理论的"文化概念上的天皇"

日本对外在1931年制造九一八事变，1937年发动七七事变开启全面侵华战争，1942年12月开启太平洋战争；在日本国内，通过五一五事件、二二六事件等，法西斯军国主义越来越猖狂，实施"全国总动员"，从政治、经济、教育、文化等各个领域对民众加以掌控与思想渗透，日本举国上下陷入战争狂热。三岛由纪夫作为国民一员，自然逃脱不掉应征入伍。刚开始因身体瘦弱被列为"第二乙种及格"，并没有直接开赴战场而是在后方从事劳动。他的心也整日惴惴不安，不知什么时候那张"赤纸"即入伍通知书就会送到自己身边，再加上身边朋友的战死、日本的节节败退、空袭造成的恐慌与遍地废墟，更加强了三岛的末世观。他在遗书中特意嘱咐弟弟要继承他的遗志，"报皇恩于万一"，并高呼"天皇陛下万岁"！虽然三岛心里怀揣"报效天皇"的梦想，但现实中却害怕在战场上送死。这种矛盾心理令他十分纠结，因此当入伍时被医生误诊而遣返回乡时，他心里可算是松了一口气，为可以继续沉溺在自己的文学世界里而欣慰。

因此，可以看出，战时的三岛虽然表面上说要为天皇战死，但从逃避征兵以及被免于服役的喜悦程度来看，彼时二十岁的三岛"殉死"的思想尚未成熟。只是在全国总动员的大环境下，以及从小到大在学习院受到的皇国思想的熏陶等，口头上高呼战死，而潜意识里或本能却是在抵制与抗拒，所以战时三岛基本都封闭在自己的"古典主义"的壳里，并没太涉及意识形态。胡莉蓉认为对于三岛在侵略战争期间，一边渴望战死以报皇恩一边又撒谎逃避征兵的矛盾性，"即他并非是忠于天皇，而是通过效忠天皇为其行为赋予神圣的意义和美的色彩。"②

到了战败特别是20世纪60年代安保斗争以后，三岛由纪夫的思想以及作品主题发生了很大转变。

日本战败，美军对日本实施军事占领，自上而下地推进了日本民主化的进程，绝对天皇制被废除，取而代之的是裕仁天皇发表《人间宣言》，天皇从此走下神坛，由神格变为人格，成为"日本国的象征"，不再拥有实权。这对于天皇的狂热崇拜者三岛由纪夫来说，无疑是一个巨大打击。在《英灵之声》中，魂灵附身的川崎重男喊道："陛下

---

① [日] 丸山真男. 现代政治的思想与行动 [M]. 陈力卫译. 北京：商务印书馆，2008：205-206.
② 胡莉蓉. 三岛由纪夫文学的"弑父"与"杀王" [J]. 日语学习与研究，2021（02）：117.

◎ 战后日本文学对近代日本国家主义的认知研究

为什么要变成人呢?!"这就是三岛内心的真实写照。他非常不满作为"人"的天皇，这打破了他心目中作为"神"的存在的天皇形象，并由此担心日本会失去自己"优越"的民族文化。另一方面，战后初期，旧有的价值体系全面崩塌，西方文化被大量传到日本，整个日本社会处于一个转型期的思想迷茫之中，年轻人颓废、堕落，各种社会问题频现，三岛由纪夫认为受西方文明侵蚀，战后日本社会陷入金钱物欲中，失去了对悠久历史与传统的尊重，日本传统文化出现大的断层。这些因素都催生了三岛试图为了"拯救"日本而自创的"文化概念上的天皇"主张。我们知道，《叶隐》对三岛产生了重大影响。三岛将武士道精神加以美学上的阐释，将武士对封建藩主"主君"的效忠，提升到对"天皇"的效忠，在《文化防卫论》中，三岛提出了"文化概念上的天皇"，是对他自己天皇观的一个总结。三岛强调日本文化的连续性、整体性与自主性，认为要坚守日本文化，就必须强化天皇制，恢复天皇的绝对精神权威，重振日本的传统文化。三岛的看法是保卫日本文化，就必须归结到保卫天皇。他认为天皇是日本文化的历史性、统一性、全体性的象征。在三岛与古林尚的对谈中，他对天皇的必要性做了说明，也就是要完成三岛美学，就必须要有一个绝对权威，需要有一个像《叶隐》中所说的"王"。这个"绝对权威"，三岛认为就是天皇。

　　古典主义的极致秘库就是天皇，而且正统的美的圆满性和伦理的起源，在不断的美的激发和伦理的激发的灵感中，就有天皇的意义。①

　　三岛试图从文化的角度塑造作为国家和民族统一象征的"天皇"的权威。三岛想要构建的理想天皇制，既不同于法西斯军国主义时期的绝对天皇制，也绝不是战后的象征天皇制。"三岛要恢复'文化概念的天皇'是恢复自神代（神武天皇即位前，由神支配的时代）以来的传统天皇观，以天皇作为精神权威实体和天皇的神格实体，以维系日本的国家与民族的统一，和日本的历史与文化的传统。缘此他鼓吹修改规定象征性天皇制的宪法。"② 三岛竭力将政治元素从他的"文化概念上的天皇"中摘除出去，他把国体与政体分离开来，在《变革的思想》中，三岛认为"国体"是祭祀国家"国民精神的主体"，在《文化防卫论》中，他又将其称为"文化共同体理念"。在三岛看来，"政体"问题只不过是应用性的、相对性的，而"国体"就是理念上的、绝对性的，是文化共同体，也就是"天皇制"。三岛还举出日本历代天皇都是学问家以及文艺爱好者，试图证明只从政治观点来看待皇室是错误的。但是果真能做到脱离政治、脱离战后民主化的社会现实来建立"文化概念上的天皇"或"天皇制"吗？

　　三岛虽然一再标榜自己是以文化价值如美、道德等方面来构建"文化概念的天皇"的，并且在自己的论著及访谈中进行反复强调，但是，他的这种天皇观是否能如他自己所说仅限于文化范畴呢？

　　林健太郎评价道："三岛由纪夫对文化的概念理解得太狭窄了。美和道德是文化的重要因素，而且文化还是大于包含其要素的东西。天皇虽然不是政治上的权力者，但他

---

① [日] 三岛由纪夫. 文化防衛論 [M]. 東京：筑摩文庫, 2013.78.
② 叶渭渠. 代总序："三岛由纪夫现象"辨析 [M]// 唐月梅. 怪异鬼才三岛由纪夫传. 北京：作家出版社, 1994.3.

毕竟是在很有效地发挥着政治作用。从这种含义上来说，政治制度也是文化的一个重要环节。"①

在西方，对"文化（culture）"概念的理解是不断演变的，不同学科、不同学者有着各自不同的理解，其定义是含混及多元的，范围也不固定。在中国，"文化"源于"人文化成"，出自《周易》："分刚上而文柔，故小利有攸往，天文也；文明以止，人文也。观乎天文，以察时变，观乎人文，以化成天下。"封建时代的"文化"，更强调道德方面的教化。近世以来，随着西方理论及文明传入中国，"文化"的外延及内涵也发生了变化。但是无论东方、西方，不可否定的是，文化都被认为与意识形态、价值观、制度等密切相关。"追溯文化研究的历史谱系，不管是阿诺德的文化与无政府主义思想，还是利维斯主义、英国的伯明翰学派抑或法兰克福学派的文化批判理论等，都强调文化与政治、权力的关系，将文化研究视为介入社会和政治的抵制性话语策略。"②"文化实际上是政治的文化，因为文化最根本的属性是政治的；而政治实际上是文化的政治，因为政治只能在文化的视域下生成和运转。它们相互交融，相互渗透，使得我们始终无法抛开一方面只谈论另一方。因而，文化—政治必然是作为一个整体性概念而存在的。"③

从文化政治学的角度来说，战后的天皇虽然不再拥有政治上的绝对权力，但是其影响力却是不可消解的，更着重于微观世界的活动，会渗透到各个层面、各个角落，政治也就随之嵌入进来。按照三岛的构想，天皇是"现代国家理论和美的总揽者"，天皇不仅是精神上的绝对权威，三岛还企图用荣誉绶带将天皇与军队连接在一起，他认为天皇不仅应该出席阅兵仪式，还应该亲自授予军事勋章等。这样来看，三岛的所谓"文化概念上的天皇制"就不可能脱离政治，他自诩的只限于文化范畴在现实里也是行不通的，最终只能是空中楼阁，只能存在于三岛自己的观念之中。

唐月梅指出：

三岛本是试图吸取战前战时的天皇被政治利用的教训，避免天皇制的历史的重复，不将天皇包括在政治概念的前提下，保留天皇这根精神支柱来维持日本历史、文化的传统，但是由于他提倡的"文化防卫论"又有意无意地将他的所谓"文化概念的天皇"掺入强烈的政治意识，正是在这一点上，三岛由纪夫自己走进了对天皇及天皇制从肯定→否定→新的肯定的误区。自1960年以来，他不由自主地在这一误区里来回转圈，企图从政治概念中摆脱出来，追求"文化概念"，却又重新陷入"政治概念"之中。④

铃木贞美从文化主义的角度对三岛由纪夫的天皇观进行了解读。铃木贞美指出：

1969年，三岛由纪夫出版了《文化防卫论》。书中主张，要从物质文明的污染中，解救无政府主义者自由展开的日本文化精神，同时拯救"美之集大成者"——作为秩

---

① [日]奈須田敬. 総括——三島由紀夫の死[M]. 東京：原書房，1972：234.
② 李艳丰. 文化·政治·权力：西方文化政治理论关键词辨析[J]. 暨南学报（哲学社会科学版），2023（01）：14.
③ 朱大鹏，刘昱. 时代新人的文化—政治逻辑[J]. 西北民族大学学报（哲学社会科学版），2022（04）：179.
④ 唐月梅. 三岛由纪夫传[M]. 北京：新世界出版社，2003：126.

序性存在的天皇。他强调，为了实现那种理想并防卫共产主义的侵入，武力是不可缺的。他从反面论说了战争时期丸山真男的理论——天皇是"无限的价值源泉"，同时结合津田左右吉、和辻哲郎有关天皇是古来和平文化之象征的论说，强调武道也是部分性文化"传统"的展现。三岛由纪夫反对社会党、日本共产党的民众传统文化之颂扬，认为在林房雄的"天皇主义无政府主义"思想中，在竹山道雄视天皇为"土俗神托、古来国民统一与结合之象征"的《论天皇制》（1963年）中，以及在露丝·本尼迪克特的《菊与刀》等论著中，皆包含了许多与己相近的观点。由此看来，三岛认为自己的《文化防卫论》不过是战时产生、战后展开的文化主义民族主义之产物。①

简单来说，铃木贞美认为三岛的天皇观就是反共的文化主义天皇观。

说到底，三岛主张的天皇制其实就是披着文化的外衣来复活皇国思想，是国粹主义在战后的另一种表现。三岛企图通过所谓的"文化概念上的天皇"将已经降为人格的天皇重新扶上神坛，恢复天皇的绝对精神权威，并以此来保卫日本传统文化。我们必须清楚，三岛对"文化"的理解可以说是相当的片面与狭窄，他的关于文化与天皇的一系列主张是不可能脱离政治而存在并实现的；另一方面，三岛关于天皇的理论非常具有迷惑性，极易被右翼所利用，因此我们必须透过现象看清本质，提高警惕，警钟长鸣。

2. 三岛天皇观的文学实践

前面提到，在《金阁寺》《午后曳航》等小说中，或多或少都影射了三岛由纪夫对天皇制的思考。到了"二二六事件三部曲"，三岛通过《忧国》极力赞美青年军官的"大义"，大肆吹捧对天皇的效忠，而《英灵之声》中，三岛则发出对天皇的责难与怨恨。这并不是矛盾的。三岛向往的是他自己心中所构筑的"天皇"形象，也就是具有绝对精神权威的神格天皇，所以他才会对在现实中失去神性的"人间天皇"非常不满，或者说，他憧憬的就是"天皇"这一符号所象征的神性。

1936年的"二二六事件"，三岛时年11岁，在他的《假面的告白》中也曾提到这一天的大雪以及紧张气氛。如果说当时年少的三岛尚不能厘清事变的全貌，但是这个事件肯定也在他的心里留下了很深的印象，并且在今后的几十年人生中一直在思考这个问题。他在《二·二六事件与我》中说道：

对当时还是十一岁的少年的我来说，模模糊糊地感觉到经过二·二六事件的挫折，伟大的神随之死去。当在二十岁这样多愁善感的年龄遭遇战败时，我感觉到神的死去所带来的恐怖的、残酷的实感，和我在十一岁的少年时所直觉到的，好像紧密地连接在了一起。②

三岛将"二二六事件"中天皇对青年军官的"背叛"行为视为"伟大的神随之死去"，并与战败后降为人格的"人间天皇"连接在了一起。因此，《英灵之声》中，怨灵分为了两部分，一部分是"二二六事件"中被处死的青年军官，一部分是神风特攻

---

① [日]铃木贞美.日本的文化民族主义[M].魏大海译.武汉：武汉大学出版社，2008：180.
② [日]三岛由纪夫.英灵の声[M].東京：河出書房新社，1966：250.

队①的队员们。

在战争期间，三岛并没有亲身作战，基本沉溺于自己唯美的、古典的文学世界里。到了20世纪60年代，日本国内反安保斗争进行得轰轰烈烈，三岛也参与其中，给报社撰稿，游走于大学间发表演讲，参与论辩。他的文学作品里表现的国家主义思想就愈来愈浓烈。

1951年9月日本和美国之间签署了《安保条约》（《日本国和美利坚合众国之间的安全保障条约》的简称），依据此条约，美国为防卫日本"安全"而可以继续驻扎在由日本提供的军事基地。此后日美之间一直在围绕修改条约内容进行谈判。日本民众看清了美国想借助修改条约使日本成为其称霸世界的帮手的野心，因此为了阻止修改条约，日本各阶层人民掀起了轰轰烈烈的反《安保条约》斗争。工人罢工、学生罢课，国民会议发起统一行动，春斗②、共斗、全学联等组织都纷纷组织集会，形成了规模空前的席卷全国的斗争。1960年1月《新日美安保条约》在美国华盛顿签字，日本全国范围内掀起反对国会批准新约、要求岸信介下台、阻止艾森豪威尔访日的高潮。6月岸信介宣布新《安保条约》"自然成立"之后随即辞职。

在此国内政治运动风起云涌的背景下，三岛由纪夫从1961年开始发表《忧国》，这成为其文学创作生涯的一个分界线，三岛的后期作品呈现出浓厚的国家主义思想。在评论《文化防卫论》中，三岛总结了自己的"文化概念上的天皇"，在《奔马》中，借主人公饭沼勋之口，三岛将自己的天皇观直接描写了出来。

三岛生前最后一部大作《丰饶之海》，包括四部曲《春雪》《奔马》《晓寺》《天人五衰》，三岛以大乘佛教的《唯识论》哲学为基础，以古典文学《滨松中纳言物语》为参照，通过梦与轮回转世串联起四部曲的主人公。

作为《春雪》中清显的转世，《奔马》中的饭沼勋是一个右翼激进青年。他醉心于剑道，拥有健壮的体魄、聪明的头脑。阿勋对于日本社会的腐败、道德沦丧极为不满与愤怒，将金融界巨头藏原武介视为罪恶之源，认为只有杀掉他日本才有希望。他主张学习神风连③的纯粹精神，振兴昭和时代的神风连。他的信念是"剑"，他的最高理想是俯瞰大海，叩拜太阳，伏刃而死。三岛将这第二部《奔马》称为"英雄式的行动小说"，描写了1931年至1932年的国家主义运动。

饭沼勋企图实行昭和维新，策划暗杀行动。在阿勋看来，

所谓纯粹，就是把花一般的观念，带有薄荷味的含漱药一般的观念，以及在慈母怀抱里撒娇一般的观念，直接转化为血的观念，砍倒邪恶的大刀的观念，从肩部斜劈下去时血花飞溅的观念，以及切腹的观念。在"樱花落英缤纷"之时，血淋淋的尸身随即

---

① 太平洋战争末期，日本为抵御美军挽救战争的败局，利用日本人的武士道精神，煽动一些青年组成特攻队驾驶战机撞向对方军舰实施自杀式袭击。"神风"之名来源于元世祖忽必烈的两次征讨日本，因为海上突至的台风而失败，日本人认为那是神武天皇的魂灵掀起的"神风"从而击退了元军。（笔者注）

② 日本工会组织的每年春季为争取提高工人工资而进行的斗争。（笔者注）

③ 神风连之乱：明治维新政府颁布《废刀令》后，因不满武士特权被废除，1876年10月，号称"尊皇攘夷"的熊本敬神党（也被称为神风连）二百余人袭击了政府军，随即被平叛，党徒大部分或战死或剖腹自尽而亡。在《奔马》中，三岛由纪夫以《神风连史话》的形式进行了描述，该书被主人公饭沼勋奉为圣典。（笔者注）

化作飘逸着清香的樱花。所谓纯粹，就是把两种全然相反的观念随心所欲地进行倒换。因而，纯粹就是诗。①

这里深刻表现了三岛由纪夫"血+死=美"的美学思想。

饭沼勋在正式行动前，他的父亲向警察告了密，阿勋和他的队友们遭到逮捕。在本多进行辩护以及槙子作了伪证后，阿勋在法庭上进行了慷慨激昂的陈词，将他自己的天皇观也就是三岛的天皇观进行了总结。

阿勋在陈词时说道：

我深刻地认识到，使日本陷于今天这种苦境的，不仅仅是政治家的罪恶，其责任还在于为满足私利私欲而操纵这些政治家的财界巨头。可我绝不想参加左翼运动。说起来真是诚惶诚恐，我认为，左翼是一种与天皇陛下为敌的思想。自古以来，日本就是一个敬仰天皇陛下，拥戴天皇陛下为日本人这一大家族之家长而和睦相处的国体。只有这样，才能显示出皇国的真实面貌，才能保持天壤无穷的国体。……这难道不是皇国日本在这世界上值得夸耀的特色吗？我一直坚信，在陛下的浩荡皇恩下，贫穷困乏的民众得以解放的那天一定会到来。日本和日本人目前只是稍稍偏离了方向而已。我一直希望，一旦时机成熟，他们便会为大和精神所唤醒，作为忠良臣民而举国一致，还皇国以本来面貌。②

太阳正在那里闪耀着光辉，……这个太阳就是陛下真实的形象。只要能够直接沐浴到太阳的光辉，民众一定会欢声雷动，荒芜的田地也会立即得到润泽，日本就必定会回到往昔的丰苇原瑞穗国。……为使天地结合起来，需要一种决然而又纯粹的行为。为了这果敢的行为，必须超越一己的利害，不惜以命相搏。……我并没有想过要去杀人，但为了讨伐和消灭毒害着日本的邪恶精神，就必须撕毁被那些精神缠绕在身上的肉体外衣。这样一来，他们的灵魂也将得以净化，还原成光明、直率的大和精神，以便和我们一起升上天际。但是，当我们破坏了他们的肉体后，假如不能立即果敢地切腹而死，不能尽快抛弃掉肉体，就不能完成灵魂升天这个十万火急的使命。③

在《奔马》中，三岛由纪夫借饭沼勋的陈词明白地表达了他的天皇观，"太阳"这一意象也不再是隐喻，而是直接提出了"太阳=天皇"，日本的"臣民"沐浴着太阳的光辉。除了天皇观以外，饭沼勋对切腹自尽的说明也和三岛自身的主张是一致的，能够看出其受到《叶隐》的深刻影响。

饭沼勋以免除刑事处分的形式获释。最后饭沼勋在刺杀藏原后，剖腹自杀。三岛塑造了饭沼勋这样一个遵循武士道的"爱国青年"形象，除了三岛不满于战后日本社会现实之外，还因为他对战后的青年一代也充满失望。在《叶隐入门》里，三岛列举了战后日本青年男子的特点，即崇尚时尚、男性女性化而无男子气概，只顾个人利益而无精神追求，追捧明星，等等。因此三岛把理想青年男性形象寄托于饭沼勋身上，企图号召战后青年用武士道精神来武装自己，无条件效忠作为神的天皇。

---

① ［日］三岛由纪夫. 奔马［M］. 许金龙译. 北京：九州出版社，2014. 142.
② ［日］三岛由纪夫. 奔马［M］. 许金龙译. 北京：九州出版社，2014：473-474.
③ ［日］三岛由纪夫. 奔马［M］. 许金龙译. 北京：九州出版社，2014：474-476.

（二）三岛由纪夫的反共思想

三岛由纪夫是积极主张反共的，他认为在战后美式民主主义体制下，共产主义会有可乘之机，从而推翻天皇制，破坏日本文化的连续性。因此，三岛由纪夫的天皇观中还包含反共的因素。铃木贞美直接指出："总之，能够肯定的是以《文化防卫论》为中心所表明的三岛由纪夫的思想，就是反共的文化主义天皇思想。"①

在"文学座"拒演以"松川事件"②为原型的戏剧《欢喜琴》后，激起了三岛的极大愤怒，他与合作了十多年的"文学座"决裂，并公开表示自己和"二二六事件"的志士一样，拥有狂热的国家帝国主义思想。

《欢喜琴》（1963）其背景依然设定在20世纪60年代全国性的反美高潮中。三岛在作品中恶意捏造日本共产党党员受中共地下党的安排潜伏在警察署，企图通过制造列车出轨事故来谋杀日本首相的情节，计划失败之后又安排其逃往国外（暗指中国）。这淋漓尽致地反射出三岛反华、反共的右翼思想。这样的剧本自然遭到了有着正义思想的"文学座"的强烈反对及拒演，因而双方彻底决裂。

在《奔马》中，也有关于反共的情节。饭沼勋遭到逮捕后，与他在狱中的待遇相比，三岛还特别提到了"赤色分子"遭到的严刑拷打。阿勋问审讯者"是因为赤色分子要否定国体吗？""正是如此。同他们相比，饭沼，你是国士，思想的方向并没有错。只有由于还年轻，又过于纯粹，才这样过激。"③审讯者如此回答道。在历史上，20世纪20年代、30年代日本政府对日本共产党及左派采取了残酷镇压。包括关东大地震时期的白色恐怖、"三一五""四一六"大镇压等，1933年2月无产阶级作家小林多喜二被拷打致死，1933年6月日本共产党重要干部佐野学及锅山贞亲在狱中发表"转向声明"，转而支持天皇制、支持侵华战争。在《奔马》中，饭沼勋认为左翼是与天皇为敌的思想。像他这种右翼分子竟被当作是"国士"，而在当时代表了广大工农革命力量的"赤色分子"却遭到了严刑拷打。

1968年三岛组织成立"盾会"，在盾会的章程里明确提出了反共主张，"共产主义与日本国的传统、文化、历史不相调和，并与天皇制度背道而驰；考虑到来自共产主义者的威胁，使用暴力将是可行的。"④这个"盾"，出自《万叶集》"誓为大君当丑盾"，"这首古诗歌颂了武士献身卫国的忠心，曾在战时流行于士兵中间。歌中的'盾'指的是用自己手中的盾阻挡敌人射向天皇的箭。而盾会精神也正是如此，更确切一点说，是为了挡住共产党对天皇的威胁"⑤。

---

① ［日］铃木贞美. 現代日本文学の思想［M］. 東京：五月書房，1992. 163.
② 松川事件：1949年8月17日，福岛县内松川路段一列车脱轨，造成3名乘务人员死亡，30名旅客受伤。吉田茂内阁未经调查就污蔑为工会蓄意所为，地方法院判处被告死刑及其他徒刑，当局趁机打击工会及日本共产党。直到60年代才宣判被告全体无罪。（笔者注）
③ ［日］三岛由纪夫. 奔马［M］. 许金龙译. 北京：九州出版社，2014. 423.
④ ［英］亨利·斯各特·斯托克斯. 美与暴烈：三岛由纪夫的生与死［M］. 于是译. 上海：上海书店出版社，2007：249.
⑤ ［英］亨利·斯各特·斯托克斯. 美与暴烈：三岛由纪夫的生与死［M］. 于是译. 上海：上海书店出版社，2007：253.

（三） 三岛由纪夫的文武两道

在《太阳与铁》中，三岛由纪夫阐释了自己进行肉体改造的原因：

……过了很久，承蒙太阳与铁的恩惠，我逐渐学习了一门外语，学习肉体的语言。它就是我的第二语言，形成了我的教养。[①]

在这篇评论中，三岛对自己前半生的文学生活以及海外游历回来后开始的肉体改造进行了全方位的整理与总结，把肉体与精神从对立到统一的过程从语言、文体、肉体、死亡等方面进行了详细解读，由此提出了他的"文武两道"。

幼时以及青少年时期的三岛由纪夫是瘦小孱弱的。幼时被祖母封闭在房间里过度保护，还曾因病有过濒死体验。进入学习院以后，也因为身体弱小而经常遭到同龄人的欺凌，在《假面的告白》中，三岛提到那时就对身体粗犷、健壮的男性同学产生了特别好感。在体格上处于劣势的三岛由纪夫，在学习上就尤其努力并逐渐走上了文学之路。战争期间，三岛由纪夫醉心于阅读日本的古典书籍，从《古事记》《日本书纪》，到《源氏物语》《叶隐》等，通过阅读它们奠定了三岛皇国思想及死亡美学的基础。

战后，在前面对《忧国》里"太阳"意象的分析中，已经说明了三岛由纪夫与"太阳"的两次邂逅，1952 年他在海外旅行的轮船甲板上与"太阳"进行了和解，从希腊回到日本以后，三岛就开始了肉体改造。这时，他发现了"铁"，试图通过铁去复苏肉体内行将失去的古典的均衡，将肉体推回到应有的姿势。这种"古典的均衡"，受到日本古典主义及希腊古典主义的影响，三岛强调"武"，憧憬古希腊雕塑式的肉体。

1951 年 12 月，三岛在其父亲的朋友，当时的《朝日新闻》出版局长的帮助下，获得特别通讯员的资格，第一次出国旅行。这次游历，特别是最后一站希腊之行，给他的人生以及文学打开了一片新的天地。他陶醉于碧海蓝天，享受着太阳的光辉，并开始思考改造自己的肉体，将自幼就孱弱的身体通过人工改造，打造成希腊雕像中那种拥有健美身躯、结实肌肉的充满男性美的肉体。从希腊回到日本后，三岛的心情是愉悦开朗的，用他自己的话说就是希腊治愈了他的自我嫌恶与孤独，唤醒了尼采式的"对健康的意志"。在身体上，他积极参加健身、剑道、柔道等训练，在文学上，致力于文体的改造，在内容上，也尝试创作与过去的血与死、性倒错、禁忌之爱等为主题的不同的作品。

发表于 1954 年的《潮骚》，在三岛的文学世界中就是这样一部比较特殊的存在，充满着对青春活力、青年男女纯爱的赞美。《潮骚》是以古希腊的《达夫尼斯和赫洛亚》为蓝本创作的，三岛将故事舞台设定在远离现代文明、民风淳朴、百姓以打鱼为生的离岛神岛上（在作品中取名为"歌岛"）。男女主人公之间的恋情虽然因为门第之差而受到重重阻挠，但男主人公新治最后通过与情敌出海竞赛，在暴风雨中表现出来的勇敢与力量获得了初江父亲的认可，两人的爱情也得以圆满。《潮骚》这部田园牧歌式的作品，表现了作者三岛对生、力量、健康的赞美，是三岛另一个美的方程式"生+青春=美"的集中体现。当然，这部作品其实也是三岛对男性健康美丽肉体的崇拜的表

[①] ［日］三岛由纪夫. 太阳与铁［M］. 唐月梅译. 上海：上海译文出版社，2012：7.

现。对于男主人公新治的外貌，三岛是这样描写的：

他身材魁梧，体格健壮，他的黑得发亮的肌肤，一个具有这个岛的岛民特点的端庄鼻子，搭配着两片龟裂的嘴唇，再加上闪动的两只又黑又大的眼睛，这是以海为工作场所的人从海获得的恩赐。①

这就代表着三岛心目中理想的男性形象，也是他从希腊回国后着力打造的自己的肉体形象。

希腊之行，使三岛由纪夫找到了自己古典主义倾向的归结，也就是说，他发现了创作美的作品同自己变成美的东西的同一伦理基准。希腊的古典主义对三岛带来的影响主要在于，不重精神而重肉体与理性的均衡，尤其注意在这种均衡即将被打破但可能不会被打破的紧张中创造出来的美。三岛憧憬希腊式的男性肉体与气魄、对生的积极肯定以及艺术的严谨的完美性上。在回到日本后，三岛立即投入到改造自己肉体的行动中去。他认为日本近代文人的肉体锻炼不足，近代文学作品中的人物大多是脸色苍白、身体羸弱的形象，在西方文化的侵蚀下，日本传统文化就会被弱化，也因此三岛提出"文武两道"。对于文武两道，三岛的解释是：

所谓"武"就是花与凋落，所谓"文"就是培育不朽的花。而所谓不朽的花，也就是假花。这样，所谓"文武两道"，就是凋落的花和不落的花兼而有之，这是人性最相反的两种欲求，以及为实现这种欲求的两个梦，把这两个梦集于一身，就是"文武两道"。②

这也进一步说明了三岛的生死观。"武"象征死，"文"象征生，死亡是生的终结也是生的开始。

在《太阳与铁》中，三岛分析了自己对于身体改造的态度，认为精神应该与肉体相对应，自己需要古典式的肉体才能达到自己人生的终极目标。

也就是说，虽然我深深地怀抱着对死的浪漫冲动，但作为器官来说，它严格地要求有古典的肉体，从不可思议的命运观来看，我相信我之所以没有实现对死的浪漫的冲动的机会，原因很简单，就是肉体的条件不完备的缘故。为了浪漫主义悲壮的死，必须有坚强的雕塑般的肌肉。③

除了积极的肉体锻炼外，三岛还乘坐坦克、战斗机，带领右翼学生到自卫队体验生活、接受军事训练。他觉得在军队（其实是自卫队）中自己体会到了"至高无上的幸福感"。

三岛由纪夫极力崇尚武道，他心目中具有光辉形象的英雄，并非是伟大的文豪，而是武人式的"英雄"。他认为对文笔的追求是贪生、怯懦的，而痛痛快快死于剑下则是所谓"英雄"的壮举。本来，死亡是人生的终点，是任何人都无可回避的。无论生前是轰轰烈烈还是碌碌无为，最终都将归于尘土。但是，三岛深受武士道影响，认为武士剖腹自杀而亡，是一种最极致的美。剖腹自杀兴起于镰仓时代，到了江户时代，幕府虽

---

① [日]三岛由纪夫. 潮骚[M]. 唐月梅译. 上海：上海译文出版社，2009：3.
② [日]三岛由纪夫. 太阳与铁[M]. 唐月梅译. 上海：上海译文出版社，2012：36.
③ [日]三岛由纪夫. 太阳与铁[M]. 唐月梅译. 上海：上海译文出版社，2012：19.

严令禁止但却无法完全根除。无论是剖腹的"十字切"也好，"一字切""二字切"也好，都是剖开肚皮让里面的内脏流出体外，其过程非常痛苦，而武士道崇尚的就是用意志战胜痛苦直至最后慢慢死去。有时旁边还有"介错人"，就是在剖腹自杀者最为痛苦之时斩首助其死亡。在《忧国》中，三岛由纪夫详尽描述了武山中尉的剖腹自尽过程，将他自己为天皇效忠的思想以及美学观等淋漓尽致地表现了出来。

三岛在向外国记者解释日本剖腹自杀仪式的由来时，如此说道：

我无法相信西方的原罪，因为其不可见。但在封建时代，我们相信罪恶潜驻于我们身体的内部。因此，如有必要揭示自身的恶，我们必须剖开肚腹，将可见的罪恶掏出来。这也是武士道意志的象征所在；众所周知，切腹自杀是最为痛苦的死法。他们愿以如此悲壮残忍的方式赴死，正是武士勇气之最好证明。这种自杀方式是日本独创的，任何外国人无法模仿炮制。①

可见，三岛由纪夫是饱含着自负与骄傲向外国人传达这一文化现象的。

对于只有通过壮烈的死才能与美发生关系这一问题，三岛在《太阳与铁》中做了如下说明：

男性被课以如下的美的严密法则，即男子平时是绝对不容忍自己客体化的，只有通过最高的行动才能客体化，那大概就是死的瞬间，即使实际上无法看见，也允许虚构"能看见"，只有这一瞬间才被允许作为客体的美的存在。特攻队的美就是这种美，它不仅是精神性的美，也是一般男性认为的超性爱的美。②

所以三岛主张"文武两道"，也就是同时具备文与武。三岛提出"文武"是完全相反、互相矛盾的概念，却又在这两个不相容的概念中寻求两者的平衡。

在《忧国》以后，三岛不仅在文学上加入了自己强烈的政治意识，还身体力行参与到实际的行动中。他努力想要唤醒日本国民"尚武"的传统，力图重塑天皇的绝对权威，而这些思想在日本战后以及世界和平的大趋势下是完全不合时宜的，民众无法理解他的说教，他的"文化概念上的天皇"也就只能存在于他自己的观念中。在他的思想走入死胡同寻求不到出路时，他采取了最为激烈的"武"即武士道的剖腹方式结束了自己的生命，甚至还为自己的行动冠以"牺牲"的美名，"为了当前日益衰落的日本古老的美的传统，为了文武两道的固有道德，我决心自我牺牲，以唤起国民的觉醒。"③

三岛由纪夫在剖腹前一周给美国友人唐纳德·金④的信中说到，自己很早就在考虑作为一名武士去死，而不是作为一个文人。他的自杀是具有周密的计划的，还带着"盾会"成员提前进行了彩排。什么时间以什么借口进入自卫队，如何控制总监，穿什么服装带什么刀，谁来充当介错人，檄文发表的内容，等等，无一不透露着残酷的冷静。

---

① [英] 亨利·斯各特·斯托克斯. 美与暴烈：三岛由纪夫的生与死 [M]. 于是译. 上海：上海书店出版社，2007：4-5.
② [日] 三岛由纪夫. 太阳与铁 [M]. 唐月梅译. 上海：上海译文出版社，2012：39-40.
③ 唐月梅. 怪异鬼才三岛由纪夫传 [M]. 北京：作家出版社，1994.330.
④ 唐纳德·金（Donald Keene）（1922年—2019年）：美国哥伦比亚大学名誉教授，日本文学研究专家。2011年日本发生3.11大地震后加入日本国籍。（笔者注）

对于三岛由纪夫的"文武两道",铃木贞美评价得很妙:

隔离政治、把"文武"当作美的概念来处理就是一种文化主义。要是彻底贯彻文化主义,把"文"、"武"、"政治"都当作文化上所讨论的概念,那么最初就不能把"文化概念的天皇"绝对化。①

铃木贞美直接指出了三岛的"文武两道"与"文化概念上的天皇"所存在的矛盾性。

(四) 三岛由纪夫国家主义思想的形成原因

1. 家庭环境及成长经历的影响

现有研究表明,原生家庭对个体的人格形成、心理健康等有着重大而深远的影响,其性格、三观、审美、自我意识、人际交往等都有着原生家庭的烙印。

三岛的祖父名为平冈定太郎,家族本是农民出身,到了定太郎这一代开始进入仕途。定太郎毕业于东京帝国大学(现东京大学)法学部,当过众议院议员、县厅内务部部长、县知事等,最后官至桦太厅长官,因为卷入受贿案而引咎辞职。三岛祖父从官场退下来后,开始从事实业,但是他并不精于此道,导致家道中落。三岛父亲平冈梓也毕业于东京大学法学部,毕业后进入农林省,担任过水产局局长,后辞去公职。三岛由纪夫(平冈公威)于1944年进入祖父、父亲就读过的同一所大学同一个学部,毕业后通过高等文官考试进入大藏省工作,为了专门从事文学创作,三岛不到一年即从政府部门辞职。对于三岛的选择,父亲表示坚决反对,幸好三岛的母亲一直理解并支持他的文学创作,三岛的每部作品完成后,也都会给自己的母亲最先阅读。三岛的母亲倭文重出身于加贺前田藩的儒学之家,父亲担任中学校长,因此三岛母亲从小就深受儒学的影响,文学素养较高。

但是对于三岛由纪夫来说,对他的一生造成重大影响的,是在他十三岁前一直朝夕相处的祖母永井夏子。

三岛祖母是三岛家族中最强势的人。这缘于她的出身。祖母的娘家永井家与德川幕府家有着姻亲关系,她的祖父曾担任幕府的重要官职,手握实权且威名赫赫。三岛祖母是这个家族的长孙女,曾被寄养在公家②五年,学习诗词歌赋并接受皇家贵族的严格礼仪训练。她自己出身于豪权武士家庭,又在宫中受到皇家风范的熏陶,养成了眼高于顶、孤傲狂躁的性格。对于这段经历,三岛在作品《春雪》中设计了类似的情节。主人公清显的父亲松枝侯爵是下级武士出身,他觉得自家欠缺贵族的"风雅",所以将儿子清显寄养到华族绫仓伯爵家,让他学习贵族式的优雅。其后故事就围绕清显与伯爵之女聪子之间一世的爱恨纠葛展开。

永井夏子虽然出身名门,但是她的婚配及婚姻并不顺利。当时的三岛祖父是农民出身,且相对于位高权重的永井家来说,只是一个平平无奇的小官吏,因此从一开始夏子对丈夫及丈夫的家族都是轻视的。她在生下三岛父亲即平冈梓以后,患了严重的坐骨神

---

① [日] 铃木贞美. 现代日本文学の思想 [M]. 東京: 五月書房, 1992. 163.
② 这里指的是与明治天皇有血缘的亲王有栖川家(笔者注)。

经痛和脑神经痛，且时不时歇斯底里地发作。这不仅造成她自己一生都深受其苦，她的家人也都惧怕她的狂躁脾气。对于自己的丈夫，夏子一方面瞧不上他的出身，对于他的事业失败也十分恼恨；另一方面据说她罹患的神经痛也跟丈夫传给她的花柳病有关，所以她是厌恶甚至憎恨三岛祖父的。她本希望自己的儿子能够重振家威，让她脸上有光，没想到三岛父亲也只是资质平平，在担任了一段时间的小官吏后就辞去了公职，可想而知三岛祖母内心的失望。因此当三岛降生后，祖母就把她毕生的希望转而寄托在了孙子身上。

三岛祖母在家里是绝对的权威，说一不二，任何人不能反抗。因此她决定把出生不久的婴儿三岛放到自己床边亲自教养时，三岛母亲虽然心有不满，但也不敢宣之于口。祖母只让三岛母亲在喂奶的时候才可以抱一抱他，且严格规定时间。三岛由纪夫就是在这种充斥着老人味和药味的房间里长大。在三岛幼年，祖母不准他玩男孩子的玩具，也不允许他出门与其他男孩子玩耍，因祖母自己有神经痛，不能容忍一点声响，为了能让他安静地待在房间里，还特地挑选了几个女孩陪伴他。幼年的三岛就在这种安静、压抑的环境中慢慢长大。三岛从小身体孱弱，5岁时还曾经患上类似尿毒症的急症（日语叫"自家中毒"），危及生命，这也是幼小的三岛第一次接近死亡。有过这次惊险经历后，三岛祖母将他管束得更为严厉，不让他离开自己半步，甚至限制他与自己父母见面的时间。评论家佐伯彰一将三岛幼年的经历评价为三重隔离，即与母亲的隔离、与户外自然的隔离、与同时代伙伴的隔离。现实世界被隔绝在祖母的房间之外，困于其中的幼年三岛只能沉溺于童话与幻想之中。

祖母夏子的这种"变态"的过度保护，在很大程度上影响了三岛的性格，乃至于性心理、生死观等，这种影响，贯穿了三岛的一生。对于这一点，三岛母亲是有一定预见的，她曾说道：

在这样的环境下，公威当然得不到普通人的一般教育，他像被揉和的黏土似的，随时都可能变形，可是，我又不得不凝视着这种可怕的现象。这孩子心地善良、天真活泼，难道就让这棵伸展着的、具有可塑性幼苗被无情地践踏吗？他很可能就在畸形的状态下不成长啊！①

虽然三岛母亲非常担心这种畸形的环境会带给三岛不利的影响，但是对于强势的三岛祖母，她是完全没有话语权的，只能眼睁睁地看着三岛被"践踏"着长大。

被圈养在祖母身边的三岛，陪他玩耍的是女孩、照顾他起居的是女佣、护理祖母的是女护士，可以说三岛就是在"女儿国"中成长起来的。渐渐地，他也找到自己能获得平静、慰藉的方式，那就是童话、绘画与幻想。而在其成长环境过程中男性的缺位，也是造成三岛对男性肉体的憧憬与偏执的一大重要因素。

三岛幼时尤其喜欢童话，曾因为看到圣女贞德的图画而爱不释手。画中的贞德挥剑骑马，威风凛凛，在三岛的想当然中，这就是一位完美的理想的男性。可当别人告诉他贞德是一位女性，只是女扮男装在战场上奋勇杀敌时，他就非常失望，从此再也不去碰这本书了。从三岛幼年时阅读的童话故事来看，他尤其喜欢的是那些英俊的穿着紧身裤

---

① （转引自唐月梅）[日] 吉田和明. 三岛由纪夫 [M]. 东京：现代书馆，1985. 63.

的王子，并且最后的结局几乎都是流血而惨死，看到这些，他的内心就会产生莫名的快感。因此，三岛由纪夫的性倒错、死亡美学，早在他的童年时代就显现出了雏形。在《假面的告白》中，三岛将自己的这些幼时体验都描写了出来。他憧憬壮硕的淘粪工、电车司机、地铁检票员，还有家门外操练的充满汗臭味儿的士兵等，这些都能引起他官能上的悸动。在三岛的视线里，身穿紧身裤的淘粪工，下半身的轮廓被清楚地勾勒了出来，于是他倾倒于这名充满男性力量的淘粪工，甚至自己还曾浮现过想当淘粪工的念头。

三岛的文字中对祖母涉及较多却几乎不提及自己的祖父。三岛祖母权贵武士家庭的出身，以及与皇室的种种羁绊，对于三岛来说是一种荣耀，而对于出身于农民的祖父，三岛可以说是轻视的。举一个例子来说明，三岛向来不喜欢太宰治及他的作品，

（太宰治）作品里所散布的文坛意识和类似负笈上京的少年的乡巴佬的野心，对我来说是最受不了的。①

就太宰治的《斜阳》，三岛挑毛病说里面描写的贵族语言、生活习惯等与他自己亲身所见所闻的战前华族大相径庭。可以看出，三岛对于自己祖母系的出身、在都市成长的经历是极其自负且清高的，因此瞧不起太宰治那种"乡下土豪"出身（当然，这里面也不乏文人相轻以及三岛年轻自负的成分），包括那些"乍看像都会派的时髦的新进作家"，三岛也产生出心理上的抵触。由此也可以从侧面证明三岛对自己祖父系的农民出身是轻视的。

三岛祖母对自己丈夫、儿子接连失望，因此将期望转嫁到孙子三岛身上。她希望三岛能够光耀门楣，重振家威，达到像她自己娘家那样显赫的地位。因此，到了三岛读书的年龄，祖母决定将他送入学习院就读。学习院主要招收皇族、华族②子弟，教育的内容也是以日本学为中心的国粹文化。三岛祖母的娘家虽然曾是德川时代的重臣，但是三岛家即平冈家其实就是平民，按常理来说是不符合学习院的条件的。但是以显赫武家出身为傲的三岛祖母仍然想方设法把他塞进了这所学校。三岛由纪夫在这里度过了小学、中学时代，并以第一名成绩毕业的身份觐见天皇，得到了御赐银制怀表，这对三岛来说，是一件无上荣耀的事情。

这样的家庭环境是三岛由纪夫天皇观形成的前提条件，而成长过程中身体的孱弱、父亲的缺席、对母爱的渴望等，又是三岛男性肉体崇拜、死亡美学等形成的重要因素。

2. 日本浪漫派的影响

三岛在学习院中等科时遇到了他的恩师——清水文雄，清水文雄是和泉式部的研究专家，担任三岛的作文与语法课，是他将三岛带进了日本古典文学的世界。三岛自己在谈到清水老师时，曾说道：

清水先生主要把我引向平安朝文学的世界，我任何时候都从未后悔过我从清水先生那里接受有关古典的教养。在停战后的混乱时期也是如此，现在更是这样了。清水先生

----
① ［日］三岛由纪夫．我经历的时代［M］//太阳与铁．唐月梅译．上海：上海译文出版社，2012：102.
② 明治维新后，废除了士农工商"四民"制度，日本国民分为皇族、华族、士族、平民四个阶层，华族又细分为公爵、侯爵、伯爵、子爵、男爵五个等级，享有多项特权，战后被废止。（笔者注）

平静地把美的考察当作惟一的尺度来打开古典的宝库让我看时，引起我感动的，是一种终生不会再来的感动。我已经读了若干部外国文学的翻译书籍，不知不觉间积累了用世界文学的视野来审视古典的修养。因此在清水导师的光耀下，我时时刻刻不断地睁开眼睛注视着那类似希腊悲剧的精巧结构的《源氏物语》的原罪主题，以及完全非个性的、抽象的、而且是完整的《古今和歌集》的纯粹美。也就是说，我从清水先生那里学到的不是别的，而是一种信念，即日本古典具有的执拗地盘踞在日本现代人心中的力量。[①]

三岛在16岁时第一次以清水老师为他取的"三岛由纪夫"这一笔名在《文艺文化》上发表了处女作《鲜花盛开的森林》，开始走向文坛。除了清水文雄以外，在学习院时期给少年三岛带来重要影响的还有国语老师松尾聪等。

清水文雄是《文艺文化》的同人，他向三岛积极推荐了保田与重郎的文章，三岛读后深受感动。保田与重郎是日本浪漫派的重要代表人物，他的皇国思想给三岛由纪夫的国家主义思想及美学观等带来了较大的影响。

日本浪漫派是战时的产物，"是以1932年创刊的《我思故我在》、1935年创刊的《日本浪漫派》、1938年创刊的《文艺文化》和1939年创刊的《文艺世界》为核心的文学运动的统称"[②]。1933年小林多喜二被拷打致死，在日本法西斯当局的威胁下，监狱中的无产阶级作家宣布"转向"，日本无产阶级文学走向衰退。在日本发动侵略战争的时代背景下，日本军国主义实行"文坛总动员"，整个日本文坛被卷入国家主义的旋涡，日本浪漫派应运而生。1934年，保田与重郎、龟井胜一郎、神保光太郎等六人发表《日本浪漫派广告》，宣称反抗近代"低俗"的文学，回归"古典"。日本浪漫派宣扬古典主义、皇国文学，鼓吹国粹主义，具有强烈的极端国家主义倾向。日本浪漫派还倡导召开了对"近代的超克"的讨论，否定明治维新以来的日本近代文明及近代文学，反对西方文明，以此压制近代的个人主义与民主主义思想。对于日本浪漫派是如何从主张唯美、研究古典走向极端国家主义的这一问题，王向远的研究指出，日本浪漫派的发展演变历程为"唯美·纯艺术·颓废·超现实→古典→天皇·皇统→极端民族主义·国家主义→法西斯主义"[③]。也就是说日本浪漫派在研究古典中发现了天皇，进而在古典中寻求自己的理论支持，宣扬"万世一系"的日本民族，强调日本民族的优越性，这就自然导致日本走上了极端国家主义的道路，进一步鼓吹法西斯侵略战争。

保田与重郎是日本浪漫派的代表人物，他先后发表了《日本的桥》《戴冠诗人》《御鸟羽院》《近代的终结》《万叶集的精神》《古典论》等文章。王向远评价他道：

作为日本古典文学的研究家，他试图从日本古典文学的研究中寻找日本文学的血统。……极力把日本的文学史说成是天皇"万世一系"的文学，证明日本文学的根本精神就是所谓"皇国文学"，宣扬"日本主义"和"日本精神"。……极力把日本的侵华战争加以"文学化"和"美学化"，鼓吹所谓"作为艺术的战争"，把侵华战争本身

---

① [日]三岛由纪夫. 师生[M]//太阳与铁. 唐月梅译. 北京：中国文联出版社，2000：16.
② 许金龙. 三岛由纪夫美学观的形成和变异[J]. 日本学论坛，2002（02）：153.
③ 王向远. "战国策派"和"日本浪漫派"[J]. 中国现代文学研究丛刊，1997（02）：213.

看成是日本人的根本的"精神文化"。①

铃木贞美指出：

1932年，一些作家、文人也在"法西斯主义"横行的日本文坛激起波澜，……以及当时颇具影响力的文艺评论家保田与重郎对后鸟羽院和后醍醐天皇的赞美，皆对"皇国思想"起到煽风点火之作用。②

1938年保田与重郎作为"新日本文化会"的会刊杂志特派员游历了所谓的"满蒙鲜支"（即朝鲜、满洲、北京、蒙疆），写下了游记《蒙疆》，集中反映了他的中国观、东亚观。王升远指出：

（保田与重郎）贬低近代中国而抬高日本本土以及满、蒙、鲜等殖民地或亲日傀儡政权地区的文化价值。这种致力于建构"中心的塌陷和周边的隆起"的东亚文化层级的话语行为与战争时期日本"去中心的中心化"的思想建构以及"大东亚新秩序"的政治战略构成了一种相互支撑的关系。③

保田与重郎所主张的终极目标就是对抗、颠覆以中国为中心的旧秩序、使日本成为"大东亚新秩序的"的"盟主"，进而走向世界，构建新的亚洲殖民体系。他在《蒙疆》中写道："日本的独立，到了如今，必须是进一步走向亚细亚的独立，也就是文化史式的、世界文化的重建。新日本的使命，就是主张自旧世界文化之中所开辟出来的亚细亚文化、精神与睿智。"保田无视日本侵略的客观事实，通过朝圣"圣战"即近代以来的甲午战争、日俄战争、九一八事变、七七事变的战争遗迹，探寻近代日本一步步实现"霸主"地位的过程，鼓吹"日本精神"，讴歌日本侵略战争，明目张胆地叫嚣"为了东洋的和平，必须消灭优秀的支那人"。侵略他国领土、烧杀淫掠、无恶不作的罪行，竟被保田称之为为了"和平"！！战后，保田与重郎被以"其他军国主义者、极端国家主义者"的名义处以革去公职的处分，直到1951年处分才被解除。保田与重郎还赞美"死"，他曾说个人的生命价值是由死来证明的，将"二二六事变"描述为"肉体的诗性表现"等等，这些都给三岛由纪夫的天皇观、生死观带来影响。

除了保田与重郎之外，三岛由纪夫还受到浪漫派另一位重要人物莲田善明的很大影响。莲田善明具有很高的古典文学素养，是一个极端的国家主义者。他曾经参加过侵华战争，后因伤病被遣送回国，在太平洋战争末期再次应征入伍，被派到马来西亚战场。莲田的死亡认知也给了三岛很大影响，莲田曾经写道："我信仰人应在这个年纪死亡。我确信，死于青春——便是我们国家的文化。"④ 三岛在《文艺文化》上发表了处女作《鲜花盛开的森林》之后，便受到莲田的极大赏识，被其称为"深受古典文化恩赐的幸运儿"。1945年8月15日昭和天皇宣布日本投降，莲田善明所在的部队仍负隅顽抗，8月19日他在高呼"天皇陛下万岁"之后自杀而亡。莲田的自杀带给三岛很大冲击，三

---

① 王向远. "笔部队"和侵华战争：对日本侵华文学的研究与批判［M］. 北京：昆仑出版社，2015：16-17.
② ［日］铃木贞美. 日本的文化民族主义［M］. 魏大海译. 武汉：武汉大学出版社，2008：49-50.
③ 王升远. 史迹评骘、雄主回望与"浪漫远征"——保田与重郎《蒙疆》中的"满蒙鲜支"叙事［J］. 外国文学评论，2017（01）：5.
④ ［英］亨利·斯各特·斯托克斯. 美与暴烈：三岛由纪夫的生与死［M］. 于是译. 上海：上海书店出版社，2007：86.

岛在晚年曾说到，莲田给我的东西是什么，在战争期间似乎一直都看不见，可是随着接近莲田的享年，死就是文化这种闪电般的美的真意，以及莲田当时对"最大的内部敌人"的愤怒，对知识分子的愤怒，我明白了。①

莲田善明对三岛的影响，从少年时代一直跨越至晚年，"死就是文化"，其实就概括了三岛"死亡美学"的真谛。

3. 《叶隐》的影响

作为日本传统文化的武士道，大致可分为儒学武士道与叶隐武士道两大谱系，两者都将"忠"视为最高价值，对三岛由纪夫产生重大影响的是叶隐武士道。

三岛由纪夫在自己撰写的《叶隐入门》（1967年）里说道，对于《叶隐》，

从战争期间就开始阅读，总是放置在自己周围，在那之后的二十多年里，时常翻阅，每每读到某页又能给我新的感动的书，也就只有这本《叶隐》了吧。……《叶隐》的影响，使得我走作为艺术家的路异常困难，同时，也正是《叶隐》，是我的文学母胎，是我永远的活力源泉。②

《叶隐》也叫作《叶隐闻书》，是关于武士道德修养的一部著作，主要宣扬忠孝仁义与大义殉死。《叶隐》是由18世纪佐贺藩的藩士③山本常朝（1659—1719）口述，田代阵基笔录成集，由十一卷构成。1700年，山本常朝在自己侍奉了三十多年的主君即藩主锅岛光茂去世后，本来想殉死，但是当时江户幕府已颁布了禁止殉死的法令④，于是他就出家隐居起来。约十年后，田代阵基拜访了山本的隐居地，开始聆听山本的讲述并记录下来。

江户时代处于相对和平的状态，虽然"士农工商"的法令昭告"武士"位于四民之首，但是这个时期的武士已不再需要像以前一样在战场上为自己的主君拼杀，而是逐渐转型为封建社会的一种管理者，因此出现不少武士无所事事、耽于享乐的现象。山本常朝痛感于武士阶级的"世风日下"，于是经常跟田代阵基讲述武家社会的故事、佐贺藩的习俗及武士应具备的素质和道德修养，还有山本自己的人生经验及处世哲学等，田代阵基再将这些口述记录、整理成册，前后共花费七年时间，最终形成《叶隐闻书》。"叶隐"的表面意思是树叶的遮映，暗喻武士在不为人知之处"舍身奉公"，默默为主君效力。

三岛由纪夫在《叶隐入门》中，对这部著作进行了详细的解说，并归纳了《叶隐》三大特色，即行动的哲学、恋爱的哲学、生的哲学（「行動哲学・恋愛哲学・生きた哲学」）。

关于行动哲学，三岛解释为作为主体的作用置于行动之中，作为行动的归结置于死亡之中。关于生的哲学，三岛认为生与死作为盾的两面，理当选择死。生与死既对立又

---

① （转引自唐月梅）[日] 三岛由纪夫. 莲田善明及其死：序 [M] //三岛由纪夫全集 34. 东京：新潮社，1973-1976：364-365.
② [日] 三岛由纪夫. 葉隱入門 [M] //三岛由纪夫全集 33. 东京：新潮社，1975：53.
③ 江户时代，从属于各藩的武士的称呼，主要是大名的家臣。（笔者注）
④ 1661年，锅岛光茂在锅岛藩下令禁止追腹（即在主君死后，家臣切腹殉死），1663年，江户幕府颁布修订的《武家诸法度》，明令禁止武士追腹殉死。（笔者注）

统一，应当把每一天都当作生命的最后一天来度过，这样积蓄起来的某种东西，就可以在直面死亡的那一瞬间起到作用。《叶隐》里有一句话："所谓武士道，就是看透死亡（武士道とは死ぬことと見つけたり）。"山本常朝认为武士时刻都要有死的觉悟，这样在面临生死危机时就能保持清醒的头脑从容赴死。这对三岛由纪夫影响至深。三岛认为武士的剖腹是一种自觉的选择，是一种效忠主君与维护名誉的积极表现，也就是一种自由。由此，三岛由纪夫对《叶隐》里所强调的武士的殉死公式是持赞扬态度的，即"死＝选择＝自由"。三岛认为，武士通过切腹自尽，就能达到最大的自由，完成最极致的美。《叶隐》的殉死理论直接影响了三岛由纪夫，他的大多数作品都在宣扬"死亡之美"，《忧国》中直接赤裸裸地描写了这种自杀仪式，他自己也将这套理论运用于自己的行动哲学中，在自卫队剖腹自戕，以完成他自己所谓的为天皇"效忠"。

关于恋爱哲学，三岛认为对女子或男子的爱意如果是纯洁无瑕的话，那就等同于对主君的忠诚。《叶隐》的时代背景是在近世，武家禁止男女私相接触，"男风"盛行，殉情而死被高度赞扬，借此宣扬对主君的爱与忠诚。山本朝常多次用"忍恋"来比喻奉公，就是不将自己的心意表明，而是将爱意埋在心底，这样才是"恋爱之极致"。从这个意义上来理解武士的忠诚，也暗合"叶隐"之意。三岛对此的解释是男性之间的爱最真切，以"恋阙之情"为名构成天皇崇拜的基础，是由日本传统而形成的特殊恋爱观。

三岛侧重从文化、美学方面来解读《叶隐》这本著作，但是他的解读又与他的天皇观及死亡美学紧密相连。在三岛看来，《叶隐》本身不是政治性的东西，战争期间武士道精神被利用在了政治上。在这一点上，三岛的见解可以说有值得肯定之处。对于神风特攻队，三岛认为他们是被国家权力强行推向了死亡，是一种带有强制性的死，与武士道推崇的选择的死是不同的。

《叶隐》在宣扬忠君奉公的同时，还大力赞美"死狂"，就是不思考意义、不考虑后果，只要对主君有利，就不顾一切毫不犹豫地将对方斩杀。这体现出了山本常朝的非理性的偏执，再加上其中对藩学的推崇，不符合幕府的价值观，一度被列为禁书。在明治时期日俄战争以后，中村郁一将《叶隐》呈送陆军大将乃木希典，得到乃木的喜爱与重视。1912年明治天皇"驾崩"之后，乃木希典与其妻双双自尽殉死，乃木也被打造为"军神"、武士道的"象征"，对日本国民产生了较大影响。

随着近代绝对天皇制国家的强化，特别是在侵华战争和太平洋战争期间，《叶隐》所提倡的"灭己奉公"及"死狂"被法西斯军国主义者所滥用，《叶隐》也成为战时日本国民的必读书籍。军国主义政府将山本常朝时代所效忠的主君延伸至天皇，借以煽动日本国民以效忠天皇的名义而大肆侵略扩张，带来极大恶果。

现代日本人的《叶隐》认识，与三岛由纪夫撰写的《叶隐入门》有着重要联系，这从《叶隐入门》问世以来，多达几十次的再版就可以窥视一二。三岛最后用剖腹证明对天皇的"效忠"，也算是《叶隐》武士道思想在当代的实践。当然，《叶隐》中也包含不少为人处世的警世格言，我们要秉持辩证的批判精神，取其精华、去其糟粕，正确看待日本文化。

4. 日本长久以来的"天皇崇拜"影响

日本的天皇崇拜是与神道教密不可分的。日本神道教作为本土宗教长久以来影响着日本及日本国民。神道教重视祖先神信仰，崇拜天照大神，主张神皇一体、祭政一致。在《古事记》（712年）、《日本书纪》（720）中皆有对天皇的记载，号称天皇是天照大神的子孙，日本国土及万物皆由天神创造，完成了神到天皇的过渡。解晓东指出，

> 古代天皇制的政治伦理的核心是：其一，天皇是创造日本的神的子孙，是"以凡人身份降世之神"。这样编造了天皇的神圣形象；其二，塑造这个神圣形象的理论基础是，借鉴了中国儒学有德为君的天子观；改造了印度佛学为"镇守国家"之学，实际上是镇守天皇制学；把日本固有的传统神道信仰改造为服务于天皇制的神道教。其三，天皇是世俗权力的最高权威，也是精神世界的最高权威，天皇是政教合一的领袖。①

日本南北朝时期的北畠亲房在其著作《神皇正统记》中宣称："大日本者神国也，天祖始开其基，日神长传其统；惟有我国如此，异朝无其类，故曰神国。"② 他的这些理论还成为江户末期尊王倒幕运动的思想源泉之一。江户时代，国学者们从《古事记》《日本书纪》等古代典籍中寻求依据来阐释神道教，宣扬日本民族的优越性，为复古神道提供了理论学说。明治维新以后为了巩固王权，将神道教奉为国教，也就是国家神道，二战以后才得以废除。国家神道就是维护绝对天皇制，将天皇视为现人神来统治日本，恢复了"祭政一致"。在《国体之本义》中，如此记载道："大日本帝国，由万世一系之天皇奉皇祖之神敕，永远统治之，这就是我万古不易之国体。而基于此大义，作为一大家族国家，亿兆一心，奉体圣旨，充分发挥忠孝之美德。这就是我国体之精华。"③ "皇祖"即指天照大神，天皇作为天照大神的子孙现人神来统治"神国"。近代日本神道教都是为了维护绝对天皇制来诠释其教义的。明治之后的天皇又重回权力巅峰，其功能以宪法的形式明确并固定下来。关于绝对天皇制在本书第二章已进行了说明，这里不再赘述。

这种"万世一系"的天皇崇拜思想，深深根植于日本国民心中，对日本后世影响深远。从历史上看，日本朝代的更迭都是在天皇制的内部进行，即便是到了武家政治，天皇在政治上的权力被架空，但是精神权威的"魔咒"始终存在。"天皇崇拜"一方面形成了强大的民族精神凝聚力与向心力，提升了日本国民的自我认同感，但是另一方面这种神话在近代日本的对外扩张、侵华战争以及太平洋战争过程中，起到了强大的煽动以及精神洗脑作用。在"效忠天皇"的旗号下，日本国民奔赴海外战场，沦为战争的炮灰，给他国人民带来沉重的破坏与打击。

战后，军国主义得到清算，GHQ颁布了一系列法令来强制促使神道教与政治的分离。但是美国出于自身利益的考虑又带有一定程度的妥协性，没有彻底推翻天皇制，而是剥夺了其政治权力保留了作为象征的天皇。在《日本国宪法》中规定，天皇是日本国的象征，是日本国民整体的象征。战后各方也没有追究天皇的战争责任，这些都为军

---

① 解晓东.日本古代天皇制的形成及其政治结构刍议[J].外国问题研究，2009（01）：69.
② （转引自）牛建科.日本神道教功能试论[J].日本研究，2011（01）：120.
③ 同上。

国主义复活埋下了隐患。三岛由纪夫是狂热的天皇拥护者，他不满于战后象征天皇制，提出了"文化概念上的天皇"，主张恢复天皇的神性及精神上的绝对权威，进而妄图修改宪法。他的这种右翼思想是完全违背战后民主化的历史进程以及世界和平的大潮流的，是不被日本人民所接受的。

随着神道教与政治的分离，日本战后的神道教逐渐趋于回归它的原始本色，主要体现在文化习俗与传统生活习惯中。如各种神社祭祀活动、新年参拜、七五三、白无垢婚礼、破土动工前的仪式、考试之前的天满宫祈祷等等，涉及百姓生活的方方面面。但是，我们必须注意的是，"战后日本虽转向象征天皇制，但由于长期以来传统文化思想的影响，加之政府有意识地强化，而且日本精英保守阶层始终加强天皇的权威，所以天皇依然处于权威的顶端。这种权威被日本新民族主义视为不可替代的象征性存在，并且跟日本修宪等国内重大议程密切联系在一起，对日本政治、社会、文化、外交等诸多方面发挥了不可低估的影响力"[1]。

1979 年日本公布《元号法》，在法律上承认了天皇元号的地位，元号的使用深深渗入每一位国民心中。2019 年 4 月，明仁天皇生前退位，由德仁继位时，掀起了日本国民对元号的热烈讨论，"三大神器"也通过电视转播重现民众眼前。1999 年，日本国会通过"国旗国歌法"，将"日章旗（日の丸）"和"君之代"定为日本的国旗和国歌。日章旗在 8 世纪开始就为天皇所使用，其图腾充分体现了日本的太阳神信仰。日章旗在幕府时期曾作为航海船只标识使用，明治维新以后，进一步成为近代绝对天皇制国家的象征，因日章旗在战争期间起到的思想煽动作用，战后对其争议很大，只是将其作为代国旗，直至 1999 年通过法律形式定下来。"君之代"的歌词来源于古代和歌，出自 10 世纪的《古今和歌集》，"君的时代传承千代八千代"，明治维新以后，"君"就是指代天皇，"君之代"意为天皇的统治长久不衰。可见，日本国旗及国歌都带有浓厚的国家主义色彩。

近年来，作为象征的天皇及皇室仍然被保守派、右翼势力奉为神明，而普通国民特别是年轻一代的关注更趋于娱乐化，对于女性天皇的讨论、皇室成员的婚恋等，仍然是百姓们的一大热门话题。

（五）三岛由纪夫国家主义思想的影响

1. 三岛由纪夫的剖腹自杀

1968 年三岛由纪夫组织成立了以大学生为骨干力量的"盾会"，其名字来源于 8 世纪《万叶集》中的防人歌"誓为大君当丑盾"。其意义不言而喻，就是发誓为天皇效忠，充当保护天皇的盾牌，为天皇戍守边防。三岛自己解释"盾会"不是军队，但是会永远站在军队一边，经过训练，就随时可以奋起反抗外来侵略或内战。他将自己原来在观念上的追求付诸行动之中，企图达到在"天皇观"上的精神与行动的统一。三岛试图唤醒战后日本国民对天皇以及传统武道的推崇，但是这是与时代精神所严重背离的，得不到别人的理解，沦为众人的笑柄，他的"盾会"也被人戏称为"玩具"。

---

[1] 李成日. 战后日本的象征天皇制与新民族主义的崛起 [J]. 中央社会主义学院学报, 2020（02）：102.

20世纪60年代末全共斗期间，三岛由纪夫积极参与到社会活动中。东京大学左翼学生占据安田讲堂之后，三岛与学生代表谈话，说如果学生们高呼"天皇陛下万岁"，他自己也跟学生一起在安田讲堂待下去。在后来警察对学生的镇压中，促使三岛思考"盾会"将如何一起与自卫队采取"共同行动"。后来又提出由"盾会"行动去鼓动自卫队占领国会、修改宪法等。可以看出，三岛在精神上已逐渐走向癫狂。

三岛的最后一部大作《丰饶之海》里，通过佛教的轮回转世穿插起了四部曲，三岛试图希望他的这些理想精神一直能够传承下去，然而四部曲中的最后一部《天人五衰》的结尾中，年老的本多去会见聪子，可是聪子表示对清显毫无记忆，轮回转世的梦也随之幻灭。"这庭院空荡荡的，本多心想：自己来到了一个既无记忆，也无任何他物的地方。"这个结局说明一切不过是虚无，三岛最后对自身的信念也产生了怀疑以至无可奈何。

1970年11月25日，三岛在完成《丰饶之海》的最后一部《天人五衰》的最后一章后，带着"盾会"的四名成员前往新宿区陆上自卫队。在途中三岛嘱咐他们要向重建"皇国"日本迈进，他说道：

六年前我写了《忧国》，现在又写了《丰饶之海》，没想到今天自己要实际表演了。真想象不出再过三小时我们将要死的样子是怎么样的。①

在到达自卫队东部总监部后，三岛向益田兼利总监展示了专门携带的日本名刀关孙六，并趁其不备将他绑架，作为条件要求益田集合自卫队。在阳台上，随行的"盾会"成员向自卫队员们散发了三岛撰写的《檄文》，三岛于是在众人面前开始了"慷慨激昂"的演讲，演讲内容遭到自卫队员们的咒骂与怒吼。这里摘抄部分三岛的演说：

自卫队是日本最后的希望，是日本魂的最后根据地。战后日本陶醉于经济繁荣，忘记了国之大本，日本精神哪里去了？……因为失去了支柱，失去了存在的依据，自卫队永远不能成为国军了。……你们要保卫日本、日本、日本的传统历史和文化、保卫天皇……我们要坚持修改宪法……。

三岛的演讲概括了他在战后一直思考的问题以及结论。归根到底就是要修改宪法，建立军队，并为这个目的穿上了一件他自以为是的、冠冕堂皇的华丽外衣，那就是"保卫以天皇为中心的日本的历史、文化和传统。"他在《檄文》的结尾写道：

我们将会让你们看到，有什么比尊重生命更为崇高！不是自由，也不是民主，而是日本！日本，存有历史和传统的土地，我们深爱的日本！②

我们知道，近代以来的日本，一直致力于对外扩张，在侵华战争、太平洋战争中犯下了滔天罪行，给中国及亚洲国家和人民带来巨大伤害。正义终将战胜邪恶，经过艰苦卓绝的奋起抗争，终于取得胜利，日本宣布无条件投降。战后，为了铲除法西斯军国主义，美国占领军在军事、政治、经济、教育等领域进行了一系列改革。废除明治维新后一直到战败前实施的《大日本帝国宪法》，颁布了《日本国宪法》。三岛由纪夫一直叫

---

① 唐月梅. 怪异鬼才三岛由纪夫传[M]. 北京：作家出版社，1994. 307.
② [英]亨利·斯各特·斯托克斯. 美与暴烈：三岛由纪夫的生与死[M]. 于是译. 上海：上海书店出版社，2007. 26.

嚣要修改宪法，主要也是围绕新宪法第一条和第九条的内容。

在《大日本帝国宪法》中规定："大日本帝国，由万世一系之天皇统治之。"确立了天皇的绝对权威。在《日本国宪法》中规定天皇是日本的象征，是日本国民整体的象征，也就是"象征天皇制"，天皇不再是"神"，而是"人"，这对于三岛由纪夫来说是绝对接受不了的，他主张的"文化概念上的天皇"，是想要恢复天皇的绝对精神权威，从民主主义的历史进程来说，这是完全不可行的。为了彻底铲除日本法西斯军国主义，《日本国宪法》第九条规定："永远放弃作为国家主权发动的战争，武力威胁或使用武力作为解决国际争端的手段。为达到前项目的，不保持陆海空军及其他战争力量，不承认国家的交战权。"民主主义的时代潮流是不可逆转的，日本军国主义犯下的滔天罪行也在宪法中得到了严格规定，那就是不得拥有军队，这是符合历史潮流的，也是世界反法西斯战争胜利的成果。铃木贞美在自己的著作中写道：

宪法第九条的放弃战争，是日本引以为荣的国家政策，它向世界表明了日本建设民主主义的决心，也是告诫国民时刻警惕重新武装的思想营寨。就是说，日本已经出现了遵循和平宪法的国民主义。进而言之，宪法九条也获得日本国内外追求绝对和平的、国际普遍主义立场的支持。①

三岛由纪夫非常抗拒战后现实，不满战后民主主义体制，他企图通过修宪使自卫队变为军队。这简直是对和平宪法的极大侮辱和践踏，就连他到自卫队演说也无人应和，只得一片嘘声。三岛的这些主张，完全无视被害国家人民的悲惨遭遇，无视包括日本在内的世界人民对和平的向往，偏执地追求他所谓的"日本精神"，是完全违背历史潮流的，这也注定了他最后的结局。自尽前的三岛额上绑着"七生报国"字样的头巾，七生报国，亦即哪怕轮回七次也要为国尽忠（消灭天皇的敌人），出自南北朝时期的楠木正成临死前之语，是向天皇尽忠的表现。战争期间也经常出现在军旗的标语上，神风特攻队队员在赴死时也戴着这样的头巾。最后，三岛由纪夫在三呼"天皇陛下万岁"之后，剖腹自尽。他口里喊的"天皇"恐怕不是现实中作为象征的天皇，而应该是他自己心目中所构想的天皇意象。他所忧虑的"国"，也只是他自己观念中的"文化概念上的天皇制"，而不是能被战后的日本国民所能接受的国体。

2. 三岛由纪夫国家主义思想的评价

三岛由纪夫在战后的和平年代，竟然以武士道的极端方式剖腹自尽，给当时的日本社会带来很大冲击。我国在1970年11月29日的《人民日报》上以《日本军国主义复活的又一铁证》为题对此事进行了评论：

十一月二十五日，日本反动派经过精心安排，在东京演出了一个由右翼法西斯分子三岛由纪夫用反动的武士道式的自杀来煽动日本军队搞政变，以加速军国主义化的所谓"三岛事件"。佐藤反动政府正在利用这个事件大造舆论，以便在复活军国主义的道路上跑得更快一些。这是佐藤政府复活日本军国主义的又一铁证。右翼法西斯分子三岛由纪夫所创办的"盾会"，是佐藤政府一手扶植起来的军国主义团体，三岛手下的一小撮党徒就是由"自卫队"训练出来的。就是三岛这个右翼头目，……他叫嚣要修改日本

---

① [日] 铃木贞美. 日本的文化民族主义 [M]. 魏大海译. 武汉：武汉大学出版社，2008. 163.

宪法，使"自卫队"成为日本真正的"国家军队"，以"保卫以天皇为中心的日本的历史、文化和传统"等等。①

当然，囿于当时的历史社会原因，主要是从"复活军国主义"这个角度对三岛由纪夫进行批判，这也成为之后对其评价的主流。到了20世纪90年代以后，对三岛文学的研究逐渐多元化，除了政治层面以外，更多地倾向从文学、美学、心理学等角度进行分析，也取得了不少成果。

一些学者认为三岛由纪夫是妄图恢复战前的绝对天皇制，鼓吹圣战，是法西斯军国主义者，等等，客观来说，这些评价是有失偏颇的。三岛由纪夫主要是反对战后的民主主义体制，不满降为人格的天皇，主张建立"文化概念上的天皇"，以此保卫日本的传统文化及精神。从三岛的一些论述来看，虽然他对法西斯军国主义的一些做法持反对意见，但是不可否认的是，三岛由纪夫的思想里带有浓厚的国家主义色彩，在文学上主要体现于他的后期作品中。

唐月梅在评价三岛由纪夫的意识形态时，写道：

他的一切行动，包括他的政治行动和文学活动，都是以恢复"文化概念的天皇制"，即非政治化的天皇制作为中心，如果离开这一点，就很难把握"三岛由纪夫现象"的本质。人们批判三岛由纪夫的时候，往往误解了这一点，以为三岛是主张复活战时的绝对主义天皇制，即政治化的天皇制，于是就与日本帝国主义的侵略战争联系在一起，同军国主义划上等号。其实，我们从三岛提出恢复天皇制的主张，就可以清楚看出其所谓"文化概念的天皇制"与政治概念的绝对主义天皇制是存在着质的不同的。②

唐月梅对三岛的评价主要来源于三岛自己的论述。虽然三岛自称反对政治概念的天皇制，但是一旦将天皇重新推上神坛，并且和自卫队的精神联系在一起，就非常具有危险性。三岛强调是从文化价值的角度来构建"文化概念上的天皇"，但是在前面已经分析过这种主张是不可能脱离政治而存在的，我们应该从其根源以及现实意义等来辩证地加以客观评价。无视作者所处的历史社会背景，割裂文学与政治来谈论三岛由纪夫都不是全面、科学、客观的。

纵观三岛由纪夫的一生，他没有日本传统文人的淡泊、低调、内敛，他表现出来的更多是虚荣、张扬、甚至哗众取宠。一方面他才华横溢，凡事追求完美，另一方面也是一种讨好型人格的表现。包括最后的自杀，他以最激烈的方式、早就过时被淘汰的方式引起全世界的注目，也许这也是其选择剖腹的目的之一，成功吸引了全世界的眼球，他的人、他的文学，似乎也可以借此达到"不朽"。如果有可能，他是很愿意看到自己死后这种盛况的，所以为了达到最完美的艺术效果，他的这个死早就被他推敲了各个细节、演练过无数遍了。

前面已经提到，三岛由纪夫的主张归根到底就是披着文化的外衣来复活皇国思想，是国粹主义在战后的另一种表现。三岛试图通过所谓的"文化概念上的天皇"将已经降为人格的天皇重新扶上神坛，恢复天皇的绝对精神权威，并以此来保卫日本传统文

---

① （转引自）魏策策. 三岛由纪夫的世界 [M]. 北京：商务印书馆，2016：166.
② 唐月梅. 怪异鬼才三岛由纪夫传 [M]. 北京：作家出版社，1994：323-324.

化。为达到此目的，三岛甚至企图煽动自卫队占领国会，修改宪法，使自卫队成为"真正的军队"。他的这些理论，对当时的日本国民来说，是根本无法理解的。战争期间，日本作为加害国的同时，日本国民也期盼和平，战后的民主化也是不可阻挡的历史潮流。所以三岛自杀前的演讲，自卫队员们报以讥讽和嘲笑，首相佐藤荣作将他的自杀，评价为疯子的行为。虽然有不少作家认为他的自杀行为是出自"文学性"，而非"政治性"，但是不可否认的是其带有强烈的国家主义意识，是异于常人的反社会行为，在战后和平环境下采用这种中世纪武士的自戕行为对社会带来的冲击是不可忽视的，甚至还会在政治上被人歪曲利用，阻碍民主主义进程。我们必须注意并警醒的是，三岛由纪夫虽然和传统意义上的"右翼"有不同之处，但是其思想却非常具有迷惑性，很容易把人带入国家主义的逆流。事实上，三岛由纪夫的理论及其自杀对日本的右翼在思想上和行动上起到了一定的催化作用，成为右翼军国主义分子进行宣传煽动的一种工具。三岛死后，每年在他的剖腹之日即11月25日，一些右翼分子借机举办所谓的"忧国忌"，来煽动民众的民族主义情绪。对此，我们必须予以充分注意。

第二节　代表作家——林房雄

林房雄的《大东亚战争肯定论》以崇拜天皇为宗旨，强调"爱国"，否认日本的侵略战争，成为日本右翼自由主义史观的源头。20世纪30、40年代，有部分学者就战前的林房雄的活动进行了探讨。但是近些年来，对林房雄的文学尤其是对战后反映林房雄国家主义思想的研究成果较少。目前具有代表性的研究者有陈言、王向远、王申等。陈言在《从战地记者到"文化使节"——试论林房雄在日占区的角色转变及其中国观》中指出，在林房雄的没有他者和外部存在的世界里，不断生产的只能是关于"日本""日本人"的民族统一性的话语叙述。王向远在《战后日本为侵略战争全面翻案的第一本书——林房雄的〈大东亚战争肯定论〉》中指出该书全面肯定和美化了日本的侵略战争，是战后右翼思潮及军国主义史观死灰复燃的显著标志之一。

在日本相关的研究成果也不多见，代表性的观点有：伊豆利彦（1991）在「『近代の超克』の周辺——林房雄「勤皇の心」と青年——」中指出，无视林房雄或对他大骂即罢休的做法，无异于就是无视日本的天皇制、战争和日本人自身的过去。伊豆利彦（1993）在「『大東亜戦肯定論』と夏目漱石・武田泰淳」中以林房雄的《大东亚战争肯定论》为中心来探讨了夏目漱石与武田泰淳，指出不能脱离日本的亚洲侵略来分析日本的近代。西村英津子分析了林房雄所遗留的天皇制这一现代问题。保阪正康分析了林房雄的"勤皇之心"与三好达治的"日本精神"。宫本司在「竹内好のアジア主義の展望における"民族"について——林房雄の"民族"観を媒介として」中，考察了林房雄的"民族"与"文学"的关系性，认为林房雄所理解的"民族"就等同于"日本"或"天皇"，并且把这种"民族"用文学形式在《大东亚战争肯定论》里提出，通过强调"民族感情"，把过去的侵略战争合理化。

一、《大东亚战争肯定论》出台的历史背景

1945年7月26日，由美国、英国、中国三国（8月8日后苏联加入）联合发表《波茨坦宣言》，敦促日本投降，明确战后日本的处理方式。就是否接受该公告，日本政府及军部首脑进行了激烈讨论，7月27日铃木贯太郎首相召开内阁会议，决定无视该公告，将战争继续打下去。8月6日、8月9日，美国对广岛、长崎分别投下原子弹，8日苏联宣布对日作战，9日，毛泽东发表《对日寇的最后一战》。日本已至绝境，8月14日日本被迫决定接受《波茨坦宣言》，当日晚，昭和天皇宣读《终战诏书》并录音，8月15日，天皇录音以"玉音放送"的形式传达给日本国民，第二次世界大战结束。

《终战诏书》的全称是《大东亚战争终结诏书》，为了免除天皇的战争责任、从日本对中国及东南亚诸国犯下的滔天罪行中脱身，诏书在措辞、内容上可谓绞尽脑汁。

从《终战诏书》的内容上看，首先表明是鉴于"世界大势及帝国之现状"而收拾时局，接受《波茨坦宣言》；其次，竟然狡辩向英美宣战是"希求帝国之自存于东亚之安定"，对于侵略他国，称"固非朕之本志"；然后着重强调自己作为受害者的地位，"敌方最近使用残酷之炸弹，频杀无辜，惨害所及，实难逆料"，对于战死的"帝国臣民"及其遗属，"五脏为之俱裂"，而对于战争中杀害的无数中国及东南亚军民，却只字未提；最后依然不忘宣扬天皇制国体，"宜举国一致，子孙相传，确信神州之不灭，……坚定志操，誓必发扬国体之精华"，以此鼓动战后的建设期待日本的复兴。

对于此《终战诏书》，宋成有一针见血地指出：

《终战诏书》是二战时日本统治集团历史观与战争观的集中体现，并且成为二战后各类右翼史观的滋生之源。①

在《终战诏书》中，始终刻意回避战败、投降等字样，企图模糊日本发动的侵略战争的实质，逃避日本的战争责任，用皇国史观"号召"日本国民建设战后日本。在诏书中，提到"交战已阅四载"，指的是1941年发动太平洋战争后的四年，这样一来，有意将对象限定在英美两国，以此否认对中国十四年的侵略战争事实。众所周知，1931年日本策划发动"九一八事变"，入侵我国东北；1937年"七七事变"后，开启全面侵华战争。但是在日本的《终战诏书》中，却将此段侵略历史完全抹杀，将之划为"东亚解放"的范畴，也就是将日本近代以来的对外扩张侵略都标榜为"解放亚洲"，完全颠倒黑白，否认历史。

在本书的第二章，对日本近代以后的侵略扩张进行了详述。明治伊始，明治天皇就提出"布国威于四方"，彰显了日本对外扩张的野心。通过甲午战争，日俄战争，入侵朝鲜、中国台湾等，日本一步步实践着自己的狼子野心。一战结束后，日本爆发了严重的经济危机，政府为了摆脱困境，把危机从国内转向国外，看好了中国东北这块肥肉，于是加紧准备武力侵华。1932年东北全境沦陷，直至1945年日本战败，我国东北处于日本的殖民统治下长达十四年之久。1936年8月，内阁五相会议通过了所谓的"国策基准"，规定全面侵略中国之外，还首次提出了南进政策。1938年11月，首相近卫文

---

① 宋成有. "终战"并未终结侵略痴心 [J]. 历史评论，2022（04）：71.

磨发表声明，试图建立以"大东亚共荣圈"为整体，以日本、东亚与东南亚"共存共荣的新秩序"的政治体系。1940年7月近卫内阁制定《基本国策纲要》，提出要建设以"日本皇国"为中心、以日、中、"满"的牢固结合为主干的"大东亚新秩序"并进一步提出建设"大东亚共荣圈"。东条英机组阁后，宣布要把全面侵华战争进行到底，吞并东南亚，确立"大东亚共荣圈"。

从日军对中国及东南亚侵占地区犯下的滔天罪行来看，"大东亚共荣圈"根本不是日本所标榜的所谓"解放亚洲"，它实际上就是日本在不满足于侵略中国的前提下，欲取代英美等国家在东南亚的旧殖民圈而提出来的，是侵略中国及东南亚国家及地区的美化说辞。但是在《终战诏书》中，却完全否认这些殖民侵略的罪行，甚至将之美化为"同享万邦共荣之乐"，对于其扶植的傀儡政权，说成是"始终与帝国同为东亚解放而努力之诸盟邦"，按此说法，"伪满洲国"还一直是在为"东亚解放"而努力了？简直滑天下之大稽！

《终战诏书》是通过NHK广播向日本全体国民宣读的，它本身对侵略战争的否认以及"解放东亚"的错误论调严重影响了日本国民对这场战争的认识，是战后右翼势力复活的温床。既然天皇通过《终战诏书》定下了对这场战争认识的基调，那么他的"臣民"们在东京审判中否认犯下的战争罪行也就不难理解了。《终战诏书》宣布后，铃木贯太郎辞职，由皇族东久迩稔彦担任战后第一任首相，提出"一亿总忏悔"的口号。该论调意即无论军、官、民，所有日本国民都应该忏悔，这就模糊了战争主体责任，造成了法不责众、人人有罪就相当于人人无罪的局面。在东京远东国际军事法庭上，昭和天皇并没有被送上审判席，那些军队的高官们也都否认自己的战争责任，认为只不过是听从天皇的命令、按照既定的"国策"采取了行动而已。这样，整个日本从上到下，都没有人对发动的侵略战争担负责任。丸山真男在比较了德国纽伦堡大审判中纳粹领导人与东京审判中日本的战争领导人的表现后，评价战前的体制为"没有责任的体制"。

反过来再看战前的天皇制，

> 日本的"国体"观念自古以来就同存在于一切政治彼岸的"和"的共同体这样一个神话式的表里牢固地联结在一起。它由于超越了所有的对立，于是被认为是"无限绝对"。日本的国家是大写的家族，或者是部落共同体，反过来后者则是小写的"国体"。在对外危机感紧迫时，这个神话的效果是容易让人们把自我与国家在情绪上同一化，……①

这种绝对主义天皇制利用道德外衣欺瞒日本国民，就连统治阶层上层也对此深信不疑，在"皇国史观"的渗透下，他们认为：

> 日本对其他民族施加的武力镇压往往被看作皇道的宣扬，是对其他民族的施惠行为。②

在东京审判的法庭上，检察官对参与策划"九一八事变"及侵略东北的南次郎

---

① ［日］丸山真男. 现代政治的思想与行动［M］. 陈力卫译. 北京：商务印书馆，2008：208.
② ［日］丸山真男. 现代政治的思想与行动［M］. 陈力卫译. 北京：商务印书馆，2008：91.

（后被列为甲级战犯，判处无期徒刑，1954年假释出狱）问询"圣战"中的"圣"字用于对华战争中的哪些情况时，南次郎回答道：

　　没有这样详细地考虑过，由于当时一般都叫"圣战"，所以就自然使用了这种称谓。我们当时认为这不是侵略性的战争，而是迫于形势的战争。①

　　曾担任日本上海派遣军司令、日军华中方面军司令官，南京大屠杀的元凶松井石根（后被列为甲级战犯，处以绞刑）供述：

　　余历来相信。日华两国之战抑或所谓"亚细亚之家"内部的兄弟吵架……正如一家之内，兄长忍之又忍而弟犹乱暴不止故责打之一般，非为恶之，而乃疼爱之余促其反省之手段……②

　　日本战败后，美国开始实行事实上的单独占领并实施一系列改革，促进了日本民主化和现代化的进程。但是这些改革是在美式民主主义和保持象征性的天皇的二元政治体制的大格局下进行的，因此改革又带有不彻底性。1950年朝鲜战争爆发，美国和苏联的对立日益加深，美国改变了对日本的占领政策，把防止共产主义运动作为主要任务。在美国的一手包办下，1951年9月8日《旧金山和约》签订，同日签订了《日美安全保障条约》，美国通过此条约将日本纳入其远东战略体制圈内。日本虽然在法律上取得独立，但是美国依然以其他形式继续控制日本，美军仍然驻留日本。《旧金山和约》是美国对日本的单独和约，将中国、苏联、朝鲜等国排斥在外。1952年和约生效后，周恩来发表了《关于美国宣布非法的单独对日和约生效声明》，表明了中国政府的立场。

　　战后初期，和平史观占据上风，学界及社会上兴起追究天皇的战争责任、天皇退位等的讨论热潮。反映在日本文学上，民主主义文学、战后派文学等都对这场法西斯战争进行了不同程度的反思，揭露了战争对人性的摧残，日本政府对追究文学家的战争责任还列出了具体标准。但是，到了20世纪50年代以后，随着日本在政治上取得国家独立，通过朝鲜战争又发了一笔横财，战后经济快速复苏，"大国意识"抬头，再加上东京审判裁定的各级战犯陆续被释放出狱、开除公职的也得以恢复，随之而来的就是国家主义的复兴，保守派、右翼势力的日趋活跃。

二、《大东亚战争肯定论》中体现的林房雄的战争观

　　除了上述的历史背景以外，20世纪50年代中后期日本开始了"昭和史论争""明治维新再评价""近代化论"等论争，一些知名学者、评论家也纷纷发表相关文章。在这样的环境下，林房雄抛出了他的《大东亚战争肯定论》及《续大东亚战争肯定论》。

　　林房雄（1903—1975）出身于大分县，1923年进入东京帝国大学（现东京大学）法学部，受到马克思主义影响，成为一名无产阶级文学家，多次被检举关押。20世纪30年代中期以后脱离无产阶级文学，转为右翼。林房雄不同于其他在法西斯政权压迫下实施权宜之计而"转向"的作家，他可以说是彻头彻尾进行了转变，沦落为军国主义的吹鼓手。他在转向后还大放厥词，称马克思主义绝不可成为日本人永恒的心理支

---

① [日]丸山真男.现代政治的思想与行动[M].陈力卫译.北京：商务印书馆，2008：92.
② [日]丸山真男.现代政治的思想与行动[M].陈力卫译.北京：商务印书馆，2008：93.

柱，马克思主义绝不是令人愿意为之牺牲的"大义"。林房雄口中的"大义"，那就是日本天皇制的"大义名分"，他完全背叛了以前信仰的共产主义，宣扬以绝对天皇制为核心的国家主义，最终转变为极右。对于自己的叛变，林房雄在《勤皇之心》还大言不惭地说道：

  我也曾是个左翼作家，当我写到这里的时候，我为自己所犯下的罪过不寒而栗。……神的否定、人间兽化、合理主义、主我主义、个人主义，走上这条道路必然要否定"神国日本"。现代日本的文学家，半自觉不自觉、有意无意地走过这条路，于是贻误青春，危害国家，这罪该如何来赎，该如何来偿？[①]

  在日本侵华期间，林房雄作为《中央公论》特派员曾奔赴上海，后加入法西斯文学组织"文学报国会"，发表了大量鼓吹侵略战争、歌颂日本对我国东北殖民统治的文章。如《上海战线》《战争的侧影》《大陆新娘》《青年之国》等。在《青年之国》这部小说中，映入主人公眼里的全是当时中国的阴暗面，主人公感叹只有日本才能拯救中国、复兴东洋，于是他满怀信心地开始在"满洲"建设"青年之国"的事业。这部小说直接反映出作者林房雄的"亚细亚主义"思想，他在该书的后记里提到日本的"亚细亚主义"从明治维新前就已经出现，罗列了吉田松阴、藤田东湖、桥本左内、西乡隆盛等人物及主张来加以证明。林房雄的这种主张在他战后出版的《大东亚战争肯定论》中得以进一步理论化、系统化。

  战后林房雄被定为G级战犯、禁止发表政治言论、禁止发表文章等，但是又很快得以恢复。他的《大东亚战争肯定论》《续大东亚战争肯定论》以"天皇崇拜""爱国"为宗旨，全面为日本的"大东亚战争"辩护，带来极大的恶劣影响。

  林房雄将日本近代的百年历史都笼统地归于"战争"这一个视角之下。他的所谓"大东亚百年战争"，包括从幕府末期的"攘夷"、明治维新后到1945年战败为止的日本发动的一系列战争，他提出这些战争是对西方列强"迫不得已的抵抗"，是"自存自卫"。林房雄认为以失败告终的这场战争被定位为"犯罪性的侵略战争"只不过是东京审判的意见而已。因此他提出"大东亚战争"在形式上看是侵略战争，本质上却是"解放战争"等反动论调。

  在本书第一章中，就幕末时期的"黑船来袭"进行过说明。美国东印度舰队司令佩里率领船队1853年、1854年两度驶入日本港口，以武力威胁日本开国，日美两国签订《日美亲善条约》，后英国、沙俄、荷兰也与日本签订了类似不平等条约，日本持续了200多年的锁国体制解体。在此背景下，"攘夷论""开国论"思想争论活跃起来并影响到政治运动，但林房雄在书中并未将这两种思想及人物加以区别，只是一味赞扬幕末志士们面对外敌入侵时的"民族气概"，然后抽取其中一些论调来为自己的主张加以佐证。如吉田松阴提出的亚洲侵略思想就受到林房雄的推崇。吉田松阴在《幽囚录》（1854）中说道："收满洲逼俄国，并朝鲜窥清国，取南洲袭印度。宜择三者之中易为者而先为之。此乃天下万世、代代相承之大业矣。"吉田松阴主张以侵略亚洲来对抗西方，提出日本中心主义的国体论，为近代日本极端国家主义的形成提供了理论依据。除

[①] （转引自）王向远. 法西斯主义与日本现代文学［J］. 社会科学战线，1996（02）：230.

吉田松阴外，林房雄为了使侵略战争合理化，还搬出佐藤信渊的吞并中国、向全亚洲扩张的"宇内混同秘策"，岛津齐彬的"富国强兵""大陆出击论"等等加以证明。

林房雄认为幕末时期的日本和其他亚洲国家不同，其他国家像驯服的绵羊被剪毛一样，只能沉默，而日本却进行了抵抗。虽然被迫签订了不平等条约，却没有让列强瓜分土地。林房雄的逻辑是，如果这时列强打败了日本的话，那甲午中日战争就不会发生，也就不会有后来的太平洋战争。这简直是颠倒是非黑白的强盗逻辑。邹有恒指出，林房雄是假借幕府的"武力出击论"，把幕府时期的某些军国主义思想披上"抵抗列强侵略"的外衣，将明治时期对外扩张侵略说成是为"抵抗外寇"而在日本本国之外进行的出击。林房雄奉西乡隆盛的精神为日本维新革命精神的渊源，是他"大东亚百年战争"的指导思想，西乡的思想连接着"大东亚战争"。林房雄称每当日本陷于危机，西乡精神就会复活过来鼓舞日本民族，西乡精神是日本民族精神的伟大支柱，西乡精神就是为了实现亚洲解放和世界大同的理想而准备的。对于"征韩论"，邹有恒指出："明治初年的'征韩论'绝不是为了抵抗列强入侵，而是借此扩张声势。由此产生的一切对朝鲜侵略和因之引起的中日战争及日俄战争，都是日本军事封建帝国主义形成过程中对外扩张的产物。"[1]

西方工业革命后，资本主义迅速发展，工业产量的急剧上升需要寻找新的生产资料及扩大产品销路，欧美列强在亚洲的侵略目标就选择了中国。中国土地辽阔、资源丰富，而晚清的腐败封建统治又使得经济落后、军备废弛，自然而然成了列强眼中的肥肉。与中国相比，日本没有多余的羊毛可薅，自然在欧美列强眼里也不具备重要的战略地位。从这个意义上来说，中国实际上给日本提供了一个天然的屏障，而日本就侥幸躲过了列强的冲击，并且借助这个机会认识西方文明，借鉴中国失败的原因从而调整自己的国家策略。

另外，中国人民也进行了英勇的抗击，并不是林房雄所说的"沉默不言"，虎门销烟、鸦片战争、中法战争、义和团起义等等。虽然抵抗最终失败，但并不能因此抹杀中国军民为反抗侵略而做出的努力及牺牲，更不用说在抗日战争中中国军民所进行的艰苦卓绝的斗争并最终消灭日本侵略者。

然而，林房雄却罔顾历史事实，硬把一百多年间日本对中国和亚洲的一切侵略行径都归结为是日本对西方的"挑战"所做出的"应战"，这从源头及逻辑上都是错误的。林房雄的所谓"大东亚百年战争"，从幕府末期的"攘夷"，包括"征韩论"、甲午战争、日俄战争，再到日本侵华战争、太平洋战争，其实就是近代日本走向极端国家主义的过程。林房雄认为在甲午战争后，日本本来取得了中国的台湾和辽东半岛，却因为"三国干涉"被迫放弃辽东半岛，而沙俄却趁机扩张在中国东北的势力，因此林房雄提出日俄战争是日本为了抗击沙俄的"入侵"而采取的行动。第二章已经分析过日俄战争本质就是帝国主义之间为瓜分中国而挑起的战争，林房雄此说不过就是要掩盖日本的侵略行为。林房雄认为侵华战争及太平洋战争是"东亚殖民地的反攻"，是日本代替亚

---

[1] 邹有恒. 批判《大东亚战争肯定论》的"武力出击论"与"解放性质论"[M]//日本研究论丛. 北京：社会科学文献出版社，2023（4）：11.

洲对西方殖民统治的"抵抗",真是厚颜无耻的谬论!日本想代替西方列强成立以日本为中心的新式殖民圈,这种赤裸裸的侵略行为却被林房雄粉饰成为终止西方殖民的"解放战争"!何其谬误!关于侵华战争及太平洋战争在本书第二章已经进行了详述,这里就不一一举证对林房雄的错误观点进行批驳了。日本历史学家井上清驳斥林房雄的"解放战争论"时,对其谬论进行了一针见血的批判:

> 我想不明白的是,在所谓的"东亚解放"战争中,日本实际都干了些什么?……从日本的领导者采取的行动来看,先是攻占朝鲜,然后侵入中国东北地区,也就是满洲,再之后侵略中国全部国土,最后攻占了东南亚地区,因此形成了和西方帝国主义列强的局部对立。但是却没有一点解放东亚的事实。日本为了要从西方手里解放东亚的话,为什么要将朝鲜作为殖民地来奴役、压榨呢?历史上存在中国因为日本而解放的事实吗?这种时刻怕是一瞬间也没有吧,这是大家都明明白白的事。在这种"东亚解放战争论"里,一处也找不到亚洲人和日本人的关系。林(房雄)等找出的"东亚解放战争"的最终根据,恐怕就是在日本战败后亚洲各民族开始的独立运动,也就是他们认为日本虽然失败了但却解放了亚洲。……稍稍看一下历史就很清楚明白。在二战后获得解放的亚洲典型代表,不容置疑就是中国。中国从英美帝国主义,还有日本帝国主义手中夺取了解放的胜利。林(房雄)再怎么也不至于说是日本解放了中国吧。越南、缅甸、印度、印度尼西亚都是如此。①

林房雄不承认日本是帝国主义国家,否认日本的法西斯化,他声称"日本的任何阶层都没有德、意之流的法西斯存在"。林房雄企图用意大利法西斯和德国纳粹的例子来证明日本不存在法西斯。但是,法西斯主义在不同的国家有不同的表现形式,并不能说不同于德、意,没有夺取政权就不是法西斯主义。德国、意大利法西斯是通过选举掌握议会的多数,再发动政变这种"自下而上"的方式实现法西斯政权的。但是日本的国情不同,明治维新以后建立了绝对主义天皇制,"日本法西斯是通过自上而下途径上台的,即在没有改变原有天皇制专制主义政权体制的情况下,由掌权的日本军部和日本政府以及右翼势力,逐渐使原有政权法西斯化的。日本法西斯思潮的出现,既受意大利、德国等国际法西斯主义的影响,又同极右的日本国家主义有密切关系"②。就是因为日本天皇制的特殊性,所以才将日本的法西斯主义界定为"天皇制法西斯主义"。

林房雄辩称道:

> 所谓"东亚百年战争"实际上并不是由政府和军部策划、共同谋议并加以实行的,而是被称为"右翼"的思想家和行动家促进、推进和准备的。……"主战论"全是从民间来的。在大东亚战争中,这些人影响了"青年将校"们,他们频频发动计划,终于促使军部上层和政府付诸行动。③

在日本法西斯主义的形成过程中,的确有些事实如林房雄所说是从民间开始的。第一次世界大战后在西方法西斯势力出现时,日本国内也有了早期法西斯组织,如北一

---

① [日]井上清.戦争の世紀に何を学ぶか—「大東亜戦争肯定論」をめぐって—(座談会)[J].展望,1964(72).73.
② 吴廷璆.日本史[M].天津:南开大学出版社,1994:693.
③ [日]林房雄.大東亜戦争肯定論[M].東京:夏目書房,2001:164.

辉、大川周明等创立的"犹存社""行地社",北一辉撰写的《日本改造法案大纲》对外主张"解放亚洲"、对内主张军事独裁。他们的言论对日本社会产生了很大影响,在20世纪20、30年代,日本无论是军队内部还是民间社会都涌现出一大批法西斯团体。青年军官们发动的"五一五事件"、"二二六事件"使法西斯武装政变达到顶峰。丸山真男认为以"二二六事件"为分水岭,"自下而起"的激进法西斯主义运动宣告终结,日本法西斯化已成定局。在"二二六事件"以后的法西斯进程"归根结底是既存的政治体制内部的再编,也可以说是一味强化了自上而下的国家统治的过程"①。虽然早期的日本法西斯由民间右翼、下层青年军官来推动,但最终促成了上层统治阶级的内部法西斯化。这个上层就是绝对主义天皇制下的军部、政府等国家机构。但是林房雄却将这一切推卸给民间,妄图洗白统治阶级,撇清他们的战争责任。

林房雄在他自己的这种战争观的逻辑下,完全否认东京审判,认为那是战胜者对战败者的"复仇"、是战争的持续、和"正义""人道""文明"都没有关系,是战争史上史无前例的对俘虏的"虐杀"。因此,林房雄叫嚣道:

对于这种恬不知耻的"审判",我想和所有被告一起、和全体日本国民一起高喊"我们有罪,和天皇一起有罪!"②

林房雄拉出没有被起诉的天皇为幌子,声称天皇和日本国民都有罪,反过来说,他的言下之意就是既然天皇无罪,那么日本人就无罪,也没必要对侵略战争进行道歉,这活脱脱就是流氓逻辑!

林房雄将天皇制问题也归结于他的"大东亚百年战争"论里,他认为日本的天皇制超越了历史从古绵延至今是一种历史性的存在,天皇制是顺应日本历史各个阶段而有所变形的,由此来证明他所说的战后象征天皇制是日本自身演变的,而非以麦克阿瑟为代表的 GHQ 强制形成的。林房雄认为天皇制来源于日本民间的深层,根植于民众的深层心理之中,"万世一系"的天皇制是"国体的精华"。林房雄以此偷换概念,把天皇制的形式推给民众,来试图为天皇的战争责任脱罪。他进一步说明明治维新以后的日本是"武装天皇制",而在维新前延续了七百年的武家政治体系里,天皇是没有武装的,却仍然受到民众的喜爱与尊敬。因此,林房雄认为战后的日本不过是回到维新以前的状态,天皇制也同样变形回到维新前,他由此推论这样的天皇制至少还可以再维持七百年,天皇制灭亡之时,就是日本国民和天皇一起从地球上的国家中完全消失的时候。这是何等荒谬的论调!且不说把明治维新前的古代天皇制和战后象征天皇制并列在一起是完全割裂了历史,单看当时《终战诏书》发布前日本和美国之间的拉锯就可以知晓,象征天皇制是美国权衡了各种利弊并为了保证自己在日本的特权等前提下的妥协之物,天皇不再具有神性,只是作为日本国的象征存在而已,和古代天皇制相去甚远,怎么可能相提并论。林房雄甚至提出为了实现日本"宇宙国家"的盟主地位不惜发动第三次世界大战,这不就等同于要重新"武装"天皇来挑起战争吗?林房雄关于天皇制的观点,赤裸裸地暴露了他的"亚细亚主义""宇内混同"的丑恶侵略思想。

---

① [日] 丸山真男. 现代政治的思想与行动 [M]. 陈力卫译. 北京:商务印书馆,2008:33.
② [日] 林房雄. 大東亜戦争肯定論 [M]. 東京:夏目書房,2001:118.

林房雄的关于战争、天皇制等的错误认识影响深远。20世纪90年代中期以后，日本的极端民主主义团体掀起了否认侵略战争、批判东京审判史观的活动，还出版了与《大东亚战争肯定论》一脉相承的《大东亚战争的总结》，公然为侵略战争翻案。

在战后文坛上，除林房雄之后，其他具有代表性的民族主义者还有石原慎太郎等。

1955年石原慎太郎（1932—2022）在一桥大学念书期间发表《太阳的季节》，并凭借此获得芥川奖。日本战败使得日本人的精神信仰与价值崩塌，西方文化大举进入日本。在民众思想迷茫之中，石原慎太郎以宣扬性和暴力为主题的《太阳的季节》进入人们视野，这部作品反映了石原对现有秩序的叛逆精神，但是这种"叛逆"又完全脱离了道德伦理的束缚，推崇人的"兽性"，受到不少当时处于迷茫中的青年们的吹捧，甚至出现了"太阳族"这个流行语。

石原慎太郎是日本老牌右翼政客，新民族主义的代表人物。他在1968年当选为参议院议员，1973年组建右翼组织"青岚会"，鼓吹复活军国主义。1999年当选东京都知事并三度连任，四度当选后于2012年辞去该职，宣布成立"太阳党"，纲领有制定自主宪法、增强国家防卫能力等。1988年石原与人合著《日本可以说"不"》，之后又出版《日本还要说"不"》《日本坚决说"不"》，以此挑战美国，一度成为畅销书。王向远指出"石原等人的'不'字三部曲，显示了日本右翼的世界大国意识和死不承认侵略历史的顽固态度"[①]。

石原慎太郎一直反华反共，蔑视中国，他否认由日本发动的战争的侵略性、支持删除历史教科书中关于侵华部分的内容、否认南京大屠杀等历史，鼓吹"中国威胁论"，2012年挑起钓鱼岛"购岛"风波，遭到中方严厉斥责。2014年底石原慎太郎宣布退出政坛。

[①] 王向远. 日本右翼历史观批判研究［M］. 银川：宁夏人民出版社，2007：18.

第六章　战后文学对近代国家主义的批判性认知
——以大江健三郎为中心

对近代日本国家主义持批判性态度的代表作家有野间宏、崛田善卫、宫本百合子、高桥和巳、大江健三郎等，评论家有小田切秀雄、吉本隆明、小森阳一等。在本书第三章对战后初期的民主主义文学及战后派文学的战争反思进行了分析，指出了其局限性。20世纪60年代经历了安保斗争以后，整个日本社会投入经济发展之中，日本社会渐趋平稳。一批更年轻的作家在文坛上涌现。这些作家的战争体验相对淡薄，许多作家不再关注战争，而将目光转向了个人内心的不安和日常生活。这期间的文学流派有第三新人派、战后新一代、内向派等。20世纪80年代，受后现代文化等的影响，日本文学逐渐走向国际化，关注现代文明发展所带来的一些问题。进入21世纪以来，虽然日本文坛思潮众多，形式多样，但是大多数文学还是以关注自己的内心世界或以娱乐为指向。即便如此，日本文坛上仍然活跃着一些深度思考历史社会问题，持续批判战争、天皇制、国家主义等的作家，其中最具有代表性的就是大江健三郎。本章以大江健三郎为中心，探讨大江对近代日本国家主义的认知。

大江健三郎（1935—2023年）出生于四国爱媛县，1954年考入东京大学文科二类，1956年转入文学部法国文学专业，大学在读期间发表了《奇妙的工作》《死者的奢华》《饲育》《人羊》等作品，凭借《饲育》获得1958年度芥川文学奖。大江的代表作有《个人的体验》《万延元年的足球队》《洪水涌向我的灵魂》《燃烧的绿树》《水死》以及随笔集《广岛札记》《严肃的走钢丝》《冲绳札记》，讲演集《核时代的想象力》等。大江健三郎于1994年获得诺贝尔文学奖。大江健三郎的作品题材广泛，涉及政治、核武器、残疾儿和乌托邦情结等，揭示了现代文明下人类生存的困境、批判天皇制的国家主义、指出核武器给人类社会带来的威胁等等。大江自己曾说道：

始终是把经验了的奉天皇为神明的国家主义的社会，向以独立了的个人横向连接为基础的社会大转变，最后自觉选择民主主义这样一条轨迹作为一贯的主题。[1]

对于大江健三郎的研究，中国国内主要集中在20世纪90年代以后。包括主题、叙事策略、文体特色、比较文学研究等方面。代表性研究专著有王琢的《想象力论——大江健三郎的小说方法》、王新新的《大江健三郎的文学世界：1957—1967》、霍士富的《大江健三郎：天皇文化的反叛者》、兰立亮的《大江健三郎小说叙事研究》等。在论文方面，对大江文学的天皇制批判及民主主义思想进行研究的有王新新、许金龙、霍

---

[1] [日]大江健三郎. 致北京的年轻人[M]//我在暧昧的日本. 王中忱译. 海口：南海出版公司，2005.64.

士富、叶琳、兰立亮等；对大江的政治观进行剖析的有王琢、陈言、陈世华、刘霞等；从边缘视角分析的有邓国勤、周文斑、罗帆、王琢、王奕红等；研究大江反战思想的有霍士富、王新新、叶琳、白碧慧等。下面列举一些有关大江的反战思想及天皇制批判的代表性观点。

霍士富通过对大江早期作品的分析，揭示作者对残酷战争的彻底否定及对和平的向往；霍士富在《破坏性的民族反省——评大江健三郎新作〈别了，我的书〉》中指出该新作贯穿了大江文学的一贯主题：反对天皇制思想，但又将大江文学的国民性反思意识向前推进了一步；在《为"时代精神"殉死的多重隐喻——大江健三郎〈水死〉论》研究了日本几代人的殉死与不同历史境遇下的"时代精神"的关系与深层寓意。于进江在《大江健三郎获诺贝尔文学奖及文学特色浅析》中对大江文学在中国的接受状况进行了介绍，指出了大江文学的九大特征，其中包括"国家和世界""天皇制批判"等。王琢在《边缘化：民众共同的想象力——大江健三郎的政治想象力论》中指出，大江的天皇制批判的直接理论根据是对明治维新以来所谓"现代化——西化"的质疑；指出打破天皇制的药方就是走向边缘化。王新新在《发心中所感斥战争之罪——论大江健三郎随笔的反战观》中分析了大江眼中的侵略战争、战争责任等问题；在《从战后启蒙到文化批评——大江健三郎早期文学试论》中指出大江的文化思想有其一贯性，就是要亵渎神圣、反叛权力、颠覆传统，通过文学的方式来破坏天皇与民众这个统一体，上触天皇，下启民众。许金龙在《"杀王"与绝对天皇制社会伦理的对决》中，通过《水死》对大江主张的引发日本社会种种危险的根源为绝对天皇制社会伦理的观点进行了剖析。陈世华在《〈晚年样式集〉：权威的消减与重建》中，分析了大江对以天皇制为象征的家长制和右倾化政府在内的各种权威的抗争并希冀重建的信念等。

日本学界的大江文学研究已持续半个多世纪，取得了显著成果。20世纪50、60年代主要以肯定意见为主，而在60年代后半期至70年代末期则交织着肯定与否定，在大江获得诺贝尔文学奖后，日本的大江文学研究逐渐趋于多元化。其中，对于大江健三郎文学中的天皇制批判与历史反思进行研究的代表学者有片冈启治、黑谷一夫、一条孝夫、小森阳一等；中村泰行强调战后民主主义思想贯彻大江文学的始终；中村真由美将大江文学分为了四个主题；黑谷一夫认为从《广岛札记》起，大江将"核"作为文学重要的主题之一，并进行"灵魂救赎"的探索；对大江文学中的边缘意识进行研究的主要有黑谷一夫平野荣久一条孝夫等。除此以外，对大江文学持否定态度的，早期的有吉本隆明、本多胜一、宫内丰等，近年来如谷泽永一攻击大江是在"贱卖祖国"；认为大江文学是"民族主义"体现的有团野光晴、山本昭宏等。

大江健三郎多次访问中国，他在《北京讲演二〇〇〇》中明确阐述了自己的文学抱负，即通过自己的创作来塑造"国家和国民形象的典型"，从而将近代以来皇民教育下的懦弱的日本人拯救出来。在大江看来，文学与社会、国家和政治是不可分割的有机体。他的作品始终与这些问题紧密相连，挖掘造成这些问题的深层次原因，呼吁战后民主主义的回归。大江认为建立在神话基础上的天皇制社会结构是导致日本推行军国主义、发动侵略战争的根源，天皇负有不可推卸的责任。绝对天皇制是与国家主义联系在一起的，对天皇制的批判、对战争的反思、对民主主义的坚持等，这些思想交织在一起，构成了大江文学对日本国家主义的认知。

从初登文坛的《奇妙的工作》《人羊》到《亲自为我拭去泪水之日》，再到晚年的《水死》，本章通过大江文学中具有阶段性的代表作品，再结合其随笔、评论、演讲等，从对战后体制的批判、对天皇制的批判、对近代国家主义源头的挖掘这几个方面对大江健三郎的国家主义认知进行剖析。

第一节 对战后"监禁状态"的批判

大江健三郎是继川端康成之后日本第二位获得诺贝尔文学奖的作家。他的作品在日本文学史乃至世界文学史上都占有举足轻重的地位。大江的文学道路，起步于萨特存在主义的影响，表现了现实的荒诞与人的悲哀，批判了战争、战后的美军占领体制。但是经历残疾儿诞生及广岛之行之后的大江健三郎，逐渐转向对战胜痛苦、超越生存困境的积极探索，实现了对西方存在主义的超越。

一、大江健三郎对西方存在主义的吸收与超越

1994年，大江健三郎获得了诺贝尔文学奖。颁奖词指出：

人生的悖谬、无可逃脱的责任、人的尊严这些大江从萨特中获得的哲学要素贯穿作品的始终，形成大江文学的一个特征。[①]

战后日本文坛的诸多作家都曾受到存在主义的深刻影响，大江健三郎也不例外。但是，纵观大江的文学生涯，他并不仅仅是对西方存在主义的模仿与吸收，在其文学成熟期及以后所发表的作品中所表现出的战胜痛苦、超越生存困境的积极倾向则体现出大江对西方存在主义的超越。

大江的文学创作是在东京大学学习期间，受萨特存在主义的影响而开始的。萨特的代表作《恶心》直接影响了大江早期的文学创作。《恶心》的主人公通过生理上的"恶心"感受到自己的存在，看到了世界的荒诞，体验到存在的虚无。受《恶心》的影响，大江健三郎创作了《奇妙的工作》和《死者的奢华》，这两部作品吸收了萨特文学介入社会生活的理念，从情节到主题都非常相近，表现出当时日本战败后社会现实的荒诞及日本年轻人精神失落的悲哀与徒劳。

《奇妙的工作》描写了3个大学生（"我"、私立大学学生、女学生）到附属医院打工的故事。他们的任务是在3日内和屠夫宰杀完用作实验的150条狗。这些被圈在围墙内的狗既无个性也不反抗。由于介绍人舞弊，宰狗工作半途而废，学生们不仅没有领到报酬，就连被狗咬伤的医药费都无处报销。通过这篇作品，大江健三郎揭示了强权统治

---

① [瑞典] 歇尔·耶思普玛基. 附录：颁奖词//万延元年的足球队 [M]. 于长敏, 王新新译. 北京：光明日报出版社, 1995：344.

和美军占领下的日本社会现实及战后青年们的绝望与悲哀。

《死者的奢华》讲述的是第一人称的大学生"我"与一名怀孕的女大学生一起，为了打工而搬运解剖室的尸体到新的酒精槽里的故事。当"我们"累得筋疲力尽之后却被告知搬运错了，那些尸体是不能使用且必须全部运到火葬场火化的。换言之，白天整理尸体的活儿全都白干了。与前一篇相同，这篇作品的主题也反映了日本青年的迷茫与徒劳意识。

这两篇作品的主人公在面对现实的荒诞时，都选择了沉默、逃避，表现出和西方存在主义相一致的消极、悲观的人生态度。

如上所述，从大江健三郎早期作品中可以看出其对西方存在主义的吸收与模仿。但是大江并不仅仅满足于此，进入成熟期后，他的作品主题出现了一些新的变化，实现了对西方存在主义的超越。这里以《广岛札记》《个人的体验》《万延元年的足球队》为例来进行分析说明。

1963年大江的长子刚出生就因为先天性头盖骨的缺陷而濒临死亡，后经抢救存活下来却成了残疾儿，这个体验也成了大江创作的转折点。他以自己看护儿子过程中的艰辛、苦涩，以及超越个人烦恼、决心与残疾儿"共生"的经历为素材，创作了长篇小说《个人的体验》，以此来探寻人类"再生"的途径。小说的结尾，主人公"鸟"为了孩子的正常成长和将来的生活，打算去从事导游工作，也就是说，主人公最终不再"自我逃避"而是选择了与残疾儿共生的道路。这种选择，"是东方式的直面现实，强调责任的选择，而不是萨特式的关注个体的绝对自由的选择"[①]。从《个人的体验》之后，这种对"再生"的探索，一直贯穿了整个大江文学生涯。

在创作《个人的体验》的同时，大江访问了原子弹爆炸地广岛，目睹了受原爆危害的幸存者的悲惨遭遇，之后发表了随笔《广岛札记》。《广岛札记》围绕广岛日赤医院院长重藤文夫和其他受害者的证言及手记展开。像重藤院长这种虽遭受核辐射，却以惊人的毅力忍耐并不懈努力的广岛人给了大江极大的震撼。他把遭受原子弹爆炸后的广岛人看作是真正的日本人，这些人从不绝望，也不抱有奢望，在任何情况下都不会屈服，坚持工作。广岛访问使大江深刻认识到，只有像广岛人那样勇于承担责任并勇敢地与现实及命运抗争，才是对如何实现人的自我价值的最好诠释。

《广岛札记》与《个人的体验》这两部作品，虽然题材、体裁都不相同，但是却有着紧密的内在联系。那就是作者开始对"再生"这一主题的探讨。残疾儿的诞生以及广岛之行促使大江健三郎开始反省先前接受的西方存在主义并有了自己新的理解。那就是要克服困境、积极探索人类的理想生存方式。虽然有人认为《个人的体验》的结尾过于突兀，但是从大江开始力图探索"再生"的途径来说，可以说这是一个极具挑战的尝试。这两部作品也成为大江文学的转折点，自此以后他开始了新的创作旅程。

在《万延元年的足球队》里，大江把历史与现实、现实与虚构、城市与山村、东方与西方等诸多内容交织起来，构建出当今人类处于困境中的惶惑不安的场景。在小说

---

① 兰立亮. 从《死者的奢华》看大江健三郎对存在主义的接受和超越 [J]. 安阳师范学院学报，2005 (01)：99.

的最后，作者这样写道：

> 然而，只要接受了这项工作，就总会有一个瞬间，让我觉得自己正在开始一种新的生活。至少，在那里盖上一间草房，还是轻而易举的吧。①

主人公蜜三郎意识到人应顽强地超越心灵的困境，于是决定离开森林山村，把白痴儿接回自己身边，收养弟弟鹰四的孩子，从此开始一种新的生活。《万延元年的足球队》这部作品表现了大江健三郎对人生价值及"再生"问题的进一步深刻思考。

从以上分析可以看出，成熟期的大江作品已经超越了早期对存在主义的单纯模仿，展现出作者对超越生存困境、实现再生的积极探索。

无论是萨特的《恶心》还是加缪的《局外人》，这些西方存在主义文学的代表作都表达了人的存在是荒谬的这一主题。西方存在主义虽然揭示了人的生存问题，但是却没有指出人应该怎样克服困境进而走向光明的途径。经历了残疾儿诞生（个人）和广岛之行（社会）双重洗礼的大江健三郎开始不满足于西方存在主义的结论，转而致力于揭示在当代社会中人生存的本质意义，探索人生存选择的理想可能方式，实现了对西方存在主义的超越。

《个人的体验》《万延元年的足球队》的主人公身上都有着存在主义的烙印，在丑陋与荒诞的现实社会面前，他们都曾表现出极大的厌恶情绪，在面临人生的自由选择时，也都焦虑和迷茫过。但是随着故事情节的推进，鸟和蜜三郎不再意志消沉，而是逐渐战胜自我，直面现实，选择了积极的人生。这体现了主人公以及作者自身的积极的现世精神。在这一点上，也是大江健三郎与西方存在主义的根本不同之处。萨特认为"他人即地狱"，强调人的绝对自由，认为人与人之间的关系存在不可调和性，而大江则认为人的存在是与自然、社会相和谐的。大江这一观点的提出是与他在地缘上所处的东方文化圈所分不开的。在追求普遍和谐的儒文化影响下，大江通过自己的不懈探索，把东方文化的底蕴与西方存在主义有机地融合了起来并加以发展。

萨特提出"世界是荒谬的，人生是痛苦的"，但是大江认为通过人自身的积极努力是可以超越生存困境的。大江健三郎通过对西方存在主义的吸收与超越，完成了自己独特的东方存在主义的建构。

二、大江健三郎对日本传统文化、文学的继承与突破

大江健三郎深受西方文学创作的影响，西方意识流小说常用的隐喻、自由联想、时空交错等手法在大江作品中得以充分运用。但是同时，大江又非常强调"民族性在文学中的表现"，他的作品都是根植于日本传统文化之上的。这部分通过日本文化意象之一"森林"以及传统文学"私小说"这两个方面，来分析大江健三郎对传统文化·文学的继承与突破。

（一）"森林"在大江文学中的体现

1935 年大江健三郎出生在四国的一个偏远山村。这个山村深藏在峡谷里，周围是

---

① [日] 大江健三郎. 万延元年的足球队 [M]. 于长敏，王新新译. 北京：光明日报出版社，1995：312.

茂密的森林，村庄非常闭塞，很少与外界接触。这里的自然环境和民风民俗对大江后来的创作产生了很大的影响。他曾经这样说道：

在不断创作的过程中，我发现自己在小说中描绘的世界不知不觉地成为支撑我的精神力量，四国的森林则成为我创作的源泉。与现实中的森林峡谷相比，我把作为神话世界而想象的森林视为向往的理想之国。①

大江常把作品中的人物置身于森林峡谷中，以丰富的想象力创造了神话与现实交融的森林世界。从早期的《饲育》《揪芽打仔》②，到后来的《万延元年的足球队》《同时代的游戏》《M/T 与森林里奇异的故事》，直至《燃烧的绿树》《空翻》等等，这些作品都是以森林为背景的。

叶渭渠在《大江健三郎文学的传统与现代》中写道："森林村庄里的神话和传说中独特的宇宙观、生死观，成为大江健三郎文学思想原点的重要组成部分。"③ 大江笔下的森林，既寄托了他"乌托邦"的理想，又展现了现实世界的处境，呈现出理想与现实之间矛盾冲突的一幅幅画卷。在《万延元年的足球队》中，蜜三郎从城市—东京返回故乡的森林—四国，本想在森林中寻求心灵的庇护，然而森林已遭到"现代文明"的冲击，不再有过去的宁静、和谐。森林非但没能充当其避难所，反而成为他新的生存困境。最后蜜三郎为了改变困境选择离开森林去别处开启新生活。在这部作品中，大江运用神话原型，结合地域文化、民间传说、历史故事等，把过去与现代交织在一起，探索了人类应当如何走出象征恐怖和不安的"森林"，获得"再生"的主题。

（二）大江文学对"私小说"的继承与突破

"私小说"是日本文学中的一种独特创作形式，其主要特征表现为重视客观描写，采取自我暴露的叙事手法，聚焦于日常生活的琐事和心理描写等方面。大江健三郎的多部作品，特别是与残疾儿子大江光有关联的作品，看起来都带有"私小说"的印迹。可以说这是大江文学在文体上对"私小说"的一种继承。但是，尽管大江受到了传统私小说的影响，但他更多的是对其突破与改进。日本学者沼野充义指出：

大江小说的文本包括了以下三个部分。（1）几乎和他的实际生活完全一致的部分（传统的"私小说"的部分）；（2）与实际生活稍微错开一些，但现实中完全可能存在的作为换喻的"可能世界"；（3）现实中不可能存在的想象的世界（隐喻性的、幻想的世界）。④

沼野认为这三个部分在大江作品中互相缠绕、互相渗透，和日本传统意义上的"私小说"是完全不同的。大江自身一直反对传统私小说中作者与作品人物的混同。从大江的作品可以看出，作品中的"我"已经突破了私小说那种狭小的"自我"世界的平面描写的禁锢，带有很强的社会意识。在这一点上，大江把个人的体验融入对社会问

---

① ［日］大江健三郎. 我的文学之路——大江健三郎访谈录［J］. 小说评论，1995（02）：48.
② 日语名为"『芽むしり仔撃ち』"，有的译作《感化院的少年》（郑民钦译，1995），此处采用陈青庆、周砚舒所译书名《揪芽打仔》（人民文学出版社，2023）。（笔者注）
③ 叶渭渠. 大江健三郎文学的传统与现代［J］. 日本学刊，2007（01）：96.
④ ［日］沼野充义. 树与波——作为世界文学现象的大江健三郎［J］. 山东社会科学，2011（07）：74.

题的思考,把特殊性与普遍性结合在了一起。因此,大江作品中的"我"不再单单是登场人物或作者本身的单一的指称,而是"分化成多个主要人物的复称"。①

另一方面,传统私小说重视客观描写,否定与事实不符的虚构。但是在大江作品中,却出现了大量的虚构,形成虚实兼顾的文体,这与传统意义上的"私小说"是背道而驰的。大江认为,要克服传统私小说的"私",关键还是要发挥主体的想象力。王琢在研究大江文学的文体时指出:"只有在想象力的世界里发现潜藏在'我'内心世界的'私',并把它转换成具体的形象,才能克服和超越私小说的狭隘性。"②

因此,大江的作品虽然带有"私小说"的色彩,但是却突破了传统私小说的藩篱,通过对西方存在主义的吸收与超越,充分发挥想象力,扩大了日本文学的创作空间。大江通过作品表达了他对社会、对人类命运的深层思考,这也是大江健三郎文学从日本走向世界、取得举世瞩目的成果的根本原因所在。

三、"监禁状态"下的日本战后社会——以《人羊》为中心

大江健三郎在短篇集《死者的奢华》后记中写道:

这些作品主要写于1957年的后半年,思考在被监禁的状态、被封闭的墙壁里的生存状态,是我一贯的主题。③

《人羊》发表于1958年,作品讲述了日本战后美国占领期间这个"监禁状态"下发生的故事。因"我"在公交车上无意中触怒了一群外国士兵,结果"我"及其他一些日本乘客被当作"人羊"当众脱下裤子打屁股而受尽凌辱,周围的其他乘客皆冷眼旁观,事后一名"教员"又反复劝说甚至强迫"我"去警局报案,"我"却始终闭口不言。

李德纯指出:"小说触及了当时日本社会的主要矛盾,从各个角度揭露了美军占领日本时的卑劣行径。具有一定程度的民族意识和爱国精神。"王新新评论道:"与其说《人羊》表现的是美军占领时期日本人的屈辱,莫如说它揭示的是存在于战后日本人身上的精神的动摇。"霍士富将《人羊》中的日本人分为了三类,认为教员酷似鲁迅作品中的"知识阶级",但是并没有展开来深入分析。刘玮莹认为"羊"在不同人物视角之下具有"他者""臣服者""牺牲者"等多重隐喻,并且这些隐喻意象中蕴含着丰富的自由哲学思想,不仅批判了占领社会对国民自由的戕害,同时提出了保持革命的积极自由和消极自由的观点。任雅萱分析了小说中的"我"、外国兵及教员,认为教员是一个冷漠目睹同胞被羞辱的旁观者,同时又是对受害者们实施二次伤害的间接加害者。

小森阳一认为在公交车上发生的这一幕,表现了当时日本人对高居占领和统治地位的驻日盟军军事力量毫无发言权利。

---

① 叶琳. 超越"私小说"、"脱政性"和"中心文化"——论大江文学的审美创造 [J]. 当代外国文学,2012(04):63.

② 王琢. 语言的文体化与活性化——大江健三郎的"语言——文体"观 [J]. 海南大学学报(人文社会科学版),2009(02):199.

③ [日]大江健三郎. 大江健三郎集 [M]. 新潮社日本文学64,東京:新潮社,1969:530.

从先行研究可以看出，目前为止学界对《人羊》的研究基本集中在"羊"的隐喻及"我"的形象上，大多认为"我"代表的是日本普通民众，但对"教员"的形象则褒贬不一，且以贬义居多。笔者认为大江健三郎笔下的"教员"不能简单地用正面人物、反面人物来加以定义，他是一个矛盾的复杂组合体，本部分就从教员的软弱性、强权性、反抗性来探究这个知识分子形象，进而挖掘《人羊》的主题。

（一）"打羊"的缘起

《人羊》发表于1958年2月，在此前一个月发表的《饲育》中，描写了战争末期因飞机坠落而被捕获的黑人士兵被日本村民当作动物来对待直至最后被击杀的故事；而《人羊》中故事发生的时间则转移到了战后。日本战败，与战时的形势发生了逆转，日本处于美国占领之下，《人羊》里公交车中的日本乘客在外国士兵的逼迫下脱掉裤子，被当作动物打屁股。从《饲育》到《人羊》，从"饲育"到"被饲育"，这两篇作品将日本及日本人在战时、战后的处境描绘得淋漓尽致。

在《人羊》中，"我"是一位大学生，因为打工当家庭教师而坐上了这辆末班公共汽车。从空间上来说，大江在开篇就设定了这辆车是从城市开往郊区的，也体现了之后贯穿大江文学生涯中一直探讨的"中心—边缘"这一思想。故事的前半段主要是在公共汽车这一密闭空间里展开的，这个密闭空间就是战后"监禁状态"的表现。"我"坐在外国大兵旁边，坐在外国大兵身上的女人因为不小心摔倒在地上从而激怒了外国大兵们。很明显，这个女人就是美国占领期间专门为美军提供性服务的女性代表（日语叫"パンパンさん"），于是，外国兵就借由这件事扒掉了"我"的裤子。小说中，大江将"我"及其他被打屁股的乘客异化成"羊"，受尽凌辱却只能默默忍受，表现了对美国的强权占领没有反抗、软弱无力的战后日本民众的思想状态。从生物学上来说，在动物世界中，"羊"是极为温顺的动物，是比"狗"更软弱、更缺乏反抗意识的物种；从"羊"在西方的意象角度来说，在西方基督教中，"羊"是作为祭品献给上帝的，是温顺柔弱的代表，常用来形容那些容易迷失、必须依靠信仰的力量来感化的人。在小说中，外国大兵——美国占领者拍打日本乘客的屁股时还高唱"打羊"的歌谣，"打羊，打羊，啪，啪！"[1]，从这个意义上来说，外国（美国）大兵把自己当作拯救和驯化乘客（日本人）的"神"了。在《奇妙的工作》里，主人公"我"看着那些被拴在柱子上、个个都很老实、失去了见人就咬这一习性的狗，想到："我想我们自己说不定也会被拴在柱子上弄成这样哪！我们这些丧失个性、彼此相似的日本学生。"[2] 主人公由"狗"联想到作为日本学生的自己。《人羊》中，主人公"我"及其他日本乘客被美国大兵当作"羊"来凌辱，却谁也不敢反抗，这与《奇妙的工作》里丧失反抗力的"狗"的设定也是相通的，隐喻了美军占领下日本国民的生存状态。

1945年8月日本宣布投降，盟军进驻日本，开始了事实上的美国对日本的单独占

---

[1] ［日］大江健三郎. 人羊［M］. 李庆国译//死者的奢华. 王中忱编选. 北京：光明日报出版社，1995：56.
[2] ［日］大江健三郎. 奇妙的工作［M］. 斯海译//死者的奢华. 王中忱编选. 北京：光明日报出版社，1995.3.

领。因此，《人羊》中那些喝得醉醺醺的乘坐公交车返回基地的外国士兵毫无疑问指代的就是美国士兵。随着冷战开始以及朝鲜战争的爆发，美国意欲将日本变为其在亚洲的反共军事堡垒，进一步加剧对日本及民众的控制，日本政府也就沦为美国进行统治的工具，战后民主主义遭到了破坏。日本在朝鲜战争中大发横财，战后经济逐渐稳定并走向高速发展，但是同时美国和日本政府加剧遏制、打击共产主义力量，强行通过新日美安保条约，民主主义受到极大威胁，当时日本的知识分子阶层普遍在精神上产生了失落感与空虚感。1960年，安保斗争进入高潮，工人、学生、知识分子在全国范围内掀起斗争，大江自身也加入这场运动之中，并一直在思考日本的社会问题。从作品上看，无论是故事场景设定在战争期间的《饲育》《揪芽打仔》，还是战后的《奇妙的工作》《死者的奢华》《人羊》等，都是他对战后民主主义进行的重新审视，表达了他对战后"监禁状态"的控诉。大江在《战后青年的日本回归》中谈道：

> 对日本青年来说，最为紧要之事，是开创一个以日本人自己的双手缔造日本人的政治的局面。日本的青年之所以对日本及日本人绝望，是因为他们无法拥有亲身参加日本国家建设的真情实感，也因为他们看到日本的政治归根结底远在他们所无法触及的地方而死心断念。这两种困扰日本青年的基本情感，实则缘自一个事实，这就是，日本尚处于美国的统治之下，可支配日本的并非日本人的意志。所以，日本青年要从深刻的绝望和对政治的漠不关心中重新站立起来，重新认识日本的现实，就必须首先打破这种耻辱的感觉。很简单，为恢复日本青年对国家的热情，必须使外国基地从日本消亡，仅此而已。"[①]

在这里，大江明确提出战后日本青年一代对政治漠不关心的原因以及重塑热情的方法。

在《人羊》里，大江健三郎将美国占领者与日本民众的权力不对等，集中表现在了公交车这一空间里。小说中美国士兵对日本乘客的行为就隐喻了当时美国对日本的统治野心，而毫无反抗默默忍受被打屁股的乘客们就表达了日本对美国的顺从与臣服。

大江健三郎将第一部短篇集《死者的奢华》的主题归纳为"监禁状态"，也就是将战后特别是20世纪50、60年代民主主义受到威胁、破坏的日本社会视为监禁状态，探讨了在此状态下日本人的生存与生活。在《奇妙的工作》《死者的奢华》文本中，作者采用的是暗喻手法，并没有直接提到造成这种监禁状态的缘由。而到了《人羊》，就有了进一步突破，直接将矛盾冲突设置在美国占领军与日本民众之间，描写了战后日本人在美军占领下的屈辱感。

在《人羊》的前一年发表的《奇妙的工作》《死者的奢华》里，大江将视野主要聚焦在"大学生"身上，反映战后青年学生的无奈与无为，而《人羊》的后半部分，除了作为学生的"我"之外，大江还花了大量篇幅着力于对"年轻教师"的描述，向我们展现了战后除"学生"以外的另一类"知识分子"类型的思想与行为。

---

① （转引自）王新新.大江健三郎的文学世界：1957—1967 [M].北京：人民文学出版社，2004：91-92.

(二) 教员的软弱性

年轻教员对于外国大兵凌辱同胞不发一言，但在他们走后却对"我"不断施加压力。对"强者"美国，他即使有屈辱之感，也不敢当众宣之于口；想要反抗，也是在外国大兵下车以后，煽动同胞去告发。从这里，我们可以看出以"教员"为代表的知识分子的多面性及复杂性。

在公共汽车这个密闭空间里，矛盾的起源来自与外国大兵调笑的妓女。在战后日本，专门为美军提供性服务的这些女性可以说处在社会的最底层，不但受到外国士兵的欺辱，就连自己的同胞也看不起她们。小说中日本乘客们都把视线从妓女身上移开，同为女性的乘务员直接板着脸把头扭向窗外。本来"我"也极力地避开招惹大兵与女人，但是却因女人倚到了"我"肩上而卷入这场是非当中。"我缩着身子，朝那个立着雨衣领子的教员送去受害者软弱轻柔的微笑，教员却回给我充满了责备的目光。"① 本来以为同属知识分子阶层的教员能够理解"我"此时的窘境，给予解救措施或适当安慰，没想到教员射向"我"的却是责备的目光。

从这里可以看出教员在强权——美国占领者（外国大兵）面前体现出的软弱性。他的"责备"一方面是认为"我"作为知识分子，不应该和大家所不齿的妓女有所瓜葛；另一方面是生怕"我"和外国士兵发生冲突，从而连累到他自己。因此教员别说站起来制止，就连对我投去的求救目光都充满责备。教员和其他乘客的看客态度，直接使得外国兵的目光集中到"我"身上，再加上"我"推开了女人，使得"我"直接成为被外国兵当作"人羊"戏耍的第一人。接下来，大江着重描写了"我"是如何被外国士兵逼迫着扒下裤子露出屁股以及"我"内心的屈辱，没有再提及教员，但是可以肯定的是教员和其他幸免于难的乘客一样，在这一过程中只是默默地充当了看客。

(三) 教员的强权性

故事的转折发生在外国兵领着女人下车以后。

在"我"及其他一些乘客被凌辱的过程中，教员和其他日本人乘客一样，充当了看客，对外国士兵的暴行不发一言更遑论上前加以制止。在外国士兵下车后，车厢里的空间分布也发生了变化。被打屁股的"羊们"聚集在车厢尾部，而那些没有受害的乘客们都坐在前半部，本来是外国士兵与日本乘客之间的力量对峙，这时演变成了乘客内部受害者与免于受害者们之间的不平等。司机率先冲破这两个空间的界限，回到车厢前部履行自己的职责继续把车发动起来往前开，前半部的乘客们就开始嘀嘀咕咕起来，俨然成了"居高临下"者，盯着这些受害者。"我发现特别是那个教员，他用灼热的眼光看着我们，嘴唇也在不停地颤抖。"② 之所以教员的态度变得如此激动，是因为他觉得来自强权——外国士兵的威胁已经解除，作为"精英阶层"的自己应该粉墨登场了。果然，在接下来的描述中淋漓尽致地体现了这一点：

---

① [日] 大江健三郎. 人羊 [M]. 李庆国译//死者的奢华. 王中忱编选. 北京: 光明日报出版社, 1995: 53.
② [日] 大江健三郎. 人羊 [M]. 李庆国译//死者的奢华. 王中忱编选. 北京: 光明日报出版社, 1995: 58.

那帮家伙弄得也太不像话了。教员慷慨激昂地说，他仿佛代表了坐在汽车前部的乘客——那些没受害的人们似的，义正辞严又充满了热情。这哪是人干的事啊！①

在小说的前半段，毫无疑问外国士兵（美国占领军）象征了强权一方，乘客（日本民众）是弱势一方；但是到了后半段，外国士兵下车以后，这种强与弱的关系又转移到了乘客内部（日本民众）之间。

对于教员这种前后截然不同的态度，"羊们"都哑口无言。在遭受外国士兵凌辱时，其他乘客都事不关己高高挂起，等威胁解除后，这些人又跳出来站在道德的制高点加以指责，使得"羊们"的屈辱又添加了一层。教员及其他乘客并没有真正理解"羊们"受到的屈辱，而"羊们"也不想再一次将伤害曝光于大众面前。犹如一道墙壁横亘在两部分人中间一样，双方并不能互相理解、交流。在文本里，大江写到那些没有受害的乘客在自说自话，"他们的声音像被透明的墙壁挡住了似的一点也没有反应"②。鉴于此，受害的"羊们"愤怒了。"我"浑身发抖，一个穿红皮夹克的扑向教员朝着他的下巴打了一拳。虽然教员对于红皮夹克的行为感到吃惊不可理解，但是在那些声称也要做证人的乘客们都下车后，只有他执拗地跟在"我"身后，反复地劝说"我"去告发。在下车后的这一过程中，教员与"我"之间又形成了强与弱的力量对比关系。教员在遭到红皮夹克的袭击后，明白自己的想法得不到其他日本乘客的理解，而"我"的身份是大学生，教员于是执拗地认为"我"是可以与他站在同一阵线上并实现他的主张的。两人虽同为知识分子阶层，但"我"还只是一个靠打工为生的学生，在公共汽车上即便遭受耻辱也毫无反抗，而教员却已经是一名社会人了，因此他在与"我"的关系中，始终处于强势的一方，体现出了教员的"强权性"。教员不顾"我"的意愿，强迫着将"我"拽进派出所，并且以居高临下的口吻命令"我"来做"牺牲的羊"。

喂，你听着。他用起诉一样的声音坚定地说。得有一个人为这个事件做出牺牲。你是想在沉默中遗忘掉它吧，我看你还是下决心为此付出点牺牲吧，做一个牺牲的羊。③

然而，作为大学生的"我"却不愿将自己的耻辱暴露于众，只想着回家并尽快忘掉这件事，继续过自己无知无觉的生活。面对始终闭口不言的"我"，教员一再煽动无果后，愤怒地表示一定要把"我"的名字查出来。

（四）教员的反抗性

大江在《人羊》中塑造的"教员"，是不同于学生的另一种知识分子群体代表。与初期作品中对政治不关心、对生活迷茫的大学生形象相比较，教员是一个更为复杂的矛盾组合体。他在"强者（美国）"面前，是作为"弱者"出现的，表现出屈服；在"弱者（同胞）"面前，又是作为"强者"出现的，表现为强权。但是，我们不可忽视的是教员还具有反抗性，在一定程度上起到了思想启蒙的作用。

教员代表了当时日本的部分知识分子，在强权面前，害怕像"我"一样成为人羊，

---

① ［日］大江健三郎．人羊［M］．李庆国译//死者的奢华．王中忱编选．北京：光明日报出版社，1995：58．
② ［日］大江健三郎．人羊［M］．李庆国译//死者的奢华．王中忱编选．北京：光明日报出版社，1995：60．
③ ［日］大江健三郎．人羊［M］．李庆国译//死者的奢华．王中忱编选．北京：光明日报出版社，1995：67．

第六章 战后文学对近代国家主义的批判性认知——以大江健三郎为中心 ◎

不敢出来反抗，但他身上还残留着一点知识分子的良知，他的觉悟是高于公共汽车上的其他乘客（普通民众）的，因此在外国士兵下车以后，教员认为不应该被外国兵像摆弄动物似的戏耍，提议去报告警察并且自己做证人。可以说，没有教员出头的话，无论是受害的"羊们"还是其他乘客，大家只会默默忍受直到淡忘这件事情，在社会上、在舆论上泛不起一丝涟漪。这也就可以解释外国士兵如此熟练地戏耍、侮辱日本民众，却在以前从没有见过相关报道的缘由。

教员对保持沉默旁观自己同胞受辱的行为还进行了一定程度的自我反省，他说道：话说回来，我们不吭声地看着也是非常不应该的。软弱顺从的态度必须抛弃掉！[①]
虽然教员号召大家必须团结起来，将外国士兵的恶行公之于众，但是"羊们"却不想将自己的耻辱为外人所知，红皮夹克因此将教员一拳打倒在地后，刚开始还义愤填膺地说着应该去报案的其他乘客又恢复了沉默，最后都下了车，只有教员依然执拗地跟在"我"身后反复地鼓动去报案。

对于教员对"我"的纠缠，小森阳一指出教员直面美国兵时既不抗议也不抵抗，事后摇身一变打着主义的幌子说教别人应该怎么做。小森所主张的是目前为止的主流观点，除此以外，沈骏楠认为："教员的形象其实是在讽刺右翼政府将自己的意识形态强加于日本国民的政治手段。操控民众的野心被披上伸张正义的外衣，为自己利益服务的权力者反而站到了道德制高点，在美军士兵走后成为新的'加害者'。"[②] 但是，沈骏楠却没有举出更多的证据证明这种说法。笔者对于教员的形象，有一些其他想法。

教员在遭到攻击后，意识到不可能说服这些普通乘客，于是转向同为知识分子一员的"我"，而"我"由于自身的软弱性一直躲避着教员的目光。在下车以后，教员依然没有放弃，执拗地跟在身后，鼓动"我"去"斗一斗"。斗争的对象自然就是指外国士兵，也就是美国占领下的战后体制。当"我"拒绝向警察透露自己的姓名时，教员挺身而出，"我以证人的形式报告这个事件可以吗？"[③] 说明教员已经做好了担当"牺牲的羊"的准备。假设因此立案成功而遭到 GHQ 或者日本政府报复的话，那么首当其冲的打击对象毫无疑问就是教员自身，而他自己已经做好了为此事承担责任的思想准备。从这个角度上来说，教员的言行就是一种对"监禁状态"这种体制的反抗，是带有唤醒民众意识的积极意义的。

对于"我"始终不同意透露姓名，没有被教员唤醒去做"牺牲的羊"这个设定，是和《奇妙的工作》《死者的奢华》中出现的大学生主人公形象是相通的。这些学生犹如那些被圈禁的狗，在监禁状态下已经丧失了抵抗意识，安于被监禁的温床，浑浑噩噩地度日，这也是大江早期作品最重要的主题。在先行研究中，一些学者认为"我"缄口不言是因为害怕将受辱经过向警员讲述就是再次受到侮辱。当然在文本中也有诸多这样的描写，"羞耻像打摆子似的使我周身抖动起来""羞耻在体内发热""我自己所受的

---

① [日]大江健三郎. 人羊 [M]. 李庆国译//死者的奢华. 王中忱编选. 北京：光明日报出版社，1995.60.
② 沈骏楠. 大江健三郎《人羊》中羊的象征意义 [J]. 文学教育，2023（04）：6.
③ [日]大江健三郎. 人羊 [M]. 李庆国译//死者的奢华. 王中忱编选. 北京：光明日报出版社，1995：67.

◎ 战后日本文学对近代日本国家主义的认知研究

屈辱岂不成了四处作宣传广告了吗"① 等。当然，"我"的确有害怕自己再次受辱的一面，但是结合当时的社会背景来看，更多的是对美国支配下的强权的恐惧，害怕成为"牺牲的羊"，害怕公之于世后遭到打击报复。"我"的想法代表了当时大部分日本民众的思想，就是对美国强权的恐惧与屈服。教员的行为在事实上的确给"我"造成了二次精神伤害，但是却也迫使"我"无法像以前那样选择遗忘，也就是说如果没有教员近乎偏执的坚持，这次被当作"人羊"侮辱的事件就会毫无声息地自我消亡，起不到任何作用。因此，教员的行为是带有思想启蒙意义的。

鲁迅先生在《呐喊·自序》里写道：

假如一间铁屋子，是绝无窗户而万难破毁的，里面有许多熟睡的人们，不久都要闷死了，然而是从昏睡入死灭，并不感到就死的悲哀。现在你大嚷起来，惊起了较为清醒的几个人，使这不幸的少数者来受无可挽救的临终的苦楚，你倒以为对得起他们么？

然而那几个人既然起来，你不能说绝没有毁坏这铁屋的希望。②

大江健三郎从少时就开始阅读鲁迅的作品，并且贯穿了他的整个文学创作生涯，其影响力是不言而喻的。大江初期作品里的主题"监禁状态"，就相当于鲁迅提出的"铁屋子"理论。就《人羊》而言，公共汽车里的日本人乘客，要么默默承受外国士兵欺侮成为直接受害者，要么就充当了麻木不仁的看客，正如那些即将被闷死在"铁屋子"里的人们。而年轻教员心中尚存作为知识分子的良知，他希望这件事得以曝光，从而形成舆论，与美国占领军"斗一斗"。虽然"我"到最后也没有吐露自己的姓名，但是与之前选择自己默默承受并尽快遗忘的无奈与麻木相比，心境肯定是受到很大震荡的，也就是说年轻教员作为思想启蒙者带来了打破"监禁状态"的希望。

在《人羊》中，还需要特别注意的人物形象就是大江笔下的两位派出所警察。年轻警官刚一听到是有关兵营和外国士兵的报案就紧张起来，接着叫来了另一位中年警官。而当教员叙述完事件的始末后，两位警官根本没把这当作是对自己同胞的欺辱，反而认为是外国兵开的玩笑，中年警官说道："是不是闹着玩呢？……就是啪啪地拍打两下光屁股，那也死不了人哪。"③ 从两位警察的态度可以看出，他们对于自己的同胞遭受外国士兵欺侮的事极其敷衍，甚至不屑一顾，也许他们自己平时也遭到了类似的羞辱，却已经习惯成自然，不以为耻反而帮外国士兵开脱罪行。《人羊》中的"警察"暗喻了当时的日本政府，表明日本政府对占领当局的软弱与屈从，任由美国占领军凌辱自己国民，甚至与他们沆瀣一气，沦为其帮凶打压民众的反抗，严重破坏了战后民主主义。

在大江的很多作品中，"我"都是作为知识分子的代表登场的。在《人羊》中，"我"虽然也是知识分子一员，但懦弱的行为却与普通民众无异，在这篇小说里，如果说还带有一些知识分子良知的人物的话，就只能是"教员"了。他的反抗性虽然没有

---

① ［日］大江健三郎．人羊［M］．李庆国译//死者的奢华．王中忱编选．北京：光明日报出版社，1995：65-66．
② 鲁迅．自序//呐喊［M］．西安：太白文艺出版社，2016：6．
③ ［日］大江健三郎．人羊［M］．李庆国译//死者的奢华．王中忱编选．北京：光明日报出版社，1995：65．

— 182 —

后期大江作品中那些人物明显，尚带有较强的软弱性、虚伪性及强权性，但是他能够在监禁状态下主动发出声音，对反对强权、坚持民主主义是起到了积极的推动作用的。

战后日本这种"监禁状态"的造成，从根本原因上来说，就是绝对主义天皇制发动侵略战争带来的"恶果"。近代以后，特别是侵华战争和太平洋战争的发动，日本给中国及东南亚国家带来惨绝人寰的灾难，两颗原子弹使广岛和长崎夷为平地，日本战败，美军实行单独占领，日本民众处于"被监禁"状态，无力反抗，只能忍受美军的暴行。从深层意义上来说，大江借对"监禁状态"的描写，表达了对法西斯军国主义的反思。并且通过前期一系列作品，探讨了从麻木走向反抗、从反思走向救赎的途径。

战后新宪法的第一条就是承认天皇制的存续，这是与民主主义相悖的。王新新指出大江就是在这种矛盾状况中开始创作的：

他登上文坛的1957年，正值日本战后民主主义的退潮期。政府的再军备政策和"自卫队"的组建，实际上是对新宪法的和平主义精神的背叛，而1960年安保斗争的失败，也使民主主义精神遭到了践踏。①

大江通过表现监禁状态下失去抵抗意识的人们，意在唤起人们的觉醒。

第二节 打破"监禁状态"与对战争的批判

大江健三郎在短篇集《死者的奢华》后记中写道：

我的这些作品都写于1957年的后半年。贯穿始终的主题是思考在被监禁状态下、封闭的墙壁内的生存问题。……有人批评我强调了日本学生消极、否定的一面，于是我想以适合表现人们积极、肯定的一面的小说形式，即创作长篇来回应这个问题。②

这里的"长篇的形式"指的就是《揪芽打仔》，作者通过感化院的少年对村民压迫的反抗实现了主题的升华。在小说结尾，主人公"我"被村民们追赶，跑进森林中，就象征着主动打破"监禁状态"的一种尝试。但是从处于"监禁状态"到打破其禁锢，作者不是一蹴而就的，而是通过从《奇妙的工作》《死者的奢华》，到《饲育》《人羊》，再到《揪芽打仔》这几部初期作品，对监禁状态下日本国民的生存状态进行了一系列探索后实现的。在前面第一节中，论述了大江在《人羊》中通过"教员"的形象塑造进行的尝试。《人羊》中，除了大学生主人公之外，"教员"也担当了重要角色，大江通过教员，描绘了与消极的日本大学生相对照的另一类知识分子形象。

在《奇妙的工作》中，大江把战后国民特别是青年一代的生存状况比喻为被圈禁在水泥矮墙里待宰的狗，年轻学生们没有个性、丧失了敌意，所做的一切都归结为徒劳。《死者的奢华》的主题也与此类似，这些学生主人公在大江笔下，都表现出对政治的不关心，不积极进取，只是迷茫地度日。《人羊》中的教员，与学生主人公相对照，

---

① 王新新. 大江健三郎的文学世界：1957—1967 [M]. 北京：人民文学出版社，2004. 206.
② [日] 大江健三郎. 大江健三郎集 [M]. 新潮社日本文学64，東京：新潮社，1969. 530.

虽然同样带有软弱性，但是也跨出了第一步，能够主动发出自己的声音来对抗强权、对抗对民主主义的破坏，表现出向"打破"发展的前兆。再看《揪芽打仔》，最后"我"不再屈从于村民的威逼利诱，而是在行动上选择逃往森林深处，从而打破了"监禁状态"，表现出对权威的反抗。到了大江晚期塑造的"长江古义人"这个知识分子形象，就成为一个能够主动地反抗黑暗现实的人物。

一、《饲育》中儿童的"成人礼"

虽然同样是表现"监禁状态"这一主题，《奇妙的工作》《死者的奢华》以及《人羊》的社会背景是战后20世纪50年代中后期到60年代，主人公为大学生；而《饲育》与《揪芽打仔》中，大江则是将故事背景设置在了战时，主人公为儿童与少年。大江通过儿童的视角，批判了战争的残酷与人性的冷漠。

《饲育》发表于1958年1月，获得了当年的芥川文学奖。故事发生的舞台在一个森林峡谷的村庄里，这个村庄因为洪水泛滥，坍塌的山石压垮了通往镇子的唯一栈桥，于是与外界完全隔绝了。时值战争末期，美国对日本本土实行大规模空袭，某日一架飞机坠毁在森林里，一个黑人士兵被村民俘获。大江详细描述了"我"从刚开始惧怕黑人士兵到逐渐与其成为朋友，最后又被这位"朋友"扣为人质，自己的右手连同黑人的头颅被自己的父亲用暴力砸碎，自己那纯真无瑕的童年时代也就此结束的过程。

《饲育》里大江笔下的村庄位于森林峡谷中，远离中心地带的城市，这也开启了贯穿大江文学生涯的主题"中心—边缘"的探讨。战争已经如火如荼，可对于这个山村里的孩子们来说，那就像是隔绝于村子以外的外部世界所发生的事。

可战争对于我们，只意味着村里年轻人的远征和邮差不时送来的阵亡通知书。战争没有浸透这坚硬的表皮和厚厚的果实。最近开始飞过村庄上空的飞机，于我们也只不过是一种新奇的鸟而已。①

空间上的隔绝带来了信息的差异，这也为孩子们后来能将黑人士兵当作朋友一起嬉闹玩耍埋下了伏笔。在孩子们的纯洁世界里，不知道什么是战争，不理解战争是为了什么，他们只欢喜于不用去上课而可以更无顾忌地到处玩耍。被俘虏的黑人士兵，在大人眼中就是"敌人"，因为没有上面的命令进行处置而只能将其当作"牲口"一样喂养起来。在孩子眼中，对于是否是"敌人"并不能加以判断。当"我"遵循大人的看法毫无把握地说他是"敌人"时，立刻遭到小伙伴的反驳："'敌人？你说他是敌人？'……他哑着嗓子大声斥责道：'那是黑人，哪个敢说是敌人！'"② 大人们团团围住黑人俘虏，孩子们被排斥在外，连远远观望的权力都没有。大人世界和儿童世界之间横亘着一堵厚厚的墙。

黑人士兵被关在我家居住的仓库的地窖里。因为杂货铺的老板娘不愿去给黑人送饭，父亲就把这一任务强行加在"我"身上。对于孩子来说，一方面受到大人将其定位为"敌人"的影响，一方面因第一次接触身材魁梧、有严重体味的不同人种，刚开

---

① [日]大江健三郎. 饲育[M]. 沈国威译//死者的奢华. 王中忱编选. 北京：光明日报出版社，1995：75.
② [日]大江健三郎. 饲育[M]. 沈国威译//死者的奢华. 王中忱编选. 北京：光明日报出版社，1995：80.

始对黑人士兵的态度是既惧怕又兴奋的。但通过每日与黑人的接触后,孩子们消除了恐惧,发现黑人是和他们一样的人类,得吃饭排泄,有喜怒哀乐,就逐渐与黑人成了朋友。为了减轻黑人的痛苦,孩子们帮他打开了腿上的锁链,带他走出地窖,一起到泉水里洗澡嬉戏,村民们也对他消除了部分恐惧与敌意。这时的村庄,就似一个乐园,没有"敌我"之分,只有人与人之间的善意在流淌。虽然孩子们希望这种快乐能够永远持续下去,但是很快就被残酷的现实打破了。

就在孩子们与黑人一起洗澡的第二天,书记带来了押送黑人去县里的消息。已经将黑人视为朋友的"我"马上跑去给他报信,却没想到遭到了黑人的背叛。黑人将"我"扣为人质,"我"成了黑人与大人们交易中的砝码,刚建立起来的朋友关系很快变成敌对关系。雪上降霜的是,哪怕黑人紧紧扼住"我"的喉咙,连同父亲在内的大人们,却不顾"我"的死活,强行砸开了地窖的盖板。来自黑人与大人们的双重背叛,使"我"感觉被所有人抛弃了。最后,"我"的左手连同黑人的头颅一起被父亲的厚刃刀砸碎,这一砸,不仅将我砸至昏迷,更是彻底砸碎了"我"的童真,将被战争扭曲了人性的父亲形象彻底暴露出来,让"我"对大人世界感到恐惧和恶心。江藤淳指出:"战争和主人公的内心成长的背道而驰,奏出了悦耳的交响曲。这一交响曲在大江文学的世界中,通过'父亲'瞬间的闪闪发光的镢头砸碎'我'的手指头而完成。"① 从昏迷中苏醒后的"我"已经无法回到从前,已经不再是之前的孩子了,换句话说,"我"经历了一场成人礼。

一个天启的思绪浸遍我的全身,我不再是孩子了。与豁唇儿的血淋淋的争斗、月夜下掏鸟窝、玩爬犁、抓野狗仔……这一切都是小孩子的把戏,而我已经与那个世界彻底无缘了。②

经过此次变故,"我"不再是以前的"我",不再和豁唇儿及其他小伙伴具有连带感。但是,刚经历"成人礼"之后的"我"也没有融入父亲代表的大人世界。在"我"苏醒后,拒绝父亲递过来的牛奶,

包括爹在内,所有的大人都对我失去了耐心。而正是这些龇着牙,高觉着厚刃刀向我扑上来的大人让我感到恶心和困惑。

我只感到大人们在使我作呕,使我恐惧,每每把头从窗前移开。在我沉睡期间,大人们好像完全变了,变成了其他星球上的怪物。我浑身像绑上了湿沙袋,感到沉重无力。③

经历过双重背叛的"我",认识到战争所带来的残酷,逐渐具有了冷静观察、独立思考的能力。在小说的最后,书记意外死亡,而他的表情在"我"看来,时而悲哀时而微笑,这就与小说的开头部分形成了呼应与对比。小说伊始,"我"在峡谷底的临时火葬场想起了两天前被焚化的一个女人,女人的脸上充满了"悲哀",带给"我"的是"恐惧"。小说末尾,经历过"成人礼"之后,对于书记的突然死亡,"我"已不再恐

---

① (转引自)霍士富. 大江健三郎:天皇文化的反叛者[M]. 北京:人民出版社,2013. 28.
② [日]大江健三郎. 饲育[M]. 沈国威译//死者的奢华. 王中忱编选. 北京:光明日报出版社,1995. 114.
③ [日]大江健三郎. 饲育[M]. 沈国威译//死者的奢华. 王中忱编选. 北京:光明日报出版社,1995:111-112.

惧，因为"我不再是孩子了"，"我"意识到无论是黑人还是书记，最后的结局不过都是化作一缕青烟，什么国籍、人种、敌我之分，也都会随之消散。

二、《揪芽打仔》里对"监禁状态"的打破

1958年6月，在同年《饲育》发表之后，大江又发表了长篇小说《揪芽打仔》。《揪芽打仔》讲述的是一群感化院少年的故事。这群少年在战时被疏散，历经千辛万苦来到一个极其偏僻的村落里，除了遭受教官和警察的严酷打骂外，还遭到其他普通村民的嫌弃与排斥。村里出现疑似感染疫病而死亡的人后，村民们连夜偷偷地进行了集体逃亡，甚至堵住了村子唯一通向外界的轨道出口。被抛弃的这群孩子连同一个朝鲜少年、一个少女、一个逃兵在封闭的山村里互帮互助，过上安宁的生活。但是随着村民的回归，这种平静被打破，村民威胁少年们不能将遗弃一事说出去，以此作为交换条件允许他们留在此地继续疏散生活。同伴们都屈服了，只有"我"固执地进行反抗。最后，"我"被驱逐至村外，拼命地向着森林深处跑去。

从地理上看，《揪芽打仔》中少年们的疏散地是一个位于大山深处的偏僻村庄，要进入这个村庄就只能乘坐装运木材的矿车，这个村庄就是传统村落的代表。

加藤周一在《日本文化的时间与空间》中，对日本的传统村落进行了分析。他指出：

传统的日本村落多位于峡谷与盆地，三面或者四面环山。山的前面就是村落的领域，对于村民来说就是内侧、"此处"。山的那一边是外侧，"彼处"，即外人所居住的外部世界。其界线非常明确。

村落共同体的成员村民用两种不同的原则来约束村民之间以及村民与外人之间的交往。①

小说里逃跑的少年无意中闯入别的村落，就会被当地的村民当作黄鼠狼、麻风病人一样，用锄头暴揍和驱赶。对村民们来说，这些少年就是外来的闯入者，是村落共同体的敌人。文本中写道：

在从一村到另一村的转移过程中，在反反复复的逃跑及失败的经历中，我们深知自己被困在一个极其广阔的围墙内。身处农村的我们，好似扎进皮肉的刺儿一样，迅速遭到紧密排列的肉芽从四面八方发起的包围和排挤，令人窒息。农民们严严实实地穿裹着高度排外的坚硬铠甲，不要说藏到村里了，甚至都不允许我们从旁路过。于是，在这片极力排外的汪洋大海上，我们唯有化成一个渺小的集体，才能勉强漂浮其中。②

加藤周一指出：

在社会性上，界限的内侧与外侧的区别十分明显，村民之间的相互关系以及对村民以外的人们的态度大不相同，常常由完全不同的原则所支配。③

---

① [日]加藤周一. 日本文化的时间与空间 [M]. 彭曦译. 天津：南京大学出版社，2010：80-81.
② [日]大江健三郎. 揪芽打仔 [M]//揪芽打仔 "揪芽打仔"之审判. 陈青庆，周砚舒译. 北京：人民文学出版社，2023：6.
③ [日]加藤周一. 日本文化的时间与空间 [M]. 彭曦译. 天津：南京大学出版社，2010：120.

第六章　战后文学对近代国家主义的批判性认知——以大江健三郎为中心 ◎

在《揪芽打仔》里，感化院少年们的疏散地就是一个封闭的村落，这里自有一套垂直的秩序体系。从空间构成上看，村长的家位于村落的最高处，也象征着村长是这个村子的绝对权威，然后是学校与寺庙，在最下面的是村民的住所。在村民全体撤离后，少年们即便偷遍全村的房子也没敢染指村长家，因为他们明白村长的地位和权威性，直到少女生病急需冰袋时，"我"和朝鲜少年"李"才豁出去进入了村长家。朝鲜人在当时的日本社会是地位最低的，村长家将最累最脏的活儿强加给他们，这些朝鲜人也只能默默忍受。直到这次进入村长家，李才似出了一口恶气，没脱鞋就直接进到房间里，象征了他对权力的反抗。由此可见，在《揪芽打仔》里，感化院的少年们、疏散到此地的母女、朝鲜人，对于这个村落来说，都是外部人。

在被村民抛弃后，少年们组建了一个"自由王国"，也就是大江所构筑的少年们互帮互助的"乌托邦"。对于这个理想的乌托邦，霍士富指出：

这种理想曲折地反映了第二次世界大战时期的日本国民反对残酷战争，追求人与自然的和谐共处、生活安定的美好愿望。同时，也渐渐地表现了作者对当时"天皇制度"下的日本，对外推行军国主义扩展政策的黑暗现实的憎恶和否定，凸显了作者的反战意识。①

如果说《饲育》里的乌托邦是由于洪水的阻隔造成的与世隔绝这一客观环境造成的话，到了《揪芽打仔》，就带有明显的主观能动性。这个理想王国是由被抛弃的少年们以及逃兵等一起自己动手创建的。他们在这里自由、平等、互帮互助、快乐美好，但是，随着村民们的返回，这个乌托邦迅速土崩瓦解。逃兵被虐杀、少年们屈服于村民的暴力，只有"我"选择反抗，逃往了森林深处。

在由少年们一起建立的"自由王国"里，集中了社会边缘人物。感化院少年们违背了成年人规定的道德秩序而遭到家人及社会的排斥；外地疏散来的母女，不被村民所接纳，在集体转移时被抛弃；士兵因为不愿意参加战争，违背了"国策"而遭到军队与村民的全力搜捕；朝鲜少年是村民眼中的"异邦人"，他的祖国被日本侵占，丧失了主权，在这个村落里受尽歧视与欺辱。正是这些不被主流所接受的边缘人，在这个封闭的峡谷村庄里，找到了自己的乐园。他们团结在一起，各尽所能，平等自由，建立起来一个与大人主宰的社会秩序完全不同的命运共同体。

"自由王国"里的高潮在于大雪后的"祝祭"。大雪狩猎后，听从了少年李的建议，大家决定办一场祝祭，"咱们来保佑打猎，为了村子"②。这时，大家已经把村子当成了家园，真心为村子祝祷，不再认为自己是被抛弃的可怜人。

在祝祭中，大家一起又唱又跳，"李和南也不想离开篝火，因为我们三人基本上已不是小孩了。"③ 从这个意义上说，此次祭典就相当于几个少年的成人礼。大家彼此之间互助友爱，用"爱"促成了精神上的成长。另外，这个祭典还是一个狂欢节型庆典。

---

① 霍士富. 大江健三郎：天皇文化的反叛者 [M]. 北京：人民出版社，2013：43.
② [日] 大江健三郎. 揪芽打仔 [M]//揪芽打仔　"揪芽打仔"之审判. 陈青庆，周砚舒译. 北京：人民文学出版社，2023：98.
③ [日] 大江健三郎. 揪芽打仔 [M]//揪芽打仔　"揪芽打仔"之审判. 陈青庆，周砚舒译. 北京：人民文学出版社，2023：101.

— 187 —

巴赫金根据欧洲狂欢节民俗提出了狂欢化理论，他认为狂欢式的外在特点包括全民性、仪式性、等级消失、插科打诨等，在这些庆典上，没有官方的束缚，大家平等、亲密地交往，先前存在的等级制、不平等的社会关系等统统暂时取消。巴赫金指出狂欢式的内在特质在于狂欢式的世界感受：

> 这种世界感知使人解除了恐惧，使世界接近了人，也使人接近了人（一切全卷入自由而亲昵的交往）；它为更替演变而欢呼，为一切变得相对而愉快，并以此反对那种片面的严厉的循规蹈矩的官腔；而后者起因于恐惧，起因于仇视新生与更替的教条，总企图把生活现状和社会制度现状绝对化起来。狂欢式的世界感受正是从这种郑重其事的官腔中把人们解放出来。①

作者大江把少年们举行狂欢祝祭的地点设定在分校前的广场上，

> 狂欢节的中心场地是广场，因为狂欢节就其意义来说是全民性的、包罗万象的、所有人都参与的亲昵的交际。广场，在这里是全民性的象征。②

少年们都参与到祝祭当中，平等地享受着捕猎的成果，在"李"的带领下唱起了歌。在他们心中，葬礼的歌就是祝祭的歌，也就暗喻了再生。在广场的祝祭中，大人世界的权力被颠覆，大家快活地唱着葬礼之歌，庆贺自己成为这个村子的主人，庆贺自己的重生。

但是，这个表面温馨互助的乌托邦实则是脆弱的。在刚被抛弃时，大家为了生存，只能抱团取暖，达到了某种程度的和谐，貌似成了村落的主人。随着狂欢祭典的结束，矛盾迅速暴露出来。因为女孩得病，小伙伴们怀疑是弟弟的狗传染的，围绕狗的处理引起了少年们之间最大的争端，这也为故事的结局埋下了伏笔。"南"毫不留情地打死了狗，而"我"虽明白事情的原委但又不想伤害弟弟的感情，于是表现出来的是"束手无策"。兰立亮指出：

> 通过少年共同体之间连带关系的形成和崩溃过程的描绘，大江批判了二战期间日本国家极权主义对个人主体性的压抑，体现了对边缘群体的人文关怀，表达了恢复个人主体性的强烈愿望。③

之前"我"在小伙伴中是类似领导的存在，但是由于"我"对狗的袒护，同伴们都转而追随"南"而去，弟弟也因此出走失踪。在传染病面前表现出来的态度，实际就契合了小说结局少年们在权力面前的反应。杨伟在论文中对"少年"的特点进行了分析：

> 尽管正在丧失孩子式的童真，却又尚未被习俗完全同化；在不能不受到习俗伤害的同时，又试图向习俗挑战，并加以反抗；一边反抗习俗，一边又不得不承受更加严重的打击，从而经历败北的绝望和虚无。总之，乃是处于成人世界和孩子世界这两者之中介地带的、对外界的一切格外敏感、格外脆弱，同时也格外强大的存在。④

---

① ［俄］巴赫金. 陀思妥耶夫斯基诗学问题［M］. 白春仁，顾亚玲译. 上海：生活·读书·新知三联书店，1988：223-224.
② 夏忠宪. 巴赫金狂欢化诗学研究［M］. 北京：北京师范大学出版社，2000：66.
③ 兰立亮. 大江健三郎《感化院少年》的个体叙事与主体建构［J］. 东北亚外语研究，2020（04）：46.
④ 杨伟. 论大江文学中的"少年"形象［J］. 国外文学，2002（02）：101.

这大概也是在这几部作品中大江将主人公设定为孩子或少年的缘故。

"南"和"我"年龄相当,却是两种少年形象的代表。虽然"南"梦想着南方也曾逃跑过,但是经历过失败之后他意识到无法与大人世界以及既定秩序抗衡,所以他在最后为了苟活而选择了屈服,这也代表了大多数少年的想法。"我"虽然刚开始也顺从于外界的排斥与暴力,将自己物化为仅供他人参观的展览品,但是"我"还拥有其他少年所没有的经历。如与少女秘密而又温馨的爱恋、冒死为恋人求助却惨遭医生拒绝的挫折、与士兵、朝鲜少年李建立起来的纯洁友谊,再加上弟弟失踪带来的打击,这些经历使得"我"在思想上迅速成熟,成了具有自己独立思想的存在,萌发出"自我"意识,所以在最后与村长对峙时,不再屈从于威逼利诱,通过逃往森林深处去找寻一个打破"监禁状态"的出口。

从这些以儿童或少年为主人公的作品来看,《饲育》里的"我"是被迫长大,《揪芽打仔》里的"我"为了反抗而逃跑,都是个体的行为,其他孩子或少年都没有与之形成连带关系。到了《两百年的孩子》这部幻想小说,兄妹三人成了主人公,这个三人同盟在穿越从1864年到2064年的不同时空中所表现出来的团结、勇敢、敢于承担等的优秀品质,表现出大江健三郎对青年一代的期许。

对于大江自身来说,起初他对日本未来的态度是消极的、不抱希望的。他与夫人结婚之初并不打算要孩子,在1960年赴中国访问之前大江曾对送行的友人说道:"在这样紧张的时代,保守派前途黑暗,进步派又歇斯底里。我们说好了,不要孩子,也好给八十年代减少一个自杀者。"但在访问中国后,他的看法发生了改变,他对妻子说:"生个孩子吧,未来好像也不是完全无望的。"1960年5月,大江作为日本文学代表团的一员访问了中国,此次中国之行使他大为震动,回国后发表了《北京的青年们——光明中的时代》一文,文中提到北京的青年都有"一双明亮的眼睛"。生机勃勃的中国及中国青年们使大江改变了看法,让他看到了希望,因此在后来的多部作品中,大江将期望寄托于"新人"、年轻一代身上。

三、大江对战争及国家主义的控诉

冯立华指出:

最初的这些小说,以存在主义的虚无感来表达存在是他文学的重要品格,但是有关战争和反战的思想却是最为根底的东西。[①]

在《死者的奢华》里,"我"在搬运池子里的尸体时,听管理员说其中一个体型短小又结实的是被打死的逃跑士兵,于是作为大学生的"我"和已死的士兵之间进行了一场"对话"。士兵厌恶战争,自己试图通过逃跑来反抗,却在被发现打死后做成了标本浸泡在水池里无人问津。他将战争结束作为自己的唯一希望,渴望战争结束后人们能够正确地反思战争,维护和平。

"战争的时候你还是孩子吧?"

"一直在成长中,那么漫长的战争期间,我想。我是在把战争结束当成了不幸的日常

---

① 冯立华. 大江健三郎的文学世界 [D]. 吉林大学, 2018: 17.

生活中唯一的希望的时期里成长起来的。并且，在那希望的征兆泛滥之中窒息，我仿佛死了。战争结束了，其尸体便在有如大人的胃似的心中被消化，不能消化的固形物体和黏液被排泄了。但我没有参加那一作业过程。而且，对我们来说，希望不了了之地被融化掉了。"①

这是一段充满存在主义色彩的描写。对于逃跑士兵来说，他把战争结束当作唯一希望，可是战争结束后，这个"希望"却被融化掉了。也就是说，战后日本并没有进行对战争的深刻反省，如追究天皇的战争责任等问题直接被当作"不能消化的固形物体和黏液被排泄了"。随着美国对日政策的转变，打击共产主义，签订《旧金山和约》《日美安全保障》，设置警察预备队之后又是保安队，再升格至自卫队，走上重新武装之路等等，民主主义遭到严重破坏。这和士兵当初的祈求完全相左，所以他说"希望不了了之地被融化掉了"。大江通过士兵之口对战争及战后日本社会发起了强烈控诉。

与逃跑的士兵相比，大学生"我"所代表的日本国民在战争结束后，并没有如预期似的得到解放，而是被迫进入了另一个"监禁状态"，国民在这一状态下表现出普遍的迷茫、空虚，还没有出现能像士兵那样敢于反抗强权、勇于打破"监禁状态"的人物。对此，中村泰行指出：

面对再次抬头的战争危机，从战时的反战主义者——士兵的立场批判了"我"的消极态度。……士兵对这种无责任的悲观论进行了如下批判：自己放弃评价、判断现代社会的资格，厌恶政治的结果就是，再次招来战争的不再是大人们而是日本青年。②

无论是《奇妙的工作》还是《死者的奢华》《人羊》等，大江都是以大学生为主人公来展开描写的，揭露出以大学生为代表的战后日本青年群体顺从于强权、不敢反抗、空虚度日的现实状态。在小说的背后，流露出大江对战后国民不敢反抗强权、精神上迷茫状态的深深担忧。

（一）《饲育》对战争及国家主义的批判

在《饲育》的前半部，孩子们并不懂得战争的含义，直到"我"遭受黑人士兵与父亲的双重背叛而被迫"成人"后，"我"才开始对战争进行思考。

战争，血流成河的旷日持久的大战争还在继续着。在遥远的国度里，尽管它像席卷羊群、柴草而去的洪流，但它绝没有理由波及到我们的村庄。可是，现在爹却挥舞着厚刃刀扑上来把我的手掌打得粉碎。战争突然支配了这里的一切，使爹也失去了理智。在这一片混乱中，我连气都透不过来。③

原本对于孩子们来说，因为战争并没有直接波及自己所在的偏远山村，所以他们所知道的关于战争的信息也仅限于那些被征召远去的青年以及不时到来的死亡通知书，到了战争末期，那些飞过上空的飞机在他们眼里也只不过就是一只只新奇的铁鸟而已。可

---

① [日]大江健三郎. 死者的奢华 [M]. 李庆国译//死者的奢华. 王中忱编选. 北京：光明日报出版社，1995：28-29.
② [日]中村泰行. 大江健三郎——文学の軌跡 [M]. 東京：新日本出版社，1995：39.
③ [日]大江健三郎. 饲育 [M]. 沈国威译//死者的奢华. 王中忱编选. 北京：光明日报出版社，1995：115.

是，现实哪有孩子们所想的那么平和、简单。事实上，战争、连同国家主义思想早已渗透至日本的每个角落。与孩子们还没遭到国家主义彻底荼毒的纯真心灵相比，大人们早已卷入了这场战争，并身体力行地贯彻"国策"。文本中"遥远的国度"自然是指中国以及东南亚地区国家，前线的士兵直接侵略他国国土、残害当地人民，后方的日本人在国家主义影响下，以其他方式支持了这场侵略战争。所以父亲才能不顾亲情、直接以暴制暴，将"我"的手掌砸得粉碎。在父亲心中，"为天皇效忠""舍己奉公"就是金科玉律，"我"的通风报信在父亲看来就是对国家主义的背叛，对于这样的儿子，父亲或许有过亲情的犹豫，但是最后仍然是"效忠天皇"占了绝对上风，对于不追随"国策"的儿子狠狠地重捶下去。黑人士兵在以父亲为首的大人世界里，就是"敌人"，按照他们的想法，要么立即就地处决，要么交给上方处理。可是由于暴发的山洪，而不得不暂时将黑人留在村里，省下村民自己少得可怜的粮食将他当作牲口一样喂养起来。孩子们可以将黑人当作玩伴，可是对大人来说，无论是精神方面还是物质方面，黑人士兵都是他们的敌人，是绝不可能化敌为友的。

在"我"遭受精神上的背叛、肉体上的打击而大病一场时，父亲却并没表示出一丝歉意，反而对生病的"我"失去了耐心。在作为国家主义代表的父亲眼里，无论作为森林的孩子还是作为"大日本"的男儿，都应该是"英勇"的，可"我"的表现实在令他失望。"我"不仅向敌人通风报信、背叛了自己的国家和信仰，甚至在暴力面前，明显表现得不堪一击。所以在我被砸昏迷之后，父亲对"我"采取了不闻不问的态度。

（二）《揪芽打仔》对战争及国家主义的批判

在《揪芽打仔》里，大江直接控诉道：
这是一个属于杀人犯的时代。战争使群体性的疯狂如经久的洪水一般，泛滥于人类心灵的每个褶皱之中、身体的每个毛孔之内，并充斥于森林、街道和天空之上。[①]

战争使得人性扭曲，"大人们"发动战争、侵略他国、践踏生命和财产，对此类行径没人加以审判，反而是日本的"国策"。大人们杀人放火无罪，但是却用他们的所谓价值观来评判孩子。因为"南"是同性恋、而"我"是跟同学打架，就被关进了感化院与外界隔绝，遭受了严重的歧视与暴力。小说里写道：

在这个时代，大人们在城市里疯狂错乱地横冲直撞，却要从这些细皮嫩肉、乳臭未干、所犯罪行完全不值一提的少年之中，挑出具有不良倾向的孩子，长期监禁起来。[②]

被关进感化院的这些孩子们，除了在空间上与外界完全隔绝以外，在情感上也被其他人甚至家人所排斥。在家长眼中，他们是道德秩序的背叛者，别说是去慰藉这些孩子，就连在需要疏散这种生死攸关的时刻，都能毫不犹豫将之抛弃，任其自生自灭。在《揪芽打仔》文本中对主人公"我"的父亲虽然着墨不多，但是能够推断出父亲也是一

[①] ［日］大江健三郎. 揪芽打仔 [M] //揪芽打仔 "揪芽打仔"之审判. 陈青庆，周砚舒译. 北京：人民文学出版社，2023：7.

[②] ［日］大江健三郎. 揪芽打仔 [M] //揪芽打仔 "揪芽打仔"之审判. 陈青庆，周砚舒译. 北京：人民文学出版社，2023.7.

位国家主义的狂热支持者。"我"第一次从感化院逃走后，是被父亲"大义灭亲"告发的，当时的父亲正在"国家总动员"的号召下，奔忙于协力战争，甚至于都无暇顾及弟弟，直接把毫无过错的弟弟送到感化院一起疏散，彻底抛弃了兄弟俩。

家人对待感化院的孩子们尚且如此，旁人就更不用说了。被教官残酷打骂是家常便饭，在转移过程中遭尽村民们白眼与侮辱，逃跑的话被当地农民抓住轻则暴揍，重则像对待麻风病人一样杀掉，疏散地的村长将孩子们看作累赘，看作一群混吃等死的饭桶。

在《揪芽打仔》里，大江还塑造了一位重要角色，就是"逃兵"。这名逃兵侥幸逃过军队、村民的搜查，与孩子们一起留在了村庄里。"逃兵"的言行对"我"的思想转变起到了重要影响。

这名逃脱的士兵被朝鲜孩子李收留，孩子们渐渐地与他成了朋友。士兵在孩子们面前直接吐露了自己的心声："我不想打仗，也不想杀人。"① 当所有人都在狂热地为国家主义卖命时，只有这名逃兵清晰地认识到了这场战争的实质。他曾是文科的学生，从他给狗取名为"雷欧"来看，他是接触了西方思想的一名学生，所以他能够对这场战争有更深层次的理解。他不愿意违背自己的本心去打仗，残害他国人民，因此他选择当了一名"逃兵"，他还预判到这场战争将以自己国家失败而告终。他期盼着日本尽快投降，这样他就自由了，可以不再因为"逃兵"的身份而四处躲藏，他就可以去追求自己真正的理想。

与村民的冷漠相比，士兵是一个富有人情味的人物形象。在他心里，没有人种、国籍、地域的差别，尽管孩子们并不能理解他对于战争与自由的看法，他仍然平等地关爱着每一个孩子。在少女因生病而奄奄一息的时候，士兵为了不传染给孩子们，独自冒着生命危险看护她直至最后，还为了少女的死亡而哭泣落泪。但是，就是一位如此良善、获得孩子们认可的人，最后却被自己的同胞用竹枪扎进肚子，受尽折磨而死。

对于"逃兵"形象，大江健三郎在获得诺贝尔文学奖后发表的演讲《我在暧昧的日本》中说道：

西欧有着优秀的传统——对那些拒绝服兵役者，人们会在良心上持宽容的态度。在那里，这种放弃战争的选择，难道不正是一种最容易理解的思想吗？②

但是"逃兵"在当时的日本社会看来，是大逆不道的，是对"国策"的挑衅与背叛，是胆小懦弱的代表。大江通过"逃兵"这一形象，表达了对战争的强烈控诉、批判了日本的国家主义。

再看看抛弃少年们的村民。感化院的少年们在疏散途中不断被各个村庄所拒绝、在疏散地村庄，村民为了躲避瘟疫而连夜集体逃离，抛弃了这些少年们。"这一行为在战争期间可以视为对国家权力的公然蔑视，也是村民在归来后试图采用暴力强迫少年们对这一事实保持沉默的深层原因。"③ "感化院"是按照大人的价值判断收治所谓失足少年

---

① [日]大江健三郎. 揪芽打仔[M]//揪芽打仔 "揪芽打仔"之审判. 陈青庆，周砚舒译. 北京：人民文学出版社，2023：74.

② [日]大江健三郎. 我在暧昧的日本. 许金龙译//死者的奢华[M]. 王中忱编选. 北京：光明日报出版社，1995：352.

③ 兰立亮. 大江健三郎《感化院少年》的个体叙事与主体建构[J]. 东北亚外语研究，2020（04）：47.

的地方，是国家权力的一种象征。但是在瘟疫即将爆发的前夜，村民们以自己自古形成的村庄共同体逻辑，公然抛弃了感化院少年。村民也深知与国家权力作对的后果，所以最后以少年们的生存相逼，不准他们讲出事实真相。

在《揪芽打仔》发表后的第23年，即1980年，大江又发表了《揪芽打仔之审判》，对自己之前的作品进行了重新审视与反思。《揪芽打仔》是站在被排斥的感化院少年的立场进行的描述，与之相反，在《揪芽打仔之审判》里，大江把视角放在了其对立面，即以村庄里的孩子为视角，对这个事件进行了重新诠释，使村民抛弃少年们的行为得到合理解释，以期更进一步探求历史真相。从《揪芽打仔》到《揪芽打仔之审判》，大江从作品主题、文体等方面都进行了重写的尝试，到了《空翻》之后，大江这种类型的作品越来越多，形成其晚年文学的重要风格，这里不做详细论述。

第三节　对天皇制的批判

批判天皇制，是大江文学的重要主题之一。本节内容选取大江1961年、1971年、2009年几个重要阶段发表的作品进行分析，探讨大江不断深入批判天皇制的过程及对国家主义源头的挖掘。

一、《十七岁》及《政治少年之死》(1961)

战后初期，随着民主主义的推进，近代国家主义在很大程度上得到了清算。但是，天皇、天皇制长期以来对思想的禁锢，在日本国民心中留下了很深的印象。特别是美国在调整对日政策后，20世纪50年代中期开始，国家主义、右翼势力又嚣张起来，日本社会处于动荡之中。大江健三郎以1960年日本社会党委员长浅沼稻次郎被暗杀为素材，创作了《十七岁》及其第二部《政治少年之死》，描写出战后国家主义继续迷惑、毒害年轻人的过程，以此来批判天皇制。

1951年美国不顾众多国家的反对，与日本签署了《对日和平条约》，同一日，还签署了《日美安保条约》。美国和日本的和约签署之后，日本在法律上取得独立，但是美国军队以"驻日美军"的形式继续驻扎日本、控制日本。在被占领期结束后，日本国家主义、右翼势力又嚣张起来，"被解除'整肃'的战前保守政治家重新登上政治舞台，开始了他们以'祖国重建'为目标、带有浓厚'国家主义'色彩的政治追求"[①]。他们主张修改宪法，主要是围绕宪法第九条禁止日本拥有军队以及天皇的象征地位等问题。这些严重违背战后民主和平进程的逆流，遭到了日本国民的强烈抵制，修宪没能得以实现。

1957年岸信介组阁，开始追求以大国主义为目标的新国家主义，着手修改安保条约。日本民众意识到，随着新日美安保条约生效，继而修改宪法特别是宪法第九条的规

---

① 孙政. 战后日本新国家主义研究 [M]. 北京：人民出版社，2005.112.

定，日本就有再次被卷入战争的危险。另外，对于岸内阁不顾民意强行通过新安保条约的行为，受到战后民主主义的影响的日本国民表示了强烈的反抗，日本国内接连爆发大规模的示威抗议，这就是著名的反安保斗争。1960年6月，新安保条约自动成立，岸信介内阁解散。

到了2003年，时任首相小泉纯一郎明确表示要对宪法第九条进行修改，日本9名进步知识分子于2004年6月宣布成立"九条会"，反对政府的修宪行为，大江健三郎就是其中一员。大江是战后民主主义与宪法的坚决捍卫者，他在获得诺贝尔奖后的演讲中说道：

> 如果把这种放弃战争的誓言从日本国的宪法中删去——为达到这一目的的策动，在国内时有发生，其中不乏试图利用国际上的所谓外来压力的策动——无疑将是对亚洲和广岛、长崎的牺牲者们最彻底的背叛。身为小说家，我不得不想象，在这之后，还会接二连三地发生何种残忍的新的背叛。①

反对天皇制，维护和平宪法是大江文学的重要主题，大江以笔为武器，对天皇制进行了深刻的揭露与批判。

《十七岁》及其第二部《政治少年之死》发表于1961年的《文学界》，是以1960年10月暗杀社会党委员长浅沼稻次郎的右翼少年山口二矢为原型创作的，但是在第二部发表后，右翼团体以有损天皇尊严为借口，强迫《文学界》及大江公开"谢罪"。迫于压力，《文学界》不得不发表公告道歉并表示之后不会公开出版该作品（直到2018年该小说才被正式收录于讲谈社出版的《大江健三郎 全小说》）。在此前一年即1960年，深泽七郎在《中央公论》上发表的短篇小说《风流梦谭》引发了"笔祸"事件。在小说中有关于主人公梦中的下层民众对皇室的暴动、天皇夫妇及皇太子夫妇被斩首的情节。发表后马上遭到右翼的强烈攻击，深泽七郎被迫出外躲避，而《中央公论》社长岛中鹏二住宅遭到右翼少年袭击，家中佣人被杀死，岛中夫人受到重伤。在强权与暴力的重压之下，社长岛中不得不屈服，公开否定该作品的价值，对皇室及读者进行了道歉。反之，在《风流梦谭》的第二个月，三岛由纪夫的《忧国》在《小说中央公论》上发表，通过对"二二六事件"中一对青年军官夫妇自杀的"赞美"，极大地渲染了对天皇及天皇制的"效忠"。

如此种种，无疑是对战后宪法中规定的保证言论自由的极大讽刺，一时间日本文坛、新闻出版界等噤若寒蝉。1960年6月东大女学生桦美智子在学生团体与警察的冲突中死亡、10月社会党委员长浅沼稻次郎被右翼少年刺杀，国家主义愈演愈烈，安保斗争也迎来高潮。

对于为何要在如此敏感时期撰写、发表这两篇作品，大江曾在《作家能否做到绝对反政治？》里加以说明：

> 作为一名作家，我究竟为什么会写《Seventeen》（即《十七岁》）和《政治少年之死》？我想我的目的也不是为了直接研究日本的右翼。我最根本的目的就是要把普遍

---

① [日]大江健三郎. 我在暧昧的日本. 许金龙译//死者的奢华[M]. 王中忱编选. 许金龙译. 北京：光明日报出版社，1995：352-353.

而深入地存在于我们的外部和内部的天皇制及其阴影在我心中留下的形象予以扩大。这就是我的工作。①

也就是说，哪怕是像山口二矢这种战后成长起来、受到民主主义教育的青年一代，也没有真正接受主权在民的思想，天皇制在日本国民心中仍然存在根深蒂固的影响，因此在战后只要有合适的温床，右翼思想很快就会重新滋生起来并实行反扑。

在《十七岁》及《政治少年之死》中，大江详细描述了战后的一名普通少年如何成为右翼团队成员直至最后自我毁灭的过程。

在第一部中，主人公"我"是一名十七岁的高中生，姐姐在自卫队的医院当护士，哥哥在电视台做导演，父亲当上了私立高中的副校长，崇尚所谓美国式自由主义。一天同学邀请"我"为右翼当"托儿"，去听皇道派首领的狂热演讲，由此加入右翼团体，搞起了袭击左翼的暴力活动，并从中获得很大的快感，认为自己拥有了高于他人的优越感，成了"天皇陛下的儿子"。

在第二部中，"我"已不满足于对左翼施暴的行为，对皇道派头领的"软弱"心生不满从而退党，也不能与另一同伴组建新同盟的想法产生共鸣，于是决定单独行动去刺杀社会党委员长。被捕后"我"详细阐述了自己的想法却不能得到审讯者的理解，在被移送至少年鉴别所后写下"天皇陛下万岁，七生报国"自杀而亡。

对这两部作品，许金龙评价道："相较于初期作品中在'铁屋子'里发出的'含着大希望的恐怖的悲声'，在相继发于《文学界》一九六一年一月号和二月号的中篇小说《十七岁少年》（即《十七岁》）和《政治少年之死》中，大江简直就是在呐喊了。"② 王新新指出："大江则是要通过一个普通少年将自己与天皇同化为一的过程，揭示日本天皇制这一结构的特征，就是优越性、排他性、暴力性的一体化。"③ "与其说这两部作品是大江对天皇制本身的否定，莫如说是他对民主主义思想尚未完全得以贯彻的战后日本现状的忧虑和批判，也是对日本人身处危险境地却又浑然不知的状况敲起的警钟。对天皇制的危害，敏锐的大江看到了，他就要通过自己的文学告诉人们这一切，唤起人们对国家主义的警惕。"④ 兰立亮说道："在小说《十七岁》中，大江将右翼少年'我'设定为小说的叙述者。加入右翼团体的'我'表面上赞同的右翼思想，恰恰是隐含作者通过小说要否定的内容，这就造成一种反讽的张力。"⑤

主人公"我"生于五口之家，却没有得到家人应有的关爱。在空间上，"我"不跟家人住在一起，而是在院子的仓库里搭了一张床权当自己的独立领域，与家人之间有着深深的隔阂；除了在幼儿阶段感受过短暂幸福之外，在成长过程中家人的缺位带来的是"我"的极度孤独与自卑。就连十七岁生日，除了姐姐调侃一句外，家人貌似都忘记了

---

① ［日］黑谷一夫. 大江健三郎传说［M］. 翁家慧译. 北京：中国广播电视出版社，2008：32.
② 许金龙. 代总序//［日］大江健三郎. 揪芽打仔 "揪芽打仔"之审判［M］. 陈青庆，周砚舒译. 北京：人民文学出版社，2023：44.
③ 王新新. 大江健三郎的文学世界：1957—1967［M］. 北京：人民文学出版社，2004：100.
④ 王新新. 大江健三郎早期文学的战后再启蒙意识——从《饲育》到《政治少年之死》［J］. 渤海大学学报（哲学社会科学版），2008（02）：31.
⑤ 兰立亮. 大江健三郎小说的反讽叙事［J］. 日本问题研究，2013（03）：92.

这件事情。这里面值得注意的是父亲的形象：

  我的父亲没上过学，干过好些工作，辛苦备尝，靠自学考试合格爬到今天的位置，为了保持现在的地位，他尽量不跟别人交往，害怕祸及自己或者受到什么牵连再吃二遍苦。就是在自己的儿子面前，他也拒绝脱下这种本能的护身铠甲，为了维护自己的尊严，他的喜怒哀乐不形诸颜色，只有不负责任的冷冰冰的评论。现在大概采取最典型的美国式自由主义态度吧……①

  文本中写到"我"的中学时代是在乡下度过的，那么不难推测父亲是从乡村来到城市，再一步步爬到校长位置的。霍士富指出：

  小说通过"我"对"与他人共有的友情和共生感"的渴望，曲折地表现了"农业共同体彻底解体"和"都市产业化"的迅速发展，给国民的精神世界带来了前所未有的困惑：许多农村青年必须离开土地。可是到了都市后，他们又痛切地感到好像黑人闯进了白人的领地，周围的一切对自己都是陌生的，再也感受不到"村庄共同体"时的那种喜悦。即主人公"我"的孤独、自卑暗示了当时日本国民共有的焦虑和不安心态，而家庭内部的亲人之间的隔阂和疏远，正是整个社会人与人之间关系的缩影。②

  主人公所在的小家庭正反映了当时的日本社会。父亲极度自私、冷漠，对"我"的成长不闻不问，还美其名曰"美国式自由主义"。"我"在和姐姐关于自卫队的争论中败下阵来，父亲对自己儿子的伤心流泪依然无动于衷，自看自的报纸，当"我"气愤至极对准姐姐猛踢一脚时，本以为父亲会教训"我"，没想到父亲却说出上大学的费用不能再向姐姐要的话来，使得"我"大受打击，"五脏六腑似乎一下子掉进冰窖"。在家庭中，"我"渴望父亲的亲情，渴望得到父亲的认可，可是父与子的关系却被打着"美国式自由主义"的幌子实则自私、冷漠、不负责任的代表——父亲自己给生生掐断了。然而这样的父亲，却在"我"加入右翼后，态度来了大反转，对皇道派头头随声附和，说出搞政治也是出于爱国心的话来，反映出父亲除了自私、不负责任外，还带有谄媚权贵的虚伪性。

  在家里，"我"感受不到亲情，在学校里也没有真正的朋友，感觉周围的同学及老师都在蔑视自己。自己虽然也曾参加过左派的示威游行，主张高中生也应该参加反对美军基地运动什么的，却没从这些行动中找到自己存在的理由，因此在与姐姐关于自卫队、重组武装的争论中一败涂地。

  我觉得在这个世界上我孤独一人，惊惧不安，怀疑一切，与他人互不理解，手里抓不到任何一个实实在在的东西。这是他人的世界，不可能给予我丝毫的自由，我没有朋友没有伙伴。难道我应该变成左派加入共产党吗？这样我就不再是孤独一人吗？可是我刚才鹦鹉学舌，把左派领导人的话重复一遍，却被一个小小的护士驳得一败涂地。我明白自己不能像左派那样抓住这个世界。其实我什么都没弄明白。③

---

  ① [日] 大江健三郎. 十七岁 [M]. 郑民钦译//政治少年之死. 郑民钦译. 浙江：浙江文艺出版社，2010：11.
  ② 霍士富. 大江健三郎：天皇文化的反叛者 [M]. 北京：人民出版社，2013：54-55.
  ③ [日] 大江健三郎. 十七岁 [M]. 郑民钦译//政治少年之死. 郑民钦译. 浙江：浙江文艺出版社，2010.19.

第六章　战后文学对近代国家主义的批判性认知——以大江健三郎为中心

在这样一种被家人、同学、老师排挤、轻视的环境中长大，又经历了从农村到都市的环境变迁，使"我"的血液里萌发了暴力的因子。害怕自己手淫的习惯被同学知晓，会被看成卑贱下流的人，就"真想杀了他们。用机关枪把他们一扫而光那该多痛快！"①十七岁这天争辩不过姐姐，就将姐姐的额头用脚踢得鲜血直流；回到自己的房间用腰刀猛力刺杀，虽然不知道自己的敌人是谁……这些描写就为之后"我"加入右翼、通过暴力行动找到优越感埋下了伏笔。

在体测时因为小便失禁而使"我"倍感耻辱，决定"不再好心肠地从这个他人的现实世界发现一点善意"。恰好这时，同学"新东宝"邀请"我"给右翼当"托儿"去广场上听皇道派头目演讲。本来"我"只是去消磨时间，当听到为了"正义"而实施暴力的内容时，产生了共鸣，站起来鼓掌喝彩。皇道派右翼分子使用暴力的目的是打击左翼进步人士，消减民主主义的影响；而十七岁的"我"被周围人看作"右翼"，却获得了前所未有的优越感。

我是右翼！我发现一个在别人的眼光下能面不改色心不跳的新的自我。在别人眼里，我不再是像一颗折断的青草似的卑微衰颓地手淫而濡湿性器官的可怜兮兮的我，不再是孤独凄惨胆怯懦弱的十七岁的我。②

也就是说，十七岁之前的"我"，被孤独与自卑所死死缠绕而透不过气来，只有通过自慰来疏解、来寻求自我认同，因为性高潮能使自己在那一刹那感受到"身体内外涌动高涨的幸福感、对他人的友情、共生感"③。"我"被周围人所排挤欺凌，一直处于死亡的恐怖之中。在十七岁少年的认知里，自己先发制人对对方采用暴力的话，就能够从这种恐怖之中逃脱出来。于是，"我"找到了与右翼团体之间的连接点——暴力，给自己穿上了"右翼的铠甲"。右翼头目将这样的"我"称为"天皇陛下满意的日本男子汉"，如天启的声音一般使"我"找到了自己的存在。如此，"我"在表面上摆脱了孤独与自卑，获得人前的优越感，完成了从"性的人"到"政治的人"的转变。从此，无论是在家里还是在学校、社会上，"我"的影响力与之前发生了翻天覆地的变化，具有了对别人"残忍肆虐的权利"。面对左翼游行队伍，"我"冲锋陷阵、作战勇猛，当传来一个女学生死亡的消息时，"我"竟感受到强奸者的快感，大江以"我"成为右翼而感到无比幸福的十七岁结束了第一部。

在第一部中，少年"我"通过右翼成为"天皇陛下的儿子"从而获得优越感，貌似克服了对他人眼光以及死亡的恐惧，开始了"幸福"人生。到了第二部，"我"却因不满右翼头目的软弱而退党，大江详细描写了再回到家里库房睡觉的少年的心理活动，通过阳痿来暗喻少年重又回到以前孤独、恐惧的境地。为了重新找回优越感，"我"决定单独实施暗杀。在小说的最后，被捕后的少年为了"暗杀者"这一徽章不被遗忘而选择自我毁灭。

自杀吧。我最后要背叛肮脏的众人。我永远是天皇陛下这棵大树上一枚柔软的浅蓝

---

① ［日］大江健三郎. 十七岁［M］. 郑民钦译//政治少年之死. 郑民钦译. 浙江：浙江文艺出版社，2010.5.
② ［日］大江健三郎. 十七岁［M］. 郑民钦译//政治少年之死. 郑民钦译. 浙江：浙江文艺出版社，2010.39.
③ ［日］大江健三郎. 十七岁［M］. 郑民钦译//政治少年之死. 郑民钦译. 浙江：浙江文艺出版社，2010.3.

色的新芽。……我作为被永远选中的右翼之子就得以完成。①

第二部的题目叫作《政治少年之死》，表面上来看主人公自我标榜为"右翼"，在别人眼中也是右翼的"天选之子"，但是十七岁的他是否真的具有右翼的"政治性"呢？前面说到少年一直处于孤独与自卑之中，直到偶然机会被别人当作右翼从而获得优越感，在此过程中找到了自己的心灵支柱即"天皇陛下"。但是少年对于皇道派、保守党，甚至对手共产党并没有深入的认识，他所效忠的仅仅是能够与自己同一化的"纯粹天皇"。这个天皇不同于战时的天皇，也不同于战后的"人间天皇"，只是能够使少年自己心灵得到安宁的形而上的意象，为了这个幻象，少年显示出比其他右翼成员更为强烈的暴力性。在他眼里，刺杀的对象无论是社会党也罢，日教祖、共产党也罢都无所谓，

只要是不愿意天皇荣光的人，谁都可以。问题不在刺杀的对象那一方，而在刺杀这一方。②

少年也不曾将天皇与国家、国民联系在一起考虑，这就大大削弱了他精神上的政治性，他甚至想到如果赤色分子成立日本人民共和国，他就用核反应堆炸毁全日本，前提是只要能把天皇转移出去就行。少年加入右翼团队以及退党后采取的行动都表现为暴力，因此被贴上了"右翼"的标签，但他与传统的右翼最大的不同之处在于他并没有政治上的追求与野心。从这个角度上来说，大江通过塑造这样一位少年，实际上揭露了天皇制对民众的迷惑性，这也印证了大江创作这两部作品的初衷，就是展现出"普遍而深入地存在于我们的外部和内部的天皇制及其阴影"。在民主主义已经推行了十几年的日本战后社会，却没能消除国家主义、天皇制文化给人们思想上带来的影响，使得大江更进一步思考天皇制与民主主义并存的悖谬性。

在20世纪60年代那个敏感时期，对于天皇及天皇制这个禁忌话题，大江勇敢地承担起知识分子的社会责任，通过作品揭露了天皇制及国家主义对日本国民的毒害。从《十七岁》及《政治少年之死》的文本表面来看，貌似是对天皇的赞美、对左翼运动的否定，实际上其底流是大江对天皇制的揭露与批判。大江以反讽的叙事风格，告诫大家民主主义并未得到彻底实施，提醒日本国民警惕战后国家主义的危害。

二、《亲自为我拭去泪水之日》(1971)

《亲自为我拭去泪水之日》这部作品发表于1971年。故事的时间背景为1970年，主人公时年35岁，其中"同时代史"时间背景为主人公十岁之前，即1935年—1945年之间，当时的日本国民以"为天皇陛下赴死"为最高荣誉，国家主义"深入人心"。1945年日本战败投降后，美国对日本实行了民主化改造，天皇从神格降为人格。战时受到军国主义教育、战后又接受民主主义教育的这一代人，在思想上难以避免产生了迷

---

① [日]大江健三郎. 政治少年之死 [M]. 郑民钦译//政治少年之死. 郑民钦译. 浙江：浙江文艺出版社, 2010：132.

② [日]大江健三郎. 政治少年之死 [M]. 郑民钦译//政治少年之死. 郑民钦译. 浙江：浙江文艺出版社, 2010：123.

茫和混乱。在大江20世纪60年代初发表的《十七岁》《政治少年之死》中，就开始涉及天皇制伦理这一主题，到70年代初《亲自为我拭去泪水之日》这部小说，就进一步对绝对天皇制对青年的荼毒以及战后民主主义的不彻底性进行了探讨。在该小说中，多次出现了梦境与幻境的描写，本部分拟从这一角度入手，借助弗洛伊德的精神分析理论，着力对主人公的梦境和幻境进行分析，寻找其象征意义和主题体现，从而为进一步理解大江在这部作品中反映出的天皇制批判主题提供参考。

（一）对主人公梦境的解读

在《亲自为我拭去泪水之日》中，多次提到主人公所做的梦，主人公在睡梦中还不止一次地号哭过，梦是给主人公带来困扰的最大因素之一。弗洛伊德认为：

有一种状况早已被人们所知晓和描述过，这是在严重的机械性震荡、铁路灾难以及其他危及生命的事故之后发生的状况，人们给他取了个名字叫"创伤性神经症"……在创伤性神经症中，梦的生活就有这种特性：它不断地把病人带回到他遭受灾难时的情境中去，由此在重新经受惊恐之后，他又惊醒过来。……患创伤性神经症的病人在清醒的时候总是回忆发生在他们身上的事情。[1]

小说中主人公的梦境以及在梦境中的表现是与弗洛伊德的这一理论相符合的。那么这种"遭受灾难时的情境"究竟是什么，他又为何总是深困其中？以下在对小说中与梦境相关的文本进行分析的基础上，联系作者大江的真实经历来进行探究。

1. "为天皇陛下赴死"的噩梦

弗洛伊德释梦理论告诉我们，梦中再现的材料来源之一，乃是儿童时代的经验。[2] 在《亲自为我拭去泪水之日》中，关于自己少时的经历，除了8月16日的中心事件[3]外，主人公还叙述了一件令他印象深刻的事情。

在国民学校上学时，当老师问道：如果天皇陛下说，去死。你会去死吗？所有人都要回答：是的，我会去死。我愿意为天皇陛下欣然赴死。每当这个残忍的场面进入梦境，你都会哭着醒来。如今，虽然你已经三十五岁了，但是一旦在梦中再次被国民学校的老师问到相同的问题，还是会止不住哭喊起来吧。[4]

从母亲的这段话可以看出，国民学校时代老师提问的场景就是一直在主人公的梦境中出现的场景，即"遭受灾难时的情境"。小说中主人公也讲述道，少时每次被老师提问是否愿为天皇陛下赴死时，他的回答都是肯定的。"可事实上，他的真实想法并非如此。每当夜晚降临，只要一想到自己真的有可能战死沙场，他就害怕得不能自已。"[5] 为什么主人公明明十分恐惧，却不如实说出，而要做出违心的回答呢？而每次梦到这一场景的"他"又为什么"止不住哭喊"？

---

[1] [奥] 弗洛伊德. 自我与本我 [M]. 车文博编. 长春：长春出版社，2004：9-10.
[2] [奥] 弗洛伊德. 释梦 [M]. 孙名之译. 北京：商务印书馆，1996：14.
[3] 指小说中出现的1935年8月16日主人公跟随父亲前往地方银行，当天其父亲和同行军官们均死在银行门口的枪战中这一事件。（笔者注）
[4] [日] 大江健三郎. 亲自为我拭去泪水之日 [M]. 姜楠译. 北京：金城出版社，2012：118.
[5] [日] 大江健三郎. 亲自为我拭去泪水之日 [M]. 姜楠译. 北京：金城出版社，2012：107.

根据弗洛伊德精神分析理论，人的心理结构分为本我、自我和超我。本我是最原始的、潜意识的、非理性的心理结构，充满着本能和欲望的强烈冲动，受着快乐原则的支配。自我代表理智和尝试，按照现实原则来行事。……在心灵中存在着一种朝向快乐原则的强烈倾向，但是，这种倾向却受到某些其他力量或情况的反对，这样，最后的结果就不可能总和朝向快乐的倾向相一致。① 所以，可以认为，在面对老师的质询时，幼小的"他"由于本能的恐惧，希望遵从本我的快乐原则，回答"不愿意为天皇陛下赴死"；但是这种倾向受到来自国民学校的老师们的反对而无法实现，于是最终回答"愿意"，这就与朝向快乐的倾向相背离。在自我的自我保存本能的影响下，快乐原则便被现实原则所取代。②

参考时代背景，我们发现小说中的国民学校时代即是军国主义教育已经实行多年的1941年之后。也就是说，在军国主义教育普遍取得成效的大背景下，日本社会和国民学校长期对青少年灌输灭私奉公、为国捐躯的思想，使得当时的年少一代内心逐渐生长出一个符合现实原则、遵从社会要求的军国主义的自我。在现实原则的作用下，作为军国主义教育下的"好学生"的自我阻拦了不想赴死的本我实现快乐的路径，使得"他"无法实现快乐，从而产生被压抑的心情。自我对本我进行的这一管理和稽查，直接导致少年主人公在面临"是否愿意为天皇陛下赴死"的诘问时，无法给出真实的答案，只能违背快乐原则而做出肯定回答。

但是，快乐原则仍然在迂回地寻求实现快乐的途径——这就导致了"他"的梦境的产生。在睡眠状态中，稽查作用的松弛致使被压抑的欲望不再受阻，从而使梦得以形成。梦中的"他"不再压抑本我内心的恐惧，积极追求快乐的实现，拒绝回答为天皇赴死。可尽管如此，快乐的追求仍然不是一帆风顺的。所以也正因这样的回答，自我残存的稽查作用使梦中的"他"受到老师和学校乃至社会的谴责，最终导致主人公被唾弃、抛弃，从而发出了"MIN、MIN、MIN 的像蝉叫一样的"③ 哭喊声。这也就是为什么妻子最终确定了哭喊声的真正含义是"——啊，啊——所有人都对惨遭抛弃的人视而不见！啊——啊——所有人都对惨遭抛弃的人视而不见！"④ 长期的军国主义教育使所有人都已习惯无视人的本能欲望和恐惧，只知奉行绝对天皇制的价值观念，这是国家主义对日本国民精神上的荼毒。当睡眠状态过去以后，稽查作用则迅速恢复它的全部力量，从而使梦被主体遗忘。⑤ 所以一旦当"他"醒来，现实原则就要求主体暂时地忍受不快乐，此时，国民学校的军国主义教育和父亲的影响起到了决定性的作用，自我的监管与控制占据主导地位，强烈压抑着本我的欲望，使本我再次潜藏在无意识中。因此，小说中在主人公醒来后如此描写道：

他却坚持说完全不记得做过什么会令自己号哭的梦，说自己醒着的时候总是被各种

---

① [奥] 弗洛伊德. 自我与本我 [M]. 车文博编. 长春：长春出版社，2004：17.
② [奥] 弗洛伊德. 自我与本我 [M]. 车文博编. 长春：长春出版社，2004：17.
③ [日] 大江健三郎. 亲自为我拭去泪水之日 [M]. 姜楠译. 北京：金城出版社，2012：17.
④ [日] 大江健三郎. 亲自为我拭去泪水之日 [M]. 姜楠译. 北京：金城出版社，2012：17.
⑤ [奥] 弗洛伊德. 释梦 [M]. 孙名之译. 北京：商务印书馆，1996：656-657.

幸福的想法包围着，就连呼吸的空气也是幸福的。①

2. 梦境与大江自身体验的关联

大江健三郎出生于1935年，故乡在爱媛县喜多郡大濑村，他的整个童年和少年时代一直在这座森林中成长和生活。1941年，大江进入当时的国民学校，接受战时军国主义教育。1945年，大江健三郎10岁时，日本战败投降。大江从中学时代就开始创作诗歌、随笔、小说等各种文学作品，后进入大学攻读法国文学专业。所有这些经历都与《亲自为我拭去泪水之日》中1935年出生的主人公的经历非常相似，甚至几近重合。这样的设定当然不是巧合，可以说大江是将自己的经历代入主人公，并通过主人公来表达自己的一部分内心想法。

大江健三郎在获得诺贝尔奖后第二年发表的一部书信合集——《来自日本的"我"的信》中提道：在国民学校上学时，有一尊天皇御像被奉置在奉安殿，当时学校老师会每天询问学生——

如果天皇陛下让你们去死，你们要怎么做？正确回答是——我会去死，我会为天皇陛下欣然赴死！有一次我只不过是对于这种反复唱的老调有些迟疑，就被老师打了。②

被问及是否会为天皇陛下赴死，回答稍有迟疑就会挨打，更何况回答"不愿意"。这一经历与《亲自为我拭去泪水之日》中主人公的噩梦几乎完全相同。彼时的大江已经对于每天重复"为天皇赴死"的话感到困惑和迟疑，多年后，他在撰写这部天皇制批判主题小说时，设定主人公多年后仍然在噩梦中为是否回答"愿意"而挣扎。这就为主人公的形象蒙上了一层似曾相识的反叛性色彩。

在尾崎真理子采访整理的《大江健三郎口述自传》中，大江面对关于这部小说的提问时也承认："为了治疗自己的创伤，我开始写作包括这部作品在内的许多小说。"③此处的"创伤"即是指国民学校事件及天皇影响带来的持续多年的痛苦。他还提到，那时"一进入国民学校，便感觉到国家像——也就是以天皇为顶点的大人们那构造体的威胁。我认为，是被老师彻底而全面地强制着接受的。"④ 由此可见，自国民学校时起，大江就对绝对天皇制和军国主义教育持有怀疑甚至抗拒的态度，这一态度也相应地体现在《亲自为我拭去泪水之日》中。这部小说的取材来源于大江自身的真实经历，他将自己的叛逆和不解的感受和行为表现代入到主人公身上，通过建构主人公形象来剖解和疗愈自己，同时也通过对自己的再剖解展现作品主题，表达自身观点。

另外，结合大江的家族来说，从他呱呱坠地就已经给他浸染上了反对天皇制的色彩。大江的曾外祖父给他取的乳名叫作"古义人"，这里的"古义"来自江户时期古学派伊藤仁斋创立的"古义堂"。大江曾外祖父曾经在伊藤仁斋开办的学堂里学习儒学，尤其接受了《孟子古义》的观点并将之传给了儿时的大江健三郎。大江曾经说道：

---

① ［日］大江健三郎. 亲自为我拭去泪水之日［M］. 姜楠译. 北京：金城出版社，2012：6.
② ［日］大江健三郎. 来自日本的"我"的信［M］. 東京：岩波书店，1996：27-28.
③ ［日］大江健三郎. 大江健三郎口述自传［M］. 许金龙译. 尾崎真理子采访/整理. 北京：新世界出版社，2008：88.
④ ［日］大江健三郎. 大江健三郎口述自传［M］. 许金龙译. 尾崎真理子采访/整理. 北京：新世界出版社，2008：88.

在当时的日本，普遍认为孔子的《论语》有利于天皇制，因而比较欢迎《论语》，同时认为孟子学说中含有反天皇制的因素，便对孟子及其学说持反对态度。不过有个例外，那就是江户时期的儒学家伊藤仁斋对孟子持肯定的态度。①

许金龙对此评论道：

孔子学说在圣德太子时期便奠定了儒家正统的地位，演变为天皇制伦理的法理基础和伦理基础，而孟子学说，则由于民贵君轻的基本政治伦理天然违背了天皇制自上而下的尊卑观，从而成为东传日本之儒教的异端。这种尊孔抑孟的主流意识形态，直至伊藤仁斋的出现，才得到反思和受到批判。②

在大江的诸多作品中，都出现了以"古义""古义人""义兄"等命名的人物形象，也由此可以看到主权在民的民本思想对儿时的大江带来的影响，这也为大江批判天皇制、坚守民主主义奠定了基础。

1945年日本战败后，美军对日本进行军事占领，大江在这样的背景下开始接受民主主义思想教育。1954年，大江考入东京大学，接触了萨特学说，后师从日本著名的法国文学研究者渡边一夫教授。他在后来的口述自传中尤其提到了渡边一夫教授，肯定其对他思想上的影响之深。如此，战后的民主思想教育、萨特学说和人文主义者渡边一夫对大江产生了深刻的影响，从而使得大江产生了很强的民主主义倾向，并以压倒性优势取代了曾经活跃在他自我身上的一部分国家主义思想。而《亲自为我拭去泪水之日》中的主人公却与大江不同，主人公"他"尽管同样在少年时期深受军国主义教育荼毒，也在战后受到多年民主思想教育，却始终没能在两种思想之间找到一个合适的选择或处理方式，最终精神失常——这种对比似乎更体现出大江只是一个侥幸摆脱了军国主义和天皇制影响带来的痛苦的幸运儿，而更多的战后青年则像主人公一样永远生活在无尽的黑暗中。大江以自身经历为素材，塑造这样一个主人公形象，是希望警醒日本民众，昭示国家主义思想对于日本战后一代造成的精神荼毒之深，进而实现对天皇制的批判。

（二）对主人公幻境的解读

主人公梦醒后，自我一直对本我进行压抑，而"他"的意识状态却是"充满幸福"的。弗洛伊德认为，一个人早年经历的事情会诱发一种愿望，当这种愿望被长期压抑不能实现时，人就会出现幻觉，而这种幻觉是在无意识中产生的。③ 因此主人公在叙述"同时代史"时总是伴随着各种幻境。那么"他"在幻境中看到了什么？这些幻境又说明了什么？以下试从"他"分别与父亲和母亲之间的联系出发，对其幻境进行分析。

1. "那个人"对"他"的影响

小说开篇便讲明主人公的癌症是"他"幻想出来的，而由于"那个人"曾经同样身患癌症，所以这幻想显然便与"他"一直提到的"那个人"相关。小说第三部分结

---

① 许金龙.代总序//[日]大江健三郎.揪芽打仔 "揪芽打仔"之审判[M].陈青庆,周砚舒译.北京：人民文学出版社,2023：6.
② 许金龙.代总序//[日]大江健三郎.揪芽打仔 "揪芽打仔"之审判[M].陈青庆,周砚舒译.北京：人民文学出版社,2023：8.
③ [奥]弗洛伊德.释梦[M].孙名之译.北京：商务印书馆,1996：129.

尾指明,"那个人"即指父亲,将父亲称作"那个人",是有意模糊父亲存在的具体性,升华父亲形象,"同时也有将其塑造为偶像的意图",这就是说,"那个人"不仅指代父亲,更是指代天皇。这样,一方面表明主人公一直以来对父亲形象的崇敬和向往;另一方面,将父亲与天皇对等,进而实现对天皇的崇拜、向往和推崇。

不仅如此,在想象力的作用下,他甚至在微弱的紫色光线中看到体内的癌细胞正越变越大,越变越多,看起来就像黄色的风信子或是菊花。……那时,意想不到的性的世界也许会和盛开的黄色癌细胞一起从笼罩其上的紫色微光中迸发而出,扩散开去。①

小说的开篇,主人公把癌细胞比作是"黄色的风信子或是菊花",在想象出的幻境中感受到了癌细胞的存在和增殖。"紫色光线""黄色的风信子或是菊花"又与段末的"黄色癌细胞""笼罩其上的紫色微光"呼应,同时又都与后文多次出现的"金黄色的菊花""巨大的紫色背光"相呼应,联系小说第七部分来看:

万一真的不得不炸死天皇,他也会作为国体真正地复活,化作普通的菊花更加真实也更加神圣地开遍整个日本,开在每一个日本国民的身旁。在巨大的紫色背光下,他会化作发出极光般光辉的金黄色的菊花出现在人们眼前。②

紫色在日本古代曾经一度象征着皇室,代表着地位和身份的尊贵。那么由此可以认为,紫色背光暗指天皇之所在,金黄色菊花是天皇的暗喻。主人公把癌细胞比作是"黄色的风信子或是菊花",也就说明在他的潜意识中,癌细胞或等同于天皇,或类似天皇,或至少与天皇相关。

综上,可以得出这样一个图示:

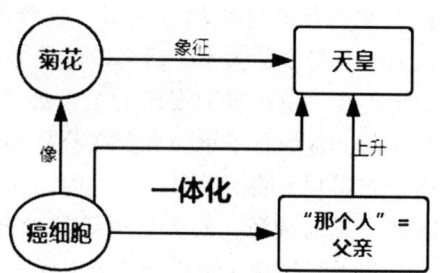

即金黄色菊花=天皇,紫色背光=天皇所在,癌细胞≈黄色菊花=天皇,"那个人"=父亲=天皇。

从这一关系图可以推断,癌细胞即象征父亲代表的国家主义思想或天皇影响因子。那么"意识"到癌细胞增殖力量的存在和发展,也就是"意识"到体内国家主义思想或天皇影响因子的存在和发展,也等于证实了主人公自身对父亲的继承性以及与父亲的一体化。而这种"意识",其实是在"他"的无意识作用下产生的幻觉。换言之,主人公在幻境中证明了自己与父亲不仅在血脉上,同时在思想和行动上都具有继承性,也即证明了子与父之间的一体化。这种一体化表现为两个方面:一方面,主人公通过身患癌症这种肉体上的一体化来证明"他"与父亲在思想上的一体化;另一方面,以子与父

---

① [日] 大江健三郎. 亲自为我拭去泪水之日 [M]. 姜楠译. 北京:金城出版社,2012:9-10.
② [日] 大江健三郎. 亲自为我拭去泪水之日 [M]. 姜楠译. 北京:金城出版社,2012:110.

之间的一体化，象征作为天皇子民的"他"与天皇的一体化，即真正成为天皇的赤子，成为一名效忠天皇、拥护国家主义的"皇国民"。当然，这样的一体化幻境并不完全只是空中楼阁，而是有一定的思想基础的。主人公在叙述自己少时撑起膀胱癌加重的父亲时，曾产生了一个想法：那时自己甚至想要高呼"天皇陛下万岁"，请求他认可自己的确继承了那个人的血脉。① 这里的"他"指代父亲，"那个人"既指父亲亦指天皇。能够看出，主人公的心理结构中还有一个朴素的基本的本能愿望，即得到父亲的"认可"，这个愿望也成为后来"他"产生实现一体化的幻境的源头之一。换句话说，主人公内心的自我在对一部分反叛性的本我进行压抑和稽查的过程中，捕捉到了这一部分无意识的本能愿望并对其进行加工，使之升级成为一体化的愿望，并最终促成了实现一体化的幻境。不仅如此，主人公在幻境中还终于"得以摆脱折磨自己足有两三年之久的踌躇和恐惧，确定自己不知在何时已经做出了选择，那就是加入军队、慷慨就义"②。可以说这正是长久以来压抑"他"本能恐惧的国家主义思想占据了上风，即在主人公心理结构中长期执行监管作用的国家主义的自我取得胜利的一大体现。

2. 母亲对"他"的影响

小说中主人公的愿望不仅受到了军国主义教育和父亲的偶像性造成的压抑，还受到来自母亲的民主思想的压抑。

小说开篇就写道：

他的母亲和以前一样独自居住在森林深处的峡谷中，而且从未间断过向他的内脏天线上发送可恶的高频波。③

母亲对他的影响从"他"离开峡谷之前就存在了，且令他多年痛苦煎熬。这句描述几乎定调了整篇小说中主人公与母亲的关系，后文中他们之间的故事和对话，也都围绕着这种近乎针锋相对又不得不在一定程度上妥协的关系展开。母亲从小在中国长大，是反天皇的大逆罪连坐者的女儿，她的骨子里一直存在着某种与天皇制相斥的基因。战争开始后，母亲把家里包括杂志副刊上明治天皇肖像在内的一切与天皇有关的东西全部清理了出去，这说明母亲厌恶、反对战争，对天皇更无其他日本"皇国民"般的一味崇敬。大儿子逃离部队后，母亲无法接受父亲枪毙儿子以保全效忠之名的主张，一改对父亲的称呼和态度，从此变得极其冷淡……母亲的种种表现都说明，她对个人民主权利的关注远胜于对天皇的尊崇，她对待天皇和天皇制国体毋宁说是深恶痛绝的，这样的母亲可以说是典型的具有民主主义思想的女性——这也是她与当时战争背景下受极端国家主义思想操控的日本社会格格不入的主要原因。

这样的母亲，对主人公的言传身教自然也大不同于国民学校奉行的军国主义教育。在母亲对主人公的一系列态度中，母亲的"眼"最为令人印象深刻。这双眼睛第一次出现是在"他"高中毕业企图自杀被发现后：

——母亲，高中毕业时我被你完全击垮了。你对着被打翻在地的我侮辱道：你就这

---

① [日] 大江健三郎. 亲自为我拭去泪水之日 [M]. 姜楠译. 北京：金城出版社，2012：82.
② [日] 大江健三郎. 亲自为我拭去泪水之日 [M]. 姜楠译. 北京：金城出版社，2012：107.
③ [日] 大江健三郎. 亲自为我拭去泪水之日 [M]. 姜楠译. 北京：金城出版社，2012：7.

点儿能耐吗？你就这点儿能耐吗？仅凭你轻蔑的瞥视视线，我就立刻意识到自己无论逃到什么地方都绝无机会重获自由，也失去了设法去往一个全新世界、成为全新的人的气力。①

其后，这一"瞥视"的眼神分别在三个地方出现过，即"他"抗议母亲对"他"的遗书的侮辱和挖苦时，"他"询问母亲为什么要奚落村长夫人时，以及"他"和村里人一起集体迎接哥哥的骨灰回家时。而直到"他"上大学后，才偶然明白了母亲的"眼"的含义：

那双眼睛不是儿童读物或儿童画中出现的那种凝然不动的、澄澈的眼睛，也不是充溢着深不见底的黑暗的"恐怖眼睛"，而是闪烁着和猴子眼睛一模一样的树脂色微光，并瞥视自己的真正的"恐怖眼睛"。②

通过这些得知，母亲的"眼"是对"他"的警告。母亲早就发现"他"的自杀只是一场逃避，既是对多年来令"他"恐惧痛苦的"为天皇陛下赴死"的噩梦的逃避，也是对天皇制国体下的日本社会的逃避。总之，母亲已然发现那不过是一场伪自杀，而不是民主主义式的反抗。母亲对"他"说"猴子也会像你一样自赎"，尽管把"他"与因大逆罪连坐死去的生父联系在了一起，却也发现"他"远没有其外祖父为实现民主主义赴死的信念，从而无情地揭露出"他"的自杀中暴露的一部分恐惧本能。

弗洛伊德在《超越快乐原则》中提道：

某些个别的本能或本能的一部分，在它们的目的或要求方面，却和能联合起来进入这个自我的包容性统一体的其他本能不能相容。因此，前者便被压抑过程从这个统一体中分裂出去，保留在心理发展的低级阶段……如果它们在以后成功地通过迂回的道路，奋力地达到直接的或替代的满足，那么，这个事件在其他情况下本来是一次获得快乐的机会，但却被自我作为不快乐来感受。③

小说中主人公恐惧的、追求快乐的本能，在渴望寻求摆脱、实现快乐的过程中，为渴望得到父亲认可的本能所不容，于是快乐本能受到压抑，在被分裂出主人公意识的统一体中无法得到满足；而母亲的"眼"对快乐本能的揭露，使原本能够带来获得快乐的可能，却并不能产生快乐的感受。母亲对"他"瞥视的眼神里，不仅有着穿透一切的洞察力，还有将他捆绑在民主主义思想和"生"的欲望上的强大力量。这与"他"企图通过简单的放弃肉体来摆脱痛苦的行为不同，是对"他"退路的围堵，迫使"他"不得不继续承受国家主义思想监督和民主主义思想吸引的矛盾拉扯，是强迫"他"坚守至能够真正得以摆脱天皇影响的巨大压力。母亲对主人公渴望逃脱天皇制国体钳制的本我愿望的无情揭露，以及对主人公向"生"的方向施加的压抑，与主人公渴望得到父亲认可的夙愿和派生的一体化夙愿相冲突。严重的矛盾冲突使主人公始终无法感知快乐，造成了他长期的迷茫和痛苦，最终致使"他"精神错乱，产生幻觉。在幻境产生后，母亲对主人公所口述的"同时代史"内容的频频否定，又一次次把现实和真相剖

---

① [日]大江健三郎. 亲自为我拭去泪水之日 [M]. 姜楠译. 北京：金城出版社，2012：37.
② [日]大江健三郎. 亲自为我拭去泪水之日 [M]. 姜楠译. 北京：金城出版社，2012：49.
③ [奥]弗洛伊德. 自我与本我 [M]. 车文博编. 长春：长春出版社，2004：7.

露在"他"面前，几乎造成了"他"幻境的破灭，使"他"几近清醒，导致了"他"最后对妻子的喊叫和最后的抉择。

（三）主人公的抉择与批判天皇制的主题体现

如上所述，主人公"他"由于本我欲望驱使，希望得到父亲认可，实现与父亲和天皇的双重一体化，然而这一愿望在寻求实现的过程中，受到了母亲及其所代表的民主主义思想的压抑，严重的矛盾冲突使"他"产生了幻觉。在幻境中，"他"通过在肉体上与父亲的一体化，实现了在思想和行动上与父亲及天皇的一体化；在幻境外，母亲又对"他"的幻想予以否定和抨击，揭露了"他"的另一个本我欲望，即挣脱天皇制国体的钳制。如此，二十五年前父亲和母亲双方对"他"造成的矛盾痛苦，在二十五年后通过幻境再次升级。但这一次，"他"还会像幼时一样，向母亲妥协吗？

当"他"产生幻觉，"意识"到癌细胞的存在和增殖的那一刻，终于感到解脱，这是因为"他"认为身体和思想上趋同于父亲的自然变化已经为他在国家主义和民主主义两种思想斗争之间做出了选择，即国家主义。"只要自己一动不动地躺在病床上，甚至只消昏睡，体内的癌细胞就会不停增长。"①——只要保持这种意识混乱的状态，就能摆脱清醒状态下的矛盾痛苦，沉溺于发现自己实现了一体化的满足感和幸福感当中。幻境中的"他"做出的最终抉择是"加入军队，慷慨就义"，现实中的"他"则选择沉溺于这样的幻境。

小说结尾，主人公"他"仍然戴着耳机和游泳镜，不允许任何人摘掉，当医生试图和"他"谈论病情时，"'他'迅速将意识的插头转换到其他地方"。可见"他"最终选择继续耽于幻境，用幻想来麻痹自己，逃避现实。同时这也是选择父亲，选择向国家主义妥协、向天皇制国体妥协的表现。但是，这种妥协又并非是完全的彻底的。

这个人无论如何想让我认可，并一再要求我丝毫不差地去执行的计划，就是要我在这个人死后马上带着我们的孩子和美国人结婚……这个人希望将孩子的国籍转为美籍，并期待通过这一方式使自己的血液完全从天皇以及＊＊＊亡灵的阴影下解放出来，获得自由。②

这是妻子向主人公母亲的揭露，"这个人"即指主人公"他"。而"他"在被妻子揭露这一计划及背后的思虑时"突然大声喊叫起来"，说明妻子所言非虚。这就足以表明，"他"最后的选择是一场清醒的、预谋已久的挣脱痛苦的逃离，是金蝉脱壳式的叛逃。"他"将儿子转为美籍的计划才是抉择的最终步骤，这是对天皇制的背叛，也是本我的流露。主人公的种种表现和他最后的抉择，充分说明了国家主义与民主主义思想对日本国民的心理造成的迷茫和矛盾影响深重至极——这也正是大江想借此作品向日本国民揭露的残酷事实。为了避免这种影响蔓延至下一代，小说的主人公宁愿自己承受痛苦，也要将国家主义的血脉斩断在自己这一代。大江通过这一主人公形象，希望唤起日本民众对天皇制国体的警惕和审视，呼吁人们关注下一代的思想教育，避免后代受到天

---

① ［日］大江健三郎. 亲自为我拭去泪水之日［M］. 姜楠译. 北京：金城出版社，2012：9.
② ［日］大江健三郎. 亲自为我拭去泪水之日［M］. 姜楠译. 北京：金城出版社，2012：117.

第六章 战后文学对近代国家主义的批判性认知——以大江健三郎为中心 ◎

皇制影响的荼毒。

以上运用弗洛伊德精神分析理论对小说《亲自为我拭去泪水之日》中主人公的梦境和幻境进行了分析解读。主人公由于少年时期国民学校的经历，长期困顿于为天皇赴死的梦境。在梦中，本我占据主导，他恐惧、踌躇，不愿为天皇赴死，最终遭到所有人的抛弃。梦醒后，其渴望得到父亲认可的本我和渴望摆脱国家主义带来的痛苦的本我相互矛盾，后者长期受到自我的强烈压抑后，主人公产生了倾向于前者的幻觉，认为自己患上了癌症，并选择沉溺于这一幻境。主人公在幻境中实现了一体化，摆脱了被抛弃的命运，感受到了真正作为"那个人"、即天皇的赤子的"幸福"。但幻境产生后，主人公又遭到母亲对其渴望摆脱国家主义煎熬的本我的揭露，被母亲从一体化的"幸福感"中拉回到现实。从梦境到幻境，前者令"他"痛苦，后者令"他"感到幸福。二者在时间上先是继起，之后又同时交叉存在，是快乐原则和现实原则相互作用的不同结果。

主人公由于少时的痛苦经历，出于追求快乐原则的本能而产生梦境和幻境，痛苦的梦境和幸福的幻境分别是精神压抑的放松和加强的结果。作者大江健三郎通过个体描写反映普遍现象，揭露了生于战前长于战后的青年一代在遭受军国主义教育荼毒之后思想精神常处于混乱状态的残酷现实，同时指出直指导致这一普遍状态的根源在于天皇制。作为同样在战时出生的大江，他的精神深处也一直存在着少时留下的创伤，因此他对天皇制的关注由来已久。20世纪50年代，大江开始参与政治，60年代开始创作相关作品，此后大江从未停止对天皇制的批判，其相关作品群的主题从朦胧的启蒙到明确的启示，经历了数十年的发展变化，逐步走向成熟。

前面分析了大江在1961年发表的小说《十七岁》和《政治少年之死》。这是在1960年"安保斗争"失败后，大江以同年10月日本社会党委员长浅沼稻次郎遇刺身亡一事为素材写就的作品，这两部作品一脉相承，描写了十七岁少年由平凡少年变成右翼分子、进而沦为暗杀凶手的故事。小说中十七岁少年对右翼团体的投靠和向往，起初只是寻求自我存在、发掘自身价值的自我拯救，然而加入右翼团体后，他把天皇当作"真正认同他的人"，为了向天皇表示效忠而死在了自己虚构的天皇幻影中。以自救开始，却以自杀而结束，大江以反讽的形式揭示了天皇制的暴力本质及其对日本民众严重的思想禁锢。但是这两部小说对于如何解决天皇制带来的暴力倾向问题，如何摆脱国家主义和天皇制影响等命题，尚没有做出明确的思考和回答。

在十年之后的1971年发表的《亲自为我拭去泪水之日》中，大江塑造了一个与自己同样跨越了战前和战后两个阶段的主人公。"他"的思想中既有对战前国家主义思想的继承，也有对战后民主主义思想的接受。这就与前两部热衷于国家主义的少年形象不同，加入了对民主主义的思考，并且这一主人公试图通过安排自己的儿子加入美籍，让国家主义的血脉在自己这一代断流，这体现出作者对于子孙后代免遭国家主义荼毒的一种方法上的探讨。

2009年，大江发表了小说《水死》，通过对父亲水死之谜的追溯，反映了对民主主义的选择和追求。从时间轴上来看，从初期的《十七岁》和《政治少年之死》，到中期的《亲自为我拭去泪水之日》，再到晚期的《水死》，小说的主人公经历了从无政治自觉地被动成为绝对天皇制的牺牲品，到有自觉却又无奈地妥协于国家主义，再到最终明确选择民主主义的漫长变化。大江认识到，扎根于日本国民心中的国家主义思想不可能在短时间内彻底消亡，反而在战后的近代日本显现了死灰复燃且愈演愈烈的倾向，对此他提出民众应在坚决维护民主进程的同时，警惕国家主义思想的复活对下一代乃至后世国民的又一次精神毒害。

三、《水死》（2009）

1945年日本战败，远东军事法庭并没有将天皇推上被告席，时至今日，日本也没有真正地对中国及其他受害国道歉。责任主体的缺失，导致日本一直在战争的侵略性质上闪烁其词，"许多日本人在参与战争时都与天皇有着共犯的关系，全体国民都认为既然天皇对战争不负有责任，他们也不应该承担什么责任"[1]。随着战争的逐渐远去，战争记忆以及对战争的反省、思考也在现代的日本民众心里模糊、淡化。近年来，日本右翼愈发猖狂，政府高官参拜靖国神社、出版歪曲真相的历史教科书、推动修改宪法、扩大防卫力量、谋求"正常国家"等，一次次挑战东亚乃至世界的和平与安全。

当然，还有一部分有良知的日本人认真反省了天皇制及国家主义，对日本战后社会问题进行深度的思考，并提出自己的构想。文坛上最具有代表性的就是大江健三郎。2009年，大江发表了《水死》，通过对明治、昭和前期的历史探索，挖掘了国家主义的源头——战前的时代精神，展示了作者清算战前精神、与绝对天皇制对决的决心。

大江健三郎在2009年《来自"晚期工作"之现场》的演讲中提到创作《水死》的缘由：

当时的这种思考[2]，影响了这五年来我持续创作的两部长篇小说。第一部是截至目前我的最新长篇小说《优美的安娜贝尔·李寒彻颤栗早逝去》……为什么我要在《优美的安娜贝尔·李寒彻颤栗早逝去》后，即刻开始创作《水死》呢？这是因为我决心思考刚才提到的两种"时代精神"的前一种，并且采用表现内心思考的根本手段——小说这一形式进行。[3]

"两种时代精神"，第一种是指战败前即大江十岁之前所经历的"天皇陛下万岁"的时代精神；第二种就是大江所经历的战后的时代精神，引用大江自己的说法就是："从我十岁那年的战败直至七十四岁的今天，这六十多年间我一直生活在其中。这种'时代精神'，在我们国家的宪法里表现尤为突出，是战败之后追求新生的时代精神。"[4]《优美的安娜贝尔·李寒彻颤栗早逝去》中集中表现了第二种时代精神，作为其姊妹篇的《水死》则写出了军国主义时代的时代精神，并探究接受了战后民主主义思想教育的国民是否还能抵抗战前时代精神的这一课题。

---

[1] [美] 赫伯特·比克斯. 真相——裕仁天皇与侵华战争 [M]. 王丽萍, 孙盛平译. 北京: 新华出版社, 2004: 522.
[2] 2005年日本右翼团体以大江健三郎的《冲绳札记》(1970) "严重侵害原告的名誉和人格权" 为由，将大江健三郎及岩波书店告上法庭，官司持续6年之久，最终大江方胜诉。在此过程中，大江开始思考对自己而言的"时代精神"问题。（笔者注）
[3] [日] 大江健三郎. 来自"晚期工作"之现场 [J]. 熊淑娥译. 作家, 2010 (08): 5.
[4] [日] 大江健三郎. 来自"晚期工作"之现场 [J]. 熊淑娥译. 作家, 2010 (08): 5.

第六章　战后文学对近代国家主义的批判性认知——以大江健三郎为中心　◎

（一）父亲和大黄——两代国家主义的代言人

在关于主人公"我"故乡的传说中，有这样一段记述：

我们本地人，把淹死在河里的，以及虽被救助却仍然被大水冲走的人称为河水冲走……一旦被河水冲走，淹死的人自不待言，就连得到救助的人，也会被大家视为其不久后将要离开村子。①

《水死》在第一章就通过传说写明了"水死"的父亲以及"我"与故乡的关系。父亲在日本战败之前乘舢板顺流而下淹死，而"我"并没有跟随父亲而去，却也离开家乡一去不复返。《水死》这部小说的主线就是围绕"我"回到阔别已久的故乡四国森林，探寻几十年前父亲"水死"真相而展开的。

幼年的"我"目睹了父亲水死的过程，在晚年返回故乡后，通过母亲、妹妹、髻发子、大黄等的描述，对记忆进行修正与重构，揭开了父亲水死的真相。父亲长江先生是一位国家主义信奉者，在战争的最后阶段，驻守松山的年轻军官们手持高知县一位先生的介绍信来到村里，父亲招待了他们。听军官们说起"必须改变维新以来的历史进程"以避免战败的结局，父亲也加入讨论之中。之后，父亲带着弟子大黄翻山越岭去拜访了高知县的先生。这位先生送给父亲《金枝》②里的三卷，在有关"杀王"的重点处画上了记号以便对父亲进行有意识的引导。因父亲不容许外人修建临时机场破坏森林，父亲与军官们在最后一次会议上决裂，第二天乘坐舢板顺流而下死亡。

从父亲提出安排特攻队的飞机飞往帝都，即炸毁皇宫实现"杀王"的主张来看，明显是受到了《金枝》的影响。随着"红皮箱"秘密的揭开，《金枝》中关于"杀王"的描述也呈现在读者面前。高知的那位先生特意给父亲的是其中的三卷，即《巫术和王的起源》（The Magic Art and the Evolution of Kings）、《走向死亡的神》（The Dying God），当"我"看到这些书籍后，马上得出这样的结论：

然而，当我读了在页码旁小标题上加了红色和蓝色记号的那些内容之后，随即便轻而易举地判断出，这三本书为何会成为高知那位先生对父亲进行个人授课的教科书！那显然是实实在在的政治教育……③

高知的先生有意通过符号引导父亲着重阅读"杀王"部分的内容，就是想要通过父亲向年轻军官传达炸毁皇都、扶植继任者的要求。在《金枝》中，关于"杀王"是如此描述的：

一旦人神的力量开始显现出衰弱的征兆，就必须杀死这个人神，在他的灵魂尚未因可怕的衰弱而导致严重损害之前，便将其转移至强健的继任者身上。……崇拜者们一旦杀死人神，首先，能够在他的灵魂逃出之际准确地捕捉到并将其转移至合适的继任者；第二，在人神的自然精力衰减之前将其杀死，能够借此确切无误地防止世界与人神的衰

---

① ［日］大江健三郎. 水死［M］. 许金龙译. 北京：金城出版社，2013：16.
② 英国人类学家詹姆斯·乔治·弗雷泽（1854—1941）所著，围绕古罗马原始习俗中的巫术和神话，揭示了其深层含义以及规律。（笔者注）
③ ［日］大江健三郎. 水死［M］. 许金龙译. 北京：金城出版社，2013：220.

弱同步走向崩溃。①

在此引导下，父亲主张轰炸帝都，以防止国运衰微。然而，在此计划将要付诸实施时，军官提出需要在森林修建临时机场，要爆破"鞘"那块大陨石，这遭到了父亲的强烈反对。在父亲眼里，森林是原始而神圣之地，是不容许外人踏入的。因此，父亲陷入两难境地。最后，为了既不违背自己所信奉的国家主义，也不破坏森林，他选择了水死。从这个角度来说，与其说父亲是为了天皇殉死，还不如说父亲是为了守护远离中心的边缘——四国森林而溺死的。

先生本人已抱有赴死之心，却想在死后把附体于自己的怨魂转移到古义人身上，是想把古义人当作真正的继承人吧。……父子俩在那场大水中坐进舢板出行，是为了把怨魂的"灵媒"从自己身上转移至古义人的更换仪式。可是，当古义人坐进舢板时出了错（也可能是出于自己的意思而拒绝），就没能顺流而下，只是目送着古义的幻影跟父亲一起离去。②

通过这段话可以看出，父亲本是想将"我"当作其国家主义精神的继承人从而完成"杀王"仪式中的新旧更替，但是"我"并没有选择与父亲一起顺流而下，只是目送父亲与自己的幻影"古义"离开。战后，"我"进入新制中学接受了民主主义教育，之后离开村子，继而前往东京学习，再也没有回到故乡，换言之，"我"并没有接受父亲的"怨魂"。

而真正继承父亲遗志的是其弟子大黄。战争结束后，大黄一直在修炼道场培养国家主义分子，发起一系列破坏民主的活动。如破坏县里的日本教职员工会、反对公演髻发子戏剧等等，还一直和右翼团体勾连。小河夫妇想方设法要剧团停止演出，从中进行斡旋的也是大黄。在小河夫人否认强奸事实、与髻发子谈判失败后，大黄协助小河绑架了髻发子等人。但是，即便是右翼追随者的大黄，在目睹了小河再次强奸髻发子后，选择开枪打死了小河，跑进了大雨滂沱的森林之中。他认为自己真正成了长江先生的继任者。

刚才开枪的时候，俺虽说只有一条胳膊，却未曾射偏，本来附体于长江先生的怨魂，现在把俺当作新的"灵媒"了。虽然已经耽误了太长时间，不过俺还是跟随而去呀。长江先生最好的弟子，还是俺大黄啊！③

父亲长江先生本来是主张"杀王"来防止国家的衰亡，可是因为不想森林受到破坏的缘故，选择了殉死来明志。但是，即便没有森林的原因，"杀王"计划也是不可能实现的。战前的日本是绝对主义天皇制，天皇拥有至高无上的权力，且不说飞机有没有到达帝都中心的可能性，即便就是炸毁了皇宫，杀死了"衰弱"的人神，因为天皇制是世袭的，所以"新王"也只能是同一天皇制下培养出来的继任者；从历史进程来说，实行绝对天皇制的近代日本，对周边国家犯下了滔天罪行，天皇制以及国家主义是必须受到彻底批判并且担负相应罪责的；就连被父亲说服去轰炸帝都的那些军官，也并没有

---

① ［日］大江健三郎. 水死［M］. 许金龙译. 北京：金城出版社，2013：224.
② ［日］大江健三郎. 水死［M］. 许金龙译. 北京：金城出版社，2013：313.
③ ［日］大江健三郎. 水死［M］. 许金龙译. 北京：金城出版社，2013：313.

将父亲的"杀王"主张当真,"关于那个作战呀,对于自己这些人来说,只是一个类似于'笑话'的玩意儿呐!"① 这些军官害怕受牵连,在父亲离去前还特意检查了"红皮箱"的内容,他们很清楚只要父亲淹死就再也没有威胁到他们的证据,所以任由父亲乘坐舢板离去。

大黄在目睹了小河的恶行之后,开枪打死了他。在大黄眼里,这样的人物已不配做国家主义的头目,他希望杀掉小河后能出现新的继任者。"附体于长江先生的怨魂"即指父亲没有实现的"杀王"之梦。从这个意义上来说,大黄继承了长江先生"杀王"的遗志,同先生"水死"一样,大黄跑进森林站立着"水死"而去。

(二)髻发子——与右翼势力坚决抗争的民主主义代言人

小说里,髻发子是一位坚定地与右翼势力进行斗争的女性。她在少女时代寄住在伯父小河家时曾遭到了伯父的强奸。小河夫妇是右翼的代表人物。小河夫人家有着国家主义"荣光"的历史,她的祖父身为海军中将战死从而被供奉在靖国神社之中。小河是土生土长的官吏,位高权重,借用大黄的话来说,就是:

在这个国家的教育行政领域留下了成就。在他担任文部省某局局长这个要职期间,经常出现在国会的电视转播节目中。②

大江将小河设定为教育界的头目,是有很明显的意图的。在本书第二章详细说明了明治维新以后,国家主义思想通过一系列法令渗透到国民教育之中的过程及影响。1890年,明治政府以明治天皇的名义颁布了《教育敕语》,其根本就是向"臣民"灌输"忠君爱国"的思想。1941年起,小学被改称为"国民学校",随之颁布的国民学校令的实施规则中明确指出"奉戴"《教育敕语》的宗旨,所有教育都要修炼"皇国"之道特别是应该加深对国体的信念。日本战败后,1945年10月GHQ发布了《关于日本教育政策》,规定"禁止普及军国主义的极端的国家主义思想,废除军事教育和军事训练",紧接着12月指示停止讲授培养"忠君爱国"思想的"修身"等课程并收回相应教科书。1947年相继颁布了《教育基本法》和《学校教育法》,本着民主、和平的宗旨,确立了战后日本教育各项基本原则,是民主主义建设得以推进的一大改革。但是,随着美国对日政策的转变,日本保守派不断在呼吁恢复"修身"课或与之近似的"道德"类课程。2006年,安倍晋三组阁后,在建设"美丽国家"的施政口号下,将国家置于最高价值层面,全面修订了《教育基本法》,强化道德教育,企图"通过意识形态色彩浓厚的新保守主义改革,重新复活过去已经消亡的价值意识,将'教育敕语'精神作为形塑未来国民的价值基础,从而达到重塑国家意识形态的目的"③。这场改革激起了大江健三郎的极大愤慨,在《水死》文本里,多次提到教育领域的问题。将小河的身份设定为"在这个国家的教育行政领域留下了成就"的人物就是一个典型,暗示正是这些右翼分子主持进行了战后以来的教育改革,向青少年灌输所谓"爱国心",意在将

---

① [日]大江健三郎. 水死[M]. 许金龙译. 北京:金城出版社,2013.236.
② [日]大江健三郎. 水死[M]. 许金龙译. 北京:金城出版社,2013.300.
③ (转引自)龚娜,周晓霞. 关于日本道德课程设置的考察[J]. 东北亚学刊,2023(04):101.

教育重新引向国家主义。对此，日本社会各界的批评声音也不绝于耳，"日本学术会议对强化国家认同的道德教育表示担忧，认为有可能重演近代错误的皇明化教育。"① 在2006年全面修订《教育基本法》的基础上，第二届安倍政府于2015年宣布将"道德"正式纳入中小学课程。进入21世纪后，由右翼主导并支持出版的《新历史教科书》严重歪曲、篡改日本侵略战争真相，再次掀起历史教科书问题，可见在日本政治整体保守化的背景下，教育领域的右倾愈演愈烈。作为民主主义战士的大江健三郎很早就注意到此问题，在自己的作品内外都发表了相关言论来表示抗议，在谈到与右翼势力对峙的冲绳集体自杀诉讼案时，大江表示：

　　图谋复活日本超国家主义的那些人士，企图将这幕由日本军队强制造成的集体自杀惨剧美化成为为国殉死的义举。在他们策划的接二连三的事件中，就包括这起诉讼案。日本的文部科学省也参与其中，从高中生的教科书中删除这一历史事实的图谋已经公开化。我正为此奋力抗争。②

　　在《水死》文本里，大江——古义人也直接对《教育基本法》的修订进行了批判：

　　长江这位作家，是个对已经失去了的旧教育基本法极为热心且深受其惠的人。如果是旧制中学那个时代的话，从家庭经济来说，此人是无法升入中学的，却因为森林中这时恰好建立了新制中学，他就升学进入那里。新制中学是一所因新宪法以及基于新宪法而制定的教育基本法才创建的学校。这部法律在被除去核心部分之前呀，有这么一段我将要朗读的内容。那位长江先生曾呼吁大家，这部法律虽然已遭修改，但是我们自己要把此前的教育基本法做成小册子放在胸前的口袋里。③

　　这里所说的被删除的《教育基本法》的核心部分，借由高中教师之口朗读了出来："教育不应该服从不正当的控制，而应该对全体国民直接负责并实施。"虽然修改后的法律保留了这句话，但是，"其后却改为其他语句，接下去的是：'而应该根据这部法律以及其他法律所规定的内容予以实施。'这对重新制定法律的那些人而言，什么样的教育都是能够实施的"④。也就是说，右翼势力强行修改战后《教育基本法》，就是赤裸裸地利用"这部法律以及其他法律"即国家的权力来控制教育。

　　再回到髻发子身上。

　　少女时代的髻发子被伯母带到靖国神社后，禁不住呕吐而遭到伯母盘问，才知道自己因为强奸而怀孕。伯母对尚懵懂无知的她强行洗脑，说伯父的仕途正处于最重要的时刻，"因此绝不能对任何人说起怀孕之事。你大概还不明白，那将成为国家的丑闻"⑤。亲伯父强奸侄女并使其怀孕这种违背人性、违背伦理的犯罪，伯母竟将其与"国家"联系了起来，也正好证明了"国家"被右翼所把持，右翼的丑闻即国家的丑闻。这也和髻发子在戏剧中的表现相呼应。髻发子坚持在戏剧中加入铭助妈妈被强奸的场景，就

---

① （转引自）龚娜，周晓霞. 关于日本道德课程设置的考察 [J]. 东北亚学刊，2023（04）：108.
② [日] 大江健三郎. 来自"晚期工作"之现场 [J]. 熊淑娥译. 作家，2010（08）：2.
③ [日] 大江健三郎. 水死 [M]. 许金龙译. 北京：金城出版社，2013：150-151.
④ [日] 大江健三郎. 水死 [M]. 许金龙译. 北京：金城出版社，2013：151.
⑤ [日] 大江健三郎. 水死 [M]. 许金龙译. 北京：金城出版社，2013：280.

是为了更加深刻地揭露"男人在强奸/国家在强奸/咱们女人 出来参加暴动呀"① 这一事实，并向观众发出呼吁。

于是就想告诉大家，在这台戏剧中饰演"铭助妈妈"的我本人，在现实中就曾被强奸，胎儿则被杀死，请大家看着曾遭此厄运的我，这种情况现在仍然在这个国家里实际持续着。我认为这个证言也将传达给初中、高中的学生们。②

作为观众的中学生，正是被修订后的《教育基本法》的接受者，髻发子通过自己亲身经历的演绎，想要告诉观众事实的真相，警醒大家不要被国家主义所蒙蔽双眼。

小河夫人原本是要将十七岁的髻发子作为右翼的培养对象，因此将她带去了靖国神社。可是当伯母"热烈地长时间持续着"为其祖父的"英灵"祈祷时，髻发子却"羞愧地低下头去"，说明髻发子原本就是对国家主义没有好感的，因此在进而看到太阳旗与右翼分子的行为后禁不住呕吐出来。

在那之前从不曾见过的那么巨大的旗帜在迎风飘扬，白布的正中央是鲜红的圆圈。虽说知道这是"太阳旗"，那种巨大还是很特别，让我感到害怕……那面旗子之所以飘动，是一个将旗杆举在身前、身穿黑色服装的男人在操弄。巨大白布中央有着红色圆圈的旗子猎猎翻卷，完全占据了我的全部视野……

旗子在飘动，一个穿戴着旧军队的军服、军帽（从军帽后沿垂下的帽裾披展在肩头）的男人站立于其后，他拔出长长的军刀高高捧举着，然后说着像是誓言的话。那些话语虽然被缓慢地反复说着，我却不明白其意思……

然后，我就呕吐起来。③

显而易见，这是近代日本国家主义的信奉者们在战后还想继续蛊惑人心的卑劣之举。髻发子以"呕吐"表达了对其的极端厌恶之情。这个时期的髻发子还只是停留在身心反感的程度，到她真正思考明白其中的道理并且通过戏剧来表达自己对国家主义的反抗，则花费了她十七年的时间。

当伯母得知髻发子怀孕后，就强迫她堕胎并将她逐回大阪。暗喻那些盲从右翼势力的民众代表——髻发子的父母，因为利益上的勾结，别说为女儿讨回公道，甚至还向自己的亲哥哥交上再也不让髻发子与其见面以免造成对其地位威胁的保证书。之后的岁月里，髻发子一直受到这件事的困扰，没有上大学，不断地变换工作，直到加入"穴居人"剧团才算安定下来。在这期间，她一直在思考强奸和堕胎的问题，并将自己的思考投入演出之中。当演出遭到右翼势力或右翼分子所挑唆的人们阻挠时，髻发子坚持自己的主张毫不退让，用自己被伯父强奸、被强制堕胎的亲身体验唤醒人们对国家主义的认识，号召大家一起来反抗来自"国家"层面的右翼势力的强权统治。可悲的是，经过战后几十年，日本的右翼势力依然猖獗，在髻发子坚持不肯删减揭露小河的戏份后，曾任教育界高官的小河直接指使右翼分子绑架了她，并再次彻夜强奸了髻发子，企图从身心两方面将她摧垮，无法继续之后的公演。从小说结尾来看，虽然髻发子第二天的公

---

① ［日］大江健三郎. 水死 [M]. 许金龙译. 北京：金城出版社，2013：265.
② ［日］大江健三郎. 水死 [M]. 许金龙译. 北京：金城出版社，2013：289-290.
③ ［日］大江健三郎. 水死 [M]. 许金龙译. 北京：金城出版社，2013：63.

演临时取消，但并不意味着髻发子以及"穴居人"剧团等相关人就会停止对强权的抗争活动。古义人的妹妹亚纱也体现出了"不屈不挠的精神"，她在最后说道，如果髻发子怀孕并且不接受人工流产的话，她将为她以及孩子提供帮助，并且给剧团做了"非常可靠"的安排。这也为将来再一次抗争蓄积了力量。

（三）古义人——两种时代精神的合体

创作《水死》时的大江健三郎已步入晚年，对自己的作品及人生的思考更为全面、成熟。在过往的作品中，无论是正面还是反讽，都表达了作者对战前国家主义的批判及对战后民主主义的坚守。在《水死》里，也描写了古义人在十五年前因拒绝接受天皇陛下的褒奖，因而成了右翼分子"不共戴天的仇敌"。面对威胁和挑衅，

我感到自己受到了挑衅，便开始与那只甲鱼对抗。整个过程从深夜直至拂晓，厨房里到处都是鲜血……①

古义人用与甲鱼对抗的形式比喻自己对右翼势力的抗争。

但是，正如《水死》中大黄所指出的那样，在古义人即大江的分身身上，事实上存在着两种时代精神：

在长江古义人身上，作为"时代精神"，存在着两个"昭和精神"。古义人所生活的昭和时代的前半期，也就是直至一九四五年的"昭和精神"，其后的民主主义的"昭和精神"也是那样，对你来说依然是真实的呀。②

在"森林之家"，古义人受邀观看由自己的小说改编的话剧《亲自为我拭去泪水之日》彩排。当听到德语合唱"天皇陛下，请您亲自用手，拭去我的泪水"时，坐在观众席上的古义人情不自禁地用德语跟着大声唱了起来。"在这段合唱久久持续期间，不知何物在我的体内开始发作了……"③ 舞台上，由髻发子扮演的年方十岁的古义人效仿军官士兵们，用"叽——叽——"的声音歌唱，舞台下已经七十四岁的古义人受合唱影响，也满面通红地发出"叽——叽——"的声音跟着歌唱。由此可见，在老年古义人体内开始发作的是深埋于其心底的战前"时代精神"也即国家主义精神。本来，古义人认为自己一直在坚守战后的时代精神，用民主主义与天皇制进行着对决，在理智层面上，是绝不会唱出"盼望天皇陛下亲自用手指拭去泪水"这样的歌词的。但是，在由巴赫的独唱康塔塔改编后的合唱这种语境的渲染下，自己少时受到的国家主义影响即战前的时代精神开始复苏。对此，妹妹亚纱不无担心，

今天，虽说哥哥原打算以评论者的姿态观看"穴居人"的彩排，可是合唱刚一开始，就满面通红地发出了叽——叽——的声音。在看着唱歌的哥哥那期间，我就在想，这很可能是一件可怕的事……就像刚才说过的那样，我本身也深受感动，因此很复杂……④

这种"可怕""复杂"的状态产生的缘由，大江通过《水死》对自己及古义人进

---

① ［日］大江健三郎. 水死［M］. 许金龙译. 北京：金城出版社，2013：168.
② ［日］大江健三郎. 水死［M］. 许金龙译. 北京：金城出版社，2013：232-233.
③ ［日］大江健三郎. 水死［M］. 许金龙译. 北京：金城出版社，2013：49.
④ ［日］大江健三郎. 水死［M］. 许金龙译. 北京：金城出版社，2013：53.

第六章　战后文学对近代国家主义的批判性认知——以大江健三郎为中心

行了深刻的反思与批判。在本书第二章，笔者已经分析过战前日本国家主义对国民在精神上的荼毒。

　　战败时大江还在国民小学阶段，自然而然受到了国家主义的影响。战后大江接受了民主主义教育，并成长为坚守民主主义的战士。但是，当古义人听到"天皇陛下，请您亲自用手，拭去我的泪水"的合唱时，战前的时代精神被唤醒了，这使得大江意识到国家主义的影响依然残存于包括自己在内的日本国民的精神底层。再联系日本右翼势力愈来愈猖獗的社会现实，促使大江思考一旦有类似"合唱"的外部环境变化时，日本民众是否还能抵抗"天皇陛下万岁"之"时代精神"的再次来袭这一重大问题。大江曾指出：

　　从旧宪法中具有绝对权力的天皇制向今天的象征性天皇制的过渡，并没有使天皇制为中心的文化圈本身客观化，并没有成为脱离天皇制为中心、面向其他文化圈的契机。……本土日本人的整体被圈进以天皇制为中心的、坚如磐石的文化圈中。①

　　绝对天皇制随着战败已经覆灭，但是天皇制以及天皇制所带来的伦理及文化等因素，却渗透于日本这个国家以及国民心中的角角落落。随着中曾根康弘的"战后政治总决算"、小泽一郎的"普通国家"、安倍晋三的"美丽国家"等主张的提出，日本政治整体右倾化加剧，和平宪法受到严重挑战。

　　大江正是因为认识到日本国民身上具有这两种时代精神，且旧的时代精神在新的历史环境下被唤醒且愈演愈烈，因此通过《水死》文本内外呼吁批判存留于国民精神底层的国家主义，抵抗右翼势力对民主主义的种种威胁。正如鬈发子所说的那样："无论如何也必须抵抗，要围绕这个国家的人们根本性的特性进行批判（对于《亲自为我拭去泪水之日》演出版中的德语歌曲也是如此）。"②

　　大江健三郎于2023年去世，在批判天皇制这一主题上，他一直在不断探索，显示出他作为一个有着强烈的人文情怀和社会责任的作家对国民和下一代的深切关怀，也表现出大江与天皇制对抗、拥护民主主义的坚定决心。

---

① [日] 大江健三郎. 小说的方法 [M]. 王成译. 北京：金城出版社，2012：159.
② [日] 大江健三郎. 水死 [M]. 许金龙译. 北京：金城出版社，2013：126.

第七章 战后文学对近代国家主义的多重性认知
——以司马辽太郎为中心

战后日本一些作家对近代国家主义的认知,不能简单地用批判性、肯定性或回避性来加以界定,而是具有多重性。这里面最具有代表性的就是司马辽太郎,他在某些问题上能够客观公正地批判近代日本国家主义,而在另一些问题上,却在为国家主义进行辩解。

司马辽太郎(1923—1996)日本著名的小说家、评论家,是与夏目漱石、吉川英治齐名的日本三大国民作家之一。1923年出生于大阪,原名福田定一,笔名"司马辽太郎"的姓氏取自撰写《史记》的"司马迁"。司马辽太郎1941年进入大阪外国语学校(现大阪大学外国语学部)蒙古语科就读,1943年应征入伍被派往中国东北。战后司马辽太郎一边做报社记者一边发表作品,1961年进入职业作家的生活。司马的代表作品有《龙马奔走》《坂上之云》《宛如飞翔》《项羽与刘邦》《鞑靼疾风录》《明治这个国家》《昭和这个国家》等等。司马一生凭借作品获奖无数,如直木奖、菊池宽奖、读卖新闻奖等,1993年被授予文化勋章,他的多部作品还被翻拍成电影及大河剧,对现代日本人的历史认识产生很大影响。

司马辽太郎在20世纪60、70年代创作了历史小说《龙马奔走》《坂上之云》《宛如飞翔》等,80年代后发表了一系列随笔集、访谈录《明治这个国家》《这个国家的形象》《昭和这个国家》等。他对历史事件等的看法通称"司马史观",包括亚洲文明史观、日本近代史观、战争观、天皇观、国家观、中国观等。司马史观在中日学界皆有较大争议,本章将结合历史,秉承客观公正的态度,辩证地进行分析与评价。主要从战争观、国家观、天皇观这三个维度来研究司马对近代国家主义的认知。

在国内学术界,对司马文学较早进行研究的是李德纯,其他相关论文大多集中在2000年以后,大致取得了以下成果。①对于司马史观,佟君认为司马史观主要从文学与文化的角度剖析历史人物及事件,其历史观永远不会离开国家与民族这一文化母题;任其怿指出司马史观的流行是日本国家和社会政治思想右倾化的反映;高义吉认为司马历史小说的主旋律是民族主义;杨朝桂主张理性主义是贯穿司马战争史观的思想核心;李国磊指出司马在历史叙述中预设了"被害"意识等。②对于司马的甲午、日俄战争观,国内学界普遍进行了批判。刘曙琴在"论司马辽太郎的战争观——以《坡上云》为中心"里,认为司马对甲午战争的"非善非恶"论其实带有很明显的倾向,即日本是在西方列强和中国的压力下为防卫而战,刘曙琴结合历史还对司马的日俄战争观进行了批判;鲍同、原炜珂在"司马辽太郎的'中国观'批判——以《坂上云》为中心"

中认为司马通过对旅顺、辽阳等中国东北地区的描写，对辽阳等地进行主观认定，将其归为俄国，意图通过"去中国化"令小说中的历史记述自圆其说，掩盖日本侵略者的形象。其他代表学者还有任其怿、高义吉、杨朝桂、李国磊等；③对于司马的十五年战争观进行分析评价的有佟君、任其怿、杨朝桂、杨栋梁等。

在日本，司马文学研究代表学者有松本健一、谷泽永一、志村有弘、中村政则、青木彰、北影雄幸等。日本的司马文学评价褒贬不一。谷泽永一认为司马彻底推翻了战后左翼史观、罪恶史观和黑暗史观；田边圣子认为司马最大的功绩在于给日本人带来了勇气、希望与自豪，向日本人展示了优秀的民族传统及日本民族的优缺点；鹫田小迷太指出司马文学的特征是鼓励日本和日本人的文学；藤冈信胜认为司马史观脱离了意识形态，属于由他命名的"自由主义史观"；北影雄幸称赞司马的作品是战后日本最大的文化遗产之一、极力赞美其历史观等。另一方面，批判其"英雄史观"的有菊池昌典、佐高信、加藤周一、会田雄次等；从历史与真实角度进行解读的有中村政则、成田龙一、福井雄三、中塚明、高井弘之等。米山俊直在肯定司马的文学价值的同时，指出其有引发民族中心主义的危险；福井雄三认为司马史观是东京裁判史观的延长；中塚明主要对司马的朝鲜观进行了批判，指出不考虑朝鲜是无法考察日本近代史的；高井弘之指出司马过分夸大了甲午战争、日俄战争时期日本受到西方列强的侵略、殖民地化的危险，从而导致其在根本上将日本在朝鲜及中国的行为正当化；斎藤美奈子（2018）论述了司马自尊史观的功过等。另外，从文学角度对司马作品进行解读的代表学者有松本健一、高桥城一郎北山章之助碓井昭雄等。

司马辽太郎的代表作之一《坂上之云》自发表以来，其相关研究也在不断展开。成田龙一等评论家从国民、国家的观点入手研究该作品；高井弘之、菊田慎典、福田雄一等指出了作品与实际真相不相吻合的内容；除此之外，中塚明、矶田道史等围绕司马的朝鲜观、中国观以及明治观进行了研究；另外，以北影雄幸为首，则认为《坂上之云》是一部对日本民族性进行再确认的文学作品。在中国，李德纯从司马辽太郎的创作思想及艺术的观点出发研究了《坂上之云》；围绕着司马的战争观、中国观、明治观的研究者有刘曙琴、佟君、杨朝桂等；另外，李锦利等分析了作品中的人物形象。20世纪末以来，司马辽太郎文学研究呈现多元化的状态。

第一节　司马的战争观

《坂上之云》是司马辽太郎撰写的以日俄战争为主题的历史小说，1968年4月—1972年8月连载于《产经新闻》夕刊。对于这部作品的创作动机，司马曾经说道：

战后的一段时期，是一个把所有事情都归结为日本不好的时代。结果明治也如此，被说成是"女工哀史"的时代、野麦岭象征的时代。的确如此。但是，虽说如此，在我们童年时代的老人，也就是经历过明治的老人们，却在很畅快地谈论明治时代，这实在是令人不可思议。因此，我打算写《坂上之云》这篇小说的动机，就在于我自己想

◎ 战后日本文学对近代日本国家主义的认知研究

更进一步地了解明治。①

在《坂上之云》中，司马辽太郎选定了三名主人公，即幕末、明治初期出身松山藩的秋山好古、秋山真之两兄弟以及好友正冈子规，通过对他们人生的描绘，书写了发动甲午战争、日俄战争的明治时代的日本。

1894 年，在甲午战争开始后，哥哥秋山好古作为陆军军人、弟弟秋山真之作为海军军人、好友正冈子规作为随军记者以各自不同形式体验了战争。1904 年，日俄战争开始后，秋山好古向俄国军队展示了日本骑兵的威力，真之成为日本联合舰队的参谋，狠狠地打击了号称世界最强的俄国波罗的海舰队。在这部小说里，除了这三名主人公外，还描写了小村寿太郎、东乡平八郎、儿玉源太郎、乃木希典等日本近代史上的著名人物。

一、《坂上之云》中的甲午战争

《坂上之云》除了重点描写日俄战争外，在第二卷中也涉及甲午战争及司马对甲午战争的认识。从小说文本来看，司马把甲午战争的爆发归结为以下原因。

首先是朝鲜的地理位置。司马在《坂上之云》里写道：

原因在于朝鲜。虽说如此，也并非是韩国及韩国人②的错，如果有错的话，那就是朝鲜半岛的地理位置。③

司马运用地缘政治学来解释日本对朝鲜的野心，认为朝鲜一旦被其他列强所占有，就直接威胁到日本的防御。德国人类学家拉采尔在 19 世纪末出版了《政治地理学》，在此基础上，瑞典政治学家鲁道夫·契伦提出了"地缘政治学"（Geopolitics）这一术语，他将地缘政治学定义为"把国家作为地理的有机体或一个空间现象来认识的科学"，探讨了国家在资源、空间竞争中的生存之道，鼓吹德国法西斯的侵略扩张，因此受到很大批判，传统地缘政治学逐渐没落。在冷战及以后，又兴起对传统地缘政治学的批判性反思，吸收其合理性并赋予积极意义，这门学科研究重新开启，具有代表性的有"批判地缘政治学"（critical geopolitics）。法国地缘政治学家伊夫·拉考斯特指出："地缘政治从根本上讲是关于战争的""地缘政治学的历史与殖民主义、帝国主义战争之间存在'可疑的联系'。"④ 张微微指出："空间问题构成了地缘政治理论的核心议题，传统理论突出空间的地理性，并以看似客观的地理属性掩盖其地缘战略的政治属性。"⑤ 司马将甲午战争的原因归结于朝鲜的地理位置，完全就是一种传统地缘政治学思想，是为掩盖日本发动侵略战争找寻的口实。

其次司马称是为了日本的防御。他诡称道：

---

① [日] 司馬遼太郎.「昭和」という国家 [M]. 東京：日本放送出版協会，1999：205.
② 日文原文为"韓国と韓国人"。1897 年，朝鲜王朝第 26 代国王李熙自称皇帝，改国号为"大韩帝国"，直到 1910 年沦为日本殖民地。为区别之后的大韩民国，这一时期又被为"旧韩国"。（笔者注）
③ [日] 司馬遼太郎. 坂の上の雲（二）[M]. 東京：文藝春秋，2007：48.
④ 葛静深. 大众地缘政治想象中的身份政治与"他者"形象 [J]. 外交评论（外交学院学报），2022（01）：92.
⑤ 张微微. 地缘政治学空间话语的演进逻辑及前景展望 [J]. 东北亚论坛，2023（03）：39.

第七章　战后文学对近代国家主义的多重性认知——以司马辽太郎为中心 ◎

与其说是想要占有日本，不如说是朝鲜一旦被其他列强所夺取，日本就丧失了防御。日本因为过剩的被害者意识而发动了明治维新。通过建立统一国家、加快近代化来保卫自己国家免遭列强的亚洲侵略。当然这种强烈的被害者意识反过来也可能成为帝国主义，但是即便如此，这场战争并不是要占有清国和朝鲜，日本大半是被动的。"承认朝鲜的自主性、使其成为完全独立的国家"，这是日本对清国以及其他相关国家的说法，多年来像念经似的一直在说。日本害怕朝鲜半岛成为其他大国的属地。那样的话，日本与其他帝国主义势力之间就只隔着玄界滩了。①

历史上，中国与朝鲜是宗属关系，很明显日本所谓为了朝鲜"独立"就是一个幌子，日本想借此割断中国与日本的关系，以方便它对朝鲜的侵略。日本一直对俄国的南下政策心怀恐惧，他们认为沙俄随着西伯利亚铁路的推进，把"满洲"和朝鲜纳入势力范围只是时间早晚的问题，因此把朝鲜当作防御上的"生命线"。

最后司马在书中提到的还有一个原因在于朝鲜自身：

李氏王朝已经延续了五百年，其秩序早已老化，因此可以说韩国根本不具有通过自己的意志和力量来开创命运的能力。②

司马认为在这样的老旧秩序的背景下，才爆发了东学党之乱。而朝鲜自己又没有可以镇压的力量，于是向清廷求援。

历史上的甲午战争又是如何爆发的呢。在本书第二章已经分析了甲午战争爆发的原因及经过。明治维新后，天皇就提出要"布国威于四方"，表现出对外扩张侵略的野心，并逐步确立了向中国和朝鲜扩张的"大陆政策"。"明治维新以来，日本一直做着拓展日本的'生存空间、称霸亚洲和世界'的美梦。日本的称霸逻辑是，要称霸亚洲必先征服中国，而只有征服中国才能继续与列强争锋，最终实现称霸世界的梦想。而要征服中国的前提条件就是先要有一个前进基地和中转站，这个中转站的最佳地点就是'朝鲜半岛'。"③

日本在1874年侵略台湾与清政府签订《北京专约》、1875年制造"江华岛事件"迫使朝鲜签订了不平等条约后，不断寻找机会扩大对中国与朝鲜的侵略，与此同时加紧扩充军备。"至甲午战争爆发时，日本海军已拥有31艘军舰、24艘水雷艇。1893年日本完成了既定的扩军计划。按战时编制，陆军拥有7个师团，兵力为12万人以上；若加上10余万后备军，则可调动23万人。"④ 1894年春，朝鲜爆发"东学党"农民起义，朝鲜朝廷无力镇压，于是请求清廷派兵"代为征讨"。根据《中日天津条约》规定，清廷知会了日本。日本借机出兵朝鲜。6月，朝鲜朝廷与农民起义军达成《全州和约》宣布停战。但是日本哪里肯善罢甘休，为了掀起与中国的战事而绞尽脑汁地谋划。日本向清廷提出"共同改革朝鲜内政"的方案，清廷答复首先共同撤兵，结果日本两次递交绝交书。7月23日，日军攻占朝鲜王宫，成立以大院君为首的傀儡政府，25日

---

① ［日］司馬遼太郎. 坂の上の雲（二）[M]. 東京：文藝春秋，2007：48-49.
② ［日］司馬遼太郎. 坂の上の雲（二）[M]. 東京：文藝春秋，2007：50.
③ 武心波."一元"与"二元"的历史变奏——对日本"国家主义"的再认识[M]. 上海：上海三联书店，2008：200-201.
④ 吴廷璆. 日本史[M]. 天津：南开大学出版社，1994：478.

迫使大院君宣布废除中朝两国间的一切商约，并"授权"日军驱逐清朝军队，这就是日本企图开战而寻求的借口。当天，日本联合舰队发动丰岛海战，在丰岛附近海域对中国运兵船及护航舰只发动突然袭击，28日，日本陆军第5师之混成旅在牙山成欢一带袭击清军营地，全面拉开中日甲午战争的帷幕。8月1日，清廷被迫对日宣战。同一天，明治天皇也发布了宣战诏书。可以看出，甲午战争是日本蓄谋已久的。

对于甲午战争的性质，司马辽太郎在《坂上之云》中是如何阐释的呢？司马在小说中先是列举了当时日本的两种主要观点：一是天皇制日本帝国主义发动的首次夺取殖民地战争或经过长期准备的面向朝鲜和中国的天皇制国家侵略政策的结果，这是二战后进步学者们所持的观点；二是朝鲜是中国属国，又受到沙俄威胁，日本本是出于自身安全考虑为了朝鲜的中立而试图均衡在朝的日清势力，然而中国却始终固执于自己的宗主权，因此日本诉诸武力利落地将之消除。对于这两种观点，司马认为无论哪一种都是偏向极端的善与恶的论调，应该从更广阔的视野来揭示甲午战争。那司马对于甲午战争性质的结论是什么呢？他认为：

（日清战争）不能一刀切说是非善即恶，而是应该将日本这个国家的发展置于人类历史中来考虑。当时的日本处于十九世纪。列强们互相都仅凭私欲采取行动，世界史上也就是帝国主义活跃的时代。日本以这些列强为样本，在这二十多年前诞生了国家。①

简单来说，司马认为甲午战争是一场"非善非恶"的战争，是日本这个近代国家刚刚成立之后应对对外危机的国民战争。在此基础上，司马提出这场战争实际上是新旧秩序之争。在小说中，他借用伊东祐亨②劝降丁汝昌的书信加以了说明。

想必阁下也知道三十年前（指明治维新前后）我日本帝国遭遇了何种困境、又是如何避开危难的吧。当时日本为了自己完全独立的唯一道路就是抛弃旧制转换为新的秩序。我国将之作为唯一的要务并果断实行了，因此才有今天的局面。贵国也必须得这么做，将此作为第一要务。不然的话早晚会灭亡。③

司马还盛赞这是古往今来都没有的对敌国将领的"亲切的提议"。也就是说，司马认为日本是新秩序的代表，是明治维新带来的文明开化的结果，而中国却墨守成规，注定会被世界所孤立所抛弃。司马的这种说法类似福泽谕吉的"文明"对"野蛮"之战的论调，也是符合当时明治政府的宣传的。

在《昭和这个国家》书后的感想文中，田中彰在谈到司马对甲午、日俄战争的认识时提出了质疑：

司马将从明治维新到明治宪法的制定，然后是日清·日俄战争的历史过程，看作是置身于外部压力中的日本不得已为之的路线，进一步说，他认为是在日本近代化的过程中，因为朝鲜半岛在地理上处于近邻，从而围绕朝鲜引发了战争。司马就是从这个意义上将日清·日俄战争归于作为"防卫战争"的位置。将之视为人类史、世界史中的日

---

① [日] 司馬遼太郎. 坂の上の雲（二）[M]. 東京：文藝春秋，2007：28-29.
② 伊东祐亨：甲午战争时任联合舰队司令官，日俄战争时任大本营海军幕僚长。（笔者注）
③ [日] 司馬遼太郎. 坂の上の雲（二）[M]. 東京：文藝春秋，2007：163.

第七章　战后文学对近代国家主义的多重性认知——以司马辽太郎为中心

本这个国家的成长程度的问题。但是，果真是那样的吗？①

田中借助中塚明的观点对司马的"防卫战争"一说进行了批驳。不同于1904年官方公布的《明治廿七八年日清战史》，中塚明根据最新披露的《日清战史》草案指出：

这不是偶发事件，很明显是日军根据日本公使馆的提案做出计划，然后按照作战计划实施的非常有计划性的事件。②

中塚所说的"事件"是指日本占领朝鲜王宫。根据此草案记载，中日两国丰岛海战（7月25日双方交战，8月1日中日正式宣战）的前两天，即1894年7月23日，日军有计划地占领了朝鲜王宫，然后扫除闵妃一派，扶植大院君成立傀儡政权，就是寻找日本动用武力的正当性以便挑起和中国的战争。

即便在日本也找到了能够明确证明是由日本发起侵略战争的史料证据，但并不是说在日本就形成了定论，右翼分子及一些不明真相的日本人仍然不承认甲午战争的侵略性质。2009年中日历史共同研究会上提道：

日方报告中关于日清战争，采取了列举学界的某些意见而执笔者本人并不明确表态的做法，其中提到日本是在或成为殖民地，或成为帝国主义两种命运择一的情况下，不得已而选择了帝国主义道路；还提到了日本对朝鲜是侵略，而对中国则是战争的见解。这种记述，暗示明显，用意不难分辨。而中方则认为，甲午战争是近代日本对朝鲜和中国发动的侵略战争。③

同年文艺春秋为临时增刊《〈坂上之云〉与司马辽太郎》举办的座谈会上谈到，

围绕日清战争的性质，至今也没有定论。是防御战抑或是国民战争，在战后马克思主义盛行的年代，还出现了日清战争是否是帝国主义战争的观点。甚至还提出了"早期帝国主义"的概念。④

在日本对甲午战争性质意见不一、模糊暧昧的情况下，我们应该怎么正确认识甲午战争呢？我国史学界根据史料考证一直认为甲午战争是日本发动的对中国及朝鲜的侵略战争。郭沫若在《中国史稿》中就明确了甲午战争的这一性质。翦伯赞在《中国史纲》中指出，西方资本主义刚刚进入帝国主义时代，东亚成为殖民主义侵略势力的矛盾焦点，朝鲜也成为日本、俄国等争夺之地，西方国家和日本就把中国作为侵略朝鲜的障碍。⑤ 笔者所在单位曾于2014年甲午战争爆发120周年时，举办了"甲午战争以来的中日关系"学术研讨会，其中一个议题就是甲午战争的性质。宋成有指出甲午战争是一场准帝国主义战争，在世界资本主义全球化的过程中，它的发生顺从了世界大势，有一定的必然性，而且显示了自由资本主义向帝国主义过渡的时代特征。⑥ 张晓刚指出，

---

① ［日］田中彰．『感想』「雑談」『昭和への道 1』のことなど［M］//昭和这个国家［M］．東京：日本放送出版協会，1999：292.
② ［日］中塚明．偽造の歴史を訂正する［M］．東京：高文研，1997：65-66.
③ 周颂伦．关乎中日甲午战争性质定位的两个话题——正义与仁爱［J］．抗日战争研究，2011（03）：15.
④ ［日］半藤一利（ほか）．徹底検証 日清・日露戦争［M］．東京：文藝春秋，2011：17.
⑤ 翦伯赞．中国史纲要（四）［M］．北京：人民出版社，1995：15.
⑥ 张琦伟，沈岑．"甲午战争以来的中日关系"学术研讨会会议述评——"甲午战争的背景、过程与性质"分会场侧记［J］．大连大学学报，2014（05）：142.

甲午战争是中日朝俄等国间的矛盾表面化。东北亚诸国，围绕朝鲜以及中国东北地区的利益争夺则由来已久，日本以维护朝鲜独立之名，自日朝间"文书问题"起，就不断挑战中朝传统的宗藩关系；俄国自1860年攫取了乌苏里江以东的大片领土之后，在觊觎中国东北之余，其侵略目光也瞄向了朝鲜半岛，并与日本在"桦太"（库页岛）等地直接展开争夺。日本担心在扩张之路上落后于人，遂加紧攫取朝鲜半岛的控制权，也因此更加激化了日清矛盾。中日朝俄彼此矛盾的演化，与甲午战争的爆发有着深刻的内在联系。①

从甲午战争结果来看，日本取得了胜利，清廷与之签署了丧权辱国的《马关条约》，中国割让辽东半岛、台湾、澎湖列岛给日本，赔款白银2亿两，等等。从割地赔款这些条目也能看出日本发动此次战争的目的与性质，就是要侵略中国，参与到列强瓜分中国的斗争中来。日本通过这些战争赔款迅速完成资本的原始积累，为之后的十年扩军备战、进一步侵略扩张提供了财政支持。

二、《坂上之云》中的日俄战争

在本书第二章中对日俄战争的史实也进行了阐述。日本对中国、朝鲜的侵略，与不断向东扩张的沙皇俄国产生了尖锐的矛盾。《马关条约》签订后，俄国马上联合德国、法国提出对日本进行干涉，日本被迫放弃辽东半岛，即三国干涉还辽。日本和俄国之间围绕我国东北以及朝鲜的争夺愈演愈烈，1904年2月，日本联合舰队对旅顺口发动攻击，日俄战争爆发。

在《坂上之云》中，《马关条约》签订后，面对俄、法、德提出的归还辽东半岛给中国的要求，司马写道：

日本到底还不是能与俄国对战的国家，更没有与德国、法国为敌的实力，没有实力的话就只能乖乖听命，于是日本归还了辽东半岛。②

司马笔下写出了日本对于"三国干涉还辽"的心不甘情不愿，也为之后日俄战争的爆发埋下了伏笔。之后，沙俄加紧攫取在中国的"权益"，与清政府签订《旅顺大连租借条约》，把日本归还的部分又强占了过去，拿到修筑中东铁路支线的特权，还进而扩大在朝鲜的势力。这就与早已确立好"大陆政策"的日本利益严重冲突，于是日本制定了十年扩军计划（1896—1905），提出了"卧薪尝胆"的口号。1904年2月，日本突袭俄国太平洋舰队，日俄战争爆发。司马辽太郎在《坂上之云》中将日俄战争的性质定性为"祖国防卫战"，在这之后的很多随笔、访谈中，司马也反复提到这一点。接下来就对司马的这一观点进行分析。

在《坂上之云》中，司马辽太郎这样写道：

在后世这件事冷却下来的时候来看，俄国的态度依旧没有值得辩护的余地。俄国有

---

① 张琦伟，沈岑. "甲午战争以来的中日关系"学术研讨会会议述评——"甲午战争的背景、过程与性质"分会场侧记 [J]. 大连大学学报，2014（05）：143.
② [日] 司馬遼太郎. 坂の上の雲（二）[M]. 東京：文藝春秋，2007. 331.

— 222 —

意识地把日本逼到死亡边缘，日本被迫成了走投无路的老鼠，只能拼尽全力来咬猫。①

司马把俄国与日本的关系比为猫和老鼠，认为日本处于被动状态，为了保卫自己国家，才不得不与俄国交战。

日俄战争无疑是世界史上帝国主义时代的一种现象。毫无疑问在这一现象中，日本充当了被逼入绝境而不得不竭尽全力进行防卫战的角色。②

司马在谈到自己创作《坂上之云》的动机时说道：

说到写作动机，兴许是当时的风潮，很多人认为日俄战争是一场侵略战争。我的想法有所不同，我认为不管怎么想，从祖国防卫战争的层面来把握，会更到位一些。③

1972年1月，司马辽太郎在防卫大学课外讲演（"萨摩人的日俄战争"）中，再次提道：

我认为日俄战争是祖国防卫战。面对强大的对手，为了使弱小的自己生存下去而绞尽脑汁。智慧不如说总是由弱者掌握。弱者发挥自己的智慧，也并非是政府的特意宣传，国民便团结了起来。我认为是在这个意义上的祖国防卫战。④

关于引发日俄战争的"责任者"，司马屡屡提及是俄国导致了战争爆发，

……俄国却在与法国利益无关的远东地区大肆侵略，导致日俄战争爆发。⑤

也就是说，司马单方面将俄国置于"坏人"的位置，由此日本必然成为"正确"的一方。

司马辽太郎认为日俄战争爆发的原因是三国干涉还辽后，俄国出尔反尔占据了原本日本攫取到的辽东半岛，其势力已经南下到朝鲜，将日本逼入死亡绝境，而日本为了"保卫祖国"从而不得不开战。我们知道从历史上看，日俄战争的战场，既不在日本也不在俄国，而是在第三国中国进行的，在他国神圣领土上开战何谈"祖国防卫战"？"日本海海战"也不是日本为了防卫俄国攻击日本而发生的"海战"，那是对俄国舰队的阻击，因为俄国舰队南下试图切断支撑日军在"满洲"继续战斗的海上运输和补给线。司马否认日本的侵略战争，反过来认为是一场防止俄国侵略的"祖国防卫战"，这是对历史事实的严重亵渎。

杨朝桂指出：

司马在《坂上之云》中一味强调俄国的侵略野心，将日本放在被害者的位置。认为是俄国将日本逼入绝境，日本迫不得已才奋起抗争。司马的这一历史观不仅是1960年代的观点，也是日俄战争同时代日本人的历史观。而且，司马的日俄战争观也是迄今为止日本关于日俄战争著作中所持有的共同观点。⑥

日本右翼文人中村粲提出日俄战争既是"拯救"亚洲的战争，同时又是日本的"自卫"战争。扶桑社出版的《新历史教科书》更是将之描写成"黄种人"对"白种

---

① ［日］司馬遼太郎. 坂の上の雲（三）[M]. 東京：文藝春秋，2007：178.
② ［日］司馬遼太郎. 坂の上の雲（二）[M]. 東京：文藝春秋，2007：82.
③ ［日］司馬遼太郎.「昭和」という国家 [M]. 東京：日本放送出版協会，1999：46.
④ ［日］青木彰. 司馬遼太郎と三つの戦争——戊辰・日露・太平洋 [M]. 東京：朝日新聞社，2004：70.
⑤ ［日］司馬遼太郎. 坂の上の雲（五）[M]. 東京：文藝春秋，2007：308.
⑥ 杨朝桂. 司马辽太郎战争史观研究 [D]. 南开大学，2014.108.

人"的胜利。这些观点都严重歪曲了历史事实,掩盖了日本的侵略本性。

在本书的第二章中已经提到了这场战争的实质是日俄两国为争夺中国东北和朝鲜而在中国领土上进行的帝国主义强盗战争。这无论是从战争起因、交战场地、战争的结果、和约的内容等哪个方面来看,都是侵略中国和朝鲜的帝国主义间的战争。战争结束,日军大败俄军,双方根本无视中国主权,直接缔结和约瓜分了中国东北。这场战争不仅是对中国领土和主权的粗暴践踏,而且使中国人民的生命财产在战争中遭受巨大损失。关捷、关伟所著《日俄战争灾难纪实》以切实可靠的资料、图片等证实了日俄战争给中国东北人民带来的深重灾难。而在《坂上之云》中这些内容却鲜少提及,在甲午战争中日军进行的旅顺大屠杀等也完全被司马所忽视。

对于朝鲜,十六世纪中叶,丰臣秀吉就曾入侵攻打,到了明治政府初期再次发生"征韩论"的激烈争论。对于日本为何执拗于朝鲜问题,司马在作品中写道:

> 日俄双方要想成为大英帝国那样的近代化产业国家,就需要扩张殖民地。因此,俄国想要得到满洲,没有殖民地的日本拼尽全力也要咬住朝鲜这块肥肉。①

司马的这段表述反过来其实就证明了日俄战争的实质就是两大帝国主义国家之间争夺殖民地的战争性质。

在《坂上之云》中,司马借秋山真之之口说道:

> "日本真是让人悲痛的国家啊!"真之说道。环顾欧美,大家都通过产业而富强起来,而日本除了农业外就没有像样的产业,真之说真想创立比肩欧洲一流国家那样的海军。他还说"还想拥有超一流的军舰","这种危机之一就是恐怖。担心被外国侵占的恐怖发起了明治维新,维新后就有了这样的海军,但是很遗憾的是军舰中除了小型舰艇外都是外国制造的。"②

也就是说,日本的贫穷使他们产生了嫉妒与危机感,而为了让自己迅速富有并跻身世界强国,最快捷的方式就是"扩张殖民地",侵略他国。中村政则认为真之的这段话反映了《坂上之云》这部作品的核心,也就是明治时期的政治、军事、教育、精神氛围,以及民族主义,都来自这种外压(即对可能被外国侵略的恐怖)。中村政则指出:

> 但是,这种论调弄错一步的话,就和林房雄的"大东亚战争肯定论"相同了。林主张并肯定从受佩里的炮舰外交威胁开国后,日本对于威胁、恐吓的民族反抗,也就是"百年战争"的归结是大东亚战争。然而,虽说是外压,也有主观的外压和客观的外压两种。……林房雄的"大东亚战争肯定论"却不区分主观的外压和客观的外压,也就是通过强调日本方的恐怖心理(主观的外压),来肯定作为"百年战争"归结的大东亚战争是命运的必然。与此相同,司马强调主观外压的倾向也很强烈。《坂上之云》中,司马反复叙述日俄战争是"祖国防卫战"这一命题,这就与我说的"主观的外压"有不可分的关系。③

中村通过分析司马过分强调日本对于假想敌的恐怖心理、将日本置于受害者位置,

---

① [日] 司馬遼太郎. 坂の上の雲(三)[M]. 東京:文藝春秋,2007. 173.
② [日] 司馬遼太郎. 坂の上の雲(二)[M]. 東京:文藝春秋,2007:317.
③ [日] 中村政則.『坂の上の雲』と司馬史観[M]. 東京:岩波書店,2009:5-6.

指出司马"祖国防卫战"观点的危险性。大冈升平评价道：

司马氏的这种爽快俯瞰式的观点不是在高度经济发展显著阶段的1965年开始后被读者所接受的么？这不就和战前吉川英治所写的《宫本武藏》鼓励了走向法西斯的民众的信号重合了么？①

米山俊直在高度评价司马通过文学手法在重新认识日本文化、日本文明方面取得成功的同时也指出："非常容易导致陷入自以为是的自民族中心主义。"②

结合司马作品创作的时代背景来看，20世纪50年代末日本开始进入经济高度成长时期，经济上的繁荣使得日本民众逐渐摆脱战败带来的阴郁，民族自信心得以恢复，兴起肯定明治维新、肯定近代化的风潮。林房雄的《大东亚战争肯定论》《续大东亚战争肯定论》就是在这样的背景下得以出台的。林房雄的所谓"大东亚百年战争"，包括从幕府末期的"攘夷"、明治维新后到1945年战败为止的日本发动的一系列战争，他认为这些战争是对西方列强"迫不得已的抵抗"，是"自存自卫"，是"解放战争"。司马自己曾说道：

从宏观上看历史，有时会成为一种消遣，有时会碰到意想不到的文明问题。在《中央公论》上连载的林房雄氏的《大东亚百年战争说》，我就是从这种意义上饶有兴趣地读下来的。③

由此可以推测司马的甲午、日俄战争观，朝鲜观等在一定程度上受到了林房雄的影响。

司马在《坂上之云》中写道：

人类经历了许多不幸，一直到将帝国主义战争视为犯罪。但这个故事所体现的当时的价值观却不一样，我把它看作是爱国的光荣表现。④

虽然在细节上《坂上之云》里有不少与历史事实不符的地方，但是我们更应该关注的是这部作品的主题以及司马想通过作品传递出来的价值观。司马高度赞美明治时代，将甲午、日俄战争定性为"祖国防卫战"，视其为"爱国"的表现，这就抹杀了日本发动这两场战争的侵略性质。虽然历史小说不完全等同于历史，但是由于他的受众面更广，就更容易带偏读者对史实的认知。不管司马在《坂上之云》中将青春歌颂得多么热血，将战场描绘得如何细致，其错误的战争观是我们必须批判的，是绝对不能混淆是非的。

对于这部作品潜藏的危险性，司马自身也在一定程度上有所察觉。他的"祖国防卫战"论调，还曾受到原首相中曾根康弘的赞扬，而司马自己是害怕被误读成军国主义者的。司马在世时，就因这部作品里战争场面过多而担心被人误认为是好战的作品，被别有用心之人利用，从而强调《坂上之云》不能翻拍成影视剧。但是2009年NHK还是取得了司马夫人的授权，拍摄了由本木雅弘、阿部宽主演的13集电视连续剧《坂上之云》，这背后与日本当代社会对明治时期对外战争的历史认识变化有关，迎合了部

---

① ［日］高橋誠一郎. この国の明日——司馬遼太郎の戰爭觀 [M]. 東京：のべる出版, 2002：102-103.
② ［日］米山俊直.「道徳的緊張」—司馬遼太郎の文明論 [J]. 比較文明. 1996（12）：93.
③ ［日］司馬遼太郎. 司馬遼太郎が考えたこと [M]. 東京：新潮社, 2001：313.
④ ［日］司馬遼太郎. 坂の上の雲（二）[M]. 東京：文藝春秋, 2007：52.

分政客美化侵略战争的需求，这也是我们需要注意的。另外提及一句，在司马去世后，不少政客如桥本龙太郎、小渊惠三、小泉纯一郎等在悼词中都说到司马作品对其的影响，而这些政客大多是保守派的。

日俄战争结束后，1905年9月5日，日俄双方签订了《朴次茅斯条约》，日本成为朝鲜的保护国，1910年日本吞并朝鲜，独揽朝鲜内政、立法、司法和军事大权，朝鲜完全沦为日本的殖民地。此后，日俄两国走上不同的道路，俄国选择社会主义的道路，日本则渐渐走上军国主义道路。日本胜利以后，其国际地位得到提升，民众国家主义意识空前高涨，为后来日本的侵华战争埋下了祸根。

三、司马的甲午、日俄战争观的形成原因

综上所述，司马认为甲午、日俄战争都是日本的防卫战，以下就他的这种错误战争观的形成原因进行分析。

（一）司马的自身经历

司马辽太郎于1923年出生，少时在旧制学校接受了《教育敕语》是不容置疑的。他在《昭和这个国家》里提道：

我在童年时也被大量灌输了教育敕语。元旦举行仪式时，天非常寒冷。之后的二月十一日纪元节也很寒冷。总之在所有举行典礼的日子里，都伴随着隆重的仪式而聆听教育敕语。①

虽说司马自称像他那样的懒惰儿童只记得念经似的音律以及校长严肃的演出，不甚记得住教育敕语的内容。但是从司马对明治的赞美以及极力洗刷昭和天皇战争责任的态度来看，教育敕语的影响一直潜藏在司马思想的底流。

《教育敕语》是明治天皇于1890年10月发布的关于国民精神以及各学校教育的诏书。此诏书的制定可以说是步入近代的日本，文明开化与儒学复古思想展开激烈的斗争的结果。以伊藤博文为首的文明开化派战胜了以元田永孚为首的复古派，终结了明治时期的日本德育论争。《教育敕语》强调"忠君爱国"是教育的基本，其内容包括"一旦缓急，则义勇奉公，以扶翼天壤无穷之皇运"，就是说一旦爆发战争等紧急情况，民众就应该拿起武器为了国家·天皇而尽忠。毫无疑问《教育敕语》的本质就是国家主义。虽然司马在《昭和这个国家》中专门拿出一章来说到了教育敕语，但他主要是从语言以及文化传统的角度进行解读，而没有就《教育敕语》的内容、本质等进行分析。纵观整章，就只有一句话中，他提到无论是教育敕语还是军人敕谕，"像一种毒素似的被使用"②，貌似进行了批判，但是说此话的时间是在昭和六十一年（1986年），其背景是司马为了证明他的"黑暗的昭和"以及战争责任在于参谋本部而提及的。

1942年，司马考入大阪外国语学校，1943年应征入伍，加入兵库县加古川的战车第19连队，1944年被派往中国东北地区。1945年调回日本参加本土决战，在栃木县佐

---

① ［日］司馬遼太郎.「昭和」という国家［M］.東京：日本放送出版協会，1999：68.
② ［日］司馬遼太郎.「昭和」という国家［M］.東京：日本放送出版協会，1999：79.

第七章 战后文学对近代国家主义的多重性认知——以司马辽太郎为中心

野市以陆军少尉的身份迎来了战争的结束。在《昭和这个国家》里，司马写到了自己对于日本史关心的原点。

战败时我二十二岁。战败对我来说真是一大打击。对于这个打击我必须要进行说明，首先我想到的是打了一场多么无聊的战争啊。然后想到的是我出生在一个做了多少毫无意义之事的国家啊。从战败之日开始的数天，我都在进行深入思考。从前的日本人是不是要好一些呢？这一疑问促使我之后对日本史产生了兴趣。①

如司马自己所言，战败的"打击"，促使他去审视日本史，也是他"光辉的明治"与"黑暗的昭和"史观形成的基础。

在《坂上之云》中，司马笔下的秋山兄弟、正冈子规有着代表日本人为国家奉献、共同分担国家安危的觉悟。秋山兄弟也谨遵《军人敕谕》，以尽忠尽节、战胜敌方为己任。司马在自己的两年从军生涯里，每天也要奉读《军人敕谕》。在《昭和这个国家》中关于《军人敕谕》的一章里，同前面教育敕语一样，司马也没有对其具体内容及其主旨进行批评及反省，而是主要从废藩置县、西南战争还有文体方面对《军人敕谕》进行了说明，同时强调昭和前期对明治宪法的歪曲解读，以致参谋本部掌握了统治权，使得昭和前期走向疯狂直到灭亡。

《坂上之云》中有很多战争场面的描写，司马在旅顺攻防战时写道：

这次攻击日军只不过战死了1名军官、229名下士和士兵。胜利的最大原因不在于日军，因为那时的中国人几乎没有为国家而牺牲的观念。②

前面提到，《教育敕语》《军人敕谕》的宗旨都是"忠君爱国"，司马将中国方的失败归结为中国人没有为国家牺牲的观念。当然，甲午战争中国的惨败，其原因是多方面的，而司马如此描写的目的其实就是在衬托当时日本军人拥有"为国尽忠"的"高素质"，显而易见这种素质的养成无外乎就是《教育敕语》《军人敕谕》渗透洗脑的结果。

（二）司马的创作手法

探讨司马辽太郎对甲午、日俄战争的认识时，就无法避开他在历史小说中采用的创作手法。的确，为了创作《坂上之云》，司马收集了大量的资料。从四国松山的下级武士正冈家、秋山家的历史，到子规和秋山兄弟的命运以及俄国、日俄战争关系，再从探寻战争的历史意义到战术、相关人物的资料都进行了大量的调查。司马在《坂上之云》的后记中写道：

这部作品的写作花费了四年三个月。写完的数日后我就满了四十九岁。执笔之前的准备时间大约花了五年③，我的四十年代就是在调查资料、撰写这部作品中悄然流逝了。写完时，本打算要求自己像已形成的轻蔑感伤的习惯那样，但却也在黑夜中呆呆地

---

① ［日］司馬遼太郎.「昭和」という国家［M］.東京：日本放送出版協会，1999：7，8.
② ［日］司馬遼太郎.坂の上の雲（二）［M］.東京：文藝春秋，2007：118.
③ 文艺春秋的2007年版原文为"五个月"，应是印刷错误，笔者调查了1981、2009、2010等几个版本，皆为"五年"。另，前一句的"数日后"其他版本为"数日前"。（笔者注）

度过了几小时。①。

那么，司马是如何处理如此庞大的资料的呢？他用的是学者们经常提起的"鸟瞰"或者说"俯瞰"的这一手法。换言之，就是司马在看一个人的时候，他会爬上台阶走到屋顶，重新从上面观察人。司马认为这种方法比起在同一个水平面观察人，更有一番趣味。司马历史小说的特点不是拘泥于历史事实，而是从中观察"人"，这就难免会影响到司马对历史的态度，以及对战争的认识。司马在《我的小说作法》中写道：

某个人的人生，在他的人生完结后，随着时间的流逝，对我来说似乎更能成为好材料。不经过一段时间，就无法俯瞰。俯瞰就是从上面往下看。这个角度适合我这种作家。比如从楼顶上俯视群众，能俯视到人群中某人的动作、命运、心理、表情。从这个俯瞰法（即写历史小说的视角）来看，笔者比某人更加了解某个人的命运和环境，以及其结局，甚至某个人的存在和行动所带来的影响。历史小说就是在这样的视角下完成的。喜欢或擅长用这种视角观察事物的人才会写历史小说吧。我也是其中之一。②

这种创作手法奠定了司马辽太郎历史小说的基调，虽然成了他的一大特色，但是不可避免的是"俯瞰"的话，进入视野的首先是权力者、精英或者英雄们，而那些处于社会底层的民众是很容易被忽视掉的，这也是在司马小说中很少能看到真正小人物的描写，也就是加藤周一将之评价为"天才主义"的缘故吧。

在《坂上之云》中，司马花费了大量的文字，着眼于主角秋山好古和秋山真之的出身、入学、入营以及战况的细节描写。司马在后记中写道：

乐天派们，以那个时代的人的体质，凝视着前方而行。上坡途中，如果蓝天中闪耀着一朵白色的云彩，那么他们就会只凝视着它而登上坡道吧。③

这些"乐天派们"其实就是司马所追求的明治时代的群像。也就是说，这部作品首先是描绘子规和秋山兄弟所展现的明治时代的青春群像为主题来写的。这在把握《坂上之云》的主题上也是一个重要的因素。关于这一点，柳泽五郎在《司马辽太郎事典》中指出："司马通过这三个人真正想要描绘的是什么呢？其实这三个人只是主题的引荐者。"④。从《坂上之云》可以看出，司马通过"俯瞰"，前面用正冈子规和秋山兄弟，在子规去世后，通过秋山兄弟这两个重要角色，串联起了整个历史场景。

（三）司马对明治的憧憬

相对于司马辽太郎对昭和前期的猛烈批判，他对明治时代给予了高度评价。在《坂上之云》中，司马选定平民秋山好古、秋山真之、正冈子规为主人公，通过他们为国"献身"的描写，讴歌了从封建时代进入近代国家，在对外战争中大获全胜的"明治时代"。这也正表达了司马自身的"明治憧憬"。并且，司马还认为是由于清廷的无能，才导致中国被他国侵略、瓜分，因此他有意以腐败的清廷、落后的中国为参照，来

---

① [日] 司馬遼太郎. 坂の上の雲（八）[M]. 東京：文藝春秋，2007：358.
② （转引自）[日] 小泉武栄. 司馬遼太郎の地理学—司馬史観の魅力の根源を探る [J]. 東京学芸大学紀要，1995：283.
③ [日] 司馬遼太郎. 坂の上の雲（八）[M]. 東京：文藝春秋，2007：312.
④ [日] 志村有弘. 司馬遼太郎事典 [Z]. 東京：勉誠出版，2007.80.

证明明治时代是一个无比光辉的时代。

一个小国，正迎来开化期。①

司马以这样一个巧妙的开头，开始了三名主人公在伊予松山的青春故事。秋山好古在日俄战争中，是击破世界最强的俄国哥萨克骑兵队的陆军中校，弟弟秋山真之作为联合舰队总司令东乡平八郎的首席参谋，在日本海海战中将俄国波罗的海舰队全部歼灭。此外，正冈子规不仅是代表"明治之光"的人物，还继承了江户时代遗留下来的精神遗产，又与近代日本的代表作家夏目漱石住在同一家公寓里，彼此互相尊敬，互相启发。在关于秋山兄弟和正冈子规三人的叙述中，司马充分展现了国家与个人共命运、个人荣光和国家利益紧密相连的"明治精神"。

二战后初期，日本遭遇了严重的经济危机。战后20世纪60年代，人们从战争的阴影中逐渐脱离出来，日本的经济进入高度经济成长期，人们的生活形式也发生了很大变化。以电视机为首的持久型家电产品急速在社会上普及，人们从日常的劳动中解放出来，所谓的"电视热""休闲热"成了当时的流行语。再加上西方价值观的流入，20世纪60年代前半期也是物质文明高度发展的"消费社会""近代化"的时代。与此同时，随着经济上取得的成功，明治维新又重新成为重要话题并得以再评价。1966年，日本战败后取消的"建国纪念日"又重新被确立为国家法定假日。1966年11月1日，首相佐藤荣作表示要以明治维新百年祭为机会，努力让日本人了解自己的国家，在今后发挥国民的力量。这个阶段围绕明治维新日本进行了多领域的研究。

在这样的社会背景下司马创作的《坂上之云》，并不是通过战争的残酷来表达对战争的反对及反省。司马是要将日俄战争是日本举全国之力的"祖国防卫战"这一观点传递给当代日本人，通过再现明治时代上升期的辉煌，讴歌英雄，给战后的日本人增强勇气与自信。津田道夫在提到《坂上之云》在日本工薪阶层中大受欢迎的理由时说道：

经济高度成长的结果，不是军事上的秋山好古、秋山真之等武士，而是经济上的秋山好古、秋山真之等武士应运而生。也就是说，战败后一度消沉的日本大众的潜意识中希望日本复归大国的愿望又重新点燃，再一次形成了日本大众的大国日本意识。于是引发、刺激这种大国日本意识燃烧的《斜坡上的云》② 就应运而生。从这个意义上来说，这部资本家、有产阶级的大众小说带有浓厚的阶级性。③

四、司马的"十五年战争"观

"十五年战争"是指从1931年"九一八事变"到1945年8月15日日本宣布战败之间的中日战争，中国将之统称为抗日战争。司马辽太郎在中日恢复邦交之后多次访华。对于"十五年战争"的性质问题司马也是非常坦白地加以承认。他指出：

实施了侵略，这是事实。后世日本人应该要有接受事实的精神上或伦理上的

---

① [日] 司馬遼太郎. 坂の上の雲（一）[M]. 東京：文藝春秋，2007.7.
② 即《坂上之云》。燕子、广义将津田道夫论文中的该作品译为《斜坡上的云》。（笔者注）
③ [日] 津田道夫. 对自由主义史观与司马史观的批判 [J]. 抗日战争研究，1999（04）：169.

体力。①

司马的"十五年战争"观主要散见于他的随笔、评论及演讲中,没有以历史小说的形式呈现。简单说来,司马的"十五年战争"观就是他承认"十五年战争"是侵略战争,但是他将原因归咎于军部,认为天皇没有战争责任,他称太平洋战争的目的本不是侵占领土,而是获取石油。以下主要分析司马对战争责任的错误认识。

我从学校应征进入军队,来到了所谓的满洲(现中国东北部),在战败前的半年左右,整个连队撤回到关东地区。我在那儿迎来了战败。怎么说呢,感觉是这个国家究竟在干什么,究竟在干什么呢?促使我首次思考日本究竟是个什么国家的,是诺门坎(罕)事件。那是昭和十四年(1939),我还在上中学时发生的事。我就想打这种愚蠢之仗的国家,在世界上也是绝无仅有的了。……干出如此愚蠢之事的国家究竟是什么,日本是什么,日本人是什么,这些就成为我最初的疑问。这是我从军队生涯时就开始思考的问题,到了战败就感觉更为深刻。大批的人死去。无论我怎么想,街上馒头店的大叔、收音机店的大叔们是绝对不会干出这种事情的。稍微有点感觉的话,应该会考虑到店铺的规模。但是,这么愚蠢的事居然以国家规模的形式进行了。包括军人在内的官僚发动了战争,从大正到昭和期间,拥有爱国心的人,在官僚以及军人之间究竟存在多少呢?当然战死沙场是"爱国的",但是四舍五入地说或者是不惧误差地说的话,仅仅是在战场上勇敢战死,并不是发挥了爱国心。以我自身经历来说,我没有参加过战斗,无论到什么样的情况我都认为自己没有做过羞耻之事。②

从司马的这段叙述可以看出,他将日本平民及他自己从战争责任里开脱出去了。那么日本国民有无战争责任呢?这里首先从应征入伍人数上来看日本国民参与战争的程度。"1931年入侵中国东北地区时,日本现役军人的数量约为30万。随着侵略战争的扩大,日本军人数量不断增加,到1945年初时达到720万。"③ "此外,日本还按义勇兵役法组建了多达2800万人的国民义勇战斗队,包括由女学生组成的'娘子军',企图实行全体国民抗战。"④ 1943年秋开始,凡是年满20岁的男子,包括大学生都被要求应征入伍。到1944年,入伍年龄又下调至15岁,在本土决战前规定15~60岁的男性以及17~40岁的女性必须接受军事训练以对抗登陆的盟军。其次,从后方日本国民对战争的支援来说明。1937年9月近卫内阁公布了所谓的旨在实现举国一致、尽忠报国、坚忍持久的国民精神总动员实施纲领,向国民灌输"尽忠报国"等思想。东条英机组阁后,又接连出台《国民征用令》《女子挺身勤劳令》《学生勤劳令》等,普通国民都被要求从事军需产业劳作。"新的征用在1942年为311 649人,而1943年则迅速增长到超过其2倍的699 728人。"⑤ 女性、学生也都被纳入征用体制中,日本政府强调"征用"是顺应战时目标,完全等同于兵役,这在日本的总体战中被称为后方应征服役。日本国内的女性还争相以"千人针""奉公袋"等的形式鼓励、支援前线士兵。当时,

---

① [日] 司馬遼太郎. 中国·蜀と雲南のみち [M]. 東京:朝日新聞社, 1987:264.
② [日] 司馬遼太郎.「昭和」という国家 [M]. 東京:日本放送出版協会, 1999:10-11.
③ 姜淼. 威逼利诱:二战日本征兵体制 [J]. 检察风云, 2022 (07):81.
④ 文锋. "本土决战"计划——日本军国主义者的最后疯狂 [J]. 文史春秋, 2006 (12):11.
⑤ 许建明,熊萍. 日本征用制度下劳资关系分析 [J]. 统计与管理, 2014 (03):129

第七章　战后文学对近代国家主义的多重性认知——以司马辽太郎为中心

日本国民收到"赤纸"即征兵通知就得上战场，收到"白纸"即劳工征用通知，就得进工厂服劳役。由此可见，尽管大多数日本国民是被迫卷入战争的，但是无论是前线还是后方，日本国民都以直接或间接的方式参与、支持了战争，从这个意义上来说，日本国民是不能逃避战争责任的。再单说司马辽太郎个人，虽然他强调自己在"满洲"没有直接参与过战斗，是一个被封闭在铁壳内的坦克兵，但是对于被害国的人民来说，有无战争责任不是在于他自己杀没杀人，杀了多少人，而是在于他所参与的战争性质决定的。显而易见，司马的观点是站在日本人的立场，将自己以及日本国民置于受害者的角度来进行战争责任判断的。

那司马辽太郎认为战争的罪魁祸首是谁呢？他将日本比作森林，认为从大正末年、昭和元年开始到战败这段时间，由魔法师挥舞着魔杖将日本变成了魔法森林，一切政策、战略都变味走形了，也就发生了诺门罕事件、侵略中国、太平洋战争，与世界上多个国家开战。司马认为"魔法师"即罪魁祸首就是参谋本部。

当时，有参谋本部这样一个奇异的东西。不知何时成了国中之国，成了国家中枢里的中枢。要说这个结构是始于何时，应该是从大正时代开始的。再往前回溯一点，从日俄战争胜利时就开始了。①

（统帅权）无论从（明治）宪法的哪个角度解释都是找不出来的。但是，将"天皇统帅陆海军"这一条扩大了解释的话，就能拿出统帅权这一套欺骗性的理论。超越立法、行政、司法，结果是军人掌握了统帅权。虽说如此，却也不是陆军大臣，而是由参谋本部总长及参谋本部掌握的。……其他军人们按照法制上的语言称呼天皇，只有参谋将校们称"主上"。也就是说，参谋本部的人不论是大佐、大尉还是少将、少佐，都是天皇的职员。作战要求机密。其不断被扩大解释。要是在满洲起事，就解释为统帅上的需要。不知为何在统帅上有必要侵略别的国家，总之发动侵略。然后东京的参谋本部才事后承认，最后政府也不得不承认。谁也没有指出这是违反宪法而提出公诉的。要是那样做的话，那个人就会被抓走。如此这般就开始了魔法时代。②

司马认为进入昭和军阀势力兴起，到昭和十年（1935）左右统帅权已经占领了日本国家。

日本的统帅机构，即参谋本部。这个统帅机构向所有地方伸出魔爪，开始了侵略。那几乎已经不是正常人所能思考的事了。侵略中国、进入法印（法属中南半岛），又开始太平洋战争，与全世界打仗，军部干了这些难以置信的事，哪一件都是没有必要的。总之只能说是军部想干所以就干了。③

司马认为是参谋本部发动了战争，战争责任也在参谋本部，与天皇无关。他感到困惑的是战败前的昭和时代为何会有那样的国家野心，向亚洲主要国家派遣军队，这也就引发了他对"明治""昭和"的探讨。对于昭和天皇的战争责任，将在后面的"司马的天皇观"中加以详细分析。

---

① ［日］司馬遼太郎.「昭和」という国家［M］.東京：日本放送出版協会，1999：13.
② ［日］司馬遼太郎.「昭和」という国家［M］.東京：日本放送出版協会，1999：19-20.
③ ［日］司馬遼太郎.「昭和」という国家［M］.東京：日本放送出版協会，1999：131.

对于日本的"大东亚共荣圈",司马提出了严厉批评:

所谓的大东亚共荣圈,除了一部分幻想以此致富的商人以外,几乎谁也不会相信它是正义的吧?因此只能宣传教育天皇陛下的神圣行为,利用天皇的军部,无论怎么想与这些相关的家伙都只能说是历史的罪人。

司马承认太平洋战争是侵略战争,批评其给别的民族带去了严重伤害,但是他却认为日本的本意不是攫取他国领土,而仅仅是为了获取石油。司马在《这个国家的形象》中说到了他的太平洋战争观:

打入南方作战——大东亚战争的作战构想——其真实目的是为了获得继续战争而不可缺的石油。为了控制荷属印度尼西亚的婆罗洲及苏门答腊等油田。……这场战争给很多民族带来了灾难,虽说日本并没有夺取领土的打算,……但也确实是一场侵略战争。①

在本书第二章通过史实分析了太平洋战争爆发的原因。除了司马辽太郎提到的石油这一因素外,主要还是与日本的侵华战争及当时的国际形势密不可分的。日俄战争后,日本在中国东北的势力大大增强,美国为防止日本独霸中国影响它自己的利益,日美之间关系开始紧张。1921年签订的《九国公约》宣布在中国实行"门户开放"、各国"机会均等"的原则,要求日本交出所获得的原德国在中国山东的权益,日美两国矛盾公开化。1923年日本调整国防方针,将美国列为第一个假想敌国。"九一八事变"爆发后,美国一方面希望日本把侵略矛头引向苏联,一方面疲于应对经济危机,因此对日本侵华一度采取观望态度。随着日本侵华战争不断扩大,威胁到美国的在华利益,美国才采取一些措施限制、对抗日本。1932年1月,"不承认主义"照会出台,美国明确提出不承认日本侵华造成的现状,维护中国主权、独立和领土完整的主张。但是日本帝国主义的野心远远不能满足于中国东北,很快战火就烧到了华北地区并进一步南下。1934年,日本宣布废除海军军备条约,1936年1月又退出伦敦裁军会议,日本与美国等列强之间的矛盾激化。

1936年8月广田内阁的"五相会议"上,通过了"国策基准",提出除了全面侵略中国外,还要向南方海洋扩张的战略方案。1937年日军制造"七七事变",日本全面侵华战争开始。1938年武汉会战结束后,日本陷入长期战争的泥沼,中日两国进入战略相持阶段,日本为了摆脱困境,将对外扩张战略重点逐步由大陆政策向海洋政策转变,将南方改为侵略主要方向,意图切断美、英等国对国民政府的外援交通路线,攻击中国抗日战场的西南大后方以迫使国民政府屈服。从国际形势上来说,日本"北上"入侵苏联的计划失败,就把重点放在"南下",这必然侵犯到在南洋拥有殖民地的美、英、荷兰等国的利益。1939年7月美国宣布废除1911年制定的《美日通商航海条约》,1940年又宣布一些军用物资实行出口许可制,使得日本战争经济大受打击,迫切需要夺取南洋富饶的自然资源。1940年9月,德国、意大利、日本签订军事同盟,日美矛盾进一步激化。1941年美国采取全面中止对日本的石油出口,战争一触即发。1941年9月6日日本召开的"御前会议"决定,在10月上旬之前日美谈判达不成协议就对美

---

① [日] 司馬遼太郎. この国のかたち(四)[M]. 東京: 文春文庫, 2009: 41.

开战。12月8日，日军登陆英属的马来半岛，偷袭美国海军太平洋舰队的夏威夷基地珍珠港，向美、英宣战，太平洋战争爆发。

对司马称"日本并没有夺取领土的打算"的观点，津田道夫直接用史实进行了批驳：

1941年12月11日日本占领了美属威客岛，认识到其战略位置的重要性之后，立即宣布对该岛的占有权，并将其命名为"大鸟岛"。1942年2月15日迫使新加坡的英军投降之后，17日将该岛改名为"昭南岛"，作为军政要地。这样的事实，司马氏不会不知道吧。1943年5月29日本政府和大本营联络会议确定的《大东亚政略指导大纲》中有更加令人吃惊的文句："马来、苏门答腊、爪哇、婆罗洲、塞勒贝斯已被决定成为帝国领土，并作为重要资源的供应而极力开发，要把握住当地民众的民心。"①

显而易见，日本发动太平洋战争的重要原因就是侵占他国领土，可以说是其"大陆政策"的延长线。因此，司马并没有看到或者有意忽视了日本在战争中的侵略实质，单单从"获取石油"这一要素来解读太平洋战争，是非常片面且错误的。

综上所述，司马承认"十五年战争"是侵略战争，这是值得我们肯定之处，但是司马的"十五年战争"观又有很大的局限性，他不是从这场战争的本质及根源进行批判，而认为是军部发动的愚蠢战争，天皇是没有战争责任的，他称太平洋战争的目的本不是侵占领土，而仅仅是获取石油，这是需要进行批判的。

第二节 司马的天皇观

司马辽太郎的天皇观主要体现在他对昭和天皇的战争责任认识上。

司马虽然承认日本发动了侵略战争，但是却主张裕仁天皇没有一点战争责任。在日本，除了部分进步学者与有识之士外，很多日本民众认为天皇只是出于军部和政府的压力才不得不听任战争的进行，最后还力挽狂澜做出"圣断"终结战争。司马为了力证"天皇无责"观，首先搬出明治宪法来强调天皇没有政治上统帅权上的责任。他在《这个国家的形象》中说道：

明治宪法和其他近代国家一样，是明确了三权（立法、行政、司法）分立的，天皇的位置用哲学来说是类似虚空的，行政上内阁各大臣辅佐天皇，辅佐者是最终责任人。但是到了昭和初年，军队及其协同者给予宪法异常解释，认为在三权之外还有统帅权，正因为这样才实施了炸死张作霖的计谋，接着连续无视三权制造了"满洲事变"（九一八事变）、"上海事变"（一·二八事变）等，最终导致统帅权垄断了日本整个国家，之后碾碎了这个国家。②

司马用明治宪法来说明天皇处于虚空的位置，不参与政治上行政上的所有行为；战

---

① ［日］津田道夫. 对自由主义史观与司马史观的批判［J］. 抗日战争研究，1999（04）：174.
② ［日］中村政则. 『坂の上の雲』と司馬史観［M］. 東京：岩波書店，2009：213.

前的昭和时代是日本史上的"非连续时代",明治宪法确立的三权分立到了昭和时代就变质了;在行使统帅权上,最终责任应由陆军的参谋总长及海军的军令部长来担负,天皇是没有责任的。除了用法理,司马还试图从文化层面来说明日本传统上天皇也是没有责任的。

对此,津田道夫反驳道:

事实果真如此吗?昭和战争悲剧的根源是战前统帅权成了国家的最高指挥权,这是众所周知的事实,但是明治宪法真的像司马氏说得那么好,而到了昭和时代才恶性变质的吗?笔者重新温习了明治宪法,但是无论如何找不出明治宪法与日本现行宪法规定的一样的三权分立。……明治宪法明文记载天皇可以统帅陆海军队,这里的"统帅"是将宪法以外的诸事项,甚至议会、内阁不能插手的事项,直属天皇管辖之意。但司马氏却认为明治时代因为有杰出的功勋政治家伊藤博文、山县有朋等人,并依靠他们的政治力量,取得了政治上三权分立的平衡,其结局是明治国家的蓬勃发展。这真可谓极端的个人历史观、指导者历史观。……战前昭和的天皇制的军阀独裁,追根溯源是在以明治时代为基础的近代国家体制中孕育的怪胎。统帅权从国家的其他权力机关中独立而直属天皇这件事实,只要看看明治宪法、军人敕谕等公开文件就可以一目了然。①

也就是说,明治宪法规定天皇为"立宪君主"的同时,也定下了天皇作为陆海军的大元帅实行"统帅权"的立场,在《军人敕谕》中也规定军队的所有行动必须直接或间接地根据天皇的敕命进行,因此毋庸置疑天皇是站在政治与军事上最顶端的存在。

井上清指出:

裕仁作为大日本帝国军队唯一的最高绝对权威,是根据他自己对各种条件、情况深思熟虑之后做出的判断,推行和指导了从1931年9月18日开始的日本侵略中国东北的战争到1945年9月2日日本在无条件投降书上签字为止的一系列侵略战争。②

除了从法理上解释说明外,根据20世纪60、70年代以后逐渐披露的东京审判材料、战时高官如内大臣木户幸一、参谋总长杉山元、侍从武官长本庄繁等遗留的历史资料等来看,昭和天皇是直接参与了战争指导的。比如在张作霖被炸死的皇姑屯事件后,天皇欲对河本大作治罪却遭到田中义一首相反对,天皇就直接让田中引咎辞职解散了内阁,在那以后天皇也多次插手内阁的人事安排。在《昭和天皇独白录》中,天皇本是为自己的言行辩驳、开脱责任,却无意中透露出插手军事的事实。对于"九一八事变",天皇就说到他曾想与近卫文麿面谈让其与蒋介石妥协,因为他认为"满洲"就是个农村,即使发生事变也不要紧,要是在天津、北京爆发的话恐怕就会招致英美更大干涉,有发生冲突的危险。昭和天皇这段回忆就表明他当时的态度是容许日军对中国东北的侵略的。关于第一次上海事变(一·二八事变)的停战,天皇说到那是他直接命令白川大将不进行事件扩大的结果等等,这些都证明了裕仁天皇在推进战争中起到的直接作用。

---

① [日]津田道夫.对自由主义史观与司马史观的批判[J].抗日战争研究,1999(04):170.
② 李建军.论日本昭和天皇裕仁的战争责任——兼驳日本右翼"天皇无罪史观"[J].贵州大学学报(社会科学版),2002(05):49.

第七章 战后文学对近代国家主义的多重性认知——以司马辽太郎为中心

　　1937年以后，裕仁天皇参与战争决策过程的事实更加明显。据刊行政府大本营联络会议笔记的《松山笔记》记载，无论是总理大臣或参谋总长在"御前会议"前内奏会议内容的场合，还是参谋总长上奏战况的场合，天皇总是非常认真地询问详情，或陈述自己的意见，有时甚至命令修改内容，积极参与战争决策。①

　　在日本国内，"二二六事件"后，天皇震怒，亲自下令讨伐镇压"皇道派"，二战进行到最后时期也是由天皇"圣断"终止战争，等等。可以看出，昭和天皇手中掌握了很多军事情报，他也是具有相当政治敏锐力及能力的。藤原彰等合著的《天皇的昭和史》中指出：

　　即便只看"满洲事变"（九一八事变）以后到太平洋战争为止这十五年战争时期，始终占据国政中枢位置的只有唯一一个人。哪怕是内阁总理大臣，在这期间就有13人担当，平均在任时间只有13个月。这就意味着独家掌握所有情报的是天皇自己，并且这也支撑着天皇的实际政治力量。②

　　岩仓博指出：

　　作为大元帅的天皇拥有只下达命令的权限及权威，对于凭借如此敏锐的政治认识而向军部下达命令的天皇，不可能不产生责任。③

　　另外，天皇是日本国民的精神领袖。在明治维新后，日本建立了绝对主义天皇制，明治宪法明确规定天皇是国家元首，是最高统帅，天皇神圣不可侵犯；神道教被确立为日本国教，以天皇崇拜为中心；《军人敕谕》《教育敕语》的颁布、实施，日本国民被彻底灌输了"忠君爱国"的思想，以致日本军民都认为是为了天皇"尽忠"而进行的对外战争，特攻队员们也是高呼"天皇陛下万岁"而粉身碎骨。从煽动国民参加、支持战争，把控国民精神这一角度来讲，天皇也负有不可推卸的战争责任。

　　司马辽太郎作为一位拥有渊博知识、对历史进行了各方面翔实调查的作家，是不可能不知道上述这些事实的。虽然司马表示他自己既非右翼也非左翼，对天皇既不喜欢也不厌恶，然而司马依然主张"天皇无责论"，只能说明"天皇"在司马心中，就如明治宪法里写的那样是神圣不可侵犯的，他是极力在维护天皇的。他批判战后进步人士对近代天皇制的揭露、对天皇战争责任的追究，在《点检日本历史》中说道：

　　左翼语系中的天皇制，是被幻想为敌对方的，并有意将之妖魔化，终难免虚构修饰，这样只能以人为制造的"敌人形象"来透视日本史，这种左翼观还是放弃比较好。④

　　司马极力证明天皇就是一个"虚空"的存在，将侵略战争责任全部归咎于参谋本部，就是要替天皇洗刷罪名，这也是司马国家主义的一个明显表现。

　　那么，对昭和时代进行了详细的调查、资料收集后，为什么司马却没有写出一部相关的小说呢？比如关于诺门罕事件，司马经过了十几年的调查，最后也没有写成小说，

---

① 李建军. 论日本昭和天皇裕仁的战争责任——兼驳日本右翼"天皇无罪史观"[J]. 贵州大学学报（社会科学版），2002（05）：50.
② [日]中村政则.『坂の上の雲』と司馬史観[M]. 東京：岩波書店，2009：217.
③ [日]岩倉博. 異評 司馬遼太郎[M]. 東京：草の根出版，2006：29.
④ 杨朝桂. 司马辽太郎战争史观研究[D]. 南开大学，2014.163.

— 235 —

对此，司马自己解释道：

  无论是诺门坎（罕）事件还是太平洋战争，一涉及统帅权就必须要写到昭和天皇。那还不行。①

  青木彰对此的解释是，可能是司马对当时还在世的昭和天皇怀有敬意或好意，因此不忍将其作为小说中的重要人物，并且认为把昭和时代写成历史小说的话太过新颖，作为历史来说还不成熟。与青木彰的观点相比，岩仓博则一针见血地指出：

  用一句话来说明其理由，就是如果描写用精神主义武装起来的明显不合道理的陆军的话，就必须要触及天皇，这就和司马的天皇观冲突了。②

  笔者认为这才是司马没有涉及昭和时代小说的真正原因，也就是说，要写到昭和时代就必然暴露出天皇在战争中的责任问题，司马深恐在作品中难以自圆其说，所以即使调查了十几年，堆积如山的资料包袱皮上都落了重重的灰尘，司马却始终没有动笔。

  另外，从那个时代的氛围来看，1960年日本社会党委员长浅沼稻次郎在演说会上被一名17岁的右翼少年刺杀而亡，以这名少年为原型，大江健三郎次年在《文学界》上发表了小说《十七岁》（『セブンティーン』），遭到右翼团体抗议，而《文学界》迫于压力不得不发表公告表示道歉。深泽七郎1960年在《中央公论》上发表了短篇小说《风流梦谭》，里面有关于主人公梦到的下层民众对皇室的暴动，天皇夫妇及皇太子夫妇被斩首的情节。发表后马上遭到右翼的强烈攻击，深泽七郎被迫出外躲避，而《中央公论》社长岛中鹏二住宅遭到右翼少年袭击，家中佣人被杀死，岛中夫人受到重伤。一时间日本文坛、新闻出版界等噤若寒蝉。与战后初期对战争的反思、对天皇追责的呼声不同，随着"55年体制"的形成，岸信介内阁极力推行复古主义、国家主义，天皇、皇室等进一步成为禁忌话题。从这个角度说，司马辽太郎在小说中不选择昭和以及天皇题材，也可以解释为他深谙"处世哲学"，知道什么样的内容可以受到大众欢迎，什么内容是"不能"触碰的，当然这也和他常年的新闻记者经历是有关联的，这里就不展开细说。

  1946年开始的东京审判，出于各方政治利益的考虑，昭和天皇并没有被送上被告席，但是这并不能代表天皇无责，而正因为没有追究天皇的战争责任，使得日本民众对于战争责任认识淡薄，导致右翼势力逐渐抬头以致泛滥，进而回避甚至否定侵略战争，给日本社会产生了持久的负面影响。龚娜指出："对昭和天皇战争责任的不追究，是导致现今一些日本人歪曲地理解对外侵略历史的深层原因。"③ 宋志勇指出："东京审判的最大不足是没有追究天皇裕仁的战争责任。天皇是日本战争责任体制中的最高责任者，不追究天皇的战争责任，就不可能彻底追究日本国家的战争责任。……没有追究天皇的战争责任还给日后的日本政治带来了严重后果——造成日本政府和主流社会拒绝对侵略战争进行真心的反省和忏悔，政治上长期右倾化。"④

---

① ［日］青木彰. 司馬遼太郎と三つの戦争——戊辰・日露・太平洋［M］. 東京：朝日新聞社，2004：91.
② ［日］岩倉博. 異評 司馬遼太郎［M］. 東京：草の根出版，2006：12.
③ 龚娜. 昭和天皇逃脱东京审判与日本错误历史观的形成［J］. 东北亚学刊，2016（04）：58.
④ 宋志勇. 论东京审判的几个问题［J］. 中共党史研究，2005（05）：35.

第三节 司马的"国家"观

司马辽太郎的"国家"观,简单说来就是他认为明治维新后《大日本帝国宪法》(即明治宪法)的颁布确立了近代国民国家,日俄战争是一场国民战争,明治国家是"光辉的";昭和前期,统帅权支配了日本,军部发动了侵略战争并将日本引向灭亡,天皇没有责任,整个昭和前期是"黑暗的"。

一、日俄战争——国民战争

司马在《坂上之云》的后记中写道:

对于俄国来说,很大程度上只是侵略政策延长线上发生的一次事变,但对于日本来说,其弱小决定了这是一场关乎生死存亡的国民战争。①

也就是说,除了"祖国防卫战"之外,司马认为日俄战争还是一场生死攸关的"国民战争",是明治维新成立国民国家三十多年后发生的一场前无古人后无来者的国民战争。

明治维新成立了近代天皇制国家,1889 年《大日本帝国宪法》颁布,以钦定宪法的形式明确了"大日本帝国由万世一系的天皇统治","国民"皆成为天皇的"臣民"。1890 年《教育敕语》颁布,旨在给民众灌输"忠君爱国"的思想,宣传义勇奉公的武士道精神,在此"感召"下,许多年轻人甘愿成为国家主义的牺牲品。1895 年甲午战争的胜利提高了日本全民的自信,也提高了国民参与战争的积极性。

在《坂上之云》中,明治时代的"国民国家"是通过主人公的人生描绘出来的。秋山兄弟出生于贫困士族,作为"国民"又接受教育,更成了日本陆海军的军官,为了"国家"参加侵略战争,鞠躬尽瘁。在司马笔下,秋山兄弟、子规有着代表日本人为国家奉献、共同分担国家安危的觉悟。从小说整体来看,在甲午战争和日俄战争中,秋山好古和秋山真之担当了重要角色,并贯穿整部小说。秋山好古被设定为一个胸怀大志的人,他清楚自己年轻时要做什么,老了又要做什么。1883 年 2 月,好古被任命为陆军骑兵中尉,4 月受命进入陆军大学,他怀揣着"既然进入陆军大学,将来的日本骑兵应该由我来带领"②的梦想,这与当时国家与个人共命运的价值观是相符的。司马借秋山好古的这种使命感描绘了民众为国家利益而鞠躬尽瘁的热情。弟弟秋山真之跟随哥哥秋山好古上京,进入大学预科,之后进入海军兵校学习,成为海军军人。真之军事生涯的起始与好古密切相关。秋山兄弟执着从军的状态也可以说是当时日本平民的缩影。在小说中,日俄战争后,法国军人评价秋山好古的人生意义只是为了在"满洲"的平原上打败世界最强的骑兵集团。小说中多次直接描写了秋山好古怀着日本民族的野心,

---

① [日] 司馬遼太郎. 坂の上の雲(八)[M]. 東京:文藝春秋,2007:330.
② [日] 司馬遼太郎. 坂の上の雲(一)[M]. 東京:文藝春秋,2007:86.

奔走于他国领土的狂热场面。司马引用了海军大佐八代六郎写给广濑的书信中的话,认为明治维新使"国民国家只形成了形式",但"国民意识的实质"还是模糊的。但是到了日俄战争,参战人数之多,证明了在维新后的新国家中,因为此举第一次出现了国民气概。事实上,日俄战争的爆发离不开当时日本政府的战争动员,强制大量男性青壮年成为士兵投身战场。但是,在小说里,司马辽太郎几乎没有写到这样规模庞大的全国动员。据资料统计,"辽阳会战"日军投入约13.5万人,"奉天会战"动员了约25万人。① 对于弹丸之国日本来说,就是举全国之力投入了这场战争。高义吉指出:

在《坂上风云》中,参战的日本人被描绘出"国民"身份与精神,……为"保卫祖国"而战。除日本与日本人的"正面"形象之外,司马辽太郎还运用对照法描绘出清政府、沙皇俄国的"反面"形象。……一面是为国家奋斗的日本人,另一面是没有国民性的、只有私欲的中国人与俄国人。象征正反两方面的化身式人物使司马辽太郎的意识形态建构一目了然,这种二元对立将读者的价值取向轻而易举地移向日本、日本人。②

杨朝桂评价道:

司马的"国民战争"论充其量是为日本对外侵略扩张寻求"正当"理由,煽动国民的民族主义情绪罢了。这种说法极端淡化了日本民众的战争责任意识,绝大部分日本民众"自觉"地认同了自己就是"国民的一员",而逃避了对战争责任的反省。③

二、"光辉的" 明治国家

《坂上之云》的开头写道:"一个非常小的国家,正迎来开化期。"④ 司马在小说开篇就点出了这部小说的主题,即近代日本国家的创立。小说以大量的篇幅着眼于日俄战争的描写,对于日俄战争的胜利,司马辽太郎最后得出的结论是因为这是一场国民战争的缘故。司马将明治时代称为"明治国家",他认为随着1889年明治宪法的颁布,日本就确立了"国民国家"。并且他认为这个"国家"在日俄战争胜利后内部就开始变质,到昭和初期就走向了"灭亡"。司马眼中的明治时代是"光辉的",主要来自乐天主义,《坂上之云》就是一群幸福的乐天派们的故事,并"无私"地投身于日俄战争中。司马还将"明治国家"称为"百姓国家"⑤,他认为正是这个百姓国家所造就的乐天派们最终打败了欧洲强国。

明治维新诞生了欧洲意义上的"国家"。日本史上通过大化改新虽然成立过短期的强大中央集权国家,但在那之后很快就回归了日本的自然形态。日本的自然形态就是无数大小不一的地方政权的聚合。……德川将军家实质不过是诸侯中最大的诸侯、是那些

---

① 吴廷璆. 日本史 [M]. 天津: 南开大学出版社, 1994: 519-520.
② 高义吉. "史诗化"叙事与"个人化"叙事的同构——论日本历史小说《坂上风云》的叙述模式 [J]. 东疆学刊, 2015 (03): 9-10.
③ 杨朝桂. 论司马辽太郎的日俄战争观——以《坂上之云》为中心 [J]. 云南民族大学学报(哲学社会科学版), 2014 (01): 129.
④ [日] 司馬遼太郎. 坂の上の雲(一) [M]. 東京: 文藝春秋, 2007: 7.
⑤ [日] 司馬遼太郎. 坂の上の雲(八) [M]. 東京: 文藝春秋, 2007: 312.

诸侯们的盟主而已。元禄时期的赤穗浪人虽有对浅野侯的忠义，却没有国家意识。但是，经过维新日本人首次拥有了近代意义上的"国家"。天皇被从其日本式的本质加以变形，在法制上被赋予类似德国皇帝的性质。日本人都成了"国民"。①

在《坂上之云》中，司马这样描绘当时日本人的精神面貌：

可谓弹丸小国，国家各个机关的工作人员也不多，运作各机关部门的少壮人员，懈怠一天就会使国家发展落后一天，在这种紧张感下运营日常事务，实际上，他们每个人的能力、工作态度就直接关系到其所在的机关部门的命运。②

立身出世主义推动着这个时代的所有青年人。毋庸置疑这是个人的荣光与国家利益一致的时代，从这点上来说，这是一个日本历史上非常稀罕的时期。③

司马想要说明的是在近代国民国家也就是"明治国家"期间，国家与个人共命运，就成为国民主体化的能量来源。司马认为从明治维新到日俄战争结束的三十多年里，无论从文化史还是从精神史上去考量，在漫长的日本历史长河中都是特殊的存在。他把这段明治称为"明治国家"。当然他也承认在这个时期百姓苦于重税，国权远远大于民权，还有足尾矿毒事件、女工哀史、租种争议等等，从受害意识角度来看明治是黑暗的。但是司马认为仅从受害意识去看待就不是百姓的历史，他说他在少年时代就经常听到那个时代的工匠、农民、教师等等谈到"明治很好"的话题。在那个时期，无论是哪个阶层谁家的孩子，只要有获取一定资格所需要的记忆力及毅力，就能出人头地，成为博士、官员、教师等等。在《坂上之云》中，秋山兄弟出身于贫困的士族，正因为学费和生活费都被免除，所以好古进入了军人学校，从此迈开创立日本骑兵队的第一步。司马就是通过塑造秋山兄弟、正冈子规这样的从平凡家庭走出来获得成功的典型例子，来证明"明治国家"赋予老百姓的权利。虽然司马想从"平凡人"这一角度来说明明治时代的光辉，但是如秋山兄弟这样出人头地的只是凤毛麟角，绝大多数的老百姓不是在日本国内苦于重税，就是在海外战场上沦为炮灰。加藤周一在《司马辽太郎小论》中指出：

司马史观是一种天才主义，……这些天才们在政治统治阶层的力量博弈中活动，对国际形势、技术进步都很敏感。但是，这里面应该包含的民众作用、经济原因等却几乎没有被司马提及，没有被他分析。④

另外，司马在《坂上之云》中提到对于十年军备扩张期间政府实行的"饥饿预算"，民众几乎没有不满情绪，司马的目的就是要赞美明治国家的"光辉"形象。对此，中村政则反驳道：

1896年至1899年，为了扩充军备，内阁好几次企图增收最大的财源即地租，但是却遭到了最大纳税人即地主阶级的猛烈反对，第二次伊藤内阁、第二次松方内阁、第三次伊藤内阁、第一次大隈内阁接连倒台。……近代日本政治史上，还没有内阁如此频繁

---

① ［日］司馬遼太郎. 坂の上の雲（八）[M]. 東京：文藝春秋，2007：310.
② ［日］司馬遼太郎. 坂の上の雲（一）[M]. 東京：文藝春秋，2007：296-297.
③ ［日］司馬遼太郎. 坂の上の雲（一）[M]. 東京：文藝春秋，2007：254.
④ ［日］中村政則.『坂の上の雲』と司馬史観 [M]. 東京：岩波書店，2009：196-197.

倒台的例子。①

可见，司马所说的"民众几乎没有不满情绪"是站不住脚的。在描写日军攻占203高地时，司马提到根据国民皆兵的宪法规定，在明治时代以前没有参加过战争的平民也成了士兵，士兵没有脱离战场的自由，在战场上，即使是无能的指挥官下达胡乱的命令，除了服从别无他法，否则将以抗命罪处置，历史上还没有如此将"国家"的重担压在平民身上的。但是，司马马上转变笔锋说道，即便是这样，这些平民士兵们也没有感到多么痛苦，还时常甘之若饴，司马认为其原因在于：

明治国家是日本平民能够首次参加到国家行动中去的集团性令人感动的时代，也就是国家本身是强烈的宗教性对象。②

前面提到司马在谈到国民意识时，引用舰长八代六郎写给海军大佐广濑的信件来说明明治维新只是建立了国民国家的形式，而作为国民意识的实质还不成形，但是到了日俄战争，涌现出大量积极参军的民众，司马认为充分表现出明治国家所形成的国民气概。因此，司马将日俄战争定性为"国民战争"。

日本人在国民的情绪中向战争倾斜。那些政府方面的避战论或自重论者结果成为开战的决定者、战争的经营者。对他们来说容易的是，煽动国民参战之类的宣传完全不必要了，因为舆论自身就以奔马之势导向战争。③

"国民"或与之类似的词语，在《坂上之云》的日俄战争描写中反复提及，成为司马史观的一个重要主题。

田雪梅指出，近代日本民众对国家认同经历了较长的变迁过程，征兵制作为铸造国民的重要措施，在1873年颁布后，日本民众意识中弥漫着恐慌与不安，抵制甚至逃离征兵，显示出此时期民众国家意识尚未达成，统一日本的国家形象还很生疏。明治中期发生的甲申事变，以"抵御"和"雪耻"来自中国的所谓"外侮"为契机，在政府的引导、知识分子的鼓吹以及媒体的渲染下，民众才逐步达成了与国家的一体化意识。而1894年的甲午战争，由于日本首次对外战争与印刷资本主义发展的交互，日本民众对"日本人"的认知完全确立，民族特征完全形成。但这已经脱离了近代国民形成的原初轨道，国民成了国家臣民。④ 这就是近代天皇制国家的一大特点，与其说是国民国家的"国民"，不如说都是天皇的"臣民"，近代以后日本发动的对外侵略战争，都是打着"忠君爱国"的旗号来煽动老百姓的。

司马在作品中虽然也提到日俄战争期间民众生活的困苦，但他更着重强调为了战争而英勇献身的国民形象。《坂上之云》主要就是描写作为小国的日本举全国之力打败军事强国俄国的过程，并且是由像秋山兄弟这类不知名的乐天派完成的。如此就把"祖国防卫战"和"国民意识"紧密联系起来。因此他说"明治时期日本平民首次参加国家活动，是集团性令人感动的时代"。司马极力赞美明治时代，从他的角度来看，明治

---

① [日]中村政则.『坂の上の雲』と司馬史観[M]. 東京：岩波書店，2009：34.
② [日]司馬遼太郎. 坂の上の雲（五）[M]. 東京：文藝春秋，2007：42-43.
③ [日]司馬遼太郎. 坂の上の雲（八）[M]. 東京：文藝春秋，2007：318.
④ 张琦伟、沈岑. 甲午战争以来的中日关系"学术研讨会会议述评——"甲午战争的背景、过程与性质"分会场侧记[J]. 大连大学学报，2014（05）：143.

的"光辉"是从现实主义态度和合理主义精神中产生的。日本能在甲午战争和日俄战争中取得胜利,主要依赖于明治的合理主义和现实主义。并且,司马认为由于当时中国政府的无能,才导致被他国侵略、瓜分。与这样的中国相比较,明治时代是光辉的时代,作者就是将这样的民族自负意识投射到了《坂上之云》的故事内容中。

三、"黑暗的"昭和国家(昭和前期)

司马认为以日俄战争的胜利为界线,日本近代史就脱离了正常轨道,进入一个非连续的时代。而他之所以把参谋本部称为"鬼胎",是因为在日本国这个胎内出现了"别的国家"——"统帅权日本"。统帅权就是指最高指挥权,司马认为在明治时代陆军的构成及功能都是妥当的,但是到了1930年围绕签订伦敦海军裁军条约而展开的侵犯统帅权问题,以及1935年美浓部达吉的"天皇机关说事件",司马认为以此为界日本就成了统帅权国家,从那之后,昭和史就翻转过来朝着灭亡而去了。在司马看来明治是现实主义的时代,而昭和,到昭和二十年(1945年)为止,是没有现实主义的时代,充斥着各种左右意识形态,甚至变质成了与明治不同的"黑暗"的国家、民族。

但是实际上呢?支撑统帅权的制度早在明治时代就形成了,1871年明治政府改组兵部省,设立了陆军部和海军部,陆军中又设置了陆军参谋局(即后来的参谋本部),"1878年12月设立了直属于天皇的参谋本部,掌管军队的军令和统帅权,政府无权过问,相反参谋本部决定的部分军令事项可交陆军卿执行。这就为参谋本部通过陆军省干涉政府开辟了道路"[①]。1882年颁布了被奉为军人"圣典"的《军人敕谕》,1889年山县有朋内阁创立军部大臣现役武官制使军部掌握了内阁的予夺大权等,这些都是在明治时代颁布以及开始执行的,没有这些基础,是不可能从"光辉"的明治直接跳进"黑暗"的昭和时代的。

司马在《历史中的日本》中谈道,日俄战争胜利后,日本加入了帝国主义阵营,成为亚洲近邻国家所恐惧的暴力装置。由于打败俄国,日本继承了俄国在"满洲"的权益,有了与实力不符的"殖民地",所以就必须拥有与之相配的陆海军,又因为"领土"与大规模军队不相称,所以政治上就变质了。司马因此认为从宏观上来看,太平洋战争就是对日俄战争胜利的清算。虽然说司马得出的结论是必须永久吸取战争教训,但是其逻辑却是错误的。司马将日俄战争之后日本政治及军事的"变质"归咎于日本获得了旅顺、大连,为了进行统治才不得不走上侵略的道路。这好比就是一个人偷了东西,但是他却辩解对方富裕而诱使自己犯罪的。更何况在日本近代历史上并不是如司马所说在日俄战争以后才走上侵略道路的,而是在明治维新后就已经开始了。

另外,司马提出日俄战争日本取得胜利的很大原因在于俄国自身的腐朽落后,但是战争结束后的日本政府却没有将这些事实告知民众。司马认为由参谋本部主持编撰的《日俄战史》,没有委托历史专家,没有客观地反省作战的正确与否以及进行价值评判等,这就造成民众一无所知,反而加深了对日军神秘的强大性的信仰。在日俄战争后接受小学教育的那拨人最终也成为昭和时期陆军的军官并走向狂暴,变成与日俄战争时期

[①] 吴廷璆. 日本史 [M]. 天津:南开大学出版社,1994:384-385.

的军人完全不同质的群体,从而将昭和日本的命运拖入万劫不复的命运。司马指出由于将胜利绝对化,以日俄战争为分水岭,日本国民的理性就大踏步后退,作为国家的日本也开始逐渐变质。成田龙一对司马的"国家"观评价道:

"国家"是浪漫思想的对象,像秋山兄弟这样的人员将整个家族都与国家紧密相连,同时很多人的"国民"意识也觉醒起来从而成了"国民",这就是《坂上之云》的着眼点吧。但是昭和的战争时期作为异常脱轨的存在却被司马排斥在这样的国民形象之外,他将希望的健全的国民与国家的幸福结合,赋予了日俄战争时期。①

简单来说,司马认为明治时期付出巨大牺牲成立的近代国家却被那些军部的人在短时间破坏掉。司马没有看到的是,明治、大正、昭和都是一脉相承的,甲午战争、日俄战争、吞并朝鲜、出兵西伯利亚等都是在明治天皇的所谓"开拓万里波涛,布国威于四方"的指导思想下进行的对外侵略战争,绝不是司马所说的"自卫自存""祖国防卫战"。司马正是因为没有认识到这一实质,所以才会认为日本到了昭和时期发生了"异变",从而形成他断代的历史观,掩盖了日本在明治维新以后形成的近代国家主义的实质。

历史唯物主义告诉我们,历史是一个过程,各个历史时期都是连续性与阶段性的辩证统一,历史的联系是不能割裂的。司马将明治时代与昭和时代分别称为"光辉的"与"黑暗的",这种二元论过于片面化与简单化。在司马的言论中,很少谈及大正时代,而大正与昭和都是脱胎于明治时代基础上的,不能够脱离明治与大正以及当时的国际社会环境等来直接定义昭和,况且,明治维新成立了绝对主义天皇制国家,明治时期发动的对外扩张都是侵略战争,国家主义进一步发展为极端国家主义,《教育敕语》《军人敕谕》、"神道教"等给日本近代史产生了深远而重大的影响,这些黑暗面都是司马没有看到或者有意忽略的历史事实,因此可以说,司马的所谓"光辉的明治"与"黑暗的昭和"这一国家观是非常片面且不客观的。

以上,对司马辽太郎的战争观、"国家"观、天皇观进行了论述,可以看出司马对近代国家主义的认知具有多重性,我们不能简单地用肯定或否定来加以评价,必须具体问题具体分析。在这里做一小结。

司马主张甲午、日俄战争是"祖国防卫战",这个认识是完全错误的,掩盖了其侵略本质,我们必须加以严厉批判;司马承认十五年战争是侵略战争,并对"大东亚共荣圈"进行了深刻的批判揭露,这是值得我们肯定的。

司马认为明治宪法的颁布使日本正式成为三权分立的国民国家,日俄战争是一场举全国之力的国民战争。但是,司马没有认清的是,明治维新后确立的是日本式特殊的"绝对主义天皇制"国家,明治以后发动的对外侵略战争都打着"忠君爱国"的旗号;司马盛赞明治时代,彻底贬斥昭和前期,他的这种断代史观是片面且不客观的。

司马从明治宪法出发将天皇置于"虚空"之位,认为昭和战争的失败在于军部发动的"愚蠢"战争,把战争责任推卸给军部的统帅权,为昭和天皇免罪,这是我们要

---

① [日] 成田龍一. 司馬遼太郎の幕末・明治——『龍馬がゆく』と『坂の上の雲』を読む [M]. 東京: 朝日新聞社, 2003. 218.

加以批判的。

司马作为国民作家，其作品深受日本大众喜爱。但是我们必须注意的是，在《坂上之云》等作品中司马所传递出来的错误的历史观对大众的影响。司马史观虽不等同于右翼史观，但从客观上对右倾化起到了推波助澜的作用。日本右翼"自由主义史观"的代表、"新历史教科书编撰会"副代表藤冈信胜就自称受到司马史观很大影响，他在《屈辱的近现代史》中写道：

日本的定罪史观，对我来说很长一段时间都像是空气一样是理所当然的。虽然感觉这种历史观有些部分到处都有破绽，但是还没有体会到必须要重组自己历史观的迫切性。现在想来改变我的这种认识结构的最初、并且也是最大的原因就是与司马辽太郎作品的相遇。如果没有这种相遇，我想我很难从战后历史教育的魔咒中解脱出来。①

藤冈信胜将司马史观的特征总结为健康的民族主义、现实主义、脱离了意识形态的自由、对官僚主义的批判，并且藤冈还把司马史观纳入了他的"自由主义史观"。虽说藤冈在很大程度上歪曲、恶意使用了司马史观，但是司马史观对日本民众、特别是右翼带来的影响却是我们必须要警醒的。

另外，我们还应该注意的是司马辽太郎对中国台湾问题的看法。司马在《台湾纪行》的开头就写下了"国家是什么？"这一带有他自己强烈暗示的语句，接下来他就从所谓的台湾起源、形成、日本殖民时期等来加以说明。司马写道：

台湾究竟是清朝的国土，还是领有、非领有的不明确的"杂居地"呢？反正是一座不太清楚的岛屿。在国际法上，明确了领有权的时期是1895年之后的五十年，那时是日本国的领土。②

对此，关立丹批判道：

在这里，司马辽太郎借用了国家法，但是司马借用国际法来说明日本曾经"合法"占有台湾是站在了殖民者的立场。因为那时的国际法完全取决于欧美等殖民主义国家。司马的判断存在一定的立场问题。③

众所周知，台湾是中国领土不可分割的一部分，明朝末期曾被荷兰、西班牙侵占，1662年郑成功率兵打败荷兰军队，收复台湾，1684年清朝设置台湾府，隶属福建省。1895年《马关条约》的签订使台湾沦为日本的殖民地长达五十年，1945年抗战胜利后，中国政府重新恢复了台湾省的行政管理机构。台湾问题是中国内政，不容他国及他人干涉或置喙。这一点，我们始终坚持且毫不动摇。司马还认为是日本的殖民统治给台湾带去了"文明"，他的这些认识与李登辉是相通的，司马在1994年与李登辉会谈时还曾表示支持"台独"，这极大地伤害了中国人民的感情，也成为司马辽太郎身上挥之不去的污点。

---

① ［日］中村政則.『坂の上の雲』と司馬史観［M］. 東京：岩波書店，2009：153.
② ［日］司馬遼太郎. 台湾紀行［M］. 東京：朝日新聞社，1999：317.
③ 关立丹. 司马辽太郎研究——东亚题材历史小说创作［M］. 北京：中国社会科学出版社，2020.101.

参考文献

一、中外文著作及译著

[1] 吴廷璆. 日本史［M］. 天津：南开大学出版社，1994.

[2] 伊文成等. 明治维新史［M］. 沈阳：辽宁教育出版社，1987.

[3]［日］丸山真男. 现代政治的思想与行动［M］，陈力卫译. 北京：商务印书馆，2018.

[4] 孙政. 战后日本新国家主义研究［M］. 北京：人民出版社，2005.

[5]［日］尾藤正英. 日本の国家主义——「国体」思想の形成［M］. 東京：岩波書店，2014.

[6]［日］村上重良. 国家神道［M］，聂长铎译. 北京：商务印书馆，1990.

[7]［日］小森阳一. 天皇的玉音放送［M］. 陈多友译. 上海：生活·读书·新知三联书店，2004.

[8] 武心波. "一元"与"二元"的历史变奏——对日本"国家主义"的再认识［M］. 上海：三联书店，2008.

[9] 陈秀武. 近代日本国家意识的形成［M］. 北京：商务印书馆，2008.

[10] 周颂伦，张东. 天皇制与近代日本政治［M］. 北京：世界图书出版公司，2016.

[11] 刘炳范. 战后日本文化与战争认知研究［M］. 北京：中国社会科学出版社，2003.

[12] 王发臣. 近代日本国家主义研究［M］. 长春：吉林人民出版社，2012.

[13]［日］梅田正己. 日本ナショナリズムの歴史Ⅲ［M］. 東京：高文研，2017.

[14]［日］堀幸雄. 战前日本国家主义运动史［M］. 熊达云译. 北京：社会科学文献出版社，2010.

[15] 王向远. "笔部队"和侵华战争：对日本侵华文学的研究与批判［M］. 北京：昆仑出版社，2015.

[16]［日］三好行雄. 日本の近代文学［M］. 東京：はなわ新書，2000.

[17] 朱维之. 外国文学史（亚非卷）［M］. 天津：南开大学出版社，2018.

[18]［日］宫本百合子. 宫本百合子选集第三卷［M］. 叔昌，张梦麟译. 北京：人民文学出版社，1959.

[19]［日］松原新一等. 战后日本文学史·年表［M］. 罗传开等译. 上海：上海译文出版社，1983.

[20] 何乃英. 日本当代文学研究［M］. 北京：北京师范大学出版社，1997.

[21]［日］太宰治. 惜别［M］. 何青鹏译. 北京：现代出版社，2019.

［22］鲁迅. 朝花夕拾［M］. 北京：人民文学出版社，2020.
［23］曹志明. 日本战后文学史［M］. 北京：人民出版社，2010.
［24］［日］坂口安吾. 白痴［M］. 吴伟丽译. 长春：吉林出版集团责任有限公司，2011.
［25］何乃英. 日本当代文学研究［M］. 北京：北京师范大学出版社，1997.
［26］［日］坂口安吾. 白痴［M］. 叶琳，杨波译. 上海：华东师范大学出版社，2015.
［27］李德纯. 战后日本文学史论［M］. 南京：译林出版社，2010.
［28］［日］坂口安吾. 堕落论［M］. 郭晓丽译. 杭州：浙江文艺出版社，2019.
［29］［日］野间宏. 阴暗的图画［M］. 东京：新潮文库，1978.
［30］叶渭渠，唐月梅. 日本文学简史［M］. 上海：上海外语教育出版社，2006.
［31］朱立元. 当代西方文艺理论［M］. 上海：华东师范大学出版社，2014.
［32］［日］野间宏. 脸上的红月亮［M］. 于雷译. 沈阳：春风文艺出版社，1991.
［33］［奥］弗洛伊德. 精神分析引论［M］. 高觉敷译. 北京：商务印书馆，2017.
［34］［日］野間宏. 真空地帯［M］. 東京：新潮文庫，1978.
［35］［日］大冈升平. 野火［M］. 王杞元，金强译. 北京：昆仑出版社，1987.
［36］［美］鲁思·本尼迪克特. 菊与刀［M］. 陈数译. 北京：台海出版社，2018.
［37］［日］梅崎春生. 幻化［M］. 赵仲明，朱江译. 南京：南京大学出版社，2019.
［38］［日］加賀乙彦. 開高健と躁鬱・開高健その人と文学［M］. 東京：株式会社ティビーエス・ブリタニカ，1999.
［39］［日］松本清張. 点と線［M］. 東京：新潮社，1971.
［40］［日］中川右介. ミステリー最高傑作はこれだ！一図説ダイジェスト［M］. 東京：青春出版社，2004.
［41］［日］藤井淑禎. 清張闘う作家—「文学」を超えて［M］. 京都：ミネルヴァ書房，2007.
［42］［日］細谷正充. 松本清張を読む［M］. 東京：ベスト新書，2005.
［43］［日］松本清張. 駅路：松本清張短編集（六）［M］. 東京：新潮社，1965.
［44］［日］松本清張. 日本の黒い霧［M］. 東京：文藝春秋，2004.
［45］［日］小林慎也. 松本清張 昭和と生きた最後の文豪［M］. 東京：平凡社，2006.
［46］［日］三岛由纪夫. 忧国·仲夏之死——短篇小说集［M］. 徐金龙等译. 北京：作家出版社，1995.
［47］唐月梅. 怪异鬼才三岛由纪夫传［M］. 北京：作家出版社，1994.
［48］［英］亨利·斯各特·斯托克斯. 美与暴烈：三岛由纪夫的生与死［M］. 于是译. 上海：上海书店出版社，2007.
［49］［日］新渡户稻造. 武士道［M］. 张俊彦译. 北京：商务印书馆，2004.
［50］［日］三岛由纪夫. 太阳与铁［M］. 唐月梅译. 上海：上海译文出版社，2012.
［51］［日］三岛由纪夫. 奔马［M］. 许金龙译. 北京：九州出版社，2014.
［52］［日］铃木贞美. 日本的文化民族主义［M］. 魏大海译. 武汉：武汉大学出版社，2008.
［53］［日］三岛由纪夫. 午后曳航［M］. 帅松生译. 上海：上海译文出版社，2011.

[54]［日］三島由紀夫. 文化防衛論［M］. 東京：筑摩文庫，2013.
[55]［日］唐月梅. 三岛由纪夫传［M］. 北京：新世界出版社，2003.
[56]［日］鈴木貞美. 現代日本文学の思想［M］. 東京：五月書房，1992.
[57]［日］三島由紀夫. 英霊の声［M］. 東京：河出書房新社，1966.
[58]［日］三島由紀夫. 潮骚［M］. 唐月梅译. 上海：上海译文出版社，2009.
[59] 魏策策. 三岛由纪夫的世界［M］. 北京：商务印书馆，2016.
[60]［日］林房雄. 大東亜戦争肯定論［M］. 東京：夏目書房，2001.
[61] 王向远. 日本右翼历史观批判研究［M］. 银川：宁夏人民出版社，2007.
[62]［日］大江健三郎. 我在暧昧的日本［M］. 王中忱，庄焰等译. 海口：南海出版公司，2005.
[63]［日］大江健三郎. 死者的奢华［M］. 王中忱编选. 北京：光明日报出版社，1995.
[64]［日］大江健三郎. 万延元年的足球队［M］. 于长敏，王新新译. 北京：光明日报出版社，1995.
[65]［日］大江健三郎. 大江健三郎集［M］. 新潮社日本文学64，東京：新潮社，1969.
[66] 徐葆耕，王中忱. 外国文学基础［M］. 北京：北京大学出版社，2008.
[67] 王新新. 大江健三郎的文学世界：1957—1967［M］. 北京：人民文学出版社，2004.
[68] 鲁迅. 呐喊［M］. 西安：太白文艺出版社，2016.
[69] 霍士富. 大江健三郎：天皇文化的反叛者［M］. 北京：人民出版社，2013.
[70]［日］加藤周一. 日本文化的时间与空间［M］. 彭曦译. 天津：南京大学出版社，2010.
[71]［日］大江健三郎. 揪芽打仔 "揪芽打仔"之审判［M］. 陈青庆，周砚舒译. 北京：人民文学出版社，2023.
[72]［俄］巴赫金. 陀思妥耶夫斯基诗学问题［M］. 白春仁，顾亚玲译. 上海：生活·读书·新知三联书店，1988.
[73] 夏忠宪. 巴赫金狂欢化诗学研究［M］. 北京：北京师范大学出版社，2000.
[74]［日］中村泰行. 大江健三郎——文学の軌跡［M］. 東京：新日本出版社，1995.
[75]［日］黑谷一夫. 大江健三郎传说［M］. 翁家慧译. 北京：中国广播电视出版社，2008.
[76]［日］大江健三郎. 政治少年之死［M］. 郑民钦等译. 杭州：浙江文艺出版社，2010.
[77]［奥］弗洛伊德. 自我与本我［M］. 车文博编. 长春：长春出版社，2004.
[78]［奥］弗洛伊德. 释梦［M］. 孙名之译. 北京：商务印书馆，1996.
[79]［日］大江健三郎. 亲自为我拭去泪水之日［M］. 姜楠译. 北京：金城出版社，2012.
[80]［日］大江健三郎. 大江健三郎口述自传［M］. 许金龙译. 尾崎真理子采访/整理. 北京：新世界出版社，2008.

[81] [美] 赫伯特·比克斯. 真相——裕仁天皇与侵华战争 [M]. 王丽萍, 孙盛平译. 北京: 新华出版社, 2004.

[82] [日] 大江健三郎. 水死 [M]. 许金龙译. 北京: 金城出版社, 2013.

[83] [日] 大江健三郎. 小说的方法 [M]. 王成译. 北京: 金城出版社, 2012.

[84] [日] 司馬遼太郎.「昭和」という国家 [M]. 東京: 日本放送出版協会, 1999.

[85] [日] 司馬遼太郎. 坂の上の雲 (一) ~ (八) [M]. 東京: 文藝春秋, 2007.

[86] [日] 半藤一利 (ほか). 徹底検証 日清・日露戦争 [M], 東京: 文藝春秋, 2011.

[87] 翦伯赞. 中国史纲要 (四) [M]. 北京: 人民出版社, 1995.

[88] [日] 青木彰. 司馬遼太郎と三つの戦争——戊辰・日露・太平洋 [M]. 東京: 朝日新聞社, 2004.

[89] [日] 中村政則.『坂の上の雲』と司馬史観 [M]. 東京: 岩波書店, 2009.

[90] [日] 高橋誠一郎. この国の明日——司馬遼太郎の戦争観 [M]. 東京: のべる出版, 2002.

[91] [日] 司馬遼太郎. 司馬遼太郎が考えたこと [M]. 東京: 新潮社, 2001.

[92] [日] 岩倉博. 異評 司馬遼太郎 [M]. 東京: 草の根出版, 2006.

[93] [日] 成田龍一. 司馬遼太郎の幕末・明治——『龍馬がゆく』と『坂の上の雲』を読む [M]. 東京: 朝日新聞社, 2003.

[94] 关立丹. 司马辽太郎研究——东亚题材历史小说创作 [M]. 北京: 中国社会科学出版社, 2020.

二、网络资料

[1] 受辱的"中立"——日俄战争中清政府的荒诞角色 [EB/OL]. http: //dangshi. people. com. cn/n/2014/0603/c85037 - 25096520 - 4. html. 2014 - 06 - 03/2023 - 11 - 27.

三、期刊论文

[1] 梁中美. 近代日本国家主义的建构之路 [J]. 贵州师范学院学报, 2011 (05): 15.

[2] 冯天瑜. 日本江户时期的国学流派探研 [J]. 中原工学院学报, 2017 (05): 3.

[3] 王蕴杰. 日本天皇和天皇制产生和发展历史探讨 [J]. 郑州航空工业管理学院学报 (社会科学版), 2004 (01): 30.

[4] 孙立祥. 日本民族的天皇崇拜思想论略 [J]. 外国问题研究, 1994 (03): 45.

[5] 王志. 试论日本近代武士道的确立 [J]. 南昌航空大学学报 (社会科学版), 2013 (01): 31.

[6] 周异夫. 战后初期日本文坛的战争反思 [J]. 社会科学战线, 2015 (05): 134.

[7] [日] 伊豆利彦.《播州平原》与《知风草》——学习战后的原点 [J]. 日本民主主义文学会. 民主文学, 1996 (362): 166.

[8] 于海鹏. 论宫本百合子的反战思想——以《那一年》和《播州平原》为中心 [J].

浙江工商大学学报, 2015 (03): 27.

[9] [日] 川村凑.《惜别》论——"大东亚之和睦"的幻影 [J]. 董炳月译. 鲁迅研究月刊, 2004 (07): 65.

[10] 曾婷婷, 周异夫. 隐匿的国家主义者: 太宰治的战争"缺位"与"天皇崇拜" [J]. 东北师大学报 (哲学社会科学版), 2018 (06): 51.

[11] 徐利. "近代的超克"与"大东亚亲和"的幻灭——太宰治《惜别》中的"弃医从文"叙事再探 [J]. 中国比较文学, 2022 (04): 195.

[12] 叶渭渠. 略论无赖派的本质 [J]. 日本问题, 1988 (03): 49.

[13] 秦刚. 樱花林下的孤独与虚无——读坂口安吾的小说《盛开的樱花林下》[J]. 外国文学, 2004 (05): 34.

[14] 林进. 冷风从盛开的樱花林里吹来——坂口安吾《盛开的樱花林下》的象征意义 [J]. 长春大学学报, 2009 (01): 61.

[15] 任江辉. 日本无赖派作家坂口安吾的狂欢叙事——以《盛开的樱花林下》为例 [J]. 江南大学学报, 2019 (02): 91.

[16] 刘炳范. 简论日本战后派文学 [J]. 日本研究, 1997 (01): 71.

[17] 李先瑞. 象征主义与意识流手法的完美结合——评野间宏的短篇小说《脸上的红月亮》[J]. 日语学习与研究, 2005 (01): 68.

[18] 王敬, 马丽雅. 叙事护理对创伤后应激障碍康复期患者的影响 [J]. 天津护理, 2022 (1): 74

[19] 彭倩. 闪回与重复——论普里莫·莱维大屠杀回忆录的创伤叙事 [J]. 河南科技大学学报 (社会科学版), 2018 (04): 62.

[20] 赵岩. 近代日本军队的武士道教育与对外侵略战争 [J]. 外国问题研究, 2018 (04): 94.

[21] 何建军. 战争中的人性堕落——论大冈升平《野火》的主题 [J]. 解放军外国语学院学报, 2012 (02): 124.

[22] 何建军. 青春的挽歌——论梅崎春生《樱岛》的主题 [J]. 解放军外国语学院学报, 2018 (04): 140.

[23] 张晓莉. 鲜明的形象独特的构思——《樱岛》读后随想 [J]. 外语与外语教学, 1986 (02): 73.

[24] 宋婷. 论安冈章太郎文学中的"战争"——围绕战争的表现形式而展开 [J]. 安徽文学, 2014 (06): 85.

[25] [日] 磯田光一. 集団としての人間——『パニック』の動物界 [J]. 国文学解釈と教材の研究, 1982 (11): 59.

[26] [日] 佐伯彰一. 可能性の芽——文芸時評 [J]. 文学界, 1957 (09): 164.

[27] [日] 松本鶴雄.『点と線』論 [J]. 国文学解釈と鑑賞, 1995 (60卷2号): 63.

[28] 徐习文. 论日本对中国菊文化的接受 [J]. 东疆学刊, 2010 (01): 15.

[29] 汪艺. 三岛由纪夫"文化概念上的天皇"思想的文学实践 [J]. 佳木斯职业学院学报, 2021 (08): 73.

[30] 胡莉蓉. 三岛由纪夫文学的"弑父"与"杀王"［J］. 日语学习与研究, 2021 (02): 117.

[31] 李艳丰. 文化·政治·权力: 西方文化政治理论关键词辨析［J］. 暨南学报（哲学社会科学版）, 2023 (01): 14.

[32] 朱大鹏, 刘昱. 时代新人的文化——政治逻辑［J］. 西北民族大学学报（哲学社会科学版）, 2022 (04): 179.

[33] 许金龙. 三岛由纪夫美学观的形成和变异［J］. 日本学论坛, 2002 (02): 153.

[34] 王向远. "战国策派"和"日本浪漫派"［J］. 中国现代文学研究丛刊, 1997 (02): 213.

[35] 王升远. 史迹评骘、雄主回望与"浪漫远征"——保田与重郎《蒙疆》中的"满蒙鲜支"叙事［J］. 外国文学评论, 2017 (01): 5.

[36] 解晓东. 日本古代天皇制的形成及其政治结构刍议［J］. 外国问题研究, 2009 (01): 69.

[37] 牛建科. 日本神道教功能试论［J］. 日本研究, 2011 (01): 120.

[38] 李成日. 战后日本的象征天皇制与新民族主义的崛起［J］. 中央社会主义学院学报, 2020 (02): 102.

[39] 宋成有. "终战"并未终结侵略痴心［J］. 历史评论, 2022 (04): 71.

[40] 王向远. 法西斯主义与日本现代文学［J］. 社会科学战线, 1996 (02): 230.

[41] ［日］井上清. 戦争の世紀に何を学ぶか——「大東亜戦争肯定論」をめぐって——（座談会）［J］. 展望, 1964 (72). 73.

[42] 兰立亮. 从《死者的奢华》看大江健三郎对存在主义的接受和超越［J］. 安阳师范学院学报, 2005 (01): 99.

[43] ［日］大江健三郎. 我的文学之路——大江健三郎访谈录［J］. 小说评论, 1995 (02): 48.

[44] 叶渭渠. 大江健三郎文学的传统与现代［J］. 日本学刊, 2007 (01): 96.

[45] ［日］沼野充义. 树与波——作为世界文学现象的大江健三郎［J］. 山东社会科学, 2011 (07): 74.

[46] 叶琳. 超越"私小说"、"脱政性"和"中心文化"——论大江文学的审美创造［J］. 当代外国文学, 2012 (04): 63.

[47] 王琢. 语言的文体化与活性化——大江健三郎的"语言——文体"观［J］. 海南大学学报（人文社会科学版）, 2009 (02): 199.

[48] 沈骏楠. 大江健三郎《人羊》中羊的象征意义［J］. 文学教育, 2023 (04): 6.

[49] 兰立亮. 大江健三郎《感化院少年》的个体叙事与主体建构［J］. 东北亚外语研究, 2020 (04): 46.

[50] 杨伟. 论大江文学中的"少年"形象［J］. 国外文学, 2002 (02): 101.

[51] 王新新. 大江健三郎早期文学的战后再启蒙意识——从《饲育》到《政治少年之死》［J］. 渤海大学学报（哲学社会科学版）, 2008 (02): 31.

[52] 兰立亮. 大江健三郎小说的反讽叙事［J］. 日本问题研究, 2013 (03): 92.

[53] ［日］大江健三郎. 来自"晚期工作"之现场［J］. 熊淑娥译. 作家，2010 （08）：5.

[54] 龚娜，周晓霞. 关于日本道德课程设置的考察［J］. 东北亚学刊，2023 （04）：101.

[55] 葛静深. 大众地缘政治想象中的身份政治与"他者"形象［J］. 外交评论（外交学院学报），2022（01）：92.

[56] 张微微. 地缘政治学空间话语的演进逻辑及前景展望［J］. 东北亚论坛，2023 （03）：39.

[57] 周颂伦. 关乎中日甲午战争性质定位的两个话题——正义与仁爱［J］. 抗日战争研究，2011（03）：15.

[58] 张琦伟，沈岑. "甲午战争以来的中日关系"学术研讨会会议述评——"甲午战争的背景、过程与性质"分会场侧记［J］. 大连大学学报，2014（05）：142.

[59] ［日］米山俊直. 「道德的緊張」——司馬遼太郎の文明論［J］. 比較文明，1996 （12）：93.

[60] ［日］小泉武栄. 司馬遼太郎の地理学——司馬史観の魅力の根源を探る［J］. 東京学芸大学紀要，1995. 283.

[61] ［日］津田道夫. 对自由主义史观与司马史观的批判［J］. 抗日战争研究，1999 （04）：169.

[62] 姜淼. 威逼利诱：二战日本征兵体制［J］. 检察风云，2022（07）：81.

[63] 文锋. "本土决战"计划——日本军国主义者的最后疯狂［J］. 文史春秋，2006 （12）：11.

[64] 许建明，熊萍. 日本征用制度下劳资关系分析［J］. 统计与管理，2014 （03）：129.

[65] 李建军. 论日本昭和天皇裕仁的战争责任——兼驳日本右翼"天皇无罪史观" ［J］. 贵州大学学报（社会科学版），2002（05）：49.

[66] 龚娜. 昭和天皇逃脱东京审判与日本错误历史观的形成［J］. 东北亚学刊，2016 （04）：58.

[67] 宋志勇. 论东京审判的几个问题［J］. 中共党史研究，2005（05）：35.

[68] 高义吉. "史诗化"叙事与"个人化"叙事的同构——论日本历史小说《坂上风云》的叙述模式［J］. 东疆学刊，2015（03）：9-10.

四、文集或著作中析出的论文

[1] ［日］浅見淵. 評伝的解説『開高健』［M］//現代日本の文学48石原慎太郎　開高健集. 東京：学習研究社，1977. 454.

[2] ［日］奥野健男. 開高健［M］//昭和文学全集：第29卷. 東京：角川書店，1963.

[3] ［日］松本清張. 汚職の中の女［M］//松本清張社会評論集. 東京：講談社，1979.

[4] ［日］尾崎秀樹，権田萬治. 松本清張［M］//新潮日本アルバム. 東京：新潮社，1994.

[5] ［日］三島由紀夫. 二・二六事件と私［M］//三島由紀夫全集32. 東京：新潮社，1975.

［6］［日］三岛由纪夫. 葉隠入門［M］//三岛由纪夫全集 33. 東京：新潮社，1975.

［7］［日］三岛由纪夫. 莲田善明及其死：序［M］//三岛由纪夫全集 34. 東京：新潮社，1973-1976.

［8］邹有恒. 批判《大东亚战争肯定论》的"武力出击论"与"解放性质论"［M］//日本研究论丛. 北京：社会科学文献出版社，2023（4）：11.

［9］［日］梅崎春生. 关于天皇制［M］//梅崎春生全集：第七卷. 东京：冲积社，1984.

五、博士论文

［1］赵亚夫. 日本的军国民教育（1868—1945）［D］. 首都师范大学，2002.

［2］王净华. 战争语境下坂口安吾小说主题研究［D］. 华中师范大学，2020.

［3］黄芳. 逆反"秩序"的"无赖"——坂口安吾战后文学研究［D］. 上海外国语大学，2016.

［4］胡建军. 日本战后"废墟一代"的空虚与悲哀——开高健文学的研究［D］. 吉林大学，2014.

［5］冯立华. 大江健三郎的文学世界［D］. 吉林大学，2018.

［6］杨朝桂. 司马辽太郎战争史观研究［D］. 南开大学，2014.

六、词典及其他类型文献

［1］［日］下中報彦. 哲学事典［Z］. 東京：平凡社，1975.

［2］［日］松本清張記念館図録［Z］. 文藝春秋，1998（8）.

［3］［日］志村有弘. 司馬遼太郎事典［Z］. 東京：勉誠出版，2007.

后　记

　　战后日本文学的主流是和平主义，本书在承接既有研究基础上，将战后文学对近代国家主义的认知分为批判性、肯定性、回避型、多重性这几种类型，并且对各自的代表性流派及作家、作品进行了深入研究，挖掘了其国家主义认知的缘由及影响，建构起战后文学对近代日本国家主义的多元认知体系，为战后日本文学的客观评价提供进一步的参考依据。

　　战后，法西斯军国主义被摧毁，由于对战争责任清算得不彻底，使得国家主义的余毒残留下来并影响着日本战后社会。战后初期右翼势力依然强大，他们怀念过去"大日本帝国"的"辉煌"，采取种种手段阻碍战后民主改革的进行。20世纪80年代中后期，日本开始推行新保守主义路线。在"战后政治总决算"的口号下，一股新国家主义思潮开始涌现，如成立极端民主主义团体、图谋修改宪法、编撰歪曲历史的教科书、批判东京审判史观、首相等政府高官参拜靖国神社等。20世纪90年代，日本泡沫经济破裂，政坛不断更迭，各种社会问题集中爆发，右翼势力更为猖獗。1995年日本自民党右翼议员发表一系列攻击东京审判史观的演讲，企图为侵略战争翻案，并结集出版《大东亚战争的总结》，公然宣称大东亚战争不是侵略战争，而是"自存自卫"的战争，是"解放亚洲"的战争；1997年"新历史教科书编撰会"成立，在自由主义史观指导下编写的《新历史教科书》，2001年由文部省审定合格；2006年《大东亚战争——日本的主张》出版。2006年，安倍晋三组阁后，在建设"美丽国家"的施政口号下，将国家置于最高价值层面，全面修订了《教育基本法》，企图将近代以来的《教育敕语》精神作为形塑未来国民的价值基础，向青少年灌输所谓"爱国心"，从而将教育重又引向国家主义。对此，我们必须加以充分、清醒的认识，警惕日本右翼势力，防范军国主义复活，为促进中日友好、维护东亚乃至世界和平做出努力。